ERSTES KAPITEL

Der Haubentaucher pflügt durchs Wasser, den Hals emporgereckt, mit unbewegtem Kopf. Sein Weg ist eine immergleiche Schleife. Sie beginnt unweit des Schilfes am nördlichen Ufer und führt den Vogel in die Mitte der Bucht hinaus. Von Zeit zu Zeit reißt er seinen Schnabel auf, als wollte er nach Luft schnappen, und gibt ein kehliges Geräusch von sich. Wie eine Lawine walzt der Schrei über das spiegelglatte Wasser und schlägt mit Wucht an Land auf.

»Mistvieh!« Er blinzelt, kneift ein Auge zusammen, um besser sehen zu können. Dann stößt er ein Schnauben aus. Ihm wird schwindelig, wenn er den Runden des Wasservogels zu lange folgt. Für einen Moment sieht es dann so aus, als kreuzten dort draußen auf dem Päijänne-See gleich zwei dieser Viecher.

Am meisten nervt ihn der heisere Ruf. Das Krakeelen tut ihm in den Ohren weh. Er weiß, dass er selbst daran schuld ist. Wenn er trinkt, wird sein Gehör empfindlich. Wie auch seine Laune. Was ihn beides noch nie vom Trinken abgehalten hat. Normalerweise sitzt er aber auch nicht vor einem quäkenden Vogel, der wie ein kaputtes Aufziehspielzeug durch den See schwimmt.

Plötzlich fällt ihm ein, wie seine Großmutter früher erzählte, die Wasservögel brächten dem Menschen bei seiner Geburt seine Seele. Und beim Tod sammelten die Vögel die Seele wieder ein. Stirnrunzelnd nimmt er einen tiefen Schluck aus der Bierdose. Finnisches Sagengeschwätz! Wenn sein Jagdgewehr griffbereit läge, dann hätte jetzt das letzte Stündlein des Mistviehs geschlagen. »Dämlicher Nichtsnutz!« Er kann die Wut auf seinen Lippen schmecken.

»Was ist?« Matti dreht den Kopf.

Mit seinen blutunterlaufenen Augen und hängenden Wangen erinnert Matti ihn an einen Beagle. Die dünnen langen Haare kleben ihm seitlich an den Schläfen, wie eben die Schlappohren dieser Köter. Auch wenn die Leute Matti oft »das Walross« nennen, weil er ganz schön viel Fett auf den Hüften hat, findet er, dass »der Hund« ein deutlich passenderer Spitzname wäre. Matti verhält sich nämlich wie einer. Wie ein dreckiger Straßenköter. »Dämlicher Nichtsnutz«, wiederholt er und deutet auf den Vogel. Doch er weiß, dass er damit weniger den Haubentaucher als vielmehr den Mann meint, der neben ihm auf der Bank hockt.

»Ja, Nichtsnutz«, pflichtet Matti bei. In seiner Stimme liegt der Anflug eines Lallens. Ungelenk holt »das Walross« mit dem Arm aus und wirft seine Bierdose in Richtung des Vogels. Keine fünf Meter vom Ufer entfernt platscht die Dose in den See. Der Haubentaucher reagiert nicht einmal. Dafür presst Matti ein glucksendes Lachen hervor, das seine Fettschichten in Schwingung versetzt. Als er sich wieder beruhigt hat, erhebt er sich schwankend von der Bank. »Lass uns noch einen Saunagang machen. Ich will etwas mit dir bequatschen«, nuschelt er.

Er kann spüren, wie unter ihm die Holzbank vor Erleichterung aufseufzt, da sie nun von Mattis Gewicht befreit ist. Langsam steht auch er auf, reckt und streckt sich, bis die Gelenke knacken. In seinem Magen pocht eine unangenehme Vorahnung. Er vermutet, dass ihm das, was Matti besprechen will, nicht gefallen wird. Gereizt folgt er »dem Walross« in die Hütte, gräbt seinen hasserfüllten Blick in den wulstigen Rücken des Mannes. Seine Geduld mit dem Kerl geht zur Neige. Es war falsch, mit ihm zusammenzuarbeiten. Er würde es vorziehen, nicht länger auf Mattis Dienste angewiesen zu sein, doch zuerst müssen sie noch eine

Sache abwickeln. Und die Zeit drängt. Mit knirschenden Zähnen setzt er sich auf die Saunabank.

»Es geht um unser kleines Geschäft«, erklärt Matti und gießt mit einer Schöpfkelle Wasser auf die glühend heißen Saunasteine, die auf dem Ofen liegen. Zischend steigt eine Dampfwolke auf und trägt feuchte Hitze in den Raum.

Natürlich will Matti über Geschäftliches reden. Ansonsten gäbe es auch keinen Grund für ein Treffen. Wahrscheinlich hätte der Kerl niemanden zum Reden, wenn er ihn nicht wegen gemeinsamer Geschäfte hierherbestellen könnte. Wahrscheinlich hätte er keinen einzigen Saufkumpan und müsste den lieben langen Tag allein vor seinen Flaschen hocken. »Wird Zeit, dass unser Geschäft zu einem Abschluss kommt, Matti«, sagt er. »Ich warte schon zu lange darauf, dass du lieferst! Es hängen noch andere Leute an der Sache dran, die sind auch schon ungeduldig.« Wie eine schwere Decke legt sich die Wärme auf seine Haut und kitzelt dicke Schweißperlen aus den Poren. Er wischt sich mit dem Handrücken über die Stirn.

»Ich habe das Ding jetzt da«, erklärt Matti selbstgefällig.

Überrascht richtet er seinen Oberkörper auf. »Na endlich! Das ist mal eine gute Nachricht.« Erleichterung breitet sich in ihm aus, übertüncht beinahe die Wut. Er beugt sich zu dem kleineren der beiden Wasserbottiche hinüber und fischt eine Wodkaflasche heraus. »Darauf stoßen wir an.« Er dreht den Verschluss von der Flasche und nimmt einen langen Schluck, reicht den Wodka an Matti weiter.

»Prost«, näselt Matti und lässt den Alkohol in seinen Rachen laufen. Dann stellt er die Flasche neben sich auf die feuchte Bank. Auf seinem Gesicht liegt ein breites Grinsen.

Das irritiert ihn. »Wo ist das Ding, Matti?«

»Das Walross« zuckt mit den Schultern. »An einem sicheren Ort. Ganz in der Nähe.«

»Hol es her, Mann! Ich will's sehen.«

»Erst müssen wir über das Geld sprechen«, erklärt Matti.

Das ungute Gefühl ist schlagartig zurück. Stärker noch als zuvor. Er muss sich verhört haben. »Ich habe dir das Geld bereits gegeben, Matti!«

»Es war nicht genug.«

»Es war genau so viel, wie wir verabredet haben!« Nur mühsam hält er sich davon ab loszubrüllen. Die Trunkenheit fällt von ihm ab wie ein Kleidungsstück, das er abstreift.

»Der Preis ist gestiegen.« Matti begleitet seine Worte mit einem Nicken.

»Der … Preis ist *gestiegen*?«

Mattis Grinsen hat sein Gesicht für keine Sekunde verlassen. »Ich habe mir die Lieferung genau angeschaut. Die Ware ist wertvoller, als du es mir gesagt hast, mein Freund. Also musst du auch mehr zahlen.« Er legt eine Pause ein. »Das Dreifache.«

In ihm schnappt etwas, wie ein Gummiband, das überspannt wurde und nun reißt. Es kostet ihn seine ganze Willenskraft, nicht aufzuspringen und »dem Walross« die Wodkaflasche in die grinsende Visage zu schlagen. Mit beiden Händen umklammert er die Kante der Saunabank. Seine Finger schmerzen. »Das *Dreifache*?«, wiederholt er ungläubig. Verarscht Matti ihn? Macht der Spinner einen schlechten Witz? Dass dem nicht so ist, erkennt er an Mattis zufriedenem Nicken.

»Das ist der neue Preis. Das Dreifache von dem, was du schon gezahlt hast. Kein Verhandlungsspielraum. Du weißt genau, dass das immer noch ein Freundschaftspreis ist. Nach dem Teil lecken sich so einige Leute die Finger.« Matti tastet nach der Wodkaflasche und führt sie ungelenk zum Mund.

Sein Hals ist trotz der feuchten Wärme staubtrocken. »Ich kann dir nicht das Dreifache zahlen.«

»Dann gibt es kein Geschäft zwischen uns.« Matti zuckt mit den Schultern, als handele sich alles nur um eine Lappalie. Er gießt einen weiteren Schwall Wasser auf die Steine, und Hitze wallt durch die Sauna. »Jetzt, wo ich weiß, was für ein Kleinod ich da für dich beschafft habe, finde ich sofort einen anderen Käufer. Kein Problem.«

Die Wut kocht heißer in ihm, als die Saunasteine auf dem Ofen glühen. »Das Walross« ist ein dreckiger Hund, ruft ihm eine innere Stimme zu. Ein ehrloses Schwein.

»Also?« Immer noch liegt das selbstgefällige betrunkene Grinsen auf Mattis Gesicht.

»Du bekommst das Geld.« Seine Stimme ist so heiser, er erkennt sie selbst nicht wieder. »Wo ist die Ware?«

»Erst die Kohle«, sagt Matti und drückt sich von der Bank hoch. Er wankt aus der Sauna, lässt die Tür hinter sich offen stehen. Kühle Luft drängt in den kleinen Raum.

Tief holt er Atem, dann folgt er Matti, der mittlerweile den Steg entlangschlurft und irgendetwas vor sich hin summt. »Das Walross« wirkt sehr zufrieden mit sich. Für einen Moment überlegt er, sich vor der Saunahütte auf die Bank zu setzen und ein weiteres Bier aufzumachen, um die Wut niederzuringen. Doch er betritt den Holzsteg.

Mit einem lauten Platschen durchbricht Matti die Wasseroberfläche. Prustend taucht er wieder auf, reckt den Kopf aus dem See und streicht sich das nasse Haar aus dem Gesicht.

Drei lange Schritte macht er auf den Steg hinaus. Sein Kopf ist seltsam leer.

»Junge, als Erstes baue ich mir von deiner Kohle eine neue Sauna«, japst Matti. Er paddelt auf der Stelle.

Er tritt an den Rand des Stegs und schaut auf Matti hinab. Er sieht nur ihn, als blicke er durch ein Fernrohr. Das feiste Gesicht seines Geschäftspartners grinst ihm aus dem Wasser entgegen. Nichts anderes existiert in diesem Moment auf der Welt. Nur dieses selbstgefällige Feixen.

»Ich glaube, ich mache noch eine Saunarunde«, lallt Matti. »Schließlich gibt es was zu feiern. Und der Wodka will leer gemacht werden.« Er schiebt sich im Wasser voran, in Richtung der Holzleiter, die auf den Steg führt.

Er springt aus dem Stand nach vorne. Genau neben »dem Walross« landet er im See.

Matti zuckt zusammen. »He, Mann. Pass doch –«

Er zieht, während er hinabtaucht, den Dicken mit sich unter Wasser.

Matti strampelt, versucht, ihn abzuschütteln, rudert mit den Armen, um zurück an die Wasseroberfläche zu gelangen.

Er taucht auf und stemmt sich mit seinem ganzen Gewicht auf Mattis teigige Schultern. Mit aller Kraft drückt er den strampelnden Mann unter Wasser, erlaubt ihm nicht, noch einmal Luft zu holen. Die paar Hiebe, die er abbekommt, bemerkt er kaum.

Es geht alles viel schneller, als er vermutet hat. Nicht lange, dann enden unter ihm Mattis Bewegungen. Von einem Moment auf den anderen hört das Zappeln auf. Die Wasseroberfläche beruhigt sich. Ein Mückenschwarm wirbelt in einer kleinen Wolke heran.

»Das Walross«, denkt er, war wirklich alles andere als ein guter Schwimmer.

ZWEITES KAPITEL

Sarah wirft einen Blick in den Rückspiegel. »Was soll das, Freundchen?«, stößt sie aus und runzelt die Stirn. Dann tippt sie aufs Gaspedal, und der BMW macht einen Satz nach vorne. Sofort beschleunigt auch der Peugeot. Der grüne Kleinwagen ist Sarah erstmals in der Nähe des Viktualienmarkts aufgefallen. Seitdem folgt er ihr durch die Stadt.

Mit zusammengekniffenen Augen versucht Sarah zu erkennen, wer am Steuer des Autos sitzt, doch sie kann lediglich die Silhouette einer groß gewachsenen Person ausmachen. Die sich in der Windschutzscheibe spiegelnde Morgensonne verwehrt ihr eine klare Sicht, und wenn Sarah an einer Ampel oder in verstopften Straßen anhält, vergrößert der Verfolger plötzlich den Abstand. Im fließenden Verkehr schließt er dann immer wieder zu ihr auf, als wollte er es keinem anderen Verkehrsteilnehmer gestatten, sich hinter dem weißen BMW einzufädeln. Es ist offensichtlich, dass Sarah verfolgt wird. Und ihr Verfolger weiß, dass sie es weiß.

»Was willst du? Mach dich vom Acker!« Entnervt schüttelt Sarah den Kopf, streicht eine Strähne ihres blondierten gewellten Haares hinters Ohr. Mit der rechten Hand fischt sie ihre Sonnenbrille aus der Handtasche und schiebt sie auf die Nase. Der penetrante Verfolger nervt sie mehr, als dass er sie ängstigt. Man weiß zwar nie, was für ein verrückter Mist im Kopf anderer Leute vor sich geht, doch bisher ist sie noch mit allen Durchgeknallten, die ihr begegnet sind, klargekommen. Inklusive des größten aller Idioten: ihrem Ex-Gatten Rüdiger.

Der grüne Kleinwagen beschleunigt, damit er Sarah noch über eine umschaltende Ampel folgen kann. Dann lässt er sich wieder ein Stück weit zurückfallen.

Schnaubend drückt Sarah auf das Display in der Mittelkonsole, wählt aus der aufgerufenen Liste einen Namen aus. Sie wartet auf den Klingelton, doch nach einem Moment knackt es in der Leitung, dann meldet sich die Computerstimme der Mailbox. Verwundert beendet Sarah den Anruf und wählt statt der Privatnummer nun Udos Firmenhandy an. Wieder wird der Anruf auf die Mailbox umgeleitet. Sarah schließt das Telefonmenü. »Was ist los, Udo?« Dass ihr Ehemann beide Telefone ausgeschaltet hat, beunruhigt sie aus irgendeinem Grund mehr als dieser bekloppte Verfolger. Für einen Moment erwägt sie, Udos Assistentin anzurufen, doch sie entscheidet sich dagegen. Sie wird es nachher noch mal auf seinem Handy probieren. Als könnte er etwas für ihren erfolglosen Versuch, Udo zu erreichen, wirft Sarah dem Peugeot im Rückspiegel einen giftigen Blick zu.

Nach der nächsten Ampel gibt sie Gas, der Peugeot tut es ihr gleich. Genervt stöhnt Sarah auf. Sie ist den Verfolgertypen leid, ihre Geduld mit dem Kerl ist aufgebraucht. Natürlich weiß sie genau, dass es nur ein Mann sein kann, der da plump hinter dem Lenkrad klemmt. Eine Frau wäre viel subtiler vorgegangen und hätte sich nicht so offensichtlich an ihre Stoßstange geheftet. Kurz entschlossen biegt Sarah ab, von der Plinganserstraße in eine seitliche Einbahnstraße. Der Peugeot folgt ihr auf dem Fuß. »Dann wollen wir mal«, raunt sie.

Nach einer engen Kurve tritt Sarah auf das Gaspedal, und ihr BMW schießt nach vorne. Als der Peugeot wieder im Rückspiegel auftaucht, ist sie bereits an der nächsten Kreuzung angelangt und biegt mit quietschenden Reifen nach links ab. Mit unverminderter Geschwindigkeit prescht sie durch das Wohngebiet, um schließlich weiter südlich wieder auf der Plinganserstraße herauszukommen. Doch auch der grüne Kleinwagen hält sich, wenn nun auch mit deutlichem Abstand zum BMW, hartnäckig in ihrem Rückspiegel. »Na warte!«, ruft Sarah aus, beschleunigt abermals und brettert über eine Ampel – genau in dem Moment, als diese auf Rot umspringt. Mit Genugtuung sieht sie, dass der Peugeot anhalten muss, da bereits andere Fahrzeuge vor ihm an der Ampel haltgemacht haben.

Fast schon beschwingt schaltet Sarah die Musik ein. Während sie sicherheitshalber ein paar Schleifen durch den Süden Münchens fährt, um den Verfolger auf jeden Fall abzuschütteln, trommeln ihre Finger im Takt eines flotten Tangos auf das Lenkrad. Sie liebt diese Musik. Jedes Mal, wenn sie sie hört, bekommt sie gute Laune, selbst von den melancholischen Stücken. »Es ist wirklich Zeit, wieder tanzen zu gehen«, murmelt sie. Udo sträubt sich zwar meist, doch sie wird ihn schon zu einem gemeinsamen Tangoabend überreden. Erfüllt von Vorfreude dreht sie die Musik lauter.

Unterstützt von kurzen Blicken in den Rückspiegel zieht Sarah ihre Lippen nach. Gleichzeitig überlegt sie, jetzt noch einmal bei Udo anzurufen, doch die Uhr verdeutlicht ihr, dass sie bereits zu spät zu ihrem Termin kommt. Also wirft sie den Lippenstift zurück in die Handtasche und wechselt abermals die Fahrtrichtung. Den letzten Kilometer bis zu ihrem Ziel legt sie ohne weitere Verzögerungen zurück.

Sie hat Glück. Direkt vor dem schmalen Reihenhaus ist ein Parkplatz frei. Während der Parkassistent den BMW in die Lücke manövriert, greift Sarah ihr Handy aus der Handtasche. Gerade als sie es ausschalten will, beginnt es zu klingeln. Nach einem Displaycheck nimmt Sarah den eingehenden Anruf hastig an. »Franzi, Schatz! Ich freue mich, dass du dich meldest. Leider muss ich jetzt zu einem Termin. Können wir …?«

»Mama, warte mal. Ist nur kurz. Später bin ich beschäftigt.«

Sarah schaltet den Motor ab. »Ist alles in Ordnung bei dir?«

»Jaja, alles supi. Ich brauche nur ein wenig deine Hilfe, Mami.« Franzis Stimme hat einen kindlichen Unterton angenommen.

Mit einem Seufzen zieht Sarah die Schultern hoch. »Du möchtest Geld.« Es ist keine Frage, die sie stellt.

»Du weiß doch, wie teuer London ist, Mami. Neben der Uni muss ich auch noch ein bisschen leben. Es stehen echt dringend ein paar neue Klamotten an. Und … und Bücher für die Uni, natürlich.«

Geld für Bücher? Eher schlägt ihre Tochter sich dank einer Finanzspritze Champagner schlürfend die Nächte in den angesagtesten Clubs um die Ohren. Doch wer wäre sie, Sarah, ihr dies vorzuhalten? »Ich – also ich überweise dir was, Schatz.« Sie steigt aus dem Wagen und schaut auf das gänzlich unauffällige Reihenhaus.

»Mama, du bist die Beste. Danke!« Franziskas Stimme wird leiser, als bewege sie sich vom Telefon weg. »Ich muss los. Wir hören uns.« Damit legt sie auf.

Kopfschüttelnd schaltet Sarah das Handy aus. Sie weiß, dass gleich absolute Ruhe gefragt ist. Das hat Anke ihr eingeschärft. Vor der Haustür zieht sie die Sonnenbrille ab, holt noch einmal tief Luft. Dann betätigt sie die Klingel, unter der auf einem Messingschild der Name Moser steht. Im Haus erklingt ein melodischer Dreiklang. Beinahe gleichzeitig wird die Tür geöffnet.

»Seien Sie gegrüßt, Frau Fuchs«, sagt die alte Dame, die im Türrahmen erscheint. »Ich freue mich, Sie kennenzulernen.« Ihre weißen Haare sind zu kleinen Löckchen aufgedreht, um ihren Hals baumelt an einer Goldkette eine Brille. Am Leib trägt Frau Moser etwas Taubengraues, das an einen altmodischen Hausmantel erinnert.

»Ich freue mich ebenfalls, Frau Moser. Herzlichen Dank, dass Sie so kurzfristig Zeit für mich haben.«

Wie Anke es ihr vorhergesagt hat, wird Sarah ins Wohnzimmer geführt. Dort herrscht eine eigentümliche Finsternis, was zum einen an den heruntergelassenen Rollläden liegt, zum anderen an der dunklen Einrichtung. Selbst die grauen Tapeten scheinen allein dem Zweck zu dienen, alle Helligkeit einzusaugen. Die einzige Lichtquelle im Raum, eine brennende Kerze, steht auf einem großen runden Tisch in einer Ecke. Sie wirft ihren flackernden Schein auf das schwarz glänzende Holz der Tischplatte und der beiden Stühle. Ein staubiger Geruch nach Mottenkugeln liegt in der Luft und kribbelt Sarah in der Nase.

»Setzen Sie sich, bitte«, sagt Frau Moser und deutet auf einen der beiden einander gegenüberstehenden Stühle, um selbst auf dem anderen Platz zu nehmen. »Ich habe bereits alles vorbereitet.«

»Bitte entschuldigen Sie meine Verspätung«, beeilt sich Sarah zu erklären, während sie sich setzt. Sie räuspert sich verhalten. Plötzlich ist ihr Hals wie zugeschnürt. »Ich … äh … hatte Probleme mit dem Verkehr.«

Frau Moser lächelt leicht und nickt, als hätte sie dies bereits gewusst. Dann legt sie beide Hände vor sich auf die Tischplatte. »Sind Sie mit einer speziellen Frage zu mir gekommen?«

Sarah schüttelt den Kopf. Sie fröstelt. Die Luft scheint hier, wo sie sitzt, kühler zu sein. »Nein, ich habe keine Frage, die mich besonders interessiert. Ich – also, mich interessiert eher alles. Wie es so in meinem Leben weitergeht, wenn Sie verstehen.«

»Gut.« Abermals huscht der Anflug eines Lächelns über Frau Mosers Gesicht. »Dann sind wir also offen für die breite Energie des Universums.« Sie löst eine Hand von der Tischplatte, führt sie in die Manteltasche und holt einen Stapel Karten hervor, den sie verdeckt vor Sarah ablegt. »Wenn Sie so gut sein wollen, die Karten zu mischen.«

»Okay. Mischen.« Unbeholfen schiebt Sarah die Karten in ihren Händen hin und her. »Reicht das?«, fragt sie nach wenigen Sekunden.

Frau Moser nickt und nimmt ihr den Stapel wieder ab. Dann fächert sie die Karten auf. »Bitte ziehen Sie drei Karten. Mit der linken Hand.« Ihre Stimme klingt jetzt feierlich.

Sarah kann die Feuchtigkeit an ihren Fingerspitzen spüren, während sie nacheinander drei Karten auswählt und auf der Tischplatte ablegt. Sie ermahnt sich, ruhig zu bleiben, schließlich ist ihr Besuch bei dieser Frau lediglich ein unterhaltsamer Zeitvertreib. Es war eine Kurzschlussreaktion, bei der alten Dame anzurufen und einen Termin zu vereinbaren. Wahrscheinlich der Langeweile entsprungen. Schließlich hat Anke sie in der Vergangenheit schon mehrfach zu einem Besuch bei Frau Moser gedrängt, doch sie hat sich nie darauf eingelassen. Bis heute. Eigentlich glaubt Sarah nicht an solchen Hokuspokus. Nicht ans Kartenlegen, nicht an Wahrsagereien. Wobei sie eben schon gerne wissen würde, wie es in ihrem Leben weitergeht. Vor allem seitdem Franziska das Haus verlassen hat, verspürt sie eine anschwellende Leere in sich, die sie beunruhigt. Und nach siebzehn Jahren Ehe ist das Zusammensein mit Udo auch eher von Gewohnheit als von Aufregung geprägt. Mit Anfang vierzig fragt Sarah sich in der letzten Zeit immer öfter, ob es das nun im Leben für sie gewesen ist. Der Besuch bei Frau Moser kann also zumindest nicht schaden. Sie möchte einmal ein wenig unkonventioneller über die Zukunft nachdenken.

»Entspannen Sie sich«, sagt Frau Moser leise, als hätte sie Sarahs Gedanken gelesen. Behutsam positioniert sie weitere Karten um jene drei, die Sarah ausgewählt hat. »Dann wollen wir mal sehen.« Nacheinander dreht sie die zuerst gelegten Karten um, wobei sie bei der dritten stockt und Sarah einen schnellen Blick zuwirft.

»Was …?«, setzt Sarah an zu fragen, doch ein Kopfschütteln von Frau Moser lässt sie verstummen.

Mit langen Pausen wendet Frau Moser die übrigen Karten, bis sie schließlich allesamt nach oben zeigen. Dann stößt sie ein tiefes Seufzen aus. »Ungewöhnlich!«, raunt sie. »Wirklich sehr erstaunlich.«

»Was sehen Sie?«, presst Sarah hervor. Ihre Stimme klingt wie ein heiseres Krächzen. »Was ist denn ungewöhnlich?« Erstaunt schaut sie auf lauter Figuren und Symbole, die ihr allesamt nichts sagen.

Frau Moser hebt ihre Schulter, als friere sie plötzlich, dann tippt sie vehement mit einem Fingernagel auf eine der Karten. »Ich sehe eine Reise. Einen Aufbruch in neue Gebiete. Hier, *der Wagen*. Er kann auch für so etwas wie eine spirituelle Entwicklung stehen. Also für eine Veränderung in einem selbst.«

Als sie die sich anschließende Stille nicht länger ertragen kann, schnappt Sarah nach Luft. »Das ist doch nicht alles!« Sie deutet auf den Kartenhaufen. »Eine Reise ist doch etwas Gutes. Oder etwa nicht? Was ist da sonst noch, Frau Moser? Was ist denn erstaunlich?« Sarah spürt nun Ungeduld in sich aufwallen. Versucht die Frau lediglich, die Spannung zu steigern?

Frau Moser senkt den Kopf abermals. »Diese Karte hier«, sagt sie schließlich mit einem Zögern. »Dort liegt das Problem.«

Sarah zuckt zusammen. Nun sprechen sie schon von einem *Problem*? »Was bedeutet die Karte denn?« Blinzelnd versucht sie im flackernden Kerzenschein, das Motiv genauer zu erkennen. Zeigt es einen dürren Mann auf einem Esel? *Der Eseltreiber*?

»Diese Karte … sie steht für den Tod. Der Reiter der Apokalypse bringt einschneidende Veränderungen.« Frau Moser schüttelt traurig den Kopf. »In der Regel nichts Angenehmes.«

»Oh«, haucht Sarah. Jetzt erkennt sie auch das Skelett, das auf einem gepanzerten schwarzen Pferd sitzt. *Der Tod*. Ja, das Ding sieht nicht nach einer Glückskarte aus.

»Es ist die Kartenposition, die mich etwas ratlos macht.« Frau Moser hebt eine Hand. Die Geste hat etwas Resigniertes. »Ich habe die Karten bisher noch nie in dieser Kombination liegen sehen. Ich denke … es könnte …« Atemlos bricht sie den Satz ab.

»Was? Was denken Sie?« Sarahs Blick klebt an dem Gerippe auf dem Klepper. »Rücken Sie raus mit der Sprache! Bitte!« Verblüffung, Schrecken und Ungeduld ringen in ihr miteinander.

»Ich … weiß es nicht.« Abrupt steht Frau Moser auf und geht eilig zur Tür. »Es tut mir leid. Wir müssen diese Sitzung beenden.«

»Soll ich die Karten vielleicht noch mal neu mischen?«, schlägt Sarah hastig vor. »Ich war da noch nie gut drin.«

Frau Moser betätigt einen Schalter, und an der Zimmerdecke flammt ein kaltes Licht auf. Stumm schüttelt sie den Kopf.

Die jähe Helligkeit schmerzt Sarah in den Augen. Es dauert einige Sekunden, bis sie sich an das Licht gewöhnt hat. Plötzlich wirkt der Raum um sie herum altbacken und eng.

»Sie schulden mir natürlich nichts, Frau Fuchs.«

»Ich … okay.« Verdutzt erhebt sich Sarah vom Stuhl. Die Frau wirft sie raus, versteht sie. Was für eine Zeitverschwendung, hierhergekommen zu sein. *Der Tod*. Wirklich? Hätte sie nur nicht auf Ankes Rat gehört, sich die Karten legen zu lassen! Hätte sie Anke nur nicht erzählt, wie unzufrieden sie mit ihrem Leben ist. Der verdammte Rotwein! Beim Gedanken an den Wein meldet sich ihre Blase. »Darf ich Ihre Toilette benutzen?«

»Selbstverständlich.« Frau Moser deutet auf eine Tür, die vom Flur abgeht.

Während sie auf der Toilette sitzt, schaltet Sarah ihr Handy wieder ein. Sie hat das dringende Bedürfnis, Anke diesen unfassbaren Flop sogleich um die Ohren zu hauen. Doch als sich das Gerät mit dem Funknetz verbunden hat, hört es gar nicht mehr auf zu vibrieren. Acht Anrufe und dreizehn Textnachrichten in Abwesenheit! Darunter ist auch eine Nachricht von Anke. Verwundert öffnet Sarah diese Mitteilung als erste. Und reißt beim Lesen die Augen auf. Mit einem zitternden Finger drückt sie auf den Link, den Anke mitgesandt hat. »Ich fasse es nicht«, flüstert Sarah. Ihre Augen kleben auf dem Display. Dann liest sie den aufgerufenen Blogbeitrag erneut. Und ein weiteres Mal.

»Frau Fuchs, ist bei Ihnen alles in Ordnung?« Frau Mosers dumpfe Stimme klingt besorgt.

Wie in Trance steht Sarah vom Toilettensitz auf und betätigt die Spülung. Gar nichts ist in Ordnung, doch das wird sie Frau Moser garantiert nicht auf die Nase binden. Während sie sich wieder ankleidet, taucht die Tarotkarte vor Sarahs innerem Auge auf.

Das klapprige Skelett auf dem Pferd. *Der Tod.*

Plötzlich ergibt die Karte einen Sinn. Nein, mehr noch: Plötzlich ist sie Sarah ein Fingerzeig!

»Frau Fuchs? Hören Sie mich?«

»Ich bringe das verdammte Schwein um«, flüstert Sarah heiser.

DRITTES KAPITEL

Onni Järvinens Herz macht einen Sprung, als er um die Häuserecke tritt. Seine Lieblingsbank ist nicht besetzt. Er geht einen Schritt schneller, damit ihm niemand zuvorkommt. Eine unnötige Vorsichtsmaßnahme, denn im Augenblick ist er der einzige Passant auf diesem Abschnitt des Uferwegs. Lediglich eine Frau führt ihren Hund spazieren, doch sie befindet sich fünfzig Meter von der Bank entfernt, bewegt sich zudem von der Sitzgelegenheit weg. Nichtsdestotrotz fühlt Onni sich wohler, wenn er einen Zahn zulegt. Mit einem zufriedenen Lächeln lässt er sich auf der Holzbank nieder und stellt seinen Rucksack neben sich ab.

Ein kühler Wind weht vom Wasser her. Onni zieht die Kapuzenjacke, die er mitgenommen hat, über und schließt den Reißverschluss. Dann lehnt er sich zurück und atmet tief die frische Seeluft ein. Die morgendliche Sonne gibt dem Meer einen orangen Anstrich und taucht die Schäreninseln in ein weiches Licht.

Ein Motorboot ist unterwegs nach Pohjoinen Uunisaari. Wahrscheinlich hat es Mitarbeiter an Bord, die in dem Restaurant auf der Insel arbeiten. Gegen Mittag werden bereits die nächsten Gäste zum Restaurant übersetzen. Also in gut vier Stunden. Oder aber das Boot transportiert Warenlieferungen. Frische Kochzutaten vom Markt. Zu dieser frühen Stunde könnten auch die Putztrupps unterwegs sein, überlegt Onni, während er verfolgt, wie das Boot in einer kleinen Inselbucht verschwindet.

Ein Blick auf seine Armbanduhr sagt ihm, dass es nun noch etwa fünf Minuten sind. Er ist also rechtzeitig hierhergekommen.

Zufrieden nickt er und fixiert einen Punkt zwischen den weiter draußen liegenden Inseln. Ist das dort ein Möwenschwarm, der am Himmel kreist? Er kann es wegen der ihn blendenden Sonne nicht mit hundertprozentiger Sicherheit sagen. Nachdenklich reibt er die kühlen Hände aneinander, dann versenkt er sie in seinem Schoß.

Nur mühsam unterdrückt er ein Gähnen. In der vergangenen Nacht hat er schlecht geschlafen. Wie schon die Nächte zuvor. Auch deshalb ist er heute so früh hierhergekommen. An seinem Lieblingsplatz hat er immer das beruhigende Gefühl, Kraft zu tanken. Das Meer gibt ihm Ruhe. Seit ein paar Tagen herrscht wieder ein aufbrandendes und abebbendes Durcheinander in seinem Kopf. Doch hier draußen, am Ufer der Ostsee, verblasst das Chaos.

»Du kannst zufrieden sein«, sagt er leise. »Jedes Leben ist anders. Denk jetzt nicht an die Uni. Da wird sich eine Lösung finden. Warte das Gespräch mit Max ab, danach weißt du, wie es weitergeht. Und dann kannst du auch wieder gut schlafen. Onni, Onni. Du bist super.« Er nickt sich selbst zu.

Er schaut erneut auf den Punkt zwischen den fernen Schäreninseln, dann mit einem Stirnrunzeln zurück zur Armbanduhr. Jeden Moment müsste es so weit sein. Ganz sicher ist es jeden Moment so weit.

Ein alter Mann joggt schnaufend an der Bank vorüber. Onni schaut auf seine Schuhspitzen. Er hebt den Kopf erst wieder, als der Mann bereits einige Meter weit entfernt ist. Wenn er morgens auf dieser Bank sitzt, dann muss er für sich sein. Dann muss er so tun, als gäbe es nichts und niemanden, außer dieser Bank und dem Meer. Manchmal wünscht er sich, er könne den ganzen Tag unsichtbar an dieser Stelle verbringen. Was für eine innere Ruhe er wohl erfahren würde?

Nun ist es aber wirklich an der Zeit. Doch immer noch zeigt sich nicht das, was er sucht. Ein drückendes Gefühl, das ihm nicht behagt, baut sich in seinem Magen auf. Um sich abzulenken, zieht er ein dickes Notizbuch aus dem Rucksack. Wahllos schlägt er eine Seite auf und liest, was er mit seiner engen Schrift unter einem Datum – es ist der achtzehnte April – festgehalten hat.

Heute habe ich nur rote Paprika gegessen. Die grünen und gelben konnte ich nicht anfassen. Mama rief am Mittag an und fragte, wie es mir geht. Es war, als hätte sie aus fast zweihundert Kilometern Entfernung riechen können, dass heute kein guter Tag ist. Ob so etwas möglich ist? Schließlich riechen Haie Blut angeblich auch über weite Strecken. Ich habe sie jedenfalls angelogen und ihr gesagt, dass alles gut sei. »Alles in Butter«, habe ich gesagt. Dies ist eine interessante Redewendung, wie ich finde. Mama hat sich damit zufriedengegeben. Wieder einmal wollte sie wissen, ob ich Leute kennengelernt habe. Ich wusste nicht, was ich darauf antworten sollte. Es ist ja nicht so, als wollte ich keine Freunde. Doch es ist so schwierig, welche zu finden. Es ist schwierig und tut weh. Aber ich wollte darüber nicht sprechen. Also habe ich so getan, als hätte ich Mamas Frage nicht gehört. Stattdessen habe ich von dem Job im Museum erzählt. Ich weiß, dass sie stolz auf mich ist, da ich die Sache durchziehe. Trotz der vielen Leute, die an manchen Tagen kommen. Aber es geht erstaunlich gut, denn meistens denke ich mir die Besucher einfach weg. Das funktioniert. Der Job bereitet mir keine schlaflosen Nächte, nein. Sorgen macht mir im Moment mehr, dass ich eine Schreibblockade oder so was habe. Heute konnte ich keine einzige Zeile zu Papier bringen. Dabei habe ich die gesamte Forschungsliteratur zum anstehenden Kapitel bereits gelesen. Und auch sehr viele Stellen angestrichen. Trotzdem komme ich nicht weiter. Wahrscheinlich sollte ich mit Max – –

Hastig schlägt Onni die Seite um. Sein Lieblingsplatz ist gerade heute kein Ort, um sich mit den Problemen seiner Doktorarbeit zu beschäftigen. Er wird Max am Nachmittag sehen, direkt nach dem Job. Der Termin steht schon seit Längerem. Das muss im Augenblick zu dem Thema reichen.

Gedankenverloren blättert er weiter durch das Notizbuch, in dem er jeden Tag mindestens ein paar Sätze dazu festhält, was geschehen ist, was ihn beschäftigt hat. Das Tagebuch hilft ihm dabei, ein Gefühl von Ordnung und Struktur zu erzeugen. Wenn es ihm nicht gut geht, liest er darin und versteht, dass es immer irgendwie weitergeht.

Manchmal hat er den Eindruck, dass die Vergangenheit für sein Leben wichtiger ist als die Gegenwart. Wahrscheinlich hat er sich in der Uni für ein historisches Fach entschieden, da es ihm hilft, mit dem Gestern das Heute einzuordnen. Er weiß, dass andere Menschen ihn auch deshalb für einen Spinner halten. »Jedes Leben ist anders. Du bist super«, flüstert er.

Nachdenklich fährt Onnis Zeigefinger am Papierschnitt entlang, bleibt an einer Stelle hängen. Er schlägt die Seite auf. Unter einem Datum von vor rund zwei Wochen befindet sich lediglich ein großes Fragezeichen, sonst nichts. Es sieht schön aus, das Fragezeichen, findet Onni. Er hat es in einen Vogel verwandelt. Der obere Bogen ist der Schnabel samt Kopf, gefolgt von einem langen Hals, der in einen gefiederten Körper übergeht. Mit einem schwarzen Lackstift hat er gearbeitet. Es ist die Arbeit eines ganzen Nachmittags, als er in seiner Wohnung saß und, anstatt Fachbücher zu wälzen, nachgedacht hat. Das Malen hat unbewusst stattgefunden, er kann sich an den Vorgang selbst nicht mehr erinnern. Nachdem er wieder aus seiner Gedankenwelt aufgetaucht war, schmückte der Vogel jedenfalls die Doppelseite. So einfach war das. Also muss er ihn gemalt haben. Nur den Punkt des Fragezeichens hat er so gelassen, wie er war. Er schwebt nun verloren unter einem schwarzen, schönen Schwan.

»Verloren«, flüstert Onni und schlägt das Notizbuch zu. Während er es in den Rucksack schiebt, überkommt ihn ein Frösteln. Ohne nachschauen zu müssen, weiß er, dass es nun eindeutig zu spät ist. Er muss los und wird es deshalb nicht mehr sehen. Dieses Wissen versetzt ihm einen Stich, der sich schmerzhaft in die Eingeweide bohrt. Er möchte *unbedingt* das Schiff sehen. Immer wenn er morgens um diese Zeit hierherkommt, grüßt es ihn mit einem tiefen Tuten. Es ist erstaunlich, doch stets erscheint das riesige Fährschiff innerhalb eines Zeitfensters von acht Minuten zwischen den Inseln und kündigt seine Einfahrt in den Hafen mit diesem beruhigenden Ton an. Über tausend Kilometer auf der Ostsee hat es hinter sich, dennoch ist es pünktlicher als mancher Regionalzug. Nur heute nicht. Heute bleibt es auf dem Meer still.

Das Ausbleiben der Fähre will Onni als ein verstörendes Zeichen erscheinen. Auf dem Weg zurück in die Stadt wirft er einen letzten hoffnungsvollen Blick über die Schulter. Kein Schiff. Der heutige Tag wird anders werden, weiß er und unterdrückt ein Zittern. *Anders* gefällt ihm nicht.

VIERTES KAPITEL

Mit spitzen Fingern legt sie das beschmierte Fleischermesser in die Spülmaschine und drückt den Startknopf. Gurgelnd setzt sich die Maschine in Gang. In wenigen Minuten werden alle Spuren beseitigt sein, frohlockt Sarah, während sie ihre Hände ausgiebig unter dem Wasserhahn wäscht. Wenn Martha, ihre Hauswirtschafterin, die Spülmaschine am Nachmittag ausräumt, wird ihr nichts auffallen. Bis dahin ist Sarah bereits über alle Berge.

Auf dem Weg zur Haustür geht sie im Kopf die Liste jener Dinge durch, die zu erledigen waren. Das Flugticket, nur ein Hinflug, befindet sich auf ihrem Handy, ebenso wie die Buchungsbestätigung für das Haus. Martha hat sie neben einer Banknote ein paar Zeilen auf dem Küchentisch hinterlassen und Armin, ihrem Anwalt, die unterschriebene Vollmacht per E-Mail zugesandt. Das Geld für Franzi ist überwiesen. Die Koffer sind gepackt. Und um Udo hat Sarah sich gerade gebührend gekümmert. Zufrieden lauscht sie auf das Geräusch der Spülmaschine.

Franziska und zwei, drei enge Freundinnen hat sie in einer Textnachricht darüber informiert, dass sie in der nächsten Zeit nur schwer zu erreichen sein wird. Insgeheim hatte sie gehofft, ihre Tochter würde sich – durch die Mitteilung aufgeschreckt – umgehend bei ihr melden, doch da kam nichts. Natürlich nicht. Wahrscheinlich befindet Franzi sich schon im Shopping-Nirvana.

An der Haustür bleibt Sarah neben den beiden Koffern stehen. Sie zückt ihr Handy und sperrt alle eingehenden Anrufe, außer die von Franzi und Armin. Dann öffnet sie die Taxi-App und bestellt einen Wagen. Langsam dreht sie sich um die eigene Achse und nimmt das Haus ein letztes Mal in sich auf. Sie hat nicht vor, hierher zurückzukehren.

Es vergehen keine fünf Minuten, dann ertönt die Haustürklingel. Über ihr Handy öffnet Sarah das Tor zur Straße und lässt das Taxi herein. Schwungvoll setzt sie die Sonnenbrille auf und schnappt sich die Koffer. Mit einem lauten Knall fällt die Haustür hinter ihr ins Schloss. »Zum Flughafen«, bittet sie den Fahrer, der geschäftig aus dem Wagen springt, um Sarah die Koffer abzunehmen. »Und wenn es Ihnen möglich ist, dann schütteln Sie unterwegs den grünen Peugeot ab, der unten an der Straße parkt und uns gleich folgen wird.«

Der Mann guckt verdutzt, doch dann nickt er. »Wird gemacht.« Während das Taxi auf die Straße rollt und sich das schmiedeeiserne Einfahrtstor hinter ihnen schließt, wirft der Fahrer Sarah im Rückspiegel einen fragenden Blick zu. »Brennt es bei Ihnen? Ich glaube, ich habe beim Rausfahren eine Rauchsäule im Seitenspiegel gesehen. Und da lag auch irgendetwas Verkohltes in der Luft.«

Sarah schüttelt den Kopf und unterdrückt ein Lächeln, das sich auf ihr Gesicht schieben will. »Ein paar Gartenabfälle, die verbrannt wurden«, erklärt sie knapp. »Nichts weiter.« Argwöhnisch verfolgt sie, wie sich der Peugeot vom Straßenrand löst, um hinter dem Taxi herzufahren. »Diesen Wagen meinte ich«, sagt sie.

Der Fahrer nickt und kneift die Augen leicht zusammen. »Kein Problem.«

Sie erreichen den Flughafen ohne den Verfolger. Im dichten Stadtverkehr musste der Peugeot schnell klein beigeben, da ihm das Taxi einfach über die Omnibusspuren davonfuhr.

»Vielen Dank.« Sarah belohnt den Fahrer mit einem großzügigen Trinkgeld. Noch im Wagen wickelt sie einen Schal um Kopf und Gesicht, rückt die Sonnenbrille zurecht und betritt mit gesenktem Kopf das Terminal. Doch sie kommt nicht weit. Gleich am ersten Zeitungsstand bleibt sie wie angewurzelt stehen und kämpft gegen einen Würgereiz. Von einer Illustrierten blickt ihr Udo entgegen. In seinem Arm liegt eine junge Blondine und schmachtet ihn an. *Neues Liebesglück für Ramona*, prangt die Überschrift.

Grimmig schiebt Sarah ihre Koffer an den Rand, greift sich eine der Illustrierten. Mit zitternden Fingern schlägt sie sie auf. »Das kann doch nicht wahr sein«, haucht sie. Ein Bild von ihr und Udo, vor Jahren bei irgendeiner Festivität aufgenommen, ist mit dem Satz *Eine Aufnahme aus besseren Zeiten* versehen. »So eine Unverschämtheit!«

Kurzerhand greift Sarah sich alle Ausgaben der Illustrierten und bezahlt sie mit verkniffenem Gesicht an der Kasse. Sie hat das Gefühl, die Leute würden sie mitleidig anstarren. Sie, die sitzengelassene Ehefrau, die nach ihrem Ruhm nun auch noch den Gatten verloren hat. Schwungvoll wirft sie das halbe Dutzend eng umschlungener Udos und Ramonas in den Papiermüllbehälter, unweit des Zeitschriftenhändlers. »Nimm *das*, Ramona«, murmelt sie heiser und eilt zurück zu ihren Koffern. In ihrem Inneren wütet ein Sturm, und ihre Zähne sind derart fest zusammengepresst, dass der Kiefer schmerzt. Noch nie zuvor in ihrem Leben hat sie sich derart gedemütigt gefühlt. Nicht einmal damals, während der Trennung von Rüdiger.

Mit einem Stöhnen erkennt Sarah, dass die Lücke im Zeitschriftenständer bereits wieder aufgefüllt worden ist. Ramonas Liebesglück erstrahlt auf ein Neues. Sie überlegt noch, ob sie abermals alle ausliegenden Exemplare aufkaufen soll, da fällt ihr ein groß gewachsener Mann in Jeansjacke und ausgebeulten Cordhosen auf, der gerade das Terminal betritt. Der Typ löst ein Alarmgefühl in ihr aus. Und das rührt nicht daher, dass Cordhosen wohl das Unpassendste sind, was man im Sommer tragen kann. Es ist der große Fotoapparat, den der Kerl in den Händen hält, der Sarah ein Schaudern die Wirbelsäule hinablaufen lässt. Ein Reporter. Der grüne Peugeot.

Abrupt wendet sie sich ab und zieht, ohne sich noch einmal umzusehen, die Koffer zum Check-in-Bereich. Glücklicherweise ist der separate Schalter für Reisende in der Business Class frei, und es dauert keine fünf Minuten, bis Sarah eingecheckt hat.

»Sie können gleich zum Gate gehen, Frau Fuchs«, erklärt die Mitarbeiterin mit einem Lächeln. »Das Boarding beginnt in einer Viertelstunde. Ich wünsche Ihnen einen angenehmen Flug nach Helsinki.«

Auf dem Weg zur Sicherheitskontrolle meint Sarah, aus dem Augenwinkel den Reporter wahrzunehmen. Es ist völlig klar, was er von ihr möchte, sollte er sie aufspüren: einen Kommentar zum neuen Liebesglück ihres Gatten. Und womöglich noch ein paar Fotos, wie sie in Tränen aufgelöst am Münchner Flughafen steht. Die verzweifelte Noch-Ehefrau, nach langen Ehejahren am Boden zerstört, weil ihr Mann sie für ein Schlagersternchen eingetauscht hat. Diesen Gefallen wird sie dem Presseheini selbstverständlich nicht tun. Unauffällig lässt Sarah sich in Richtung der Sicherheitsschleusen treiben, schließt sich auf dem Weg dorthin einer größeren Reisegruppe an und steuert dann im letzten Moment die kurze Wartereihe für priorisierte Kontrollen an. Ein paar Minuten später hat sie es geschafft. Die Sicherheitsschleuse und damit auch der Reporter liegen hinter ihr. Ein Anflug von Erleichterung macht sich in Sarah breit. Auf direktem Weg begibt sie sich zum Gate. Sie möchte nur noch weg aus München. Hier hat sie das Gefühl zu ersticken.

Als der Flieger abhebt, ist es wirklich ein Gefühl der Befreiung. Dennoch verharrt Sarah noch einige Zeit in sich zusammengesunken im Sitz. Schließlich linst sie verstohlen über den Rand ihrer verspiegelten Sonnenbrille, lugt den Gang auf und ab. Für einen Moment zögert sie, dann wickelt sie den Schal von ihrem Kopf, nimmt die Brille ab und schiebt sie in die Handtasche. Dort fischt sie sogleich nach dem Lippenstift und dem Spiegel. Ein Automatismus. Wenn sie aufgeregt ist, zieht sie immer ihre Lippen nach. Mit *Cherry Topaz*, ihrer Lieblingsfarbe. Andere Leute zünden sich eine Zigarette an, sie dreht am Lippenstift. Diesmal hält sie jedoch noch rechtzeitig inne. Eine weitere Farbschicht, und sie sähe aus wie ein grotesker Clown.

Sarah rutscht vom mittleren Sitz hinüber auf den Fensterplatz. Prüfend wirft sie der Frau, die auf der anderen Seite von Gang 3 ebenfalls allein in der Reihe sitzt und ihr vage bekannt vorkommt, einen Blick zu. Doch die aufgebrezelte, ondulierte Mitsechzigerin schenkt Sarah keine Beachtung. Konzentriert tippt sie auf ihrem Handy herum, dabei blitzt immer wieder ein wuchtiger Ring an ihrer Hand auf. Ein Panthère de Cartier, erkennt Sarah, nicht ohne eine Spur von Anerkennung. Der Klunker hat den Wert eines Kleinwagens.

Bestimmt heißt sie Petra, schießt es Sarah in den Kopf. Sie wirkt wie eine Petra, direkt der Münchner Schickeria entsprungen. Geld wie Heu, ständig irgendwo eingeladen, aber im Grunde von Einsamkeit zerfressen. Frauen wie sie hat Sarah über die Jahre zur Genüge kennengelernt. So viele, dass sie Angst hat, selbst eine von ihnen zu werden. Schnell dreht sie den Kopf zur anderen Seite.

Bei der Aussicht aus dem schmalen Flugzeugfenster stiehlt sich ein Lächeln auf ihr Gesicht. Ohne die dunklen Gläser vor den Augen leuchten der Himmel und die Ostsee um die Wette. Sarah beugt sich ein Stück vor, taucht ein in das unendliche Blau. Der Anblick beruhigt sie. Von hier oben wirken ihre Probleme so wunderbar nichtig. Wie es wohl wäre, für immer am Himmel zu kreisen? Vielleicht wäre alles leichter, wenn sie als Vogel geboren worden wäre. Als Möwe. Sie hätte sich einfach in die Lüfte geschwungen, die Flügel ausgebreitet und wäre dorthin geflogen, wo es ihr gefällt. Und hätte Udo zum Abschied auf den Kopf geschissen.

Aus den Augenwinkeln nimmt sie eine Bewegung wahr, die sie aufschauen lässt. Die Stewardess ist aus der Bordküche hervorgetreten, eine Sektflasche in der einen, ein Tablett mit halb gefüllten Gläsern in der anderen Hand. Entgegen ihrem ersten Impuls nickt Sarah, als die Frau ihr eines der Gläser anbietet. »Vielen Dank.«

Die Stewardess beendet ihre Runde durch die kaum besetzte Business Class schnell. Mit einem nahezu vollen Tablett zieht sie sich abermals in die Bordküche zurück. Sarah stellt sich mit einem Schmunzeln vor, wie die Frau dort den restlichen Sekt genüsslich allein austrinkt. Zurück in die Flasche füllen wird sie ihn wohl kaum.

Sarah nippt am Glas und stößt ein wohliges Seufzen aus, als das feine Perlen auf ihren Lippen kitzelt. Mit jeder Meile, die sie sich von München entfernt, gewöhnt sie sich mehr an den Gedanken, dass ihr Leben gerade dabei ist, sich grundlegend zu verändern. Die Würfel sind gefallen. Es ist nicht das erste Mal, dass sie sich selbst aus dem Schlamassel ziehen muss. Gerade überlegt sie, ob sie nach der Stewardess klingeln soll, um sich das Glas auffüllen zu lassen, da dringt ein lautes Schmatzen an ihr Ohr. Verwundert dreht sie den Kopf. Für einen Schlag setzt ihr Herz aus.

Auf Sitz 3A hat Petra jene Illustrierte hervorgezogen, die *Neues Liebesglück für Ramona* verspricht. Mit einem schmatzenden Geräusch leckt Petra ihren Zeigefinger an, bevor sie die nächste Seite umschlägt und sich in die Klatschspalten vertieft.

Hastig kramt Sarah in ihrer Handtasche. Mit zitternden Fingern klappt sie ihre Sonnenbrille auseinander und schiebt sie auf die Nase. Nervös schielt sie zu ihrer Nachbarin hinüber, deren Zunge abermals hervorschnellt, um schwungvoll den Zeigefinger anzulecken.

Lecken. Blättern. Lecken. Blättern.

Petra beugt den Kopf nach vorne, in die Illustrierte hinein. Ihr Blick springt von den Fotos, die auf der Doppelseite abgebildet sind, zu den Bildunterschriften, von dort zum Textblock und dann wieder zurück auf die Fotos. Dann stockt sie. Ruckartig fährt ihr Kopf herum, und sie blinzelt Sarah an. »Das sind ja *Sie*!«, ruft sie überrascht aus und hält Sarah die Fotostrecke entgegen. Der Panther-Ring funkelt angriffslustig. »Sie sind Sarah Fuchs! Ihr Mann hat Sie für diese Sängerin sitzenlassen!«

Wie paralysiert starrt Sarah in Petras weit aufgerissene Augen, in denen eine Mischung aus Sensationsgier und Häme blitzt, und ignoriert die ihr entgegengestreckte Zeitschrift.

»Das sind doch *Sie*?«, fragt Petra mit Aufregung in der Stimme. Ihre Augen sind nun zu schmalen Schlitzen zusammengepresst, aus denen sie Sarah wie ein Raubvogel taxiert. »Nehmen Sie doch mal die Sonnenbrille ab!«

Ruckartig erwacht Sarah aus ihrer Starre und räuspert sich. »Minä en ymmärrä teitä«, quetscht sie hervor. *Ich verstehe Sie nicht*.

»Wie bitte?« Petra blinzelt, schaut auf die Fotos, dann wieder zu Sarah. Sie öffnet den Mund, schließt ihn jedoch stumm wieder.

Erleichtert, dass sie der Frau fürs Erste den Wind aus den Segeln genommen hat, durchkämmt Sarah ihr Gedächtnis nach einem weiteren Satz, den sie Petra entgegenschleudern kann. Irgendetwas Belangloses, damit die Frau sie für eine Finnin und eben nicht für Sarah Fuchs, die in einem Linienflug aus München flüchtet, hält. Warum fällt ihr gerade jetzt nichts Passendes ein? Was kann sie …? Verdammt! »Kissa on teeveen ääressä«, stößt sie schließlich aus.

Petra presst ihre Lippen aufeinander, sichtlich unschlüssig, wie sie reagieren soll. Hilfe suchend sieht sie sich um, doch niemand der übrigen Passagiere verfolgt das Gespräch der Frauen in Reihe 3.

Die Katze ist vor dem Fernseher. Am liebsten würde Sarah sich selbst ohrfeigen. Ihr ist einzig dieser dämliche Satz in den Sinn gekommen. Glücklicherweise versteht Petra augenscheinlich kein

Wort von dem, was Sarah da von sich gibt. Sie wird die Frau einfach totreden, bis sie von ihr ablässt. Oder bis sie in Helsinki landen. »Kissa menee pöydän alle.« *Die Katze geht unter den Tisch.* Über Wochen hat Sprachlehrer Torben Sarah mit endlosen Katzenbildern, die sie beschreiben musste, gequält. Es ist unvorstellbar, wo Katzen überall hingelangen können.

Petra runzelt die Stirn. In ihren Augen blitzt Verunsicherung auf. Die Illustrierte baumelt schlaff in ihrer Hand.

»Kissa on kukkien keskellä.« *Die Katze ist zwischen den Blumen.* Sarah wirft Petra ein entschuldigendes Lächeln zu. So, als verstehe sie nicht, was die Mitreisende überhaupt von ihr will. Nun, da sie die Frau erfolgreich auf den Holzweg führt, gewinnt Sarah fast schon Gefallen an der Situation.

Ein weiteres Mal gleicht Petra die Fotos der Zeitschrift mit Sarahs Erscheinung ab, dann verzieht sie beleidigt die Mundwinkel. Zwinkernd versucht sie, durch Sarahs verspiegelte Brillengläser zu stieren.

Sarah holt zum Todesstoß aus. »Kissa hyppää pois television päältä.« Sie schickt ein nachdrückliches Nicken hinterher. *Die Katze springt vom Fernseher.* »Kissalla on nälkä ja se menee keittiöön.« *Die Katze hat Hunger und geht in die Küche.*

»Ich … äh …« Petra schüttelt den Kopf, dann hebt sie die Zeitschrift ruckartig vor ihr Gesicht.

Lecken. Kopfschütteln. Lecken. Blättern.

Als der kaum besetzte Airbus A320 keine Stunde später in Helsinki-Vantaa am Terminal ankommt und sich die Flugzeugtür geöffnet hat, stürmt Petra aus dem Flieger, ohne sich noch einmal nach Sarah umzudrehen. Die Illustrierte lässt sie achtlos auf ihrem Sitzplatz zurück.

Das Schmutzblatt wird im Abfall landen, wo es hingehört, denkt Sarah mit einer leisen Genugtuung, während sie in ihren leichten Mantel schlüpft. An der Tür nickt sie der Stewardess zum Abschied zu.

»Sie haben aber eine sehr umtriebige Katze«, sagt die Stewardess auf Englisch und zwinkert Sarah vergnügt zu. »Willkommen in Helsinki.«

Mit rotem Kopf stöckelt Sarah aus dem Flugzeug. Sie ist sich sicher, Alkohol im Atem der Stewardess gerochen zu haben.

FÜNFTES KAPITEL

Onni faltet das dunkle Hemd zusammen und steckt es in seinen Rucksack. Er hält inne, zieht das Hemd wieder hervor und schüttelt es sorgsam aus. Dann faltet er es abermals, besieht sich das Ergebnis von allen Seiten und schiebt das rechteckige Stoffbündel auf seinen Handflächen in den Rucksack, nicht unähnlich einem Pizzabäcker, der seine Pizza in den glühend heißen Ofen hebt. Eilig zurrt er den Verschluss des Rucksacks zu. Bliebe er zu lange offen, bestünde die Gefahr, dass Onni das Hemd ein drittes Mal zusammenlegen müsste.

»Schon fertig für heute?« Ritwa öffnet einen Spind und hängt ihre Jacke hinein. »Ich beneide dich, Onni. Hättest du nicht eigentlich bis zum Nachmittag Dienst gehabt?«

»Es ist nicht viel los. Ich habe Frau Wirtanen gefragt, ob ich deshalb früher gehen darf. Sie meinte, das ginge okay, da du noch kommen würdest.«

»Ihr hättet mich auch anrufen können, dann wäre ich zu Hause geblieben.« Ritwa gibt der Tür einen Stoß, sodass der Spind mit einem lauten Geräusch zuschlägt. »Aber an mich denkt ja niemand.«

Onni kann nicht sagen, ob Ritwa einen Scherz macht oder ob sie es ernst mit ihrer Anklage meint. Er ist nicht gut in diesen Dingen. Kaisa, seine Mutter, sagte schon früher, das soziale Miteinander sei für ihn wie eine Fremdsprache, die er nur mäßig beherrsche. Vielleicht gefällt ihm sein Job im Museum deshalb so gut. Er hat lediglich sicherzustellen, dass keiner der Besucher den

Bildern und Skulpturen zu nahe kommt. Meist kreisen seine Gedanken sowieso um die Doktorarbeit, an der er schreibt. An den Schreibtisch zieht es ihn auch jetzt, deshalb hat er Frau Wirtanen gefragt, ob er früher gehen könne.

»Genieß deinen freien Nachmittag«, sagt Ritwa. Sie zwinkert ihm im Vorbeigehen zu.

Er schultert den Rucksack und verlässt das Museum. Ritwa hat zum Abschied doch recht freundlich gewirkt, findet er. Dann wird sie nicht wirklich enttäuscht darüber gewesen sein, dass er den Nachmittag frei hat, wohingegen sie arbeiten muss. Das erleichtert ihn, er möchte nämlich keinen Streit mit ihr. Vor einem Jahr, als er den Job im Museum anfing, war Ritwa für ein paar Wochen nicht gut auf ihn zu sprechen. Mehrmals wollte sie sich mit ihm verabreden, lud ihn sogar zu sich nach Hause ein. Dass er die Treffen allesamt ausschlug, nahm sie ihm richtig übel. Er sei ein komischer Kauz, ein richtiger Nerd, hat sie ihn damals angefahren. Doch das ist längst wieder vergessen. Hofft er zumindest.

Gedankenverloren rückt er an seiner Nickelbrille, während er die Aleksanterinkatu überquert. Auf der anderen Straßenseite bleibt er stehen und schiebt den Rucksack, den er nur über einer Schulter trägt, zurecht. In einer nahen Schaufensterscheibe erblickt er sein Spiegelbild und tritt einen Schritt darauf zu. Missmutig mustert er seine große, schlaksige Statur. Die langen Gliedmaßen versucht er vergeblich unter einem viel zu weiten Pullover zu verstecken. Es ist endlich an der Zeit, dass er in ein Fitnessstudio geht, um Muskeln aufzubauen, sagt er sich. Doch er weiß genau, dass es bei dem Vorsatz bleiben wird. Wie schon so oft.

Im Kiosk an der Ecke zur Vuorimiehenkatu greift Onni einen abgepackten Hirsesalat aus dem Kühlregal. Während er an der Kasse ansteht, studiert er das Titelblatt des heutigen *Helsingin Sanomat*. Der Aufmacher ist ein Artikel über den Einbruch bei einem der reichsten Finnen, Taavi Romu. Der Zweiundachtzigjährige soll in seiner Villa nahe Helsinki überfallen worden sein, ohne dass jedoch etwas geraubt wurde. Ungläubig schüttelt Onni den Kopf. Er hat Romu einmal von Weitem bei einer Veranstaltung im Museum gesehen. Der Multimillionär gehört zu den wichtigsten Förderern der staatlichen Sammlung. Zum Glück ist dem Mann anscheinend nichts geschehen.

Vom Kiosk bis zu seiner Wohnung sind es nur ein paar Gehminuten. Würden seine Eltern, die in Turku leben, ihn nicht finanziell unterstützen, könnte Onni sich eine Unterkunft in dieser Gegend nicht leisten. Der Teilzeitjob im Museum wirft gerade so viel ab, dass es für die täglichen Ausgaben reicht. Doch seine Eltern, beide Akademiker in gut bezahlten Positionen, bestehen darauf, dass ihr Sohn ein angenehmes Leben führt, während er an einer wissenschaftlichen Arbeit über den Stellenwert von vorchristlichen Religionen in der altfinnischen Geschichte schreibt. Sein Vater überweist ihm sogar jeden Monat mehr als die Mietkosten. Die unbestreitbaren Vorzüge eines Daseins als Einzelkind.

Den Salat stellt er in den Kühlschrank, prüft dreimal, ob die Kühlschranktür auch wirklich geschlossen ist, dann füllt er ein Glas mit Leitungswasser und setzt sich auf das Sofa. Vor ihm auf dem Tisch liegt ein gutes Dutzend Bücher neben seinem Laptop. Er starrt auf den Bücherstapel, weiß, dass er dringend weiterarbeiten muss. Am Nachmittag hat er den Termin bei Max Bengtsson, seinem Doktorvater. Er mag den Professor sehr, doch er wird ihm beichten müssen, dass er mit seiner Arbeit schon seit einiger Zeit nicht weiterkommt. Davor graut es ihm.

Halbherzig blättert Onni in einem der Bücher, dann klappt er den Laptop auf, nur um ihn sogleich wieder zu schließen. Wem soll er etwas vormachen?, fragt er sich. Auch jetzt wird er die Blockade nicht lösen können. Vielleicht hilft ihm das Gespräch mit Max weiter, doch im Moment vertrödelt er nur seine Zeit.

Plötzlich wirkt die Wohnung erdrückend. Onni springt vom Sofa auf, schnappt sich seine Geldbörse aus dem Rucksack und hechtet durchs Treppenhaus nach draußen. Er braucht dringend frische Luft und Bewegung. Ohne ein konkretes Ziel vor Augen wandert er durch das Viertel, wobei ihm jetzt, am frühen Nachmittag, nur wenige Passanten begegnen.

Sein Kopf schmerzt. Wie ein Schmetterlingsschwarm flattern die Gedanken wild durcheinander. Immer wieder ermahnt Onni sich, nicht an das bevorstehende Treffen mit Max zu denken. Er darf sich nicht verrückt machen, sonst kommt er gar nicht mehr weiter. Er wusste sogleich, dass dies kein guter Tag werden würde, als das Schiff ausblieb.

Als es ihm endlich gelingt, die schweren Gedanken abzuschütteln, und er erleichtert den Blick hebt, schaut er auf den Eingang des *Black Swan*. »Wirklich?«, stößt er überrascht aus. Ausgerechnet hierhin hat es ihn verschlagen? Schnell will er weitergehen, aber dann schaut er doch kurz in der Bar vorbei. Der Laden ist fast leer. Lediglich eine Handvoll Leute sitzen drinnen an den Tischen. Es wird sich wahrscheinlich erst später füllen, wenn die Büros und Geschäfte schließen. Mit gesenktem Kopf steuert er die Theke an und setzt sich auf einen Hocker.

»Hi«, grüßt der Barkeeper, ein braun gebrannter Mittdreißiger mit blonden Haaren, die er zu einem Zopf zusammengebunden hat. »Was darf's sein?«

»Ein Bier, irgendeins«, antwortet Onni. Nervös schiebt er die Ärmel seines Pullovers hoch und wieder herunter. Wenn er sich doch nur erinnern könnte! Als der Barkeeper eine Flasche vor ihm abstellt, ergreift Onni sie eilig und nimmt einen tiefen Schluck. Dabei sieht er sich in dem kleinen Raum um. Ein paar Jungs in seinem Alter unterhalten sich lachend an einem Tisch, ansonsten sitzen noch zwei ältere Männer in entgegengesetzten Ecken des Raums und starren in ihre Gläser. Nein, er erinnert sich nicht.

Am Abend, vermutet er, wird man sich im *Black Swan* nicht mehr um die eigene Achse drehen können, ohne jemandem auf die Füße zu treten. Gerappelt voll wird der Laden sein, ohrenbetäubend laut. Auch in den unteren Räumen, die erst am späten Abend geöffnet werden. Das hat er irgendwo gehört. Irgendwoher weiß er es. Mit dem Handrücken wischt sich Onni eine Schweißperle von der Stirn. Warum nur kann er sich nicht erinnern?

»Hallo, Onni«, ertönt eine Stimme. »Das ist eine Überraschung.«

Er fährt auf dem Hocker herum, wobei er beinahe seine Bierflasche vom Tresen fegt. »Swen«, stößt er aus. Er hat ihn nicht hereinkommen sehen.

Swen nestelt am Bund seiner Baggy-Jeans, dann tippt er an den Schirm seiner Baseballkappe. »Okay, wenn ich mich setze?« Ohne eine Antwort abzuwarten, zieht Swen einen Hocker zu sich heran. »Das Gleiche.« Er nickt in Richtung des Barkeepers und deutet auf Onnis Bierflasche.

Der Mann hinter der Theke zieht in einer einzigen flüssigen Bewegung eine Flasche aus einer Schublade hervor, entfernt den Kronkorken und stellt das Bier vor Swen ab. Das Ganze hat keine fünf Sekunden gedauert.

»Was macht die Kunst?« Swen untermalt die Frage mit einem breiten Grinsen.

Onni nimmt einen Schluck aus seiner Flasche. *Was macht die Kunst?* Ein flaches Wortspiel, schließlich haben Swen und er sich im Kunstmuseum kennengelernt. Dort waren sie Kollegen, wenngleich nur für eine kurze Zeit. Denn Swen hat bereits nach zwei Wochen wieder gehen müssen, da Frau Wirtanen ihn beim Klauen erwischte. Toilettenpapier aus den Besucherklos, im großen Stil. »Gut geht's.«

»Cool, Junge. Das ist *dope*. Ich habe gestern noch an dich denken müssen.« Er zwinkert Onni zu.

»Ach?«

»Wegen dem Zeugs, mit dem du dich für deine Doktorarbeit beschäftigst. Diesem alten Krempel. Musste ich gestern dran denken, wie gesagt.« Er führt die Bierflasche an die Lippen und nimmt einen tiefen Zug, ohne Onni aus den Augen zu lassen.

»Du hast wegen meiner Doktorarbeit an mich gedacht?«

Swen nickt. »Ich mache im Moment guten Zaster mit Botengängen, weißt du. Und manchmal bin ich neugierig, was mich meine Auftraggeber so durchs Land fahren lassen. Eigentlich ist es immer das gleiche Zeug.« Demonstrativ zieht er die Nase hoch. »Aber gestern war es was ganz anderes. So etwas Altes. Wie du es mir mal im Museum gezeigt hast, als du von deiner Doktorarbeit gelabert hast. Was Uraltes halt. In etwa so hoch wie eine Weinflasche.«

»Okay.« Onni hat keinen blassen Schimmer, worauf Swen hinauswill. Er erinnert sich nicht, überhaupt mit ihm über seine Forschungsarbeit gesprochen zu haben. Wenn es während ihrer gemeinsamen Zeit im Museum war, dann ist es jedenfalls bereits Monate her.

»Stell dir vor, das Ding gestern war in Klopapier eingewickelt. Witzig, oder? Klopapier!«

»Klopapier?«, wiederholt Onni. Das birgt eine gewisse Ironie.

»Ja, genau. Ich habe die Lieferung vorsichtig ausgewickelt und mir genau angeguckt. War so ein altes, hässliches Ding. Echt krass. Du weißt, was ich meine, Junge.«

Er weiß nicht, was Swen meint, und eigentlich interessiert es ihn auch nicht. Plötzlich muss er wieder an seinen wichtigen Gesprächstermin mit dem Professor denken. Es war ein Fehler, hierher in die Bar zu kommen, schießt es ihm in den Kopf. Er hätte zumindest versuchen müssen, weiterzuschreiben.

»Gestern musste ich an dich denken, heute bist du hier«, erklärt Swen und legt eine Hand auf Onnis rechten Oberschenkel.

Er zuckt zusammen und schiebt Swens Hand zur Seite.

Swen lacht auf. »Junge, du brauchst jetzt keinen auf Klosterschüler zu machen. Echt nicht. Beim letzten Mal warst du weit davon entfernt.«

»Wie meinst du das?« Onnis Stimme ist ein Krächzen.

Grinsend zieht Swen einen Stift aus seiner Jeans und setzt ihn an ein Nasenloch. Er tut so, als zöge er auf dem Tresen eine Line.

»I-ich … also …«, stottert Onni.

Swen kneift die Augen zusammen und starrt Onni für einen langen Moment an, dann seufzt er, dreht den Stift auf und beginnt, auf einem Bierdeckel herumzukritzeln. »Echt jetzt, Onni? Du weißt es nicht mehr?« Er unterbricht das Malen und blickt auf. In seinen Augen liegt etwas Abwägendes.

Onni schüttelt den Kopf. Ein Fragment klopft an sein Gedächtnis, doch er bekommt es nicht zu fassen.

»Alter, du warst zugedröhnt wie eine Haubitze. Alkohol. Koks. Wer weiß, was noch.« Swen setzt das Kritzeln konzentriert fort, als wäre es ihm nun unangenehm, Onni direkt in die Augen zu schauen. »Du bist voll abgegangen, hast da unten mit ein paar Typen rumgemacht.« Er deutet auf die Treppe, die zu den unteren Räumen führt. »Du warst wie ausgewechselt, hätte ich dir nie zugetraut.«

Ihm wird schwindelig. Was behauptet Swen da? Das ist nicht wahr! Warum kann er sich nicht erinnern? Das Einzige, was er noch weiß, ist, dass er vor zwei Wochen eines Morgens wie gerädert in seiner Wohnung aufgewacht ist, nachdem er abends erstmals in den *Black Swan* gegangen war. Sein ganzer Körper fühlte sich an, als wäre eine Dampfwalze darüber gerollt. Er erinnert sich, die Bar betreten zu haben, und er erinnert sich an das Aufwachen am nächsten Morgen. Doch dazwischen klafft in seinem Kopf eine riesige Lücke. Hat er sich hier betrunken zum Affen gemacht? Ganz sicher hat er keine Drogen genommen, da muss Swen sich irren. Außerdem: Warum sollte er jemandem, der Klorollen stiehlt, überhaupt Glauben schenken? »Das kann nicht sein«, stößt er heiser aus.

Kopfschüttelnd steckt Swen den Stift zurück in seine Hosentasche und steht auf. Er bezahlt sein Bier, dann klopft er Onni auf die Schulter. »Pass zukünftig besser auf, was du so nimmst, Junge.«

Knapp nickt er dem Barkeeper zu, richtet die Baseballkappe und verlässt die Bar.

Für einige lange Minuten sitzt Onni völlig bewegungslos auf dem Barhocker. Sein Gehirn arbeitet auf Hochtouren, doch es findet keine Antworten auf die Fragen, die in ihm kreisen. Also macht er das, was er immer tut, wenn er mit etwas nicht klarkommt. Er stellt sich ein Zimmer vor, in das er die unangenehme Sache hineinschiebt, dann zieht er die Tür zu. Sie besitzt kein Schloss. Sobald sie zufällt, gibt es keinen Weg mehr in das Zimmer hinein. Oder aus ihm heraus. Und er kann weitermachen mit seinem Leben.

Onni stößt einen Seufzer aus und zuckt mit den Schultern. Er muss sich auf das konzentrieren, was im Moment wirklich wichtig ist. Nachher erwartet Max von ihm eine weit fortgeschrittene Arbeit. Die er nicht vorweisen kann. Zu Hause sollte er sich gleich doch noch einmal an die Bücher setzen, ermahnt er sich und legt einen Geldschein neben seine Bierflasche. Vielleicht kommt ihm eine Erleuchtung, wie es mit dem Forschungsprojekt weitergehen kann.

Gerade will Onni sich vom Tresen wegdrehen, da stockt er. Verblüfft greift er nach dem Bierdeckel, auf dem Swen herumgekritzelt hat. »Was zum …«, stößt er atemlos hervor. Wie vom Blitz getroffen starrt er auf die Zeichnung. Das kann nicht sein!, hallt es in seinem Kopf. Das ist nicht möglich! Er muss sich am Hocker festhalten, derart überwältigt ist er von dem, was seine Augen sehen. »Grundgütiger Gott«, haucht er. Dann stößt er sich vom Hocker ab und torkelt wie in Trance aus der Bar. Der Bierdeckel brennt in seinen Handflächen wie flüssiges Feuer.

SECHSTES KAPITEL

Mit gesenktem Kopf zieht Sarah die beiden Koffer hinter sich her, schlägt hier einen Haken um eine Reisegruppe, geht dort im Zickzack an bummelnden Touristen, die die Auslagen der Geschäfte betrachten, vorbei. Aufgeschreckt von ihrer Begegnung mit dieser penetranten Petra behält Sarah die Sonnenbrille auf der Nase. »Auf den letzten Metern braucht mich niemand zu erkennen«, raunt sie.

Als sie hinter einem Kiosk – das finnische Wort *kioski* zaubert ihr ein Lächeln ins Gesicht – um die Ecke biegt, steigt Sarah plötzlich ein vertrauter Duft in die Nase und lässt sie verdutzt innehalten. Gleichzeitig streift eine Erinnerung ihre Wahrnehmung, löst sich aber sogleich wieder auf, als sie nach ihr greifen will. Stirnrunzelnd bugsiert Sarah die Koffer an den Rand des Ganges. Vergeblich versucht sie, die Erinnerung zurückzuholen. Doch da legt sich der Geruch abermals wie eine wärmende Decke um sie. Auf einmal steht ihr das Bild wieder lebendig vor Augen. Helsinki. Vor nunmehr dreißig Jahren. Sarah nickt ergriffen. »*Pulla*, natürlich«, sagt sie zu sich selbst und steuert kurz entschlossen das Café an, das zehn Meter weiter seine breite Glasfront geöffnet hat. Bis auf ein altes Ehepaar und eine japanische Familie ist der Innenraum leer. Sarah tritt an den Tresen.

»Hallo, was kann ich für Sie tun?«, fragt die junge Bedienung auf Englisch. Sie hat ihr braunes Haar zu Zöpfen geflochten und trägt ein gelbes Micky-Maus-Shirt.

»Ich möchte bitte einen Kaffee und ein *pulla*«, antwortet Sarah langsam und im besten Finnisch, das Torben ihr beigebracht hat. Sie deutet auf die Zimtschnecken.

Die Frau nickt mit einem Lächeln. »Mitnehmen oder hier essen?«, will sie wissen – abermals auf Englisch.

»Ich – äh, zum Hier-Essen.« Sarah ist ebenfalls ins Englische gefallen. Sie liest das Namensschild der Bedienung. Aava. Ein finnischer Name. Warum spricht das Mädchen englisch mit ihr? Vielleicht kann sie wegen der vielen ausländischen Reisenden schon gar nicht mehr anders.

Aava kassiert ab. »Ich bringe Ihnen die Bestellung an den Platz. Bitte setzen Sie sich.« Schwungvoll dreht sie sich zur Kaffeemaschine um.

Sarah wählt den vom Eingang am weitesten entfernten Tisch und setzt sich, nachdem sie die Koffer an die Wand gerollt hat.

Wenig später bringt Aava auch schon den Kaffee und die Zimtschnecke.

Mit geschlossenen Augen saugt Sarah den Duft des warmen Hefegebäcks ein. Sie liebt *pulla*, seitdem sie das Gebäck vor dreißig Jahren erstmals probiert hat. Gedankenverloren beißt sie in die Zimtschnecke, lässt den Hagelzucker zwischen den Zähnen zerplatzen. Kurz darauf schiebt sie den Teller mit dem halb verzehrten *pulla* zur Seite und mahnt sich, nicht an die Kohlenhydrate zu denken, die sie sich gerade gegönnt hat. Sie verdreht die Augen, nimmt einen Schluck Kaffee und steht auf. Gestärkt von Zucker und Koffein geht sie weiter zum Schalter der Autovermietung.

»Ich habe einen Wagen reserviert«, erklärt Sarah dem jungen Mann am Schalter.

»Darf ich Ihre Buchungsbestätigung sehen?«, fragt er auf Englisch.

»Selbstverständlich.« Betont freundlich antwortet sie auf Finnisch und ruft das Dokument in ihrem Handy auf.

»Vielen Dank, Mrs. Fuchs. Einen Augenblick, ich mache alles für Sie fertig.« Wieder spricht der Mann englisch.

Sarah gibt auf. »*Thank you*«, bedankt sie sich und nimmt die Schlüssel ihres Mietwagens entgegen. Dann folgt sie der Beschilderung zum Parkhaus. Erst als sie in ihrem Wagen, einem brandneuen schwarzen Volvo, sitzt, nimmt sie die Sonnenbrille ab und legt sie neben ihre Handtasche auf den Beifahrersitz.

Nachdem sie das Parkhaus verlassen hat, schaut sie aus dem Fenster in den Himmel und schnappt nach Luft. Er ist weit und blau, wie eine unendliche Leinwand. Die Luft wirkt derart klar, dass es in den Augen schmerzt. Doch Sarah widersteht dem Drang, die Sonnenbrille aufzusetzen. Sie möchte diese Schönheit ungefiltert in sich aufnehmen. Während sie den Schildern zur Flughafenausfahrt folgt, denkt sie wieder an ihre erste Reise nach Finnland zurück. Damals schon war sie von den satten Farben der Natur beeindruckt. Wie hat sie das nur vergessen können!

Sarah fährt wie in Trance. Auf der Autobahn fällt ihr ein, dass sie den Weg zu ihrem Ziel gar nicht kennt. In ihrer Erleichterung, München endlich den Rücken gekehrt zu haben, hat sie vergessen, im Parkhaus das Navi zu starten. Ohne die elektronische Orientierungshilfe wird sie jedoch niemals in Sysmä, ihrem Zielort, ankommen. Das ist sicher wie das Amen in der Kirche. Ihr Orientierungssinn ist, das muss sie sich selbst eingestehen, verkrüppelt.

Tastend fischt Sarah während der Fahrt ihr Mobiltelefon aus der Handtasche. In der E-Mail ihres Vermieters steht die Adresse des Ferienhauses. Doch erst einmal muss sie das Telefon mit dem Volvo koppeln. Das sollte kein Problem sein, da ist sie zuversichtlich.

Ein grüner Wagen schießt vorbei und hupt mehrmals.

Aufgeschreckt lässt Sarah das Handy auf den Nebensitz fallen. »Was soll …?«, ruft sie aus. Für den Bruchteil einer Sekunde taucht das Bild des grünen Peugeot in München vor ihrem inneren Auge auf, doch sie schüttelt es ab. Es ist schlicht unmöglich, dass der Reporter ihr so schnell hierher gefolgt ist. Dann checkt sie die Tachoanzeige. Die Geschwindigkeit des Volvos ist mittlerweile auf sechzig Stundenkilometer abgefallen. Sie ist auf dem besten Wege, trotz überschaubarem Verkehr einen Stau zu verursachen. Eilig tritt sie auf das Gaspedal, und der Wagen springt nach vorne. »Huh!«, stößt Sarah aus, während sie in den Sitz gedrückt wird. Sie muss erst ein Gefühl für den Wagen bekommen, beruhigt sie sich. Nun ist sie jedenfalls deutlich zu schnell unterwegs. Sie tritt auf die Bremse und wird nach vorne in den Gurt gepresst. Neben ihr kippt die Handtasche und ergießt ihren Inhalt in den Fußraum. »Oh, verdammt!« Sarahs Hand tastet fahrig über das Polster des Beifahrersitzes. Das Handy ist verschwunden. Wohl oder übel muss sie bei nächster Gelegenheit anhalten.

Als wäre das Chaos noch nicht perfekt, fährt sie auf eine Gabelung der zweispurigen Autobahn zu. »Was zum Teufel …?«, ruft sie, während ihr Blick hilflos zwischen den beiden Hinweisschildern, die über den sich voneinander trennenden Spuren prangen, hin und her schießt. Das linke Schild trägt die Aufschrift »Ring I«. Das rechte ebenfalls. Darunter sind jeweils einige Ortschaften aufgeführt, Sysmä jedoch ist nicht darunter.

Spontan entscheidet sich Sarah für die rechte Spur und setzt den Blinker. Nach einer lang gezogenen Kurve gelangt sie auf eine dreispurige Autobahn. Vom Regen in die Traufe, denkt sie. Fast ist ihr zum Lachen zumute. Der Klassiker eben.

Der Verkehr ist nun dichter, wenngleich für Münchner Verhältnisse immer noch läppisch. Sarahs Finger trommeln auf das Lenkrad ein. Wo bleibt die nächste Tankstelle oder der nächste Rastplatz? Sie braucht ihr Handy, um aus diesem Labyrinth herauszufinden. Wieso gibt es hier so viele Autobahnen? In ihrer Erinnerung führt immer nur eine Strecke nach Helsinki hinein und wieder heraus.

Sarah dümpelt auf der rechten Spur gerade so schnell vor sich hin, dass sie kein nennenswertes Hindernis für den übrigen

Verkehr darstellt. Hinter einer Auffahrt winkt ihr eine junge dunkelhaarige Frau vom Seitenstreifen aus zu. Sie trägt einen bunten Pullover, einen großen Rucksack auf dem Rücken und ein unleserliches Pappschild vor der Brust. Entschuldigend verzieht Sarah das Gesicht, als sie an der Anhalterin vorbeifährt. Sie hat ihre eigenen Probleme.

Eine weitere Autobahnabzweigung kündigt sich an. Ihr Bauchgefühl raunt Sarah zu, sie solle von diesem verdammten Autobahnring abfahren, bevor er sie noch wer weiß wohin bringt. Nach Schweden zum Beispiel. Oder nach Russland. Also folgt sie kurzerhand der ausgeschilderten Ausfahrt, nur um sich nach einigen Sekunden auf der nächsten Autobahn wiederzufinden. Fährt sie im Kreis?

Erleichterung durchströmt Sarah, als sie am Horizont eine Tankstelle erkennt. Sie steuert den Volvo langsam auf einen Parkplatz unweit der Tanksäulen. Nachdem sie den Motor ausgeschaltet hat, wischt sie ihre schweißnassen Hände an der Jeanshose ab.

Es dauert einen Moment, bis Sarah den im Fußraum verteilten Inhalt ihrer Handtasche, darunter auch das Smartphone, zusammengeklaubt hat. Mit einem Stirnrunzeln zieht sie sich im Rückspiegel die Lippen nach und holt tief Atem.

Gerade hat sie den Lippenstift in der Handtasche verstaut, da hält ein Wagen mit quietschenden Reifen neben dem Volvo. Es ist ein großer Pick-up, wie Sarah ihn aus amerikanischen Filmen kennt. Auf der Laderampe steht etwas, das aussieht wie ein Aufsitzrasenmäher. Hinter dem Steuer sitzt ein junger stämmiger Kerl mit roter Baseballmütze. Er muss ein Riese sein, denn sein Kopf berührt beinahe die Decke des Innenraums. Plötzlich beginnt der Hüne, wild zu gestikulieren. Dabei wendet er sich an eine Person, die Sarah von ihrer Position aus nicht sehen kann.

Das sieht nach einem handfesten Streit aus, mutmaßt sie. Der Fahrer wirkt alles andere als glücklich. Sie verfolgt, wie er sich in

Richtung Beifahrersitz hinüberbeugt, und zuckt zusammen, als eine Hand zu dem Mann herübergeschossen kommt und ihm eine ordentliche Backpfeife verpasst. Die Baseballmütze rutscht vom Kopf und entblößt eine schlecht rasierte Glatze.

Das sich anschließende Gebrüll des Kerls ist bis in den Volvo hinein hörbar. Eine Wagentür wird zugeschmettert, kurz darauf heult der Motor des Pick-ups auf, und der Wagen setzt schwungvoll zurück. Dann schießt er auf die Auffahrt und prescht auf die Autobahn. Für ein paar Sekunden ist das Motorröhren noch als dumpfes Echo zu hören, dann ist der Spuk vorbei.

Perplex dreht Sarah ihren Kopf zurück zum Seitenfenster, wo der Pick-up soeben noch geparkt hat. Sie zuckt zusammen. Keine fünf Meter von ihrer Beifahrertür entfernt steht eine Frau in einem bunt gemusterten Oberteil auf dem Asphalt und nickt Sarah zu. Zu ihren Füßen steht ein großer Rucksack. Die Anhalterin, an der sie vorhin vorbeigefahren ist.

Für einen Augenblick rotieren Sarahs Gedanken, dann steigt sie aus dem Volvo und umrundet ihn. »Hallo! Geht es Ihnen gut?«, fragt sie die junge Frau, die bestimmt zwei Köpfe kleiner ist als Sarah, auf Finnisch.

Die Frau mustert Sarah, dann streicht sie über ihr kinnlanges, tiefschwarzes Haar. »Alles gut. Mir geht es bestens«, sagt sie auf Englisch und grinst breit.

Jetzt erkennt Sarah, dass die zierliche Mittzwanzigerin mitnichten ein buntes Langarmshirt trägt. Ihr Oberteil besteht einzig aus einem knappen Top. Alles, was darunter zu sehen ist, ist bis zum Halsansatz hinauf mit mehrfarbigen Tattoos überzogene Haut. Sarah stutzt, kneift die Augen zusammen. Auf dem linken Oberarm der Frau reitet ein Gerippe auf einem klapprigen Gaul. Irritiert runzelt Sarah die Stirn.

Die Frau deutet auf den Volvo, dann schultert sie ihren Rucksack. »Hast du noch einen Platz frei?« Sie wartet die Antwort nicht ab, sondern geht beschwingt auf Sarah zu. »Ich heiße Ilvi.«

»Sarah.« Ihre Stimme ist heiser.

Ilvi öffnet die Beifahrertür. »Du bist plötzlich so blass, Sarah. Als hättest du den Tod gesehen.«

SIEBTES KAPITEL

Er ist noch einmal ins Wasser gestiegen und hat »das Walross« unter den Steg gezogen. Zwar verirrt sich selten jemand in diese Bucht, doch es kann natürlich sein, dass ein Boot draußen auf dem See vorbeifährt. Wenn dann Mattis massiger Körper auf der Oberfläche treibt, wäre das schwerlich zu übersehen. Wobei man vielleicht annehmen würde, der Eigenbrötler entspanne sich nach einem Saunagang. Doch sicher ist sicher. Es war jedenfalls gar nicht so einfach, den Körper durchs Wasser zu manövrieren. Er hat sich dafür ordentlich ins Zeug legen müssen.

Ein Zittern fährt durch seinen Körper. Er kann nicht sagen, ob es durch den Wind, der jetzt in die Bucht drückt, oder durch Erschöpfung ausgelöst wurde. Mit zwei Schritten ist er in der Sauna und zieht die Tür hinter sich zu. Zwar ist die Hitze durch die soeben noch offen stehende Tür entwichen, doch der Ofen brennt noch. Kurzerhand schiebt er zwei Holzscheite in das glimmende Feuer, geht vor dem Ofen in die Knie und pustet in die Glut. Es dauert nicht lange, und die Flammen züngeln lebhaft um das Holz. Er wirft ein weiteres Scheit dazu. Langsam kehrt die Wärme in die Sauna zurück.

Die Wodkaflasche steht immer noch auf der Saunabank, genau dort, wo Matti sie vorhin abgestellt hat. Sie ist etwa zu einem Drittel gefüllt. Mit zwei Schlucken leert er die Flasche, wischt sich grinsend über den Mund. Matti meinte schließlich noch, es gäbe etwas zu feiern. Um den Drecksack tut es ihm nicht leid. Matti ist selbst schuld, dass er jetzt bei den Fischen liegt. Seinen Geschäftspartner zu erpressen, auf solch eine hirnrissige Idee kann nur ein Möchtegerngauner wie Matti kommen. Äußerst dämlich, die Hand, die einen füttert, beißen zu wollen.

Ein bisschen erstaunt ist er, wie wenig ihn bewegt, dass er mit seinen eigenen Händen das Leben eines Menschen ausgelöscht hat. Im Gegenteil – er verspürt ein Hochgefühl in sich anschwellen. Oder kommt dies durch den Alkohol, der jetzt durch seine Blutbahnen rauscht? Im Grunde ist es egal – wenn er seinen Teil des Geschäfts abgeschlossen hat, kann er sich zur Ruhe setzen. Das ist das Einzige, was für ihn zählt.

Er kann nicht sagen, wie lange er schon gedankenverloren in der Sauna sitzt. Als ihm der Schweiß aus allen Poren rinnt, steht er auf und tritt vor die Tür. Soll er sich noch ein Saunabier genehmigen oder direkt zur Abkühlung in den See springen?, fragt er sich.

Gerade will er auf den Steg treten, da lässt ihn ein Geräusch innehalten. Ein Mobiltelefon klingelt. Suchend schaut er sich um. Sein Blick bleibt an dem Kleiderstapel hängen, der ein paar Meter von der Saunahütte entfernt auf einem Baumstumpf liegt. Er sprintet hinüber, wohl wissend, dass er nicht endlos Zeit hat, bis der Anruf auf die Mailbox umgeleitet wird. Dieses Gespräch sollte er sofort annehmen. Es gibt nur eine Person, die auf diesem Handy anruft. Sie hat ihm das Gerät eigens zukommen lassen. Mit dem Hinweis, es sei von der Polizei nicht zu orten.

»Hallo?« Atemlos presst er das Handy mit einer verschwitzten Hand an sein Ohr.

»Hallo«, antwortet eine weibliche Stimme. »Hast du gute Nachrichten?«

Ihr Finnisch hat einen harten Akzent. Eine Russin? Wie immer kommt sie gleich zur Sache, ohne ihren Namen zu nennen. Ein leiser Schauer läuft ihm den Rücken hinunter. Irgendetwas an ihrer Stimme zieht ihn an. Vielleicht ist es die Härte, die in jedem ihrer Worte mitschwingt. »Ich habe gute Nachrichten, ja«, stößt er hervor. Dann räuspert er sich, während er rüber zum See schaut. »Es ist angekommen.«

»Wann kannst du das Objekt übergeben?«

Nichts in ihrer Tonlage hat sich verändert. Sollte sie sich über die gute Nachricht freuen, dann zeigt sie es zumindest nicht. »Ich … äh, in ein paar Tagen, denke ich.«

Stille.

Er presst das Telefon noch fester ans Ohr. Nicht einmal ihre Atmung kann er hören. Warum sagt sie nichts? Seine Nackenhaare stellen sich auf. In dem Schweigen liegt etwas Bedrohliches.

»Was ist passiert?«

»Wie … was?« Wie kann sie wissen, dass etwas nicht glattgelaufen ist? Wieder schaut er zum Steg hinüber, unter dem Matti verborgen liegt. Das mit »dem Walross« kann sie nicht wissen! »Nichts ist passiert«, sagt er und bemüht sich, Festigkeit in seine Stimme zu legen. »Alles läuft planmäßig.«

»Dann können wir also über die Übergabe sprechen?«

»Ich habe gerade viel um die Ohren.« Plötzlich ist es ihm wichtig, noch ein wenig Zeit zu schinden. »Lass uns später wieder telefonieren. Sobald ich meinen Mittelsmann noch mal gesprochen habe, melde ich mich. Das wird ganz bald sein, das kann ich versprechen.« Sie *kann* nicht wissen, dass er Matti bereits gesehen hat – zum letzten Mal. Noch hat er den Verbleib der Lieferung nicht geklärt. Bis dahin möchte er sich auf keinen konkreten Übergabetermin einlassen.

»Gut«, sagt sie knapp. Dann brennt wieder das Schweigen in der Telefonleitung. »Doch lass mich dir versichern, dass mein Auftraggeber ein ungeduldiger Mann ist, der Fehler nur sehr schwer verzeiht. Das kannst du mir wirklich glauben.« Sie legt auf.

Weder der Wind noch die Erschöpfung lassen ihn diesmal frösteln. Es ist ihr letzter Satz, der ihm eine Gänsehaut auf den Körper treibt. Zum ersten Mal lag eine tiefe Emotion in ihrer

Stimme. »Als hätte sie die Ungeduld ihres Auftraggebers am eigenen Leib erfahren«, flüstert er. »Oh, verdammt!«

Ganz klar: Er muss das Ding finden, das Matti für ihn besorgt hat. Sofort. »Das Walross« hat behauptet, es befinde sich ganz in der Nähe. Also sollte das ein Kinderspiel sein.

Plötzlich beschleicht ihn der verstörende Gedanke, dass dieses Geschäft ein einziger großer Fehler war.

ACHTES KAPITEL

Je weiter sie Helsinki gen Norden den Rücken kehren, umso spärlicher wird der Verkehr. Und das am frühen Abend – rund um München gäbe es um diese Zeit kein Vorankommen. Manchmal sind sie sogar für Minuten allein auf der Fahrbahn unterwegs, bis ein anderes Fahrzeug im Rückspiegel auftaucht und den Volvo schließlich gemächlich überholt.

Einzig der Wald entwickelt sich am Rande der Autobahn dichter. Birkenhaine, immer wieder hohe Kiefern. Die imposanten Felsen links und rechts der Fahrbahn, um Helsinki herum allgegenwärtig, sind zugunsten des grünen Waldes verschwunden. Immer wieder blitzen Wasserflächen zwischen den Bäumen auf, manchmal fährt der Volvo direkt an einem glitzernden Seeufer entlang.

Sarah schaut auf das Display in der Mittelkonsole. In vierzig Minuten erreichen sie die Stadt Lahti. Es hat Ilvi keine zehn Sekunden und zwei Klicks gekostet, dann war nicht nur Sarahs Handy, sondern gleich auch Ilvis Telefon mit der Elektronik des Wagens verbunden. Zwei weitere Einstellungen, und finnischer Death Metal ertönte aus den Lautsprechern. Ilvis Lieblingsmusik, wie sie freudestrahlend erklärte. Aus Rücksicht auf Sarah hat sie die Lautstärke nach einer ersten bombastischen Ouvertüre so weit heruntergedreht, dass man im Wagen immerhin sein eigenes Wort verstehen kann.

»Und du hast vor dem Typen wirklich keine Angst gehabt?«, fragt Sarah und wirft ihrer Beifahrerin einen Blick zu, in dem sich

Verwunderung und Bewunderung die Waage halten. »Ich hätte mir in die Hose gemacht.«

Ilvis Lachen wirkt viel zu laut für ihren zarten Körper. »Ich hatte doch keine Angst vor dem Kleinen!«

»Klein? Für mich sah der Kerl aus wie ein Hüne! Und er wirkte ziemlich sauer, als du ihm eine geknallt hast.«

»Er ist gerade einmal neunzehn Jahre alt. Das meine ich mit klein. Ein Baby. Körpergröße sagt doch gar nichts über einen Menschen aus.« Ilvi tippt zum schnellen Rhythmus der Musik mit einem Zeigefinger auf ihr Knie. »Der Junge war sechs Jahre jünger als ich, was sollte der Grünschnabel mir tun?«

Sarah kann sich da so einiges vorstellen. »Und du hast ihm eine gescheuert, weil …?« Sie schaut prüfend in den Rückspiegel. Bis auf einen Truck, den sie eben überholt haben, ist kein weiteres Fahrzeug zu sehen.

»Er hat sich völlig danebenbenommen«, erklärt Ilvi.

»Hat er dich …?« Sarah überlegt, wie sie es am besten formulieren soll. »Wenn er dir an die Wäsche wollte … da hätte er noch mehr als eine bloße Ohrfeige …«

»Er hat meinen Freund beleidigt. Da ist mir die Hand ausgerutscht.« Grazil spreizt Ilvi ihre rechte Hand und besieht sie sich interessiert.

»Er hat deinen Freund beleidigt?« Hat noch jemand in dem Pick-up gesessen? Sarah zieht die Augenbrauen zusammen.

»Ja, der Typ hat richtig böse über Janne hergezogen. Hat gesagt, Janne habe keine gute Stimme und würde klingen wie eine Blechdose auf Koks.« Ilvi reckt den Mittelfinger ihrer rechten Hand in die Höhe. »Keine Ahnung, der Kleine. Aber dann soll er einfach den Mund halten und nicht schlecht über Janne reden. Das vertrage ich gar nicht.«

»Die beiden kennen sich? Dein Freund und dieser Typ, der dich auf der Autobahn mitgenommen hat?« Sarah kann sich aus der Sache keinen Reim machen.

Ilvi lacht auf und breitet ihre Arme aus. »Du bist witzig. Er hat Janne genauso gehört, wie du es jetzt tust.« Sie deutet auf einen der vibrierenden Lautsprecher. »Das ist seine Band. Janne ist der Sänger von *Devil's Death*. Du hörst ihn schon die ganze Zeit über.« In Ilvis Stimme klingt ein milder Vorwurf an, als erkläre sich das doch eigentlich von selbst.

»Oh.« In Sarahs Kopf überschlagen sich die Gedanken. Ihr Blick streift Ilvis Tattoo, das den Tod auf einem Pferd zeigt. Eine Stimme wie eine Blechdose auf Koks? Plötzlich ergibt das Bild Sinn. »Das … das ist dein Freund, der da singt? Ach so. Death Metal. Ja. Großartig.«

»Wir haben uns auf einem Konzert kennengelernt. Vor drei Wochen war das, in einem Pub in Mäntsälä. Die Band ist da aufgetreten. Weißt du, der Funke ist sofort übergesprungen. Zwischen Janne und mir, meine ich. Er ist auf die Bühne gekommen, da war mir sofort klar, dass ich ihn kennenlernen muss. Mir ist so etwas immer schnell klar. Ob ein Typ zu mir passt, das weiß ich innerhalb von Nanosekunden.« Sie wartet Sarahs Nicken ab. »Es waren nicht viele Leute bei dem Konzert, aber das heißt nichts. Janne hat echt Talent. Er ist dabei, groß rauszukommen. Und bis das passiert, tourt er halt durch Kneipen und Bars. Ich bin auf dem Weg zu ihm. Er wohnt bei seiner Ex in Lahti.«

»Er wohnt …? Ich … kapiere.« Sarah nickt, um den Kopf nicht heftig schütteln zu müssen. Doch dann holt sie tief Luft, da sie die in ihr brodelnde Frage nicht ungesagt sein lassen kann. »Habe ich dich richtig verstanden, dass dein Freund bei seiner Ex-Freundin wohnt? Und du bist auf dem Weg zu … den beiden … ihm?«

»Ja, genau. Bis er etwas Eigenes findet, wohnt er weiterhin bei Annikki. Sie ist voll okay, ich mag sie gerne. Lahti liegt genau auf dem Weg nach Sysmä, wo du hinmöchtest. Für dich ist es also kein Umweg, mich dort rauszulassen.«

In der sich anschließenden Gesprächspause trommelt Ilvi begeistert zum Klang der Musik ihres Freundes auf das Armaturenbrett, während Sarah ihre Gedanken ordnet. Sie stellt sich vor, wie es wäre, mit Udo zusammenzuleben, während diese Ramona ebenfalls bei ihnen im Haus wäre und ihre Schlagerschnulzen zum Besten geben würde. Köpfe würden rollen! »Darf ich dich etwas fragen?«, wendet sie sich schließlich an Ilvi. »Da ist eine Sache, die ich nicht verstehe. Jedes Mal, wenn ich auf Finnisch mit jemandem rede, wechselt die Person gleich ins Englische. Warum ist das so? Ich meine, du hast das auch gemacht. Auf dem Parkplatz. Und jetzt sitzen wir beide hier im Wagen, und was tun wir? Wir unterhalten uns die ganze Zeit über auf Englisch. Warum?« Zur Untermauerung ihrer Frage wiederholt sie das letzte Wort auf Finnisch. »Miksi?«

»Weil dein Englisch besser als dein Finnisch ist«, sagt Ilvi geradeheraus, begleitet von einem Schulterzucken. »Nur Finnen sprechen richtig Finnisch, das ist nun einmal so. Es hört sich gequält an, wenn du es versuchst. Und wir möchten nicht, dass du dich quälst. Es ist für uns eine Frage der Höflichkeit, es dir einfach und angenehm zu machen. Englisch zu sprechen ist leichter für dich, oder? Meine Generation spricht Englisch fast so gut wie Finnisch. Da wäre es doch schwachsinnig, wenn du in einem kaum verständlichen Finnisch herumhaspeln müsstest.«

Kaum verständlich? Geschockt tastet Sarah auf dem Rücksitz nach ihrer Handtasche. Während sie im Rückspiegel ihre Lippen nachzieht, überschlagen sich ihre Gedanken. Torben hat sie während des Unterrichts immer nur gelobt! Sie sei ein Naturtalent, hat er einmal gesagt. Wie passt das mit Ilvis Aussage zusammen, sie haspele kaum verständlich herum? Seit vier Jahren nimmt sie einmal in der Woche Finnisch-Stunden. Der Termin ist eines der Highlights ihrer Woche. Und das liegt nicht daran, dass Torben aussieht wie ein junger George Clooney. Mit verkniffenem Gesicht bugsiert Sarah die Handtasche wieder in den Fond. Sündhaft teure Privatstunden bei einem Lehrer, der amtierender *Mister Oberbayern* ist, und Ilvi attestiert ihr lediglich ein grundlegendes

Sprachniveau? Sarah presst ihre rot leuchtenden Lippen aufeinander.

Ilvi scheint von Sarahs Verwirrung nichts mitzubekommen. »Die älteren Finnen sprechen fast alle gut Deutsch. Das wurde jahrzehntelang in den Schulen unterrichtet. Die historische Nähe zu Deutschland, weißt du. Der Krieg und so«, erklärt sie. »Eigentlich brauchst du also kein Finnisch, wenn du unser Land besuchst.« Sie hebt eine Hand, als wollte sie einem Einwand Sarahs zuvorkommen. »Wobei wir uns natürlich geehrt fühlen, wenn jemand die Strapazen auf sich nimmt, um unsere Sprache zu lernen. Also wenn er es versucht. Versteh mich bitte nicht falsch. Wir denken rein pragmatisch, wenn wir dir auf Englisch antworten. Vielleicht liegt es daran, dass wir es selbst gewohnt sind, nirgendwo sonst auf der Welt mit unserer Sprache weiterzukommen. Fünf Millionen Finnisch sprechende Finnen sind eine überschaubare Anzahl.«

»Es ist halt schade, weil ich dachte, endlich könnte ich mal das Gelernte anwenden.« Sarah bemüht sich, die Enttäuschung aus ihrer Stimme herauszufiltern.

»Ist dein Sprachlehrer denn ein Muttersprachler? Ist er Finne?«

»Torben Vogl?« Sarah blinzelt. »Torben kommt gebürtig aus Gaimersheim«, sagt sie mit heiserer Stimme.

Ilvi nickt getragen, als wäre damit alles gesagt. Sie trommelt zu einer besonders schrillen Liedpassage frenetisch mit den Händen auf ihren Knien herum, dann dehnt und reckt sie sich im Sitz, nicht unähnlich einer Katze. »Was verschlägt dich eigentlich hierher, Sarah?«

Sarah zuckt zusammen, versucht, ihre Überraschung mit einem Husten zu überspielen. »Was ich in Finnland mache? Ich … also, Urlaub natürlich. In der Nähe von Sysmä habe ich ein Ferienhaus gemietet.« Um mich vor der Welt zu verstecken, fügt sie in Gedanken hinzu.

»Ah, ein *mökki* hast du gemietet. Ein Sommerhäuschen. Da oben liegt der Päijänne, das ist unser zweitgrößter See. Da hast du dir eine schöne Ecke ausgesucht. Ideal zum Fischen.« Etwas in Ilvis Stimme verrät, dass sie weitere Informationen aus Sarahs Mund erwartet.

Sarah ist selbst verwundert, dass sie weiterspricht. Vielleicht tut sie es, weil Ilvi sie an ihre Tochter Franziska erinnert, die in London Musik studiert – zumindest vorgibt, dies zu tun. Vielleicht imponiert ihr auch, mit welcher Power die zierliche Frau dem Leben begegnet. Am wahrscheinlichsten jedoch ist, dass Sarah es leid ist, die ganze erlittene Katastrophe mit sich selbst auszumachen. »Ich habe noch nie gefischt«, sagt sie mit belegter Stimme und räuspert sich. »Wüsste nicht, wie das überhaupt funktioniert. Da muss man zuerst nach Würmern graben, oder?« Sie verzieht angewidert das Gesicht. »Ich bin aus München abgereist, weil es … weil es Probleme mit meinem Mann Udo gibt.« Sie schluckt. »Und jetzt sind ein paar Leute hinter mir her.«

Schwungvoll setzt Ilvi sich im Autositz auf. Ihre Augen leuchten. »Cool! Deshalb also versteckst du dich hier, in einem einsamen *mökki* am Päijänne. Erzähl, was hast du getan? Deinen Mann erschossen?« Aufgeregt rutscht sie hin und her. Wie ein kleines Kind, das sehnsüchtig auf die weihnachtliche Bescherung wartet.

»Erschossen? Um Gottes willen, ich könnte doch keine Schusswaffe bedienen«, entgegnet Sarah entsetzt. Ob Martha das Messer bereits wieder in die Schublade geräumt hat?

»Ich glaube nicht, dass das so schwer ist«, erwidert Ilvi nachdenklich.

Plötzlich kommt sich Sarah albern vor. Sie ist dabei, einer Wildfremden den ganzen Grund ihrer Flucht aus München zu beichten. Keine gute Idee. »Ich wollte immer schon einen längeren Urlaub in Finnland machen«, erklärt sie und starrt geradeaus auf die Fahrbahn.

»Du bist nicht zum ersten Mal hier, oder?« Ilvi schaltet die Musik aus, verschränkt die Arme und stützt ihr Kinn auf einer Handfläche ab, wobei sie Sarah erwartungsvoll ansieht.

Sie weiß, dass sie nicht drum herumkommt, etwas von sich preiszugeben. »Ja, ich war schon einmal in Finnland. Als Zwölfjährige verbrachte ich mit meinen Eltern eine ganze Woche in Helsinki. Wir waren mit der Fähre von Travemünde aus angereist, und schon die Überfahrt war spektakulär. Nie zuvor hatte ich ein derart blaues Meer, einen derart blauen Himmel und eine derart gleißende Sonne gesehen. Doch Helsinki stellte das Erlebnis der Seereise noch in den Schatten. Ich verliebte mich sogleich in die breiten Straßen und grünen Parkanlagen, in die Schäreninseln vor der Stadt. Sie wirkten, als wären sie nur einen Steinwurf von mir entfernt. Von einem Vorort Helsinkis aus, wo wir in einer billigen Pension wohnten, fuhren wir täglich mit unserem klapprigen VW ins Stadtzentrum. Ich weiß noch, dass wir uns auch in diesem Urlaub nicht viel leisten konnten, doch Helsinki machte jede Einschränkung wett. Die Stadt war so kühl und heimelig zugleich.«

Ilvi nickt, als wäre damit alles gesagt.

»Und jetzt freue ich mich, endlich wieder zurück in Finnland zu sein.« Erleichtert atmet Sarah aus. Es ist ihr gelungen, die heiklen Themen zu umschiffen.

Auf Ilvis Gesicht hat sich ein Stirnrunzeln geschlichen. Nachdenklich streicht sie über ihre tiefschwarzen Haare, um ruckartig nach ihrem Handy zu greifen. Sie tippt etwas in das Gerät, scrollt runter und wieder hoch, dann macht sie große Augen. »Oh, verdammt«, sagt sie, »du hast ja einen eigenen Eintrag auf Wikipedia!«

»Was? Woher …?« Sarah wird schlagartig fahl im Gesicht. »Ich … Du musst mich verwechseln. Ich habe dir gar nicht meinen Nachnamen …«

»Sarah Fuchs.« Ilvi deutet in den Fußraum. »Dein Name steht auf dem Mietwagenvertrag, der da unten liegt.« Ihr Blick schnellt zurück auf das Handydisplay.

Sarah stöhnt auf.

»Hier steht, dass du vor etwa zwanzig Jahren mit dem Fußball-Nationalspieler Rüdiger Schleeberger verheiratet gewesen bist. Bereits nach etwas mehr als einem Jahr ist die Ehe wieder geschieden worden; aufgrund eines fehlenden Ehevertrags gingst du aus der Scheidung mit einem Millionenbetrag hervor.« Ungläubig liest Ilvi weiter. »Du hast eine Tochter mit dem Fußballer. Vor ein paar Jahren hast du dich als Schmuckdesignerin versucht. Deine Kollektion wurde auf einem Shoppingsender angeboten, sie hat sich nach anfänglicher Furore aber nicht gut verkauft. Gerüchten zufolge war ein TV-Format mit dir als Moderatorin geplant, es wurde jedoch vor der Ausstrahlung eingestampft. In zweiter Ehe bist du mit einem erfolgreichen PR-Berater verheiratet. Udo Fuchs. Vorzeigeehe, aber keine weiteren Kinder. Bis auf wenige Auftritte, etwa beim Bayerischen Filmpreis, hast du dich weitgehend aus der Öffentlichkeit zurückgezogen. Steht hier so«, erklärt Ilvi entschuldigend.

»Vorzeigeehe«, murmelt Sarah zwischen zusammengebissenen Zähnen. Sie versucht, sich auf die Straße zu konzentrieren. Heutzutage wird ja alles im Internet breitgetreten! Demonstrativ zuckt sie mit den Schultern. »Alles lange her«, sagt sie betont lapidar.

»Klasse Fotos in deinem Wiki-Eintrag. Das waren gewagte Frisuren vor zwanzig Jahren! Diese Schmetterlingsclips in deinem Haar. Umwerfend!« Ilvi grinst breit.

Für einen Moment ist Sarah aus der Bahn geworfen. Dann baut sich in ihrem Bauch ein Zittern auf, das langsam durch ihren Körper nach oben steigt und sich in einem Lachanfall Bahn bricht. Sie lacht, bis sie das Gefühl hat, keine Luft mehr zu bekommen. Mit dem Handrücken streicht sie sich die Tränen aus den Augenwinkeln, während sie bemüht ist, den Volvo in der Spur zu halten. »Du hättest meinen berühmten Zickzack-Scheitel sehen sollen. Oder die gekreppten Strähnen«, presst sie atemlos hervor.

»Oh, die Kreppdinger habe ich eben gesehen«, winkt Ilvi ab, bevor sie in das Lachen einfällt. »Von denen werde ich heute Nacht träumen.«

Lange Zeit herrscht im Wagen eine angenehme Stille, die sich anfühlt wie klare Luft nach einem Sommergewitter. Erst als sie sich im dichter werdenden Verkehr der Ausfahrt nach Lahti nähern, räuspert sich Sarah. »Wir sind gleich da«, sagt sie.

»Nach der Ausfahrt kannst du mich gleich an der Raststätte rauslassen«, erklärt Ilvi, während der Volvo die Autobahn verlässt.

»Aber soll ich dich nicht bis zu deinem Freund ...?«

»Keine Umstände«, wirft Ilvi ein. »Schau, dort ist der Parkplatz, da kannst du halten. Du musst nur drehen und zurück auf die Bahn, dann bist du wieder auf der Route nach Sysmä.«

Auf dem Parkplatz stehen eine Handvoll Autos und zwei Trucks. Über dem Eingang zu der Raststätte leuchtet der Schriftzug *Ravintola.* Restaurant. Sarah wirft dem Glaskasten einen skeptischen Blick zu, dann hält sie den Wagen neben einem Grasstreifen an. »Wie gesagt, ich fahre dich gerne noch weiter.«

»Ich bin ein großes Mädchen«, sagt Ilvi und zwinkert Sarah zu. »Gib mir mal die Adresse deines *mökki*, dann gebe ich sie für dich ins Navi ein. Nicht, dass du auf den letzten Metern verloren gehst.« Sarah nennt sie ihr, und Ilvi tippt versiert auf dem Display des Volvos herum. »So, fertig.«

»Ich danke dir, Ilvi.« Plötzlich überkommt Sarah ein Gefühl des Verlustes. »Es ... es hat mich gefreut, dich kennenzulernen.«

»Mich auch!« Ilvi steigt aus dem Wagen und zieht den Rucksack vom Rücksitz. Dann beugt sie sich noch einmal in den Innenraum. »Alles Gute! Einen schönen Sommer wünsche ich dir.«

»Du kennst ja jetzt die Adresse. Wenn du Lust hast, dann besuch mich doch mal in Sysmä«, stößt Sarah hastig hervor, bevor Ilvi die Beifahrertür mit Schwung zuwirft.

Ilvi nickt und hebt den Daumen. Dann schultert sie den Rucksack. Auch von hinten ist ihre Haut eine einzige Leinwand, geschmückt mit bunten Tattoos. Im Nacken schließen sie mit einer roten Rose ab.

Sarah will gerade losfahren, da dreht Ilvi sich noch einmal zu ihr um und hebt die linke Hand zum Gruß. Für einen Moment sieht es so aus, als salutiere das reitende Gerippe auf ihrem Oberarm und verziehe dabei das knöcherne Gesicht zu einem höhnischen Grinsen.

NEUNTES KAPITEL

Onni räuspert sich. Dann zieht er den Rucksack von seinem Rücken und hält ihn mit beiden Händen vor den Bauch.

Max Bengtsson blickt von dem Manuskript auf, das vor ihm auf dem Schreibtisch liegt und in dem er gerade etwas angestrichen hat. »Onni«, sagt er, legt den Kugelschreiber zur Seite und deutet auf den Besucherstuhl. »Komm herein. Setz dich.«

»Hallo, Max.« Onni löst sich vom Türrahmen und stolpert nach vorne. Mit einer zitternden Hand zieht er den Stuhl zu sich heran, während er mit der anderen den Rucksack fest vor seine Brust drückt. Schwer atmend nimmt er Platz. »Ich bin etwas zu früh«, entschuldigt er sich mit heiserer Stimme.

»Kein Problem.« Max mustert ihn für einen Moment. »Geht es dir gut, Onni? Du siehst mitgenommen aus.«

»Ich – es ist nichts, ich habe nur schlecht geschlafen.« Er hat letzte Nacht kein Auge zugetan, da er mit der Arbeit nicht weiterkommt, doch das muss er seinem Professor ja nicht sofort auf die Nase binden. Tausend Gedanken sind ihm durch den Kopf gegangen, während er im Bett lag. Er hat die dunklen Ringe unter seinen Augen vorhin im Spiegel gesehen, doch das ist nicht wichtig. Wichtig ist, dass sich eine unverhoffte Lösung aufgetan hat. Wichtig ist, dass er eine Entscheidung getroffen hat. Bevor er die Wohnung in Richtung Universität verließ, hat er bereits eine E-Mail an Frau Wirtanen geschickt und sich für den Rest der Woche krankgemeldet. Wahrscheinlich kehrt er gar nicht mehr ins Museum zurück, doch das will er dort jetzt noch nicht offenbaren.

»Wir können auch in den nächsten Tagen …«, setzt Max an und greift nach seinem Kalender.

Onni unterbricht ihn hastig. »Nein, nein! Es geht mir gut, wirklich! Wir müssen heute sprechen. Unbedingt.« Er betrachtet seine Schuhspitzen, um sich zu beruhigen. Wippt mit dem linken Fuß, dann mit dem rechten. Links. Rechts.

»Okay.« Ein leichtes Runzeln liegt auf der Stirn des Professors. Er schiebt das Manuskript vor ihm zusammen und befördert es auf einen Stapel, der aus losen Blättern, Heften und Büchern besteht. »Dann lass hören, wie du vorangekommen bist, Onni. Du müsstest dich auf der Zielgeraden befinden.«

Onni holt tief Luft, drückt den Rucksack noch fester gegen sich. »Ich …«, haucht er, bevor er den Mund wieder schließt und Max hilflos anblickt. Es ist ihm unmöglich, einen Ton herauszubringen.

Die erwartungsvolle Miene des Professors weicht einem Ausdruck der Besorgnis. »Ich sehe doch, dass etwas nicht stimmt, Onni. Wir unterhalten uns, wenn es dir besser geht. Vielleicht solltest du einen Arzt aufsuchen. Was meinst du? Du stehst völlig neben dir. Soll ich dir ein Taxi rufen?«

»Nein!« Er ist selbst erschrocken über die Schärfe in seiner Stimme. »Ich meine … nein, vielen Dank«, ergänzt er eilig. Er holt ein weiteres Mal tief Luft. »Ich schreibe die Arbeit nicht weiter.«

Verdutzt starrt Max ihn an. »Wie meinst du das?«

»Seit einiger Zeit schon stecke ich völlig fest«, erwidert Onni. Plötzlich sprudelt es aus ihm heraus. »Ich habe immer gehofft, wieder in das Thema zurückzufinden. Jeder hat mal eine Schreibblockade, oder? Irgendwann geht es weiter. Aber das wird nichts mehr. Wirklich nicht. Mir ist … mir ist klar geworden, dass das Projekt zu wenig Neues aufzeigt. Ich möchte nicht nur die Forschungsergebnisse anderer analysieren und neu bewerten, ich möchte mich mit etwas Bahnbrechendem befassen, zu dem noch niemand etwas veröffentlicht hat. Deshalb schreibe ich die Arbeit nicht weiter.«

»Onni«, sagt Max mit einer Spur Belustigung in der Stimme. »Wir forschen an diesem Institut zur finnischen Mythologie und Religionsgeschichte. Das ist ein überschaubares Feld mit überschaubaren Quellen. Für Bahnbrechendes hast du dir schlicht das falsche Themengebiet ausgewählt, befürchte ich.« Ernsthafter fährt er fort: »Vielleicht ist es doch eher so, wie du selbst gesagt hast: Jeder hat mal eine Schreibblockade. Das ist auch ...«

»Ich möchte eine Arbeit zur Öberg-Theorie verfassen«, fällt Onni ihm ins Wort. Dann hält er atemlos inne. Nun ist es heraus.

Für einen Augenblick steht Max der Mund offen. Dann schüttelt er den Kopf, eine Mischung aus Unglauben und Ablehnung. »Das ist Humbug«, erklärt er.

»Ich weiß, dass die Thesen von Öberg ...«

»... Schwachsinn sind!«, führt Max den Satz mit Nachdruck fort. »Es sind nicht einmal Thesen, sondern Hirngespinste. Wie kommst du darauf, aus dieser alten Räuberpistole eine wissenschaftliche Arbeit machen zu wollen? Nach nunmehr fünfzig Jahren sind Öbergs Märchen auch nicht wahrer geworden. Im Gegenteil. Es hat sich für seine Behauptungen nie ein belastbarer Beweis gefunden. Sich mit Öberg zu beschäftigen, ist absolute Zeitverschwendung, Onni.«

»Aber wenn ich ...«

Max hört ihm gar nicht zu. »Behauptungen aufstellen kann jeder. Und Öberg war ein Meister darin. Ich meine, da muss man erst einmal drauf kommen, die gesamte finnische Mythologie infrage zu stellen!« Er lacht auf. »Fehlende Fantasie kann man Niklas Öberg jedenfalls nicht unterstellen. Er ruhe in Frieden. Aber im Kern zu behaupten, die Überlieferungen in dem *Kalevala*, unserem Nationalepos, seien falsch, ist schon eine Hausnummer. Seine Ideen sind so abstrus, dass ich sie ehrlich gesagt gar nicht wiederholen möchte.«

»Er hat eine gewagte, aber doch interessante These aufgestellt, finde ich.« Onni nickt eilig.

»Nun, den Beweis ist er wie gesagt schuldig geblieben. Also bleibt seine These ein Märchen.«

»Es gibt diese Zeichnung. Sie ist in einem seiner Bücher abgedruckt.«

»Und?« Max zuckt mit den Schultern. »Ich kann auch irgendetwas aufzeichnen und alles Mögliche behaupten. Das ist keine Wissenschaft, Onni. Und das weißt du auch. Deshalb bin ich – gelinde gesagt – ein wenig erstaunt, dass du mit so einem Vorschlag zu mir kommst. Zumal du doch bereits mit deiner Arbeit auf der Zielgeraden angekommen bist.«

»Aber wenn man es beweisen *könnte*, Max? Wenn man belegen *könnte*, dass die mündlichen Überlieferungen im *Kalevala* nicht stimmen. Was wäre, wenn sich herausstellt, dass wir alle die ganze Zeit falschgelegen haben?«

Max lacht auf. »Dann müssten wir die Geschichte unseres Landes umschreiben, Onni. Dann ergäben sich bahnbrechende Veränderungen in unserem Blick auf die Vergangenheit. Würdest du dies belegen, Onni – und darauf zielt dein Gedankenspiel anscheinend ab –, dann würde dieses Institut mit einem Schlag das gefragteste in ganz Nordeuropa werden. Wir bekämen Forschungsgelder noch und nöcher und du sicherlich eine Professur. *Das* wäre, wenn.« Abermals lacht er auf, ein spöttischer Laut. »Doch das sind alles Hirngespinste. Weil die Öberg-Theorie blanker Unsinn ist. Da braucht es schon mehr als eine krakelige Zeichnung, mein Lieber. Was soll sie überhaupt zeigen? Wir alle wissen, dass gegenständliche Artefakte aus der frühen Epoche kaum erhalten sind.«

»Das ist mir bewusst«, erklärt Onni leise.

Max hält inne und sieht seinen Studenten aus zusammengekniffenen Augen an. »Es ist dir wirklich ernst damit.« Er schüttelt den Kopf.

Onni nickt.

»Ich möchte dir einen Vorschlag machen«, sagt Max. Er wirkt plötzlich erschöpft. »Leg eine Pause ein, pack die Bücher weg. Und dann setz dich frisch an deine Arbeit. An deine *jetzige* Arbeit. Wir können uns in ein paar Wochen wieder treffen, um noch einmal zu sprechen. Nimm den Stress heraus, dann wird sich die Blockade auflösen. Glaube mir: Wir alle waren schon mal an diesem Punkt.«

»Ich werde die Arbeit nicht weiterschreiben.« Onni bemüht sich, Festigkeit in seine Stimme zu legen. »Bitte, Max, können wir uns beim nächsten Treffen noch einmal über meinen Vorschlag unterhalten? Bitte! Ich weiß, dass die Sache abenteuerlich klingt. Wirklich, das ist mir bewusst! Deshalb habe ich vor, etwas zu beschaffen, das die Grundlage für meine Arbeit sein wird. Einen Beweis. Gib mir ein paar Wochen, dann können wir wieder sprechen. Bitte!«

Er schüttelt den Kopf, doch dann seufzt Max leise. »Wir sehen uns in ein paar Wochen wieder, okay. Schreib mir eine E-Mail mit einem Terminvorschlag, wenn du so weit bist.« Seine Miene verrät, dass er alles andere als glücklich ist.

»Danke, Max! Vielen Dank! Ich melde mich bei dir.« Erleichtert steht Onni auf und wendet sich zum Gehen. Er hat das Gefühl, besser schnell von hier zu verschwinden. Bevor Max es sich noch anders überlegt.

»Und Onni«, sagt Max und steht hinter seinem Schreibtisch auf, »du siehst wirklich nicht gut aus. Geh bitte zu einem Arzt, wenn du dich unwohl fühlst.«

Onni nickt und verlässt Max Bengtssons Büro. Ihm ist bewusst, dass sein Professor ihm gerade durch die Blume gesagt hat, dass er eine Schraube locker hat. Doch das ist ihm egal, denn er wird ihm beweisen, dass er sich nichts zusammenspinnt. Er, Onni, wird für die Sensation sorgen, von der Max so ungläubig gesprochen hat. Und wer weiß, am Ende bietet man ihm wirklich eine Professur an. Ja, das wäre ganz nach seinem Geschmack.

Während er zurück zu seiner Wohnung geht, schwelgt Onni in dem Hochgefühl, das ihn gepackt hat. Bald wird er nicht länger der ungelenke Nerd sein, für den ihn alle halten. Bald werden die Leute seinen Namen kennen und wissen, dass er ein großartiger Wissenschaftler ist. Kein Nerd. Ein renommierter Wissenschaftler!

Er wird alles dafür tun, um dieses Ziel zu erreichen, schwört er sich.

ZEHNTES KAPITEL

Er zieht die Spaltaxt aus dem Holzblock und wiegt sie in den Händen. Ein altes, schartiges Ding. Kaum mehr zu gebrauchen. Außer, um einen Schädel einzuschlagen, denkt er säuerlich. Doch das ist nicht vonnöten – »das Walross« hat bereits auf andere Art und Weise das Zeitliche gesegnet. Er wirft einen Blick in die Bucht, doch Mattis Körper ist dort natürlich nicht zu sehen. Er liegt weiterhin unter dem Steg verborgen. Irgendwann wird irgendjemand ihn aus dem See fischen, doch bis dahin kann es nicht schaden, wenn der Kerl den Fischen möglichst lange als Futter dient. Mit jedem Tag, den die Leiche im Wasser liegt, wird es für die Polizei schwieriger werden, Spuren zu finden, die darauf hinweisen, dass »das Walross« nicht bloß einen tragischen Unfall hatte.

In seinem Kopf zählt er die Tage bis *Juhannus* ab. Das Mittsommerfest findet in knapp einer Woche statt. Also wird es am See noch für ein paar wenige Tage ruhig bleiben, bevor es die Städter in ihre Sommerhäuschen zieht. Und in dieser Bucht gibt es außer Mattis *mökki* sowieso nur noch ein weiteres Haus, das aber nur selten genutzt wird. Die Chancen stehen also gut, dass es noch ziemlich lange dauern wird, bis Matti sein nasses Grab verlässt.

Mit federnden Schritten geht er vor der Saunahütte auf und ab. Den Axtstiel klopft er dabei rhythmisch in die hohle Hand. Wo hat er das Ding deponiert? Wo hat Matti es versteckt? »Wo?«, quetscht er zwischen zusammengepressten Zähnen hervor und bleibt stehen. Die unverhohlene Warnung der Anruferin geht ihm nicht aus dem Kopf. Er möchte die Übergabe schnell über die

Bühne bringen, doch dafür benötigt er die Ware. In der Sauna ist sie nicht, dort hat er jeden Millimeter abgesucht. Selbst in den Wasserbottichen hat er nachgesehen, Matti ist schließlich alles zuzutrauen. Zwischen den Holzscheiten für den Saunaofen, die in einem Verschlag neben der Hütte aufgestapelt sind, hat er auch nichts gefunden. Genauso wenig wie unter dem halb verrotteten Ruderboot, das ein paar Meter entfernt umgedreht unter den Bäumen liegt. Er war außerdem schon am zweiten, längeren Steg, der südlich von hier ins Wasser ragt. Dort ist Mattis Motorboot unter einer Persenning vertäut. Auch sein eigenes Boot, mit dem er vorhin hierherkam, ist dort festgemacht. Was sich jedoch nicht im Umfeld des Stegs befindet, ist der Gegenstand, für den er Matti bereits bezahlt hat. »Wo hast du das Ding versteckt, Matti?«, zischt er. »Dämlicher Hund!«

Er schleudert die Axt von sich. Mit einem lauten Knall prallt sie von der Saunatür ab und fällt zu Boden. Mit langen Schritten stapft er zu der Hütte und hebt das alte Werkzeug vom Boden auf. Dann dreht er sich zum See, stößt einen wütenden Schrei aus und wirft die Axt im hohen Bogen in die Bucht. Mehrmals dreht sie sich im Flug um die eigene Achse, bevor sie mit einem lauten Platschen im Wasser verschwindet. »Verdammte Scheiße!«, brüllt er. Von der anderen Seite des Sees kläfft ein Hund zur Antwort.

Vorsichtshalber geht er noch einmal in die Sauna, um dort seine Spuren zu verwischen. Die leeren Bierdosen und die Wodkaflasche, die er angefasst hat, stellt er zur Seite, um sie nachher mitzunehmen. Mit einem Eimer holt er Wasser aus dem See und gießt es über die Stelle auf der Saunabank, an der er gesessen hat. Das Spiel wiederholt er mit der Bank vor der Hütte, dann versenkt er den Eimer in dem großen Wasserbottich.

Als er wieder vor der Hütte steht und auf den See hinausblickt, fühlt er sich erschöpft. In einem fernen Winkel seiner Wahrnehmung registriert er, dass er den Haubentaucher seit Längerem weder gesehen noch gehört hat. Doch der Gedanke entgleitet ihm sofort wieder. Er möchte nur noch die Lieferung, die Matti ihm vorenthalten hat, ausfindig machen, um endlich von hier verschwinden zu können. Wenn er das Ding auch nicht in dem zwischen Sauna und Haus gelegenen Birkenwäldchen findet, dann bleibt als letzte Möglichkeit nur das Wohnhaus selbst. Doch er kennt Matti – der Kerl war zum Verrecken bequem, ganz sicher hat er ein Versteck gewählt, das in unmittelbarer Nähe zur Saunahütte liegt. In der Sauna wollte Matti sich mit ihm treffen, hier wollte er das wertvolle Objekt sicherlich auch im Auge behalten. Und schließlich hat er selbst gesagt, es befände sich ganz in der Nähe.

Weder unter den Blaubeerbüschen, die um die Hütte herum den Boden bedecken, noch entlang des schmalen Pfades, der durch das Wäldchen führt, wird er fündig. Also bleibt ihm doch nur noch das Haus, das sich etwa auf halber Höhe eines grasbewachsenen Hangs befindet.

Gerade will er zwischen den Bäumen hervortreten und auf das Gebäude zugehen, da hält er lauschend inne. Ein Motorgeräusch. Es wird lauter. »Verdammte Scheiße!«, flucht er. Ein Auto nähert sich auf dem Waldweg.

Er traut seinen Augen nicht, als oben an der Straße ein schwarzer Wagen langsamer wird und auf die Lichtung am Kopf des Hangs abbiegt. Von seinem Standort aus kann er nicht erkennen, wer in dem Wagen sitzt. Doch egal, wer es ist, er soll sofort wieder verschwinden! »Fahr wieder weg.« Seine Stimme ist rau. »Dreh um, mach dich vom Acker!« Plötzlich fällt ihm auf, dass er immer noch nackt ist. Er knirscht mit den Zähnen. Seine Kleidung liegt weiterhin auf dem Baumstumpf nahe der Sauna.

Die Fahrertür öffnet sich. Er blinzelt, weil er glaubt, eine Halluzination zu haben. Eine blonde Schönheit klettert aus dem Wagen und blickt auf den See hinab. In einer eigentümlichen Bewegung breitet sie die Arme aus. Er wagt es nicht, auch nur einen Finger zu rühren. Wer ist das? Hat Matti sich eine Nutte bestellt, um seinen vermeintlichen Coup zu feiern? Oder ist das die Anruferin von vorhin? Hat sie Lunte gerochen und will jetzt vor Ort nachsehen, was hier abgeht? Er hat ihr nie gesagt, wo er sich befindet, doch irgendetwas sagt ihm, es wäre eine ihrer leichtesten Übungen, ihn aufzuspüren.

Ein anderer Gedanke kommt ihm, und er reißt die Augen auf. Ist diese Frau eine Konkurrentin? Hat Matti sie kommen lassen, um das Geschäft mit ihr statt mit ihm abzuwickeln? Es würde passen, überlegt er aufgeregt. Sie sieht aus, als hätte sie ordentlich Kohle, und sie taucht genau zu dem Zeitpunkt auf, als er von Matti bereits abserviert wurde. Ja, bestimmt wollte »das Walross« das Geschäft mit dieser Frau abschließen. Nur dass der Halsabschneider mittlerweile tot unter dem Steg klemmt. Dieses elende Schwein!

Die Frau macht einen großen Schritt den Hang hinunter, dann verharrt sie erneut.

Was hat sie vor? Wartet sie auf Matti?

Plötzlich stößt sie einen gellenden Schrei aus.

ELFTES KAPITEL

Die letzten sieben Kilometer bis zum Ziel scheinen genau jene zu sein, die von der gesamten Anreise am allerlängsten dauern. Vorsichtig steuert Sarah den Wagen über einen schmalen Waldweg. Immer wieder vergewissert sie sich auf dem Navi, ob sie sich nicht verfahren hat, doch der blaue Pfeil bewegt sich unbeirrt auf der angezeigten Route.

Als sie von der Landstraße aus in den Wald einbog, nachdem sie ein ausgestorbenes Städtchen mit ein paar Geschäften, einer Tankstelle und einem Supermarkt durchfahren hatte, kam sie anfangs noch an ein paar frei stehenden Häusern vorbei. Seit einer Viertelstunde im Schritttempo ist da nur noch Wald. Zwischen hochgewachsenen Nadelbäumen bricht das späte Sonnenlicht stellenweise bis zum Boden, der von Sträuchern und Moosen überzogen ist, durch. Es herrscht ein unwirklicher Halbschatten, der Bewegungen erzeugt, wo keine sind. Versprengte Felsbrocken, mit Gras und Flechten überwachsen, geben dem Ganzen etwas Magisches. Als wären die Steine Trolle, die dem vorbeirollenden Wagen mit wachsamen Augen nachblicken.

Vom Regen ausgespülte Schlaglöcher und aus dem Boden ragendes Gestein lassen den Volvo wie einen Hasen eine Senke hinunterhoppeln. Sarah klappern die Zähne. Nach einer lang gezogenen Kurve kommt sie rechter Hand an etwas vorbei, das wie eine weitläufige sumpfige Wiese, durchzogen von hohen Gräsern, aussieht. Hier werden die Nadelhölzer von Birken und dichten Büschen, die den Weg säumen, abgelöst. Sarah erkennt Brombeerranken, Himbeersträucher. Mit den niedrigeren Gewächsen, den lichten Birken nimmt die Helligkeit wieder zu. Die schattige Magie wird von einem milden Sommerleuchten abgelöst. Aufgeregt flatternd kreuzt eine Amsel vor dem Wagen den Weg.

Ein anderes Fahrzeug sollte ihr hier besser nicht entgegenkommen, denkt Sarah. Dann müsste sie zu einer der wenigen natürlichen Buchten zurücksetzen, um Platz zu machen. Und selbst dann hinge der Volvo sicherlich mit einem Rad in der tiefen Botanik. Doch eine Begegnung erscheint ihr hier im Nirgendwo äußerst unwahrscheinlich. Eher trifft sie wohl auf einen Elch als auf einen anderen Menschen. »Ich wollte ja etwas Abgelegenes«, sagt Sarah und bemüht sich, feste Entschlossenheit in ihre Stimme zu legen. In der Anzeige des Vermieters hat es geheißen, das Ferienhaus garantiere absolute Einsamkeit und Ruhe. Genau das, wonach ihr der Sinn steht. Das Versprechen wird augenscheinlich eingelöst.

»Sie haben das Ziel erreicht«, informiert das Navi. Fast scheint es, als schwinge in der Mitteilung Stolz mit. Überrascht hält Sarah den Wagen an. Nirgendwo ist ein Haus zu sehen. Doch dann fällt ihr ein Weg auf, noch schmaler als der jetzige, der nach rechts zwischen die Bäume abbiegt. An einer Birke hängt ein vergilbtes Straßenschild. *Vesitie.* Wasserweg. Auf dem Navi sieht sie, dass Ilvi keine Hausnummer in das Gerät eingegeben hat, nur den Straßennamen. Deshalb meint das Navi anscheinend, sie wäre bereits am Ziel. Langsam bugsiert Sarah den Volvo in den Weg hinein. Es dauert noch einmal fünf Minuten, bis sie endlich die Konturen eines Gebäudes zwischen den Bäumen erkennt. Mit vor Vorfreude und Aufregung pochendem Herzen biegt sie schließlich linker Hand auf eine Lichtung, hält den Wagen an und schaltet den Motor aus. »Heiliger Bimbam!«, entfährt es ihr.

Sarah befindet sich am Kopf eines grünen Hangs, der von Bäumen eingefasst sanft abfällt. Etwa zwanzig Meter von Sarah entfernt steht ein rot gestrichenes Blockhaus, dessen weiße Fensterrahmen und Türen in der Sonne leuchten. Dahinter glitzert ein breiter Wasserteppich. Sarah muss sich sammeln und Luft holen, bevor sie etwas sagen kann. »Es ist traumhaft«, flüstert sie. Dann öffnet sie die Wagentür und steigt aus. Weiche, klare Luft schlägt ihr entgegen. Sie hat das Gefühl, sich zu verschlucken, so begierig saugt sie Atem in ihre Lunge. Es riecht nach warmem Waldboden und glasklarem Wasser.

Die tief stehende Sonne fühlt sich trotz der späten Stunde immer noch warm auf ihrer Haut an, wenngleich das Thermometer im Wagen eine Außentemperatur von lediglich sechzehn Grad angezeigt hat. Sarah lässt den Mantel im Volvo, breitet die Arme aus und lässt das Panorama auf sich wirken. Der Päijänne-See ist riesig! Sie steht am Rande einer breiten Bucht, das gegenüberliegende Seeufer ist sicherlich sechs Kilometer entfernt. Und dabei blickt sie von hier lediglich auf die schmale Seite des Gewässers – links und rechts verschwindet der See glitzernd zwischen den Bäumen, denn überall umschließt ihn Wald wie ein unendlicher grüner Teppich. Selbst auf dem spiegelglatten Wasser ragen Bäume auf: Unmittelbar vor der Bucht befindet sich eine kleine, malerische Insel, die mit Birken bewachsen ist.

Aufmerksam spitzt Sarah die Ohren. Es ist unglaublich, doch außer dem leisen Wellenschlag, der vom Ufer zu ihr heraufdringt, und einem flüsternden Rauschen in den Baumwipfeln hört sie nichts. Keine Autos. Keine Menschen. Nur noch das leise Summen von Insekten, vereinzelte Vogelrufe.

Bei dem idyllischen Anblick kann Sarah förmlich spüren, wie die Anspannung der letzten Tage von ihr abfällt. Sie macht einen großen Schritt den Hang hinab, scheucht eine Fliege weg, die sie neugierig umkreist. Sie ist in Sicherh… Ein Schmerzensschrei entfährt ihr. Hastig schlägt sie auf ihren Arm. Doch das Fliegenvieh ist bereits wieder in der Luft. An der Stelle, wo es sich auf ihre Haut gesetzt hat, tritt ein Tropfen Blut aus einer Wunde aus.

»Verdammt!«, stößt Sarah zwischen zusammengebissenen Zähnen hervor. Doch sie hat nicht viel Zeit, sich zu ärgern, denn nun sind es bereits zwei der Insekten, die sie wie röhrende Kleinflugzeuge umkreisen. Während sie eines wegscheucht, beißt ihr das andere heimtückisch in den Nacken. »Aua!« Der Schmerz treibt ihr Tränen in die Augen. Sie hechtet zum Wagen zurück, schnappt sich ihren Mantel vom Rücksitz und wirft ihn eilig über. Dann zieht sie mit hochgeklapptem Mantelkragen die Koffer aus dem Volvo. Währenddessen umschwirren die Angreifer sie unentwegt auf der Suche nach einer Möglichkeit, an ihr Blut zu gelangen.

Bremsen, schießt es Sarah in den Kopf. Das sind Bremsen. Vorsichtig stöckelt sie den Hang hinunter, die Koffer in den Händen, die Schultern hochgezogen. Sie schleppt sich mit dem schweren Gepäck drei Holzstufen hoch, setzt die Koffer dann auf der Veranda direkt neben der Eingangstür ab. Alarmiert dreht sie sich mit einem gleichzeitigen Fuchteln der Arme um die eigene Achse, doch die Bremsen haben von ihr abgelassen. »Ruchlose Brut!«, schimpft sie den Hang hinauf, reibt vorsichtig an den juckenden Bissstellen. Gut, dass sie Insektenspray eingepackt hat. Das wird sie in Zukunft vor dem Verlassen des Hauses großzügig auftragen, sagt sie sich. Dann können die kleinen Vampire sich ein anderes Opfer suchen.

Sarah muss herzhaft gähnen. Nun, da sie an ihrem Ziel angekommen ist, überrollt die Erschöpfung sie wie eine große Welle. Suchend schaut sie sich auf der Veranda um. Der Vermieter hatte geschrieben, er werde den Hausschlüssel unter einem Blumentopf neben der Eingangstür deponieren. Dumm nur, dass weit und breit kein einziger Blumentopf zu sehen ist. Weder auf der Veranda noch sonst wo. Überhaupt wirkt der Eingangsbereich äußerst kahl. Hatte es auf den Fotos, die sie im Internet von der Unterkunft gesehen hat, nicht überall vor dem Haus geblüht und gegrünt? Einzig eine rostige Hollywoodschaukel steht jetzt in einer Ecke. Daneben liegen ein paar Spraydosen, augenscheinlich altes Zeug.

Sarah stemmt die Hände in die Seiten. Selbst das Haus sieht nun, von Nahem betrachtet, nicht so gepflegt aus, wie sie es erwartet hat. Von den Holzwänden blättert an einigen Stellen die rote Farbe ab, auch die fleckigen Fensterrahmen geben kein besseres Bild ab. Und die Scheiben sind so schmutzig und stumpf, dass man kaum ins Innere des Hauses schauen kann. Stirnrunzelnd gibt Sarah der Schaukel einen Stoß. Quietschend schwingt sie hin und her, bevor sie abrupt zum Stehen kommt. Für den Batzen Geld, den sie jeden Monat an Miete zahlt, hat Sarah sich unter einem »luxuriösen Feriendomizil«, wie es in der Überschrift zu dem Haus hieß, etwas anderes vorgestellt. Etwas … etwas … Luxuriöseres.

Ob sie den Vermieter anrufen soll? In seiner E-Mail, so erinnert sie sich, ist eine Telefonnummer angegeben. Sarahs Hand sucht nach dem Telefon, während sie die Veranda verlässt und ein paar Schritte um das Haus herumgeht. Ihre Handyuhr zeigt ihr, dass es trotz der Helligkeit bereits dreiundzwanzig Uhr ist. Entschieden zu spät, um jemanden anzurufen, findet sie.

Abermals gähnt Sarah. Sie ist todmüde, blinzelt in die tief stehende Sonne. Nachdenklich lenkt sie den geblendeten Blick auf den See, der im goldenen Licht glänzt wie ein kostbares Schmuckstück. So weit ist sie heute gekommen, von München bis in die finnische Einsamkeit, und nun trennt eine bescheuerte Tür sie vom ersehnten Bett. Sie kann ihr Pech nicht fassen. Missmutig trippelt Sarah zur Eingangstür zurück und rüttelt an der Klinke. Mit einem Knarren schwingt die Holztür nach innen auf.

Verdutzt greift Sarah sich an den Kopf. Auf die Idee, die Klinke zu drücken, hätte sie auch vorher kommen können! Erleichtert schafft sie die Koffer ins Haus, dann schließt sie die Tür hinter sich. Der Schlüssel steckt von innen, bemerkt sie. Sie dreht ihn im Schloss, dann wendet sie sich mit einem tiefen Ausatmen dem Raum zu. Endlich angekommen!

Als Erstes fällt ihr auf, wie muffig es riecht. Sie fragt sich, ob das an dem alten Holz liegt, das überall um sie herum zu sehen ist.

Boden, Wände, Zimmerdecke und auch die Möbel sind allesamt aus hellbraunen Hölzern gefertigt. Vielleicht kommt der Geruch aber auch von dem ganzen Schnickschnack, der hier herumliegt. Eingestaubte Porzellanfiguren stehen neben abgewetzten Stoffpüppchen und Bergen von zerschlissenem Altpapier. Welcher Innenarchitekt hat sich denn hier ausgetobt?, fragt sich Sarah. Sie streicht mit einem Zeigefinger über einen Porzellanclown und schnippt die dicke Staubschicht von ihrer Fingerkuppe. Ungläubig schaut sie sich in dem großen Raum, der einen Großteil des Erdgeschosses ausfüllt, um. »Auch das sah im Internet ganz anders aus«, raunt sie.

Ein Blick in die kleine Küche lässt sie zusammenzucken. Das Mobiliar wirkt wie direkt aus den Achtzigerjahren entlehnt. Der Kühlschrank gibt ein Brummen von sich, das bis in Sarahs Eingeweide ausstrahlt. Auf dem schmalen Küchentisch unweit der Tür steht eine Dose Bier. Ein ungewöhnlicher Willkommensgruß, wundert sich Sarah. Normalerweise findet sie bei der Ankunft eine Flasche Wein oder einen Früchtekorb vor. Sie dreht die Dose in der Hand. Finnisches Bier. Wohl eine lokale Spezialität, die man ihr anempfehlen möchte.

Auf dem Weg in den ersten Stock fragt sich Sarah, warum das Haus seit den Aufnahmen, mit denen es beworben wird, umdekoriert wurde. Erlebt sie hier vielleicht die Ausgestaltung eines hochaktuellen Einrichtungstrends, der in München schlicht noch nicht angekommen ist? Die Skandinavier sind immerhin bekannt für ihre Vorreiterrolle, wenn es um Design und Interieur geht.

Sie bleibt auf der obersten Stufe stehen und wirft einen Blick zurück. Wenn sie es sich recht überlegt, wirkt diese Unordnung doch sehr inszeniert. Sie hievt die Koffer in das Schlafzimmer, in dem ein altes Bett an der Wand steht. Eine Patchwork-Tagesdecke liegt wie achtlos hingeworfen über dem Bettzeug. Auch hier war ein Profi am Werk, erkennt Sarah. Dass alles so authentisch ungemacht aussieht, das muss man erst mal hinbekommen. Pures Understatement!

Ihre Erschöpfung ist so groß, dass Sarah es nicht einmal mehr ins Badezimmer schafft, um sich abzuschminken. Sie zieht ein Feuchttuch aus der Handtasche und fährt sich damit ein paarmal übers Gesicht. Ihre Kleidung zieht sie bis auf die Unterwäsche aus und legt sie auf einem wackeligen Holzstuhl ab. Dann schiebt sie die Tagesdecke zur Seite und kriecht unter die zerknautschte Bettdecke. Ein eigenwilliger Geruch entströmt der Bettwäsche und kitzelt ihr in der Nase, doch Sarah ist zu müde, um weiter darüber nachzudenken. Kurz taucht das Gesicht von Frau Moser vor ihr auf, doch sie will den Gedanken nicht vertiefen. Erschöpft schließt sie die Augen und taucht ein in das lockende Reich des Schlafs.

Einmal schreckt sie in der Nacht auf, sieht sich orientierungslos in ihrem Schlafzimmer um. Durch das Fenster fällt ein Dämmerlicht, das den Raum in einen gräulichen Halbschatten legt. Draußen regnet es, erkennt sie. Ihr fällt wieder ein, wo sie sich befindet, und beruhigt dreht sie sich auf die andere Seite. Ein knarrendes Geräusch lässt sie die Ohren spitzen. Kommt es von der Veranda? Bewegt sich die Klinke der Eingangstür? Oder träumt sie nur? Sind es die Geräusche des Regens? Sie presst die Augen zusammen, möchte zurücksinken in die enge Umarmung des Schlafes.

Es bleibt still. Also war alles nur Einbildung. Sie lässt sich zurück in die Dunkelheit gleiten. Dabei zieht in ihr das Bild auf, wie Udo vor ihr auf einem Stuhl sitzt. An den Armen und Beinen festgebunden, ist er splitterfasernackt. Aus einer Seitentasche ihres taubengrauen Mantels zieht sie etwas hervor, hält es ins Licht. Es ist ein rostiger Nussknacker, genau wie jener, den sie letztes Jahr zu Weihnachten entsorgt hat. Langsam tritt sie auf Udo zu. Ihm stehen Schweißperlen auf der Stirn. »Na, na«, sagt sie beruhigend. »Ganz ruhig bleiben, Udo. Alles ist gut. Es ist nur eine harmlose kleine Operation. Die schaffen wir auch ohne eine

Betäubung!« Dann beugt sie sich zu ihm hinab und zieht in Zeitlupe den Nussknacker auseinander. Als sie das alte Ding anlegt, ist Udos Wimmern Musik in ihren Ohren. Schöner als jeder von Ramonas herzigen Schlagern.

Mit einem Lächeln auf den Lippen schläft sie wieder ein.

ZWÖLFTES KAPITEL

Onni lässt sich das Buch aus dem Archiv kommen. Selbstredend befindet es sich nicht im normalen Bestand der Bibliothek, sondern verstaubt eingemottet in irgendeinem Kellerregal. Wahrscheinlich hat es seit Jahren niemand mehr ausgeliehen. Denn Max liegt natürlich richtig. Bereits fünf lange Jahrzehnte sind ins Land gegangen, seitdem das Buch verfasst wurde. Erst war es verrissen worden, dann belächelt, schließlich vergessen. Doch nun wird Onni es zur Grundlage seines eigenen Ruhms machen. Manchmal dauert es eben, bis sich die Wahrheit durchsetzt. Fast ehrfürchtig trägt er den Band zu einem abgelegenen Leseplatz und setzt sich.

Als er die erste Seite aufschlägt, erinnert er sich, dass er vor ein paar Monaten ein anderes Exemplar in den Händen hielt, nicht dieses hier. Er war bei Recherchen für seine Doktorarbeit zufällig in der Museumsbibliothek auf Öbergs Buch gestoßen, hat es anfangs eher beiläufig durchgeblättert als wirklich gelesen. Öbergs Theorie ist einfach zu abenteuerlich, damit hat Max schon recht. Doch er stieß damals beim Blättern auf jene Zeichnung, die ihn sofort faszinierte und ihm in Erinnerung blieb. Nun brennt er darauf, sie sich noch einmal anzusehen.

Vorsichtig schlägt Onni Seite um Seite um. Er meint sich außerdem zu erinnern, dass sich das Bild etwa in der Buchmitte befindet, möchte aber gewissenhaft vom Anfang ausgehend nach ihm suchen. So kann er es nicht übersehen. Er blättert und blättert, jedes Mal überzeugt, dass *jetzt* die Zeichnung auftaucht.

Je weiter er sich dem Buchende nähert, umso tiefer werden die Falten auf seiner Stirn. Er kann die Illustration nicht finden. Bis zur allerletzten Seite sieht er das Buch durch, klappt schließlich verdutzt den Band zu. Täuscht ihn seine Erinnerung?

Nein, er ist sicher, dass sich das Bild in diesem Buch befindet. Diesmal schlägt er es gleich mittig auf. Und blinzelt. An dieser Stelle fehlt eine Seite. Sie wurde äußerst sauber herausgetrennt, daher ist ihr Fehlen ihm bei der ersten Durchsicht nicht aufgefallen.

»Gibt es im Archiv ein weiteres Exemplar dieses Titels?«, fragt er die junge Frau, von der er das Buch eben entgegengenommen hat. »Vielleicht eine andere Auflage? Ich konnte in diesem Exemplar etwas Wichtiges nicht finden.«

Die Frau tippt in den Computer, schüttelt den Kopf. »Wir besitzen nur dieses eine Exemplar. Tut mir leid.«

Nachdenklich verlässt er die Universitätsbibliothek, macht sich erst auf den Weg nach Hause, biegt dann aber doch an der nächsten Straßenecke in eine andere Richtung ab.

Natürlich läuft er ausgerechnet Ritwa über den Weg, als er das Museum betritt.

»Treibt dich das schlechte Gewissen hierher, Onni?«, fragt sie ihn mit einem schiefen Grinsen. »Bist du gekommen, um mich abzulösen? Für die letzte Stunde, bevor wir dichtmachen, hättest du dir das auch sparen können! Außerdem hat die Chefin gesagt, dass du dich krankgemeldet hast.«

»Ich muss etwas in der Bibliothek nachsehen«, stößt er aus. Er will schon an ihr vorbeieilen, da hält er abrupt inne. »Außerdem mache ich mir keine schöne Zeit, wie du immer behauptest. Ich recherchiere für meine Doktorarbeit. Du kannst dir deine blöden Kommentare also sparen.« Er lässt die verblüffte Ritwa einfach stehen und fährt mit dem Fahrstuhl hinab in den Keller. Es fühlt sich gut an, den Mund aufgemacht zu haben.

In der überschaubaren Büchersammlung des Museums wird er schnell fündig. Öbergs Werk steht noch genau dort, wo Onni es seinerzeit aus dem Regal zog. »Dann wollen wir mal«, sagt er in die Stille des Raums hinein. Er verspürt Aufregung in sich aufsteigen. Endlich wird er erfahren, ob er sich an die Details der Zeichnung richtig erinnert. In der Mitte schlägt er das Buch auf.

»Wer macht so etwas?«, flüstert er. Das Bild fehlt. Mit großen Augen starrt er auf den ausgefransten Rand der Seite. In diesem Exemplar hat man sich nicht einmal die Mühe gemacht, die Zeichnung sauber herauszutrennen. Es sieht aus, als hätte jemand einfach in großer Eile das Papier herausgerissen. Onni streicht mit dem Zeigefinger über die rauen Kanten. An einer Stelle ist auf dem Seitenrest sogar noch ein gewölbter Strich zu erkennen. Eindeutig, hier befand sich die Zeichnung, die er sucht.

Vor dem Museum zückt Onni sein Mobiltelefon. Im Internet sucht er nach einer digitalen Version des Buches, doch er wird nicht fündig. Zu bestellen ist der Titel derzeit ebenfalls nirgends. Einer Eingebung folgend ruft Onni die Öffnungszeiten vom *Antikvariaatti Paavo*, Helsinkis bestsortiertem Buchantiquariat, auf. Wenn irgendjemand in der Stadt Öbergs Buch im Bestand hat, dann wohl Paavo. Eilig verstaut er sein Handy wieder in der Hosentasche. Wenn er sich beeilt, schafft er es noch rechtzeitig zum Antiquariat, bevor es für heute schließt.

Unterwegs kommt Onni am *Black Swan* vorbei. Mit gesenktem Kopf wechselt er die Straßenseite, um nicht direkt vor der Bar entlanggehen zu müssen. Mit diesem Kapitel möchte er sich nicht beschäftigen. Tief holt er Atem, als er um die nächste Straßenecke biegt. Ihm ist gar nicht aufgefallen, dass er die Luft angehalten hat.

Eine Türglocke aus Messing ertönt beim Betreten des Antiquariats. Onni schlägt der abgestandene Geruch von alten Büchern entgegen. Bis an die Decke des verwinkelten Geschäfts reichen die eng gefüllten Bücherregale. Und im Keller, weiß Onni, befinden sich weitere Verkaufsräume. Schon oft hat er in diesem Laden gestöbert, hat auf stundenlangen Streifzügen seine Finger über alte Folianten und lederne Buchrücken fahren lassen. Er ist gerne im *Antikvariaatti Paavo*. Hier herrscht immer andächtige Ruhe, hier gibt es immer etwas zu entdecken. Bevor er im Museum anfing, hatte er bei Paavo nachgefragt, ob eine studentische Aushilfe gebraucht werde. Wahrscheinlich war es gut, dass kein Bedarf bestand – Onni hätte sein Gehalt sogleich wieder im Laden ausgegeben.

Der Mann hinter der Kasse nickt Onni freundlich zu. »Wir schließen in wenigen Minuten«, erklärt er und richtet die Fliege, die er zu Hemd und Pullover trägt. Auf seiner Nase sitzt ein schiefes Brillengestell. »Kann ich dir weiterhelfen?«

Onni erklärt, welches Buch er sucht. »Ich denke, ich weiß schon, in welcher Ecke ich nachschauen muss«, sagt er und deutet in den hinteren Teil des Geschäfts. »Ich beeile mich.«

»Nicht nötig, ich weiß genau, welchen Titel du meinst«, sagt der Verkäufer. »Er ist nicht mehr hinten im Regal. Ich habe ihn selbst kürzlich herausgezogen.«

Enttäuscht fährt sich Onni über die Stirn. »Oh, dann bin ich zu spät? Das ist ärgerlich, ich suche das Buch dringend. Wann habt ihr es verkauft?«

»Noch gar nicht.«

»Wie bitte?«

Der Mann deutet hinter sich in ein Regal. »Es wurde für einen Kunden zurückgelegt. Er will es die Tage abholen. Es war ihm sehr wichtig, dass ich es auf jeden Fall für ihn reserviere. Verkauft ist es also noch nicht wirklich. Aber quasi.« Er zuckt entschuldigend mit den Schultern.

Onni starrt auf den Rücken von Öbergs Buch. »Ich … kann ich es vielleicht für einen höheren Preis abkaufen?«

»Das kann ich nicht machen. Ich habe dem Kunden am Telefon hoch und heilig versprochen, das Buch auf jeden Fall für ihn zurückzulegen.«

»Könnte ich mal kurz reinlesen?«, fragt Onni hastig. Er muss die Zeichnung unbedingt sehen.

Der Verkäufer runzelt die Stirn. »Entschuldige, das geht nicht. Es ist quasi bereits verkauft.«

Innerlich stöhnt Onni auf. Der Typ geht ihm mit seinen *Quasis* gehörig auf die Nerven. »Dann schaue ich mich so um«, erklärt er niedergeschlagen.

»Wir schließen jetzt, wie gesagt. Vielleicht möchtest du morgen wiederkommen und dich in Ruhe umsehen?«

»Ich will nur schnell drüben zum Regal, dann gehe ich. In zwei Minuten bin ich weg«, erklärt Onni und hechtet in den hinteren Teil des Ladens, bevor der Verkäufer protestieren kann. Doch bereits hinter dem nächsten Winkel bleibt er stehen und lugt hinter einem Regal hervor, in Richtung Eingang. Er beobachtet, wie der Mann die Ladentür aufstellt und damit beginnt, die vor dem Geschäft stehenden Rolltische hereinzuholen. Onni war oft genug in diesem Antiquariat, um die abendliche Routine zu kennen.

Als der Verkäufer nach dem ersten Tisch abermals das Geschäft verlässt, huscht Onni lautlos hinter die Kasse und zieht Öbergs Buch aus dem Regal. Hastig schlägt er es in der Mitte auf. Die Zeichnung! Er hat sich nicht geirrt, da ist die Zeichnung! Das Herz schlägt ihm bis zum Hals, doch er schnappt sich sein Handy und schießt ein Foto von der Illustration. Von draußen hört er das Rattern eines heranrollenden Tisches lauter werden.

Onni schiebt das Buch schon zurück ins Regal, da stockt er und zieht es doch noch einmal zu sich heran. Fahrig nimmt er den Zettel heraus, der vorne eingelegt ist und auf dem der Kundenname vermerkt ist. Onni erstarrt, er hat das Gefühl, keine Luft mehr zu bekommen.

»He, Mann! Scher dich sofort hinter der Kasse weg!« Die Stimme des Verkäufers überschlägt sich. Er kommt in den Laden gerannt, während sich der Tisch draußen selbstständig macht und langsam zur Seite rollt. Ein Auto hupt.

Onni erwacht aus seiner Starre, lässt das Buch fallen und sprintet wie von der Tarantel gestochen hinter dem Tresen hervor. Er schlägt einen Haken an dem Mann vorbei und stürmt aus dem Geschäft. Dort weicht er dem Auslagentisch aus, der halb den Bordstein hinuntergekippt ist. Dutzende Bücher liegen auf dem Gehweg und auf der Straße verteilt. Ein Autofahrer hält kopfschüttelnd vor der ungewöhnlichen Blockade.

Erst als er den Sinebrychoff-Park erreicht hat, bleibt Onni schwer atmend stehen. In seiner Hand klemmt immer noch der Zettel aus dem Buch. Ungläubig liest er wieder und wieder den Namen, der darauf notiert ist.

Onni Järvinen.

DREIZEHNTES KAPITEL

Schweinegrunzen! Mit einem Schlag öffnet Sarah die Augen. Das Geräusch, das sich in ihr festgesetzt und sie nun geweckt hat, klingt wirklich wie das Grunzen eines Schweins. Schlaftrunken richtet sie sich auf. Heller Sonnenschein fällt durch das milchige Fensterglas. Geblendet hält sie eine Hand über die Augen, kämpft sich aus dem Bett. Warum hört das Grunzen nicht auf? Es kommt von draußen, vom Seeufer, erkennt sie.

Ihr Handydisplay zeigt kurz nach sechs Uhr an. Sie stöhnt auf. Wenn dieses dämliche Schwein nicht wäre, hätte sie noch wunderbar weiterschlafen können. Schwankend wirft sie die Bluse von gestern, die ihr bis zu den Oberschenkeln reicht, über und schleppt sich barfuß die Treppe hinab, ins Erdgeschoss. In der morgendlichen Helligkeit sieht die Einrichtung noch abgenutzter aus, als Sarah es gestern Nacht nach ihrer Ankunft wahrgenommen hat. Das Sofa ist so verschlissen, dass sich an einer Stelle etwas Metallisches durch das Polster drückt. Und überall steht Krempel herum! Der große Raum hat den Charme eines Trödelladens. Dieser Dekorstil sagt ihr nicht zu, gesteht Sarah sich ein. Da kann ein Innenausstatter noch so viel Herzblut in das Projekt gesteckt haben. Sie wird später den Vermieter anrufen, nimmt sie sich vor. Es ist schon frech, die Immobilie mit Fotos anzupreisen, die der Realität in keiner Weise entsprechen. Sie hätte dieses Haus wohl niemals gemietet, wenn die Bilder auf dem neuesten Stand gewesen wären.

Grunz. Grunz.

Dass ein Schwein zur Ausstattung des *mökki* gehört, davon war überdies keine Rede gewesen. Sarah hat keineswegs Ferien auf dem Bauernhof buchen wollen.

Sie überlegt, ob sie sich in der Küche einen Kaffee aufsetzen soll, doch eine neuerliche Salve sich überschlagender Grunztöne lässt sie die Zähne so fest aufeinanderpressen, dass ihr Kiefer schmerzt. Zuerst muss sie herausfinden, welche Sau da kurz vor dem Erstickungstod steht, entscheidet sie. Bis dahin findet sie keine Ruhe, nicht einmal für einen Kaffee. Sie stellt sich an ein Fenster, das auf den See blickt, doch es ist ihr unmöglich, das Tier am Ufer auszumachen. Zum einen starrt die Fensterscheibe derart vor Schmutz, dass es die Sicht behindert. Und dann muss sie sich eingestehen, dass es durchaus Sinn ergeben würde, in Situationen wie dieser ihre Brille aufzuhaben. In der Weite gerät ihr Blick ein wenig unscharf. Sarah ist jedoch der festen Überzeugung, sie habe kein Brillengesicht, also trägt sie auch keine. Und Kontaktlinsen verträgt sie nicht. Solange sich beim Autofahren keine übermäßigen Probleme zeigen, verzichtet sie daher auf das Tragen ihrer Sehhilfe. Die sie überdies in München vergessen hat.

Grunz.

Immer noch nicht ganz wach tritt Sarah vor das Haus. Die Luft ist kühl und frisch, riecht nach Morgentau und Kiefernnadeln. Und nach dem Regen der vergangenen Nacht. Tief atmet Sarah ein, schließt für einen Moment die Augen. Sie merkt, wie ihre Lebensgeister zurückkehren. Der Moment der Entspannung währt jedoch nur kurz, denn sie will jetzt wissen, woher diese Laute kommen.

Wo ist das Schwein? Von der Veranda aus sieht Sarah sich um, doch das Tier ist nicht zu sehen. Vorsichtig steigt sie die Stufen hinab und umrundet das Haus langsam in Richtung Ufer. Sie möchte das Schwein nicht unnötig erschrecken. Das Grunzen klingt derart gequält, dass das Tier verletzt sein könnte. Nicht, dass es Sarah noch aus Panik angreift! Abrupt hält sie inne. Ob es sich um ein Wildschein handelt? Gibt es die in dieser Gegend? Wildschweine sind nicht ungefährlich, weiß sie. Vielleicht sollte sie zurück ins Haus gehen. Doch die Neugier treibt sie an. Sie unterdrückt einen Schmerzensschrei, als sie barfuß auf einen spitzen Stein tritt, der sich im Gras versteckt. Unbeirrt schleicht sie an der schmalen Seite des *mökki* vorbei und hat endlich einen freien Blick auf das Seeufer.

Es ist kein Schwein zu sehen. Das grasbewachsene Ufer ist verwaist.

Grunz. Der Laut schallt weit über das Wasser.

Sarah traut ihren Augen nicht. In der Bucht krakeelt ein Haubentaucher. Der Vogel kreuzt etwa zehn Meter vom Ufer entfernt im Wasser und stößt die schweineähnlichen Schreie aus. Sein Hals ist hochgereckt und das Kopfgefieder gespreizt. Er wirkt ziemlich aufgeregt. Wie gespitzte Ohren stehen zwei schwarze Federbüschel von seinem aufgeplusterten Kopf ab. Irgendetwas scheint dem Tier nicht zu passen.

Fasziniert von dem Spektakel geht Sarah zum Ufer hinunter. Ein kleiner Sandstreifen liegt zwischen der Grasnarbe und dem Wasserrand. Sie stellt sich darauf und gräbt die Zehen in den feuchten Grund. »Was machst du denn für ein Geschrei?«, ruft sie dem Vogel zu, doch er ignoriert sie und krakeelt ein weiteres Mal.

Sarah lässt ihren Blick über die Bucht schweifen. Links und rechts von ihr wächst Schilfgras, an manchen Stellen bis zu fünf Meter in die Bucht hinein. Immer wieder ragen Felsen aus dem Wasser hervor. Sie überlegt, ob man von einem zum anderen springen könnte, wenn man nur gelenkig genug ist.

Bei seinem aufgeregten Hin und Her scheint der Vogel immer wieder einen Punkt im Schilf anzupeilen. Ob sich dort sein Gelege befindet? Vielleicht stimmt damit etwas nicht, wundert sich Sarah. Sie beugt sich neugierig vor, doch die dichten Pflanzen versperren ihr die Sicht. »Was hast du denn?«, ruft sie dem Haubentaucher zu. Dann macht sie einen großen Schritt in den See hinein. Das

Wasser ist kalt und jagt ihr ein Frösteln die Wirbelsäule hinauf. »Hu!«, ruft sie aus. Spätestens jetzt ist sie hellwach.

Vorsichtig watet Sarah ein paar Schritte in die Bucht hinein, auf jene Stelle zu, die der aufgebrachte Vogel immer wieder ansteuert. Tatsächlich, als sie sich abermals vorbeugt, kann sie am Rande des Schilfs einen großen Ast erkennen, der sich zwischen zwei Felsen verfangen hat. An dem Holzstück klebt ein schwimmendes Nest. Sarah wagt sich noch einen Schritt näher heran, das Wasser reicht ihr nun bis zu den Oberschenkeln. »Oh, das ist ja süß«, flüstert sie. Aus ihrer Entfernung – es trennen sie vielleicht sechs Meter von dem Brutgelege – sieht es so aus, als befänden sich zwei Eier in dem Nest. »Schwimm doch einfach hin zu deinen Babys«, ermutigt sie den schimpfenden Vogel. Da bemerkt sie etwas im Wasser, und sie erstarrt.

Zwei Meter vom Nest entfernt treibt etwas im See. Sarah hat zuerst angenommen, es handele sich bei dem Gegenstand um einen weiteren Felsen, doch nun erkennt sie ihren Irrtum. Ungläubig starrt sie auf den Körper, der sich sacht im glasklaren Wasser wiegt. Ein nackter, dicker Mann. Dunkle Haare hängen strähnig über seinem Gesicht. Sarah schnappt nach Luft. Tot! Sie weiß genau, dass der Mann mausetot ist.

Das kalte Wasser spritzt ihr bis ins Gesicht, als Sarah aus ihrer Betäubung erwacht und zurück ans Ufer stürmt. Beinahe stolpert sie, von Panik getrieben, doch sie kann sich im letzten Moment fangen und strauchelt schwer atmend auf die Wiese. Ihre Gedanken überschlagen sich. Sie hat gerade eine Leiche gesehen! Einen toten Mann! Der Typ treibt nackt in ihrer Bucht! Sie lässt sich aufs Gras fallen, starrt auf das Wasser. Der Haubentaucher hat sich ein ganzes Stück entfernt und hält für den Augenblick den Schnabel.

Sie steht auf, wischt die feuchten Hände an der Bluse ab. War dort drüben *wirklich* eine Leiche im Wasser? Vielleicht war es doch ein Fels. Oder ein knorriger Baumstamm.

Eine Stimme in ihr lacht laut über den plumpen Versuch, die Realität infrage zu stellen. Sie rafft sich auf und watet langsam zurück ins Wasser. Noch einmal nähert sie sich dem verwaisten Nest des Haubentauchers. Noch einmal schaut sie auf den Leichnam, der natürlich immer noch da ist. Der Körper hat sich ein wenig gedreht, wohl durch die Wellen, die Sarah durch ihre Flucht aus dem Wasser erzeugt hat. Ja, der Kerl ist eindeutig tot.

Zurück am Ufer kann Sarah nicht mehr still stehen. Wie ein Panther im Gehege läuft sie immer wieder die gleiche Schleife über die Wiese. Ihr Gehirn arbeitet auf Hochtouren. Was soll sie jetzt tun? Den Körper aus dem Wasser herausholen? Muss sie die Polizei verständigen oder die Feuerwehr? Wie lautet die Telefonnummer der Polizei? Soll sie ihren Vermieter darüber informieren, dass das Mietobjekt eine makabre Sonderausstattung aufweist?

Dann verdrängt eine weitere Frage alle anderen. Was, verdammt, heißt »Leiche« auf Finnisch? Warum nur hat Torben ihr dieses Wort nicht beigebracht? Es scheint ihr plötzlich die wichtigste Vokabel der finnischen Sprache zu sein.

Sarah dreht eine weitere Runde. Sie könnte es im Internet nachschlagen, das wichtige Wort, überlegt sie. Doch dafür müsste sie ins Haus hineingehen, um ihr Handy zu holen. Sie kann hier aber nicht weg, vermag es beim besten Willen nicht, sich vom Ufer zu lösen. Es ist, als müsse sie von hier aus aufpassen, dass der Tote nicht verschwindet. Wegtreibt, irgendwohin. Schreien möchte sie. Über die absonderliche Situation, in der sie sich befindet. Wieder und wieder nur laut schreien.

Ein leises Platschen lässt sie aufhorchen. Sie erwartet, den aufgebrachten Vogel zu sehen, doch das Tier ist verschwunden. Stattdessen gleitet ein Ruderboot in die Bucht. Sarah kann nicht sagen, aus welcher Richtung es gekommen ist. Plötzlich ist es jedenfalls da, mitten auf dem Wasser. An den Rudern – sofern ihre nicht allzu verlässlichen Augen sich nicht täuschen – sitzt ein alter

Mann. Er kehrt ihr den Rücken zu, lenkt sein Boot mit kräftigen Schlägen auf das Haus zu. Sarah kann das schlohweiße Haar des Ruderers im Wind wehen sehen. Sie ist gleichzeitig erleichtert und schockiert über sein Auftauchen. Was, verdammt, heißt »Leiche« auf Finnisch?, meldet sich die drängendste aller Fragen zurück.

Der Alte zieht die Ruder ein und lässt das Boot bis auf drei Meter an das Ufer herangleiten. Dann dreht er sich auf seiner Bank um. »Hey«, grüßt er und hebt eine Hand.

Sarah blickt in das runzelige Gesicht des Fremden. Glasklare stahlblaue Augen, die im Kontrast zu der wettergegerbten Erscheinung stehen, mustern sie. »Hey«, erwidert sie krächzend den finnischen Gruß. Sie sieht, dass im Heck des Bootes eine Fischreuse liegt, daneben steht ein Eimer. Sie blinzelt. Sind das in dem Eimer Bierdosen und eine Wodkaflasche? »Mitä kuuluu?« *Wie geht es?* Ihre Stimme bricht.

Der Fischer nickt knapp, sagt jedoch nichts. Unverwandt sieht er Sarah an, als warte er auf etwas.

Es ist Sarah, als hätte sie jegliches Finnisch, das sie während der vergangenen vier Jahre gelernt hat, auf einen Schlag vergessen. Mit ihren einstudierten Katzensätzen jedenfalls kommt sie nicht weit, wenn es darum geht, die gegenwärtige vertrackte Situation zu schildern. Atemlos räuspert sie sich. »Minä olen …« *Ich habe …* Sie bricht den Satz ab. Hektisch räuspert sie sich abermals, verunsichert, weil sich im Gesicht ihres Gegenübers nicht der kleinste Muskel regt. Die blauen Augen sind wie Zielfernrohre auf sie gerichtet. »Olen nähnyt miehen«, stößt sie aus. *Ich habe einen Mann gesehen.*

Der Fischer blinzelt nicht einmal.

»Mies on … rikki!« Nachdrücklich nickt Sarah. *Der Mann ist defekt.* »Rikki!«, wiederholt sie und reißt betont dramatisch die Augen auf. *Defekt!* Ihr fällt kein besseres Wort ein, um seinen Zustand zu beschreiben.

Der Ansatz eines Hebens der Augenbrauen aufseiten des Fischers.

»Korkea ruoho«, stottert Sarah atemlos und deutet zum Schilf, hinter dem sich der Tote im Wasser verbirgt. *Hohes Gras.*

Der Fischer dreht den Kopf in die angezeigte Richtung, blickt dann wieder Sarah an. »Hohes Gras«, wiederholt er ungerührt auf Finnisch.

Sarah stöhnt auf. Von hier aus kann man den Leichnam selbstverständlich nicht sehen. Wenn sie doch nur das Wort für »Leichnam« kennen würde! »Rikkinäinen mies on korkeassa ruohikossa«, versucht sie es noch einmal und weist hektisch in das Schilf. *Der defekte Mann liegt im hohen Gras.*

Minimal verändert der alte Mann seine Sitzposition. So, als wollte er es sich bequem machen.

Grunz.

Sie spürt die Hitzeflecken auf ihren Wangen. Sarah ballt die Hände zu Fäusten. Nun schaltet sich auch noch der unsägliche Haubentaucher in das Gespräch ein! In sicherer Entfernung dreht der Vogel aufgeregte Runden durch die Bucht. »Verdammt, die Leiche liegt da im Schilf!«, ruft sie auf Deutsch aus.

Ruhig greift der Fischer zu den Rudern und dreht mit wenigen Schlägen das Boot. »Dann schaue ich mir den Toten mal an«, sagt er. Sein Deutsch hat einen eigentümlichen Akzent, als rolle beim Sprechen ein Kieselstein über seine Zunge, doch er ist einwandfrei zu verstehen.

Sarah steht der Mund offen, während sie verfolgt, wie das Ruderboot sich der Stelle nähert, auf die sie eben gedeutet hat. Der Alte spricht Deutsch! Genau wie Ilvi es ihr vorhergesagt hat. Das Gestammel hätte sie sich also sparen können. Sie beobachtet, wie der Fischer die Ruder einzieht und sich am Schilfgürtel über den Bootsrand beugt. So verharrt er für eine Minute, dann richtet er sich wieder auf und kommt mit festen Schlägen zurück zu Sarah gerudert. Doch diesmal lässt er das Boot knirschend am Ufer auflaufen und steigt behänder, als Sarah es ihm zugetraut hätte, aus dem Kahn an Land.

»Tot«, stellt er nüchtern fest.

»Was tun wir jetzt?« Sarah ist trotz der beklemmenden Situation erleichtert, nicht mehr allein für das weitere Vorgehen verantwortlich zu sein.

Der Alte zieht ein Mobiltelefon aus der Hosentasche hervor. »Die Polizei anrufen«, antwortet er. Doch er behält das Telefon unbenutzt in der Hand und mustert Sarah eindringlich.

Unter dem Blick des Fischers wird Sarah bewusst, dass sie lediglich mit einer ziemlich nassen Bluse bekleidet ist. Sie verschränkt die Arme vor der Brust und sieht ihr Gegenüber herausfordernd an. Der Alte wird den Anblick schon überleben.

Der Fischer kratzt sich am Kopf. »Bist du die Freundin von Saarinen?«, fragt er.

»Was?«, ruft Sarah aus. Sie hat wohl nicht richtig gehört! »Von *wem*?«

»Von Matti Saarinen«, erklärt der Fischer ruhig und deutet beiläufig über seine Schulter in Richtung Schilf. »Dem Toten.«

Entrüstet schüttelt Sarah den Kopf. »Ich kenne den Mann doch gar nicht!«

Nachdenklich kneift der Alte die Augen zusammen. »Warum stehst du dann im Nachtgewand vor Mattis Haus?«

VIERZEHNTES KAPITEL

Sarah sitzt am Küchentisch. In ihrem Rücken brummt der alte Kühlschrank wie ein hungriger Magen. Vor ihr steht die Bierdose, die sie fälschlicherweise für einen Willkommensgruß gehalten hat. Fahrig richtet sie den Kragen ihres schwarzen Rollkragenpullovers. Vom Ufer her kann sie die Stimmen der Polizisten hören. Der Fischer hat sie von seinem Handy aus verständigt, direkt nach seiner verstörenden Frage, ob Sarah die Freundin des Toten sei.

Während des Anrufs erfuhr Sarah, die fröstelnd am Ufer ausharrte, dass der Name des Alten Jalo lautet. Kaum hatte Jalo das denkbar knappe Gespräch beendet, eilte Sarah ins Haus, um sich umzuziehen und ihre Siebensachen zusammenzusuchen. Es war ein komisches Gefühl, das *mökki* in dem Wissen zu betreten, dass sein Besitzer nur wenige Meter entfernt tot im Schilf trieb. Wie eine Einbrecherin kam sie sich vor.

Mit den restlichen Feuchttüchern aus ihrer Handtasche säuberte sie so gut es eben ging ihr Gesicht. Es war schließlich nicht daran zu denken, das Badezimmer dieses toten Matti zu benutzen. Dann trug sie ihr schnelles Tages-Make-up auf. Darin war sie so routiniert, dass sie es zur Not sogar ohne einen Spiegel bewerkstelligen konnte. Schließlich nahm sie sich doch noch die Zeit für ein wenig zusätzliches Rouge und stärker betonte Augen. Wenn die Polizei auftauchte, wollte sie wenigstens präsentabel sein. Der erste Eindruck zählte.

Als sie mit dem Ergebnis einigermaßen zufrieden war, zog sie neben dem Rollkragenpullover auch eine ebenfalls schwarze

Stoffhose aus dem Koffer hervor. Dieses Ensemble passte am ehesten zur derzeitigen Situation, fand sie. Chic, aber sehr gedeckt. Einem Todesfall angemessen. Außerdem betonte Schwarz hervorragend die Farbe ihrer Fingernägel, und selbst in dieser unsäglichen und betrüblichen Lage gab es aus Sarahs Sicht keinen Grund dafür, *nicht* gut auszusehen. Einer Eingebung folgend steckte sie noch schnell die goldgefassten Perlohrringe an. Die hatte ihr zwar Udo zu einem Hochzeitstag geschenkt, doch da konnten die hübschen Schmuckstücke schließlich nichts für.

Als sie schließlich vollständig angekleidet war, packte sie ihre Sachen zusammen, schleifte dann, mühsam auf ihren High Heels balancierend – sie trug grundsätzlich keine flachen Schuhe, niemals! –, die Koffer den Abhang hinauf und hievte sie in den Kofferraum des Volvos. Sobald es ihr möglich war, wollte sie weg von hier.

Kurz darauf traf ein Polizeiwagen mit zwei Beamten aus Heinola ein. Sie schienen den Fischer gut zu kennen, man begrüßte sich freundlich. Einer der Männer ruderte mit Jalo zu der Leiche hinüber. Währenddessen nahm der andere, natürlich in fließendem Englisch, Sarahs Personalien auf und ließ sich von ihr berichten, was geschehen war. Schließlich bat er sie, in der Küche zu warten. Was sie nun seit mehr als zwei geschlagenen Stunden tut. In der Zwischenzeit sind noch weitere Fahrzeuge eingetroffen. Sie hat die Motorengeräusche gehört, aber keine Sterbensseele zu Gesicht bekommen.

Nervös streicht Sarah eine Falte aus ihrer Stoffhose. Ob sie einen Kaffee aufsetzen soll? Sie hat immer noch kein Koffein im Blut. Jede Zelle ihres Körpers lechzt nach einem Schluck Kaffee. Bestimmt hätte dieser Matti Saarinen nichts dagegen, wenn sie sich an seinen Getränken bedient. Er selbst kann damit sowieso nichts mehr anfangen. Und ist sie nicht de facto so etwas wie sein Gast? Im schlimmsten Fall beginge sie Mundraub. Ob auf Mundraub in Finnland eine Strafe steht? Sie könnte einen der Polizisten fragen. Wenn jemand bei ihr auftauchen würde.

Ein Blick auf die Kaffeemaschine lässt ihren Wunsch schnell ersterben. Ist das dort Schimmel am Boden der Kanne? Mit Hygiene und Sauberkeit hat es Matti anscheinend zu Lebzeiten nicht allzu genau genommen. Seitdem sie weiß, dass sie sich im Haus geirrt hat, ist von der anfänglichen Bewunderung seines nordischen Interieurs nicht viel übrig geblieben. Die Inneneinrichtung schreit bei Tageslicht besehen weniger nach Design als nach Messie-Bude. Wie hat sie sich dermaßen täuschen können?

Innerlich stöhnt Sarah auf. Sie ist da in einen ordentlichen Schlamassel hineingeraten. Nicht nur, dass sie das falsche *mökki* bezogen hat, nein – es ist auch noch das Haus eines *Toten*! Sobald sie von hier verschwinden kann, muss sie ihre richtige Unterkunft suchen. Sicherlich kann Jalo ihr den Weg weisen, wenn sie ihm die Adresse aus der E-Mail des Vermieters nennt. Der Fischer wirkt, als kenne er die Gegend wie seine Westentasche.

Woran dieser Matti wohl gestorben ist? Sarah kräuselt nachdenklich die Lippen. Ob er beim Schwimmen einen Herzinfarkt erlitten hat? Was sie von dem Mann gesehen hat, lässt auf einen alles andere als optimalen Body-Mass-Index schließen. Könnte schon sein, dass da das Herz schlappgemacht hat. Wahrscheinlich kein Kostverächter, der Matti. Sarah nickt betrübt. Kohlenhydrate sind der Tod!

Ein Räuspern lässt sie herumfahren. In der Tür steht ein Mann, die Hände in den Hosentaschen vergraben, und starrt sie an. Er ist ein paar Jahre älter als Sarah, vielleicht Ende vierzig, und kommt ihr auf eine seltsame Weise bekannt vor. Sie mustert sein ovales Gesicht, die spitze Nase, das seitlich gescheitelte kurze blonde Haar. Wo hat sie ihn nur schon einmal gesehen?

Der Mann macht einen halben Schritt in die Küche und nickt Sarah knapp zu. »Frau Fuchs? Mein Name ist Toivo Aalto. Ich bin der ermittelnde Kommissar.« Sein Englisch ist fehlerfrei, hat aber einen harten Akzent.

Sarah weiß nicht, ob es die Härte in der Stimme oder das kontrollierte Auftreten ist, doch der Kommissar macht auf sie keinen gut gelaunten Eindruck. Sie verzichtet auf einen finnischen Gruß, es scheint ihr Schicksal zu sein, in Finnland kein Finnisch sprechen zu können. »Guten Tag, Herr Kommissar«, erwidert sie daher auf Englisch. Abwartend faltet sie die Hände vor sich auf der Tischplatte.

Toivo Aalto mustert Sarah eindringlich. Erst als die Stille im Raum unangenehm zu werden droht, nimmt er die Hände aus den Taschen und tritt zum Tisch. Er zieht den einzigen weiteren Stuhl zu sich heran und nimmt Platz. »Sie wohnen hier, in diesem Haus?«, fragt er.

»O nein!« Sarah winkt ab. »Ich habe mich gestern Abend nach meiner Ankunft in Finnland in dieses Haus verirrt. Das habe ich Ihrem Kollegen vorhin bereits erklärt. Ein unglückliches Missverständnis. Ich kenne weder Herrn Saarinen noch – bis zum gestrigen Abend jedenfalls – sein Haus.«

»Sie kommen aus München, Frau Fuchs?«

»Das ist richtig.« Mehr möchte sie dazu möglichst nicht sagen.

»Dürfte ich vielleicht Ihren Flugschein sehen?«

»Selbstverständlich.« Sie öffnet das Ticket in ihrem Handy und schiebt dem Kommissar das Gerät über den Tisch entgegen.

Aalto studiert das Dokument mit unbewegter Miene, dann gibt er Sarah das Handy zurück. »Sie sind ein Löwe. Das Sternzeichen, meine ich«, sagt er.

»Äh, ja.« Sarah blinzelt verwundert. »Ich habe im August Geburtstag. Mein Sternzeichen ist demnach Löwe.«

Der Kommissar nickt, als hätte sie etwas Substanzielles von sich gegeben. Für ein paar Sekunden haben sich seine Gesichtszüge ein wenig entspannt, doch sogleich verfinstert sich sein Gesicht wieder. »Erzählen Sie mir, wie Sie die Leiche gefunden haben.«

Sarah berichtet von ihrem Erlebnis am Morgen und beschließt ihre Erzählung mit der unerwarteten Ankunft von Jalo. »Der Fischer hat dann Ihre Kollegen verständigt. Ich war sehr froh, dass er die Sache in die Hand genommen hat. Ein patenter Mann. Er scheint ein richtiges Urgestein zu sein und die Leute hier zu kennen.«

Aalto zuckt mit den Schultern. »Er wohnt wohl eine Bucht weiter nördlich. Ich bin ihm eben zum ersten Mal begegnet. Man hat mich aus Helsinki hergeschickt.« Er presst die Lippen für einen Moment zusammen. »Eigentlich wäre heute mein freier Tag gewesen.«

Daher weht also der Wind, denkt Sarah. Der Herr Kommissar ist ungehalten, weil ihm eine Leiche in der Provinz den entspannten Fernsehtag auf der Couch verdorben hat. Sie lässt ihren Blick über seine Hände, die auf der Tischplatte liegen, gleiten. Kein Ring. Ein verdorbener Junggesellentag.

»Sie haben sich also im Haus geirrt, letzte Nacht?«

»Ich ... ja, so ist es.« Das hat Sarah doch bereits erklärt. Und zwar auch schon dem Beamten, der sie zuerst befragte. »Es war eine Verkettung unglücklicher Umstände. Auf dem Weg hierhin hatte ich mich verfahren, und als ich endlich eintraf, war es schon spät. Ich war müde, wollte nur noch ins Bett. Die Haustür stand offen.« Sie zuckt mit den Schultern. »Ein dummer Fehler, der mir sehr leidtut.«

Toivo Aalto legt seine Stirn in Falten. »Sie sind allein angereist, ohne Ihre Familie?«

Sarah nickt. »So ist es. Ich ... also, ich lebe in Trennung von meinem Ehemann. Und meine Tochter studiert in London. Daher habe ich mich dazu entschlossen, auf eigene Faust Urlaub zu machen.«

»Gehen Sie einem Beruf nach?« Die Miene des Kommissars hat etwas Abwägendes bekommen.

Erstaunt von der Frage setzt Sarah sich mit einem Ruck kerzengerade im Stuhl auf. Warum will der Polizist das von ihr wissen? »Ich ... ich bin Schmuckdesignerin«, sagt sie knapp. Es geht den Mann einen feuchten Kehricht an, woher ihr Geld stammt.

Aalto kräuselt die Stirn, als hätte er nicht verstanden, was Sarah ihm geantwortet hat, hakt aber nicht nach. »Und zu Matti Saarinen hatten sie bisher keinen Kontakt?«, fragt er stattdessen.

Mit einem Luftholen bemüht sich Sarah, ihre Verärgerung herunterzuschlucken. Hört der Kerl ihr nicht zu? »Das ist richtig, Herr Kommissar. Bis zu unserer Begegnung vorhin im Schilf war mir Herr Saarinen gänzlich unbekannt.« Meine Güte, das ist wie ein Verhör, denkt sie. Heiß krampft sich ihr Magen zusammen. Dies *ist* ein Verhör! Eilig zieht sie ihre Hände von der Tischplatte und legt sie in den Schoß. Sie hat Sorge, sie könnten anfangen zu zittern.

»Sind Sie ihm nach Ihrer Ankunft in seinem Haus begegnet?«

»Nein«, antwortet Sarah heiser. »Als ich ihn das erste Mal sah, war er bereits tot. Woran … woran ist Matti Saarinen eigentlich gestorben?«

»Das wird die Obduktion zeigen«, erklärt Aalto lapidar. »Er scheint ertrunken zu sein.«

Ach? Sarah verkneift sich eine spitze Bemerkung. Eine im See aufgefundene Wasserleiche könnte also *ertrunken* sein? Aber dann fällt ihr ein, dass sie es ja gewesen ist, die gefragt hat. Argwöhnisch mustert sie den Kommissar – macht er sich etwa über sie lustig? Doch der Mann blickt stoisch vor sich hin, wie schon die ganze Zeit.

Als spüre Aalto Sarahs Irritation, schlägt er einen freundlicheren Ton an. »Leider kommt es immer wieder vor, dass Leute in den umliegenden Seen ertrinken. Vor allem jetzt im Sommer. Da wird mancher Zeitgenosse leichtsinnig und frönt zu sehr dem Alkohol. Beim Saunabaden kommt es dann manchmal zu Unfällen, vor allem, wenn die Leute allein ins Wasser gehen. Ich schätze, dass wir einmal pro Woche jemanden aus einem See herausfischen.« Er zuckt mit den Schultern, dann steht er auf. »Es muss sich also nicht zwingend um einen Mord handeln. Wobei ich da so ein Gefühl habe. Kommen Sie. Ich zeige Ihnen etwas.«

Mord? Der Gedanke ist ihr noch gar nicht gekommen. Er ist beängstigend. Perplex erhebt sich Sarah von ihrem Stuhl und folgt dem Kommissar vor das Haus. Sie hat keinen Schimmer, was er ihr zeigen möchte, ist aber froh, endlich der Enge der Küche zu entkommen. Neugierig schaut sie sich um.

Oben am Hang stehen mehrere Fahrzeuge, darunter zwei Polizeiautos und ein Krankenwagen, der jedoch just in diesem Moment den Motor startet und in Schrittgeschwindigkeit auf dem Waldweg verschwindet. Ihm folgt nur Sekunden später eines der Polizeiautos. Am Ufer hingegen ist ein Fotograf dabei, Bilder zu schießen. Von der Bucht und vom Sandstreifen an der Wassergrenze. Der Fotograf macht Bilder von ihren Fußabdrücken im Sand, versteht Sarah. An jener Stelle hat sie vorhin gestanden, als sie sich mit dem Haubentaucher unterhielt. Ein eisiges Zittern läuft ihr die Wirbelsäule hinunter. Eilig dreht sie den Kopf weiter, hin zu den Polizeibeamten, die das Ufer absuchen. Der Fischer ist nirgendwo zu sehen, fällt ihr auf. Sie wendet sich nach einem Moment des Nachdenkens an Aalto. »Ist er …?«, fragt sie und deutet zum Schilf hinüber.

»Saarinen? Er ist bereits unterwegs nach Helsinki. Das Ergebnis der Obduktion wird uns in den kommenden Tagen sicher weiterbringen. Bis dahin ist alles Spekulation.« Er winkt einen uniformierten Polizisten heran und sagt etwas auf Finnisch zu ihm.

Sarah meint, die Worte »Sauna« und »Steg« zu verstehen, dann nickt sie, denn der Kommissar hat ihr deutlich gemacht, ihm zu folgen. Schweigend gehen sie linker Hand am Ufer entlang, auf einen Birkenhain zu. Ein schmaler Pfad führt zwischen die Bäume. Sarah muss aufpassen, mit ihren hohen Absätzen nicht über Baumwurzeln oder unebene Steine zu stolpern, die den Boden überziehen. Verärgert merkt sie, wie sich Schweiß in ihren Achselhöhlen bildet. Plötzlich findet sie, dass es doch keine so gute Idee war, sich für den Rollkragenpullover entschieden zu haben. Nach ein paar Metern treten sie wieder zwischen den Bäumen hervor und bleiben stehen. Sie befinden sich direkt am Wasser. Ein Holzsteg führt etwa fünf Meter weit in die Bucht hinein. Ein paar Schritte zur linken Seite steht eine Hütte unter den Bäumen. Sie ist ganz aus Holz gebaut und hat vorne ein kleines Fenster. Ein Verschlag an ihrer schmalen Seite ist randvoll mit Holzscheiten gefüllt.

»Die Sauna«, sagt Aalto und deutet auf das heruntergekommen wirkende Gebäude. Er macht eine einladende Geste. »Schauen Sie sich ruhig um.«

Verwundert tritt Sarah näher. Sie hat keinen blassen Schimmer, was der Kommissar von ihr will, doch sie hat den Eindruck, dass es einfacher ist, sein Spiel mitzuspielen, wenn sie die Sache schnell hinter sich bringen will. Also steckt sie ihren Kopf durch die geöffnete Tür und späht in das Halbdunkel der Hütte. Als Erstes fällt ihr der verqualmte, leicht moderige Geruch auf, der ihr entgegenschlägt. Und da ist noch etwas, etwas Bewegliches in der Luft. Wenn es ihre Haut berührt, dann fühlt es sich an wie ein sanftes Streicheln. Restwärme. Sie muss von dem großen Eisenofen kommen, der eine Ecke des kleinen Raumes ausfüllt. Neben dem Ofen, an der Längsseite des Raumes, befinden sich zwei Saunabänke, hintereinander stufenförmig erhöht. Ein zerschlissenes Handtuch liegt auf der unteren Bank, wie achtlos dorthin geworfen. Nahe dem Ofen steht ein mit Wasser gefüllter Bottich, in dem eine Schöpfkelle neben ein paar toten Fliegen schwimmt.

»Schauen Sie sich den anderen Bottich an«, sagt Aalto von hinten. Seine Stimme klingt seltsam dumpf, als hielte er beim Sprechen ein Tuch über den Mund.

Stirnrunzelnd dreht Sarah den Kopf. Der zweite Bottich steht direkt neben der Tür und ist ebenfalls mit Wasser gefüllt. Nur, dass in ihm unzählige Flaschen schwimmen. Sarah stockt, erkennt nun auch die leeren Flaschen und Dosen, die überall um den Bottich herum auf dem Boden liegen. Wodka, Schnaps, Bier. Es macht den Eindruck, als hätte hier ein Trinkgelage stattgefunden. Jetzt versteht sie. Aalto will ihr zeigen, dass wohl auch Matti dem Alkohol zum Opfer gefallen ist. Was sie jedoch nicht versteht, ist, *warum* der Kommissar das tut. Sie empfindet diese Besichtigungstour durch den Besitz des Toten als unpassend. Und hat der Mann nicht eben noch angedeutet, er glaube an einen Mordfall?

Schwungvoll dreht sie sich zu ihrem Begleiter um, fährt erschrocken zusammen. Aalto steht direkt vor ihr und hält ihr etwas vors Gesicht. Sie zuckt zurück.

»Ein Lakritz?«, fragt der Kommissar kauend. Die geöffnete Bonbontüte, die er Sarah auffordernd entgegenstreckt, knistert in seiner Hand.

»Ich … nein, vielen Dank«, stottert Sarah und weicht einen Schritt zur Seite aus. Das Verhalten des Kommissars empfindet sie als gewöhnungsbedürftig. Gelinde gesagt. Sie deutet zur Tür. »Die Batterie an Alkoholflaschen ist beachtlich. Sie meinen also doch, Matti Saarinen sei mit zu viel Alkohol im Blut in den See gestiegen und deshalb ertrunken?«

Aalto genehmigt sich ein weiteres Lakritz. »Die Obduktion wird da bestimmt Klarheit bringen«, nuschelt er. »Ich gestehe, dass es aus meiner Sicht einige ungewöhnliche Umstände zum Tod des Mannes gibt. Der Fischer meinte …« Er schluckt und räuspert sich. »Der Fischer meinte, er habe Sie für Mattis Freundin gehalten. Weil Sie frühmorgens im Nachthemd vor Saarinens Haus standen. Sie waren aber nicht mit Saarinen in der Sauna?«

Sie drehen sich im Kreis! Sarah spürt, wie eine Mischung aus Wut und Verzweiflung in ihr aufsteigt. »Nein!«, sagt sie knapp und in scharfem Ton. »Ich war nicht mit ihm in der Sauna. Und fürs Protokoll: Das Nachthemd war eine Bluse, die ich mir schnell übergeworfen habe, weil mich ein komisches Geräusch nach draußen gelockt hat. Das übrigens von einem Haubentaucher kam.«

»Okay«, erwidert der Kommissar ungerührt und zieht ein weiteres Bonbon aus der Tüte. Dabei liegt sein Blick unverwandt auf Sarah. »Wollen Sie mir sonst noch irgendetwas mitteilen?«

Ob sie ihm etwas mitteilen möchte? Das Gespräch mit Aalto ist eine skurrile Achterbahnfahrt. Sarah möchte nur noch weg von hier. Jäh schießt ihr eine Erinnerung in den Kopf. »Da ist wirklich etwas. Ich hatte es ganz vergessen.«

Der Kommissar zieht die Augenbrauen nach oben.

»Vergangene Nacht bin ich einmal aus dem Schlaf gerissen worden. Mir war, als hätte ich jemanden an der Tür gehört. Es könnte Herr Saarinen gewesen sein, oder?« Ihr fährt ein kalter Schauer den Rücken hinunter. »Ich hatte bei meiner Ankunft die Tür abgesperrt. Vielleicht kam er nicht ins Haus und ist deshalb in die Sauna gegangen? Jedenfalls blieb es danach still, und ich bin wieder eingeschlafen.«

»An der Tür, aha«, sagt Aalto. »Wann soll das gewesen sein?«

»Keine Ahnung. Es hat geregnet. Daran erinnere ich mich genau. Irgendwann in der Nacht.«

»Unwahrscheinlich, dass es Saarinen war. Alles sieht bisher danach aus, als wäre er bereits länger als nur ein paar Stunden tot. Geregnet hat es in der Nacht erst deutlich später. Vielleicht war es der Regen selbst, den sie im Halbschlaf für ein anderes Geräusch gehalten haben. Oder Sie haben die ganze Sache nur geträumt.« Aalto wirft ein weiteres Lakritzbonbon in seinen Mund und sieht Sarah abwartend an, während er darauf herumlutscht.

»Irgendetwas habe ich gehört. Und es war nicht bloß der Regen.« Sarah überlegt, ruft sich die vergangene Nacht zurück ins Gedächtnis. »Ja, da bin ich ziemlich sicher. Es klang nach der Türklinke. Ein Rütteln, als hätte jemand versucht, ins Haus zu gelangen.«

»Türklinke. Hm.«

Dass der Kommissar sich schmallippig gibt, stößt Sarah unangenehm auf. »Es könnte doch sein, dass Matti Saarinen nicht allein in der Sauna und im See war«, überlegt sie mit Nachdruck laut. »Dann war es diese Person, die hereinkommen wollte – und dieser Matti war zu dem Zeitpunkt bereits tot.« Kaum dass sie den Gedanken ausgesprochen hat, dämmert ihr, welchen Zündstoff er enthält.

»Und wer soll bei Saarinen gewesen sein? *Sie* waren es nach Ihrer eigenen Aussage jedenfalls nicht.« Dem Gesichtsausdruck des Polizisten ist nicht zu entnehmen, ob er dieselben Schlüsse wie Sarah zieht.

»Ich lag im Bett.« Sarah nickt mit Nachdruck.

»Sie lagen in Matti Saarinens Bett, ja.« Auch der Kommissar nickt. Er schiebt die beinahe leere Tüte Lakritz in seine Gesäßtasche. »Warten wir also das Ergebnis der Obduktion ab.«

Sarah hat den Eindruck, dies wäre das Zeichen für den Abschluss des Gesprächs. Tief holt sie Atem. »Wenn es Ihnen recht ist, begebe ich mich jetzt auf die Suche nach meiner Unterkunft.«

»Natürlich, Frau Fuchs. Wir haben Ihre Telefonnummer, sicherlich haben Sie nichts dagegen, wenn ich mich bei Ihnen melde, sollte es weitere Fragen geben. Meine Vermutung, das sage ich nun freiheraus, geht nämlich dahin, dass dieser Fall nicht so einfach ist, wie er aussieht.« Plötzlich wirkt der Kommissar wieder übellaunig, wie schon zu Beginn des Gesprächs.

»Selbstverständlich, rufen Sie mich an.« Sarah wendet sich zum Pfad, der zurück zum Wohnhaus führt. Ihr ist ganz schwindelig bei dem Gedanken, die Zeugin in einem möglichen Mordfall zu sein.

»Das *mökki*, das Sie gemietet haben, befindet sich am anderen Ende der Bucht«, erklärt Aalto von hinten, während sie zwischen den Birken hindurchgehen. »Sie müssen dem Waldweg noch einen Kilometer folgen, dann können Sie es nicht verfehlen. Es ist ein schönes Haus, so ganz anders als das, in dem sie die letzte Nacht verbracht haben.«

»Oh, vielen Dank. Damit ersparen Sie mir die Suche.« Sarah tritt zwischen den Bäumen hervor und stöckelt über die Wiese auf das Haus zu. Aalto holt zu ihr auf und schreitet den restlichen Weg neben ihr her. Stirnrunzelnd wirft sie ihm einen Seitenblick zu. Sie hat weder ihm noch dem anderen Polizisten die genaue Adresse ihres Ferienhauses genannt. Nicht nur, dass der Kommissar weiß, wo sich ihr *mökki* befindet, er scheint es sogar schon gesehen zu haben. Ein merkwürdiger Gedanke.

Sarah öffnet den Mund, um den Kommissar zu fragen, woher er ihre Unterkunft kennt, schließt ihn jedoch wieder, ohne einen Ton von sich zu geben. Sie möchte diesen bedrückenden Ort endlich hinter sich lassen.

Auf der Höhe der Veranda bleibt sie stehen, schaut zum See zurück. Der Haubentaucher ist nicht zu sehen. Sie hofft, dass er bereits wieder auf seinem Nest sitzt und die Eier ausbrütet. »Auf Wiedersehen, Herr Aalto.« Sie wendet sich dem Kommissar zu. »Ich fahre dann jetzt.«

»Auf Wiedersehen.« Toivo Aalto verschränkt die Arme vor der Brust.

Während sie so elegant wie möglich den Abhang hinauftrippelt, kann Sarah den Blick des Kommissars in ihrem Nacken spüren. Am Wagen dreht sie sich noch einmal um. Wirklich, Toivo Aalto steht weiterhin unbewegt neben dem Haus und beobachtet sie. Als sich ihre Blicke treffen, nickt er unmerklich. Halbherzig erwidert sie die Geste, dann steigt sie in den Volvo und startet hastig den Motor. Sie kann nicht schnell genug von hier wegkommen.

FÜNFZEHNTES KAPITEL

Ich verstehe nicht, wieso mein Name auf dem Zettel steht. Habe ich selbst im Antiquariat angerufen, um mir das Buch zurücklegen zu lassen? Aber warum kann ich mich dann nicht daran erinnern? Nein, ich glaube nicht, dass es so gelaufen ist. Irgendjemand hat sich für mich ausgegeben, als er beim Antikvariaatti Paavo *nach dem Buch fragte. So muss es gewesen sein. Alles andere würde mir Angst machen. Noch mehr Angst.*

Zur Sicherheit habe ich mir die letzten Einträge im Tagebuch genau angeschaut. Dort findet sich nirgendwo ein Hinweis darauf, dass ich bereits zuvor nach Öbergs Buch gesucht habe. Und ganz sicher hätte ich etwas dazu festgehalten. Ich meine, darum führe ich dieses Tagebuch doch! Damit ich im Zweifel nachlesen kann, was geschehen ist.

Theoretisch besteht eine Möglichkeit. Ein Tag ist schließlich leer, sowohl in meinem Kopf als auch im Tagebuch. Doch irgendetwas sagt mir, dass ich an jenem Tag nicht im Antiquariat angerufen habe. Außerdem weiß ich erst seit gestern, dass Öbergs Theorie wichtig für meine weitere Forschungsarbeit ist. Wieso hätte ich bereits vor zwei Wochen, wo die Erinnerung fehlt, nach der Zeichnung aus dem Buch suchen sollen? Vor zwei Wochen!

Nein, es passt nicht. Soeben habe ich mir noch einmal den Notizzettel, der im Buch steckte, angeschaut. Den Zettel, auf dem mein Name festgehalten ist. Der Mann aus dem Antiquariat hat darauf ein Datum notiert. Es stammt von vorgestern! Was vorgestern angeht, erinnere ich mich an alles. Vorgestern kann ich auf keinen Fall im Antiquariat angerufen haben. Das hätte ich dann nämlich auch vorgestern im Eintrag festgehalten. Alles ist gut, ich brauche mir keine Sorgen zu machen, mein Leben nicht mehr im Griff zu haben.

... Ich habe noch einmal nachgedacht. Was ich eben geschrieben habe, ist vielleicht doch nur ein Trugschluss. Ich muss mir selbst gegenüber ehrlich sein – ich habe eine quälende Angst, weil ich immer noch nicht verstehe, was das alles bedeutet. Falls ich mich bloß nicht an den Anruf erinnere, habe ich ein riesiges Problem. Werde ich wieder Medikamente brauchen? Spielt mein Kopf verrückt?

Aber gibt es eine andere Möglichkeit, wie mein Name auf den Abholzettel gekommen ist? Dass da etwas Größeres am Werk ist! Etwas, das sich ebenfalls auf der Spur von Öbergs Theorie befindet. Doch warum zieht es mich in die Sache mit hinein? Es könnte mir einen Fingerzeig geben wollen. Damit ich der von der Wissenschaft zur Seite gewischten These Öbergs nachgehe. Damit ich der Welt verdeutliche, dass an dem Unvorstellbaren doch etwas dran ist. Was letztlich bedeuten würde, dass Geschichte neu geschrieben werden müsste. Während ich diesen Satz festhalte, zittert meine Hand. Ergeben meine Überlegungen Sinn? Oder drehe ich mich im Kreis?

Mama hat gerade versucht, mich anzurufen. Hat sie es wieder gerochen? Ich habe das Gespräch nicht angenommen. Dafür habe ich noch einmal nachgedacht. Ich glaube, ich habe die einmalige Chance bekommen, etwas Bahnbrechendes aufzudecken. Ich werde diese Chance nutzen, das ist mein fester Entschluss. Angst hin oder her. Wenn es einen Zeitpunkt gibt, an dem ich an mich glauben sollte, ist er jetzt gekommen. Ich muss mich von den Labeln befreien, die die Leute mir überstülpen. Ich bin kein Kranker. Ich bin kein Psycho. Ich bin kein Gestörter. Wenn überhaupt, dann sollte ich stolz darauf sein, anders zu sein. Anders zu denken. Ich bin einfach so, wie ich bin. Und ich werde allen beweisen, was ich vollbringen kann. Onni, Onni. Du bist super.

Also ignoriere ich die Frage, wie mein Name auf den Zettel gekommen ist. Ich schiebe sie in den Raum, für den es keinen Schlüssel gibt. Da gehört sie hin, wenn ich mir nicht selbst im Weg stehen möchte. Also werde ich Swen, den ich gestern im Black Swan *getroffen habe, ausfindig machen. Ich sollte mich von ihm fernhalten, das ruft mir eine innere Stimme zu. Aber gleichzeitig zieht es mich zu ihm hin, das war schon so, als ich ihn das erste Mal getroffen habe, damals im Museum. Außerdem kann nur er mir mehr Informationen zu dem Job, den er kürzlich erledigt hat, verschaffen. Und dieser Job ist der Schlüssel für meine Arbeit. Für mein weiteres Leben, in dem ich allen beweisen werde, dass ich nicht krank bin, nur weil ich anders denke und fühle als die meisten Menschen. Nein, ich bin nicht krank, ich bin sogar besser als sie. Das werden sie sehen.*

Im gestrigen Eintrag habe ich den Ablauf des Zusammentreffens mit Swen ausführlich festgehalten. Alle Details zu unserem Gespräch befinden sich dort. So laufe ich nicht Gefahr, mich in ein paar Tagen falsch zu erinnern. Es ist wichtig, dass ich Ordnung in das Vergangene bringe. Jetzt mehr denn je. Darauf werde ich Großes aufbauen. Das werden sie sehen.

Für den Moment unterbreche ich hier. Vielleicht setze ich den Eintrag später fort.

Ich bin aufgeregt! Dass gestern Morgen das Schiff ausgeblieben ist – ich denke nun, es könnte ein gutes Zeichen gewesen sein.

SECHZEHNTES KAPITEL

Das *mökki* ist ein Traum! Ein ganzes Stück vom Ufer zurückgesetzt liegt es erhöht auf einer Lichtung zwischen hohen Kiefern. So erhält es viel Licht, ist aber gleichzeitig auf allen Seiten schützend vom Wald umgeben. Eine behagliche Insel im Grünen.

Das Ferienhaus ist ebenerdig und ganz aus Holz, in einem hellen Rotton gestrichen. Auch auf den zweiten Blick wirkt das Gebäude sehr gepflegt – nirgendwo blättert Farbe ab, nirgendwo platzt das Holz auf. Neben der Eingangstür blühen duftende Sträucher, eine Handvoll bepflanzter Blumentöpfe runden das heimelige Bild ab. Sarahs Herz schlägt schneller, als sie sich bückt, um nach dem Schlüssel zu suchen. Sie spricht ein Stoßgebet, sie möge diesmal doch bitte, bitte am richtigen Haus stehen. Bereits beim ersten Versuch wird sie unter einem Primeltopf fündig. Sie umklammert den glänzenden Schlüssel wie einen Schatz und stößt erleichtert den Atem aus. Der Schlüssel lässt sich im Schloss drehen, als ginge er durch Butter. Mit einem leisen Klicken schwingt die Tür auf.

Beinahe andächtig betritt Sarah einen großen, strahlend hellen Raum. Vor ihr befindet sich eine große Glasfront. Sarah blickt auf Kiefern. Zwischen den hohen Stämmen schimmert Wasser hindurch. Sie hat den Eindruck, als schaue sie auf ein bewegtes Naturgemälde. Ein Eichhörnchen huscht einen Stamm hinauf. Die Sitzecke vor dem breiten Fenster wird ihr Lieblingsplatz, weiß Sarah schon jetzt.

Im Zeitlupentempo dreht sie sich einmal um ihre eigene Achse, nimmt den hohen Raum in sich auf. Bewundert den riesigen Keramikofen, der sich an die Sitzecke anschließt, betrachtet die offene Küche, die vom Wohnbereich durch einen Tresen mit vier Hockern davor abgetrennt ist. Anders als es von draußen erschien, gibt es eine Art obere Etage, denn eine Holztreppe führt zu einer offenen Galerie hinauf.

Auf dem Küchentisch erregt ein Präsentkorb ihre Aufmerksamkeit. Er enthält eine bunte Mischung finnischer Spezialitäten. Knäckebrot, Kaffee, Schnaps. Als sie auch eine Tüte Lakritz entdeckt, verdreht sie die Augen und widmet sich schnell der handschriftlichen Nachricht, die an dem Korb lehnt. *Herzlich willkommen, Frau Fuchs!*, steht dort. Natürlich nicht auf Finnisch, sondern auf Deutsch. Sarah hat mittlerweile nichts anderes erwartet. Doch das ist ihr jetzt egal – schwerer wiegt sowieso, dass diese Nachricht zweifelsfrei bestätigt, dass Sarah in *ihrem* Ferienhaus gelandet ist. Endlich!

Nach einem Rundgang durch die übrigen Räume schiebt sie ihre Koffer in das größte der drei Schlafzimmer. Es geht direkt vom großen Wohnraum ab und verfügt über ein eigenes Badezimmer. Glücklich räumt sie die Koffer aus, verstaut ihre Kleidung im Einbauschrank, drapiert ihre Kosmetika im Bad. Dann geht sie in den Küchenbereich zurück und setzt einen Kaffee auf. Als der Duft von gerösteten Bohnen durch den Raum zieht, überwältigt sie das wohlige Gefühl, angekommen zu sein. Dies ist ihr Zufluchtsort, ihr sicherer Hafen. München ist weit weg und wird sie hier nicht einholen.

Mit dem Kaffeebecher in der Hand tritt Sarah auf die Veranda. Mit der Schiebetür hat sie zu kämpfen, schafft es nach einigen Versuchen aber irgendwie, den Mechanismus in Gang zu setzen. Eine Liege und eine Sitzgruppe laden auf der Holzveranda zum Verweilen ein, doch neugierig setzt Sarah die Erkundungstour fort. Das zwischen den Bäumen hervorglitzernde Wasser zieht sie magisch an.

Holzplanken gehen von beiden Seiten der Veranda ab. Sarah

folgt dem rechten Weg, der sie über einige Stufen zwischen den Bäumen hindurch auf einen Steg, der weit in den See hinausragt, führt. Ihre Absätze hallen dumpf auf dem Holz. Überwältigt tritt sie an das Ende des Stegs, den warmen Kaffeebecher mit beiden Händen haltend. Von hier hat sie einen unbeschreiblichen Blick über den See, dessen Weite sie schier sprachlos macht. Nach rechts reicht das Wasser bis zum Horizont, auf der anderen Seite erkennt sie jene kleine Insel, die sie gestern Nacht bei ihrer Ankunft erstmals sah. Dahinter setzt sich die gekräuselte Wasseroberfläche scheinbar ins Unendliche fort.

Ihr *mökki* liegt genau am Eingang der Bucht, in der sie gestern angekommen ist. Erstmals schaut sie daher direkt auf das offene Wasser. Sie nimmt einen Schluck Kaffee, atmet tief ein. Hier ist die Luft kühler, das Wasser tiefer. Der Päijänne wirkt wilder und ungezähmter, aber immer noch wie ein wohlwollender Freund. Sie blinzelt in den strahlend blauen Himmel, aus dem ein Kreischen herabtönt. Einige Möwen kreisen in der Luft und scheinen Sarah zu beobachten. Sie ertappt sich dabei, wie sie den Vögeln zuwinken will, was natürlich albern ist. Nach einem kurzen Moment des Zögerns hebt sie jedoch eine Hand und winkt heftig. Dabei entschlüpft ihrer Brust ein befreiendes Lachen.

Die Möwen antworten ihr im kreischenden Chor.

Zurück auf der Veranda stellt Sarah ihre leere Kaffeetasse ab und folgt beschwingt dem anderen Weg. Hier sind die Bäume zurückgetreten und geben den Ausblick auf eine satte Wiese, die die Planken umgibt, frei. Der Weg ist auf dieser Seite des Hauses flacher und leitet Sarah in gerader Linie direkt bis an eine Hütte, die wie eine Miniaturversion ihres *mökki* aussieht. Die Sauna. Ausgestattet mit einer modernen Außendusche. Das Gebäude steht direkt am Ufer der Bucht und ist kein Vergleich zu der muffigen Hütte, in die der Kommissar Sarah vorhin geschleppt hat. Vielmehr wirkt sie wie ein eigenes Ferienhäuschen, in dem man einen Gast unterbringen könnte. Franzi zum Beispiel.

Ein Stich in ihrer Brust lässt Sarah schlucken. Seitdem ihre Tochter vor einem Jahr nach London gezogen ist, hat sie kaum noch Kontakt zu ihr. Von der einen oder anderen sporadischen Textnachricht abgesehen, meldet Franzi sich nur, wenn sie mal wieder Geld braucht. Und selbst diese Anfragen sind seltener geworden, seit sie wieder mehr Kontakt zu ihrem Vater hat. Rüdiger wird selbstredend keine Gelegenheit auslassen, gegen Sarah zu stänkern, das ist sicher. Manchmal meint Sarah, auch nach zwanzig Jahren komme er immer noch nicht mit der Scheidung klar. Mit dem Geld, das ihr das Gericht zusprach, besser gesagt. Wahrscheinlich sitzt er zurzeit geifernd vor den Klatschblättern und bekommt einen Orgasmus, wenn er vom katastrophalen Ende ihrer zweiten Ehe liest. Sarah verzieht das Gesicht zu einer Grimasse und dreht sich zum Wasser. Sie ist hierhin gekommen, um sich nicht mehr mit solchen Gedanken zu beschäftigen.

Das Wasser ist flacher und der Steg kürzer als an jener Stelle, die sie eben besichtigt hat. Eine Entenfamilie flieht schimpfend unter dem Holz hervor, als Sarah den Steg betritt. Die Vögel schwimmen gehetzt am Ufer entlang in die Bucht hinein und verschwinden im hohen Schilf, das hier beginnt und sich – wie Sarah weiß – bis zu Matti Saarinens Haus hinunterzieht. Wenn sie sich am Ende des Stegs, auf dessen rechter Seite ein Ruderboot vertäut ist, vorbeugt, kann sie das Gebäude sogar erkennen. Ob Toivo Aalto weiterhin dort drüben herumstreift und seine Lakritze kaut?

Um sich von dem Kommissar und vom Tod ihres Nachbarn abzulenken, konzentriert Sarah sich auf die kleine Insel. Sie liegt genau mittig vor der Bucht, vielleicht dreihundert Meter von Sarahs Standpunkt entfernt, und ist dicht mit Birken bewachsen. »Ein Traum«, flüstert Sarah. Sinnbildlich steht das Eiland für alles, was sie in Finnland sucht: Natur, Ruhe, einen Hauch Magie.

Mit einem leisen Lächeln auf den Lippen kehrt sie der Bucht den Rücken und geht zum Haus zurück. Abermals kämpft sie mit der Verandatür. Die Kombination aus richtiger Hebelstellung und gleichzeitigem Schieben treibt ihr Schweißperlen auf die Stirn, doch schließlich gelingt es ihr, die Tür wieder hinter sich zu schließen. Sie gießt sich einen weiteren Kaffee ein und setzt sich auf das Sofa, das vor der breiten Glasfront in die Natur hinausblickt. Wieder entdeckt sie das Eichhörnchen. Diesmal hängt es regungslos an einem Stamm und scheint Sarah verwundert zu beobachten, bevor es losflitzt und im Baumwipfel verschwindet. Amüsiert nimmt Sarah einen Schluck Kaffee.

Mika Häkkinen. Sie verschluckt sich und kämpft mit einem Hustenanfall. Ihr ist eingefallen, an wen der Kommissar sie erinnert. Toivo Aalto sieht dem berühmten Rennfahrer zum Verwechseln ähnlich. Dass ihr das nicht schon früher in den Sinn gekommen ist! Fast muss Sarah auflachen. Zu Beginn der Zweitausenderjahre hat sie den Sportler schließlich in München kennengelernt. Ja, Aalto könnte sein Zwillingsbruder sein. Unfassbar!

Ein komischer Vogel, dieser Kommissar. Sarah stellt den Becher auf die Tischplatte, streift die Schuhe ab und zieht die Beine auf das Polster. Was sollte die Sache mit der Sauna?, fragt sie sich. Warum hat Aalto sie dorthin geführt? Und warum hat er immer wieder nachgehakt, ob sie Saarinen schon einmal begegnet sei? Sarahs Augen sind auf das Glitzern zwischen den Baumstämmen gerichtet, doch in Gedanken steht sie wieder vor Saarinens heruntergekommener Sauna. Als sie Aalto von ihrer Erinnerung an die Geräusche in der Nacht berichtete, hat er merkwürdig reagiert, erinnert sie sich. Denn eigentlich hat er gar nicht reagiert. Obwohl er doch mehr als angedeutet hat, es könnte Mord gewesen sein.

Mord. Sarah kneift die Augen zusammen. Ein Gedanke kreist in ihrem Kopf herum, doch sie bekommt ihn nicht zu fassen.

Die Möglichkeit eines Verbrechens.

Die Obduktion.

Jalos aberwitziger Gedanke, sie sei Mattis Geliebte.

Das skurrile Verhör in der Küche.

Sarah stockt. »Nein«, sagt sie langsam und schüttelt den Kopf. »Nein, das glaube ich nicht. Das …« Ihr versagt die Stimme.

Nimmt der Kommissar an, *sie*, Sarah, habe etwas mit dem Tod des dickleibigen Finnen zu tun? Hat er die ganze Zeit den Verdacht gehegt, sie könne Saarinens *Mörderin* sein? Glaubt Aalto etwa, sie habe sich nicht zufällig in das Haus des Toten verirrt? Plötzlich ist Sarah speiübel. Dieser übellaunige Bulle muss doch sehen, dass das alles nur ein großes Missverständnis ist! Eine Verkettung unglücklicher Umstände. Was, zum Teufel, hat der alte Fischer ihm nur berichtet? Aalto kann doch nicht ernsthaft …

Wie von der Tarantel gestochen springt Sarah auf. Vor dem großen Keramikofen dreht sie eine Runde nach der anderen über den Schieferboden. Ihr Kopf raucht. Es ergibt leider alles einen Sinn. Die sonderbaren Fragen. Das linkische Verhalten. Selbst dass er ihr Lakritz angeboten hat, um sie in Sicherheit zu wiegen. »Der Kerl glaubt, ich hätte etwas mit Saarinens Tod zu tun«, murmelt Sarah entgeistert. Er hat sie zu der Sauna geführt, um sie mit dem Tatort zu konfrontieren. Er hat sich für ihre finanziellen Verhältnisse interessiert, da es bei Tötungsdelikten doch immer entweder um Rache oder um Geld geht. Er wusste, wo sich ihr *mökki* befindet, wie es aussieht, weil er sie bereits durchleuchtet hatte, bevor er zu ihr in die Küche kam. Und bestimmt hat er Sarahs Erinnerung an die Geräusche als Ausflucht verbucht. Als Ablenkungsmanöver. Warum ist ihr das mit den nächtlichen Geräuschen auch erst am Ende des Gesprächs eingefallen?

»Verdammt!«, stößt Sarah aus und unterbricht abrupt ihren Rundenlauf. »Der Kommissar verdächtigt *mich*, Saarinen umgebracht zu haben!«

Sie versucht, sich zu beruhigen. Sicherlich wird es Spuren geben, die sie entlasten. Sie kennt den Toten nicht, da kann Aalto hundertmal nachhaken. Der Kommissar scheint der Vermutung nachzugehen, sie habe eine heimliche Beziehung mit Matti

Saarinen geführt. Sarah stößt ein gequältes Lachen aus. Alles wird sich aufklären, sagt sie sich. Nur eines darf nicht passieren: Die Klatschpresse in Deutschland darf keinen Wind von den Ermittlungen bekommen. Das wäre in der derzeitigen Situation das gefundene Fressen für diese Schmierfinken. Und für Udos Anwälte, die sicherlich alles daransetzen werden, Sarah zu diskreditieren. Ob sie schon von der Sache mit dem Messer wissen? Der Mord an diesem Matti ist einfach zu viel des Guten. Wenn solche Geschichten, so abstrus sie auch immer sind, erst einmal da draußen zirkulieren, bleibt immer etwas hängen. Sarah nickt heftig. Das unglückliche Missverständnis, sie habe etwas mit dem Ableben von Matti Saarinen zu tun, muss so schnell wie möglich aufgeklärt werden. Hätte sie doch nicht die Ferienhäuser verwechselt! So was konnte auch nur ihr passieren.

Etwas erregt aus dem Augenwinkel ihre Aufmerksamkeit. Eine Bewegung. Sarah wendet sich zur Fensterfront. Ist das Eichhörnchen zurückgekehrt? Sie lässt ihren Blick über die Bäume gleiten. Überrascht zuckt sie zusammen. Eine Gestalt hastet zwischen den Stämmen davon. Ein Mann, so viel kann sie erkennen, doch sie vermag nicht viel mehr als seine Silhouette auszumachen. Da verschwindet die Gestalt auch schon nach rechts um die Hausecke. »Das kann doch jetzt nicht wahr sein!«, ruft Sarah perplex aus. Hat die Presse sie etwa bereits aufgespürt? Sie ist sich sicher, ihren Weg nach Sysmä gut verschleiert zu haben. Nein, nach Presse sah das nicht aus. Sie hat auch keine Kamera an dem Mann bemerkt.

Hastig rennt Sarah ins Badezimmer. Vom dortigen Fenster aus sollte sie den Kerl sehen können. Doch als sie ihre Nase an die Scheibe drückt, kann sie zwischen den Bäumen niemanden ausmachen. Gleichzeitig keimt ein beunruhigender Verdacht in ihr auf. Der Kommissar. Er lässt sie beobachten. Oder war er das gerade sogar höchstpersönlich? Er observiert sie, um sie als *Mörderin* zu überführen!

Sie verschränkt die Arme vor der Brust und starrt ins Nichts. Anscheinend glaubt Toivo Aalto wirklich, Sarah habe ihm nicht die Wahrheit gesagt. Sie merkt, wie heiße Wut in ihr aufsteigt. Wieder so ein Kerl, der glaubt, alles besser zu wissen, schießt es ihr durch den Kopf. Wieder ein Mann, der wirklich meint, es sich auf Sarahs Kosten leicht machen zu können!

Langsam dreht sie sich um und tritt an den Badezimmerspiegel. Sie schürzt die Lippen, während sie ihr Spiegelbild betrachtet, dreht an den Ohrringen, richtet ihre Frisur. Was glaubt dieser Aalto eigentlich, wer er ist? Er versucht, sie billig hinters Licht zu führen, um bequem mit der erstbesten Verdächtigen seinen Fall abschließen zu können. Damit er schnell auf sein Junggesellensofa zurückkann, um an seinem freien Tag Kartoffelchips zu knabbern. So nicht, Herr Kommissar!

Sarah besieht nachdenklich die vor ihr aufgereihten Tiegel und Tuben, dann greift sie nach ihrem Lippenstift. Entschlossenheit glimmt in ihren Augen auf, während sie den Stift aufdreht und die Lippen akkurat mit *Cherry Topaz* nachzieht. So nicht, Herr Kommissar!, wiederholt sie in Gedanken. Sie weiß, was zu tun ist.

Sie wird herausfinden, wer Matti Saarinen getötet hat.

»Mikä riittää, se riittää!«, flüstert Sarah und dreht den Lippenstift zu. Genug ist genug!

SIEBZEHNTES KAPITEL

Die Frau ist der Schlüssel. Alles andere ergibt keinen Sinn. Sie muss etwas mit der heißen Ware, die Matti für ihn besorgt hat, zu tun haben. Aus welchem Grund ist sie sonst hier aufgetaucht? Gerade in dem Moment, in dem die Übergabe stattfinden sollte, scharwenzelt sie halb nackt vor Mattis Haus herum? Die hat Nerven!

Der Bulle hat sie gehen lassen. Erst schleppt er die Frau aus welchem Grund auch immer runter zur Sauna, quatscht stundenlang mit ihr, dann verabschiedet er sie höflich. Wie ein anhänglicher Hund. Man könnte meinen, er sei scharf auf die Kleine. Mann, ist die gut! Taucht hier auf und hat nach ein paar Minuten bereits den ermittelnden Oberbullen um den Finger gewickelt. Sie ist ein Profi, das steht fest. Verdammt!

Er schiebt sich weiter, in die Deckung des nächsten Baumstamms, vorsichtig darauf bedacht, keine unnötigen Geräusche zu erzeugen. Von hier kann er ihren Wagen sehen. Was hat die Frau vor? Warum parkt sie nun an diesem Haus? Es gehört einem Ehepaar, das in Helsinki lebt und sein *mökki* an reiche Schnösel vermietet. Woher weiß sie, dass es zurzeit leer steht? Geduckt schleicht er weiter.

Die Lieferung muss in Mattis Haus lagern oder zumindest gelagert haben, davon ist er nun überzeugt. Wäre er doch nur in der vergangenen Nacht hineingekommen! Doch die Frau war nach dem lauten Schrei, den sie bei ihrer Ankunft ausstieß, ins Haus gerannt und hatte die Tür hinter sich verriegelt. Und danach war sie bis zum Morgen nicht mehr herausgekommen. Mehrmals ist er in der Nacht um das Haus geschlichen, hat nach einem Einstieg gesucht. Vergeblich. Ein Fenster hat er nicht einschlagen wollen, um sie nicht zu alarmieren. Schließlich hegte er bereits in der Nacht den Verdacht, bei dieser Frau handele es sich um genau jene Person, die ihn stets im Auftrag seines Kunden kontaktiert. Wenn dem so ist, dann ist mit ihr nicht gut Kirschen essen, das ist ihm klar. »Die nimmt mich auseinander«, flüstert er in den Wald hinein. Ein Gedanke, der ihn irgendwie reizt.

Plötzlich weiß er genau, was sie vorhat. Sie will ihn übervorteilen, will sich von seinem Mittelsmann Matti die Ware schnappen, ohne aber die getroffene Vereinbarung einzuhalten. Es ist verabredet, dass sie ihn cash bezahlt, wenn er ihr die Ware überreicht. Wenn *er* die Ware überreicht, nicht Matti! Nun versucht sie also, sich das Ding selbst unter den manikürten Nagel zu reißen. Und dank Mattis Tod wäre das für sie auch noch ein einträgliches Geschäft – nämlich ein völlig kostenloses.

Verdammt! Wütend schlägt er mit der Faust gegen den nächsten Baumstamm. Ein Stück Rinde platzt ab. Aus den Schrammen an seinen Knöcheln tritt Blut aus. Schimpfend fliegt eine Drossel aus einem nahen Busch auf und flüchtet.

Er folgt einem schmalen Wildpfad, hält bereits nach wenigen Metern wieder an. Zwischen den Bäumen hindurch ist die große Glasfront des *mökki* zu sehen. Sie weist in Richtung See. Er schaut seitlich darauf, kann jedoch nicht in das Haus hineinsehen, da sich der Wald und das glitzernde Wasser des Sees in den Scheiben spiegeln. Näher traut er sich nicht an das Haus heran.

Was sie wohl gerade tut? Plant sie ihren nächsten Schachzug, um das Ding zu finden? Sie hat schon Schneid, das muss er ihr lassen. Einfach so vor der Polizei herumzustolzieren. Er hat das dringende Bedürfnis, sie wiederzusehen. So wie sie ihn abstößt, so fasziniert sie ihn auch. Nach einem Moment des Zögerns wagt er sich daher weiter.

Er kann sie hören, bevor er sie sieht. Stocksteif verharrt er hinter einem breiten Baumstamm und hält die Luft an. Ihre Schritte erklingen hart auf dem Holzweg, der von der Veranda aus hinunter zum Wasser führt. Sie kommt näher. Hat sie ihn vom Haus aus entdeckt und will ihn nun zur Rede stellen? Er ist nicht so dämlich, eine Diskussion mit ihr führen zu wollen. Die Leute, mit denen sie zu tun hat, verstehen keinen Spaß. So viel hat er aus dem letzten Gespräch mit ihr mitgenommen. Nein, er möchte lediglich das alte Ding, das Matti ihm beschaffen wollte, vor ihr finden. Dann kann sie blechen. Vielleicht sollte er es so machen wie Matti. Den Preis einfach anheben.

Sie geht an ihm vorbei, keine fünf Meter entfernt. Er merkt, wie ihm eine Schweißperle die Schläfe hinunterrinnt. Als ihre Schritte sich entfernt haben, wagt er es, sich vorzubeugen und hinter ihr herzuschauen. Ja, da steht sie! Am Ende des Stegs. Ganz in Schwarz gekleidet. »Wie ein Ninja«, flüstert er. O ja, er findet sie beängstigend und anziehend zugleich.

Plötzlich macht die Frau eine wilde Handbewegung, dann bricht sie in lautes Lachen aus. Das Lachen rollt über den See und wirft ein Echo, das zwischen den Baumstämmen widerhallt. Ihm läuft ein eisiger Schauer die Wirbelsäule hinunter. »Verdammt, die ist irre«, flüstert er. Erst der Schrei bei ihrer Ankunft, jetzt das. Behutsam tritt er den Rückzug an, geht den Pfad zurück, bis er wieder seitlich auf die Glasfassade blicken kann. Keinen Moment zu früh, denn sie kommt mit festen Schritten zurück. Ihre Absätze knallen auf den Holzplanken.

Diesmal geht sie zum anderen Steg hinüber. Dort befindet sich auch das Saunahaus. Er widersteht dem Drang, ins Haus zu schleichen, während sie sich unten am Wasser aufhält. Die Zeit ist denkbar knapp, um die Ware ausfindig zu machen. Zumal er glaubt, dass sie selbst weiterhin auf der Suche nach dem Ding ist und es noch gar nicht hat. Warum sonst ist sie nicht gleich wieder abgereist? Nun, er will sein Glück jedenfalls nicht strapazieren.

Aller Wahrscheinlichkeit nach lagert das Steinding immer noch in Mattis Haus. Er muss es vor ihr finden! Sobald die Bullen verschwunden sind, fährt er noch mal hin. Und sie wird ordentlich draufzahlen müssen, um es zu erhalten. Dass er »das Walross« in die ewigen Jagdgründe befördert hat, wird in den neuen Preis Eingang finden müssen.

Überrascht spitzt er die Ohren. Sie ruft irgendetwas, unten am Wasser! Er versteht kein Wort, da der Abstand zu ihr zu groß ist. Es klingt hart, fast guttural. Nun ist er absolut überzeugt davon, dass *sie* die Frau vom Telefon ist! Ein wunderschöner, todbringender Ninja, wahrscheinlich beim russischen Geheimdienst ausgebildet. Sie verheimlicht ja auch nicht, dass sie Ausländerin ist. Sicherlich arbeitet sie für einen dieser milliardenschweren Oligarchen. Und führt vor dem Kommissar ein Schauspiel auf, um als harmlose Touristin durchzugehen. Die perfekte Tarnung.

Fürs Erste bleibt er noch auf seinem Beobachtungsposten, verfolgt gebannt, wie sie ins Haus zurückkehrt. Als für lange Minuten weiter nichts geschieht, löst er sich aus seiner reglosen Position und eilt zurück zum Waldweg. Plötzlich kann er nicht schnell genug von hier wegkommen. Um mit dieser Frau fertigzuwerden, wird er sich etwas einfallen lassen müssen.

Der verstörende Gedanke, dass dieses Geschäft ein einziger großer Fehler war, ist mit Wucht zurückgekehrt. Doch gleichzeitig weiß er, dass es für jegliche Art von Reue zu spät ist.

ACHTZEHNTES KAPITEL

Betont fröhlich schwingt Sarah ihren Rucksack hin und her, während sie dem Waldweg folgt. Sollte sie jemandem begegnen, wird es so aussehen, als unternehme sie lediglich eine harmlose Wanderung. Den Rucksack hat sie sich noch in München für diese Reise besorgt. Normalerweise trägt sie nämlich immer eine Handtasche bei sich, doch für die finnische Wildnis erschien ihr ein praktischeres Gepäckstück sinnvoll. Das zahlt sich nun aus, denn dank ihrer Errungenschaft fühlt sie sich wie eine Survival-Abenteurerin. Darüber hinaus gefällt ihr das Gucci-Säcklein sogar richtig gut. Dort passt alles hinein, was sie auch sonst immer bei sich hat. Handy, Lippenstift, Geldbörse. Sie weiß gar nicht, warum sie sich nicht schon früher einen Rucksack zugelegt hat. Mit seinen zarten Riemchen, die man über den Schultern tragen kann, sieht er richtig modisch aus. Niemals hätte sie gedacht, dass ihr der Outdoor-Stil so gut zu Gesicht stehen würde.

Beschwingt steigt Sarah über eine Wurzel, die mitten auf dem Weg aus dem Boden ragt. Für die Wanderung hat sie zu den blauen Schuhen mit Blockabsätzen gegriffen, damit sie im unebenen Terrain einen guten Stand hat. Die High Heels passen farblich nicht wirklich zu ihrem grünen Kleid, doch Sicherheit geht nun einmal vor. Und hier draußen, das hat sie schon bei ihren Begegnungen mit Menschen wie dem Kommissar festgestellt, wird das äußere Erscheinungsbild nicht ganz so wichtig genommen. Sie schürzt kurz die Lippen, dann blickt sie sich um.

Linker Hand kann Sarah den Päijänne-See sehen. Glitzernd

spiegelt sich die nachmittägliche Sonne auf seinem Wasser. Seit nunmehr zehn Minuten führt ihr Weg sie etwas erhöht am Ufer entlang. Zur rechten Seite erstreckt sich der Kiefernwald. Er hat wahrlich etwas Märchenhaftes, findet Sarah. Bemooste Steine, Farne und ein mit Büschen überzogener Boden wirken wie ein unendlicher grüner Teppich, auf den man sich hinlegen möchte, so flauschig sieht er aus. Eine Idee, die Sarah sofort wieder verwirft, als sie an einem riesigen Ameisenhaufen vorbeikommt. In dem hüfthohen Kegel wuselt es derart, dass Sarah einen Schritt schneller geht.

Der Fischer wohne eine Bucht weiter nördlich, hat der Kommissar gesagt. Es sollte demnach nicht allzu schwierig sein, den Mann ausfindig zu machen. Jalo ist der logische Ausgangspunkt für Sarahs Suche nach dem Mörder von Matti. Das liegt vor allem daran, dass er der einzige Einwohner der Gegend ist, mit dem sie bisher ein Wort gewechselt hat. Zum anderen ist sie überzeugt davon, dass der alte Mann bestens Bescheid darüber weiß, was im Ort so vor sich geht. Nicht umsonst tauchte er nur ein paar Minuten, nachdem sie den Toten im Schilf entdeckt hatte, in Mattis Bucht auf. Diese alten Leute riechen das Unglück anderer drei Meilen gegen den Wind. Ob sie, wie in München, hinter Gardinen in ihren Fenstern hocken oder ob sie wie Jalo über den See rudern und ihre Nase in diese Bucht und in jenes Bootshaus stecken, ist dabei egal. Wenig entgeht ihrer Aufmerksamkeit. Darauf baut Sarah.

Das Haus hat sie sich anders vorgestellt. Dass es dem Fischer gehört, erkennt sie an den Reusen und Netzen, die auf einem Rasen aufgebaut sind und in der Sonne trocknen. Doch ansonsten erinnert wenig an eine idyllische, halb verfallene Fischerhütte, wie man sie etwa aus Filmen kennt. Eher sieht das *mökki* aus wie ein penibel gepflegtes Reihenhäuschen. Blumenrabatten säumen den Weg zur Eingangstür, alles wirkt sehr sauber. Nicht einmal Kiefernzapfen liegen auf dem gefegten Zugangsweg.

Unweit des Hauses dümpelt ein Ruderboot an einem Steg. Sarah meint, das Gefährt vom Morgen wiederzuerkennen. Demnach ist der Fischer wohl zu Hause. Wie zufällig schlendert sie auf die Eingangstür zu, bleibt kurz stehen, um vermeintlich die Aussicht auf den See zu genießen. Dann trippelt sie weiter. Eine harmlose Wanderin, die zufällig daherkommt. Begeistert schwingt Sarah das Rucksäcklein mit jedem ihrer Schritte. Sie fühlt sich so lebendig wie lange nicht mehr. Dass dafür erst jemand sterben musste, ist selbstverständlich sehr bedauerlich.

Bereits drei Herzschläge, nachdem Sarah gegen die grünen Holzbohlen geklopft hat, wird die Tür nach innen aufgezogen. Mit regloser Miene nickt Jalo Sarah zu, als wäre es die natürlichste Sache der Welt, dass sie vor seiner Haustür auftaucht. Nur wenige Stunden, nachdem sie sich über einer Leiche im Schilf kennengelernt haben. »Hey«, grüßt er knapp.

»Hey.« Sarah räuspert sich. »Ich … also ich bin zufällig vorbeigekommen und sah das Boot am Steg. Da dachte ich spontan, ich sage mal Hallo.«

Jalo kneift die Augen ein wenig zusammen, dann öffnet er die Tür ganz und tritt zur Seite. »Komm herein.«

Die Sauberkeit setzt sich auch im Inneren des Hauses fort. Alles in dem hellen Wohnraum, in den Jalo Sarah führt, scheint an seinem festen Platz, nichts liegt herum. Die Einrichtung ist in Weiß gehalten, grüne Kissen auf dem Sofa setzen farbige Tupfer. Ein frischer Blumenstrauß auf dem Couchtisch rundet die Wohlfühlatmosphäre ab. Sarah erinnert sich plötzlich daran, wie sie gestern Abend nach ihrer Ankunft in Finnland das falsche *mökki* bezog. Mattis und Jalos Häuser könnten nicht unterschiedlicher sein. Wirklich, sie hat etwas ganz anderes erwartet. Gestern wie heute. »Du hast es schön hier«, sagt sie.

»Danke. Es ist alles noch so, wie Rosa es damals eingerichtet hat.« Jalo deutet auf das Sofa. »Setz dich, bitte. Möchtest du etwas trinken? Einen Kaffee? Einen Schnaps?«

Einen Schnaps? Sie muss an die leeren Bierdosen und die Wodkaflasche denken, die sie am Morgen in Jalos Boot gesehen hat. Wenn sich da mal kein Alkoholproblem andeutet! »Gerne einen Kaffee, danke.« Sie deutet auf eine gerahmte Fotografie, die auf einer nahen Anrichte steht. Die Aufnahme zeigt eine Frau und einen Mann, die ihre Köpfe aneinandergelegt haben. Der Mann, erkennt sie, ist Jalo in jungen Jahren. »Ist das dort Rosa?«

Jalo ist im Türrahmen stehen geblieben und blickt mit einem Lächeln auf das Foto. »Ja, das ist meine Rosa. Wir waren neununddreißig Jahre lang verheiratet. Bis zu ihrem Tod. Das ist jetzt auch schon über fünfzehn Jahre her.«

»Das tut mir leid«, sagt Sarah leise und dreht ihren Kopf zur Tür, doch Jalo ist bereits verschwunden. Sie seufzt und sieht sich weiter im Raum um. Ihr Blick bleibt an einem Bücherregal hängen. Sie erkennt ein paar Klassiker, von denen selbst sie bereits etwas gehört hat. Shakespeare, Hemingway und so. Ein weiteres Mal muss sie zugeben, dass sie den Fischer falsch eingeschätzt hat.

Als Jalo zurückkehrt, balanciert er ein Tablett vor sich. Geschickt stellt er eine gefüllte Kaffeetasse, eine Zuckerdose und ein Milchkännchen vor Sarah ab. Dann platziert er noch einen Teller mit einem *pulla* dazu. Er selbst setzt sich mit einem Schnapsglas in der Hand in einen Sessel.

»Ich liebe *pulla*!«, ruft Sarah aus. Sie knibbelt ein Korn Hagelzucker von dem Gebäck und legt es auf ihre Zunge.

»Das freut mich.« Jalos Miene ist immer noch unbewegt, doch in seinen Augen liegt ein leichter Glanz, der als Vorbote eines Lächelns gedeutet werden könnte. Oder als Verschlagenheit. »Bitte greif zu. Woher kennst du *pulla*?«

»Ich glaube, es ist mittlerweile dreißig Jahre her, dass ich das Gebäck zum ersten Mal probiert habe. Mein Vater hat uns damals Zimtschnecken gekauft, als wir den Marktplatz am Hafen von Helsinki besuchten. Zwischen den bunten Buden herrschte ein reges Treiben, daran erinnere ich mich noch genau. Ein paar Touristen wie wir, ansonsten viele fröhliche Finnen, die sich lebhaft unterhielten. Es war ein sonniger Tag, die Möwen kreisten über uns, unser *pulla* als potenzielle Beute im Visier, als wir uns auf die Kaimauer setzten und einander mit Lobgesängen auf das Zimtgebäck übertrafen. Es war einer der schönsten Tage meines Lebens.«

Jalo nickt wortlos, als wäre damit alles gesagt.

Während Sarah Milch und Zucker in ihre Kaffeetasse gibt, überlegt sie, wie sie das Gespräch auf ihr eigentliches Anliegen, den toten Matti, lenken kann. Sie entscheidet sich dafür, erst einmal möglichst unverfänglich fortzufahren. Machen die Ermittler in den Fernsehserien, die sie sich gerne anschaut, das nicht auch immer so? »Wie kommt es, dass du so gut Deutsch sprichst?«

»Meine Mutter stammte aus Deutschland. Sie ist während des Krieges hierhergekommen und wurde kurz darauf mit mir schwanger. Meist hat sie Deutsch mit mir gesprochen.«

Überrascht richtet Sarah sich auf dem Sofa auf. »Das gibt es doch nicht! Du bist also zum Teil Deutscher.«

Das Lächeln auf Jalos Gesicht ist milde, als spreche er mit einem kleinen Kind. Nachdrücklich schüttelt er den Kopf. »Ich bin durch und durch Finne.«

»Oh.« Sarah weiß nichts anderes zu sagen. Sie hat das unangenehme Gefühl, gescholten worden zu sein. Doch sie schiebt das Gefühl zur Seite, da es sie nicht weiterbringt. Neugierig mustert sie ihren Gastgeber. Wenn seine Mutter während des Krieges von Deutschland nach Finnland kam und kurz drauf schwanger wurde, wie alt ist Jalo dann? Weit über siebzig Jahre, rechnet sie. Doch trotz des schlohweißen Haares erweckt er den Eindruck, mindestens zehn Jahre jünger zu sein. Seine fließenden Bewegungen, die Kraft in seinen Armen strafen sein wahres Alter Lügen. Sie beißt in das *pulla* und verdreht genüsslich die Augen. »Ein Traum«, sagt sie mit vollem Mund.

»Ich backe sie immer noch genau nach Rosas Rezept«, erklärt Jalo. Sein Gesicht ist in die alte Starre zurückgefallen.

»Als du heute Morgen in die Bucht gerudert kamst, wolltest du da zu Matti Saarinen?« So viel zur Strategie, erst mal um den heißen Brei herumzureden. Sarah schafft es nicht länger, ihre Neugier im Zaum zu halten.

Jalo schüttelt den Kopf, dann leert er das Schnapsglas in einem Zug und stellt es auf dem Tisch ab. »Ich habe dich da am Ufer rumhüpfen sehen.«

Sarah merkt, wie ihr das Blut ins Gesicht steigt. Sie mag sich nicht vorstellen, wie es ausgesehen haben muss, als sie wie ein aufgescheuchtes Huhn am See entlangrannte, unschlüssig, wie sie mit dem Leichnam im Schilf umgehen sollte. Damit nicht genug, war sie lediglich mit einer dünnen Bluse bekleidet. Einer dünnen *nassen* Bluse.

»Es sah aus, als bräuchtest du Hilfe.«

»Du musst wirklich gute Augen haben, um das von außerhalb der Bucht aus erkennen zu können.«

Jalo nickt.

»Als du Matti im Schilf gesehen hast, da wirktest du sehr ruhig und gar nicht überrascht.«

»Nicht überrascht, dass er tot ist? Meinst du das?«

Sarah nickt.

»Das ist richtig.«

Verdutzt zuckt Sarah zusammen. »Aber warum?«

Erstmals zögert Jalo, scheint abzuwägen, ob er Sarah antworten soll. »Matti war ein Nichtsnutz«, erklärt er schließlich. »Ein Hund.«

»Du hast ihn nicht leiden können?«

Jalo lacht auf. »Niemand hat ihn leiden können. Er war ein Säufer der unangenehmen Art. Wurde hinterhältig, wenn er zu viel getrunken hat. Manchmal ist er raus zur Insel gefahren, hat sich dort über Nacht zugedröhnt und rumkrakeelt. Ein Spinner.«

»Der Kommissar scheint den Verdacht zu hegen, dass Matti ermordet wurde.« Sarah macht eine Pause, um die brisante

Information wirken zu lassen, doch sie wartet vergeblich auf irgendeine Reaktion. Der Mann ist unbewegt wie eine Salzsäule. »Wer könnte ihn umgebracht haben?«, fragt sie schließlich ein wenig atemlos. Natürlich ist sie nicht so dumm, Jalo mitzuteilen, dass der Kommissar anscheinend bereits Sarah als Verdächtige auserkoren hat. »Gibt es jemanden im Ort, dem du eine solche Tat zutrauen würdest?«

Jalo zuckt mit den Schultern. »Wem ich eine solche Tat nicht zutrauen würde, das wäre die einfachere Frage. Matti war ein Schlitzohr, das es sich über die Jahre mit vielen Leuten im Ort verscherzt hat. Ein komischer Kauz! Hat mit so manchem über Kreuz gelegen.«

»Du kennst natürlich alle Leute in der Gegend hier.«

Wieder ein Schulterzucken, dann kneift Jalo die Augen ein wenig zusammen. »Was hattest du mit Matti zu schaffen?«

»Ich?« Sarah schüttelt wild den Kopf, aus dem Konzept gebracht. »Ich kannte ihn nicht. Gar nichts hatte ich mit ihm zu tun. Es war ein unglücklicher Zufall, dass ich versehentlich glaubte, sein Haus sei das *mökki*, das ich angemietet habe.«

»Du hast in seinem Bett geschlafen, ohne zu merken, im falschen Haus zu sein?«

»Das ... das ist richtig, es war ein unglücklicher Zufall!« Sarahs Stimme ist lauter geworden. Eilig trinkt sie einen Schluck Kaffee, um sich wieder zu beruhigen. »Ich wusste es nicht«, betont sie, nun ruhiger. Ihr gefällt nicht, in welche Richtung sich das Gespräch entwickelt. Eigentlich wollte sie wertvolle Informationen aus Jalo herauskitzeln. Doch nun wirkt es fast so, als verhöre der Fischer *sie*. Sie trinkt den Kaffee aus, ein ausgesprochen starkes Gebräu. »Ich hatte keine Ahnung, in was ich da hineingerate. Es sollte eine ruhige Zeit in Sysmä werden, ohne Dramen. Von denen habe ich nämlich in München bereits genug.«

Ohne auch nur zu blinzeln, sieht Jalo Sarah nachdenklich an.

Dass der Fischer keinen Ton von sich gibt, macht Sarah wahnsinnig. Es ist offensichtlich, dass sie im Moment nicht mehr aus ihm herauskitzeln wird. Sie verschwendet nur ihre Zeit. Abrupt steht sie auf. »Ich werde meine Wanderung durch den Wald fortsetzen«, erklärt sie. Es kann nicht schaden, die Version aufrechtzuerhalten, sie sei lediglich zufällig an Jalos Haus vorbeigekommen.

Jalo erhebt sich ebenfalls. »Vielen Dank für deinen Besuch«, sagt er und geleitet seinen Gast zur Tür. »Und denk daran, beim Weg durch den Wald immer mit einem Schlüssel zu klimpern.«

»Wie bitte?« Sarah bleibt auf der Veranda stehen, überzeugt davon, sich verhört zu haben.

»Wegen des Bären.«

»Bären?« Sarahs Stimme bricht.

»Heute Morgen ist ein Braunbär etwa zwanzig Kilometer von hier gesichtet worden. Die Tiere können weite Strecken zurücklegen. Doch wenn du im Wald Geräusche machst, während du unterwegs bist, hält der Bär sich von dir fern. Deshalb der Schlüssel. Manche befestigen ein Glöckchen an ihrem Rucksack.« Er beäugt Sarahs schwarzes Gucci-Säckchen.

»Ich ... oh ... danke für die Information.« Plötzlich fühlt Sarah sich wackelig auf den Beinen. Ein echter Bär, in dieser Gegend? Das hat sie nicht für möglich gehalten. Während sie den Heimweg einschlägt, überkommt sie die Erkenntnis, dass sie auch keinen Mord für möglich gehalten hat. Und siehe da: Sie ist mitten in einen hineingestolpert. Nun hat sie es in ihrer finnischen Abgeschiedenheit gleich mit zwei Raubtieren zu tun. Und eines davon ist aus menschlichem Fleisch und Blut.

Als Jalos Haus hinter ihr zwischen den Bäumen verschwunden ist, beschleunigt Sarah ihre Schritte. Der Wald wirkt diesmal wenig einladend oder gar märchenhaft. Immer wieder hat Sarah den Eindruck, dass sich etwas zwischen den Stämmen bewegt und ihr folgt. »Hirngespinste«, flüstert sie sich selbst Mut zu und wühlt im Rucksack. Ob sie etwas Klingendes bei sich hat? Doch da ist nichts. Der Haustürschlüssel baumelt einsam am Schlüsselring. Wenn sie ihn gegen den Lippenstift klopft, gibt es ein dumpfes Geräusch, das nicht einmal Eichhörnchen vertreiben würde.

Sarah holt tief Luft und stimmt ein Lied an. »*Holiday … celebration …*«, singt sie, während sie mit großen Schritten zu ihrem *mökki* eilt. Das sollte jeden Bären vertreiben! Erst als sie das Haus erreicht, bricht sie den atemlosen Gesang ab.

An der Eingangstür lehnt mit verschränkten Armen Kommissar Aalto und blickt Sarah stirnrunzelnd entgegen. »Da sind Sie ja«, sagt er in unfreundlichem Ton und zieht eine Tüte Lakritz aus der Tasche. »Ich wollte Sie schon per Haftbefehl suchen lassen.«

NEUNZEHNTES KAPITEL

Immer wieder wird die Tür aufgedrückt, und weitere Gäste pressen sich in den *Black Swan* hinein. In den vier Minuten, die Onni nun schon auf der anderen Straßenseite steht, sind genau sechzehn Leute in die Bar gegangen. Dreizehn Männer, drei Frauen. Sechs der Männer trugen einen Vollbart, vier einen anderen Bart, drei waren glatt rasiert. Solche Dinge fallen ihm auf, so etwas merkt er sich. Von den Frauen trug keine einen Bart. Er muss über seinen eigenen Scherz grinsen, verfällt dann aber schnell wieder in sein nervöses Wippen. »Fünfzehn Männer, drei Frauen«, zählt er, nachdem sich die Eingangstür abermals geöffnet hat.

Dieser Zeitpunkt ist genauso gut oder schlecht wie jeder andere, das weiß er. Und doch kostet es ihn immense Überwindung, den ersten Schritt zu tun. Er wartet, bis ein Auto an ihm vorbeigefahren ist, dann fasst er sich ein Herz, überquert die Straße und geht auf die Bar zu. Beinahe kehrt er vor der Eingangstür wieder um, doch hinter ihm stehen bereits zwei weitere Gäste, die nur darauf warten, dass er den Weg freigibt. Also betritt er das Lokal. Und taucht in eine andere Welt ein. »Achtzehn Männer, drei Frauen«, flüstert es in seinem Kopf.

Die Lebendigkeit im *Black Swan* erschlägt Onni beinahe. Der Raum ist so überfüllt, dass er ständig andere Menschen berührt, während er sich in Richtung Tresen schiebt. Jeden Kontakt registriert er als kleine schmerzhafte Explosion. Die lauten Gespräche und das Lachen werden von einem hämmernden Beat aus den Lautsprecherboxen untermalt. Am Tresen wartet eine kleine

Traube von Gästen darauf, bedient zu werden. Trotz der Enge bewegen sich ein paar Leute rhythmisch zur Musik. Onni zuckt zusammen, als er eine Hand an seinem Gesäß spürt. Doch als er sich umdreht, kann er nicht sagen, zu wem die Hand gehörte.

Etwas in ihm möchte wegrennen. Etwas in ihm möchte bleiben. Wie in einer erdrückenden Wattewolke dreht Onni eine Runde durch den Raum und schaut sich suchend um. Doch er wird nicht fündig. Also nimmt er all seinen Mut zusammen und stellt sich in die Schlange am Tresen. Auf jener Seite, die von dem blonden, braun gebrannten Barkeeper bedient wird, der auch gestern hier gearbeitet hat. Onni wartet, bis er an der Reihe ist, dann schießt die Frage aus ihm heraus. »Weißt du, wo Swen ist?«

»Wer?«, fragt der Blonde zurück.

»Swen. Ich habe gestern mit ihm hier an der Bar gesprochen. Ich hatte ein Bier bestellt. Er auch.«

»Ich erinnere mich.« Der Barkeeper blickt ungeduldig zum nächsten wartenden Gast. »Keine Ahnung, wo der Typ sich aufhält. Solltest doch eigentlich du wissen.«

»Was – ich …?«

»Willst du was bestellen? Oder nur quatschen?« Er wendet sich bereits von Onni ab.

»Nein, ich will nur wissen …« Onnis Stimme geht im berstenden Lachen einer in der Nähe stehenden Gruppe Männer unter. »Ich …«, setzt er noch mal an, doch der Barkeeper hat sich bereits dem nächsten Kunden zugewandt und ignoriert ihn.

»Mist!« Onni zwängt sich aus der Menschentraube heraus. Er stellt sich an den Rand des Raums, dahin, wo es ein wenig ruhiger ist. Er versucht, sein pochendes Herz mit gleichmäßigem Atmen zu beruhigen. Verzweiflung macht sich in ihm breit. Er muss Swen aufspüren, dringend. Als letzte Möglichkeit fällt ihm nur noch ein, morgen zu Frau Wirtanen zu gehen. Doch ob es ihm gelingen würde, sie erfolgreich um Swens Anschrift oder Telefonnummer zu bitten? In den Personalakten müsste beides vermerkt sein, doch irgendetwas sagt Onni, dass Frau Wirtanen das scharfe Schwert des Datenschutzes schwingen würde. Und ohne ihr Einverständnis hat er keine Möglichkeit, Einblick in die elektronische Akte zu nehmen. Deshalb muss er Swen möglichst heute Abend in der Stadt aufspüren.

»Hey, wie geht's?«

Der Mann ist ein paar Jahre älter als er selbst, schätzt Onni. Sein langer Vollbart geht in eine kreisrunde Halbglatze über, seine Unterarme zieren tätowierte Schriftzüge. *Forever* steht auf dem einen, *I hate you* auf dem anderen. Onni blinzelt. Ihn überkommt das Gefühl eines Déjà-vus, als hätte er diese Tattoos bereits zuvor gesehen. Was jedoch nicht sein kann. Wortlos nickt er dem Fremden zu.

»Kommst du gleich wieder mit runter?«

Wieder? *Runter*? Er blickt hinüber zum Treppenabgang, den jetzt noch ein Seil versperrt. Erschrocken zuckt er zusammen, als der Typ eine Hand auf seine Schulter legt.

»Wieder ein bisschen Spaß haben«, sagt er und zwinkert Onni verschwörerisch zu.

Onni schließt die Augen und schüttelt den Kopf. Es ist wie in einem schlechten Traum – er kann sich einfach nicht erinnern. Jeder kann alles behaupten, solange er sich nicht erinnert! Bis dahin ist nichts wahr. Er öffnet die Augen. »Ich weiß nicht, was du meinst.«

»Du kleiner Heuchler!« Der Mann lacht auf und boxt Onni in die Seite. »Du brauchst wohl wieder deinen Freund dabei, oder?«

»Freund?« Der Schlag in die Seite brennt wie Feuer.

»Ach komm, verarsch mich nicht. Der Typ mit der weiten Baggy-Jeans und der Kappe. Der sonst immer im *Engelshaar* abhängt.«

»Swen? Du meinst Swen?« Aufgeregt tritt Onni einen Schritt auf den Mann zu.

»Keine Ahnung, wie der Typ heißt. Du warst jedenfalls die ganze Zeit mit ihm unten.«

Onni lässt den Mann einfach stehen und stürmt aus dem *Black Swan*, ohne nach links oder rechts zu schauen. Draußen auf der Straße zückt er das Handy, um sich zu orientieren. Er hat schon vom *Engelshaar* gehört, war aber noch nie dort. Die Bar liegt westlich von hier im Stadtteil Hietalahti, der bekannt ist für seine bunte Mischung aus Flohmärkten, Ashrams und Luxushotels. Die Karten-App gibt Onni die schnellste Route an. Sogleich macht er sich auf den Weg.

Die Bar hat keine Fenster. Eine schwarze Stahltür, mit dem Namen des Schuppens in verschwindend kleinen grauen Lettern darauf, ist der einzige Hinweis, dass Onni am Ziel angelangt ist. Diesmal zögert er nicht lange. Die Aussicht darauf, Swen gleich gegenüberzustehen, lässt ihn alle Bedenken, die er sonst so ausgiebig hegt, über Bord werfen. Mit der Faust klopft er dreimal gegen die dicke metallene Eingangstür.

Eine schmale Klappe öffnet sich auf Augenhöhe. »Ja?«, fragt eine männliche Stimme.

»Hey. Also … ich möchte … in die Bar …«, stottert Onni.

»Nur für Stammgäste. Tut mir leid.« Nichts in der Stimme verrät, dass ihr irgendetwas leidtut.

»Ich … ich bin mit Swen verabredet«, stößt Onni hastig aus. »Der mit der Kappe und den weiten Jeans. Swen wartet auf mich.«

Die Klappe schließt sich mit einem schleifenden Geräusch.

»Ach, verdammt!« Onni ist in sein nervöses Wippen zurückgefallen. Er knibbelt an einem Fingernagel, dreht sich bereits zur Seite, um den Rückweg anzutreten, da bewegt sich die Tür.

»Okay«, sagt die Stimme aus der Dunkelheit, die Onni aus der Türöffnung entgegenklafft.

Ungläubig tritt er ein. Wartete nach dem Eintritt in den *Black Swan* ein buntes und lautes Durcheinander auf ihn, betritt er nun eine völlig andere Welt. Seine Augen brauchen einige Sekunden, um sich an die Finsternis zu gewöhnen. Sie wird lediglich von ein paar schwachen, rot glühenden Lampen durchbrochen, was der Szenerie etwas Diabolisches verleiht. Mehr als monochrome Konturen und Umrisse sind nicht auszumachen.

»Komm mit«, sagt der Mann, der die Tür geöffnet hat und sie hinter Onni gleich wieder verschließt.

Der Typ sieht ganz anders aus, als Onni sich ihn anhand der Stimme vorgestellt hat. Er ist klein und untersetzt, auf seiner Nase sitzt eine halbrunde Brille. In seinem Hemd mit darüberliegender Weste wirkt er wie ein Buchhalter, nicht jedoch wie der Türsteher einer mysteriösen Bar.

»Hier lang.«

Wie in einem Traum folgt Onni dem Türsteher einen Gang entlang, bis sie einen großen Raum betreten. Im Schwarz-Rot der eingeschränkten Lichtverhältnisse macht er Tische aus, die in Separees entlang der Wand aufgereiht sind. Die meisten scheinen besetzt, nicht näher erkennbare Personen sitzen in den abgetrennten Bereichen. Onni kneift die Augen zusammen, um besser sehen zu können. Liegt dort jemand *auf* dem Tisch? Nur mit Mühe unterdrückt er ein Husten, während er seinen Schritt beschleunigt. In der Luft liegt der schwere, süßliche Geruch von Marihuana.

»Vorsicht«, warnt der Türsteher und deutet auf eine Stufe in dem Durchgang, den sie ansteuern. Dahinter wartet ein weiterer Gang, ähnlich dem ersten, nur dass diesmal mehrere Türen von ihm abgehen. Undefinierbare Geräusche dringen hinter einigen der Türen hervor, einmal meint Onni, schmerzvolles Stöhnen zu hören. Er wischt sich über die schweißnasse Stirn. Ein Schwindelgefühl ergreift Besitz von ihm. Er ist froh, als sie den nächsten Raum betreten und stehen bleiben.

»Dort«, sagt der Mann und deutet in eine Ecke.

Die Separees in diesem Raum sind größer, der Raum selbst jedoch kleiner als jener zuvor. Onni wankt auf den gewiesenen

Tisch zu, an dem drei Personen sitzen. Er erkennt Swen anfangs nur an seiner Baseballkappe, denn auch hier besteht alles aus schwarz-roten Schatten. »Hey«, krächzt er. Sein Mund ist plötzlich staubtrocken.

»Onni, Alter!« Swen steht auf und winkt Onni heran. »Das ist ja eine Überraschung. Wie kommst du denn hierher? Setz dich zu uns. Was willst du trinken? Auch ein Bier, oder?« Er nickt zum Türsteher, der die Geste erwidert, sich umdreht und in der Dunkelheit verschwindet. »Das sind Malte und Aimo. Los, sagt Onni Hallo, Jungs.«

»Hey«, grüßen Malte und Aimo wie aus einem Mund und rutschen zur Seite, damit Onni sich zu ihnen auf die Bank setzen kann.

Aimo wendet sich an Swen. »Ist das *der* Onni?«, will er wissen. »Der Typ, mit dem du …« Er macht eine anzügliche Geste.

Heiß schießt Onni das Blut in den Kopf. Erstmals ist er froh über das dunkle Ambiente. Er spürt die auf ihn gerichtete Aufmerksamkeit der drei Männer wie Dolchstiche. Nichts ist wahr, solange er sich nicht erinnert, ruft er sich selbst zu. Seine Forschungsarbeit ist wichtig, sonst nichts.

Der Türsteher erscheint aus der Dunkelheit wie ein Dämon und stellt eine Flasche Bier vor Onni ab. Ohne ein weiteres Wort verschwindet er genauso plötzlich wieder, wie er gekommen ist.

»Na dann, Prost!«, sagt Swen und hebt Onni seine eigene Bierflasche entgegen. Nachdem die vier Männer angestoßen haben, beugt er sich zu Onni vor. »Was führt dich hierher?«

»Ich möchte etwas wissen.«

Malte prustet los. »Das glaube ich, Mann. Hast keine Erinnerung, oder?« Er lacht noch einmal auf, dann schlägt er Swen auf die Schulter. »Alter, du hast es echt drauf!« Kichernd lehnt er sich zurück.

Swen schüttelt den Kopf, und Malte verstummt. »Onni, was möchtest du wissen?«

»Wo hast du die Statue hingebracht?«

Einen Moment lang herrscht Stille. »Wirklich, das möchtest du wissen?« Swen schüttelt den Kopf. »Du bist wirklich ein Nerd.«

»Du hast ein Bild der Statue auf den Bierdeckel gemalt. Gestern, im *Black Swan*. Als du mir erzähltest, dass du sie irgendjemandem gebracht hast.«

»Ich habe nur so vor mich hin geredet.« Swen winkt ab. Sein Blick streift Aimo und Malte, die gespannt zuhören. »War nur ein unbedeutender Job von vielen.«

»Diese Statue ist etwas Besonderes. Deine Zeichnung habe ich mit einem Eintrag in einem Buch abgeglichen – es ist die gleiche Symbolik.« Onni ist sich bewusst, dass Swen in etwas Illegales verwickelt ist. Doch das ist ihm egal. Er muss diese Statue finden, nur das zählt. Es kommt ihm vor, als hänge sein Leben davon ab.

Swen rutscht ein Stück näher an Onni heran. »Du hast ein Buch, in dem das alte Ding abgebildet ist?«

Onni schüttelt den Kopf. »Nein, aber ich habe ein Foto von der Zeichnung gemacht, mit meinem Handy. Du brauchst mir also nichts vorzumachen. Ich weiß, was du da transportiert hast.«

»Okay«, sagt Swen langsam und kneift die Augen zusammen. »Okay.«

»Wo hast du sie hingebracht?«, stößt Onni hervor. »Bitte sag es mir!«

»Bitte sag es mir«, äfft Malte ihn nach, verstummt jedoch sofort unter Swens scharfem Blick.

»Du möchtest also wissen, wohin ich das dämliche Ding gebracht habe?« Swen reibt sich die Stirn, augenscheinlich unschlüssig, was er tun soll.

»Bitte, ich muss es wissen!«

»Okay, okay«, sagt Swen abermals, dann klatscht er einmal in die Hände. »Ich sag dir, was wir machen.« Er wirft Malte und Aimo grinsend einen schnellen Seitenblick zu.

»Was machen wir?«, fragt Onni aufgeregt.

»Also, wir ziehen jetzt alle Mann weiter zu dir, in deine Wohnung. Da machen wir es uns gemütlich, entspannen ein bisschen, und dann verrate ich dir, wo ich den Steinbrocken, auf den du so scharf bist, hingebracht habe.«

Malte stößt einen Pfiff aus und hebt einen Daumen.

Aimo schnalzt mit der Zunge und nickt.

»Du versprichst, mir zu sagen, wo die Statue jetzt ist?« Onnis Hände umklammern die Tischplatte so fest, dass seine Finger schmerzen.

»Ich verspreche es nicht nur, ich schwöre es«, erwidert Swen mit einem theatralischen Unterton.

Von Aimo kommt ein unterdrücktes Lachen.

»Okay«, krächzt Onni. »Dann machen wir das so.«

Schwungvoll steht Swen auf und zieht seine Jeans hoch. »Lasst uns losgehen. Du bist selbstverständlich eingeladen, Onni.« Er deutet auf das Bier. »Bist ja so etwas wie der Ehrengast.« Im rötlich grundierten Dunkel hat sein Grinsen etwas Teuflisches.

ZWANZIGSTES KAPITEL

Sarah ist erleichtert, als der Kommissar den angebotenen Kaffee ablehnt. Je schneller Toivo Aalto wieder verschwindet, desto besser. »Wie meinten Sie das eben, an der Tür?«

Der Kommissar steht im Wohnraum vor der Fensterfront und schaut auf den Wald und den See hinaus. Nun dreht er sich zu Sarah um, die am Tresen, der den Wohnbereich vom Küchenbereich trennt, lehnt. »Bitte entschuldigen Sie. Wie meinte ich was?«

»Das mit dem Haftbefehl. Dass Sie mich per Haftbefehl haben suchen wollen.«

Aalto winkt ab. »Ach so. Das war ein Scherz.« Er verzieht das Gesicht zu einer Grimasse, die wenig humorvoll wirkt. »Sie sind ja da.«

Dankbar spürt Sarah das harte Holz des Tresens in ihrem Rücken. Ihre Beine fühlen sich an wie Wackelpudding und können jede Stütze gebrauchen. Der Kommissar will sie mit seinen perfiden Wortspielen weichklopfen, davon ist sie überzeugt. Wahrscheinlich findet er keine Beweise für seine Verdächtigung gegen sie und versucht daher, mit psychologischen Tricks Widersprüche aus ihr herauszukitzeln. Wenn nicht gar ein Geständnis. Sie ermahnt sich, auf der Hut zu sein.

»Haben Sie sich hier gut eingelebt?« Aalto lässt den Blick durch den großen Raum schweifen. »Ein schönes Haus, so viel wohnlicher als Ihre gestrige Unterkunft.« Er pult ein Lakritz aus der Tüte, die er in einer Hand hält, und schiebt es in seinen Mund.

»Es gefällt mir«, antwortet Sarah knapp und verschränkt die Arme vor der Brust. Sie wird sich nicht vom Kommissar provozieren lassen.

Aalto wendet sich wieder dem Fenster zu. Für einen langen Moment betrachtet er den Wald. »Im Sommer ist es sehr schön hier«, sagt er schließlich. »Doch im Winter hält man es in der eisigen Kälte und der Einsamkeit kaum aus. Dann bin ich immer froh, in Helsinki zu sein.«

»Aha« ist alles, was Sarah erwidert.

»Was hat Sie eigentlich dazu bewogen, Finnisch zu lernen? Der Fischer meinte, sie hätten auf Finnisch versucht, ihm den Weg zu der Leiche zu weisen.«

Augenscheinlich hat das Verhör begonnen. Sarah presst die Zähne aufeinander. Es ist wohl nur eine Frage der Zeit, bis Aalto wieder nach ihrer vermeintlichen Beziehung zu Saarinen fragt. Doch sie zwingt sich zu einem Lächeln. Je auskunftsfreudiger sie sich gibt, umso schneller sollte der Kommissar realisieren, dass er sich mit seiner albernen Verdächtigung auf dem Holzweg befindet. »Ich war vor dreißig Jahren schon einmal in Finnland«, erklärt sie. »Mit meinen Eltern, für einen Sommerurlaub in Helsinki. Seitdem habe ich immer davon geträumt, zurückzukommen. Doch es kam nie dazu. Verpflichtungen in München, der enge Zeitplan meines Mannes. Das Übliche. Vor ein paar Jahren entschloss ich mich, wenigstens Finnisch zu lernen, und engagierte einen Lehrer, den ich seitdem jede Woche sehe.«

»Eine schwere Sprache, das Finnische.«

»Se on totta.« *Das ist wahr.*

Ein Lächeln fliegt über Aaltos Gesicht, ist aber gleich wieder verschwunden. »Und wie kommt es, dass Sie es nun doch geschafft haben, hierherzureisen? Nach dreißig Jahren? Trotz des engen Zeitplans Ihres Mannes?«

»Nun, wie Sie sehen, begleitet mein Mann mich nicht«, antwortet Sarah schroff. »Wir befinden uns in Trennung. Ich brauchte einen Tapetenwechsel, daher kann ich endlich verwirklichen, was ich schon so lange vorhatte.« Sie hat dem Kommissar bereits von ihrer angespannten Familiensituation berichtet. Ihm gesagt, dass Udo und sie sich getrennt haben. Mehr braucht der Polizist nicht zu wissen. Warum bringt er das Thema erneut auf? Sicher ein ausgeklügeltes Psychospielchen.

Toivo Aalto kaut auf einem weiteren Lakritzbonbon herum. »Das klingt nach einer unschönen Trennung.« Er spricht wie beiläufig, doch im Seitenprofil ist seine gerunzelte Stirn erkennbar.

Sarah will etwas zurückblaffen, bremst sich aber gerade noch rechtzeitig. Es ist offensichtlich, dass der Polizeibeamte im Vorfeld zu diesem Verhör Erkundigungen über sie eingeholt hat. Wohl auch wenig verwunderlich, wenn man bedenkt, dass Sarah seine Hauptverdächtige in einem Mordfall ist. Also weiß er natürlich von der Schlammschlacht mit Udo, hat sicherlich auch die Fotos gesehen. Dieses verfluchte Internet! Doch wie viel ist in München mittlerweile außerdem durchgesickert? Sie hat keine Ahnung, was in den letzten Tagen noch ans Tageslicht gekommen ist. Wie viel ist Aalto also bereits bekannt? Ihr eigenes Handy ist stummgeschaltet, das Internet meidet sie wie der Teufel das Weihwasser. Schließlich wollte sie das ganze Chaos hinter sich zurücklassen. Tief holt sie Atem. »Man kann es wohl eine unschöne Trennung nennen. Das stimmt.«

Das Nicken des Kommissars ist nachdenklich. »Wissen Sie, ich kenne das durchaus«, erklärt er leise. »Meine Scheidung ist nun auch schon zwei Jahre her.«

Das wird zu einem Verhör wie aus dem Polizeilehrbuch, denkt Sarah aufgebracht. In jeder zweiten Krimiserie versucht der Ermittler, durch ein Herabsteigen auf die emotionale Ebene des Tatverdächtigen dessen Vertrauen zu erschleichen. Sehr durchsichtig, der Herr Kommissar, befindet sie. Fast schon dilettantisch. Doch das macht die ganze Sache so gefährlich. Dadurch verrennt sich Aalto sicherlich erst in dem Trugschluss, Sarah sei eine gemeine

Mörderin. Wenn ihr dieses Gespräch mit dem Polizeibeamten etwas zu verstehen gibt, dann abermals die Notwendigkeit, möglichst zügig selbst den wahren Mörder aufzuspüren. »Gibt es schon Neuigkeiten zu Matti Saarinens Tod?«, fragt sie kurzerhand.

Der Kommissar stockt, blinzelt, wie aus dem Konzept gebracht. »Saarinen? Nein, der Obduktionsbefund liegt noch nicht vor. Warum fragen Sie?«

Gequält lacht sie auf. »Ich habe die Leiche gefunden, wenn Sie sich erinnern. Selbstverständlich geht mir die ganze Sache nicht aus dem Kopf. Es war ein sehr unglücklicher Zufall, dass ich versehentlich in Saarinens Haus gezogen bin.«

»Ja, sehr bedauerlich«, bestätigt der Kommissar langsam.

»Ich frage mich natürlich auch, was dieser Matti Saarinen für ein Mensch war. Warum wurde er ermordet? Sie gehen doch weiterhin von Mord aus, Herr Kommissar?« Vor Anspannung beißt Sarah sich auf die Zunge.

Aalto nickt. »Ich vermute weiterhin, dass wir es mit einem Mord zu tun haben. So viel kann ich wohl sagen. Einige Umstände der Tat geben mir zu denken. Zumal Matti kein unbeschriebenes Blatt war.«

Sarah horcht auf. »Kein unbeschriebenes Blatt? Sie meinen, dass der Mann polizeibekannt war?«

Aaltos Gesichtszüge verhärten sich, und er mustert Sarah eindringlich. »Dazu kann ich nichts sagen.«

Sarah kann ein Seufzen nicht unterdrücken. Die Sache wird immer schlimmer. In was für einen Schlamassel ist sie da hineingeraten? Anscheinend war dieser Saarinen auch noch ein Krimineller.

»Ihr erster Mann ist Fußballspieler«, bemerkt Aalto.

Der Themenwechsel erwischt Sarah so kalt, dass sie sich beim Luftholen verschluckt. Das Husten hält einige Sekunden an, bis sie es niederdrücken kann. Anscheinend hat der Kommissar zum nächsten Kapitel seines Verhörlehrbuchs vorgeblättert. »Er *war*

Fußballspieler«, korrigiert sie schmallippig. »Rüdiger hat seine Karriere als Profispieler bereits vor einigen Jahren an den Nagel gehängt.«

»Rüdiger Schleeberger«, erklärt Aalto und nickt getragen. »Den Namen haben selbst wir in Finnland gehört. Ein großartiger Spieler.«

Und ein beschissener Ehemann, denkt Sarah, enthält sich aber eines Kommentars. Stattdessen tut sie so, als müsste sie dringend einen Fleck vom Ärmel ihres Kleides entfernen.

»Doch die Trennung, von der Sie sprachen, betrifft Ihren zweiten Ehemann, Udo Fuchs?«

»Sie sind bestens informiert, Herr Kommissar«, erklärt Sarah mit einem ironischen Unterton. »Und bevor Sie weiterfragen: Die Ehe hielt beinahe siebzehn Jahre, bis mein Ehemann meinte, mich mit einer achtundzwanzigjährigen Möchtegernsängerin betrügen zu müssen. Sehr zur Unterhaltung des Münchner Spießbürgertums. Sie haben die Fotos in der sensationslüsternen Presse vielleicht gesehen. Sie lassen sich leicht im Internet finden.«

Das Knistern der Lakritztüte ist alles, was von Toivo Aalto zu hören ist.

Verdammt, er hat mich weichgeklopft!, flucht Sarah innerlich und streckt ihren Rücken durch. Der Kommissar hat es geschafft, dass sie ihre Contenance verliert. Etwas, das sie unbedingt vermeiden wollte. Sie verfolgt, wie er das Lakritz wieder in seiner Hosentasche verschwinden lässt. Ist der Kommissar etwa doch gewiefter, als sie es für möglich gehalten hat? Vergeblich sucht sie in seiner Miene nach einem Zeichen von Zufriedenheit oder gar Triumph. Wenn überhaupt, dann wirken seine unbewegten Gesichtszüge eine Spur peinlich berührt. Wirklich, hat sie den Kommissar unterschätzt?

Aalto dreht sich vom Fenster weg und setzt sich auf die Couch. »Ich würde doch auf Ihr Angebot zurückkommen wollen und einen Kaffee nehmen«, sagt er.

Sie stöhnt innerlich auf. Auch das noch! Möchte er nun bei ihr Wurzeln schlagen? Lange erträgt sie seine anmaßenden Fragen nicht mehr. Doch sie zwingt ein Lächeln auf ihr Gesicht. »Natürlich, gerne.« Mit dem Rücken zu Aalto werkelt sie fahrig an der Kaffeemaschine herum. Sie könnte laut aufschreien, so verärgert ist sie über diese dämliche falsche Verdächtigung. Der Kommissar wirkt auf sie wie ein lauernder Kater, der nur darauf wartet, dass sie ein Stück zu weit aus dem Mauseloch hervorkommt, um zuzuschlagen.

»Die nächsten Tage sollen wärmer werden«, sagt Aalto in Sarahs Rücken unvermittelt. Jetzt hat er einen unverfänglichen Plauderton angeschlagen.

»Hm.« Sarah verdreht die Augen und konzentriert sich auf die nahezu schwarze Flüssigkeit, die in die Glaskanne läuft. Jetzt macht er anscheinend einen auf Beiläufigkeit.

»Da werden Sie ein schönes *Juhannus* feiern können. Hier am See wird es sicherlich hoch hergehen. Wissen Sie, was *Juhannus* ist?«

Sie füllt den Kaffee in eine Tasse. »Milch? Zucker?«, fragt sie über die Schulter.

»Schwarz«, antwortet der Kommissar. »Vielen Dank.«

Vorsichtig balanciert sie die Tasse zur Sitzecke hinüber. »An *Juhannus*, dem Johannistag, wird das Mittsommerfest begangen. Aber dass es am See dann hoch hergehen soll, war mir nicht bekannt.« Sie stellt den Kaffee vor Aalto ab und geht zurück zum Tresen.

»Oh, die Leute kommen allesamt aus den Städten in ihre Sommerhäuschen gefahren. Mit Kind und Kegel. Und wer kein eigenes *mökki* besitzt, der geht zu Freunden.« Mit gespitzten Lippen pustet Aalto auf die dampfende Flüssigkeit. »Bald wird es hier vor schreienden Kindern, Wassersportlern und rauchenden Saunahäuschen nur so wimmeln.« Er verzieht einen Mundwinkel zu einem schrägen Lächeln. »Wie es aussieht, werde ich *Juhannus* in diesem Jahr ebenfalls hier in Sysmä verbringen. Der Fall, Sie verstehen?«

Das Handy des Kommissars beginnt zu klingeln und entbindet Sarah von einer Antwort. Es ist ihr im Grunde ziemlich egal, wo der Kommissar das Mittsommerfest verbringt, würde seine Aussage nicht bedeuten, dass er damit rechnet, mindestens noch für ein paar weitere Tage im Ort zu bleiben. Um wahrscheinlich nichts anderes zu tun, als hinter ihr, Sarah, herzuermitteln.

»Das ist beunruhigend, ja«, sagt Aalto auf Finnisch ins Telefon. »Gehen Sie so vor, wie es die Vorschrift vorsieht. Und dann bringen Sie das Ding zum Haus. Ich möchte es sehen.« Er beendet das Gespräch und steht auf. »Ich muss leider aufbrechen. Der Fall, es gibt eine neue Entwicklung. Herzlichen Dank für Ihre Gastfreundschaft, Frau Fuchs. Wie schade, dass ich Sie umsonst mit dem Kaffee bemüht habe.« Er wendet sich zur Tür.

»Kein Problem«, sagt Sarah kurz angebunden und begleitet den Kommissar zur Haustür. Seine geschwollene Rede regt sie auf. Natürlich interessiert sie brennend, welche neuen Erkenntnisse er zu dem Mordfall besitzt. Etwas, das sie entlastet?

»Aber ich bin sicher, wir werden eine andere Gelegenheit finden, das Kaffeetrinken nachzuholen.« Plötzlich wirkt er wieder distanziert und übellaunig.

»Sicherlich«, erwidert Sarah. Und dann schießt es aus ihr heraus: »Falls Sie mich nicht antreffen, können Sie ja einen Haftbefehl ausstellen.«

Aalto taxiert sie für einen Moment aus leicht zusammengekniffenen Augen. »In Anbetracht der Nachricht, die ich gerade erhalten habe, könnte dies passieren, ja.«

EINUNDZWANZIGSTES KAPITEL

Für einige schier endlos gedehnte Sekunden weiß er nicht, wo er sich befindet. Seine raue Zunge fährt über die Innenseite der Zähne. Schmeckt er Blut? Irritiert schüttelt er den Kopf, was er jedoch sogleich bereut. Der Kopfschmerz explodiert wie ein Feuerwerk. Zumindest fällt ihm jetzt wieder ein, dass er in seinem Bett liegt. Stöhnend robbt er sich über das Laken und setzt sich an der Kante auf. Entgegen seiner inneren Überzeugung überredet er sich dazu, die Augen zu öffnen. Die Helligkeit lässt ihn blinzeln. Er bemerkt, dass seine Brille schief auf der Nase sitzt. Unbeholfen schiebt er sie zurecht. Dann, als sich das Bild der Außenwelt widerwillig vor seinen Augen zusammenfügt, stöhnt er auf. »Um Himmels willen!«

Sein Apartment sieht aus wie ein Schlachtfeld. Leere Bierdosen und Schnapsflaschen liegen auf dem Boden. Wo kommen sie her? Er hat doch keinen Alkohol im Haus. Die Sofakissen sind in allen Ecken des Raumes verstreut, die Yuccapalme ist umgekippt und verteilt ihre Erde auf dem beigen Teppichboden. An einer anderen Stelle ruiniert ein großer, feuchter Fleck den Bodenbelag. In dem Durcheinander verstreut liegen Kleidungsstücke, wie wahllos hingeworfen. Ungläubig blickt Onni an sich hinab. Er ist nackt.

Ächzend kämpft er sich hoch. Auf wackeligen Beinen macht er sich zum Wandschrank auf. Jeder Knochen, jeder Muskel in seinem Körper schmerzt. Als er am Couchtisch vorbeikommt, stockt er. Die weißen Spuren auf der Oberfläche, sind das Koksreste? »Um Himmels willen.« Seine Stimme ist ein heiseres Flüstern.

Aus dem Wandschrank zieht er Boxershorts und ein T-Shirt hervor. Es kostet ihn eine schier unglaubliche Kraftanstrengung, die Kleidungsstücke anzuziehen. Mühsam humpelt er in die kleine Küche. Wenigstens hier sieht alles so aus wie immer. Mit zitternden Händen greift er eine Tasse aus dem Regal, schiebt eine Kapsel in die Espressomaschine und drückt den Startknopf. Gerade noch rechtzeitig erinnert er sich daran, die Tasse unter den Auslauf zu stellen.

An die Spüle gelehnt trinkt er den Kaffee in winzig kleinen Schlucken. Von Minute zu Minute spürt er seine Lebensgeister zurückkehren, wenngleich der körperliche Schmerz nicht nachlässt. Die leere Tasse spült er ordentlich aus, dann trocknet er sie ab und stellt sie an ihren angestammten Platz im Regal zurück. Im Türrahmen bleibt er wie angewurzelt stehen und besieht sich das Chaos. Es ist Zeit, sich der Erinnerung zu stellen. Der Erinnerung jedenfalls, die ihm zur Verfügung steht.

Vom *Engelshaar* sind sie in der Nacht auf direktem Weg zu ihm nach Hause gegangen. Swen, Aimo, Malte und er. Aimo hatte eine Tasche dabei, erinnert er sich. Kaum hatten sie die Wohnung betreten, holte Aimo so einiges an Zeugs daraus hervor. Bier. Schnaps. Koks. Weitere Sachen. Swen dirigierte seine beiden Freunde herum, gab Anweisungen, wo sie was hinstellen, wie sie was vorbereiten sollten. Auf verstörende Weise hat es so gewirkt, als kenne Swen sich bestens in Onnis Wohnung aus. Doch das kann nicht sein.

Onni saß auf der Bettkante und wartete. Er konnte nur an die uralte Statue denken. An das, was sie für sein weiteres Leben bedeuten würde. Für seine Karriere an der Universität. Ja, er konnte nur an die Statue denken. Er *wollte* nur an sie denken.

Als sie das erste Bier aufmachten, sprach er Swen an. »Du wolltest mir sagen, wo du deine Lieferung hingebracht hast.«

»Gleich, mein Guter. Gleich«, hat Swen ihn beschwichtigt und die Schnapsflasche herumgereicht.

Das Koks hat er ausgeschlagen. Und war ganz überrascht, dass dies von Swen anstandslos akzeptiert wurde.

»Bleibt mehr für uns«, hat Swen lapidar geantwortet und eine Line gezogen.

Dann kamen die ersten Kopfschmerzen. Onni verträgt nicht viel Alkohol, nach einem Bier ist deshalb meistens für ihn Schluss. Der aufgenötigte Schnaps setzte ihm nun ordentlich zu. Das Dröhnen in seinem Kopf wurde immer lauter, während er Swen, Aimo und Malte dabei beobachtete, wie sie aufeinander einredeten, sich lautstark High fives gaben und sich überhaupt wie wild gewordene Orang-Utans verhielten. Und dazwischen immer wieder koksten. Er versuchte, das Bild der Statue vor seinem inneren Auge festzuhalten. Doch der anschwellende Kopfschmerz machte es schier unmöglich.

Als Swen sich neben ihn auf die Bettkante setzte, mit einem gefüllten Glas in der Hand, wusste Onni, dass der entscheidende Moment gekommen war.

»Du willst also wissen, wo ich das hässliche Steinding hingebracht habe?«

Er nickte und versuchte, sich nicht anmerken zu lassen, dass dies für ihn die einzige relevante Frage überhaupt war. »Ja, du hast versprochen, es mir zu sagen.«

»Klar, ich halte immer meine Versprechen.« Swen gluckste in sich hinein. »Ich verrate es dir, wenn du das hier getrunken hast.« Er hob das Glas unter Onnis Nase.

»Was …?«, setzte Onni an zu fragen, wurde aber von Swen unterbrochen.

»Willst du nicht wissen.«

»Ich … ich trinke es, *nachdem* du es mir gesagt hast.« Er hoffte, Swen würde die Aufregung in seiner Stimme nicht bemerken.

»Nein, so läuft das nicht. Trink.«

Er trank. Und Swen beugte sich zu ihm und flüsterte ihm etwas ins Ohr. Nur wenige Sekunden später bemerkte Onni, wie ihm schwindelig wurde. Als hätte er zu viel getrunken. Viel zu viel. »Ich muss mal eben aufs Klo.« Seine Zunge fühlte sich schwer an.

Swen zuckte mit den Schultern.

Im Badezimmer wäre er beinahe gestolpert. Schwankend zog er den Filzstift, mit dem er manchmal Kreuzworträtsel löst, aus der Schublade unter dem Spülstein. Dann riss er einen Bogen Klopapier ab. Er erinnert sich noch, wie er trotz seines grauenhaften Zustands grinsen musste. Klopapier, ausgerechnet! Mühsam kritzelte er auf das Papier, schob es danach mit dem Stift in die Schublade.

Er erinnert sich nicht, wie er es zurück in den Wohnraum geschafft hat. Geschweige denn, was er Sekunden zuvor niedergeschrieben hatte. Dunkelheit drückte auf seine Wahrnehmung, als wolle sie ihn überrollen. Nur mühsam gelang es ihm, die Welle zurückzudrängen. Doch der nötige Kraftaufwand wurde immer unmenschlicher. Auf dem Weg zum Bett wurde ihm dann endgültig schwarz vor Augen. Swens Grinsen ist ihm als letztes Bild im Kopf geblieben. Und die verschwommene Erinnerung an Malte, der dabei ist, sich auszuziehen.

Das Klingeln seines Handys reißt ihn aus der Erinnerung. Er findet das Gerät unter seinem Bett, neben einem angebissenen Müsliriegel. Seine Mutter ruft ihn an, erkennt er auf dem Display. Er lehnt den Anruf ab. Dann bemerkt er die SMS einer unbekannten Nummer. Sie stammt aus der vergangenen Nacht, sieht er und tippt zögerlich darauf. Swen hat die Nachricht verfasst. Woher hat Swen seine Nummer? Halt suchend lehnt Onni sich gegen den Türrahmen.

Wir sind dann mal wieder weg. War nett bei dir.

Onni löst sich vom Türrahmen und schleppt sich ins Badezimmer. Auf dem Weg dorthin wirft er das Handy aufs Bett. »Nur die Statue zählt«, sagt er laut. Aus der Schublade unter dem Spülstein fischt er ein zusammengeknülltes Stück Toilettenpapier hervor. Geradezu andächtig faltet er es auseinander.

Auf der Rückseite prangen schräge Buchstaben, einige haben das Papier eingerissen.

Sysmä, entziffert er. Darunter: *MSaarinen.*

Erleichterung durchflutet ihn, lässt ihn beinahe die körperlichen Schmerzen vergessen. Er hat es geschafft. Er weiß, wo er die Statue finden wird. Niemand wird mehr über ihn lachen, wenn er erst einmal seine Forschungsarbeit veröffentlicht hat! Alles andere wird er in jenen Raum in seinem Kopf schieben, zu dem es keinen Schlüssel gibt.

Eine halbe Stunde später, beim Aufräumen, kommt ihm plötzlich ein Gedanke, der ihn abrupt innehalten lässt. Stirnrunzelnd greift er sein Handy vom Bett, durchsucht die Fotogalerie, dann voller Hektik den Ordner mit den gelöschten Aufnahmen. Nichts.

Das Foto der Zeichnung, hastig im Antiquariat aufgenommen, ist verschwunden.

ZWEIUNDZWANZIGSTES KAPITEL

Klack. Klack.

Sein Zeigefinger hackt auf die Tasten der Schreibmaschine. Das Teil ist uralt. Er hat es Keke geklaut, während der danebenstand. Ob dieser Greis überhaupt weiß, was für ein Gerümpel in seinem Trödelladen rumliegt? Mit seinen milchigen Augen ist er kaum in der Lage, weiter als einen Meter zu gucken. Geldscheine muss er sich immer dicht vors Gesicht halten, bevor er in seiner Kasse nach dem Wechselgeld fischt. Es war ein Kinderspiel, dem Alten vorzumachen, er wäre ein zufällig vorbeikommender Tourist, der in Ruhe durch den Laden stöbern möchte. Die Reiseschreibmaschine war schneller in seinem Wagen, als Keke bis drei zählen konnte.

Auf der Maschine funktioniert das R nicht mehr. Doch das ist völlig egal, er ersetzt es einfach durch ein Fragezeichen. Die Nachricht, die er auf das Blatt hämmert, wird auch ohne den Buchstaben verstanden werden. Im Gegenteil – er findet, dass sie durch den Ersatz sogar noch eindringlicher wirkt.

Die Idee zu dem Brief kam ihm plötzlich. Er muss die Frau festsetzen, damit sie ihm nicht weiter in die Quere kommen kann. Warum also nicht zum Naheliegenden greifen und sie denunzieren?

Klack. Klack.

Sie nennt sich Sarah. Wie wohl ihr richtiger Name lautet? Kopfschüttelnd gibt er ein abfälliges Schnauben von sich. Auch wenn sie allen anderen mit Erfolg vormacht, dass sie lediglich eine deutsche Touristin sei, weiß er es besser. Das kaltblütige Luder stinkt förmlich nach Geheimdienst. Ex-FSB, ganz klar. Oder Schlimmeres. Und dabei nicht ganz richtig im Kopf, was sie noch gefährlicher macht. Sie steigert sich in die Rolle der unwissenden Deutschen hinein. Doch diese raffinierte Verstellung ist gleichzeitig ihre Schwachstelle. Wenn er es schafft, Zweifel an ihrer vermeintlich so harmlosen Identität zu schüren, dann werden die Bullen sie schon aus dem Verkehr ziehen. Russische Geheimdienstler, auch ehemalige, mögen die nämlich gar nicht.

Er braucht lediglich vierundzwanzig Stunden. Einen einzigen verdammten Tag, an dem sie außer Gefecht gesetzt ist. Vielleicht auch weniger. Dann kann er in aller Ruhe nach der Statue suchen, ohne dass sie ihm ein Bein stellt. Denn natürlich hat sie sich jetzt nur deshalb im Haus neben Matti eingenistet, um Saarinens *mökki* im Auge zu behalten. Wie auch er geht sie davon aus, dass »das Walross« die Ware dort versteckt hat. Vierundzwanzig Stunden, verdammt! Die würden ihm völlig reichen, um das Haus umzugraben. Sobald die Polizei endlich von dort abgezogen ist.

Klack. Klack. Klack.

Vom Drücken der schwerfälligen Tasten schmerzt seine Fingerkuppe, doch es macht ihm nichts aus. Er stellt sich vor, dass sich das Papier damit vollsaugt. Am Ende des Tages wird diese Sarah seine Wut gesammelt zu spüren bekommen. Wenn er erst einmal das alte Drecksding gefunden hat, das Matti ihm zu beschaffen versprochen hatte, dann macht Sarahs Auftraggeber sie sicher einen Kopf kürzer. Liebend gern verhandelt er selbst auf direktem Weg mit dem Oligarchen. Oder wer auch immer im Hintergrund die Strippen zieht. Der Frau wird er das gute Stück jedenfalls nicht mehr übergeben. Das hat er sich geschworen. Bei der ganzen Scheiße, die wegen der heißen Ware passiert ist, will er nun für sich den größtmöglichen Batzen herausschlagen. Und dafür muss er direkt mit dem Endabnehmer in Kontakt treten. Wenn er das Ding erst mal in den Händen hält, stehen ihm alle Möglichkeiten für lukrative Verhandlungen offen!

Klack. Klack.

Diese Nachricht hier wird ihr den Rest geben. Die Polizei kann nicht ignorieren, was er ihr mitteilen wird. Ein wenig erstaunt ist er, dass diese Sarah überhaupt noch frei herumläuft, doch die Bullen stehen manchmal auf der langen Leitung. Das wird sich mit dieser Nachricht ändern! Vierundzwanzig Stunden braucht er. So lange müssen sie sie einfach aus dem Verkehr ziehen!

Klack. Klack. Klack.

Er wüsste schon, was er mit ihr machen würde, wenn er sie in die Finger bekäme. Sie ist unfassbar heiß, das lässt sich nicht abstreiten. Der dämliche Kommissar frisst ihr deshalb aus der Hand. Beim FSB, als Nachfolger des berüchtigten KGB, bilden sie aber auch keine hässlichen Kröten aus. Selbstverständlich kämpft diese Sarah mit allen Waffen, die ihr zur Verfügung stehen. Wenn man mit der in der Kiste landet, dann macht die sicher die Gottesanbeterin. Einmal nicht aufgepasst, und sie hat einem den Kopf abgebissen. Oder etwas anderes.

Das Klingeln lässt ihn zusammenfahren. Neben der Schreibmaschine beginnt das Handy, das er vor ein paar Wochen in einem toten Briefkasten in Helsinki abgeholt hat, ein Eigenleben zu führen. Vibrierend dreht es sich im Kreis und rutscht langsam über die Tischplatte davon. Dabei dudelt der Klingelton fröhlich weiter. Wie hypnotisiert starrt er auf das in Wellen aufleuchtende Display des Mobiltelefons. *Sie* ruft an. Diese Sarah.

Sein Hals ist staubtrocken. Es ist, als wüsste sie, dass er in dieser Sekunde an sie denkt. Dass er an seiner Schreibmaschine sitzt und Zeilen aufs Papier bringt, die sie zerstören werden. Verdammt, wie kann sie ausgerechnet jetzt anrufen? Was soll er tun? Er müsste das Gespräch annehmen, damit sie keinen Verdacht schöpft. Doch was soll er ihr sagen? Dass er ihr die Ware bald übergeben wird? Er glaubt nicht, dass sie sich noch mal vertrösten lässt. Sie weiß schließlich, dass er das alte Ding noch nicht in den Händen hält. Sonst würde sie nicht höchstpersönlich in diesem

Kaff herumlungern. Sie stellt ihm eine Falle! Verdammt, was soll er tun? Wenn er sich auffällig verhält und sie ein Störgefühl bekommt, taucht sie noch unter! Sie weiß sicher nicht, dass er weiß, dass sie keine harmlose deutsche Touristin ist. Vielleicht würde sie von der Bildfläche verschwinden, sobald ihr klar wird, dass er sie durchschaut hat. Das darf auf keinen Fall passieren! Dann können die Bullen sie nicht wie geplant hopsnehmen. Und er würde zukünftig in jedem Schatten mit ihr rechnen müssen. Nein, dann …

Das Klingeln endet, kurz bevor das schlingernde Handy die Tischkante erreicht hat. Er saugt Luft in seine Lunge, bis sie schmerzt. Sie hat aufgelegt. Jetzt stellt er sich vor, wie sie in ihrem *mökki* vor dem großen Glasfenster sitzt, die Beine übereinandergeschlagen, das Telefon in der Hand. Wahrscheinlich überlegt sie just in dieser Sekunde, wie sie ihn zur Strecke bringen kann. Doch dafür müsste sie ihn aufspüren. Sie kann ihn zwar anrufen, doch außer seiner Stimme kennt sie nichts von ihm. Ganz blöd ist er schließlich auch nicht. Am Telefon hat er sich immer verstellt, wie auch bei Keke im Laden. In so etwas ist er gut, das fällt ihm leicht. Sie dürfte also im Dunkeln tappen. Seine Identität kennt sie nicht. Dabei muss es bleiben!

Heiß zieht sich sein Magen zusammen. Sollte sie ihn jedoch mithilfe ihrer FSB-Freunde ausfindig machen, etwa durch eine Ortung des Handys, dann nützt das beste Stimmenverstellen nichts. Doch danach sieht es zumindest bisher nicht aus. Außerdem hat sie behauptet, das Gerät sei für niemanden zu orten. Ob sie die Wahrheit gesagt hat? Plötzlich wirkt das Handy auf ihn wie ein trojanisches Pferd. Vielleicht hat sie es noch nicht getan, doch was, wenn sie ihn orten *könnte*? Sie hat vielleicht bisher lediglich keinen Sinn darin gesehen, solange er ihr brav die Statue versprochen hat.

Klack. Klack.

Und bevor sie auf die Idee kommt, ihn schachmatt zu setzen, muss er die Statue sein Eigen nennen.

Klack. Klack. Klack.

Das sollte reichen. Er streift die Gummihandschuhe über und zieht das Blatt aus der Maschine. Dann spannt er einen weißen Briefumschlag um die Walze.

Klack. Klack. Klack.

An Toivo Aalto.

Sorgfältig faltet er den Papierbogen zusammen und schiebt ihn in den selbstklebenden Umschlag. Bevor er ihn jedoch verschließt, lugt er noch einmal auf den Text. Wenn er einen Finger in den Falz schiebt, kann er gerade etwas mehr als einen Satz lesen.

Diese Pe?son, die vo?gibt Sa?ah zu heißen, hat Matti Saa?inen auf dem Gewissen. Sie wi?d wiede? töten.

Zufrieden schließt er den Umschlag. Der Kommissar wird sich über die Nachricht sicherlich freuen. Er wirkt nicht allzu fähig und kann einen Fingerzeig sicherlich gut gebrauchen. Auch wenn es ein falscher ist, aber das weiß der Bulle ja nicht. Beinahe tut es ihm leid, die Frau anzuschwärzen. Irgendetwas zieht ihn zu ihr hin. Doch am Ende des Tages läuft es auf eine Entscheidung hinaus: sie oder er.

Die Handschuhe lässt er an, als er nach dem Handy greift. Auf dem Weg nach draußen schaltet er das Gerät aus. Er weiß genau, was er damit tun muss.

Das Wasser unter ihm ist dunkel. Er befindet sich über einer der tiefsten Stellen des Sees. Mit einem Platschen durchdringt das Mobiltelefon die Wasseroberfläche und trudelt hinab. Nachdenklich blickt er dem kleiner werdenden Schatten hinterher. Ein Gedanke schießt ihm in den Kopf. Diese Stelle hier ist ideal dafür, eine Leiche loszuwerden.

DREIUNDZWANZIGSTES KAPITEL

Der Besuch des Kommissars hat Sarah aufgewühlt. Um einen klaren Kopf zu bekommen, ist sie kurz nach seinem Verschwinden in den Volvo gestiegen und nach Sysmä gefahren. Sie benötigt Lebensmittel und noch ein paar andere Dinge, die sie im Ort besorgen möchte. Etwas Besseres, um sich nach dem verstörenden Verhör auf andere Gedanken zu bringen, fällt ihr im Augenblick nicht ein. Nun steuert sie den Wagen im Schritttempo durch die Ansiedlung. Nicht etwa, weil sie Sorge hat, jemanden auf den menschenleeren Straßen zu überfahren. Sie befürchtet vielmehr, bereits wieder über die Ortsgrenze hinausgefahren zu sein, bevor sie es überhaupt bemerkt hat.

Sysmäs Innenstadt – wenn man diesen Begriff verwenden möchte – besteht lediglich aus einem guten Dutzend Geschäften, die ungefähr zur Hälfte etwas mit Landwirtschaft zu tun haben. Wobei Sarah bei einigen Läden nicht erkennen kann, was sie überhaupt anbieten. Immerhin hat sie völlig überraschend in einer Seitenstraße eine Buchhandlung entdeckt. Sie liegt nahe einer Konditorei, die von außen so einladend wirkt wie eine chemische Reinigung.

Es gibt so etwas wie einen Marktplatz im Zentrum. Dort, wo sich zwei Straßen kreuzen und ein Stoppschild den nicht stattfindenden Verkehr regelt. Vielleicht ist dies jedoch gar kein Marktplatz, sondern bloß ein Parkplatz, überlegt Sarah beim langsamen Vorbeifahren. Jedenfalls stehen drei Autos verlassen inmitten einer ansonsten freien Fläche. Es wirkt, als drängten sie sich wie verlorene Schafe schützend aneinander.

Kurzerhand überfährt sie das Stoppschild und biegt nach rechts ab. Unweit des asphaltierten Rechtecks liegen eine Bank, ein kombiniertes Schuh- und Angelfachgeschäft sowie ein Supermarkt, der gleichzeitig als Kaufhaus zu fungieren scheint. Zumindest lassen Werbetafeln für Kleidung, Elektroartikel und Haushaltswaren diesen Schluss zu.

In den von der Hauptstraße abgehenden Nebenstraßen liegt der Blick auf ein paar Wohnhäuser frei. Ob hier Matti Saarinens Mörder haust? Ein wenig wundert Sarah sich, dass ihr gerade jetzt dieser Gedanke kommt, und ein Frösteln überläuft sie. Selbstverständlich wird sie die Augen und Ohren offenhalten, während sie im Städtchen unterwegs ist. Jalo war bei ihrem Besuch nicht sehr auskunftsfreudig, doch er scheint den Mord an Matti gleich mehreren Leuten zuzutrauen. Matti sei ein Schlitzohr gewesen, das es sich mit vielen Leuten im Ort verscherzt habe. Diese Aussage des Fischers hat sich in Sarahs Gedächtnis eingebrannt.

Nun führt die Straße wirklich aus dem Ort hinaus. Gesäumt ist sie anfangs von einem Friseur, einer Pension nebst Gaststätte namens *Pubi*, einer Tankstelle mit zwei Zapfsäulen und einem Schnellimbiss. Dabei reibt die Straße zwei- oder dreimal am Ufer des Päijänne-Sees, doch dann enden die versprengten Gebäude jäh.

Lediglich ein der Ortschaft vorgelagerter Campingplatz stellt eine letzte Verbindung zum Gemeindestädtchen dar, bevor die Natur das Landschaftsbild wieder ganz übernimmt. Dankbar nutzt Sarah die breite Einfahrt zum Campingplatz, um den Wagen zu wenden. Dann gibt sie Gas und braust zurück in den Ort. Ihre Neugier ist gestillt, und sie weiß nun, wohin sie möchte.

Auf dem Parkplatz des Supermarkts stellt sie den Volvo neben einem ramponierten Opel Ascona ab und schnappt sich einen Einkaufswagen. Sie staunt nicht schlecht, als sie durch den Eingang erst einmal eine große Modeabteilung betritt. Wobei sie sich gleich selbst korrigiert und lieber von einer Bekleidungsabteilung sprechen möchte. Mit *Mode* hat das, was sie hier sieht, nämlich so viel zu tun wie ein Nichtschwimmer mit einem Olympiabecken. Fassungslos fährt sie im Vorbeigehen mit der Hand über einen bunten Pullover. Einhundert Prozent Synthetik. Bereits der kurze Kontakt hat ausgereicht, um ihr einen Juckreiz über die Haut zu jagen.

Durch Haushaltswaren und Keramik schiebt sie den Einkaufswagen weiter in die Outdoor-Abteilung. Hier ist alles erhältlich, was das Herz begehrt – sofern man sich fürs Holzhacken, Fliegenfischen oder den Latrinenbau interessiert. Fasziniert betrachtet Sarah eine ausgestellte Komposttoilette. Angela, eine Münchner Freundin auf dem Ökotrip, hat ihr noch kürzlich stolz erzählt, sie wolle sich so ein Ding in den Garten setzen, um das Endprodukt als Dünger fürs Gemüsebeet zu nutzen. Stirnrunzelnd wendet Sarah sich ab. Vielleicht sollte Angela erst einmal darauf verzichten, sich ständig mit der schweren Dienstwagen-Limousine ihres Gatten über die Maximilianstraße chauffieren zu lassen, bevor sie ihre eigene Scheiße auf die Radieschen kippt.

»Interessierst du dich für eine Trockentoilette?« Der junge Verkäufer lächelt Sarah fragend an. Natürlich hat er sie auf Englisch angesprochen. »Wir haben weitere Modelle auf Lager. Ich zeige dir gerne Alternativen. Wobei dies hier unser beliebtestes Modell ist.«

»Besten Dank, nein.« Sarah winkt ab. »Ich sehe mich lediglich um. Wobei – ich hätte da eine Frage. Kennen Sie sich mit Bären aus?«

»Mit Bären?« Der Mann denkt nach, wirkt über die Frage aber keineswegs erstaunt. »Worum geht es dir denn genau?«

»Ich habe erfahren, dass in dieser Gegend ein Braunbär aufgetaucht ist. Und ich suche nun etwas, womit ich mich schützen kann. Etwas anderes als einen klingelnden Schlüsselbund, der ihn angeblich im Wald von mir fernhalten soll.«

»Aber das wirkt!«, ertönt eine Stimme, noch bevor der Verkäufer antworten kann.

Erstaunt wendet Sarah sich der Frau zu, die ihren Einkaufswagen nun neben ihrem abstellt. Sie trägt einen weiten pinkfarbenen Jogginganzug und diese Plastikschuhe mit Löchern. Ihr dunkles Haar sieht aus, als hätte sie sich einen Topf übergestülpt und es dann selbst geschnitten. Es ist von grauen Strähnen durchzogen, obwohl die Frau nicht älter als Sarah sein wird.

»Verzeiht meine Einmischung, aber ich habe euch zufällig zugehört. Das mit dem Schlüssel wirkt. Der Bär verschwindet meist, wenn er dich hört.« Sie nickt mit Nachdruck, dann lächelt sie. »Ich bin Hilla.«

»Niilo.« Der Verkäufer hebt grüßend eine Hand.

»Äh – Sarah.«

»In Finnland haben mehr Bären Menschen gesehen, als Menschen Bären«, erklärt Hilla an Sarah gewandt und zuckt mit den Schultern. Ihr Englisch ist fließend und hat eine Intonation, die an das Auf und Ab von Meereswellen erinnert. »Es ist wirklich sehr unwahrscheinlich, dass du über einen Bären stolperst. Sie sind nicht unbedingt erpicht darauf, uns Menschen zu begegnen.«

»Aber es ist nicht unmöglich«, wendet Sarah ein. »Und was mache ich dann? Auf einen Baum klettern?«

Hilla und Niilo schütteln beide heftig den Kopf. Es sieht aus wie der Auftakt fürs Synchronschwimmen.

»Keine gute Idee«, erklärt Niilo.

»Keine gute Idee«, pflichtet Hilla bei. »Der Bär klettert dir einfach hinterher.«

»Auweia.« Sarah schiebt sich eine Haarsträhne hinter das Ohr. »Ich verstehe. Aber was kann ich dann tun? Gibt es irgendetwas, das ich kaufen kann? Eine … eine Pfeife, die ihn vertreibt? Etwas, das hohe Töne erzeugt.« Erwartungsvoll blickt sie von Hilla zu Niilo.

»Eine Pfeife!« Gutmütig lacht Hilla auf. »Du hast vielleicht Ideen. Nein, eine Pfeife kannst du dir sparen. Du musst dich auf den Boden legen.«

»Ich muss … was?« Sarah steht der Mund offen.

»Wenn du im Wald einem Bären begegnest, der nicht verschwindet, sondern auf dich zukommt, dann musst du dich auf den Boden legen und tot stellen.« Hilla spreizt die Hände und verzieht das Gesicht, als wäre dieses Verhalten die logischste Sache der Welt.

»Das verstehe ich nicht.« Sarah schüttelt den Kopf. »Wie soll das den Bären vertreiben?«

»Warte, ich erkläre es dir«, sagt Hilla und schiebt ihren Einkaufswagen an den Rand eines Regals. Dann stellt sie sich in die Mitte des Gangs. »Bären sind an dir nicht als Nahrung interessiert, musst du wissen.«

»Sie fühlen sich bedroht, wenn sie dich angreifen«, ergänzt Niilo. Mit verschränkten Armen lehnt der Verkäufer an der Trockentoilette. »Das kann passieren, wenn sie Junge dabeihaben und nicht rechtzeitig vor dir verschwinden konnten. Weil du zum Beispiel keinen klingelnden Schlüsselbund dabeihast und ihr euch gegenseitig im Wald überrascht.«

Hilla nickt Niilo dankend für die Ergänzung zu, dann wendet sie sich wieder an Sarah. »Und dann musst du dich tot stellen.« Sie bewegt ihre Arme zur Seite, deutet mit den Fingern auf den Boden. Die Geste hat etwas von einer Stewardess, die den Passagieren die Sicherheitsvorkehrungen erklärt. »Langsam hinlegen.« Sie geht in die Knie und legt sich auf den Rücken. »Arme an den Körper. Wenn du magst – ich würde es empfehlen –, schließe die Augen.«

Sarah schaut von der reglos auf dem Supermarktboden liegenden Hilla zu Niilo und wieder zurück. Es hat ihr die Sprache verschlagen.

»Wichtig ist, dass du dich dann nicht mehr bewegst. Kein bisschen.« Hillas Körper wird starr, ihr Atem flach.

»Mitä täällä tapahtuu?«, meldet sich eine neue Stimme zu Wort. *Was geschieht hier?* Auf einen Gehstock gestützt stellt sich eine alte Frau neben Niilo und setzt ihren Einkaufskorb auf dem Boden ab. Neugierig betrachtet sie die apathisch am Boden liegende Hilla.

»Sie zeigt der Touristin, wie man sich tot stellt«, erklärt Niilo der Kundin.

»Ah.« Die alte Frau nickt wissend. »Russen oder Bären?«

»Bären«, erwidert Niilo.

Hilla richtet sich in eine sitzende Position auf. »Hast du gesehen? Es ist eigentlich ein Kinderspiel.« Schwer atmend erhebt sie sich vom Boden und richtet schnaufend ihren Jogginganzug. »Und jetzt du, Sarah.«

Wie paralysiert starrt Sarah Hilla an. Was meint sie?

»Du bist dran«, erklärt die alte Frau und deutet mit ihrem Stock auf die Stelle, an der soeben noch Hilla lag. »Man sollte das einmal geübt haben.«

»Ich …?« Sarah blickt sich fragend um, während Hilla sie am Handgelenk fasst und sanft in die Gangmitte bugsiert.

»Es ist ganz einfach«, ermuntert Niilo. »Hinlegen, Arme anziehen, Augen zu, tot stellen.«

»Und damit es noch ein wenig realistischer für dich ist«, ergänzt Hilla, »spiele ich den Bären.« Sie geht ein paar Schritte den Gang hinab und dreht sich dann der kleinen Gruppe zu. »Wir stehen uns jetzt also überraschend im Wald gegenüber.« Sie hebt die Arme und stößt ein lautes Brummen aus. Dabei tritt sie von einem Bein auf das andere.

»Hinlegen«, erinnert die alte Frau Sarah freundlich.

Der pinkfarbene Bär macht einen Schritt auf Sarah zu und verstärkt sein Brummen.

Wie in Trance lässt Sarah sich auf den Boden hinab. »Gut, dass ich mich heute nicht für meine extrahohen Louboutins entschieden habe«, murmelt sie, während sie die Beine ausstreckt.

»Jetzt die Arme anziehen!«, ruft Niilo Sarah zu.

Der Bär unterstreicht die Anweisung des Verkäufers mit einem tiefen Knurren.

Sarah tut wie befohlen, dann schließt sie die Augen und atmet nur noch flach.

»Oikein hyvä!«, lobt die alte Frau. *Sehr gut!*

Hinter ihren geschlossenen Augenlidern kann Sarah Hillas Plastikschuhe um sie herumtrippeln hören. Der Bär betrachtet wohl gerade prüfend die am Waldboden liegende Leiche. Und lässt glücklicherweise von ihr ab.

»Bravo!« Hilla klatscht in die Hände. »Genau so ist es richtig.«

Sarah schlägt die Augen auf. Mühsam rappelt sie sich wieder auf die Füße. »Das war ... eine interessante Erfahrung«, sagt sie und geht zu ihrem Einkaufswagen, um sich daran festzuhalten. Ihr ist ein wenig schwindelig. »Ich frage mich nur, ob ich das umsetzen kann, wenn ich wirklich einem leibhaftigen Bären gegenüberstehe. Ich befürchte, mein Reflex wird es sein, die Beine in die Hand zu nehmen und wegzulaufen.«

»Braunbären können richtig schnell rennen«, sagt Niilo mit einem Gesichtsausdruck, der verdeutlicht, dass Weglaufen keine gute Idee wäre.

»Dann gib ihm lieber eins auf die Nase«, rät die alte Frau und fuchtelt mit ihrem Gehstock in der Luft herum. »Mein Großvater hat auf diese Art einmal einen Bären vertrieben. Das war 1865, in dem kalten Winter damals. Da sind die hungrigen Tiere bis vor die Haustür gekommen.«

Hilla und Niilo nicken, als erinnerten sie sich höchstselbst an jenen eisigen Winter vor mehr als einhundertfünfzig Jahren.

»Du kannst natürlich auch ein starkes Reizgas verwenden und es dem Bären ins Gesicht sprühen«, wirft Niilo nach einem Moment schulterzuckend ein.

Sarah horcht auf. »Reizgas?«

»Aber das bringt auch nicht mehr, als sich tot zu stellen.« Hilla macht eine wegwerfende Handbewegung. »Zumal es mehr kostet.«

»Der Preis ist mir egal«, erklärt Sarah eilig. »Wo finde ich solch ein Reizgas?«

Entschuldigend schüttelt Niilo den Kopf. »Das erhält man nur mit einer polizeilichen Genehmigung. Reizgas ist in Finnland nicht frei verkäuflich.« Er deutet hinter sich auf eine abgeschlossene Vitrine, die in ein Regal eingelassen ist. »Wir müssen jeden Verkauf nach Vorlage der Genehmigung dokumentieren.«

Kommissar Aalto wird ihr wohl kaum eine Lizenz zum Versprühen von Reizgas ausstellen. Enttäuscht tritt Sarah an die Vitrine und besieht sich die darin aufgereihten Sprühdosen. Überrascht verengt sie die Augen zu schmalen Schlitzen. »Aber ...«, beginnt sie, presst jedoch gleich die Lippen wieder aufeinander.

»Was meinst du?«, fragt Niilo.

»Ach, nichts.« Sarah dreht der Vitrine eilig den Rücken zu. Die alte Frau, sieht sie, ist bereits weitergegangen. »Dann werde ich es wohl mit Hillas Methode versuchen müssen, sollte es zu einer Begegnung mit einem Bären kommen.«

Hilla strahlt, als wäre sie gerade mit einem Orden ausgezeichnet worden.

Ein wenig schämt Sarah sich ob ihrer Lüge. Selbstredend wird sie sich eine handliche Reizgasdose besorgen, um sicher durch den Wald spazieren zu können. Und sie weiß auch schon, wie sie an eine gelangt.

»Kann ich denn sonst etwas für dich tun?«, fragt Niilo. »Vielleicht doch eine Trockentoilette empfehlen?«

Lächelnd schüttelt Sarah den Kopf, doch dann kommt ihr ein Gedanke. »Ich hätte noch eine ganz andere Frage«, sagt sie langsam. »Kanntet ihr Matti Saarinen? Das ist der Mann, der im See ertrunken ist.«

»Alle kannten Matti«, erklärt Hilla. Plötzlich wirkt sie weniger freundlich als noch Sekunden zuvor. Mit in die Hüften gestemmten Fäusten mustert sie Sarah, als sehe sie sie gerade zum ersten Mal.

Niilo hingegen zeigt keinerlei Veränderung. »Ich weiß nur, dass er gelegentlich Kunde bei uns war. Das ist alles. Tragische Geschichte. Macht gerade im Ort die Runde.« Er zuckt mit den Schultern. »Alkohol und tiefes Wasser vertragen sich einfach nicht gut.« Zum Abschied tippt er sich an die Stirn, dann verschwindet er in einem der Gänge.

»Du bist die ausländische Freundin von Matti, die ihn im See gefunden hat.« Hilla deutet mit einem Zeigefinger auf Sarah. Die Geste hat etwas Anklagendes. Hillas Stirn liegt in tiefen Falten.

»Ja, ich habe ihn gefunden. Aber dass ich seine Freundin bin, das hat der Fischer behauptet. Es ist nicht wahr«, beeilt sich Sarah zu versichern. »Ich habe ein *mökki* gemietet, mich aber im Haus geirrt. Ein bedauerlicher Zufall, dass ich bei diesem Matti gelandet bin.«

»Wirklich merkwürdig, dass du dich ausgerechnet in Mattis Bruchbude verirrt hast.« Skeptisch beäugt Hilla sie. »Wobei ich mir ehrlich gesagt nicht vorstellen kann, dass du etwas mit diesem schmierigen Ganoven anfangen würdest.« Ein wenig entspannen sich ihre Gesichtszüge.

»Ich habe den Mann niemals lebend zu Gesicht bekommen«, beteuert Sarah mit Nachdruck. »Es handelt sich alles um ein riesiges Missverständnis.«

»Aber warum fragst du nach Matti?«

»Aus purer Neugier. Mich interessiert, was das für ein Mann war, den ich da im Schilf gefunden habe.« Natürlich wird sie der Frau nicht auf die Nase binden, dass die Polizei sie verdächtigt, etwas mit dem gewaltsamen Tod dieses Matti zu tun zu haben.

Hilla schüttelt den Kopf. Für einen Moment sieht es aus, als wollte sie sich abwenden und mit ihrem Einkaufswagen weiterziehen. Doch dann beugt sie sich abrupt vor, rückt nahe an Sarah heran. »Ich gebe dir einen Rat. Selbst tot ist Matti Saarinen der falsche Mann, um sich nach ihm zu erkundigen.«

VIERUNDZWANZIGSTES KAPITEL

Vom Busfenster aus beäugt Onni skeptisch die Geschäfte links und rechts der Hauptstraße. Dort draußen sind kaum Leute unterwegs. Lediglich vor einem Schnellimbiss, an dem sie auf dem Weg in den Ort vorbeikommen, herrscht etwas Leben. Keine Frage, Sysmä erinnert ihn sehr an Yläne, wo seine Tante Anneli lebte. Ein langweiliger Ort, hier wie dort. Er umschließt den Griff seines Rucksacks fester. Wenn er Glück hat, wird er nicht lange bleiben müssen. Vielleicht macht er diese Person schnell ausfindig, verständigt sich mit ihr wegen der Statue und sitzt schon bald wieder im Bus zurück nach Helsinki. *MSaarinen.* Wer wohl hinter dem Namen steckt? Eine Mari oder ein Mauri Saarinen?

Der Bus biegt ab und hält kurz darauf neben einem asphaltierten Platz, wohl so etwas wie der Marktplatz des Ortes. Im Augenblick parken hier jedoch lediglich ein paar Autos.

Onni ist der einzige Fahrgast, der aussteigt, als sich die Türen öffnen. Er verlässt den Bus nur zögerlich. Unvorhergesehene Situationen sind ihm ein Gräuel – und er hat keinen blassen Schimmer, was ihn in diesem Nest erwartet. Dass Swen mit seinen Kurierdiensten in etwas Zwielichtiges verwickelt ist, das ist Onni natürlich klar. Aber heißt das automatisch auch, dass dieser oder diese *MSaarinen* kriminell ist? Onni hofft, dass dem nicht so ist. Im besten Fall weiß diese Person auch gar nicht, was für einen Schatz sie in den Händen hält. Abschrecken lassen darf er sich sowieso nicht – er muss diese Statue haben, koste es, was es wolle. Nur vorsichtig sollte er für den Anfang sein, ermahnt er sich. Vor allem nicht zu offensichtlich nach Saarinen fragen, bevor er weiß, woran er ist. Seine größte Angst ist es, dass ihm jemand zuvorkommt und die Sprengkraft des Kunstwerks erkennt – und anstelle von ihm, Onni, die wissenschaftlichen Lorbeeren einstreicht.

Mit einem Quietschen schließen sich die Türen, und der Bus fährt zügig weiter, als könne er es nicht erwarten, aus Sysmä fortzukommen. Eine Stimme in Onni ruft laut, er solle in den verdammten Bus zurückklettern und machen, dass er hier wegkommt. Doch die Aussicht auf das wertvolle Kunstwerk überlagert die Bedenken. Wobei Onni seit der Busfahrt abermals mit der in seinem Kopf immer lauter werdenden Paranoia zu kämpfen hat, jemand habe es auf ihn abgesehen. Dass das alte Buch von Öberg im Antiquariat auf *seinen* Namen zurückgelegt war, macht ihm ernsthaft zu schaffen. Ja, die bedrückende Frage ist zurückgekehrt, obwohl Onni sie doch in den Raum ohne Schlüssel geschoben hatte. Dieser Umstand allein ist bereits Grund zu größter Sorge. Nichts sonst darf aus dem Raum entkommen!

Irritiert verharrt er auf dem Bussteig. Wer kann von seinem Interesse an der Statue wissen? Wird er beobachtet? Verhöhnt man ihn sogar? Mit einer Faust klopft Onni sich ein paarmal rhythmisch gegen die linke Schläfe. Diese Gedanken sind lediglich dumme Paranoia!, ermahnt er sich. Wegen solch krank machender Überlegungen musste er vor ein paar Jahren schon einmal Medikamente nehmen. Das darf sich nicht wiederholen. Sobald er Zeit dafür hat, muss er sein Tagebuch studieren. Das wird ihm helfen, die wirren Überlegungen zu sortieren.

Mit einem Seufzen dreht Onni sich einmal um die eigene Achse. Zuerst sollte er sich um eine Unterkunft kümmern. Auf der Fahrt hierher hat er im Internet gesehen, dass es wohl eine Pension im Ort gibt. Sie hat mäßige Bewertungen, doch in Ermangelung einer Alternative hat er sich dazu entschlossen, die Kritiken zu ignorieren. Zwar bietet ein Campingplatz ebenfalls Übernachtungsmöglichkeiten, doch der Platz liegt außerhalb, und Onni hat keine Lust auf kilometerlange Spaziergänge. Wie ärgerlich, dass der Handyakku ausgerechnet während der Busfahrt den Geist aufgegeben hat, sodass Onni jetzt nicht nachschauen kann, wo genau im Ort sich die Pension befindet.

Sein Blick bleibt an einem Supermarktschild hängen, und knurrend meldet sich sein Magen zu Wort. Seit der Abfahrt in Helsinki hat er nichts mehr gegessen. Bevor die Geschäfte schließen, noch bevor er sich um die Unterkunft kümmert, muss er ein paar Vorräte besorgen. Etwas zu trinken, ein paar Müsliriegel. Er schultert den Rucksack und trottet auf den Supermarkt zu.

Wie der Rest der Stadt scheint auch der Supermarkt weitgehend ausgestorben zu sein. Bis auf eine Handvoll Autos ist der Parkplatz leer. Gerade als Onni auf den Eingang zugeht, tritt eine Frau aus dem Geschäft heraus. Vor sich her schiebt sie einen Einkaufswagen, in dem zwei prall gefüllte Tüten stehen, und steuert damit einen schwarz glänzenden Volvo an.

Onni verfolgt gebannt ihren Weg. Die blonde Frau wirkt an diesem Ort völlig fehl am Platz. Sie sieht sehr gut aus, wirkt wie eine dieser hochmodisch gekleideten Touristinnen, die in Helsinki von einem Designerladen in den nächsten ziehen. Auf hohen Absätzen stakst sie über den Parkplatz, die Lippen leuchtend rot geschminkt. Vielleicht eine Russin? Einige der protzigsten Anwesen rund um Helsinki sind im Besitz von wohlhabenden Russen. Sicherlich gehören ihnen hier draußen am Päijänne ebenfalls einige Villen.

Die Frau blickt auf und sieht Onni stirnrunzelnd an, während sie über den Funkschlüssel die Heckklappe an ihrem Wagen öffnet.

Er fasst sich ein Herz. »Entschuldigen Sie«, spricht er sie an. »Wissen Sie, wo sich im Ort die Pension befindet?«

Für einen langen Moment starrt die Frau Onni an, ohne etwas zu antworten.

Er beginnt sich zu fragen, ob sie ihn überhaupt verstanden hat. Doch dann zieht ein erstauntes Lächeln über ihr Gesicht. Zumindest sieht es für Onni so aus.

»Die Pension habe ich gesehen«, sagt sie und nickt eifrig.

Ihr Finnisch ist nicht einfach zu verstehen, was weniger an der Grammatik als an ihrer Aussprache liegt. Eine Touristin, fraglos. Er hätte sie gleich auf Englisch ansprechen sollen, denkt Onni. Erstaunlich, dass sie überhaupt über Finnisch-Kenntnisse verfügt. Doch bevor er seine Frage auf Englisch nachschieben kann, spricht die Frau schon weiter. Aufmerksam legt Onni den Kopf zur Seite, um sie besser zu verstehen.

»Die Pension liegt an dem Weg. Dort.« Die Frau deutet auf jene Straße, die hinter dem Markplatz entlangführt. »Die Pension ist links, vor Ende der Stadt.« Sie strahlt Onni an, als bereite ihr die unbeholfene Unterhaltung größte Freude.

»Danke, vielen Dank.« Er nickt ihr zu. »Sie haben mir sehr weitergeholfen.«

»Wunderbar. Gut, gut«, antwortet sie. Dann verändern sich ihre Gesichtszüge.

Während er sich zum Gehen wendet, überlegt Onni verwirrt, ob die Frau plötzlich aufgeregt wirkt. Oder gar verärgert.

»Entschuldigung, ich besitze auch eine Frage.«

Abrupt bleibt Onni stehen. Hat er sie richtig verstanden? »Sie haben eine *Frage* an mich?«

Sie nickt und sieht ihn eindringlich an. »Sie kennen Matti Saarinen?«

Onni stolpert einen Schritt nach hinten. Matti Saarinen. *MSaarinen*! Er hat das Gefühl, plötzlich mitten in einem Orkan zu stehen. Das Blut rauscht in seinen Ohren, der Parkplatz dreht sich. Wie kann es sein, dass diese wildfremde Frau ihn mit Saarinen in Verbindung bringt? Er stöhnt auf, presst die Handflächen an seine Schläfen. Das alles bildet er sich nur ein! Diese Frau *kann* nicht wissen, warum er nach Sysmä gekommen ist! Aus weit aufgerissenen Augen starrt er die Fremde an. Ihr leuchtend rot geschminkter Mund sieht jetzt aus wie eine aufgerissene Wunde.

Die Frau macht einen Schritt auf Onni zu. »Matti«, sagt sie und nickt mit Nachdruck. »Der defekte Mann. Hohes Gras.« Sie spreizt in einer eigentümlichen Geste die Arme.

Der defekte Mann? Die Frau ist irre! Onni dreht sich hastig um und nimmt die Beine in die Hand. Beim Laufen schlägt der Rucksack schmerzhaft gegen sein Bein. Er spurtet über die Fahrbahn, überquert den Marktplatz und folgt dann der Straße in jene Richtung, in der die Pension liegen soll. Einmal schaut er während seiner Flucht zurück, wofür er beinahe mit einem Sturz zahlt. Die Verrückte, erkennt er, steht immer noch neben ihrem geöffneten Kofferraum und starrt Onni hinterher.

Erst als er sich außer Sichtweite weiß, bleibt Onni stehen. Schwer atmend stützt er sich vornübergebeugt auf den Oberschenkeln ab. Das Blut pocht in seinem Kopf, rauscht in seinen Ohren. Es ist ihm fast unmöglich, klar zu denken. Doch mit lauter Stimme meldet sich die Paranoia zurück und übertönt selbst das ohrenbetäubende Durcheinander: Irgendetwas geht wohl nicht mit rechten Dingen zu, wenn schon eine Wildfremde ihn auf Saarinen anspricht. Niemand kann wissen, was er in Sysmä sucht. Außer Swen, der Hunderte Kilometer entfernt von hier bestimmt nicht dieser zufällig vorbeikommenden Frau aufgetragen hat, Onni einen Schock zu versetzen. Und Onni selbst hat niemandem gesagt, dass er hierherfahren würde. Nicht einmal seinen Eltern. Abwehrend schüttelt er den Kopf. Ob er … hat er die Frau vielleicht nur falsch verstanden? Hat er sich ihre Frage nach Saarinen nur eingebildet, weil er sowieso ständig nur an die Statue denkt? Er *muss* sie falsch verstanden haben! Alles andere ergibt keinen Sinn.

Sinn!, ermahnt sich Onni nun schon fast panisch. Sinnhaftigkeit ist das Gebot der Stunde!

Widerstrebend wird die Stimme der Paranoia in seinem Kopf leiser.

Sein verschwitzter Pullover klebt ihm auf der Haut, als er auf die Pension zueilt. Sie ist an eine Gaststätte angeschlossen, über deren Eingang in Neonschrift *Pubi* steht. Ein paar Leute hocken über Biergläsern im halbdunklen Schankraum, in dem ein Fernseher lautstark Sportnachrichten bringt. Neben dem Eingang zu diesem Raum, in einer Art Separee, befindet sich die Bar, hinter der ein blonder Mann mit Brille sitzt und konzentriert in einem Buch liest. Schwer atmend hievt Onni sich vor dem Tresen auf einen Hocker.

»Hallo«, grüßt der Wirt, legt das Buch zur Seite und erhebt sich. »Was darf es sein?«

»Eine Cola, bitte.« Vor Erschöpfung bekommt Onni kaum die Zähne auseinander. »Ich – äh, und kann ich etwas zu essen bestellen?«

»Klar.« Der Mann schiebt ihm eine laminierte Speisekarte entgegen, stellt kurz darauf die Cola daneben.

»Die Burger sind gut«, meldet sich eine raue Stimme vom anderen Ende des Tresens zu Wort. Ein alter Mann, den Onni nicht bemerkt hatte, da er im Schatten sitzt, hebt grüßend sein Bierglas.

»Ich – okay.« Onni nickt dem Alten zu. »Ich nehme also den Burger.«

»Gute Wahl«, sagt der Wirt und gibt etwas in die elektronische Kasse ein. »Dauert einen Moment.«

»Kein Problem«, erwidert Onni und atmet tief durch. Dann nimmt er einen Schluck aus seinem Glas. Sofort geht es ihm besser. »Kann ich bei dir ein Zimmer mieten?«, fragt er den Wirt.

»Du hast Glück. Wir sind fast ausgebucht, aber ein letztes Zimmer ist noch frei.«

»Die Bullen«, wirft der Alte von der Seite ein.

Der Wirt ignoriert die Einmischung. »Wie lange willst du denn bleiben?«

»Zwei Nächte auf jeden Fall, vielleicht auch länger.«

»Gut, füll das hier bitte aus.« Der Mann reicht Onni ein Anmeldeformular und einen Kugelschreiber. Das ausgefüllte Blatt nimmt er kurz darauf wieder entgegen und überfliegt es. »Herzlich willkommen bei uns, Onni. Du hast Zimmer vier. Hier ist dein Schlüssel. Mein Name ist Heimo. Wenn du Fragen hast, dann wende dich an mich oder Aune, meine Frau. Einer von uns beiden ist immer hier.«

»Vielen Dank, das werde ich machen.«

»Du kommst aus Helsinki?«, fragt Heimo über die Schulter gewandt, während er einen Teller aus der Küchendurchreiche greift.

»Ja, richtig. Ich bin heute aus Helsinki angekommen. Mit dem Bus.«

»Guten Appetit.« Heimo stellt den Burger vor Onni ab. »Und was bringt dich nach Sysmä?«

»Ich – also, so dies und das.« Um nicht weitersprechen zu müssen, beißt er in den Burger.

»Bist du ein Schreiberling?«, will der Alte vom anderen Ende des Tresens her wissen.

Onni benötigt einen Moment, bevor er seine Gedanken geordnet hat. Was meint der Kerl? »Ein Schreiberling?«, wiederholt er kauend.

»Na, so ein Journalist. Siehst jedenfalls genauso aus wie einer.« In einem Zug trinkt der Alte sein Glas aus und bedeutet Heimo, ihm ein weiteres zu geben.

»Ich bin kein Journalist«, erklärt Onni erstaunt.

Der Alte stößt ein Geräusch aus, das seine Skepsis transportiert.

Ein Gefühl von Unwohlsein schwappt über Onni hinweg. Er mag den Kerl nicht. Er wirkt irgendwie streitlustig. Um nicht länger als unbedingt nötig in der Gegenwart des verschrobenen Alten bleiben zu müssen, schlingt Onni den Burger in sich hinein. Dann wendet er sich an Heimo. »Kannst du bitte das Essen und die Cola auf die Rechnung setzen?« Er wartet Heimos Nicken ab, dann schnappt er sich seinen Rucksack und den Zimmerschlüssel. »Ich schaue mir mal mein Zimmer an.«

»Da die Treppe rauf, oben dann nach rechts. Das Zimmer am Ende ist deines.«

Während Onni auf dem Weg zur Treppe an dem Alten vorbeigeht, spürt er dessen prüfenden Blick auf sich liegen. Was hat der Typ nur? Warum beobachtet er ihn? Ist er betrunken, oder steckt da etwas anderes dahinter?

Der Alte lässt ein lautes Schnauben vernehmen, als Onni an ihm vorbeigeht.

Als er gerade drei Stufen die Treppe hinaufgestiegen ist, hört Onni die lallende Stimme des Mannes durch den Schankraum gellen.

»Und ich sage dir, Heimo, der komische Typ ist wegen dem Saarinen hier!«

Onni stürmt die Treppe hinauf, als säße ihm der Teufel im Nacken.

FÜNFUNDZWANZIGSTES KAPITEL

In Sarahs Kopf überschlagen sich die Gedanken, während sie den Volvo durch den Wald steuert. Erst warnt diese Hilla sie, es sei keine gute Idee, sich nach Matti zu erkundigen, und nur Minuten später stürmt ein junger Mann, den sie beiläufig nach Saarinen fragt, davon, als hätte er den Leibhaftigen gesehen. Dass mit Matti Saarinen zu Lebzeiten etwas nicht stimmte, ist offensichtlich. Nicht umsonst hat Hilla ihn einen Ganoven genannt. Doch die ganze Sache wird immer merkwürdiger. Wenn Sarah herausfinden könnte, worin genau dieser Matti verwickelt war, dann fände sie vielleicht eine Spur zu seinem Mörder. In ihr verstärkt sich die Gewissheit, dass die Polizei sich nicht ernsthaft darum bemüht, den wahren Täter zu ermitteln.

Sie zuckt zusammen, dann bremst sie ab und bringt den Volvo zum Stehen. Auf dem schmalen Waldweg kommt ihr ein Fahrzeug entgegen. »Auch das noch!«, ruft sie. Bei dem überraschenden Gegenverkehr handelt es sich um einen Polizeiwagen. Damit nicht genug, folgen dem Wagen zwei weitere Fahrzeuge. Unbeirrt hält der Konvoi auf sie zu.

Mit einem Fluch auf den Lippen schaltet Sarah in den Rückwärtsgang und setzt langsam ein Stück zurück, bis sie ihren Wagen in eine schmale Ausbuchtung manövrieren kann. Das Knacken und Brechen von Holz signalisiert ihr, dass die Reifen Kontakt mit dem Waldboden abseits des befestigten Weges gewonnen haben. Als sie schließlich zum Halten kommt, senkt sich die Karosserie leicht nach rechts ab. »Herrgott!«, flucht

Sarah. Das würde ihr gerade noch fehlen, hier stecken zu bleiben.

Dankend hebt der uniformierte Beamte im Polizeiwagen eine Hand, während er im Schritttempo an ihr vorbeifährt. Auch die Frau am Steuer des nachfolgenden Ford Kombi nickt Sarah zu, wohingegen ihr Beifahrer konzentriert auf einen Laptop, der auf seinem Schoß liegt, eintippt. Sarah erinnert sich, die beiden Polizisten in Zivil am Morgen bei den Ermittlungsarbeiten am Seeufer gesehen zu haben.

Aus dem dritten Wagen winkt ihr Kommissar Aalto entgegen.

»Ausgerechnet«, quetscht Sarah zwischen zusammengepressten Zähnen hervor, hebt aber ebenfalls die Hand und erwidert halbherzig den Gruß. Doch zwei Sekunden später kann sie ein Aufstöhnen nicht unterdrücken. Der Toyota des Kommissars hält neben ihr, und das Seitenfenster senkt sich.

Erwartungsvoll sieht Aalto zu Sarah hinüber.

Widerwillig öffnet auch Sarah ihr Fenster. »Herr Kommissar«, sagt sie heiser und räuspert sich.

»Ach, da sehen wir uns schon so bald wieder, Frau Fuchs.« Aalto lehnt den linken Ellenbogen aus dem Fenster und nickt ihr zu. »Waren Sie im Ort?«

»Einkäufe«, erklärt Sarah knapp.

»Ich hoffe, Sie haben alles bekommen, was Sie benötigen.«

Auf Small Talk hat Sarah genauso wenig Lust wie auf ein weiteres Verhör, daher lächelt sie lediglich unverbindlich.

»Wir sind jetzt auf Saarinens Grundstück fertig«, erklärt der Kommissar und blickt seinen Mitarbeitern hinterher, deren Fahrzeuge gerade hinter einer Kurve zwischen den Bäumen verschwinden. »Natürlich sind die Ermittlungen noch lange nicht beendet, doch die weiteren Arbeiten werden hauptsächlich am Computer stattfinden.« Er lächelt. »Und in Gesprächen.«

In Gesprächen? In *Verhören*, will er wohl sagen! Sarah knirscht mit den Zähnen. Auf Aaltos Lächeln fällt sie nicht herein.

»Sie haben ja meine Telefonnummer, Frau Fuchs. Melden Sie sich jederzeit. Ansonsten können Sie mich auch in der Pension im Ort aufsuchen. Falls … Ihnen noch etwas einfällt. Wenn meine Kollegen morgen früh nach Helsinki zurückkehren, werde ich vorerst in Sysmä bleiben. Die ungeklärten Fragen, Sie verstehen.«

»Aha. Vielen Dank für diese Information.« Falls ihr noch etwas einfällt? *Ungeklärte Fragen?* Dies ist wohl die wenig subtile Ankündigung weiterer Ermittlungen gegen sie. Der Kommissar macht deutlich, dass er noch längst nicht fertig mit ihr ist. Andererseits bedeutet es aber auch, dass er nicht genügend in der Hand hat, um sie offiziell als Tatverdächtige einzustufen.

Um sich von der anschwellenden Wut, die sich in ihrem Magen aufbaut, abzulenken, richtet Sarah ihren Blick auf Aaltos Beifahrersitz. Auf einer abgewetzten Aktentasche liegt ein durchsichtiger Plastikbeutel, wie er zur Beweissicherung verwendet wird. Er enthält einen länglichen weißen Briefumschlag. Aus der Entfernung kann Sarah nicht erkennen, was darauf geschrieben steht. Ein Name? Jedenfalls jagt ihr der Umschlag aus irgendeinem Grund einen Schauer über den Rücken.

Der Kommissar zieht den Arm zurück und betätigt schon den Fensterheber, da stockt er und beugt sich noch einmal geschäftig zu Sarah hinüber. »Bei Ihren Waldspaziergängen sollten Sie ein Glöckchen tragen, Frau Fuchs. Oder mit einem Schlüsselbund klimpern. Wir haben Nachricht erhalten, dass in dieser Region ein Braunbär unterwegs ist. Nur wenige Kilometer von hier entfernt hat ein Förster Spuren des Tieres gefunden. Die Wahrscheinlichkeit, dass Sie dem Bären begegnen, ist zwar sehr gering, doch man weiß nie. Sie haben in diesem Sommer bereits genug Aufregendes erlebt, nicht wahr? Sollten Sie dem Bären überraschend begegnen, dann machen Sie sich möglichst groß und schreien ihn an. Aller Wahrscheinlichkeit nach wird er sich dann von Ihnen abwenden.«

»Groß machen?«, wiederholt Sarah perplex. Tot stellen? Auf die Nase hauen? Was denn nun?

»Genau. Und klettern Sie auf keinen Fall auf einen Baum. Da holt der Bär Sie schneller herunter, als Sie gucken können.« Damit schließt der Kommissar das Fenster und gibt Gas. Langsam holpert der Toyota den Waldweg hinauf.

»Ja, ich habe in diesem Sommer mehr Aufregendes erlebt, als Sie sich vorstellen können, Herr Kommissar!«, schimpft Sarah hinter dem Wagen her, dann schließt sie ihr Fenster. Sie denkt an ihre Flucht aus München, an ihre Rache an Udo. Hoffentlich erfährt Aalto diese Details nicht, ansonsten wird er wohl nicht mehr lange zögern und ihr Handschellen anlegen.

Beherzt tritt Sarah auf das Gaspedal, und der Wagen schießt mit einem Knirschen nach vorn. Sarah hört, wie im Kofferraum die Einkaufstüten umkippen. Es ist ihr egal. Der Ärger über die Zwickmühle, in der sie sich befindet, erstickt alles andere. Ihre Reise nach Finnland, als gemütliches Untertauchen gedacht, hat sie vom Regen in die Traufe gebracht. Mordverdächtig zu sein, das ist schon eine Hausnummer! Doch sie kann nicht einfach von hier verschwinden und zurück nach München, das würde einen noch größeren Skandal provozieren. Wenn die Presse Wind von Sarahs finnischem Desaster bekäme, hätte sie für lange Zeit keine Ruhe mehr vor den Geiern. Also bleibt ihr nichts anderes übrig, als diese unangenehme Sache durchzustehen, indem sie dem Kommissar klarmacht, dass sie mit Saarinens Tod nichts zu schaffen hat. Und am besten bewerkstelligt sie dies, indem sie ihm den Mörder auf einem Silbertablett präsentiert. Mit einer verdammten Schleife um den Hals.

Auf der Lichtung oberhalb von Saarinens Haus hält Sarah den Wagen an. Sie greift ihren Mantel vom Rücksitz und steigt aus. Die Polizei ist abgezogen, das ist ihre Gelegenheit. Langsam stakst sie den Hang hinunter. Dankenswerterweise verschonen die Bremsen sie heute.

Erneut ist sie vom Ausblick auf die Bucht fasziniert. Die kleine Insel im See hat nichts von ihrem malerischen Charme eingebüßt. Erstaunt realisiert Sarah, dass es noch keine vierundzwanzig Stunden zurückliegt, dass sie hier an der Bucht angekommen ist. Doch es fühlt sich an, als wäre die Übernachtung in Mattis Haus bereits mehrere Tage her. Kopfschüttelnd betritt Sarah die Veranda. Innerhalb dieser kurzen Zeit ist so viel geschehen, dass sie es selbst nicht glauben würde, wenn man es ihr erzählt hätte.

Auf der Eingangstür klebt ein Siegel, das wohl auf die polizeilichen Ermittlungen hinweist. Sarah geht an der Tür vorbei und mustert die verfallene Hollywoodschaukel. Auf der Veranda sieht alles so aus, wie sie es in Erinnerung hat. Zufrieden nickt sie. Dann beugt sie sich hinab, greift aus dem Krempel, der sich neben der Schaukel türmt, eine Sprühdose heraus und dreht sie in den Händen. Ja, sie hat sich nicht getäuscht. Es handelt sich um das gleiche Reizgas, wie sie es in der Vitrine des Supermarktes gesehen hat. Vorsichtig schüttelt sie den Behälter. Er ist noch etwa zur Hälfte gefüllt. Erleichtert seufzt Sarah auf. Wenn sie das nächste Mal durch den Wald spaziert, dann wird sie sich sicher fühlen. Von wegen *groß machen*!

Mit spitzen Fingern schiebt sie die Dose in ihre Hosentasche und ermahnt sich, sie ab sofort immer bei sich zu tragen. Auf dem Weg zurück zu ihrem Wagen empfindet sie den Druck der Spraydose auf ihren Oberschenkel als beruhigend.

Während sie zu ihrem *mökki* weiterfährt, verscheucht Sarah die zweifelnde Frage, ob dieser Ganove Matti wohl eine Genehmigung für den Besitz des Reizgases besaß. Wenn nicht, wovon sie ausgeht, dürfte dies wohl eine der unbedeutenderen Verfehlungen des Mannes gewesen sein. Natürlich wird sie es für sich behalten, dass sie die Dose an sich genommen hat. Und natürlich ist sie auch nicht so dämlich, vor Aalto mit dem Fundstück herumzuhantieren.

Nachdem die Einkäufe in der Küche verstaut sind, tigert Sarah durch das Haus. Die für diese späte Stunde ungewohnte Helligkeit verursacht eine Unruhe in ihr. Sie schaltet den Fernseher ein, drückt aber bereits nach wenigen Minuten wieder auf den Aus-Knopf. Gedankenverloren schaut sie von der Sitzecke aus auf die Bäume und den dahinter glitzernden See. Auch das Eichhörnchen ist da und flitzt einen Baumstamm hinauf und wieder hinunter. »Ich muss raus«, sagt Sarah in die Stille des Hauses hinein. Sie verstaut das Handy, das Reizgas und den Hausschlüssel in ihrem kleinen Rucksack, dann macht sie sich auf zum Saunahäuschen.

Abermals flieht die Entenfamilie lautstark schimpfend unter dem Steg hervor, als Sarah ihn betritt. »Entschuldigung!«, ruft sie den aufgebrachten Vögeln hinterher und geht bis an das Ende des Stegs. Dort richtet sie ihren Blick auf die kleine mit Birken bewachsene Insel. »Sie ist wirklich nicht allzu weit entfernt«, sagt Sarah leise und wendet sich dem Ruderboot zu, das am Steg vertäut ist. Unbeholfen entfernt sie die Persenning. Das Boot sieht stabil aus, die Ruder liegen im Innenraum. Vorsichtig lässt Sarah sich vom Steg in den schwankenden Kahn hinab. Den Rucksack verstaut sie unter der Sitzbank, dann löst sie das Seil vom Steg und zieht es ins Boot. »Beim alten Jalo sah das schließlich sehr leicht aus«, sagt sie, während sie sich in Position bringt und die Rudergriffe befühlt. Langsam stößt sie sich vom Steg ab, dann senkt sie die Ruderblätter und zieht sie durchs Wasser. Das Boot setzt sich in Bewegung. »Geht doch«, frohlockt sie und dreht ihren Kopf prüfend über die Schulter zur Insel. Sie muss immer nur geradeaus rudern, alles kein Problem. Mit jedem Schlag entfernt sie sich ein Stück weiter vom Ufer. »Insel, ich komme!«

Ein Knall lässt sie zusammenzucken. Gleichzeitig stockt die Fahrt, und Sarah wird ordentlich durchgerüttelt. Ein schleifendes Geräusch, dann schwimmt das Boot weiter. »Herr im Himmel!« Erschrocken sieht sie sich um; in den klaren See hinab. Unter der

Wasseroberfläche lauern Felsen, erkennt sie erschrocken. Sie muss über einen von ihnen hinweggeschrappt sein. Sicherheitshalber zieht sie die Ruder ein und lässt das Boot treiben. Doch als es zu keinem weiteren Zusammenstoß kommt, senkt sie die Ruderblätter wieder vorsichtig ins Wasser.

Nach ein paar Schlägen dreht Sarah ihren Kopf erneut, um sicherzugehen, dass sie auf die Insel zuhält. Die Richtung stimmt, doch das Eiland scheint ihr kaum näher als beim Ablegen. Sarah zieht kräftiger, um Fahrt zu machen. Nach ein paar Schlägen muss sie die Ruder einholen und eine Pause einlegen. Der Schweiß rinnt ihr von der Stirn. »Bei Jalo hat das so einfach ausgesehen.« Sie seufzt und lässt den Blick über das Wasser gleiten.

Ein Schwarm Möwen erhebt sich krächzend vom Ufer, schwingt sich gen Himmel und kreist zwischen der Bucht und der Insel. Sarah hat den Eindruck, dass die Vögel sie von dort oben beobachten. Diesmal ruft sie ihnen nichts zu. Ihr Atem ist kostbar.

Ein leichter Wind sorgt für willkommene Abkühlung. Sarah nimmt das Rudern wieder auf. Sie wirft einen schnellen Blick ins Wasser. Der Grund ist nicht mehr zu sehen. Sie spürt, dass sie sich jetzt wirklich *auf* dem See befindet. Es ist, als wäre der Päijänne ein eigenständiges Wesen, das sie wohlwollend aufgenommen hat. Ein Gefühl von Abenteuer und Freiheit packt sie. Sie legt sich noch ein wenig mehr ins Zeug, drückt mit jedem Ruderschlag ihre Absätze in das Holz des Bootsbodens.

Neugierig verfolgen die Möwen, wie sich das Ruderboot voranbewegt.

Das Ufer der Insel besteht aus Felsen, die zum Teil mannshoch aus dem Wasser ragen. Es dauert eine Weile, bis Sarah eine flache Stelle ausgemacht hat, an der sie so nah ans Ufer herankommt, dass sie auf die Steine klettern kann. Mit dem Rucksack auf dem Rücken und dem Seil in einer Hand steigt sie aus dem Boot. Dann schlingt sie das Seil um einen schmalen Felsen, der wie dafür gemacht scheint, und klettert über einen anderen Stein an Land.

Schnaufend und glücklich lässt sie sich auf die von Blaubeerbüschen bewachsene Erde nieder. Aufgeregt schaut sie sich um, spürt dem kribbelnden Robinson-Crusoe-Gefühl in ihrer Brust nach. Sie sitzt am Beginn eines schmalen Pfads, der zwischen die Birken führt. Anscheinend wird diese Stelle regelmäßig zum Anlegen verwendet, denn der Boden ist ausgetreten. Ihr fällt ein, dass Jalo gesagt hat, Matti Saarinen sei regelmäßig zur Insel gefahren, um sich zu besaufen. Dann hat wohl er hier seine Spuren hinterlassen.

Sarah zieht ihr Handy aus dem Rucksack und schießt ein Bild von den Birken, unter denen sich der Blaubeerbuschteppich ausbreitet. Dann macht sie aus einer anderen Perspektive ein weiteres Foto. Es ist so märchenhaft hier, dass sie es kaum fassen kann. Wenn sie gelegentlich davon träumt, in die Ruhe Skandinaviens zu ziehen, dann tauchen Bilder wie diese vor ihrem inneren Auge auf. Sie dreht sich zum Wasser und erfreut sich an dem Blick auf den See, auf das gegenüberliegende Ufer, an dem ihr *mökki* liegt. Sie meint, zwischen den Bäumen die große Fensterfront ihres Hauses aufblitzen zu sehen. Auch von diesem Motiv möchte sie ein Foto schießen. Allein schon, um es irgendwann Franzi zu zeigen. Beschwingt zückt sie ihr Handy.

Während sie den idealen Ausschnitt für ein traumhaftes Foto sucht, fällt ihr auf dem Display eine Bewegung auf. Ein Ruderboot treibt schwankend in die Aufnahme hinein. Im ersten Moment denkt Sarah aufgeregt, dass dies auf dem Bild ein wunderschönes Detail abgeben wird. Doch dann schreit sie auf und hechtet zu den Uferfelsen. Zu spät. Ihr Boot hat sich bereits gelöst und treibt fünf Meter von der Insel entfernt auf dem Päijänne.

»Oh, verdammt!«

Für einige Sekunden ist sie wie erstarrt. Dann jedoch klettert sie hastig auf den Felsen, in der Hoffnung, vielleicht noch das Seil des Bootes zu fassen zu bekommen.

In ihrer Eile achtet Sarah nicht darauf, wohin sie tritt. Als sich ein Absatz ihrer High Heels in einer Felsspalte verfängt, stürzt sie jäh nah vorne. Mit einem Aufschrei krallt sie sich an den schmalen Felsen, um den sie bei ihrer Ankunft das Seil legte. Um nicht ins Wasser zu stürzen, muss sie notgedrungen ihr Handy loslassen. Im hohen Bogen fliegt das Gerät ins Wasser und versinkt sogleich. Der ganze Vorgang hat keine drei Herzschläge gedauert. Und doch kommt es Sarah wie eine Ewigkeit vor, bis sie begreift, was da gerade geschehen ist. »Um Himmels willen«, flüstert sie. Sie *ist* Robinson Crusoe!

Mühsam rappelt sie sich auf, betastet ihren schmerzenden Knöchel. Ihr ungläubiger Blick schießt zwischen dem davontreibenden Ruderboot und der Stelle, an der ihr Telefon im See verschwunden ist, hin und her. Sie blinzelt, doch an dem Bild des sich immer weiter entfernenden Bootes ändert sich nichts.

Es vergehen lange Minuten der Schockstarre, bis Sarah beginnt, das gegenüberliegende Ufer nach irgendjemandem abzusuchen, der ihr helfen kann. Während sie angestrengt über das Wasser späht, weiß sie genau, dass sie niemanden ausfindig machen wird. Matti Saarinens *mökki* erscheint ihr jetzt wie ein rettender Anker. Wenn doch wenigstens Toivo Aalto noch dort drüben herumschnüffeln und ermitteln würde! Doch der Polizist und seine Kollegen haben just heute ihre Zelte abgebrochen.

Sarah starrt in die Bucht, in der sie heute Morgen die nackte Leiche gefunden hat. Nicht einmal der Haubentaucher ist zu sehen. Sie ist völlig allein.

»Hallo? Ist da jemand?«, ruft sie auf Deutsch über den See. Dann wird ihr der Fehler bewusst, und sie schiebt mit brüchiger Stimme hinterher: »Kuuletko minua?« *Hören Sie mich*?

Am Himmel schreien die Möwen auf. Es hört sich an, als würden sie lachen.

SECHSUNDZWANZIGSTES KAPITEL

Das ganze Geschwätz hängt ihm zum Hals heraus. Matti hier, Matti da. Egal, mit wem er spricht, alle kennen nur das eine Thema. Natürlich wissen sie, dass der Typ ordentlich Dreck am Stecken hatte. Sie haben ihn nicht umsonst gemieden, wenn er mal im Ort aufgetaucht ist. Haben ihre Kinder von ihm weggezogen, die Straßenseite gewechselt. Doch jetzt, wo der Kerl tot ist, gibt es doch wirklich ein paar Leute, die Matti einen Heiligenschein verpassen wollen. Als hätte der Tod den Mann von allen Sünden reingewaschen. Wieso, fragt er sich, machen Menschen so etwas? Es kann ihnen nur ums eigene Seelenheil gehen. Nach dem Motto: Über Tote soll man nicht schlecht reden. Glauben diese Idioten wirklich, sie könnten mit einem solchen scheinheiligen Verhalten auf ein Konto einzahlen, das ihnen Pluspunkte verschafft? Fürs Jenseits? Er glaubt einzig, dass solche Leute wichtigtuerische Schlappschwänze sind.

Die andere Fraktion, die sich lautstark zu Wort meldet, besteht aus Leuten, die schon immer gewusst haben wollen, dass es mit Matti so enden würde. Im Ort geht nämlich das Gerücht um, die Polizei gehe von einem Mord aus. Da kann er sich ein Grinsen nicht verkneifen. Natürlich war es ein Mord, niemand weiß das besser als er selbst. Interessanterweise ist anscheinend die Theorie verbreitet, Matti habe sich in einen Drogenkrieg ausländischer Banden eingemischt und nun dafür die Rechnung erhalten. Selbstverständlich schieben sie es auf ausländische Banden – das Böse kommt immer von außen. Sehr einfach gedacht, aber ihm zuträglich.

Matti war schon immer eine Schande für den Ort, sagen einige. Zufällig weiß er, dass von denen, die jetzt am lautesten Zeter und Mordio schreien, mehr als nur einer Kontakt zu Matti hatte, um sein eigenes krummes Geschäftchen abzuwickeln. Manch einer im Ort hat richtig in Mattis schmutzige Geschäfte investiert, schließlich gab es bei ihm überraschenderweise eine höhere Rendite als bei der Bank. Absahnen wollen sie alle. Aber jetzt machen sie einen auf moralisch und reißen das Maul auf.

Auch Matti hat seinen fetten Hals nicht vollgekriegt, das war am Ende sein Fehler. Fast ist er selbst ein wenig über sich erschrocken. Es hat sich nämlich richtig gut angefühlt, den Typen auszulöschen!

Hilla hat ihn mit ihrem Gerede so genervt, dass er auch ihr am liebsten das Maul gestopft hätte. Nun, auf eine gewisse Weise hat er das dann ja getan.

Er wäscht sich die Hände, dann schaut er in den Spiegel. Für einen langen Moment betrachtet er sich, dann zieht er eine Grimasse, streckt die Zunge heraus, runzelt die Stirn. Er schaut sich selbst in die Augen. Es sind die Augen eines Mörders. Ein Lächeln stiehlt sich auf sein Gesicht. Es hebt einen Mundwinkel ein Stück empor, bleibt dort aber stecken. Ja, er ist ein Mörder. Der Gedanke berauscht ihn derart, dass er kurz davor ist, einen Steifen zu bekommen.

Er macht sich nichts vor. Es ist Selbsthass, der ihn antreibt. Das war schon immer so. Wenn man sich selbst verachtet, ist einem alles erlaubt, und es gibt keine Reue mehr. Bisher hat er stets gedacht, dass dieses Verhalten für ihn eben normal sei. Doch indem er »das Walross« beseitigt hat, hat sich etwas verändert. Ja, der Akt des Tötens hat ihm Respekt vor sich selbst verschafft. Ein herrliches Gefühl. Er schaltet das angedeutete Lächeln im Spiegel ab, als betätige er einen Lichtschalter. Dann trocknet er die Hände und verlässt das kleine Badezimmer.

Er wirft einen schnellen Blick auf die Uhr an der Wand. Überrascht hebt er eine Augenbraue, denn es ist bereits später als gedacht. Der Kommissar wird den Brief längst erhalten haben. Wirklich, der Bulle sollte den Brief schon vor Stunden gelesen haben. Es war ein Leichtes, den Schrieb so im *Pubi* zu platzieren, dass jemand ihn finden und Toivo Aalto zukommen lassen würde – praktischerweise einzig mit den Fingerabdrücken des Überbringers darauf. Ein wenig zusätzliche Ermittlungsarbeit für die Polizei kann schließlich nicht schaden. Vor allem, wenn sie nicht in seine Richtung deutet.

Mittlerweile werden sie diese Sarah also festgesetzt haben, keine Frage. Nur ein Hirntoter würde die Informationen, die in dem Brief stehen, ignorieren. Von diesem Aalto hält er nicht viel, doch ganz dämlich wird der Mann wohl nicht sein. Der Bulle kann es sich nicht leisten, dieser Spur nicht nachzugehen. Und dafür muss er die Blondine ins Kreuzverhör nehmen.

Er stellt sich vor, wie die Frau jetzt beim Verhör sitzt und schwitzt. Die Bullen werden sie so was von abklopfen, dass es wehtut. Selbst wenn sie sie nicht gleich einbuchten, sind sie mit ihr erst mal für ein paar Stunden beschäftigt. Irgendwann werden sie schon schnallen, dass diese Sarah ihnen etwas vormacht. Sie spielt die Rolle der hübschen deutschen Touristin ein bisschen zu gut für seinen Geschmack. Das wird auch die Polizei erkennen. Dank seines Briefs.

Die angebliche Touristin wird also in die Mangel genommen. Jetzt sollte der ideale Zeitpunkt für ihn sein, um einzukassieren, was ihm gehört. Diese verdammte Statue muss endlich in seinen Besitz gelangen! Das Stück ist ein Vermögen wert. Er erwartet dermaßen viel Zaster, dass er sich vom Acker machen wird, sobald das Geschäft eingetütet ist. Nach Kanada. Oder Thailand, da ist es wärmer. Er lacht auf. Für seinen Ruhestand sind Wärme und ein paar Weiber wohl die verlockendere Alternative.

Als er sich in der Gaststätte herumdrückte, konnte er ein Gespräch zwischen zwei der Zivilbullen, die in der Kaschemme ihre

Zimmer haben, belauschen. Die Frau meinte, dass sie die Arbeiten auf Saarinens Grundstück bereits abgeschlossen hätten. Sie seien fertig mit der Beweismittelsicherung. Was jedoch daran läge, dass der Regen in der Nacht von Mattis Tod etwaige Spuren so gut wie vernichtet habe.

Eine Information, die ihm in doppelter Hinsicht Glückswellen über die Wirbelsäule gejagt hat. Endlich kann er in das Haus von Saarinen, ohne Gefahr zu laufen, dass ein Bulle seinen Weg kreuzt. Außerdem ist es unwahrscheinlich, dass die Polizei etwas findet, das ihn mit Mattis Tod in Verbindung bringt. Er muss es also nur ein wenig geschickt anstellen, und dann ist er heute Nacht endlich am Ziel. Und diese Sarah guckt in die Röhre.

Er macht drei Kreuze, wenn die ganze Sache endlich abgeschlossen ist. Irgendwann wird irgendjemandem auffallen, dass er meist nicht dort ist, wo er vorgibt zu sein. Glücklicherweise war er schon immer sein eigener Herr und kann sein eigenes Ding durchziehen. Daher fällt es nicht sogleich auf, wenn er von der Bildfläche verschwindet. Doch im Moment fühlt er sich wie ein Jongleur, der einen Ball zu viel in der Luft hält. Diese Frau, die ihm im Nacken sitzt, raubt viel zu viel von seiner Zeit. Raubte!, korrigiert er sich. Nach der heutigen Nacht ist auch dieses Thema endlich Geschichte. Würde er an Gott glauben, wäre jetzt der Moment, ihm zu danken.

Er kann die Veränderung in der Luft riechen. Prüfend sieht er auf den stillen See hinaus. Später wird es schütten, ganz eindeutig. Vielleicht gibt es auch eines dieser Sommergewitter. Diese Unwetter sind meist kurz, dafür aber heftig. Innerhalb von Sekunden ist man bis auf die Haut durchnässt, selbst wenn man einen Regenschutz trägt. Doch ein kleines Gewitter ist nichts, was ihn davon abhalten könnte, Saarinens Bretterbude nach der Statue umzukrempeln. Und noch ist genügend Zeit, wieder vom Wasser runterzukommen, bevor es losgeht. Denn das ist das Einzige, was nicht geschehen darf: während eines Gewitters auf dem See zu sein. Da kann man gleich den Finger in die Steckdose stecken. Immerhin sinkt bei schlechtem Wetter auch die Wahrscheinlichkeit, jemandem auf dem Wasser zu begegnen. Wobei es heute auf dem See sowieso sehr ruhig war. Soweit er es mitbekommen hat. Morgen jedoch werden wegen des Mittsommerfests und des Jahrmarktes im Ort die ersten Familien anreisen, dann wird es hier plötzlich lebendig. Ein Grund mehr, sich noch heute um die heiße Ware zu kümmern.

Für eine Weile lässt er seine Gedanken schweifen. Dann wirft er eine Jacke über, zieht eine dunkle Mütze über den Kopf und greift das kleine Jagdmesser aus einer Schublade, um es in die Innentasche zu schieben. Falls er doch jemandem begegnet, will er auf alle Eventualitäten vorbereitet sein.

Das Gewicht des Messers in der Jackentasche gefällt ihm. Eine innere Stimme flüstert ihm zu, sie fände es gar nicht so verkehrt, wenn ihm auf den letzten Metern doch noch jemand in die Quere käme.

SIEBENUNDZWANZIGSTES KAPITEL

Der Pfad hat sie zu einer kleinen Lichtung geführt, die genau in der Mitte der Insel liegt. Rings um einen etwa zwei Meter hohen Felsen herum sind die Birken an dieser Stelle für drei Schritte zurückgetreten. Im Stein formt eine breite Kerbe eine Art natürlichen Sitz, auf dem Sarah erschöpft kauert. Stöhnend verlagert sie ihr Gewicht, um eine andere Position zu finden. »Das Ding ist so bequem wie der Eiserne Thron in *Game of Thrones*«, beschwert sie sich. Ihr Hintern schmerzt mit dem verstauchten Knöchel um die Wette. Doch ihre High Heels trägt sie weiterhin. Bevor sie auf die verzichtet, muss schon Schlimmeres geschehen.

Niemand hat auf ihre Hilferufe reagiert. Selbst den Möwen war das Spektakel schnell langweilig – nach ein paar Beobachtungsrunden haben sie sich ans Ufer zurückgezogen. Seitdem herrscht Stille, nur von vereinzelten Tierlauten durchbrochen. Manchmal ruft ein Nachtvogel, einmal bellt ein Fuchs.

Die Sonne ist nicht mehr zu sehen, dennoch herrscht keine Dunkelheit. Der Himmel ist schwach erleuchtet, als kauere die Sonne gleich hinter dem Horizont, um sich bereitzuhalten, schon bald wieder emporzusteigen. Die Insel ist eingehüllt in ein mystisches Zwielicht, in dessen Schatten die Birken wie eine strammstehende Armee wirken.

Sarah reibt die klammen Hände aneinander. Es ist nicht so, dass sie vor Kälte zittern würde, doch die Temperatur liegt nicht weit von ihrer Schmerzgrenze entfernt. Zum fünften oder sechsten Mal verflucht sie sich dafür, keine Jacke mitgenommen zu haben. Wenigstens ist das Oberteil, das sie zu der engen Jeans trägt, langärmelig. Sie reibt noch fester. Der Stein ist nicht kalt. Im Gegenteil, der Felssitz fühlt sich an wie aufgewärmt von der Sonne des Tages. Die sich immer wieder vom Wasser her durch die Bäume drückenden Böen sind es, die Sarah frösteln lassen. Mit kühlen Fingern scheinen sie nach ihr zu greifen.

Sarah tastet in ihre Hosentasche, nur um sogleich kopfschüttelnd die Hand zurückzuziehen. »Blöde Kuh!«, schimpft sie mit sich selbst. Wie hat sie nur so dämlich sein können, ihr Handy in den See fallen zu lassen? Könnte sie die Zeit zurückspulen und die Situation noch mal erleben, würde sie das Telefon auf den Felsen fallen lassen und lieber selbst geradewegs ins Wasser stürzen. Dann hätte sie nämlich die Möglichkeit, jemanden anzurufen, um sich von der Insel abholen zu lassen. Auch wenn sie in diesem Szenario klatschnass geworden wäre, sie hätte es bevorzugt. Wohl oder übel hätte sie, nachdem sie sich einmal aus dem See gekämpft hätte, den Kommissar angerufen, da seine Nummer die einzige finnische Verbindung in ihrem Handy ist. Selbst das wäre erträglicher gewesen, als die Nacht auf diesem Steinthron verbringen zu müssen.

Verärgert beugt Sarah sich vor und schnappt sich eine der Flaschen. Es sind ihrer drei, sie lehnten gegen den Felsen, als sie den Pfad entlanggehumpelt kam. Mattis Selbstgebrannter, zweifellos. Es hat sie etwas Überwindung gekostet, den ersten Schluck zu nehmen, doch als sie an der Öffnung roch, war ihr klar, dass der Alkoholgehalt jegliche Bakterien oder Viren abtöten würde. Zu ihrem Erstaunen schmeckt der Schnaps ausgesprochen gut. Nach Beeren und sonnigen Sommertagen. Vor allem aber hilft er, den nun stärker pulsierenden Schmerz des umgeknickten Knöchels zu mildern.

Nachdenklich lässt Sarah den Schnaps in ihrem Mund kreisen, bevor sie ihn hinunterschluckt. Das feurige Brennen in ihrem Rachen ist trotz seiner Stärke angenehm. Sofort spürt sie, wie das Frösteln nachlässt. Also nimmt sie einen weiteren Schluck. Alkohol ist im Moment das Einzige, was ihr im Überfluss zur Verfügung steht.

Sie knüpft an ihren letzten Gedanken an, von wegen Zeit zurückspulen. Wenn sie die Zeit zurückdrehen könnte, dann hätte sie selbstverständlich das Boot besser vertäut. So wäre das ganze Unglück erst gar nicht geschehen. Nicht einmal in ihrer Fantasie kommt sie ohne Umwege auf das Naheliegende!

Langsam stellt sie die Flasche ab, dann kämpft sie sich vom Felsen hoch, um angestrengt zu der Stelle zurückzuhumpeln, an der sie nunmehr vor Stunden angelegt hat. Sehnsuchtsvoll schaut sie über das dunkle Wasser hinweg zu ihrem *mökki*. Ob sie es wohl schaffen würde, zum Ufer hinüberzuschwimmen? Eigentlich sollten die etwa dreihundert Meter kein Problem darstellen, doch sie vertraut ihrem Knöchel nicht. Was, wenn der Schmerz unterwegs zu groß wird? Oder ein Bein verkrampft? Sie will auf keinen Fall wie dieser Matti enden und am Morgen in der Bucht herumdümpeln. Zur Freude des Haubentauchers.

Können Bären eigentlich schwimmen? Die Frage schießt ihr durch den Kopf, während ihr Blick das ferne Ufer abtastet. Würde ein Braunbär Interesse daran haben, vom Festland aus zu dieser kleinen Insel hinüberzuschwimmen? Sie kann es sich nicht vorstellen. Was sollte er hier wollen? Und falls er doch käme, beruhigt Sarah sich, hat sie immer noch das Reizgas zu ihrer Verteidigung dabei. Wenn sie im Moment auch außer Schnaps nicht viel Hilfreiches besitzt – wenigstens das Gas liegt sicher in ihrem Rucksack verstaut am Felsen.

Das Leben eines Robinson Crusoe hat Sarah sich anders vorgestellt. Niedergeschlagen trottet sie unter den Birken zu ihrem Felsenthron zurück. Doch anstatt sich zu setzen, öffnet sie eine der beiden anderen Schnapsflaschen und führt sie an die Lippen. Ein wohliger Geschmack breitet sich in ihrem Mund aus. Er hat etwas von moosigen Beeren, ist eher herb als süß. Lecker. Sie nimmt einen zweiten Schluck.

Was Matti wohl hier auf der Insel gemacht hat? Neben dem Saufen. Ob er auf dem Felsen saß und sich neue Gaunereien hat einfallen lassen? Oder hat er sich hier von seinen wie auch immer gearteten Verbrechen entspannt? Jedenfalls hat dieses Eiland etwas Meditatives, findet Sarah. Sicherlich kann man hier gut abschalten – wenn man nicht von der Sorge gequält wird, wie man zurück ans Ufer gelangen soll. Sie nimmt noch einen Schluck aus der Flasche.

Eine Windböe rauscht zwischen den Bäumen hindurch und lässt die Blätter rascheln. Außer der Kühle trägt der Wind noch etwas anderes auf seinen Schwingen. Etwas Feuchtes, Knisterndes.

Sarah überkommt ein Zittern, während sie in die Nacht lauscht. Es hört sich an, als unterhielten sich die Birken im Wind aufgeregt miteinander. Sie runzelt die Stirn. Ja, irgendetwas liegt in der Luft. Fast möchte sie denken, es sei etwas Bedrohliches. Doch das muss sie sich einbilden.

Plötzlich fällt ihr die Tarotkarte wieder ein. Der Reiter auf dem Rappen. Das Zittern verstärkt sich. Warum muss sie ausgerechnet jetzt an ihren bescheuerten Besuch bei Frau Moser denken? … Weil sie das Gefühl hat, dass damit das ganze Unglück anfing, beantwortet sie sich selbst ihre Frage. Abwehrend schüttelt sie den Kopf. Bestimmt setzen die Einsamkeit und der Alkohol ihr zu. Das mit den Karten war bloß Humbug. Sie verdreht die Augen. Dann spitzt sie überrascht die Ohren.

Ein leises Platschen mischt sich unter das Flüstern der Birken.

Aufgeregt richtet Sarah sich auf, nur um sich aufstöhnend mit ausgestrecktem Arm am Felsen abzustützen. Ihr ist schwindelig. Für einen Moment schließt sie die Augen, versucht mit einem kontrollierten Aus- und Einatmen das Karussell in ihrem Kopf zu verlangsamen. Es gelingt nicht gleich.

Blinzelnd öffnet sie die Augen. Das Drehen ist nicht verschwunden, doch es hat sich zumindest verlangsamt. Konzentriert lauscht sie in die Nacht. Eindeutig: Das platschende Geräusch ist lauter geworden. Sarah stößt sich vom Felsen ab und macht drei Schritte den Trampelpfad entlang. »O weh«, entfährt es ihr. Befindet sie sich auf einem schlingernden Schiff? Der Boden schwankt, die Birken um sie herum haben plötzlich zu tanzen begonnen. »Verdammter Schnaps!«, stößt sie hervor. Ganz eindeutig, sie hat zu tief in die Flasche geschaut. Wie viel Prozent so ein selbstgebranntes Schnäpschen wohl hat?

Sie kann nicht sagen, wie lange es dauert, bis sie am Ufer angekommen ist. Hier ist das Geräusch jedenfalls noch deutlicher zu hören. Doch Sarah kann nicht ausmachen, wo es herkommt. Kurz entschlossen hält sie sich mit einer Hand an der Felsformation, an der sie vorhin erfolglos das Ruderboot festband, fest. Dann beugt sie sich so weit wie irgend möglich seitlich über das Wasser. Nur nicht loslassen!, ermahnt sie sich in den stärker werdenden Schwindel hinein. Das Gefühl, auf einem Karussell zu sitzen, wird noch eindrücklicher. Unsicher wendet Sarah den Kopf. Aufgeregt zwinkert sie. Ist das …?

»Ein Boot«, flüstert sie. Mit sanften Ruderschlägen nähert sich ein Boot vom offenen Wasser her der Bucht. Und damit der Insel. Es ist noch etwa einhundert Meter entfernt, wobei Sarah kaum sagen kann, aus welcher Himmelsrichtung es kommt, da sie im kreisenden Schlingern ihres Kopfes kaum Orientierung findet. Blinzelnd strengt sie ihre Augen an, um auszumachen, wer in dem Kahn sitzt, doch ihre Pupillen wollen sich einfach nicht fokussieren. Für einen Moment meint sie, Jalo zu erkennen, doch sofort löst sich das Bild wieder auf. Sie streckt ihre freie Hand über die Wasseroberfläche, dem Ruderboot entgegen. »Hallo, hier bin ich!«, ruft sie über das Wasser, so laut es ihr möglich ist. »Auf der Insel! Ich … ich …« Sie winkt frenetisch.

Der Ruderer dreht sich zur Insel um. Das Platschen hört abrupt auf.

Sarah winkt, dann stockt sie. Hat sie gerade auf Deutsch gerufen? Wenn es nicht Jalo ist, der dort im Boot sitzt, versteht die

Person sie vielleicht nicht. Wieder versucht sie zu erkennen, wer auf der Ruderbank hockt, doch je mehr sie sich auf einen Punkt konzentriert, umso verschwommener wird vor ihren Augen das Bild. Das geht so weit, dass sie schielend für eine Sekunde ein Gerippe auf einem Klepper zu erkennen meint. Sie schwört sich in diesem Moment, nie wieder in ihrem Leben Alkohol zu trinken.

Finnisch! Sie muss sich auf Finnisch verständlich machen! »Vene on poissa!«, ruft Sarah. *Das Boot ist weg.* Lallt sie? Tief holt sie Luft. »Äh … saari … paljon snapsia!« *Insel … viel Schnaps.*

Was redet sie da? Sarah zieht sich mit schmerzverzerrtem Gesicht zurück an Land, denn lange kann sie nicht mehr über dem Wasser hängen. »Konzentrier dich«, ermahnt sie sich. »Ruf etwas Sinnvolles zu dem Boot hinüber!« Doch ihr fallen lediglich Torbens Katzensätze ein. Sie rauft sich die Haare. Dann wird sie eben einfach um Hilfe rufen! Das versteht jeder.

Schwer atmend hängt sie sich erneut über das Wasser. Und traut ihren Augen nicht. Das Boot ist kleiner geworden. »Was …?«, krächzt sie und blinzelt ungläubig. Das Platschen der Ruderblätter ist wieder zu hören, doch es wird leiser. Das verdammte Boot entfernt sich!

»He, warte!«, schreit Sarah, so laut es ihr irgend möglich ist, über den See. »Lopeta!« *Aufhören!* Doch wenn überhaupt, dann entfernt sich das Boot nur noch schneller. Nach einer Weile verschwindet es hinter einer Landzunge. Sekunden später sieht der See so glatt aus, als hätte es das Ruderboot überhaupt nicht gegeben.

Ihr Arm beginnt vor Anstrengung zu zittern. Schnaufend zieht Sarah sich auf den Felsen zurück. »So ein Mistkerl!«, stößt sie ungläubig aus. Wer, bitte schön, lässt in der Nacht eine um Hilfe rufende Frau allein auf einer Insel zurück? Es ist eindeutig, dass der Ruderer sie gehört haben muss. Doch er hat gewendet! Unterlassene Hilfeleistung! Minutenlang bedenkt Sarah den Bootsführer mit allen Verwünschungen, die ihr in den Sinn kommen. Als schließlich ihre Stimme versagt, schleppt sie sich zum Steinthron zurück.

In einem Zug leert sie die Flasche mit dem Sommerbeerenschnaps. Ihr ist zum Heulen zumute. Kraftlos lässt sie sich auf die steinerne Sitzfläche plumpsen. Beinahe apathisch starrt sie in den Birkenhain. Ist das Blätterrauschen lauter geworden? Nun beginnen die Bäume auch, sich zu wiegen. Und plötzlich wirkt alles dunkler – als hätte jemand das Licht gedämmt. Sarah reibt sich die Augen. Macht das der Alkohol? Findet die Bewegung, findet die aufziehende Dunkelheit lediglich in ihrem benebelten Kopf statt?

Ein Donnergrollen lässt sie zusammenzucken. Ihr Blick schnellt gen Himmel. Sie sieht Wolken, die sich eng aneinanderdrücken und rasch über sie hinwegziehen. Gleichzeitig frischt der Wind auf, peitscht jäh über die Insel und lässt Sarah vor Kälte zittern. Ein weiteres Grollen. Dann ein grelles Licht, das für den Bruchteil einer Sekunde die Birken erleuchtet.

»Oh, verdammt!«, flucht Sarah.

Der Regen prasselt hernieder, als hätte sich im Himmel eine Schleuse aufgetan.

ACHTUNDZWANZIGSTES KAPITEL

Auffordernd streckt Tante Anneli ihm die Hand entgegen.

Onni schüttelt den Kopf. Er möchte nicht zu den Kindern hinübergezogen werden. Sie beobachten ihn schon die ganze Zeit über, blicken immer wieder von ihren Sandspielzeugen und Rennautos auf, um zu sehen, was er tut. Er mag das nicht.

»Komm, Onni. Wir gehen nur mal rüber. Das dort ist Oliver, der Sohn einer Freundin von mir. Er freut sich darauf, mit dir zu spielen.« Tante Anneli umfasst Onnis Handgelenk.

Er stemmt sich mit seinem Körpergewicht gegen Anneli. »Nein, ich will nicht!«, presst er hervor. Er will hier auf der Bank sitzen bleiben. Die Kinder versteht er nicht richtig, wenn sie mit ihm spielen wollen. Es ist manchmal so, als sprächen sie eine andere Sprache. Mit ihren Körpern, ihren Bewegungen. Und er weiß nicht, wie er darauf reagieren soll. Also konzentriert er sich sicherheitshalber auf etwas anderes. Auf ein Auto. Einen Bagger. Und damit spielt er dann. Allein. Doch die Kinder sagen später, er sei nicht nett. Und die Eltern sagen, er sei speziell. Und Tante Anneli sagt zu ihm, er solle sich nicht so anstellen.

»Komm jetzt mit! Stell dich nicht so an, Onni.«

Er wird nach vorne gerissen. Seine Schulter schmerzt, doch er presst die Zähne zusammen. Alle gucken ihn an. Ihm ist heiß, er möchte weinen. Doch er gibt keinen Laut von sich, um nicht noch mehr aufzufallen. Stattdessen stellt er sich vor, dass er allein ist. Ganz allein auf dem großen Spielplatz. Kein anderes Kind ist da, kein Erwachsener. Niemand kann ihn sehen. Er ist allein, so wie er es ersehnt und wie er es fürchtet.

Manchmal, wenn Mama und Papa beide arbeiten und keine Zeit für ihn haben, muss er für ein paar Tage nach Yläne zu Tante Anneli. Er hat nichts gegen Tante Anneli, auch wenn sie ungeduldig mit ihm ist. Aber Yläne mag er nicht. Wegen des Gefühls, das der Ort in ihm auslöst, immer wenn er dort ist. Denn dieser Oliver starrt ihn immer an. Natürlich möchte Onni mit ihm spielen, doch er weiß nicht, wie. Reglos sitzt Oliver – manchmal heißt er auch Tapio oder Finja – im Sandkasten, die Augen weit aufgerissen, Onni im Blick. Also schiebt Onni eine Hand in den Sand und hebt sie hoch in die Luft. Er möchte, dass Oliver, Tapio und Finja mit dem Starren aufhören. Doch gleichzeitig möchte er sie umarmen. Aber nie scheint es zu passen. Das Geschrei der Erwachsenen gellt in seinen Ohren, während der Sand ihm am Handgelenk hinunterrieselt. Er holt Schwung …

Mit einem Japsen schlägt Onni die Augen auf. »Was …?« Für einen Moment glaubt er sich in seinem Apartment in Helsinki. Stöhnend richtet er sich auf. Er liegt auf einem Bett, vollständig bekleidet. Sogar die Schuhe hat er noch an. Verwirrt schaut er sich in dem kleinen Zimmer um. Hat Swen etwa …? Doch da fällt ihm ein, wo er ist. In einer Pension in Sysmä. Er ist auf der Suche nach diesem Matti Saarinen, bei dem sich die Statue befindet. Ein Blick auf die Uhr sagt ihm, dass der nächste Morgen bereits angebrochen ist. Als er gestern das Zimmer bezog, wollte er sich nur kurz ausruhen, muss aber sogleich eingenickt sein – und die ganze Nacht durchgeschlafen haben.

Gerade will er sich vom Bett aufrappeln, da stockt Onni. Er spitzt die Ohren. Ein Lied, ziemlich schief gesungen. Er dreht sich zur Wand neben sich. Der Gesang kommt von nebenan. Eine Männerstimme singt, mehr schlecht als recht, irgendeinen Schlager. Onni lässt sich zurück auf die Matratze sinken. Offensichtlich sind die Wände in der Pension äußerst dünn. Onni hat das Gefühl, sein Zimmernachbar stehe direkt neben ihm. Doch er kann ihn nicht sehen, wie auch der Zimmernachbar Onni nicht sehen kann. Ein gutes Gefühl. Onni verschränkt die Hände hinter dem Kopf und lauscht.

Ein Klopfgeräusch lässt das Lied jäh verstummen.

»Ja?«, fragt eine Männerstimme.

»Ich bin es, Marjatta«, antwortet eine Frauenstimme. »Guten Morgen, Toivo.«

Onni hat den Eindruck, die Stimme von Marjatta im Stereo zu hören. Zum einen schallt sie durch die Wand zu ihm herüber, zum anderen dringt sie durch die verschlossene Zimmertür, da die Frau draußen auf dem Flur steht.

Schritte, dann wird eine Tür geöffnet. »Guten Morgen, Marjatta«, sagt Toivo. »Komm herein.«

Das Geräusch eines Stuhls, der über den Boden geschoben wird. »Hast du heute Morgen schon etwas aus Helsinki gehört?«, fragt Marjatta.

»Nein, die Obduktion ist noch nicht abgeschlossen. Ich rechne ehrlich gesagt nicht vor morgen mit einer ersten belastbaren Rückmeldung. Die haben in der Forensik momentan viel zu tun. Wir sind keine Priorität, befürchte ich.«

»Okay, verstehe. Aber du meinst trotzdem, Elias und ich können schon heute zurückfahren?«

»Auf jeden Fall. Es macht keinen Sinn, dass wir zu dritt hier hocken. Ich habe dir erzählt, in welche Richtung mein Verdacht bei dieser Sache geht. Die Ermittlung schaffe ich gut allein. Du weißt ja, wie der Chef rumjammert, wenn wir zu viele Personalstunden auf einen Fall verbuchen. Und ich bin ziemlich stolz darauf, dass unser Team als eines der effektivsten gilt. Ich vermute, das war auch der Grund, warum der Alte mich an meinem freien Tag angerufen und hierhergeschickt hat. Jetzt habe ich nichts dagegen, wenn wir unsere Ressourcen gewohnt sparsam einsetzen, damit es beim Wohlwollen des Chefs bleibt. Ich möchte unbedingt, dass wir von den anstehenden Personalkürzungen nicht betroffen sind. Gerüchten zufolge werden es die Teams mit den meisten Personalstunden sein, die bluten müssen.«

Für einen langen Moment herrscht jenseits der Zimmerwand Stille.

»Es ist nicht so, als wäre ich erpicht darauf, länger als nötig in diesem Loch zu bleiben, doch was ist, falls sich die Lage noch mal zuspitzt?« Aus Marjattas Stimme ist echte Sorge herauszuhören.

»Die Kollegen aus Heinola sind schnell zur Stelle, falls ich sie brauche«, antwortet Toivo ruhig. »Das ist eine fähige Mannschaft.«

Marjattas Seufzen klingt resigniert. »Der Saarinen war kein unbeschriebenes Blatt. Noch können wir nicht sicher sein, dass da nichts Größeres dahintersteckt. Du weißt ja, in welche Richtung seine Kontakte gingen.«

Onni reißt die Augen auf. Saarinen? Er rutscht noch einen Zentimeter näher an die Wand heran.

»Ich bin mir ziemlich sicher, dass die Antwort hier in Sysmä liegt«, sagt Toivo. »Ich werde heute mit ein paar Leuten sprechen. Lass uns die Sache daher erst einmal klein halten.«

»Diese Deutsche …« Marjatta lässt ihren Gedanken unausgesprochen.

Ein Rascheln ertönt. »Du auch eins?«, fragt Toivo.

»Nein, danke.«

»Ich werde mit einigen Leuten sprechen, wie gesagt.« Es klingt nun, als hätte Toivo etwas im Mund, auf dem er herumkaut. Einen Kaugummi, ein Bonbon? »Es fehlen uns nur noch ein paar Informationen, da bin ich mir sicher. Wir gehen dem Ganzen bald auf den Grund. Ich glaube nicht, dass meine Nase mich in diesem Fall täuscht.«

»Du bist der Boss, Toivo. Ich äußere lediglich einen Einwand, da ich nicht möchte, dass die Sache aus dem Ruder läuft. Wenn du mit deiner Theorie recht hast, dann war das schon ein ziemlich heimtückischer Mord. Der vielleicht die Handschrift eines Profis trägt. Aber wenn du meinst, wir sollten den Fall erst mal nicht an die große Glocke …«

Mord? Onni blinzelt.

Toivo gibt ein Brummen von sich.

»Dieser Saarinen hat es sicher einigen Leuten leicht gemacht, Mordgedanken gegen ihn zu hegen.« Marjatta hustet. »Ich bin jedenfalls äußerst gespannt, was die Obduktion zur Frage der Todesursache ergibt. Meist liegst du mit deinen Vorhersagen richtig.«

Entsetzt presst Onni eine Hand auf seinen Mund. Matti Saarinen ist tot?

»Auf jeden Fall war sein Tod gewaltsam, dafür lege ich meine Hand ins Feuer. Doch beim Motiv werden wir eine Überraschung erleben, glaube ich. Deshalb möchte ich den Alten auch noch nicht informieren.« Toivos Stimme ist leiser geworden, als hätte er sich von der Wand wegbewegt. »Ich hoffe nur … Sarah Fuchs, die Deutsche … dieser Brief …«

Obwohl Onni nun ein Ohr fast schon auf die Wand presst, kann er nicht weiter verstehen, was dieser Toivo sagt.

»Ja, du hast recht«, ist Marjatta jetzt wieder zu hören. »Da heißt es, vorsichtig sein. Du musst die Frau im Auge behalten.«

Unverständliches Gemurmel.

»Das hört sich nach einem guten Plan an, Toivo.«

Für einen Moment herrscht Stille, dann ertönt Wasserrauschen.

»Ich habe nichts dagegen, noch ein paar Tage hierzubleiben«, ist Toivo wieder zu vernehmen. Er scheint an seine alte Position im Nebenraum zurückgekehrt zu sein. »Es ist ja auch nicht so, als würde ich in Helsinki von jemandem vermisst.« Er lacht auf.

»Ach, armer Toivo. Du weißt, dass Elias und ich dich in unserem muffigen Kommissariat vermissen werden.« Marjatta lacht ebenfalls. »Denk an uns, wenn du dich hier in Sysmä vergnügst.« Sie betont das letzte Wort.

»Es gibt sicherlich schlimmere Orte, an denen man *Juhannus* verbringen kann.«

»Ach, findest du?« Erneut lacht Marjatta auf. »Sicherlich wird dieser Heimo auf dem Parkplatz vor der Gaststätte ein schönes Feuer entzünden. Und danach gibt es ein schales Bier im Schankraum. Oder hast du etwa schon andere Pläne für das Mittsommerfest am Samstag?«

»Wir werden sehen, wir werden sehen«, sagt Toivo. Er wirkt ausweichend.

»Ich gehe dann mal packen und gebe Elias Bescheid.« Ein Stuhl rückt über den Boden. »Wir hören uns, Toivo.«

»Wir hören uns, ja.«

Eine Tür öffnet sich, fällt kurz darauf ins Schloss. Fast augenblicklich nimmt Toivo das Singen wieder auf. Er stimmt in einen schnulzigen Schlager ein.

Onni ist starr vor Schreck. Saarinen ist tot, ermordet! Und ausgerechnet in Onnis Nebenzimmer ist der ermittelnde Kommissar untergebracht! Der anscheinend eine Deutsche für die Täterin hält. Warum sonst hätten die Polizisten über die Frau, eine gewisse Sarah Fuchs, gesprochen?

Mit rauchendem Kopf dreht Onni sich auf den Bauch. Von nebenan ist immer noch der schräge Gesang des Kommissars zu vernehmen. Onni kann nicht sagen, ob seine plötzlichen Kopfschmerzen von dem Gejaule oder von der niederschmetternden Information, die er soeben erhalten hat, herrühren. Wahrscheinlich von beidem.

Was bedeutet das alles für seine Suche nach der Statue? Swen hat ihm gesagt, er habe das wertvolle Stück bei diesem Saarinen abgegeben. Befindet es sich noch dort? Vor drei Tagen hat Saarinen es von Swen erhalten, in Toilettenpapier eingewickelt. Seitdem kann viel geschehen sein. Seitdem *ist* anscheinend viel geschehen!

Heiß krampft sich Onnis Magen zusammen. Hat die Polizei die Statue etwa konfisziert? Dann wäre sie für ihn unerreichbar. Und seine wissenschaftliche Furore könnte er sich irgendwohin schmieren. Doch sicherlich wäre die Statue in dem Gespräch eben zur Sprache gekommen, wenn die Polizei von ihr wüsste. Onni stößt den Atem aus. »Sie haben sie nicht«, flüstert er. Ob sie also irgendwo bei diesem Matti rumliegt? Wenn niemand weiß, was für eine Kostbarkeit sie darstellt, dann könnte sie, völlig übersehen, vor sich hin stauben.

Ein neuer Gedanke schießt Onni in den Kopf, und er schnappt nach Luft. Wenn er die Statue nun in die Hände bekommt, muss er nicht mehr mit Saarinen verhandeln. Der Mann ist tot! Onnis Puls nimmt an Fahrt auf. Er könnte sich die Statue theoretisch einfach schnappen und damit verschwinden. Dann würde er sich eine harmlose Geschichte für die Fachwelt einfallen lassen, den Leuten eine plausible Geschichte auftischen, wie er ganz zufällig über das Kunstwerk gestolpert sei. So wäre die wissenschaftliche Sensation, die Onni der Welt bescheren will, perfekt und nicht von irgendwelchen kriminellen Umständen beschmutzt. Plötzlich erscheint Onni der Tod Saarinens nicht mehr ganz so schrecklich und unpassend.

Was aber, wenn diese Deutsche, von der die Polizisten sprachen, die Antiquität an sich genommen hat? Hat sie Matti Saarinen getötet, um selbst die Statue zu besitzen? Herr im Himmel, wie würde er, Onni, dann an die Statue kommen? Wie sollte er es bewerkstelligen, mit dieser Frau, einer Mörderin, über das Kunstwerk zu verhandeln? Das bisschen Geld, das er ihr anbieten könnte, wäre ein Witz für jemanden, der nicht einmal davor zurückschreckt, für den Besitz dieses Kleinods zu töten.

Der Kopfschmerz ist so ohrenbetäubend geworden, dass Onni nicht einmal mehr den Gesang von nebenan hört. Er ermahnt sich, Ruhe zu bewahren. Um Ordnung in das Chaos zu bringen, das über ihn hereinzubrechen droht. Dabei, so weiß er, hilft nur eines: Er zieht seinen Rucksack zu sich heran und fischt das Tagebuch und einen Stift heraus.

Zuerst trägt er auf der ersten freien Doppelseite das aktuelle Datum ein, dann bringt er in seiner engen Schrift alles zu Papier, was bisher in Sysmä geschehen ist. Von seiner Ankunft samt der verstörenden Begegnung auf dem Supermarktparkplatz über die Unterhaltung im Schankraum bis zu dem aufschlussreichen Gespräch der beiden Polizisten im Nebenzimmer. So detailliert wie möglich hält er alles fest und schließt ganz unten auf der Seite mit dem noch unlösbar erscheinenden Problem, wie er wohl der Mörderin die Statue abluchsen könne, sollte sie das wertvolle Stück an sich genommen haben.

Nachdenklich lutscht Onni am Kugelschreiber. Zunehmend wird ihm klarer, dass er keine Zeit zu verlieren hat. Je länger er wartet, umso geringer wird die Wahrscheinlichkeit, die Statue zu finden. Für einen Moment kommt ihm der Gedanke, Swen zu kontaktieren, um zu hören, ob der etwas über diese Deutsche weiß. Hat Matti Saarinen vielleicht etwas von ihr erzählt? Onni verwirft die Idee, Swen anzurufen, genauso schnell wieder, wie sie ihm gekommen ist. Swen ist ein Thema für sich.

Nach einigen Minuten lassen die Kopfschmerzen wieder nach. Nebenan ist Stille eingekehrt, bemerkt Onni. Prüfend lauscht er hinüber, doch er hört keinen Laut. Der Kommissar wird sein Zimmer verlassen haben, nimmt er an. Zweifellos, um sich dieser kriminellen Deutschen zu widmen. »Hoffentlich stößt er dabei nicht auf die Statue«, raunt Onni.

Nachdem er seine Aufzeichnung noch einmal durchgelesen hat, fällt Onni einen Entschluss. Er wird sich nicht von seinem Weg abbringen lassen, koste es, was es wolle. Angst darf er keine haben. Dafür ist er bereits zu weit gekommen. Er hat die einzigartige Chance erhalten, sich vor der Welt zu beweisen. Fett kreist er auf der Tagebuchseite den Namen der Deutschen ein. *Sarah Fuchs*. Nach Matti Saarinens Tod ist sie eine vielversprechende Spur, um die Statue zu finden.

Gedankenverloren kritzelt Onni neben dem markierten Namen

der Frau auf dem Papier herum. Er fragt sich, wie er am besten weiter vorgeht. Einerseits muss er natürlich nachsehen, ob sich die Statue noch im Besitz von Saarinen befindet. Falls er sie dort nicht findet, gilt es herauszubekommen, ob diese Deutsche das Relikt an sich genommen hat. Doch erst einmal will er unter die Dusche springen, frische Kleidung anziehen und sich irgendwo einen Kaffee besorgen. Dann kann er sich im Ort nach Saarinen und dieser Sarah umhören. Und sobald er weiß, wo Saarinen gelebt hat, wird er dort nach der Statue suchen. Ein einfacher und somit ein guter Plan.

Plötzlich sind Onnis Handflächen feucht, und er wischt sie grinsend an der Bettdecke ab. Mit ein wenig Glück nennt er die Statue bereits in wenigen Stunden sein Eigen! Dann ändert sich sein Leben, dann ändert sich alles!

Gerade will er das Notizbuch zuklappen, da bleibt sein Blick an dem hängen, was er soeben gedankenverloren in das Tagebuch gezeichnet hat, direkt neben den umkreisten Namen der Deutschen. Er runzelt die Stirn. Die kleine Zeichnung sieht aus wie ein dürres Skelett auf einem Pferd.

»Wie albern.« Er schnauft und schlägt das Tagebuch mit Schwung zu. Der schwarze Schwan ist ihm deutlich besser gelungen.

NEUNUNDZWANZIGSTES KAPITEL

»Vielen Dank«, bringt Sarah mühsam hervor und greift nach der ihr dargereichten Hand. Mit steifen Gliedern kämpft sie sich auf das Ruderboot und lässt sich ungelenk auf der hinteren Bank nieder, wobei ihre durchtränkte Hose ein schmatzendes Geräusch von sich gibt. Ihrem eigenen Boot, das mit einem Seil an Jalos Ruderboot festgemacht ist, wirft sie einen wütenden Blick zu.

»Was ist denn passiert?«, fragt Jalo, während er sich setzt. Sogleich senkt er die Ruderblätter ins Wasser und zieht mit kraftvollen Schlägen auf den See hinaus. »Ich habe dein Boot im Schilf entdeckt und mir gleich gedacht, dass da etwas nicht stimmt. Vor allem, weil nur ein Ruder im Boot lag.«

»Als ich gestern Abend auf die Insel geklettert bin, hat sich das Tau gelöst.« Sarah räuspert sich mehrmals. Sie hat den Eindruck, ihre raue Stimme gehöre einer Fremden. »Das Boot war schneller weg, als ich gucken konnte.«

»Du warst die ganze Nacht über auf der Insel?«

Sarah nickt. Sie versucht, den Kopfschmerz zu ignorieren, der hinter ihrer Stirn pocht. Er resultiert natürlich aus einer Kombination von fehlendem Schlaf und dem Kater, der sie heute Morgen nach dem ausschweifenden Schnapskonsum plagt. Der Frust, vom Regen durchweicht auf der Insel festzusitzen, hat sie in der Nacht mehr als nur einmal zur Flasche greifen lassen. In der dritten Flasche befand sich Himbeergeist, ein köstliches Vermächtnis Saarinens. »Woher wusstest du, dass ich auf der Insel zu finden bin, Jalo?«

Jalos Miene ist völlig unbewegt. Aus seinen stahlblauen Augen sieht er Sarah unverwandt an, während er das Boot in Richtung Ufer steuert, ohne sich dabei auch nur einmal umzuschauen. Erst nach einer langen Pause, in der nur die Ruderschläge zu hören sind, antwortet er: »Alle fahren immer erst einmal auf die Insel.«

»Wie meinst du das?« Sarah hat das Gefühl, ihr Gehirn wäre eingefroren. Das Denken fällt ihr schwer, sie kann dem alten Fischer nicht folgen. Warum muss Jalo auch immer so wortkarg sein?

»Alle Gäste, die das *mökki* mieten, fahren zur Insel hinaus. Es ist eines der ersten Dinge, die sie tun, wenn sie angekommen sind. Als würde die Insel sie magisch anziehen.« Der Ansatz eines Schulterzuckens.

»Ist das Haus denn oft vermietet?«

Eine erneute Pause. »Es stand für längere Zeit leer. Ich habe gehört, die Besitzer hätten die Miete stark erhöht. Das hat wohl in den letzten Monaten ein paar Leute davon abgehalten, hierherzukommen.« Etwas in Jalos Stimme deutet an, dass er gegen diesen Umstand nichts einzuwenden hat.

Die Miete ist happig, da kann Sarah nur zustimmen. Doch es gab kein anderes *mökki* dieser Ausstattungsklasse, das kurzfristig frei war. Nun weiß sie also, warum sie dieses Haus noch ergattern konnte.

Unter Jalos Pullover spannen sich beim Rudern knotige Muskeln. »Sie selbst wohnen in Helsinki. Die Besitzer, meine ich.«

»Ja, ich weiß«, sagt Sarah. »Die Adresse stand auf der Buchungsbestätigung, die mir zugesandt wurde. Wer kümmert sich denn um das Haus, wenn es leer steht? Irgendjemand muss doch nach dem Rechten sehen. Prüfen, ob alles in Ordnung ist, bevor ein neuer Gast ankommt. Fahren die Besitzer etwa immer selbst zwischen Helsinki und Sysmä hin und her?«

»Hilla.«

»Hilla?« Wieso kommt ihr der Name …? Die Frau im Supermarkt! Der pinkfarbene Bär.

»Sie kümmert sich um solche Sachen.« Jalo zieht ein Ruder aus dem Wasser, mit dem anderen navigiert er das Boot zwischen den Felsen, die sich nahe dem Ufer unter der Wasseroberfläche verbergen, hindurch. Dann wechselt er die Seiten. Dabei lässt er Sarah keinen Moment aus den Augen. Ohne jeglichen Zusammenstoß mit den heimtückischen Steinen gleitet das Boot elegant auf den Steg zu, wie auf Autopilot.

»Hilla kümmert sich also um das Haus«, sagt Sarah nachdenklich. »Kannte sie Matti Saarinen gut? Immerhin war er der unmittelbare Nachbar.«

Jalos Gesicht gleicht dem einer Sphinx. »Wir sind da«, erklärt er und steuert das Boot an den Steg. Er lässt nicht erkennen, ob er Sarahs Frage überhaupt gehört hat. In einer fließenden Bewegung steht er auf und springt an Land. Erst vertäut er sein Boot, dann hilft er Sarah auf den Steg. »Das andere Ruder werde ich sicher auch noch auftreiben.« Er löst Sarahs Boot von seinem eigenen und macht es ebenfalls am Steg fest. »Sobald ich es gefunden habe, lege ich das Ruder zu dem anderen. Meist treiben Dinge hier nicht allzu weit weg.«

So wie Matti, schießt es Sarah durch den Kopf. Ein Frösteln läuft ihr über den Rücken. »Jalo, warst du letzte Nacht auf dem See?«

Diesmal hält der Fischer inne und schaut Sarah mit einem tiefen Stirnrunzeln an. »Letzte Nacht?«

»Als ich auf der Insel war, kam ein Boot angerudert. Ich rief etwas hinüber, doch der Mann drehte einfach um und ließ mich auf der Insel sitzen.«

»Wie sah die Person denn aus?«

»Das … das habe ich nicht genau sehen können. Ein Mann, dunkle Kleidung und Mütze. Für einen Moment dachte ich, du wärst es.« Sarah beobachtet Jalos Reaktion, doch kein noch so kleiner Muskel regt sich im Gesicht des Fischers.

»Ich war es nicht«, antwortet er lapidar.

»Wer könnte es gewesen sein? Hast du eine Idee? Wer könnte hier des Nachts über den See rudern und Reißaus nehmen, sobald man zu ihm hinüberruft?«

»Aus welcher Richtung kam der Mann denn?« Jalo löst das Seil seines Bootes vom Steg.

»Das kann ich nicht sagen«, antwortet Sarah kleinlaut. »Ich war so … durcheinander, dass ich nicht darauf geachtet habe.« Dieser verteufelte Schnaps!, flucht sie innerlich.

Mit einem großen Schritt ist Jalo in seinem Boot und setzt sich auf die Ruderbank. »Dann fällt mir keiner ein«, sagt er und greift nach den Rudern. »Ich muss jetzt die Netze kontrollieren.« Damit wendet er das Boot und rudert davon, ohne Sarah noch einmal anzusehen. Sein Blick liegt nun fest auf einem Punkt am Ufer. Es dauert nicht länger als eine Minute, und der Fischer ist hinter einer Landzunge verschwunden.

»In Luft aufgelöst, wie der Kerl letzte Nacht«, raunt Sarah und schüttelt den Kopf. Sie ist sich nicht sicher, was sie von der ganzen Sache halten soll. Irgendetwas sagt ihr, dass Jalo mehr weiß, als er mit ihr teilt. Nachdenklich stemmt sie die Hände in die Hüften, nur um angewidert das Gesicht zu verziehen. Die kalte Feuchtigkeit ihrer regendurchweichten Kleidung liegt ihr unangenehm auf der Haut. Eilig dreht sie sich um, schultert ihren Rucksack und stakst zum Haus hinauf. Es ist höchste Zeit für einen starken Kaffee und eine Schmerztablette. Und umziehen muss sie sich natürlich auch. Eine Lungenentzündung würde ihr gerade noch fehlen.

Während der Kaffee durch die Maschine läuft, gönnt Sarah sich eine ausgedehnte und vor allem heiße Dusche. Danach geht es ihr deutlich besser. Die Kälte ist aus ihren Knochen gewichen, und ihr Kopf ist klarer. Sie kleidet sich an, dann lockt der Geruch von frisch aufgebrühtem Kaffee sie in die Küche. Mit einem dampfenden Kaffeebecher in der Hand tritt sie auf die Veranda, zieht sorgsam die Schiebetür hinter sich zu. Sosehr sie die

Natur hier liebt – sie möchte keine Tiere im Haus haben. Ihre Freundin Anke hat einmal von einem angemieteten Ferienhaus in Griechenland berichtet, das eine reine Mäuseherberge war. Sicherlich sind finnische Mäuse nicht weniger erpicht darauf, sich in menschlichen Behausungen einzunisten und es sich dort gut gehen zu lassen.

Sarah macht es sich in der Sitzgruppe auf einem Sessel bequem. Genüsslich nippt sie an dem heißen Kaffee und genießt die Morgensonne. Ihr Blick schweift über die Veranda und bleibt an einem großen Gasgrill hängen, der in einer Ecke steht. Das wäre etwas für Udo, denkt sie. Kochen kann Udo kein bisschen, aber im Grillen ist er ein Weltmeister. Säuerlich verzieht sie das Gesicht. Für einen Moment hatte sie ganz vergessen, dass Udo ein abgeschlossenes Kapitel in ihrem Leben ist. Udo hat es vorgezogen, sein Würstchen für diese Ramona zu brutzeln.

Nachdenklich schaut sie auf den See hinaus. Was verheimlicht Jalo ihr? Je länger dieser Gedanke sie beschäftigt, umso klarer wird ihr, dass der Fischer mehr zu Matti sagen könnte, als er tut. Und das liegt nicht nur an seiner generellen Verschlossenheit. War er in der vergangenen Nacht wirklich nicht auf dem See unterwegs? Nachdenklich versinkt Sarahs Blick im glitzernden Wasser. Matti war anscheinend ein Ganove, über den niemand offen sprechen will. Jalo nicht, aber auch nicht diese Hilla aus dem Supermarkt. Haben die Leute Angst vor Matti, selbst jetzt noch, wo er tot ist? Warum?

Mit einem Stirnrunzeln trinkt Sarah den Kaffee aus und stellt die leere Tasse auf den Loungetisch. Sie muss dem Kommissar einen hieb- und stichfesten Hinweis auf den wahren Täter liefern, damit Aalto endlich von ihr ablässt. Nicht, dass der Polizist noch auf dumme Gedanken kommt und wirklich einen Haftbefehl gegen sie erwirkt. Dann wäre ihr die Aufmerksamkeit der gesamten deutschen Boulevardpresse gewiss. Selbst wenn sich spätestens vor Gericht zeigen würde, dass die Vorwürfe gegen sie haltlos sind, würde sie von allen Seiten in die Mangel genommen. Und das würde sie nicht verkraften.

Sie muss noch mal mit dem Fischer sprechen. Diese Hilla sollte sie ebenfalls aufsuchen. Eigentlich hatte die Frau während ihrer Begegnung im Supermarkt anfangs sehr freundlich gewirkt – bis das Gespräch auf den Toten kam. Warum hat Hilla Sarah so eindringlich davor gewarnt, Fragen zu Matti zu stellen? Ob sie etwas von seinen Gaunereien mitbekam, während sie sich um das *mökki* kümmerte? Ein leises Ziehen im Magen verrät Sarah, dass sie eine Spur haben könnte. Dass ihr niemand etwas zu Matti mitteilen will, ist ihr Bestätigung, genau an dieser Stelle zu graben. Sie muss die Leute zum Reden bringen, um bei der Suche nach dem Mörder weiterzukommen. Nachher wird sie in den Ort fahren und herausfinden, wo diese Hilla wohnt. Und wenn sie schon einmal in Sysmä ist, sollte sie sich wohl auch ein neues Handy beschaffen.

Ein tiefes Gähnen überkommt Sarah. Wie eine kalte Welle schwappt die Müdigkeit über sie hinweg. In der Nacht hat sie auf dem Steinthron kein Auge zutun können. Das rächt sich jetzt. Es gelingt ihr kaum mehr, die Augen offen zu halten. Mit jedem weiteren Blinzeln fällt es ihr schwerer, die Lider wieder zu öffnen. Vielleicht sollte sie die Augen nur für ein paar klitzekleine Sekunden schließen, um sich auszuruhen, überlegt sie schläfrig. Nur für einen kleinen Moment ausruhen, um …

Das Ruderboot nähert sich langsam der Insel. Es gleitet durch einen milchigen Nebel, der nur die Konturen des Kahns erahnen lässt. An den Riemen sitzt jemand, mit dem Rücken zu Sarah. Sie kann einen weiten Umhang erahnen, eine dunkle Kopfbedeckung, doch mehr nicht. Langsam, aber kraftvoll zieht der Ruderer die Ruderblätter durch das Wasser. Dies hört Sarah mehr, als dass sie es in dem dichten Nebel sehen kann.

»Jalo?«, flüstert sie fragend in die Nacht hinein. Kommt der Fischer, um sie von der Insel zu retten? Sie ist hier gefangen. Kann nicht weg. Muss auf dem Thron sitzen, wie eine Königin ohne

Königreich. Sie lauscht auf eine Antwort, doch bis auf das Platschen der Ruder ist es totenstill. Warum kommt das Boot nicht näher?, fragt sie sich. Doch plötzlich weiß sie, dass es nicht Jalo ist, der es steuert.

»Matti?« Ihr Flüstern bebt nun von verhaltener Angst. Ist der Ganove hier aufgekreuzt, um seine Schnäpse einzusammeln? Sie hat alle Flaschen geleert. Moosbeeren. Himbeeren. Sommerbeeren. Es ist nichts mehr übrig. Wird Matti sie dafür bestrafen wollen? Sie lauscht auf eine Antwort, doch bis auf das Platschen der Ruder ist es totenstill. Warum kommt das Boot nicht näher?, fragt sie sich. Doch plötzlich weiß sie, dass es nicht Matti ist, der es steuert.

»Tod?«, haucht sie in die Nacht. Kommt das Gerippe, um sie abzuholen? Reitet es auf seinem schwarzen Boot heran, um eine Prophezeiung zu erfüllen? Sie hat Udo bestraft. Das Feuer hat wilde Funken geworfen. Wird der Knochenmann sie auch dafür belangen wollen? Sie lauscht auf eine Antwort, aber bis auf das Platschen der Ruder ist es totenstill. Doch sie kann nun im sich auflösenden Nebel erkennen, dass das Boot näher kommt. Knochige Hände steuern den Kahn gekonnt an den verborgenen Felsen vorbei.

Die ganze Zeit über standen die Bäume still, doch nun tanzen sie plötzlich. Wiegen sich von links nach rechts, als folgten sie einer unhörbaren Melodie. Ein Knacken hallt durch den Hain. Als brächen Äste. Jäh erkennt Sarah ihren Fehler. Nicht die Bäume bewegen sich, etwas bewegt sich zwischen den Bäumen. Das Knacken und Knirschen wird lauter.

Sarah reißt ihre Augen auf. Für einen Moment ist sie orientierungslos, dann begreift sie, dass sie auf der Veranda ihres *mökki* eingenickt ist. Ihr schläfriger Blick fällt auf die leere Kaffeetasse neben ihr. Alarmiert richtet sie sich im Sessel auf. Den Traum hat sie hinter sich gelassen, doch das Knacken und Knirschen ist geblieben. Überrascht dreht sie den Kopf.

Unweit der Veranda bewegt sich etwas durch den Wald. Äste knacken, ein Vogel fliegt schimpfend auf. Das Geräusch kommt näher. Direkt auf Sarah zu.

»Oh, verdammt!«, stößt sie aus und springt auf die Beine. Dann stürzt sie zur Verandatür. Wie eine Maschinengewehrsalve trommeln die Absätze ihrer High Heels auf die Holzplanken. Sarah drückt hektisch gegen die Schiebevorrichtung, doch die Tür lässt sich nicht öffnen. Verzweifelt stöhnt sie auf. Ausgerechnet jetzt muss die verdammte Tür wieder klemmen! In ihrem Rücken hört sie die Bewegung zwischen den Bäumen lauter werden.

Der Rucksack liegt in ihrem Schlafzimmer, fällt es ihr siedend heiß ein. Und damit auch das Pfefferspray. Sie dreht sich um, den Rücken gegen die Scheibe gepresst. Nahe den Holzstufen zur Veranda rascheln Äste, brechen Stöcke. Etwas Dunkles kommt durch den Wald auf sie zu.

Der Bär! Sarah krampft die Hände zusammen, starr vor Angst. Sie weiß, dass dies nur der Bär sein kann, der durch den Wald streift. Doch sie weiß auch, dass sie sich nicht auf den Boden legen wird, um sich tot zu stellen.

»Ich scheiß auf Hillas Übung«, schreit Sarah und sprintet zum Grill hinüber. Sie greift den großen Würstchenwender, der an einem seitlichen Haken hängt, und bringt sich genau in dem Moment breitbeinig in Stellung, als der große Schatten schnaufend durch die letzte Baumreihe bricht.

DREISSIGSTES KAPITEL

Er hält es kaum aus. Nach außen muss er so tun, als wäre alles wie immer. Leuten zunicken, hier ein paar Worte wechseln, dort jemandem auf die Schulter klopfen. Innerlich jedoch schreit er vor Wut dermaßen laut, dass er sich wundert, warum außer ihm niemand das Gebrüll hört.

Die Frau hat ihm aufgelauert. Letzte Nacht, als er unterwegs zu Mattis Haus war, um die Statue zu suchen. Plötzlich hat sie ihm von der Insel aus etwas zugerufen. Da wollte er gerade in die Bucht einlaufen. Wie ein Gespenst ist sie aufgetaucht. Für einen Moment hat er gedacht, sein Herz würde stehen bleiben, so überrascht war er von ihrem Erscheinen. Dann hat sie ihn beschimpft. Von dem Gezeter hat er zuerst kein Wort verstanden, doch ihrem Tonfall konnte er entnehmen, dass sie äußerst aufgebracht war. Schließlich hat sie ihm ein paar Brocken auf Finnisch zugeworfen.

Erst wollte sie ihn anscheinend mit Schnaps auf die Insel locken. Was sollte das? Eine alte KGB-Manier? Als das Manöver nicht fruchtete, schrie sie außer sich, er solle »aufhören«. Womit sollte er aufhören? Nach der Statue zu suchen? Ja, zweifellos.

Was für ein gewieftes Biest dieses Weibsstück ist! Das Haus von der Insel aus zu observieren, um ihn abzufangen! Diese Frau ist sogar noch um einiges gefährlicher, als er sie eingeschätzt hat. Sie ist auf eine professionelle Art irre. Unberechenbar. Gibt es etwas Beunruhigenderes?

Ob sie ihn in der Nacht erkannt, ob sie sein Gesicht gesehen hat? Eigentlich dürfte dafür der Abstand zu groß gewesen sein.

Außerdem hatte er die Mütze ins Gesicht gezogen. Wäre sie sich darüber im Klaren, wer er ist, dann hätte sie ihm längst von hinterrücks einen Waffenlauf gegen die Schläfe gedrückt.

Wahrscheinlich hat sie sich gestern auf die Lauer gelegt, weil er das Handy unbrauchbar gemacht hat. Wer weiß, wie viele Male sie schon versucht hat, ihn anzurufen. Jetzt ist ihr natürlich klar, dass er nicht länger vorhat, mit ihr ins Geschäft zu kommen. Oh, sie wird geschäumt haben, als dieses Lämpchen in ihrem Hirn anging. Verdammt, wenn diese Frau ihn in die Finger bekommt, macht sie Hackfleisch aus ihm. Am sichersten wäre es wohl, ihr zuvorzukommen. Ein nasses Grab hat er schließlich bereits für sie gefunden. Das Problem ist jedoch ihr Auftraggeber. Mit dem möchte er es sich nicht verscherzen, solange das Geschäft nicht abgewickelt ist. Deshalb ist er gestern auch nicht zur Insel gerudert und hat sie nicht Bekanntschaft mit seinem Jagdmesser machen lassen. Obwohl es ihm in den Fingern gejuckt hat! Doch damit wartet er noch einen Tag oder zwei, bis er die Statue in den Händen hat. Dann ist diese Sarah für alle Beteiligten wertlos. Und er kann sich ihr widmen.

Die Statue. Ist sie noch in Mattis Haus? Er glaubt nicht, dass die Frau bereits in dem *mökki* war, um dort selbst nach dem Ding zu suchen. Besäße sie die Statue, hätte sie ihm nicht auflauern müssen. Sicherlich weiß sie noch nicht, dass die Bullen vom Tatort abgezogen sind. Daher traut sie sich nicht näher ans Gebäude ran. Schließlich haben die Bullen sie im Visier. Dafür hat er gesorgt. Das war ein gekonnter Schachzug.

Gleichzeitig versteht er diesen Punkt am wenigsten. Wie konnte die Frau auf der Insel hocken, anstatt eingebuchtet zu sein? Der Kommissar muss den Brief Stunden vorher erhalten haben. Er hat ihn dem Mann quasi auf den Schoß gelegt. Sein Schreck, als sie ihn in der Nacht plötzlich anschrie, rührte genau daher: Er hatte alles dafür getan, um sie aus dem Verkehr zu ziehen! Dennoch tauchte sie auf, gerade als er in das Haus wollte.

Sie ist unfassbar gut. Auch wenn er sie hasst – das muss er ihr lassen. Es ist ihm ein Rätsel, wie sie sich aus der Sache mit dem Brief hat herausmanövrieren können. Zumindest für ein paar Stunden festsetzen hätten die Bullen sie müssen. Ob sie über Kontakte bis in die Spitze der Polizei hinein verfügt? Er traut ihr alles zu.

So schnell wie möglich muss er in Mattis Haus gelangen. Auch deshalb schreit er innerlich so laut vor Wut. Ausgerechnet jetzt kommt er nämlich nicht hier weg, muss freundlich nicken und Hände schütteln. Dabei hat er Wichtigeres zu tun. Aber es würde sofort auffallen, wenn er jetzt verschwände. Er muss den richtigen Zeitpunkt abpassen, um zum *mökki* hinauszufahren. Es kann nur unter größter Vorsicht und während eines knapp bemessenen Zeitraums geschehen. Er betet, dass es bis dahin nicht bereits zu spät ist. Dass diese Sarah ihm nicht zuvorkommt. Dann wäre alles umsonst gewesen. Doch jetzt darf er sich nichts anmerken lassen. Er muss sich verhalten wie immer.

Er fährt herum, als jemand ihm von hinten auf die Schulter tippt. »Ach, du bist es«, knurrt er gereizt.

»So schreckhaft, das kennt man sonst gar nicht von dir.« Sie zwinkert ihm zu.

Er zwingt ein Lächeln auf seine Lippen. »Ich war gerade in Gedanken.«

»Du machst ein Gesicht wie sieben Tage Regenwetter. Dabei ist doch jetzt gute Laune und Party angesagt.« Sie knufft ihm in die Seite. »Was geht dir denn durch den Kopf?«

»Die Sache mit Matti«, erwidert er betont wegwerfend. Gleichzeitig verflucht er sich dafür, dass er es wieder nicht geschafft hat, dem Drang zu widerstehen, über den Mord zu sprechen. »Ein Todesfall ist immer schlimm, egal, wie groß das Arschloch ist, das gestorben ist.«

Sie nickt, dann lässt sie wie beiläufig einen Finger über seinen Unterarm streichen. »Weißt du, was mir gestern passiert ist?«

»Hm?«

»Ich bin dieser ausländischen Freundin vom Matti begegnet. Dieser Sarah.«

Abrupt bleibt er stehen, zwingt sich aber sofort weiterzugehen, als wäre er nur gestolpert. Er räuspert sich. »Ach, was hat sie denn gesagt?«

»Hat Fragen nach Matti gestellt.«

»Was denn für Fragen?« Er spürt, wie sich Schweiß zwischen seinen Schulterblättern bildet. Ist sie ihm bereits auf der Spur?

»Halt so allgemeine Fragen.«

»Was heißt das?«, schnappt er. Sofort erkennt er in ihrer Miene, dass er zu harsch reagiert hat. Beschwichtigend fährt seine Hand über eine ihrer Pobacken. Sogleich hellt sich ihre Miene auf. Es funktioniert immer wieder, denkt er, nicht ohne eine Spur Verachtung. Doch er zwingt sich, Freundlichkeit in seine Stimme zu legen. »Sie muss doch etwas Bestimmtes gefragt haben.«

»Sie wollte einfach wissen, ob ich Matti gekannt habe. Da habe ich geschaltet und ihr an den Kopf geworfen, sie sei die Freundin von dem Ganoven. Hat sie vehement abgestritten. Dabei weiß ganz Sysmä, dass sie nackt durch Mattis Haus gelaufen ist. Welche Frau macht so etwas, es sei denn, sie hat etwas mit dem Bewohner des Hauses?« Sie wirft ihm einen Blick von der Seite zu. »Sie ist sehr attraktiv.«

Er zuckt mit den Schultern.

»Ich bin gespannt, ob sie auch kommt.«

Wieder hätte es ihn beinahe kalt erwischt. Er verbirgt seine Überraschung hinter einem Husten. »Wer? Wohin?«

»Na, ob diese Sarah auch kommt. Hierher. Könnte ich mir schon vorstellen. Ist schließlich ein nettes Fest. Der Beginn der *Juhannus*-Feierlichkeiten, wenn man so will.«

Der Schweißtropfen löst sich zwischen seinen Schulterblättern und läuft ihm die Wirbelsäule hinab. Er kann ein Schaudern nicht unterdrücken.

»Alles okay mit dir? Du wirkst irgendwie neben der Spur.« Sie beäugt ihn skeptisch.

»Alles gut. Bekomme eine Erkältung, vermute ich. Kopfschmerzen.«

»Du Armer!« Wieder streichelt sie seinen Unterarm. »Hast dich bestimmt zu sehr verausgabt.« Ihr Auflachen ist gackernd. »Doch Scherz beiseite. Soll ich dir etwas aus der Apotheke holen?«

»Nein, danke. Geht schon.«

»Dann bin ich beruhigt. Ich gehe mal zur alten Kauppinen rüber. Wir sehen uns später.«

»Okay, bis später. Ich gehe etwas trinken.« Er ist in Gedanken bereits woanders. Bei Sarah. Wird sie hier auftauchen? Falls sie es tut – wird sie ihm zu verstehen geben, dass sie weiß, wer er ist? Oder tappt sie weiterhin im Dunkeln, was seine Identität angeht? Vielleicht spielt sie aber auch ein perfides Spiel mit ihm. Wie die Katze mit einer Maus, deren Rückgrat bereits unter der Tatze klemmt. Zumindest würde Sarahs Erscheinen bedeuten, dass sie nicht in Mattis Haus herumkramt und dort nach der Statue sucht. Denn so gut sie fraglos ist – an zwei Orten gleichzeitig sein kann selbst sie nicht.

Er bemerkt, wie sie sich auf dem Weg zur alten Kauppinen noch einmal umdreht und ihm wie zufällig zuzwinkert. Halbherzig erwidert er die Geste. »Okay, bis später, Hilla«, flüstert er geistesabwesend.

EINUNDDREISSIGSTES KAPITEL

Er lässt sich von Heimo einen Kaffee geben, dann geht Onni in den halbdunklen Schankraum hinüber. Die Kaffeetasse balanciert er dabei auf der Untertasse. Suchend sieht er sich nach einem freien Tisch um, möglichst seitlich, am Rand. Erstaunt hebt er die Augenbrauen. Mit so vielen Gästen hat er nicht gerechnet. Vor allem nicht an einem Vormittag. Der Schankraum ist fast bis auf den letzten Platz besetzt. Nur die schwappende Flüssigkeit in der Tasse hält ihn davon ab, sogleich seinem Fluchtreflex nachzugeben. Das Stimmengewirr, das über ihn hereinbricht, legt sich wie eine Wattewolke auf sein Gehirn. Onni weicht einen halben Schritt zurück.

»Junge, steh da nicht so verloren rum«, ertönt eine Stimme. »Setz dich hierher. Wir beißen nicht.«

Onni benötigt eine Sekunde, um zu realisieren, dass er gemeint ist. Langsam dreht er den Kopf in die Richtung, aus der die Stimme kam. Keine drei Schritte von ihm entfernt sitzen zwei Männer an einem Tisch und blicken ihn abwartend an. Er schätzt die beiden auf Mitte vierzig. Sie sehen sich auf eine Weise ähnlich, die nichts mit Verwandtschaft zu tun hat. Beide tragen verwaschene T-Shirts und Jeans, beiden sitzen abgenutzte Trucker Caps auf den braunhaarigen Köpfen. In beiden Dreitagebärten leuchten erste graue Stellen. Und beide Männer haben ein halbgefülltes Bierglas vor sich stehen.

Der Mann mit der schwarzen Kappe nickt ihm zu. »Willst du da Wurzeln schlagen?«

Sein Tischnachbar, er trägt eine grüne Kappe mit dem Werbesymbol einer Automarke, beugt sich vor und drückt einen freien Stuhl vom Tisch. »Pflanz dich.«

Wie in Trance balanciert Onni die Kaffeetasse hinüber und setzt sich zu den Männern an den Tisch. »Ich … äh … danke.«

»Kein Problem. Es ist hier heute voll«, erklärt der Mann mit der grünen Kopfbedeckung und streckt Onni seine Hand entgegen. »Ich bin Eetu.«

Onni zuckt zusammen, derart fest drückt der Mann seine Hand. Er blickt erschrocken auf Eetus ausladende Oberarme, die sich während des Händeschüttelns zur Größe von Melonen anspannen. Nachdem er seine schmerzende Hand zurückgezogen hat, gelingt es ihm kaum, die aneinandergepressten Finger voneinander zu lösen.

»Veetie«, sagt der andere Mann, und das Spiel wiederholt sich.

Diesmal meint Onni sogar zu hören, wie etwas in seiner Hand knackt. Er muss die Zähne zusammenbeißen, um nicht aufzuschreien. »Ich … äh … Onni«, presst er hervor. Eilig zieht er die Hände unter die Tischplatte und schüttelt sie dort aus. Sosehr es ihn nach einem Schluck Kaffee lechzt, im Augenblick traut er es sich nicht zu, die Tasse anzuheben.

»Bist du fürs Fest in die Stadt gekommen?«, fragt Eetu.

»Für ein Fest?« Onni blinzelt. »Welches Fest?«

Veetie nimmt einen Schluck aus seinem Bierglas, dann schüttelt er den Kopf. »Du kennst nicht unser Stadtfest, Onni? Damit läuten wir jedes Jahr hier in Sysmä die Mittsommerfeierlichkeiten ein. Eetu hat in der Nacht dabei geholfen, die Stände vom Jahrmarkt hochzuziehen. Wobei der Depp beinahe mit seinem Traktor den Strommast mitgenommen hat.« Er lacht auf.

»Shit happens!«, grölt Eetu und hebt eine Pranke, damit Veetie einschlagen kann. Mit einem Knall krachen die beiden Handflächen aneinander. »Du hast dich ja wieder mal erfolgreich vor dem Job gedrückt, Mann.«

»Jedenfalls hat Eetu bis zum Morgen durchgearbeitet, und *wir* gönnen uns daher jetzt ein frühes Bierchen«, ergänzt Veetie grinsend. »Bevor es nachher zur Party weitergeht.«

Unter dem Tisch knetet Onni seine schmerzenden Hände. Immerhin scheint nichts gebrochen zu sein, stellt er erleichtert fest. »Ihr wohnt hier im Ort?«

»Mir gehört der Hof, der im Süden beim Campingplatz liegt«, erklärt Veetie und zieht die Kappe vom Kopf, um sich an der Schläfe zu kratzen. »Und Eetu der Hof nördlich der Stadt. Sein Land fängt da an, wo die Erdbeerfelder liegen.«

»Ah, okay. Ich kenne mich hier nicht aus, die Erdbeerfelder sagen mir nichts. Aber den Campingplatz habe ich gestern gesehen, als ich mit dem Bus in die Stadt gekommen bin.«

Veetie hebt einen Daumen.

Onni wagt es, die Tasse anzuheben, und nimmt einen Schluck Kaffee. Er kann geradezu spüren, wie das Koffein belebend durch seine Blutbahnen schießt. Während er die Tasse langsam wieder abstellt, überlegt er fieberhaft, wie er sich am besten verhalten soll. Die beiden Männer sind anscheinend freundlich, doch sie verunsichern ihn. Ihren rauen, kumpelhaften Umgang ist er nicht gewohnt. Irritiert rückt er an seiner Brille herum.

»Und was treibst du in Sysmä, wenn du nicht fürs Fest gekommen bist?«, will Eetu wissen.

»Ich … ich besuche einen Freund«, stottert Onni. Er widersteht der Verlockung, seinen Blick in dem Fernseher, der an der gegenüberliegenden Wand Sportnachrichten in Dauerschleife zeigt, zu vergraben. Dies ist eine unverhoffte Gelegenheit, um Informationen zu erhalten, ermutigt er sich. Um an die Statue zu gelangen, muss er einfach mehr aus sich herausgehen, als ihm lieb ist. Und dazu gehört dann zum Beispiel auch, zu sprechen und zu lügen. »Zumindest hatte ich vor, ihn zu besuchen.«

»Verstehe ich nicht«, sagt Eetu. »Was ist passiert?«

»Er ist tot.« Onnis Blick schnellt wie von allein wieder zum Fernsehgerät, doch Onni zwingt ihn zurück zu den beiden Männern, die ihn nun entgeistert anstarren. Er muss das hier durchziehen, wenn er zu seinem Ziel gelangen will, ermahnt er sich.

»Matti?«, fragt Veetie und starrt Onni aus zu schmalen Schlitzen zusammengepressten Augen ungläubig an.

»Der Matti ist … *war* ein Freund von dir?« Eetu schüttelt den Kopf.

»Ein Bekannter«, antwortet Onni. »Ich habe ihn schon länger nicht gesehen. Aber jetzt wollte ich mal bei ihm vorbeischauen. Und da höre ich, dass er verstorben ist.«

»Der Matti war ein Gauner!«, speit Veetie aus. Er macht ein Gesicht, als wollte er auf den Boden spucken. »Mit so einem Abschaum willst du nichts zu tun haben, Junge!«

Eetu legt seinem Freund kurz eine Hand auf die Schulter, dann wendet er sich wieder Onni zu. »Veetie hat so seine Erfahrungen mit dem Matti gemacht.« Er hebt vielsagend die Augenbrauen.

Onni versteht nicht, was das bedeuten soll, doch er nickt.

»Woher kennst du denn den Matti?«, knurrt Veetie. »Siehst nicht aus wie einer, der etwas mit ihm zu schaffen hat.«

»Ich … äh … habe ihn in Helsinki kennengelernt. Wir hatten verabredet, dass ich mal bei ihm vorbeischaue. Das … das wollte ich jetzt tun.«

Veetie starrt Onni weiterhin durch die schmalen Augenschlitze an und schüttelt stumm den Kopf.

»Reg dich nicht auf, Veetie. Jetzt ist der Kerl sowieso tot.« Eetu zuckt mit den Schultern.

»Der Drecksack!«, bellt Veetie. An seiner rechten Schläfe pocht eine Vene im Stakkato.

Onni kann Veeties Blick kaum noch ertragen. Am liebsten würde er aufspringen und sich in seinem Zimmer verkriechen. Doch das bringt ihn der Statue auch nicht näher. »Ich … ich habe gehört, Matti Saarinen sei umgebracht worden«, stößt er hervor.

Mit einem Schnauben erhebt sich Veetie von seinem Stuhl. »Mir reicht's. Ich habe keine Lust, länger über den Versager zu reden. Eetu, ich verschwinde mal, ich habe noch etwas zu erledigen. Wir sehen uns später.« Er nickt Onni knapp zu, dann stapft er aus dem Schankraum.

Eetu schnappt sich Veeties halb volles Bierglas und kippt den Inhalt in einem Zug herunter. »Wäre schade drum«, murmelt er und wischt mit dem Handrücken über seinen Mund. »Mein Kumpel hatte mit Matti noch eine Rechnung offen, weißt du«, sagt er an Onni gewandt. »Kurz bevor die beiden diese Rechnung begleichen konnten, hat der Kerl dann das Zeitliche gesegnet. Natürlich ging es um Zaster. Ich hatte Veetie gesagt, er soll mit dem Drecksack keine Geschäfte machen.« Er zuckt abermals mit den Schultern.

Onni durchforstet sein Gehirn nach einer sinnvollen Frage, die er Eetu stellen kann. Ob er den Mann einfach auf Mattis Adresse ansprechen soll? Aber sähe das nicht merkwürdig aus, wo Onni doch angeblich in den Ort gekommen ist, um Matti zu besuchen? Da sollte er die Anschrift seines vorgeblichen Bekannten wohl kennen. »Die Deutsche ...«, setzt er schließlich an, wird aber sogleich von Eetu unterbrochen.

»Die soll der absolute Hammer sein!«, ruft Eetu aus. »Alle fragen sich, wie der Matti es angestellt hat, bei der zu landen. Wahrscheinlich mit Zaster, anders kann ich mir das nicht denken. Aber diese heiße Deutsche und der Matti sollen etwas Ernstes laufen gehabt haben. Ich meine, die wohnt jetzt in Mattis Nachbarhaus, nachdem sie zuerst bei ihm untergekommen war. Kannst du dir das vorstellen? Obwohl der Typ das Zeitliche gesegnet hat, ist sie noch hier. Die muss an ihm hängen, Mann.«

»S-sie ... also, sie wohnt auch ...?«, stottert Onni überrascht.

»Auch am *Vesitie*, ja. Oben am See. Hat sich da gleich in einem Luxushaus einquartiert, nachdem sie morgens ihren Freund in der Bucht gefunden hat.« Eetu greift zu seinem Glas und nimmt einen Schluck. »Es gibt Leute im Ort, die behaupten, sie habe den Matti auf dem Gewissen. Ich halte das für Unsinn. Dann wäre sie doch nicht mehr hier, oder?«

Onni spürt die Aufregung in seinem Magen rumoren. »Ich werde sie mal aufsuchen, denke ich. Mit ihr über Matti sprechen. Dann habe ich nicht das Gefühl, umsonst hierhergekommen zu sein. Und sie wohnt gleich neben seinem Haus, sagst du?«

»Das nächste Haus an der Straße, ein paar Hundert Meter den *Vesitie* entlang. Kannst du nicht verfehlen. Soll ich dich mit hochnehmen, wenn ich gleich zum Hof fahre? Ich will mich noch mal für eine Stunde aufs Ohr legen, bevor ich aufs Fest gehe. Das letzte Stück müsstest du zwar zu Fuß gehen, doch bis zum Waldweg kann ich dich fahren.«

»Das wäre großartig!« Onni kann sein Glück kaum fassen. »Und wenn du Veetie später ausrichten könntest, dass es mir leidtut, ihn so aufgeregt zu haben, wäre ich dir zusätzlich dankbar.«

Eetu winkt ab. »Um den brauchst du dir keine Gedanken machen. Ich wette, der liegt längst wieder bei seiner Frau in den Armen und lässt sich trösten.« Mit einem röhrenden Lachen schlägt er Onni auf die Schulter, sodass dieser mit schmerzverzerrtem Gesicht zusammenzuckt. »Glaub mir, im Trösten ist sie gut, die Hilla.«

ZWEIUNDDREISSIGSTES KAPITEL

Ilvi setzt ihren Rucksack auf dem Rasen ab, dann stemmt sie die Hände in die Hüften, ein breites Grinsen im Gesicht. »Mit einer erhobenen Würstchenzange bin ich noch nie begrüßt worden.«

Ein Zittern durchfährt Sarah. Sie lässt das Werkzeug los, sodass es klirrend auf den Verandaboden fällt. »Verdammt, Ilvi! *Du* bist das«, stößt sie atemlos aus. Hastig wischt sie sich über die Augen, doch sie kann das Schluchzen nicht mehr stoppen. Ähnlich wie in der vergangenen Nacht, als sich plötzlich der Regen aus den Wolken ergoss, öffnen sich nun schlagartig die Schleusen ihrer Augen. Sie kann rein gar nichts dagegen tun – die Tränen laufen wie Sturzbäche über ihre Wangen und tropfen auf das rote Oberteil. »Verdammt, Ilvi!«, schluchzt sie.

Mit wenigen Schritten ist Ilvi bei Sarah und schlingt ihre Arme um sie. »Ich wollte dich nicht erschrecken, bitte entschuldige.« Ihr Kopf reicht Sarah gerade einmal bis zur Brust.

Für lange Minuten stehen sie so da, während Sarah Rotz und Wasser heult. Schließlich, als der Weinkrampf abebbt, holt sie tief Atem. »Ich dachte, du wärst ein Bär«, presst sie hervor.

»Ein Bär? Ich?« Ilvi reckt ihr Kinn und schaut aus reichlich mit Kajal umrahmten Augen zu Sarah auf. »Wie kommst du darauf?«

Sarah schiebt Ilvi auf Armeslänge von sich. Dann zieht sie schniefend die Nase hoch und fischt einen Zweig aus Ilvis dunklem Haar. »Weil du aussiehst wie einer?«

Gleichzeitig beginnen die Frauen zu prusten. Abermals liegen sie sich in den Armen, doch diesmal schütteln sie sich dabei vor

Lachen. Erst als zuletzt auch die Heiterkeit versiegt, löst Ilvi sich von Sarah.

»Du musst mir erzählen, was passiert ist«, sagt Ilvi und macht dabei ein ernstes Gesicht. »Ich glaube nicht, dass du derart aufgewühlt bist, nur weil du mich für einen Bären gehalten hast.« Sie fasst Sarahs Hand und führt sie zur Sitzecke hinüber. »Außerdem brauchst du vor Bären sowieso keine Angst zu haben. Sie tun dir nichts.« Kurz denkt sie nach. »Es sei denn, es ist eine Bärenmutter, die ihr Junges verteidigen will.«

Bereitwillig lässt sich Sarah in einen Sessel bugsieren. Ihre Knie zittern vor Erschöpfung. »Du … du hast recht. Der Bär war nur der Tropfen, der das Fass zum Überlaufen gebracht hat. Ach, Ilvi! Seit wir uns in Lahti voneinander verabschiedet haben, ist meine Welt völlig aus den Fugen geraten. Doch bevor ich dir davon erzähle – was machst du eigentlich hier? Ich dachte, du genießt in Lahti die Zeit mit deinem Freund.«

Ilvi streicht, vom Mittelscheitel ausgehend, mit beiden Händen langsam über ihre Haare. »Janne ist wieder mit Annikki zusammen«, erklärt sie knapp.

»Oh.« Sarah vollführt eine etwas hilflos wirkende Armbewegung. »Das tut mir leid.«

»Sollen sie glücklich miteinander werden«, sagt Ilvi und rollt mit den Augen. »Es ist schon okay. Es hat zwischen Janne und mir sowieso nicht wirklich gepasst. Da war bereits so ein Zögern bei mir, als ich ihn kennengelernt habe. Und der Sex war auch nicht überwältigend. Ganz okay, aber nicht überwältigend. Auf der Bühne geht Janne jedenfalls wilder ab als im Bett, das kann ich dir sagen.« Sie lacht auf und macht eine wegwerfende Handbewegung. »Wobei er ja sowieso nicht der begnadetste Sänger ist.«

»Aber …«, bricht es aus Sarah heraus, da sie sich daran erinnert, wie Ilvi ihr während der gemeinsamen Autofahrt vom Frontmann der Death-Metal-Band vorgeschwärmt hat. Doch sie beißt sich noch rechtzeitig auf die Zunge. »Aber das ist schade«, sagt sie stattdessen.

»Als ich vor der Wohnung der beiden Turteltauben stand, ist mir zum Glück eingefallen, dass du mich hierher eingeladen hast. Deine Adresse hatte ich ja, da ich sie ins Navi eingetippt hab. Also habe ich einen Tag später den nächsten Bus nach Sysmä genommen, bin jedoch eine Station zu weit gefahren. Ich muss während der Fahrt vor mich hin gedöst haben. Daher bin ich in Ranta gelandet. Kleines Dorf, nur ein paar Häuser. Aber nette Leute, sehr gastfreundlich. Ich habe da einen alten Bauern kennengelernt, der mit dreiundachtzig Jahren noch selbst auf die Felder rausfährt. Er hat mich seiner Enkelin vorgestellt, die zwar auf seinem Hof lebt, aber jeden Tag zur Arbeit nach Jyväskylä pendelt. Stell dir das mal vor! Hoch zum nördlichsten Zipfel des Päijänne, für einen Schreibtischjob. Jede Fahrtstrecke dauert eineinhalb Stunden! Aber sie will ihren Großvater nicht völlig allein lassen. So hat sie wenigstens immer noch ein Auge auf ihn, wenn sie daheim ist. Es war jedenfalls ein interessanter Tag gestern. Das war doch gestern, oder? Ja, gestern. Über Nacht bin ich in Ranta geblieben und habe mich am Morgen zu Fuß hierher aufgemacht. Durch den Wald. Übrigens, ohne einem Bären zu begegnen.« Sie zwinkert Sarah zu.

»Ich freue mich, dass du da bist, Ilvi«, sagt Sarah. Ihre Stimme ist ein bisschen heiser. »Bleib so lange, wie du möchtest. Das Haus ist riesig und bietet ausreichend Platz für uns beide. Ich habe einen zweiten Schlüssel, den gebe ich dir gleich.«

Strahlend hebt Ilvi einen Daumen. »Jetzt musst du mich aber auf den neuesten Stand bringen«, fordert sie, wieder ernst. »Was genau war bei dir los?«

Stockend beginnt Sarah, von ihrer Übernachtung im falschen Ferienhaus zu berichten. Vom toten Matti. Von Kommissar Aaltos verwirrender Verhörmethode. Von der unfreiwilligen Nacht auf der Insel. Je länger sie spricht, umso flüssiger gerät ihr Bericht. »Diese Ermittlung gegen mich ist eine Frechheit!«, schließt sie.

Für einen Moment schaut Ilvi Sarah nur mit großen Augen an, dann springt sie auf und läuft vor der Sitzgruppe hin und her. Abrupt bleibt sie stehen. »Warum verschwindest du nicht einfach? Soll der Kommissar doch gucken, wo er seinen Mörder herbekommt. Setz dich nach Deutschland ab! Ich denke, du könntest mit dem Auto nach Schweden hinüber und von dort nach München fliegen. Das erhöht die Chance, nicht geschnappt zu werden, falls sie dich hier zur Fahndung ausschreiben. Pack deine Sachen, wir fahren sofort los!«

»Wenn Aalto sich dann aber an die deutschen Behörden wendet, bin ich ausgeliefert«, raunt Sarah. »Und zwar der Presse.« Sie erklärt Ilvi, warum sie nicht möchte, dass jemand in Deutschland von den Ermittlungen gegen sie erfährt. »Die Boulevardpresse zerfleischt mich, wenn das rauskommt! Und denk an all die Blogs und sozialen Medien. Die Leute werden mich wie Freiwild behandeln, niemals in Ruhe lassen. Für die bin ich immer noch das kleine Luder, das sich an den Fußballstar rangeschmissen hat, um das große Geld abzusahnen. Selbst wenn sich die ganze Sache mit dem Mord schließlich als Irrtum herausstellt – es bleibt immer etwas hängen! Glaub mir, in diesen Fragen habe ich einiges von Udo und seinem PR-Geschäft gelernt.« Sie schüttelt den Kopf. »Ich muss unbedingt mit reiner Weste zurückkehren. Wobei ich ... wobei ...« Ihre Stimme versagt.

Ilvi geht vor ihr in die Hocke und legt die Hände auf Sarahs Knie. »Was ist los?«, fragt sie leise.

»Ich kann im Moment sowieso nicht zurück. Ich habe eine große Dummheit begangen.« Sarah kaut auf ihrer Unterlippe.

»Eine große Dummheit?«

Für ein paar Herzschläge zögert Sarah, doch dann sprudelt es aus ihr heraus. »Aus Wut habe ich absoluten Mist gebaut. Ich war so sauer, weil Udo mich mit dieser Schlagersängerin betrogen hat. Dieser Ramona. Ich meine, sie sind an die Presse gegangen, ohne dass ich überhaupt etwas von der Beziehung geahnt habe. Kannst du dir vorstellen, wie mich die Sache überrollt hat, Ilvi? Plötzlich ist mein Handy geradezu explodiert. Mit Nachrichten von Freunden und Bekannten, die mir den Link zu dieser Pressemitteilung, Ramona befinde sich mit Udo im neuen Liebesglück, zugeschickt haben. Meine Güte, war ich sauer, weil Udo sich einfach verpisst und mich den Presse-Hyänen vorgeworfen hat! Und an eine Illustrierte haben sie die Story sogar *vorab* verkauft. Das habe ich am Flughafen entdeckt.« Mit einer Hand fährt Sarah sich nervös durchs Haar, reibt ihre Stirn. »Udo hat da einen Lieblingswagen, einen alten Porsche. Er steht bei uns in einer umgebauten Scheune. Neben vier weiteren Oldtimern. Diese furchtbaren Blechkisten sind Udos große Leidenschaft.« Bitter lacht sie auf. »Neben Ramona natürlich. Jedenfalls hatte ich das Haus in Sysmä bereits gebucht, und die Koffer waren gepackt. Zum Abschied wollte ich Udo noch eine Lektion erteilen. Deshalb bin ich mit einem alten Fleischermesser in die Scheune. Ich gehe da sonst nie hin, das ist Udos Reich. Mein Plan war es, am Porsche die Reifen zu zerstechen.«

»Wundervoll«, raunt Ilvi.

»Ich … ich habe das Messer in das Gummi rammen wollen, aber es ist einfach abgeprallt. Nie hätte ich gedacht, dass ein Reifen so fest ist. Vor lauter Frust habe ich mir eine von Udos Zigaretten angezündet. Er hat da überall Werkzeuge und Behälter in der Scheune, weil er an den alten Autodingern herumschraubt. Und in einem Werkzeugkasten lag die Schachtel neben einem Feuerzeug. Natürlich war mir schon länger klar, dass Udo heimlich raucht.« Perplex hält sie inne. »Dass mein Ehemann heimlich raucht, habe ich mir gedacht. Aber dass er heimlich ein Schlagersternchen vögelt, davon habe ich nichts mitbekommen? Auf welchem Planeten habe ich eigentlich gelebt?«

Ilvi tätschelt Sarahs Knie.

»Jedenfalls habe ich mit der Kippe im Mund einen neuen Versuch unternommen und das Messer immer wieder auf den Reifen eingestochen.« Sarah räuspert sich. »Bis es mir aus der Hand gesprungen ist. Übrigens ohne den Reifen wirklich zu beschädigen.«

»Und dann?«

Sarah seufzt. »Das blöde Messer ist gegen einen Behälter geknallt und hat ihn umgeworfen. Ich bin sofort hin, doch da war der Boden schon mit einer ausgelaufenen Flüssigkeit bedeckt.« Sarahs Stimme bricht. »Und während ich mich nach einem Lappen umschaute, ist mir die Zigarette aus dem Mund gefallen.« Ein Zittern durchläuft ihren Körper. »Es gab sofort eine Stichflamme.«

Ilvis Mund formt ein großes, stummes O, ihre Augen sind weit aufgerissen. Für einen Moment wirkt es, als glänze Begeisterung in ihnen.

»Ich hatte Glück, denn ich stand neben der Pfütze. Du kannst dir vorstellen, wie erschrocken ich war! Ich wusste nicht, was ich tun sollte. Es war wie in einem schlimmen Traum. Das Feuer breitete sich vor meinen Augen aus. Und der Gestank von Lösungsmittel war unerträglich. Dazu das schrille Piepen der Rauchmelder. Ich bin dann zur Tür der Scheune gehetzt, habe mich dort noch mal umgedreht. Die Flammen waren bis zum Porsche vorgerückt. Ich bin mir nicht sicher, aber ich glaube, der verdammte Wagen hat auch schon gebrannt. In meiner Erinnerung ist es ein einziges Inferno gewesen.«

»Heiliger Bimbam!«, ruft Ilvi aus. »Ist die komplette Bude abgebrannt? Hat das Feuer den Porsche geschrottet?«

»Ich weiß es nicht. Ich war wie benebelt, stand neben mir. Mein Körper hat agiert, ohne dass ich darüber nachgedacht habe. Jedenfalls wollte ich nur noch weg. Zum Flughafen. Ich bin zurück ins Haus und habe das Messer, das ich aus irgendeinem Grund wieder in der Hand hielt, in den Spüler gelegt. Ab dem Moment war ich wieder völlig ruhig. Mein einziger Gedanke war, dass sich doch Udo mit dem Chaos auseinandersetzen soll. Irgendwie ist schließlich alles seine Schuld! Also habe ich ein Taxi gerufen.« Sie zuckt mit den Schultern. »Die Scheune steht abseits auf dem Grundstück, musst du wissen. Als das Taxi kam, war von dem Feuer nicht viel zu sehen. Vielleicht hatte sich zwischenzeitlich die Sprinkleranlage angeschaltet. Ich wundere mich sowieso, dass sie nicht sofort losgegangen ist.«

Ilvi erhebt sich langsam und nimmt ihre Runde vor der Sitzgruppe wieder auf. Für einige Minuten herrscht Stille, nur durchbrochen von Vogelgezwitscher und Ilvis leisen Tritten auf der Veranda. Dann wirft Ilvi sich schwungvoll in den Sessel neben Sarah. »Du hast also daheim herumgezündelt und nun Sorge, dass das die sowieso schon stattfindende Aufregung befeuert.«

Sarah nickt. »Ich habe Angst, dass die Presse Wind von meiner Dummheit bekommt und mich als Feuerteufel brandmarkt. Als Frau bekommst du doch sofort den Stempel *verrückt* oder *hysterisch* aufgedrückt. Wirklich, ich habe sowieso schon keine Ruhe mehr. Wenn sie mich auch noch als zündelnde Pyromanin ausschlachten, wird das eine Welle auslösen, in der ich ertrinke. Auch deshalb musste ich weg. Niemand, bis auf den Anwalt und Franzi, hat eine Ahnung, dass ich hier in Sysmä bin. Ich sitze den ganzen Schlamassel einfach aus. Das war jedenfalls der Plan.«

»Und dann bist du über diesen Matti gestolpert.«

»Genau. Und nun sitze ich in der Zwickmühle. Ich möchte nicht zurück nach München, bevor wenigstens etwas Gras über die Sache mit dem Feuer gewachsen ist. Hier sitzt mir aber dieser verpeilte Kommissar mit seinen Mordermittlungen im Nacken.«

»Und ein Bär«, ergänzt Ilvi trocken.

»Und ein Bär, ja.« Sarah kommt nicht umhin aufzulachen. »Ich weiß, das alles hört sich total verrückt an. Ich könnte es selbst nicht glauben, wenn ich es nicht erleben würde.«

»Leider weiß ich nur zu gut, wie verbohrt die Polizei sein kann«, sagt Ilvi. »Für zwei Tage haben sie mich in Helsinki in Gewahrsam genommen, weil ich bei einer Friedensdemo angeblich einen Polizisten beleidigt habe. Und dann Widerstand gegen die Aufnahme meiner Personalien geleistet habe.« Sie schürzt die Lippen. »Angeblich.«

»Wie ist die Sache ausgegangen?« Sarah richtet sich gespannt in ihrem Sessel auf.

Ilvi lächelt. »Sie haben mich wieder gehen lassen. Waren eigentlich die ganze Zeit über recht nett. Aber eben hartnäckig. Verbohrte Spießer.«

»Wie dieser Aalto«, flüstert Sarah.

»Du kannst eigentlich nur eine Sache machen«, erklärt Ilvi mit ernster Miene. »Du musst dich am eigenen Schopf aus dem Sumpf ziehen. Der Kommissar wird erst von dir ablassen, wenn er den echten Mörder präsentiert bekommt. Wahrscheinlich ist dieser Herr Polizeibeamter ein wenig einfältig, und du musst ihm den Übeltäter quasi in Handschellen frei Haus liefern.« Sie hebt eine Augenbraue.

»Genau das habe ich mir auch gedacht!«, entgegnet Sarah aufgeregt. »Ich habe mir vorgenommen, den Kommissar eines Besseren zu belehren. Doch das scheint mir eine Mammutaufgabe zu sein. Ich weiß ehrlich gesagt gar nicht, wo ich anfangen soll.«

Ilvi winkt ab. »Jeder Anfang ist der richtige. Es gibt da ein bekanntes finnisches Sprichwort: *Ein Baum wird immer vom Boden aus erklettert.*« Sie nickt tragend und strahlt Sarah dann an, als wäre damit alles gesagt.

Eilig berichtet Sarah von dem Gespräch mit Jalo und von ihrem Plan, mehr über Matti Saarinen herauszufinden, um dergestalt auf die Spur des wahren Täters zu kommen.

»Hervorragend!«, jauchzt Ilvi, sofort Feuer und Flamme. »Das hört sich doch nach einem vernünftigen Plan an. Informationen beschaffen, bis du den Mörder an den Eiern packen und ihn vor den Kommissar schleifen kannst. Dann ist der ganze Spuk vorbei. In Orten wie Sysmä kennt jeder jeden, bestimmt lassen sich brauchbare Hinweise aus den Leuten herauskitzeln, wenn man es nur richtig anstellt.« Sie hält inne und legt einen Zeigefinger an ihr Kinn. »In Ranta hat mir gestern ein Bauer erzählt, dass er heute Nachmittag nach Sysmä fahren will. Auf dem Marktplatz wird das jährliche Volksfest abgehalten, so eine Art Jahrmarkt, mit dem man hier die Mittsommerfeierlichkeiten einläutet. Ich könnte mir vorstellen, dass das Fest der ideale Ort ist, um die Spurensuche aufzunehmen. Ein Haufen angetrunkener Dorfbewohner – wenn da nicht mindestens einer dabei ist, der zu reden anfängt, fresse ich einen Besen.«

Begeistert klatscht Sarah in die Hände und springt auf. »Eine gute Idee. Ich werde heute Nachmittag in den Ort fahren.«

Wie eine Katze im Angriffsmodus schnellt Ilvi hoch. »*Wir* werden in den Ort fahren, meinst du wohl!«

»Ich ... also, ich möchte dich da nicht mit reinziehen, Ilvi. Wer weiß, was ...«

»Papperlapapp!«, wehrt Ilvi ab. »Ich bin natürlich mit an Bord. Du glaubst doch nicht allen Ernstes, dass ich dich allein in den Raubtierkäfig, der sich als verschlafener Ort tarnt, lasse?« Sie formt eine Hand zu einer Klaue. »Wenn es darauf ankommt, bin ich gefährlicher als jede Bärenmutter.«

»Oh, Ilvi!«, ruft Sarah aus und fällt der tätowierten Frau um den Hals. »Ich danke dir. Deine Unterstützung kann ich wunderbar gebrauchen. Du kennst dich auch viel besser mit der Mentalität der Leute hier aus. Schon nach den Gesprächen mit dem Fischer habe ich den Eindruck gewonnen, nicht wirklich weiterzukommen.«

»Wir bringen die verstockten Dörfler schon zum Reden, keine Sorge. Vor allem lassen wir uns nicht von einem unhöflichen Kommissar erschrecken.« Ilvi grinst und löst sich aus der Umarmung. »So, und nun schreibst du deiner Tochter von meinem Handy aus eine Nachricht, dass sie dich vorläufig über mich erreichen kann. Jederzeit. Hast du ihre Nummer im Kopf?«

Sarah stutzt, dann nickt sie und nimmt Ilvis Telefon entgegen. Konzentriert verfasst sie eine Nachricht an Franzi und sendet sie ab. »Kann … wäre es für dich in Ordnung, wenn ich auch meinem Anwalt Armin deine Nummer als Kontakt angebe?«

»Selbstverständlich!«

»Ich schreibe ihm eine kurze E-Mail, okay? Wenn wir darin deine Telefonnummer aufführen, hat er gleich mehrere Möglichkeiten, mich zu erreichen.«

Während Sarahs Finger über das Display fliegen, blickt Ilvi auf den See hinaus. Nach einem langen Moment räuspert sie sich. »Es war wohl ein Glücksfall, dass aus Janne und mir nichts geworden ist. Jetzt verbringe ich den Sommer in einem luxuriösen *mökki* und kann mich bei dir revanchieren, indem ich dabei helfe, deinen Namen reinzuwaschen. Dieser Kommissar Aalto wird sich noch umgucken!«

»Ich hoffe nur, du bereust es im Nachhinein nicht, deine Zeit hier in diesem Wahnsinn verbracht zu haben«, erwidert Sarah und reicht Ilvi das Telefon zurück. »In diesem *Raubtierkäfig*, wie du es nennst.«

Ilvi lässt das Handy in ihren Rucksack gleiten, dann hakt sie sich schwungvoll bei Sarah unter. »Bereuen? Warum sollte ich? Wir fangen diesen Sommer schließlich einen Mörder.«

DREIUNDDREISSIGSTES KAPITEL

»Wo kommen denn all die Leute her?« Sarah steuert den Volvo langsam durch Sysmä. Diesmal kommt sie nur im Schritttempo voran – in dem dichten Verkehr reihen sich die Fahrzeuge wie an einer Perlenschnur hintereinander auf. Auch die Bürgersteige sind von Menschen bevölkert. Sie schlendern, meist in kleinen Gruppen, in Richtung Ortskern. »Hier sagen sich sonst Fuchs und Hase Gute Nacht. Und jetzt geht es rund wie auf dem Oktoberfest.«

»Am Samstag ist Mittsommer«, erklärt Ilvi und beobachtet fasziniert das Treiben. »Das ist so etwas wie der jährliche Höhepunkt im finnischen Leben. Schon ein paar Tage vorher fahren die Leute in ihre Sommerhäuschen. Dann wird es in den Landstädtchen plötzlich voll. Vor allem in Orten wie Sysmä – Helsinki liegt nicht allzu weit entfernt, und Großstädter sind gerne zügig in ihrem *mökki*. Daher ist dies hier eine beliebte Gegend, um ein Grundstück am See zu besitzen.« Sie deutet auf ein eng umschlungenes Pärchen in Jogginghosen. »Und das sind sicher Leute aus einem Nachbarort. Sie sind für den Jahrmarkt hergekommen. Also ist heute besonders viel los in Sysmä.«

»Ich erinnere mich.« Sarah tippt sich an die Stirn. »Am Samstag wird *Juhannus* begangen, natürlich.« Sie steuert den Wagen in eine Seitenstraße. Dort erkennt sie die Buchhandlung wieder, die ihr beim letzten Mal aufgefallen ist. »Der Kommissar hat diesen besonderen Feiertag während eines seiner Verhöre erwähnt. Gefolgt von der Mitteilung, er werde Mittsommer bestimmt noch in Sysmä verweilen, da seine *Ermittlungsarbeit* ihn hier festhalte.

Eine versteckte Drohung gegen mich, nehme ich an. Der Mann wirft fortwährend mit diesen Anspielungen um sich. Wahrscheinlich erhofft er sich damit, mich weichzuklopfen.« Schwungvoll parkt Sarah den Volvo neben dem Geschäft. Dann greift sie in ihre Handtasche und zieht mit *Cherry Topaz* die Lippen nach.

»Nach dem, was du erzählst, wirkt dieser Aalto wirklich sehr passiv-aggressiv«, sagt Ilvi nachdenklich. »Ob es privat nicht gut bei ihm läuft? Mir kommt es so vor, als würde er seinen Frust an dir auslassen. Vielleicht hat er Angst vor Frauen, wie die meisten Männer. Ich sollte mal ein Gespräch mit ihm führen. Solchen Typen muss man ihre Grenzen aufzeigen. Sonst meinen sie, sich in ihrer Einfältigkeit alles erlauben zu können.«

Beinahe verrutscht Sarah der Lippenstift. Sie muss an ihr erstes Zusammentreffen zurückdenken, als die per Anhalter reisende Ilvi einem hünenhaften jungen Mann eine Ohrfeige verpasste, da der den Gesang ihres Freundes nicht zu schätzen wusste. »Ich denke eher, dass wir unsere Mördersuche nicht an die große Glocke hängen sollten«, gibt sie eilig zu verstehen und dreht den Lippenstift zu. »Lass uns so lange wie möglich unter dem Radar des Kommissars fliegen. Dann kann er dir keine Steine in den Weg legen. Es reicht, dass er *mir* auf Schritt und Tritt folgt. Mach ihn nicht unnötig auch auf dich aufmerksam.«

Mit blitzenden Augen nickt Ilvi. »Ich ermittle also inkognito. Das gefällt mir.« Schwungvoll steigt sie aus dem Wagen und wirft die Tür zu.

Auf ihren hohen Louboutins fällt es Sarah gar nicht so leicht, mit Ilvi mitzuhalten. Die kleine Frau trägt eine Art von Kampfstiefeln, die ihr bis über die Waden gehen, und schreitet einer Soldatin gleich zackig aus. Ihr kariertes Hemd, das sie zu einem knielangen Wickelrock trägt, ist bis zu den Ellbogen hochgekrempelt und betont die Tattoos auf den Armen. Sarah hingegen hat sich für den festlichen Anlass bewusst schick angezogen. Zu einer weiten Marlenehose trägt sie ein paillettenbesetztes Oberteil, darüber ein mit echten Swarovski-Kristallen verziertes Bolerojäckchen. Dasselbe Outfit hat sie schon einmal bei einer Wohltätigkeitsveranstaltung des Münchner Tierheims getragen. Doch das weiß hier ja niemand, denkt sie, während sie im Gehen das Jäckchen in Form zieht.

Je näher sie dem Marktplatz kommen, umso dichter wird der Passantenstrom. Schon von Weitem fallen einem die Buden und bunten Wimpel ins Auge, die den Platz schmücken. Sarah folgt im Windschatten Ilvis, die sich gekonnt durch die Menschen hindurchschlängelt.

»Wir wollen uns also beiläufig umhören«, rekapituliert Sarah, was die beiden auf der Hinfahrt besprochen haben. »Unser Ziel ist es herauszufinden, wer im Ort den größten Groll gegen Matti gehegt hat.«

Ilvi schaut über die Schulter zu Sarah zurück, ohne ihren Schritt zu verlangsamen. »Exakt. Der Alkohol wird ihre Zungen lösen, warte nur ab.«

Nach einem Blick auf die Uhr schüttelt Sarah irritiert den Kopf. »Es ist späte Mittagszeit, Ilvi. Das kann noch Stunden dauern, bis das allgemeine Alkohollevel so stark angestiegen ist, dass die Leute unbefangen aus dem Nähkästchen plaudern.«

Ilvi lacht auf und wirft dabei den Kopf in den Nacken. »Man merkt, dass du dich nicht auskennst, meine Liebe. Ich wette, die ersten Schnapsleichen liegen schon sehr bald unter den Tischen. Jahrmärkte wie dieser finden nicht oft statt – doch wenn sie gefeiert werden, dann richtig. Seit mindestens zwei Stunden fließt hier der Alkohol in Strömen, glaub mir. Die ersten Leute sind also zumindest beschwipst.« Sie zwinkert Sarah verschwörerisch zu. »Genau der richtige Zeitpunkt, um sich umzuhören. Bevor die Leute nämlich so viel getrunken haben, dass sie nicht mehr reden *können.*«

Sie schlängeln sich durch die dichte Menge bis zur ersten Bude. Fasziniert betrachtet Sarah die Weidenkörbe, die dort von einem alten Mann feilgeboten werden. Während er auf Kundschaft wartet, flicht er bereits am nächsten Korb. Am Nachbarstand gibt es alle Arten von Würstchen und geräuchertem Fisch, daneben Bier. Hier steht die Menge am dichtesten gedrängt.

Ilvi bugsiert sie an den Rand der Menschentraube und bleibt dort stehen. »Ein guter Ort, um zu starten«, sagt sie und nickt Sarah aufmunternd zu. »Warte hier, ich hole uns etwas zu trinken. Bin gleich wieder da.«

Bevor Sarah etwas erwidern kann, ist Ilvi bereits in der Menge verschwunden. »Na dann.« Sarah seufzt und schaut sich neugierig um. Sie nickt einer Frau zu, die sie unverhohlen beobachtet. Der Nachbar der Frau starrt sie ebenfalls an, als wäre sie ein bunter Hund. Stirnrunzelnd dreht Sarah sich um neunzig Grad, doch auch hier kreuzt sich ihr Blick mit dem mehrerer Leute, die sie mehr oder minder offen mustern. Sie verschränkt die Arme vor der Brust und geht ein paar Schritte auf und ab. Wo bleibt nur Ilvi?

Während sie ungeduldig auf Ilvis Rückkehr wartet, bemerkt Sarah aus dem Augenwinkel zwei Frauen, die sich nicht weit von ihr unterhalten und dabei immer wieder zu ihr hinüberschauen. Eine der Frauen, eine große Dünne im Blumenkleid, deutet sogar mehrfach auf sie. Innerlich verdreht Sarah die Augen, doch äußerlich lässt sie sich ihr Unwohlsein nicht anmerken. Sie besitzt jahrelanges Training darin, missgünstige Menschen und Neider zu ignorieren. Doch als ein Gesprächsfetzen an ihr Ohr dringt, hält sie inne und horcht auf. Die kleinere der beiden Frauen, mit einer neckisch ins Haar gesteckten Sonnenbrille, hat von Matti Saarinen gesprochen. Neugierig macht Sarah wie zufällig einen großen Schritt auf die Frauen zu.

»… hat sie da gesehen«, sagt das Blumenkleid mit Nachdruck.

»Sie ist seine Geliebte gewesen«, meint die Sonnenbrille und nickt eifrig. »Als die Polizei eintraf, war sie noch splitterfasernackt.« Ein weiterer Blick auf Sarah, diesmal begleitet von einer hochgezogenen Augenbraue.

Für einen Moment überlegt Sarah, ob ihre Finnisch-Kenntnisse sie vielleicht trügen. Doch leider ergibt das Gerede einen verstörenden Sinn. Abrupt dreht sie sich den Frauen zu. »En ollut alasti«, erklärt sie betont ruhig. *Ich war nicht nackt.*

Den Frauen steht der Mund offen, dann zieht das Blumenkleid die Sonnenbrille hektisch hinter sich her in den Schutz der Menge.

»Dumme Puten«, stößt Sarah zwischen zusammengebissenen Zähnen hervor, sendet aber gleichzeitig ein breites Lächeln in die Runde der sie beobachtenden Festbesucher. Die meisten wenden sich eilig ab, ein oder zwei besitzen sogar den Anstand, ein rotes Gesicht zu bekommen. Gelernt ist gelernt, beglückwünscht sich Sarah zu ihrem Schachzug. Wer Schwäche zeigt, hat verloren. Doch gleichzeitig schickt sie ein Stoßgebet gen Himmel, dass Ilvi doch endlich wiederauftauchen möge.

»Sarah, wie schön, dich zu sehen«, sagt jemand.

Überrascht dreht Sarah sich der Stimme zu. Zwischen einer Gruppe Bier trinkender Menschen tritt eine Frau in einem pinkfarbenen Trainingsanzug hervor. »Hilla!«, ruft Sarah aus. Sie muss sich eingestehen, nicht undankbar über das Erscheinen der Frau zu sein. »Ich hoffe, du erwartest nicht, dass ich mich wieder auf den Boden lege.«

Hilla lacht kreischend auf und wirft sich kurz in die Bärenpose. »Du hast Humor, Sarah. Das gefällt mir.« Sie tritt nahe an Sarah heran, als wollte sie vermeiden, dass man ihr Gespräch belauschen kann. »Ich möchte mich bei dir entschuldigen.«

»Bei mir? Wofür?«

»Für meine reißerische Warnung im Supermarkt, dich nicht nach Matti Saarinen zu erkundigen. Es tut mir leid. Ich habe den Typen nicht ausstehen können, deshalb habe ich so brüsk reagiert.« Sie zuckt entschuldigend mit den Schultern.

»Was hat Matti denn getan?«

Hilla winkt ab. »Er war ein Ganove, das ist alles.«

»Hat er alten Damen die Handtaschen geraubt?« Sarah stemmt die Hände in die Seiten ihrer Hüften und legt den Kopf schief.

Hillas Auflachen klingt diesmal gequält. »Ach, nicht so was.«

»Was hat er dann getan?«

»Lass uns doch nicht über diesen unangenehmen Menschen sprechen, Sarah. Heute ist ein Tag, an dem man feiern sollte. Der Kerl ist tot, damit hat es sich.« Hilla richtet die Ärmel ihres Trainingsanzugs.

Es ist für Sarah offensichtlich, dass die Frau ihr ausweicht. Also versucht sie es auf einem anderen Weg. »Ich habe gehört, dass du dich um das Haus kümmerst, das ich für den Sommer angemietet habe.«

»O ja, das ist richtig.« Hilla wirkt erleichtert, dass sie bei einem anderen Thema angelangt sind. »Ich schaue immer, dass alles im Haus in Ordnung ist, bevor neue Mieter einziehen. Unten am Campingplatz habe ich das ebenfalls gemacht, bei ein paar Hütten, die vermietet werden. Aber kein Haus ist so luxuriös und schön wie deins. Ich liebe es und bin gerne dort.«

»Dann warst also du es, die den netten Willkommensgruß in die Küche gestellt hat. Mit der deutschsprachigen Karte. Vielen Dank dafür.«

Hilla strahlt. »Den Präsentkorb habe ich selbst zusammengestellt. Aber den Text auf der Karte habe ich lediglich von einer E-Mail deiner Vermieter übertragen. Sie geben mir immer genau vor, was auf den Karten stehen soll. Ich spreche selbst kein Deutsch, wie du weißt, deshalb habe ich es Buchstabe für Buchstabe abgemalt. Aber schön, dass du dich über den Willkommensgruß gefreut hast. Du bleibst länger in dem *mökki*, wenn ich es richtig mitbekommen habe.«

»Der Mietvertrag läuft erst einmal über zwei Monate, doch ich habe die Option, zu verlängern. Mich hält im Moment nicht allzu viel in München, sodass ich mir wirklich vorstellen kann, länger hierzubleiben.« Sarah tritt noch einen kleinen Schritt näher an

Hilla heran. »Vielleicht besuchst du mich einmal auf einen Kaffee, Hilla. Dann kannst du mir erzählen, was sich so im Ort tut. Ich kenne kaum jemanden hier. Und da ich noch einige Zeit in Sysmä bleibe, würde ich mich über Gesellschaft sehr freuen. Bestimmt gibt es viel Klatsch und Tratsch zu berichten. Wer mit wem, so was.« Gut gelaunt lacht sie auf.

Es sieht für einen Moment so aus, als wollte Hilla einen Schritt zurückweichen, doch stattdessen verschränkt sie die Arme vor der Brust. »Eine … eine tolle Idee. Gerne. Wir müssen uns unbedingt treffen, ja.«

»Schön, das freut mich. Dann halten wir das also fest.« Schnell spricht Sarah weiter. »Wann warst du eigentlich das letzte Mal in meinem *mökki*?«

»Das letzte Mal? Warum fragst du?« Hillas Mundwinkel verhärten sich.

»Es muss doch am Tag meiner Ankunft gewesen sein, oder? Ich habe das *mökki* so kurzfristig gebucht, dass du den Korb erst am Anreisetag dort hast hinstellen können.« Sie bewegt ihre Finger, als zählte sie etwas ab.

»Ich – das kann sein.« Ein Nerv unter Hillas linkem Augen zuckt wie ein Fisch auf dem Trockenen.

»Demnach warst du an jenem Tag, an dem später auch dieser Matti gestorben ist, in meinem Haus.« Sarah zaubert ein harmloses Lächeln auf ihr Gesicht.

Stirnrunzelnd tritt Hilla nun wirklich einen Schritt nach hinten. »Ich verstehe nicht, warum das wichtig sein sollte.«

»Als du auf dem Weg zu meinem *mökki* an Mattis Haus vorbeigekommen bist, ist dir da etwas aufgefallen? Hast du Matti gesehen?«

»Er … nein, ich wüsste nicht …« Hillas Gesichtsfarbe gleicht sich immer mehr der ihres Trainingsanzugs an.

»Vielleicht hatte er Besuch?«

Heftig schüttelt Hilla den Kopf. »Er hatte keinen Besuch.« Ihre

Stimme ist belegt, und sie räuspert sich kräftig hinter vorgehaltener Hand.

»Heißt das also, dass du Matti …?«, setzt Sarah zu fragen an, wird aber von einem lauten Ausruf Hillas unterbrochen.

»Veetie!« Hilla winkt jemandem zu. »Komm doch mal herüber, Schatz!«

Ein mittelgroßer braunhaariger Mann nähert sich den beiden Frauen. Auf seinem Kopf sitzt eine schwarze Kappe, wie Trucker sie manchmal tragen. Aus dem verwaschenen T-Shirt ragen Arme wie Baumstämme, doch eine Wölbung über dem Hosenbund der Jeans gibt Sarah einen Hinweis darauf, dass die Fitness des Mannes wohl eher partieller Natur ist. Veetie scheint gutem Essen und einem regelmäßigen Bier nicht abgeneigt.

»Sarah, das ist mein Mann Veetie. Du hast schon von Sarah gehört, Schatz. Ich habe sie im Supermarkt kennengelernt.«

Veetie nickt Sarah knapp zu, behält aber seine Hände in den Hosentaschen. »Hallo«, stößt er mit gereiztem Unterton aus.

»Hallo«, erwidert Sarah. Sie fragt sich, welche Laus dem Mann über die Leber gelaufen ist. Er wirkt nachgerade unfreundlich. Sein bohrender Blick hat etwas gleichzeitig Abwartendes und Aggressives. Sie beschließt, völlig unbeeindruckt zu tun, und lächelt besonders freundlich. »Hilla und ich haben gerade über Matti Saarinen gesprochen. Wir haben festgestellt, dass sie den armen Mann wohl am Tag seines Todes gesehen hat.«

Während Hilla erschrocken zusammenzuckt, stößt Veetie ein bellendes Lachen aus. »Den *armen* Mann? Matti war alles andere als arm.« Sein Gesicht verfinstert sich von einer Sekunde auf die nächste. »Hilla hat den Kerl nicht gesehen, du vertust dich.«

»Ich habe ihn nicht gesehen«, bekräftigt Hilla hastig. »Das habe ich auch nie gesagt!«

»Ich hatte dich so verstanden.« Betont beiläufig, als verstehe sie die Aufregung nicht, zuckt Sarah mit den Schultern. Doch innerlich macht sie eine Notiz, dass Hilla ganz offensichtlich etwas verschweigt. Etwas, das den mittlerweile toten Matti betrifft. Was hat Hilla mitbekommen, als sie den Präsentkorb in Sarahs *mökki* brachte?

»Dann hast du sie falsch verstanden«, entgegnet Veetie unwirsch. »Es ist Zeit für uns zu gehen.«

»Es war schön, dich kennengelernt zu haben, Veetie«, betont Sarah. »Bis bald, Hilla. Denk an unsere Verabredung.«

Der Blick, den Veetie seiner Frau zuwirft, ist jetzt eiskalt.

»Ich … äh …«, stottert Hilla, bevor Veetie sie wortlos wegzieht.

Sarah winkt den beiden hinterher, als verabschiede sie sich von guten alten Freunden. Doch innerlich krampft sich ihr Magen zusammen. Etwas stimmt mit dem Ehepaar nicht, da ist sie sicher. Und das, was da nicht stimmt, hat eindeutig mit Matti Saarinen zu tun. Dem Ganoven, über den anscheinend niemand sprechen möchte.

Kurz bevor Veetie seine Frau um eine Bude herumdirigiert, dreht er den Kopf noch einmal zu Sarah zurück.

Ein Schaudern läuft Sarah den Rücken hinunter. »Wenn Blicke töten könnten«, flüstert sie.

VIERUNDDREISSIGSTES KAPITEL

Zwischen den Bäumen taucht das Haus auf. Endlich. Onni schaut auf seinem Handy nach der Uhrzeit. Er hat durch den Wald bis hierher gut vierzig Minuten gebraucht. Dass er jetzt unter seinem Langarmpulli ordentlich schwitzt, ist ihm völlig gleichgültig. Die Aussicht darauf, gleich die Statue in den Händen zu halten, treibt ihn unermüdlich voran. Nicht mehr lange, und sein Leben wird sich für immer verändern, frohlockt er. In seinem Kopf herrscht ein leiser Schwindel, den er der erwartungsvollen Aufregung zuschreibt.

Dass Eetu ihn nicht weiter als bis zum Waldweg würde mitnehmen können, war für Onni sofort einleuchtend, als er vor dem *Pubi* in das Gefährt des Bauern kletterte. Der Monstertraktor, mit dem Eetu beim Aufbau des Festplatzes geholfen hatte, ist breiter als die Fahrspur und würde hier im Wald für eine Schneise der Verwüstung sorgen. Schon auf der asphaltierten Landstraße, die Eetu und ihn in nördlicher Richtung an den Erdbeerfeldern vorbei zum Wald führte, mussten entgegenkommende Autos der Böschung gefährlich nah kommen, um nicht mit dem ausladenden landwirtschaftlichen Fahrzeug zusammenzustoßen.

Während der Fahrt schwärmte Eetu stolz von den über sechshundert PS seines Traktors, von einer hochmodernen Vorderachsfederung und verringertem Radschlupf. Das Schweigen seines Beifahrers schien ihn nicht weiter zu stören, sodass Onni sich ganz auf seine Gedanken konzentrieren konnte. Und die kreisten allesamt um Öbergs Theorie. Er war kurz davor, ihre Gültigkeit zu beweisen. Und würde damit selbst Geschichte schreiben. *Professor* Onni Järvinen – das hat in seinen Ohren einen großartigen Klang!

Als er ihn am Waldrand absetzte, bot Eetu Onni an, ihn später wieder mit nach Sysmä zurückzunehmen. Nach einem Nickerchen wolle er unbedingt noch auf das Fest. Die beiden tauschten ihre Handynummern und verabredeten, nachher zu telefonieren. »Ich komme dann auch nicht mit dem Traktor«, sagte Eetu und lachte röhrend auf. »Ist also ein Klacks, dich am Haus der Deutschen aufzugabeln. Dieser Sarah.« Beim Nennen ihres Namens leuchteten Eetus Augen auf.

Onni tritt vom Waldweg auf eine Lichtung, deren Grasbewuchs von unzähligen Reifenspuren umgepflügt ist. Mit pochendem Herzen blickt er hinab auf Matti Saarinens Haus. Es ist nicht weiter bemerkenswert, mit seiner abblätternden Farbe und seinen stumpfen Fensterscheiben, doch ihm kommt es vor wie eine Schatztruhe, in der ein kostbares Kleinod schlummert. Vor Aufregung zieht sich sein Magen schmerzhaft zusammen. Oder ist das einsetzende Grummeln ein Resultat von Hunger? Bis auf den Kaffee vorhin im *Pubi* hat Onni heute noch nichts zu sich genommen.

Nach ein paar Schritten den Abhang hinunter bleibt Onni schwer atmend stehen. Der Schwindel wird stärker, dann überkommt ihn das Gefühl, der Boden schwanke unter ihm. Seine Beine fühlen sich an wie Wackelpudding. »Oh, verflucht«, schimpft er und lässt sich zitternd auf das Gras niedersinken. Spielt sein Kreislauf verrückt? Er schiebt sich den Rucksack in den Rücken und lehnt sich vorsichtig dagegen. Kalter Schweiß tritt auf seine Stirn. Flach atmend lenkt er seinen Blick auf Mattis Haus und bemüht sich, Ruhe zu bewahren.

Das Gebäude wirkt merkwürdig verschwommen, als bewege es sich vor Onnis Augen langsam von links nach rechts. Es sieht aus wie ein eigenständiges Wesen, das sich am Ufer des Sees niedergelassen hat und hier auf etwas wartet. Auf *ihn* wartet. Onni schließt die Augen, doch sogleich breitet sich ein Übelkeitsgefühl in seinem Magen aus, und der Schwindel nimmt noch zu. Schwärze zieht in ihm auf. Mühsam reißt er die Augen wieder auf. Und erkennt, dass er nicht mehr allein ist.

Der groß gewachsene Mann sieht gleichzeitig uralt und kraftvoll jung aus. Seine Haare und sein langer Bart sind weiß und wehen im Wind, obwohl sich kein Lüftchen regt. Seine breiten Schultern und die muskulöse Statur strafen sein vermeintlich hohes Alter Lügen. In einer Hand hält er einen langen Stock oder etwas Ähnliches – Onni kann nicht erkennen, was es ist, denn der Gegenstand glüht und glimmt, dass es ihn blendet. Doch plötzlich geht ihm ein Licht auf. »Das Flammenschwert«, ächzt er.

Die Gestalt schaut Onni unverwandt an. Sie ist ihm nah und doch unendlich fern, als leuchte ihr Spiegelbild aus einer anderen Welt zu ihm herüber. Obwohl kein Wort über die Lippen des Mannes kommt, hört Onni eine Stimme in seinem Kopf. Sie klingt wie ein Donnergrollen.

»Du willst uns schaden. Du hast vor, mich von meinem angestammten Platz zu vertreiben«, hallt es.

»Ich suche nach der Wahrheit, Ukko«, erwidert Onni. Seine Stimme hat etwas Flehentliches.

»Und du glaubst, du wirst sie hier finden? Deine Wahrheit?«, fragt der Donnergott. »In diesem Rattenloch?«

»Ja, das glaube ich.«

Ukkos Bart weht noch wilder in einem Wind, der von Onni nicht zu spüren ist. »Ich werde dir die Wahrheit zeigen, Kind. Schau!« Er deutet mit dem Flammenschwert zum See hinab.

Nun versteht Onni, wo der rasante Wind herkommt. Über dem See kreist ein riesiger Vogel. Mit seinen breiten Flügeln erzeugt er einen Luftstrom, der selbst die stärksten Bäume zum Schwanken bringt. So unfassbar groß ist das Tier, dass es das Licht verdrängt. Selbst Ukkos Flammenschwert verblasst unter seinen

Schwingen. Der Vogel kreuzt in absoluter Dunkelheit im Nichts, doch Onni kann das Tier erkennen, obwohl es unsichtbar ist.

Plötzlich verändert der Vogel seine Flugbahn und sinkt zum See hinab. Auf der Insel, die vor der Bucht liegt, lässt er sich nieder. Als er sich kurz darauf – vielleicht auch Hunderte Jahre später – wieder erhebt und mit starken Flügelschlägen im Nichts verschwindet, bleiben auf der Insel drei weiße Eier zurück.

Sie strahlen und sind wunderschön, findet Onni. Nicht von dieser Welt. Ergriffenheit durchflutet ihn.

»Sieh!«, ertönt Ukkos Stimme. Der Gott steht in einem Sturm, der sich in rasender Geschwindigkeit um sich selbst dreht. »Es beginnt.«

Der gewaltige Wind lässt die Eier von der Insel ins Wasser rollen. Als sie zerbrechen, verwandeln sie sich. Ein Ei gebiert die Sonne, eines den Mond und eines die Sterne. Die beiden Hälften der Schale aber formen die Erde und den Himmel.

»Es beginnt«, flüstert Onni. Weit entfernt spürt er, wie sich ein saurer Geschmack in seinem Rachen ausbreitet. Erstaunt runzelt er die Stirn, konzentriert sich aber wieder auf das Spektakel vor seinen Augen. Das also ist die Wahrheit.

»Es beginnt. Und es endet mit dir«, ist nun Ukkos scharfe Stimme wieder zu vernehmen.

Onni schaut sich um, doch er kann den Donnergott nirgends sehen. »Ich habe nicht vor …« Er bricht den Satz ab, da er nicht länger sprechen kann. Seine Stimme geht in ein Würgen über. Plötzlich ist ihm speiübel. Er versucht, Luft zu bekommen, doch es gelingt ihm nicht. Der saure Geschmack von eben füllt nun seine ganze Wahrnehmung aus. Er brennt in ihm, wie ein ätzendes Feuer. Panik erfasst ihn. Immer noch bekommt er keine Luft.

Blinzelnd öffnet Onni die Augen. Er blickt auf Mattis Haus, das nun unbewegt vor der Bucht steht. Ein schäbiges Gebäude, nicht weiter bemerkenswert. Am Himmel kreist ein Möwenschwarm und stößt heisere Rufe aus.

Mühsam erhebt sich Onni auf seine Knie, beugt sich vornüber und kotzt auf den Rasen. Ein stechender Kopfschmerz hämmert in ihm. Als sein Magen leer ist, robbt er sich ein Stück den Hang hinab. Sein Pullover ist ganz beschmiert, bemerkt er. Tief holt er immer wieder Luft, schaut sich um. Er muss zusammengeklappt sein und sich im ohnmächtigen Zustand erbrochen haben, doch zum Glück ist er rechtzeitig wieder zu sich gekommen.

Schwankend kämpft er sich auf die Beine und schleppt sich zum Ufer hinab. Dass er während seiner Ohnmacht mit Ukko gesprochen hat, entlockt ihm trotz der pochenden Schmerzen ein Kopfschütteln. Er spült seinen Mund mit Seewasser aus, dann wäscht er sein Gesicht. Für einen Moment zögert er, dann zieht er den Pullover aus und taucht ihn immer wieder in den See, bis das Erbrochene aus dem Stoff entfernt ist. Mit aller Kraft wringt er das Kleidungsstück aus. Sein Unterhemd ist nass geschwitzt, doch er behält es an.

Den nassen Pullover legt er über die Verandabrüstung. Dann holt er den Rucksack vom Hang herunter und stellt ihn neben das tropfende Kleidungsstück. Ein Siegel an der Eingangstür informiert ihn, dass das unbefugte Betreten des Hauses aufgrund polizeilicher Ermittlungen untersagt ist. Er verharrt für einen Moment vor der Tür, kaut auf seiner Unterlippe. »Ich gebe jetzt nicht auf«, flüstert er schließlich und reibt die zitternden Hände.

Nach einer prüfenden Runde um das Haus klaubt Onni einen breiten Ast auf. Schwungvoll wirft er das Holz auf den schmalen Schuppen, der rechter Hand an das Wohnhaus grenzt. Mit einem raschelnden Aufprall landet der Ast auf dem Wellblechdach. Dann holt Onni seinen Rucksack und den Pullover von der Veranda herüber. Den Rucksack stellt er neben den Schuppen, das tropfende Kleidungsstück hängt er an die Türklinke.

Es kostet ihn einige Minuten und mehrere Versuche, bis er sich auf den Schuppen hinaufgezogen hat. Er fühlt sich immer noch wackelig auf den Beinen, doch die Aussicht auf die Statue mobilisiert ungeahnte Kräfte. Keuchend richtet er sich auf dem Dach auf und schiebt sich vorsichtig an der Hauswand entlang über das Wellblech, bis er zu einem Fenster gelangt. Langsam zieht er den Ast über das Dach zu sich heran. Seine Arme zittern, doch er legt seine ganze verbliebene Kraft in sie, als er das Holzstück gegen die Scheibe schlägt. Klirrend zerbricht das Glas.

Hier oben, hofft Onni, fällt jemandem, der nicht genau hinschaut, eine zerbrochene Scheibe nicht gleich auf. Mithilfe des Astes klopft er die zackigen Ränder der Scheibe so weit aus dem Rahmen, dass er seinen Arm gefahrlos durch das Loch stecken und den Fenstergriff umlegen kann. Ächzend drückt er den Fensterrahmen auf.

In dem kleinen Badezimmer, in das er wie in Zeitlupe klettert, herrscht ein scharfer Geruch nach Urin und Schimmelpilzen. Wahrscheinlich hat dieser Raum bereits seit längerer Zeit keinen Putzlappen mehr gesehen. Mit angehaltenem Atem steigt Onni vorsichtig über die Glassplitter, die auf dem Boden verteilt sind. Erst als er auf den Flur tritt, holt er tief Luft. Auch hier riecht es abgestanden und muffig. Er zwingt sich, ein aufkommendes Ekelgefühl zu unterdrücken. Er muss die Statue finden. Die Umstände seiner Suche sind wenig angenehm, doch sie sind nun einmal nicht zu ändern.

Leider war Öberg in seinem Buch wenig aussagekräftig, was die Größe des Reliktes angeht. Nach dem, was Swen ihm an der Bar des *Black Swan* erzählt hat, schätzt Onni die Statue aber auf eine Höhe von etwa dreißig Zentimetern. Es dürfte demnach etwas Platz vonnöten sein, wollte man sie verstecken. In der Kaffeedose braucht Onni nicht nach ihr zu suchen.

Das Herz pocht laut in seiner Brust, während er im Obergeschoss Zimmer für Zimmer absucht. Er öffnet Schränke und Kommoden, untersucht Regale, späht unter das Bett. Von der Statue keine Spur. Dafür findet er Unmengen von Staubflocken und einen Stapel Pornomagazine, die er mit spitzen Fingern flüchtig durchblättert.

Im Erdgeschoss herrscht ein noch größeres Durcheinander als in der oberen Etage. »Wie kann man in so einem Chaos überhaupt leben?«, flüstert Onni. Ungläubig schweift sein Blick über die Armee von eingestaubten Porzellanfiguren, die sich überall im Wohnraum verteilen. Hat Matti Saarinen diese hässlichen Figuren gesammelt? Und warum hat er außerdem Dutzende abgewetzte Stoffpüppchen, die zwischen Altpapierbergen herumliegen, aufbewahrt? Wie passt die kostbare Statue in diese groteske Sammlung?

Bereits der Anblick dieser Unordnung verursacht Onni körperliche Schmerzen. Kopfschüttelnd schiebt er ein halb zerfetztes Stofftier mit dem Fuß zur Seite. Ihm ist der Hang vieler seiner Landsleute, ihren Ramsch in die Landhäuschen zu schaffen, bekannt. Weggeworfen wird nichts – eher durchstöbert man einen der unzähligen Trödelläden, ob man den eigenen Krempel noch mit dem Plunder anderer Leute ergänzen kann. Doch Saarinens Haus ist selbst für solche Verhältnisse ausgesprochen unaufgeräumt.

Verzweifelt dreht Onni sich in der Mitte des Wohnraums langsam um die eigene Achse. Wo soll er mit seiner Suche beginnen? Die Statue kann sich überall und nirgends zwischen dem Gerümpel verstecken. Er entscheidet sich dafür, systematisch vorzugehen. In seiner Vorstellung teilt er den Raum in acht etwa gleich große Abschnitte ein und gibt ihnen Bezeichnungen anhand des Alphabets. Wenn er sich zuerst ausschließlich Abschnitt A widmet, dann wirkt das Chaos weniger erdrückend. Seine Hoffnung ist es, die Statue nicht erst im Bereich H zu finden. Denn bis er dort angekommen ist, dessen ist er gewiss, hat er längst den Verstand verloren.

Es hilft nichts. Onni atmet tief ein, dann beginnt er mit der Suche, wühlt sich durch das Hab und Gut des toten Matti. Dabei wünscht er sich, er trüge Handschuhe oder besäße eine Zange. So ein langes Ding, das man beim Abfallsammeln verwendet. Er fragt sich, ob sich die Polizisten ebenfalls durch den Unrat gearbeitet haben. Jedenfalls wird sich Onni nach dieser Aktion ausgiebig in der Pension waschen müssen, um das Gefühl von Schmutz und Verwahrlosung wieder loszuwerden.

Von der Statue findet sich auch im Erdgeschoss keine Spur. Alte Küchenhandtücher, Figurinen ohne Kopf, weitere Pornohefte – doch keine Statue aus Finnlands Vorzeit. Nach über einer Stunde konzentrierter Suche gelangt Onni schließlich zum letzten Abschnitt des Raums, neben dem Durchgang zur Küche. Von dorther ertönt schon die ganze Zeit über das Geräusch eines brummenden Kühlschranks.

In einer Mischung aus Hoffnung und Verzweiflung öffnet Onni nacheinander mehrere Kartons, die sich an der Wand stapeln. In einem befinden sich Essenskonserven, in einem anderen eine Sammlung uralter Computerkabel mit Anschlüssen, die Onni noch nie zuvor gesehen hat. Gerade will er sich dem letzten Karton widmen, da hält er wie versteinert mitten in der Bewegung inne. Auf der Veranda hat eine Holzbohle geknarrt. Er dreht den Kopf Richtung Haustür und saugt erschrocken Luft durch seine Zähne. Vor dem verdreckten Fenster, direkt neben der Eingangstür, huscht ein Schatten vorbei.

Jemand ist draußen vor der Tür! Hastig geht Onni in die Hocke und duckt sich. Abermals ertönt von der Veranda her das Geräusch einer Bewegung. Wer treibt sich hier im Nirgendwo um das Haus eines Toten herum? Wer auch immer es ist, Onni darf sich auf keinen Fall bei einem Einbruch erwischen lassen – insbesondere nicht bei einem Einbruch in ein Haus, das die Polizei versiegelt hat. Steht darauf nicht sogar Gefängnis? Er lässt sich auf den Boden fallen und schiebt sich eilig zwischen dem Gerümpel hindurch zum Sofa. Im Schutz des abgewetzten Möbelstücks bleibt er am Boden liegen und denkt fieberhaft nach. Wer ist da draußen? Die Polizei? Ein neugieriger Waldspaziergänger? Mattis Mörder? Onni schluckt. Sein Hals ist auf eine schmerzhafte Weise trocken. Die Polizisten, deren Gespräch er belauschte, haben unmissverständlich von einem gewaltsamen Tod Saarinens gesprochen. Und als Verdächtige haben sie diese Sarah Fuchs genannt. Lauert die Frau ihm vor dem Haus auf?

Vorsichtig linst Onni hinter dem Sofa hervor. Für einen Schlag setzt sein Herz aus. Hastig zieht er den Kopf wieder zurück. Jemand steht vor dem Fenster und versucht, ins Innere des Hauses hineinzuschauen. Onni hat nur die Umrisse der Person durch das verdreckte Fenster erkennen können, er kann nicht einmal sagen, ob es sich um einen Mann oder eine Frau handelt. Doch das ist ihm auch egal. Auf keinen Fall darf die Person ihn hier drinnen finden. »Verdammt!«, flüstert er in den Holzboden. Er zuckt zusammen, als von draußen das Geräusch leiser Schritte zu hören ist.

Onni zwingt sich zu einem weiteren Blick, doch diesmal ist niemand zu sehen. Auch vor den übrigen Fenstern tut sich nichts. Kurz entschlossen hetzt Onni auf allen vieren zur Treppe hinüber und krabbelt in das Obergeschoss hinauf. Er eilt zum nächsten Zimmerfenster und späht vorsichtig auf die Veranda hinab. Gerade noch sieht er, wie jemand um die Hausecke in Richtung Ufer verschwindet. Eine dunkel gekleidete Person, die eine ebenso dunkle Kopfbedeckung trägt – mehr vermag er durch das schmutzige Fenster nicht zu erkennen.

Jetzt ergreift die Panik Besitz von ihm. Wer immer dort unten unterwegs ist – Onni weiß, dass er von dieser Person nicht erwischt werden möchte. Also muss er so schnell wie möglich von hier verschwinden. Sofort! Er zwängt sich durch das Badezimmerfenster und steigt auf das Schuppendach hinaus. Schwer atmend lässt er sich am Schuppen hinunter, jeden Moment damit rechnend, dass der oder die Fremde um die Ecke gebogen kommt. Gehetzt schnappt er sich seinen Rucksack und sprintet zwischen die Bäume. Er meint, einen Ruf hinter sich zu hören, während er durch das Unterholz bricht, doch er rennt einfach weiter, bis er am Waldweg ankommt. Mit rasendem Puls springt er zwischen den Bäumen hervor, setzt hastig den Rucksack auf und nimmt die Beine in die Hand.

Die Statue war nicht im Haus, flucht er vor sich hin, während er den Weg entlangläuft. Hat dieser Matti sie woanders versteckt? Hat jemand sie bereits aus dem Haus entwendet? Befindet sie sich im Gewahrsam der Polizei? Onni muss sich einen neuen Plan zurechtlegen, doch zuerst gilt es, zurück nach Sysmä zu kommen, ohne erwischt zu werden.

Der Schweiß läuft ihm in Strömen das Gesicht hinab, durchtränkt sein ohnehin schon feuchtes Unterhemd. Abrupt bleibt er stehen. Der Pullover! Er hat seinen verdammten Pullover am Schuppen hängen lassen! Soll er umkehren? Doch was, wenn sich diese Person immer noch am Haus herumtreibt? Mit einem Aufstöhnen setzt Onni seinen Lauf fort. Keine zehn Pferde bringen ihn zu Mattis Haus zurück.

Keuchend trabt er den Weg entlang. Im Laufen versucht er, seinen rutschenden Rucksack festzuzurren. Hektisch zieht er an dem Gurt, dabei kann er sich nicht auf den Weg vor ihm konzentrieren. Im nächsten Augenblick strauchelt er und schlägt der Länge nach hin. Er muss seine gesamte Willenskraft aufbringen, um nicht vor Schmerz aufzuschreien. In seinem Mund breitet sich der metallische Geschmack von Blut aus. Schwer atmend liegt Onni auf dem Boden und horcht in seinen Körper. Ein stechender Schmerz pulsiert in seinem rechten Knöchel.

Vorsichtig setzt er sich auf und befühlt das rechte Bein. Sein Knöchel ist geschwollen. Außerdem hat er sich auf die Zunge gebissen. Mit Tränen in den Augen kämpft er sich auf die Beine und humpelt ein paar Schritte den Weg weiter. Wenn er langsam geht, dann ist der Schmerz zu ertragen. Er holt tief Luft und setzt sich wieder in Bewegung.

Er kann nicht sagen, wie lange er bereits durch den Wald humpelt, da lässt ihn ein Brummen aufhorchen. Sein Magen zieht sich zusammen, als er versteht, dass es das Geräusch eines Motors ist. Es hallt zwischen den Baumstämmen hindurch und wird schnell lauter, doch Onni kann nicht sagen, aus welcher Richtung es kommt. Mit einem Fluch auf den Lippen schleppt er sich vom Weg hinunter, humpelt zwischen die Bäume und setzt sich nach ein paar Metern hinter einen moosbewachsenen Findling. Schwer atmend reißt er sich den Rucksack vom Rücken und drückt sich gegen den Stein.

Das Motorgeräusch kommt rasch näher. Es vibriert in der Luft wie ein riesiger Hornissenschwarm. Und erstirbt jäh. Verwundert lauscht Onni in den Wald. Dann presst er die Zähne so fest aufeinander, dass seine Kiefernmuskeln schmerzen. Er hört Schritte. Sie verlassen den Weg und gehen nun über Waldboden.

Onni drückt die Augen so fest zusammen, wie es nur irgend geht, und betritt das Dunkel, das nun vor ihm liegt. Es ist von Kindesbeinen an sein letzter Rückzugsort, immer wenn es keine anderweitige Fluchtmöglichkeit mehr gibt.

Ein Ast bricht. Es klingt wie ein Schuss durch den Wald.

Ein neues Geräusch lässt Onni zusammenzucken. In seiner Hosentasche klingelt das Mobiltelefon. Warum wird er ausgerechnet jetzt angerufen?

Die Schritte kommen näher. Dann bleiben sie stehen.

Selbst blind kann Onni sehen, dass jemand unmittelbar vor ihm steht.

»Habe ich dich gefunden«, sagt eine dumpfe Stimme.

Onni öffnet die Augen.

FÜNFUNDDREISSIGSTES KAPITEL

»Es hat etwas länger gedauert«, erklärt Ilvi und reicht Sarah ein Bierglas, »weil ich mit Leevi gesprochen habe.«

»Wer ist Leevi?«, fragt Sarah und dreht das Glas skeptisch in den Händen.

»Ein netter Kerl, wir sind während des Anstehens ins Gespräch gekommen. Er hat mich gleich nach meiner Nummer gefragt. Richtig süß. Vielleicht treffe ich mich mal mit ihm. Er arbeitet auf dem Campingplatz, kümmert sich um alles, was dort mit Technik zu tun hat. Ist sein Ferienjob, er studiert in Tampere *Nachhaltige Architektur.*« Ilvi hebt ihr Glas. »Kippis!« *Prost.*

»Kippis«, antwortet Sarah, führt ihr Glas jedoch zum Mund, ohne etwas zu trinken. »Also hast du die Zeit mit Flirten verbracht.« Sie zwinkert Ilvi zu.

Ilvis Lachen hat Ähnlichkeit mit dem Grinsen einer Raubkatze. »Ein bisschen Flirten schadet nie.« Sie fährt sich durch das Haar. »Wahrscheinlich muss ich das Ermitteln noch etwas verfeinern. Doch wie sagt man so schön in Finnland: *Niemand wird als Schmied geboren.*« Sie untermalt die Aussage mit einem koketten Augenaufschlag. »Aber Spaß beiseite, ich habe selbstverständlich die Gelegenheit genutzt, um Leevi ein wenig auszuhorchen. Auf so einem Campingplatz wird schließlich viel geredet.«

»Sehr schlau von dir«, sagt Sarah anerkennend. »Ich war übrigens auch nicht ganz untätig und konnte etwas herausfinden. Wobei ich während deiner Abwesenheit hauptsächlich wie ein dummer August angestarrt worden bin.«

»Erzähl, was es mit dem Angaffen auf sich hat«, fordert Ilvi Sarah auf. »Und was hast du herausgefunden?«

Sarah berichtet von dem Getuschel der Leute und von ihrem Zusammentreffen mit Hilla und Veetie. »Zum einen gelte ich anscheinend als Mattis Freundin, nur weil ich zufälligerweise am Fundort des Toten stand, zum anderen scheint Hillas Ehemann aus irgendeinem Grund ein gewaltiges Problem mit mir zu haben.« Sie zuckt mit den Schultern. »Vielleicht sollte ich versuchen, Hilla noch mal allein zu erwischen. Ich habe den Eindruck, dass sie am Tag von Mattis Tod etwas beobachtet hat, das uns weiterhelfen könnte. Und es ist ihr unangenehm, dass sie mir geraten hat, nicht über Matti zu sprechen, sonst hätte sie sich nicht für ihr Verhalten im Supermarkt entschuldigt. Aber sie scheint ganz unter dem Einfluss ihres Mannes zu stehen. Und der verpasst ihr einen Maulkorb, ganz eindeutig.«

Nachdenklich nickt Ilvi. »Diese Hilla sollten wir im Auge behalten. Wirklich seltsam, wie sie und ihr Mann reagiert haben. Wenn es Hillas Job ist, sich um dein *mökki* zu kümmern, dann werden wir schon einen Weg finden, sie zum Haus zu locken, um uns in Ruhe mit ihr zu unterhalten. Vielleicht können wir sie zu einem Schnäpschen überreden und so die Stimmung ein wenig auflockern.« Sie nimmt einen Schluck und schaut Sarah über den Rand des Glases hinweg an. »Leider muss ich den anderen Punkt bestätigen. Das Getuschel, du seist Mattis Freundin gewesen, meine ich. Nach dem, was Leevi mir erzählt hat, halten dich die Leute wirklich für die Geliebte von Matti Saarinen. Deine angebliche Beziehung zu dem Mann scheint auch auf dem Campingplatz das Gesprächsthema Nummer eins zu sein. Sagt zumindest Leevi. Du sollst unbekleidet bei der ebenfalls nackten Leiche gestanden haben.« Entschuldigend hebt Ilvi die Hände.

Sarah schüttelt so heftig den Kopf, dass sie Bier verschüttet. »Das ist aber doch Unsinn! Ich habe schon dem Fischer erklärt, dass ich mich lediglich im Haus geirrt hatte und Matti niemals zu

Gesicht bekommen habe. Zumindest nicht lebend. Und ich hatte natürlich etwas an. Die Bluse vom Vortag.«

Verhalten räuspert sich Ilvi. »Leider kommt es noch schlimmer.«

»Schlimmer?« Sarah reißt die Augen auf. »Was meinst du damit? Behauptet jemand, ich würde neugeborene Kätzchen ertränken?«

Ilvi verdreht die Augen. »Im Städtchen geht wohl das Gerücht um, du seist eine mittellose Russin, die aus Moskau vor ihrem gewalttätigen Ex-Freund geflohen ist und nur deshalb mit Matti zusammengekommen ist, um durch die Heirat mit ihm eine Aufenthaltsgenehmigung zu bekommen.« Sie tippt sich gegen die Stirn.

»Was?«, entfährt es Sarah. Ihr ist völlig egal, dass sich sogleich mehrere Köpfe zu ihr umdrehen. »Wer kommt denn auf so eine dämliche Geschichte? Ich soll vorgehabt haben, diesen Matti zu *heiraten*? Ernsthaft?« Sie wirft den Umstehenden böse Blicke zu, als wären sie allesamt höchstpersönlich für das Entstehen des Gerüchts verantwortlich. »Niinkö?«, ruft sie ihnen zu. *Wirklich?*

»Bitte reg dich nicht auf«, sagt Ilvi leise und greift nach Sarahs Hand. »Die Leute reden immer irgendeinen Mist. Und jeder von ihnen erweitert die Geschichte um das nächste sensationslüsterne Detail. Es ist alles Unsinn.«

»Das weiß ich aus jahrelanger Erfahrung nur zu gut. Aber *solch* ein Unsinn!«, blafft Sarah. Doch dann drückt sie Ilvis Hand. »Bitte entschuldige. Ich ärgere mich deshalb so sehr, weil es mich daran erinnert, dass auch der Kommissar aufgrund falscher *Annahmen* davon ausgeht, ich hätte etwas mit dem Tod Mattis zu tun. Manchmal denke ich, je abstruser eine Vorstellung ist, umso eher sind die Menschen bereit, an ihren Wahrheitsgehalt zu glauben.«

»Ich verstehe deinen Ärger. Aber es ist nicht wichtig, was die Leute sagen. Wir werden die wahre Geschichte schon aufdecken.« Ilvi nickt Sarah aufmunternd zu.

»Ich werde es diesem Aalto zeigen!« Sarah löst ihre Hand aus Ilvis. »Und dann werden auch die übrigen Leute feststellen, dass nichts von dem Blödsinn, der hier im Ort kursiert, der Wahrheit entspricht. Also – wie wollen wir weiter vorgehen, Ilvi? Ich bin in genau der richtigen Stimmung, um ein paar Leuten auf den Zahn zu fühlen. Vielleicht sollte ich mir als Erstes diesen Veetie schnappen und ein ernstes Gespräch mit ihm führen.«

Ilvi richtet ihren Pony und räuspert sich. »Ich glaube, dass es gerade nicht viel bringt, wenn du auf gut Glück mit diesen Menschen sprichst.« Sie deutet beiläufig auf die Umstehenden. »Sie werden nicht zwanglos mit dir über Matti plaudern, wenn sie denken, du wärst mit ihm verbandelt gewesen. Doch mit mir sprechen sie, das haben wir eben bei Leevi gesehen. Mein Vorschlag ist daher, dass ich hier auf dem Jahrmarkt meine Ohren offenhalte, während du eine kleine Pause einlegst.«

»Eine kleine Pause?«, wiederholt Sarah und kann sich ein sarkastisches Auflachen nicht verkneifen. »Meine Anwesenheit erschwert also die Ermittlungen. Mattis russische Freundin hält die Leute vom Reden ab.«

Ilvi prustet los. »Warum sollte auch irgendetwas einfach funktionieren, oder? Es wäre doch langweilig, wenn uns der Mörder gleich mit einem Geständnis entgegengelaufen käme.«

»Na, auf solch eine Spannung kann ich gut verzichten. Ich gehe einen Kaffee trinken, den kann ich jetzt gut gebrauchen.« Sarah reicht Ilvi ihr unangetastetes Bierglas. »Was hältst du davon, wenn ich mich in den *Pubi* setze? Er befindet sich oben an der Straße. Dort bekomme ich bestimmt einen Kaffee. Dann kannst du dich ganz entspannt unter die Leute mischen. Hol mich doch dort wieder ab, wenn du so weit bist.«

»Eine gute Idee«, pflichtet Ilvi ihr bei. »Ich versuche auch, mich zu beeilen. Das Flirten beschränke ich ab sofort auf das notwendige Minimum, versprochen. Ich bin da absolut lernfähig«, sagt sie mit einem Grinsen.

»Es gibt da ein deutsches Sprichwort. *Einem alten Hund kannst du keine neuen Tricks beibringen*«, sagt Sarah trocken. Ilvis Lachen hallt in ihren Ohren nach, während sie sich durch die Menschengruppen schiebt. Geflissentlich ignoriert sie die neugierigen Blicke, die immer wieder auf ihr liegen. Sie zieht in der finnischen Provinz mehr Aufmerksamkeit auf sich, als wenn sie in München unterwegs ist, bemerkt sie mit einem Stich in der Magengegend. Eigentlich sollte es andersherum sein. »Wartet nur ab«, flüstert Sarah. »Wenn die Wahrheit ans Licht kommt, werdet ihr euch alle noch umgucken. Von wegen ›mittellose Russin‹.«

Der Parkplatz vor dem *Pubi* ist voll besetzt. In der Gaststätte steht eine rundliche Frau hinter dem Tresen, die Sarah freundlich begrüßt.

Vor lauter Freude über das zur Abwechslung mal freundliche Gesicht schenkt Sarah der Frau ein strahlendes Lächeln und gibt ihr beim Bezahlen des Kaffees ein großzügiges Trinkgeld. Vorsichtig balanciert sie das dampfende Getränk in den Schankraum und sieht sich nach einem Platz um. Sie hat erwartet, dass wegen des Jahrmarktes auch hier einiges los sein würde, doch der Raum ist nicht einmal zur Hälfte besetzt. Es sind hauptsächlich ein paar alte Männer, die über ihren Biergläsern sitzen oder die Sportnachrichten auf einem Fernseher verfolgen.

Auf ihren High Heels stöckelt Sarah zu einem freien Tisch hinüber. Er befindet sich unmittelbar neben einem Fenster und steht dankenswerterweise ein wenig abseits. Mit einem Aufseufzen stellt Sarah die Tasse ab und macht es sich auf einem der beiden Stühle bequem. Ihr Blick wandert aus dem Fenster.

Von ihrem Platz aus kann sie hervorragend die Menschen auf dem Bürgersteig betrachten. Sie genießt das Gefühl, nun ausnahmsweise nicht die Beobachtete zu sein. Die meisten der Passanten scheinen sich auf dem Weg zum Marktplatz zu befinden. Eine Gruppe Jugendlicher überholt halb gehend, halb laufend einen alten Mann mit Rollator, der erschrocken stehen bleibt und irgendetwas sagt, was die Kids zum Lachen bringt. Dann lacht auch der Alte. Sarah ertappt sich dabei, wie sie in das Lachen einstimmt.

Ein riesiger Traktor hält auf der Straße. Sarah kneift die Augen zusammen, als ein junger Mann über den Parkplatz gelaufen kommt und in die Fahrerkabine des Traktors klettert. Es ist der verwirrt wirkende Mann, der sie gestern auf dem Supermarktparkplatz angesprochen hat, erkennt sie. Jedenfalls scheint er die Pension gefunden zu haben. Sarah zuckt mit den Schultern und verfolgt, wie der Traktor langsam davonfährt. Der Gegenverkehr muss ihm Platz machen, so ausladend ist das Gefährt.

Hier lässt es sich aushalten, bis Ilvi sie nachher abholt, denkt sie und lehnt sich entspannt zurück. Langsam führt sie die Tasse an ihren Mund. Der Kaffee schmeckt erstaunlich gut, findet sie. Sogleich hebt sich ihre Laune noch ein wenig.

»Ist bei Ihnen noch ein Platz frei?«, fragt eine Stimme.

Während Sarah loshustet, da ihr der Kaffee in die Luftröhre geraten ist, müht sie sich, die Tasse abzustellen, ohne deren Inhalt über das gesamte Tischtuch zu verteilen. Japsend wendet sie ihren Kopf dem Kommissar zu und schüttelt ihn röchelnd. Hier ist kein Platz frei!, denkt sie voller Inbrunst, bekommt aber keinen Satz heraus.

»Hier, nehmen Sie einen Schluck davon. Das hilft.« Aalto stellt ein schmales Glas vor Sarah ab und setzt sich ihr gegenüber an den Tisch. Er hält ein weiteres Glas in seiner Hand.

Sarah hustet wieder und drückt eine Hand auf ihre Brust. Was versteht Aalto nicht an einem Kopfschütteln?

»Trinken Sie, Sie werden sehen, es hilft.« Aalto deutet nachdrücklich auf das Getränk. »Nur zu.«

Mit zitternden Fingern führt Sarah das Getränk an die Lippen und nippt daran, sobald der Hustenanfall es zulässt. »Argh!«, krächzt sie. »Wollen Sie … mich vergiften? Was … häch … ist das?« Schwer atmend schiebt sie das Glas von sich.

»Das ist ein besonderer finnischer Wodka«, sagt der Kommissar. »Es gibt kein besseres Mittel gegen Hustenreiz, Schluckauf und tausend weitere Wehwehchen. Zum Wohl.« Er gießt den Inhalt seines Glases mit Schwung in seinen Rachen. »Als Kind hat meine Großmutter mir immer diesen Wodka eingeflößt, wenn ich Halsschmerzen hatte. Oder auch wenn eine Erkältung im Anflug war.«

Perplex verfolgt Sarah, wie Toivo Aalto das leere Glas abstellt und dann den obersten Knopf seines Hemdes öffnet. Der Mann wirkt sehr zufrieden mit sich. »Und das finden Sie normal? Einem Kind Wodka zu verabreichen?«, stößt sie heiser hervor. Sie verspürt das plötzliche Bedürfnis, sich mit Aalto zu streiten.

Der Kommissar zuckt mit den Schultern. »Man könnte sagen, es ist Naturmedizin, oder? Jedenfalls hat es mir nicht geschadet.«

Eintausend bissige Antworten schießen Sarah in den Kopf, doch sie schluckt sie hinunter. Keine von ihnen würde ihre Position bei Aaltos Ermittlungen verbessern, warnt eine innere Stimme der Vernunft sie.

»Und sehen Sie, Frau Fuchs, der Wodka hat geholfen. Ihr Husten ist verschwunden.«

»Aber doch nicht wegen des Teufelszeugs!«, widerspricht Sarah hitzig. »Ich war nur so erschrocken von dem penetranten Alkoholgeschmack, dass ich … dass ich das Husten vergessen habe.«

»Wie dem auch sei«, feixt Aalto. »Das Resultat zählt. Nicht der Weg dorthin.«

Jetzt kommt er ihr auch noch mit billigen Kalendersprüchen. Macht er sich über sie lustig? Warum, um Himmels willen, musste er sich ausgerechnet an ihren Tisch setzen? Warum, um Himmels willen, ist sie in diese Gaststätte gekommen, wo sie doch weiß, dass der Kommissar in der angeschlossenen Pension wohnt? Denn natürlich treibt er sich im Schankraum herum, anstatt seine Arbeit zu tun und Matti Saarinens Mörder aufzuspüren! Nein, diese Aufgabe müssen ja Ilvi und sie erledigen.

»Nun, da Sie Ihren Hustenanfall überwunden haben, können wir uns jedenfalls wunderbar unterhalten.«

Eine böse Vorahnung lässt Sarah aufstöhnen. Sie maskiert den Laut mit einem neuen Husten.

»Waren Sie schon auf dem Jahrmarkt?«, will Aalto wissen.

Sarah ist auf der Hut. Aaltos vermeintliche Beiläufigkeit ist nur aufgesetzt, weiß sie. »Ich war kurz dort. Es war mir zu viel los.« Sie verschränkt die Arme vor der Brust. »In der letzten Zeit hatte ich genug Aufregung. Wobei ich eigentlich nach Finnland gekommen bin, um in Ruhe abzuschalten.«

Der Kommissar verzieht das Gesicht zu einer Grimasse, aus der nicht ersichtlich ist, ob sie Mitleid oder Häme entspringt. »Ein Mordfall ist immer ein einschneidendes Erlebnis, für alle Beteiligten.« Er nickt wissend.

Was für ein Dummgeschwätz, wütet Sarah innerlich, bemüht sich aber um einen gelassenen Gesichtsausdruck. Würde dieser Schnüffler sie in Ruhe lassen, wäre an der Sache gar nichts *Einschneidendes* für sie. Dann würde sie in ihrem *mökki* die Einsamkeit genießen und alle Münchner Probleme einfach aussitzen. Doch nun ist sie wegen Aaltos dilettantischer Ermittlungsarbeit gezwungen, selbst einen auf Miss Marple zu machen und sich bei der Gelegenheit auch noch der brodelnden Gerüchteküche der Dörfler zu stellen. »Immerhin kommen Sie durch den Mordfall in den Genuss, Mittsommer hier zu verbringen«, sagt sie mit einem sarkastischen Unterton.

Toivo Aalto nickt. »Ich freue mich darauf. In Helsinki hält mich derzeit nicht viel. Seit zwei Jahren bin ich geschieden, da ist das Privatleben überschaubar. Ich bin in diesem Jahr erstmals seit Langem zu *Juhannus* wieder auf dem Land.« Er fährt sich über die Stirn. »Haben Sie denn eine angenehme Zeit in Sysmä?«

Sarah lacht bitter auf. »Das sehen Sie ja.« Was für eine Frechheit! Ob sie als Mordverdächtige eine angenehme Zeit habe? Der Mann macht sich eindeutig über sie lustig.

»Möchten Sie den Wodka nicht trinken?«

Aus dem Konzept gebracht hält Sarah inne und mustert erst das Glas, dann ihr Gegenüber. »Nein, ich trinke nicht mitten am Tag«, erklärt sie stirnrunzelnd und greift demonstrativ nach der Kaffeetasse.

»Meine Großmutter hat immer gesagt, am Mittag solle man ein Gläschen für den Kreislauf zu sich nehmen.« Aalto nickt Sarah auffordernd zu.

Gerade möchte Sarah abermals die medizinische Wirkung von Wodka in Abrede stellen, da stockt sie. Heiß zieht sich ihr Magen zusammen, denn plötzlich hat sie eine Ahnung davon, was der Kommissar hier im Schilde führt. Aus zusammengekniffenen Augen mustert sie ihn, fassungslos.

Aalto wirft ihr ein Lächeln zu.

Es soll wohl schüchtern wirken, das aufgesetzte Lächeln. Was für ein Teufel, sinnt Sarah aufgebracht. Der Kerl will sie abfüllen, damit sie endlich singt! Der Alkohol soll ihre Zunge lockern, damit sie ein Geständnis ablegt. Sarah zuckt zusammen. Bestimmt nimmt Aaltos Handy schon die ganze Zeit über ihr Gespräch auf. Zur Beweissicherung, wenn sie ihr lallendes Geständnis abgibt. Was für ein Teufel!

»Oder möchten Sie vielleicht etwas anderes trinken?«, fragt der Kommissar. »Ein Bier, einen Cognac? Ich könnte eine Flasche Sekt bestellen.«

Eine ganze *Flasche*? Schmallippig schiebt Sarah den Wodka noch weiter von sich weg. »Wir haben ja bei Matti Saarinen gesehen, wohin zu viel Alkohol führt«, bemerkt sie schnippisch. Dann beugt sie sich vor und reckt den Kopf brüsk vor. Soll sein Handy doch jedes ihrer Worte festhalten! »Der arme Mann ist sicherlich im Alkoholrausch ertrunken«, sagt sie langsam und deutlich. Ihr Blick tastet Aaltos Bekleidung ab. Befindet sich das Telefon in der Jackentasche? Wenn sie sich nicht täuscht, ist die Innentasche deutlich ausgebeult.

»Ach, lassen Sie uns nicht von dem Mord reden«, winkt Aalto ab. »Soll ich nach einem Sekt fragen?«

Dieser durchtriebene Hund! Jetzt tut er so, als verhöre er sie gar nicht. Wahrscheinlich muss ihr Geständnis freiwillig erfolgen, um rechtlich Bestand zu haben. Also möchte er vorgeblich gar nicht über Saarinen sprechen. Lügner! Sarah beugt sich noch weiter vor. Mittlerweile liegt sie mit dem halben Oberkörper über der Tischplatte. »Ich, Sarah Fuchs, bin Herrn Matti Saarinen das allererste Mal begegnet, als er bereits eine im See treibende Leiche war«, erklärt sie der Jackentasche mit getragener Stimme. »Da war der Mann also bereits tot. Ich sage das mit allem Nachdruck. Ich kannte den Mann vorher nicht, hatte niemals mit ihm zu tun. Außerdem war ich beim Fund der Leiche nicht nackt!« Den letzten Satz betont sie Wort für Wort. Dann lehnt sie sich in den Stuhl zurück und verschränkt die Arme vor der Brust.

Aalto runzelt die Stirn, bleibt aber ansonsten völlig unbewegt. »Heißt das, Sie möchten nichts trinken?« Ohne eine Antwort abzuwarten, zieht er eine Tüte aus der Innentasche seiner Jacke und steckt sich ein Bonbon in den Mund. Kauend hält er Sarah die Tüte entgegen. »Ein Lakritz?«

SECHSUNDDREISSIGSTES KAPITEL

Hilla dackelt hinter ihm her wie ein Schoßhündchen. Sie hat kein Gespür dafür, wann es ihm zu viel wird. Es ist immer das Gleiche: Wenn er ihr den kleinen Finger reicht, will sie die ganze Hand. Schon seit Längerem überlegt er, ob es überhaupt noch Sinn mit ihr macht. Im Moment hat er jedoch zu viel um die Ohren, um sich mit ihr auseinanderzusetzen. Außerdem wird sich das Problem von allein lösen, sobald er die Moneten für die Statue in den Händen hält. Dann geht es für ihn hinaus in die Welt. Und seine Frauen werden bestimmt nicht mehr aussehen wie Hilla. Er gluckst in sich hinein. Eher werden es heiße Bräute sein, wie diese Sarah. Wirklich, Hilla wird er keine Träne nachweinen.

Zum Glück ist sie jetzt abgelenkt. Sie spricht mit einer der moralischen Bibelfregatten aus dem Kauppinen-Clan. Diese Freikirchler sind ihm suspekt. Ständig reden sie von Gott und Erlösung, doch in Wahrheit sind sie genauso gestrickt wie alle anderen. Auch ihnen geht es einzig um Sex und ums Geld. Heuchlerisch, wie sie sind, tun sie aber so, als dächten sie schon morgens beim Aufstehen nur an die nächste Armenspeisung. Er weiß es besser, doch er lässt ihnen ihren lächerlichen Heiligenschein. Sollen sie doch nach außen den Moralischen geben, das hat wenigstens einen gewissen Unterhaltungswert. Dass jedoch ausgerechnet Hilla so große Stücke auf die Kauppinens und ihre religiösen Ansichten hält, ist ihm unerklärlich.

Während Hilla neben dem Kinderkarussell ihr Bibelgespräch führt, wird er den Moment nutzen, um sich abzuseilen. Eilig umrundet er eine Bude und atmet tief durch. Jetzt heißt es, auf Schleichpfaden aus dem Ort herauszukommen. Natürlich kennt hier jeder jeden, er will nicht für Gesprächsstoff unter den Leuten sorgen, indem er sich auffällig verhält. Und für ihn ist es bereits ungewöhnlich, auf dem Jahrmarkt nicht in der dichtesten Menschentraube zu stehen und ein Bier nach dem anderen zu kippen.

Er legt Entschlossenheit in seinen Gang, während er über den Platz schreitet und links und rechts bekannte Gesichter grüßt. Er schafft es, bis zum Rand des Marktes zu gelangen, ohne stehen bleiben zu müssen, doch dann verlässt ihn das Glück.

»He, Junge, wo schleichst du dich denn hin?« Heimo stellt sich ihm in den Weg und schlägt kameradschaftlich auf seine Schulter. »Ich hatte gedacht, wir trinken ein Bier.«

»Klar, auf jeden Fall.« Er zwingt sich zu einem Lachen. »Ich bin gerade auf dem Weg zu dir. Hab dich auf dem Fest vermisst, und da dachte ich mir, trinken wir doch was im *Pubi*. Wenn du schon arbeiten musst, bringe ich halt das Vergnügen zu dir.«

»Ein paar der Polizisten sind heute Morgen abgereist, und ich musste mich noch um die Zimmer kümmern. Und dann gibt es einen neuen Gast, Onni Järvinen aus Helsinki. Da war noch Papierkram zu erledigen. Jetzt hält Aune die Stellung. Viel ist eh nicht mehr los, die meisten Leute sind hierher aufs Fest weitergezogen, nachdem es am Morgen noch recht voll bei uns war. Im Schankraum sitzen fast nur noch die üblichen Verdächtigen.« Verschmitzt grinst Heimo. »Aber du brauchst mir nichts vormachen. Von wegen, du wolltest wegen *mir* in die Gaststätte kommen.«

»Was meinst du?« Alarmiert beäugt er Heimo. Hat er sich so schlecht verstellt, dass der Wirt seine Lüge gleich durchschaut hat?

»Ach, spiel nicht den Unwissenden. Du willst doch nur wegen der deutschen Braut rüber.«

»Sarah?«, entfährt es ihm.

Heimo nickt. »Mattis Schnecke. Auf die nun *du* ein Auge geworfen hast. Obwohl du sie immer so grimmig musterst.«

»Ich wusste gar nicht, dass sie bei dir im *Pubi* sitzt.« Seine Hände schmerzen, so fest drückt er sie zusammen. »Ganz sicher habe ich kein Auge auf sie geworfen.«

»Mir kannst du nichts vormachen, Mann!«, ruft Heimo und grinst. »Ich habe doch gestern im *Pubi* mitbekommen, wie du dich nach ihr erkundigt hast. Klar bist du scharf auf sie!«

Hoffentlich kann Heimo sein Zähneknirschen nicht hören. Er muss vorsichtig sein! Gestern hat er lediglich ein, zwei harmlose Fragen danach gestellt, was andere Leute von der vorgeblichen Deutschen halten. Und nebenbei das Gerücht befeuert, die Frau habe nach ihrer heimlichen Flucht aus Russland etwas mit dem Schlitzohr Matti gehabt, um in Finnland bleiben zu können. Anscheinend hat man sein bisschen Gerede bereits als Interesse an Sarah ausgelegt.

Mit einem übertrieben genervten Gesichtsausdruck hebt er einen Arm und hält Heimo seine Handfläche hin. »Du hast mich vollkommen durchschaut, Junge. Schuldig im Sinne der Anklage. Würde sie nicht von der Bettkante stoßen, das stimmt wohl.« Angriff ist die beste Verteidigung, denkt er.

Mit Wucht schlägt Heimo ein und lacht auf. »Sie ist aber auch ein Hingucker.«

»Und jetzt sitzt sie drüben in der Gaststätte? Vorhin habe ich sie noch hier auf dem Fest gesehen.« Sie ist in ihrem Glitzerfummel herumstolziert, als gehöre ihr die verdammte Stadt. Hat sie damit ein Signal an ihn senden wollen? Wollte sie ihm unter die Nase reiben, dass sie alles unter Kontrolle hat? Sie will ihn mürbe machen, damit er von der Statue ablässt, da ist er sicher. Nichts macht sie ohne einen Hintergedanken.

»Sie quatscht da mit dem Bullen.«

Er zuckt zusammen. »Was sagst du?«

»Der Kommissar hat sie in Beschlag genommen. Als ich eben den *Pubi* verlassen habe, da saßen die beiden an einem Tisch und haben sich angeregt unterhalten.« Heimo hebt mehrmals hintereinander die Augenbrauen.

Sein Brief! Ob der Kommissar endlich Nägel mit Köpfen macht und ihr auf den Zahn fühlt? Er hatte die Hoffnung bereits aufgegeben, doch vielleicht ist dieser Einfaltspinsel von einem Polizisten endlich zur Vernunft gekommen.

»Sie sah nicht wirklich glücklich aus, aber da kann ich mich auch täuschen. Ich habe nur einen kurzen Blick zu den beiden hinübergeworfen, wie gesagt.«

Der Kommissar verhört sie. Endlich! Jetzt wird sie sich rechtfertigen müssen, und ihr Kartenhaus, dieses Getue, von wegen, sie sei eine harmlose deutsche Touristin, bricht in sich zusammen. Doch das Beste ist, dass sie genau *jetzt* von dem Bullen ausgequetscht wird. Das ist seine Gelegenheit, um zu Mattis Haus hinauszufahren! Die Bullen sind seit gestern Abend vom Tatort abgezogen, also wird es diesmal ein Kinderspiel. Rein ins Haus. Die Statue schnappen. Raus aus dem Haus. Die Fahrzeit wird wohl das Längste an der ganzen Aktion sein, überschlägt er. In einer guten Stunde taucht er wieder auf dem Fest auf und tut so, als wäre er nie weg gewesen.

»Was ist los? Worüber denkst du nach?« Heimo schüttelt den Kopf. »Doch nicht immer noch über diese Sarah? Du bist wie gebannt von ihr.«

»Weißt du was? Ich gehe mal eben rüber zum *Pubi*. Ich möchte das mit eigenen Augen sehen, wie der Bulle und diese Sarah da zusammenhocken.« Er klopft Heimo auf den Rücken, als der zu protestieren ansetzt. Im Weggehen hebt er hastig einen Daumen. »Wir sehen uns gleich. Dann trinken wir ein Bier. Geh schon mal vor zu den anderen, ich finde dich später.« Eilig macht er sich davon und lässt Heimo einfach stehen, ohne sich noch mal umzuschauen.

Mit gesenktem Kopf hastet er vom Jahrmarkt, zieht die Mütze tief ins Gesicht. Er gibt niemandem die Gelegenheit, ein Gespräch mit ihm zu beginnen. Er muss zum Haus, solange der Kommissar diese gefährliche Frau festhält.

Auf der Fahrt zu Mattis *mökki* durchlebt er ein Wechselbad der Gefühle. Wenn er an die Statue denkt, durchströmt ihn erwartungsvolle Begeisterung. Wenn er an Sarah Fuchs oder die Polizei denkt, krampft sich sein Magen schmerzhaft zusammen. Auf den letzten Metern, bevor er endgültig aus diesem Kaff verschwinden kann, dürfen sie ihm nicht noch mal in die Quere kommen. Keiner von ihnen.

Das Haus ist ein schäbiger Kasten. Warum ist ihm das nicht schon früher in dieser Deutlichkeit aufgefallen? Wofür Matti auch immer seine ergaunerte Kohle ausgegeben hat, in sein Heim hat er sie nicht gesteckt. Ob er sich stattdessen teure Nutten geleistet hat? Manchmal ist »das Walross« für ein paar Tage nach Helsinki gefahren, das weiß er. Wahrscheinlich hat er sich dann in der Hauptstadt wie ein Großfürst aufgeführt und die Puppen tanzen lassen. Einmal hat der Kerl im Suff geprahlt, er habe eine heiße Schnecke an der Hand, die es ihm ordentlich besorge. Wenn man nur genug Geld auf den Tisch legt, ist natürlich alles möglich. Angewidert schüttelt er den Kopf, während er den Hang zum Haus hinuntergeht.

Ein eigentümlicher Geruch steigt in seine Nase. Vor Ekel verzieht er das Gesicht. Im Gras liegt ein Haufen Kotze. Er macht einen großen Bogen um die weißlich-gelbe Masse und tritt auf die Veranda. Nachdenklich blickt er auf den Hang zurück. Wer hat sich dort drüben ins Gras übergeben? Einer von den Bullen, bevor sie abgereist sind? Allzu lange kann es aber nicht her sein, nach dem Zustand der breiigen Pfütze zu schließen.

Innerlich zählt er bis drei, um sich wieder zu konzentrieren. »Wer war hier draußen, verdammt?«, murmelt er. Sein Blick streift über das Gebäude, registriert die versiegelte Tür, liegt prüfend auf den Fenstern. Alles sieht unberührt aus. Wie es sein sollte. Und doch hat irgendjemand keinen Steinwurf von hier erst kürzlich seinen Mageninhalt entleert.

Er geht einen Schritt auf die Tür zu. Das Siegel wird ihn nicht abhalten, er will auf dem einfachsten Weg in das Haus hinein. Denn der ist auch der schnellste. Da bietet sich nun einmal die Tür an. Vermutlich lässt sie sich einfach eintreten. Doch noch bevor er den nächsten Schritt macht, hält er inne.

Ein metallisches Klirren dringt aus dem Innern des Gebäudes. Er spitzt die Ohren, halb überzeugt davon, sich das Geräusch nur eingebildet zu haben. Auf Zehenspitzen schleicht er zum nächstgelegenen Fenster. Die Scheibe ist so verdreckt und stumpf, dass er kaum hindurchsehen kann. Innen sind nur Umrisse der Einrichtung erkennbar. Von seinen sporadischen Besuchen bei Matti hat er in Erinnerung, wo das Sofa steht, wo sich die größten Gerümpelberge stapeln. Doch selbst die sind durch den Dreck kaum auszumachen.

Überrascht reißt er die Augen auf. Dort bewegt sich etwas, gleich bei der Tür zur Küche! Er schnellt von der Scheibe zurück, sein Puls rast. Jemand befindet sich im Haus! Noch einmal stellt er sich ans Fenster und späht in den dahinterliegenden Raum, doch nun tut sich nichts mehr. Hat man ihn bemerkt? Eilig pirscht er ein paar Meter weiter zum nächsten Fenster, doch hier erschwert eine gelblich angelaufene Gardine den Durchblick zusätzlich.

Aufgeregt umrundet er das Haus und sucht nach einem Fenster, das einen Blick ins Haus zulässt. Mit festem Griff zieht er seine Mütze tiefer ins Gesicht, dann tastet er nach dem Jagdmesser. Zufrieden stellt er fest, dass es noch immer in der Innentasche der Jacke steckt.

Langsam schiebt er sich von Fenster zu Fenster, ohne jedoch im Inneren des Hauses eine Person ausmachen zu können. Er überlegt schon, ob er sich die Bewegung nur eingebildet hat, da gelangt er an die rechte Seite des *mökki* und schaut zum Obergeschoss hinauf. »Verdammt!«, entfährt es ihm. Über einem schmalen Schuppen, der sich gegen die Hauswand lehnt, befindet sich ein geöffnetes Fenster. Die Scheibe ist eingeschlagen.

Da vernimmt er das Knacken von Ästen und ein lautes Rascheln. Rasch presst er seinen Körper gegen die Hauswand und greift nach dem Messer. Mit gezückter Waffe tritt er nach ein paar Sekunden des Zögerns um die Ecke und sieht gerade noch, wie jemand zwischen den Bäumen verschwindet. Ein groß gewachsener, schlaksiger Kerl, so viel kann er erkennen. Er meint, blasse Haut aufblitzen zu sehen. Doch dann ist der Umriss auch schon verschwunden, und das Geraschel wird leiser. »He, stehen bleiben!«, ruft er halbherzig in den Wald. Kurz überlegt er, ob er der Person folgen soll, doch er entscheidet sich dagegen. Mit aller Kraft zieht es ihn ins Haus. Plötzlich ist ihm übel vor Aufregung.

Er wendet sich wieder dem *mökki* zu und stößt einen überraschten Laut aus. An der Schuppentür baumelt ein nasser Pullover. Mit spitzen Fingern betastet er das Kleidungsstück. Und stößt einen leisen Pfiff aus. Das Etikett am Hals ist mit zwei Buchstaben beschriftet. *OJ*. »Wer macht denn so etwas?«, murmelt er. Kindergartenkindern markiert man die Kleidungsstücke, sicher, doch welcher Erwachsene malt sich seine Initialen in einen Pullover? Nachdenklich hängt er den Pullover wieder an die Tür. Er muss an die Kotze vor dem Haus denken. An die schlaksige Gestalt. Ob sich ein Junkie im Haus nach etwas Wertvollem, das er verticken kann, umgesehen hat? Sicherlich hat mittlerweile jeder Depp im Umkreis von fünfzig Kilometern mitbekommen, dass Mattis *mökki* mit einem Mal unbewohnt ist.

Sicherlich ein Junkie, beruhigt er sich. Natürlich besteht noch eine andere Möglichkeit, warum die Person im Haus war. Doch dafür müsste sie von der Statue Kenntnis haben, und das hat hoffentlich nicht einmal die Polizei. Diese Sarah und er sollten die einzigen Menschen in Sysmä sein, die von der Existenz des wertvollen Kunstwerks wissen.

Nachdenklich stülpt er Handschuhe über, dann zieht er sich mit Schwung auf das Schuppendach, steigt vorsichtig ins Badezimmer. Mehr als eine halbe Stunde lang durchsucht er Mattis Kaschemme. Überall aufgezogene Schubladen und durchwühlte Schränke. Es ist offenkundig, dass sich jemand gründlich bei Matti umgeschaut hat. Von Zimmer zu Zimmer wird der Schmerz in seinem Magen drückender. Eine giftige Mischung aus Wut und Verzweiflung. Die Statue ist nicht zu finden. Schließlich pflügt er durch das Erdgeschoss, wirft Papierstapel um, zertritt Porzellanfiguren. Kein Zweifel: Die Statue befindet sich nicht im Haus.

Schwer atmend dreht er sich im Kreis. Er hat keine Ahnung, wo er noch suchen soll. Ein hastiger Blick auf die Uhr zeigt ihm, dass es höchste Zeit ist aufzubrechen. Er muss zurück zum Jahrmarkt, bevor er in Erklärungsnot kommt. Der Mord an Matti schwebt weiterhin über seinem Kopf – er will niemandem Anlass geben, ihn als Verdächtigen ins Visier zu nehmen. Ins Ausland absetzen kann er sich schließlich erst, wenn er die Statue aufgespürt und zu Geld gemacht hat.

Er stapft zurück ins Obergeschoss. Mit grimmiger Miene klettert er aus dem Fenster und lässt sich am Schuppen hinab. Langsam streift er die Handschuhe ab und steckt sie zurück in die Jackentasche. Dann schaut er nachdenklich auf den See.

Über seine äußere Ruhe ist er selbst erstaunt. Dafür, dass er abermals mit leeren Händen dasteht, ist er sehr gefasst. Doch dann spürt er der Kühle nach, die durch seine Blutbahnen wabert. Es ist dieselbe eisige Mordlust, die er beim Anblick des feixenden Matti empfunden hat. Bedächtig greift er nach dem nassen Pullover und rollt ihn zusammen. »Dann wollen wir doch mal herausfinden, ob du wegen der Statue hier warst«, sagt er leise.

Jäh fällt ihm Sarahs betont zur Schau gestellte Fröhlichkeit auf dem Fest ein. Hat sie diesen Kerl in Mattis Haus geschickt, um die Statue zu holen, während sie selbst für alle Welt sichtbar auf dem Jahrmarkt herumglitzerte? War ihr Auftritt ein geschicktes

Ablenkungsmanöver, das ihn und die Polizei an der Nase herumführen sollte? Wäre er dem Kerl doch nur hinterhergerannt, statt ins Haus zu klettern! Wütend tritt er gegen einen Stein. Das Jagdmesser hätte zum Einsatz kommen können.

Sein Kiefer schmerzt, so sehr beißt er die Zähne zusammen, während er den Hang zum Waldweg hinaufeilt. Es besteht also die Möglichkeit, dass Sarahs Handlanger die Statue aus Mattis Haus gestohlen hat. *Seine* Statue.

Ein hoffnungsvoller Gedanke schießt ihm in den Kopf. Wenn der Kerl zu Fuß durch den Wald unterwegs ist, um zu seiner Auftraggeberin zu eilen, dann könnte er ihn noch abfangen. Jedenfalls hat er bei seiner Ankunft kein Fahrzeug gesehen, das der Kerl für seine Flucht hätte nehmen können.

OJ. Plötzlich hat er eine genaue Vorstellung davon, um wen es sich handeln könnte. Er spuckt auf den Boden. Dann sucht er in seiner Hosentasche nach dem Zündschlüssel.

SIEBENUNDDREISSIGSTES KAPITEL

Mit einem missbilligenden Schnalzen lässt sich Ilvi in den Stuhl fallen. »Vor dem *Pubi* ist mir ein Typ entgegengekommen, der ziemlich miesepetrig aussah«, berichtet sie. »Er hat mich beinahe umgerannt, so eilig ist er aus der Tür gestürmt. Ungehobelter Klotz, hat sich nicht einmal entschuldigt. Ich habe ihm hinterhergerufen, er soll gefälligst die Augen aufmachen, doch er ist – kauend wie ein Kamel – in seinen Toyota gestiegen und davongebraust, ohne mich zu beachten. Was für ein Flegel! Hätte ich irgendetwas in der Hand gehalten, egal was, ich hätte es ihm hinterhergeworfen.«

»Das wird Aalto gewesen sein«, sagt Sarah und stöhnt innerlich auf. Eine Auseinandersetzung zwischen dem Polizisten und Ilvi hätte ihr gerade noch gefehlt. Glücklicherweise war Ilvi bei dem Zusammentreffen nicht mit einem Bierglas bewaffnet.

Ilvi nippt an der Cola, die sie sich vom Tresen mitgebracht hat. »Der Kommissar, meinst du? Trägt er so eine gescheitelte Spießerfrisur? Der Kerl kam mir irgendwoher bekannt vor, aber an diesen Toivo Aalto habe ich nicht gedacht.«

Sarah nickt. »Er hat dich an Mika Häkkinen erinnert, möchte ich meinen. Sie gleichen sich wie Zwillinge.«

»Findest du?« Skeptisch legt Ilvi die Stirn in Falten, dann zuckt sie mit den Schultern. »Nein, daran habe ich nicht gedacht. Seid ihr hier aufeinandergestoßen, Aalto und du?«

»Aufeinandergestoßen?« Gequält lacht Sarah auf. »Das war ein neues trauriges Kapitel aus Aaltos Almanach der Verhörmethoden. Der Mann lässt nicht locker. Unermüdlich arbeitet er daran, mir auf abstruse Weise ein Geständnis für den Mord an diesem Saarinen zu entlocken.«

»Er hat sich da ganz offensichtlich in eine wirre Idee verrannt«, mutmaßt Ilvi. »Hineinverbissen wie ein Terrier. Und nun muss er sich selbst beweisen, dass er richtigliegt. Daher lässt er nicht locker. Er will ein Ergebnis hervorzwingen, das haargenau zu seiner Überzeugung passt, dass Sarah Fuchs Matti Saarinen umgebracht hat. Punkt.«

»Genau so fühlt es sich an. An dir ist eine Psychologin verloren gegangen, Ilvi.« Sarah verzieht gequält scherzhaft das Gesicht.

Nüchtern winkt Ilvi ab. »Ich habe zwei Semester Psychologie studiert, das Studium aber abgebrochen. Es war mir viel zu langweilig. Alles so vorhersehbar.« Sie schlürft an ihrem Getränk und quittiert Sarahs ungläubigen Blick mit einem knappen Nicken. »Wir werden diesem Aalto ordentlich einheizen, indem wir ihm klarmachen, dass er völlig falschliegt. Wenn wir ihm den wahren Täter präsentieren, wird er dämlich aus der Wäsche gucken.« Sie kichert in sich hinein.

»Hoffentlich hast du recht. Konntest du denn etwas herausfinden? Was haben die Leute auf dem Jahrmarkt über Matti Saarinen erzählt?«

Ilvi rückt sich auf dem Stuhl zurecht. »Ich habe Saarinens Tod gar nicht ansprechen müssen. Egal, wo ich mich dazugesellt habe, war er immer schon das vorherrschende Gesprächsthema. Die Gerüchte schießen wie Pilze aus dem Boden, scheint mir. Jeder meint, etwas beitragen zu müssen. Einmal heißt es, Matti sei in einen Bandenkrieg um Drogengeschäfte verwickelt gewesen, dann wieder, er habe mit irgendjemandem im Ort eine Rechnung offen gehabt. Und dann bist da natürlich du, Sarah. Die meisten Leute meinen, du hättest etwas mit dem Tod zu tun.« Entschuldigend hebt Ilvi die Hände. »Die Geschichte, von der Leevi bereits berichtet hat.«

»Ich habe den Mann, den ich für eine Aufenthaltsgenehmigung *ehelichen* wollte, also im Streit wegen Geld umgebracht?« Mit geschürzten Lippen tippt Sarah sich mit dem Finger gegen ihre Stirn. »Eine abenteuerliche Fantasiegeschichte. Sie könnte von Aalto kommen, so hanebüchen ist sie. Etwas Bahnbrechendes haben wir aber nicht herausgefunden.«

»Das stimmt«, pflichtet Ilvi bei. »Es ist die übliche Gerüchteküche, in der mal mit Butter und mal mit Margarine gekocht wird. Am Ende kommt aber derselbe Brei dabei heraus.« Sie macht eine theatralische Pause. »Zu den wirklich interessanten Punkten komme ich jedoch erst noch.« Verschwörerisch zwinkert sie Sarah zu.

»Ich bin sehr gespannt«, entgegnet Sarah sarkastisch. Nach einem kurzen Zögern zieht sie das Glas, das der Kommissar ihr mitgebracht hat, zu sich heran und trinkt den Wodka in einem Zug aus. Während der Alkohol brennend ihren Rachen hinabläuft, schüttelt sie sich. »Schieß los!«, sagt sie hustend.

Geschäftig beugt Ilvi sich in ihrem Stuhl vor. »Glücklicherweise bin ich eben noch mal Leevi begegnet. Dem Jungen vom Campingplatz. Er hat mich seinem Chef, Teemu, vorgestellt. Teemu gehört der Campingplatz, er kennt sich in Sysmä bestens aus. Und da er schon ein paar Bier und wohl auch anderes Zeugs intus hatte, war er äußerst redselig.« Ilvi grinst wie eine Raubkatze. »Vielleicht hat auch geholfen, dass er voll auf meine Tattoos abgefahren ist und das eine oder andere davon genauer anschauen durfte.« Sie klimpert mit den Wimpern.

»Ilvi!«, ruft Sarah in gespieltem Entsetzen aus. »Du hast Teemu mit deiner Körperkunst um den Verstand gebracht?«

Grinsend reckt und streckt Ilvi sich im Stuhl. »Es gibt da ein sehr passendes finnisches Sprichwort: *Das Auge nimmt nichts weg*. Teemu hat einfach Glück gehabt, dass er nett gefragt hat, welches meine Lieblingstattoos sind. Da habe ich sie ihm halt gezeigt.«

»Und was hat er dir im Gegenzug für ihren Anblick berichtet?«

»Erst mal das Übliche.« Selbstbewusst wirft Ilvi sich in eine aufrechte Pose. »Saarinen war im Ort ziemlich unbeliebt, alle vermuten, dass er in krumme Dinger verwickelt war. Er stammt aus dem Ort, wohnte seit etwa zwanzig Jahren in dem Häuschen am See, niemand hat ihn während der gesamten Zeit einer geregelten Tätigkeit nachgehen sehen. Sein Spitzname lautete ›das Walross‹, da er ziemlich korpulent gewesen sein soll.«

Sarah nickt mit Nachdruck, während das Bild der im Wasser treibenden Leiche in ihr aufsteigt.

»Er war immer sehr für sich, ist nur selten in den Ort gekommen. Manchmal ist er aber für ein paar Tage nach Helsinki verschwunden. Teemu nahm immer an, Matti gehe da in den Puff und drehe krumme Dinger. Doch er hat ihn nie darauf angesprochen, obwohl die beiden gelegentlich miteinander zu tun hatten.«

»Was genau hatten sie denn miteinander zu tun?« Gespannt beugt Sarah sich vor.

»Ihre Verbindung war wenig spektakulär. Teemu, der sich höchstselbst um die bauliche Instandhaltung seines Campingplatzes kümmert, ist im Ort auch als Handwerker tätig. Er macht alle möglichen Holzarbeiten, bessert Dächer aus, so was. Matti hat ihn in den vergangenen Jahren ein paar Mal etwas an seinem Haus reparieren lassen. Einen Sturmschaden. Kleinere Sachen.«

»Ja, allzu umfangreich können die Arbeiten nicht gewesen sein«, murmelt Sarah und denkt an das vernachlässigt wirkende *mökki*.

»Jedenfalls, so erzählt Teemu, ist Matti am Morgen seines Todes plötzlich auf dem Campingplatz aufgetaucht.«

Aufmerksam spitzt Sarah die Ohren.

»Er ist da rumgeschlichen, bis Teemu ihn angesprochen hat.«

»Rumgeschlichen?« Sarah runzelt die Stirn.

Ilvi zuckt mit den Schultern. »Teemu gegenüber hat Matti behauptet, er habe ihn, Teemu, gesucht, da er über einen anstehenden neuen Auftrag sprechen wolle. Matti habe Pläne für eine neue Sauna am Seeufer gehabt.«

»Eine neue Sauna?«, wiederholt Sarah nachdenklich. »Ich habe das jetzige Saunahaus gesehen, da der Kommissar mich zum Ufer geschleift hat. Nötig gewesen wäre eine Instandsetzung sicherlich. Es roch in der Hütte äußerst muffig.«

»Instandsetzung? Matti wollte das Ding komplett abreißen und eine prächtige Luxussauna hochziehen lassen.«

Sarah stößt einen Pfiff aus. »Das hätte dann eine Stange gekostet, denke ich.«

»Teemu sagt, so wie Matti ihm sein Projekt beschrieben hat, wären da sicherlich fünfzigtausend Euro für draufgegangen. Matti habe ausschließlich in bar zahlen wollen.« Ilvi zieht mit dem Zeigefinger ein Unterlid hinab. »Klingt ganz unverdächtig.«

»Ja, klingt nach Geldwäsche, würde ich denken. Für einen kleinen Gauner ist so eine Summe doch beachtlich, oder?«

»Zumal Matti gegenüber Teemu noch andeutete, ebenfalls das Wohnhaus kostspielig aufmöbeln lassen zu wollen. Die Frage, die sich stellt, ist also, wie klein oder vielmehr groß Mattis Gaunereien waren.« Nachdenklich starrt Ilvi an die Zimmerdecke. »Für mich klingt das nach einem lukrativen Coup, den der Mann gelandet hat. Und für den er sich mit diesen Umbauten belohnen wollte.«

»Heißt das nun, es geht bei diesem Mord um Habgier? Hat es jemand auf Mattis Geld abgesehen und ihn deshalb umgebracht?«

»Das ist möglich. Jedenfalls sind es immer wieder finanzielle Differenzen, die die Leute mit Matti hatten. Behauptet jedenfalls Teemu«, erklärt Ilvi. »Ich habe ihn gefragt, wer im Ort die größten Probleme mit Matti Saarinen hatte. Ganz gleich, aus welchem Grund. Und er hat mir mehrere Namen genannt. Vier, um genau zu sein. Wie aus der Pistole geschossen kamen sie.«

»Vier Namen?« Aufgeregt rutscht Sarah auf ihrem Stuhl hin und her.

Ilvi hebt einen Finger. »Da ist zum einen Rauno Halla, ein angesehener Pferdezüchter. Teemu hat noch neulich in der Gaststätte mit Rauno über einem Bier zusammengesessen und sich dessen wüste Beschimpfungen gegen Matti angehört. Es ging Rauno dabei wohl um ein vermasseltes Geschäft.« Bedeutungsvoll nickt Ilvi, dann hebt sie den zweiten Finger. »Ähnlich sieht es bei Veetie aus, dem Ehemann von dieser Hilla. Ihm gehört ein Bauernhof nahe dem Campingplatz. Auch bei ihm sitzt der Stachel eines missglückten Geschäfts tief im Fleisch. Doch worum es bei dem Geschäft ging, weiß niemand, da macht der Bauer ein großes Geheimnis drum. Jedenfalls kann Veetie kaum den Namen des Toten in den Mund nehmen, sagt Teemu. Wenn es um Matti geht, sieht Veetie einfach nur rot. Dann wirkt er sofort so aggressiv, als wollte er dem nächstbesten Menschen den Hals umdrehen.«

»Das kann ich bestätigen«, bemerkt Sarah trocken.

»Weiter geht es mit Erikka. Sie steht der alteingesessenen Großfamilie Kauppinen vor, die den einflussreichen Kern einer örtlichen Freikirche bildet. So wie Teemu von ihr gesprochen hat, muss Erikka schon hundert sein. Sie verachtet Matti geradezu, und zwar schon immer. Ihr Clan, meint Teemu, steht ihr da in nichts nach.« Ein dritter Finger reckt sich empor.

»Ich verstehe.« Sarah spitzt die Lippen. »Da haben wir mit der Familie auf einen Schlag also gleich mehrere Verdächtige. Und wer befindet sich laut Teemu noch auf der Liste? Eine Person fehlt noch.«

Ilvi lässt den vierten Finger nach oben schnellen. »Jalo«, sagt sie schließlich.

»Der Fischer?« Sarah reißt verblüfft die Augen auf.

Ilvi nickt. »Genau der. Ich fand es besonders interessant, seinen Namen zu hören, da auch du schon von ihm gesprochen hast. Teemu meint, Jalo habe Matti immer links liegen lassen, wenn sich die beiden begegnet sind. Früher soll das mal anders gewesen sein, doch irgendetwas muss vor ein paar Jahren zwischen den beiden Männern vorgefallen sein.«

»Wahrscheinlich wieder ein verpatztes Geschäft. In dieser Disziplin scheint Matti sehr erfolgreich gewesen zu sein.« Langsam reibt Sarah ihre Nasenspitze. »Um was für Geschäfte es sich wohl gehandelt hat? Eigentlich komisch, oder? Die Leute gehen dem Typen aus dem Weg, aber irgendwie kommen sie dann doch mit ihm ins Geschäft.«

»So etwas passiert in der Regel, wenn man den Hals nicht vollkriegen kann«, sagt Ilvi abfällig. »Die meisten Gaunereien leben doch davon, dass auf einfachem Weg viel Geld gemacht werden soll. Da verkaufen vermeintlich rechtschaffene Bürger plötzlich ihre Großmütter, um sich die Taschen zu füllen.«

»Aber wir sind hier auf dem Land«, wendet Sarah ein. »Da achtet noch jeder auf jeden, dachte ich.«

Ilvis lautes Lachen schallt von den Wänden des Gastraums wider. »Hier auf dem Land schaut jeder erst einmal, ob der Nachbar mehr besitzt als man selbst. Nichts unterscheidet die Leute auf dem Land von den Städtern, wenn es um Habgier, Neid oder eben Mord geht.« Sie sieht sich betont langsam im Schankraum um. »Jeder hier kann ein Mörder sein.« Gut gelaunt zwinkert sie Sarah zu.

»Das macht unsere Suche nicht leichter«, bemerkt Sarah mit einem enttäuschten Unterton. Skeptisch mustert sie die übrigen Gäste, die allesamt mehr oder weniger apathisch über ihren Biergläsern hocken und den Sportnachrichten folgen. »Immerhin haben wir dank deiner Nachforschungen nun eine Handvoll Verdächtiger, bei denen wir ansetzen können.«

»Wir werden schon vorankommen, mach dir keine Gedanken. Wie heißt es so schön in Finnland: *Ein starker Wille führt dich durch den grauen Stein*. Wir sind auf jeden Fall auf dem richtigen Weg. Zwei der Namen haben wir schließlich selbst schon auf dem Schirm gehabt: Jalo und Veetie. Das macht die beiden zu unseren

Hauptverdächtigen, würde ich meinen.« Geschäftig reibt sie die Hände aneinander. »Am besten wäre es wohl, wir teilen uns auf. Jede von uns sucht zwei der Personen auf und fühlt ihnen auf den Zahn. Dann schauen wir, ob jemand ausgeschlossen werden kann. Alibi und so. Oder ob sich jemand besonders verdächtig macht.«

»Soll ich noch einmal mit Jalo sprechen? Wenn ich ihm auf den Kopf zusage, dass er mir etwas zu Matti verschweigt, vielleicht bekomme ich ihn dann zum Reden.«

»Das ist eine gute Idee.« Gedankenversunken dreht Ilvi das Glas in ihren Händen. »Kannst du auch mit Erikka Kauppinen reden? Ehrlich gesagt würde ich der lieber nicht unter die Augen treten.«

Erstaunt richtet Sarah den Ärmel ihres Bolerojäckchens. »Kennst du sie etwa?«

»Nein, ich kenne sie nicht. Aber ich kenne Frauen *wie* sie.« Ilvi stößt ein tiefes Seufzen aus. »Wenn Erikka ganz oben in einer örtlichen Freikirche mitmischt, dann würde unser Zusammentreffen zu einem großen Spaß. Nach drei Sätzen würde ich wahrscheinlich bereits explodieren und der guten Frau alle möglichen Verwünschungen an den Kopf werfen.« Interessiert betrachtet sie ihre Fingernägel.

»Oha – also … also, wie kommt denn das?«

»Ich bin mit siebzehn von zu Hause weg«, erklärt Ilvi und stellt ruckartig das leere Glas vor sich ab. »Mit der Enge in unserer Familie kam ich einfach nicht mehr klar. Damit meine ich keine räumliche Enge, sondern eine im Kopf.« Sie tippt sich gegen die Schläfe. »Ich habe noch vier ältere Geschwister, allesamt Brüder. Meine Eltern sind in Järvenpää, wo ich herkomme, fest in einer Pfingstbewegung verwurzelt.« Sie legt eine bedeutungsschwangere Pause ein. »Die religiösen Vorstellungen meiner Eltern waren ein ständiger Streitpunkt zwischen uns. Und da ich fast allein dastand – nur mein nächstälterer Bruder hat mich in den ständigen Diskussionen unterstützt –, habe ich es irgendwann einfach nicht mehr ausgehalten.«

»Was hast du gemacht, Ilvi?«

»Ich habe meine Sachen gepackt. Ansonsten wäre ich in der gottesfürchtigen Atmosphäre zu Hause verendet. Koffer gepackt und *bye-bye*.«

»Das tut mir leid«, sagt Sarah leise.

»Das braucht es nicht!« Ilvi lacht auf. »Seitdem habe ich mein Leben selbst in die Hand genommen, und das war die beste Entscheidung. Für meine Eltern hat das Wort der Bibel unfehlbare Gültigkeit, weißt du. Sex vor der Ehe ist zum Beispiel ein Tabu, ständig sollte ich an Hauskreisen teilnehmen, bei denen gesungen und gebetet wird. Dem Streit, weil ich da nicht reingezogen werden wollte, konnte ich nur entgehen, indem ich abgehauen bin. Seitdem bin ich mit meinem Leben äußerst zufrieden.« Sie winkt ab. »Man sollte niemals in Umständen leben, die einen unglücklich machen. Dann muss man gehen.«

»Das ist wahr«, stimmt Sarah nachdenklich zu.

»Versteh mich nicht falsch. Ich hege keinen Groll gegen meine Familie. Ich habe mich nur für ein anderes Leben entschieden als das ihrige.« Ilvi zuckt mit den Schultern. »Es ist ihr Problem, dass sie das nur schwer akzeptieren können. Ganz sicher ist es jedenfalls nicht meins.«

»Ilvi, ich bewundere deine positive Sichtweise. Wirklich, da kann ich mir noch eine Scheibe von abschneiden.«

»Du kennst vielleicht das bekannte finnische Sprichwort, das mir zum Lebensmotto geworden ist?«

Erwartungsvoll blickt Sarah Ilvi an, schüttelt entschuldigend den Kopf.

»Dem Fröhlichen ist jedes Unkraut eine Blume, dem Betrübten jede Blume ein Unkraut.« Ilvi lacht auf. »Man muss sich für das Leben entscheiden, das man führen möchte. Ich möchte zu den Fröhlichen gehören.«

»Die Tattoos?«, fragt Sarah und deutet auf Ilvis Arme. »Haben sie auch etwas mit deiner Entscheidung für ein anderes Leben zu tun?«

»O ja!« Ilvi nickt so heftig, dass ihr Haar wild umherschwingt. »Ich hatte mit sechzehn Jahren meinen ersten Freund, heimlich natürlich. Er hat mein erstes Tattoo gestochen. Damit hat alles angefangen. Meine Verwandlung.« Sie springt vom Stuhl auf, streift das Hemd ab und dreht sich, damit Sarah ihre bemalte Haut bewundern kann. »Schön, oder?«

»Und wie!«, antwortet Sarah. »Ich könnte mir dich nicht ohne die Tattoos vorstellen.«

Grinsend wirft Ilvi sich wieder in den Stuhl und zieht ihr Top zurecht. »Du befragst also die Kauppinen? Ich nehme mir dann Rauno Halla und diesen Veetie vor. Teemu hat mir zu allen Personen erklärt, wo sie wohnen. Rauno und Veetie versuche ich gleich noch auf dem Fest abzufangen. Teemu meint, die alte Erikka sei vorhin kurz auf dem Jahrmarkt gewesen, mittlerweile aber sicherlich wieder zu Hause. Sie ist steinalt.«

»Gut, so machen wir es.« Sarah erhebt sich vom Tisch. »Ich fahre kurz ins *mökki*, um mir etwas Bequemeres anzuziehen. Dann mache ich mich auf zum Haus dieser Erikka.«

Ilvi erhebt sich ebenfalls und hakt sich bei Sarah unter. Gemeinsam verlassen die beiden den *Pubi*, während Ilvi erklärt, wie Sarah zum Haus der Kauppinens gelangt. »Ich gehe also jetzt wieder auf das Fest«, fügt sie hinzu. »Wir treffen uns später am *mökki*, irgendjemand wird mich schon dorthin mitnehmen. Du hast mir ja einen eigenen Schlüssel gegeben. Warte also nicht auf mich.«

Sarah will sich bereits abwenden, da bleibt sie noch einmal stehen. »Ilvi, welches Bild ist eigentlich dein liebstes?«

»Was meinst du?«

»Welches deiner Tattoos gefällt dir selbst am besten?«

»Mein allerererstes natürlich!«, ruft Ilvi lachend aus und streckt Sarah ihren linken Arm entgegen. »Hier, das Skelett auf dem

Pferd. *Der Tod.*« Sie fährt mit der rechten Hand sacht über die Zeichnung.

»Wie ungewöhnlich«, sagt Sarah mit belegter Stimme.

»Ich wollte meine Eltern damit auf die Palme bringen.« Ilvi grinst. »Aberglaube und so. Vermeintliches Teufelszeug. Als Vorlage diente nämlich eine Tarotkarte, die ich damals immer bei mir trug. *Der Tod.* Brrrr!« Sie zieht eine Fratze. Nach einem erneuten Auflachen verschwindet sie fröhlich winkend in Richtung Jahrmarkt.

ACHTUNDDREISSIGSTES KAPITEL

Mit zusammengepressten Augen klammert Onni sich an den Lederanzug. Sein Helm dämpft die Außengeräusche, doch er spürt die Kraft der Maschine unter sich vibrieren. Als sich das Motorrad in eine Kurve legt, stößt er einen heiseren Schrei aus. In seinen Nervenbahnen kribbelt das Adrenalin. Es ist wie bei einer Achterbahnfahrt, denkt er und kann sich ein Lächeln nicht verkneifen. Noch ein wenig fester presst er sich an Eetu.

Als die dunkle Motorradkluft im Wald vor ihm auftauchte, hätte sich Onni vor Schreck beinahe in die Hose gemacht. Doch als der grinsende Eetu sein Visier öffnete, musste Onni vor Erleichterung laut auflachen. Er hätte niemals gedacht, einmal so froh darüber zu sein, Eetu wiederzusehen.

»Warum bist du wie ein verschrecktes Rehkitz in den Wald gerannt?«, wollte Eetu wissen. »Auf meine Textnachricht, dass ich dich abholen komme, hast du nicht reagiert. Ich bin beim Haus der Deutschen vorbeigefahren, doch da war niemand. Und dann habe ich dich hier plötzlich durchs Unterholz hechten sehen und dich angerufen. Hast du dein Handy nicht klingeln gehört? Und was ist mit deinem Bein? Bist du verletzt?« Eetus bedächtiges Kopfschütteln hatte etwas Besorgtes.

Onni stammelte vor sich hin, während er sich vom Waldboden aufrappelte und zurück zum Weg humpelte. Glücklicherweise hinterfragte Eetu seine zusammengestrickte Geschichte nicht. So konnte Onni schnell den dargereichten Helm überstülpen und hinter Eetu aufs Motorrad steigen.

Die Fahrt ist viel zu schnell vorbei. Als sie auf den Hof einbiegen und vor dem Wohnhaus zum Stehen kommen, löst Onni nur widerwillig seine Arme von Eetu und rutscht mit einer Spur Wehmut vom Motorrad, um den Helm abzunehmen. Selten zuvor hat er sich gleichzeitig so wagemutig und sicher gefühlt wie im brausenden Fahrtwind hinter Eetus breitem Rücken.

Auch Eetu zieht den Helm ab und klemmt ihn unter einen Arm. »Geht's?«, fragt er und beäugt kritisch Onnis Hinken. »Soll ich dich stützen?«

Obwohl er am liebsten etwas anderes antworten würde, schüttelt Onni den Kopf. »Es geht, kein Problem. Tut mir leid, dass ich dir Umstände bereite. Du wolltest schließlich weiter nach Sysmä, auf das Fest.«

Schwungvoll steigt Eetu von der Maschine. »Jetzt versorgen wir dich erst mal, Onni, dann kann ich immer noch nach Sysmä fahren.« Er drückt die unverschlossene Haustür auf. »Immer herein in die gute Stube.«

Nachdem er über die Schwelle gehumpelt ist, hält Onni für einen Moment inne und sieht sich mit zusammengepressten Lippen um. Das bunte Durcheinander verursacht ihm Unbehagen. Der Blick vom Flur in die Küche offenbart eine von benutztem Geschirr überquellende Spüle, im Wohnraum stapeln sich leere Bierdosen auf dem Tisch. Außerdem ist das Sofa mit unzähligen Kleidungsstücken bedeckt. Onni erkennt eine Regenjacke, Socken, Unterwäsche und einen Overall. Fröstelnd dreht er sich um neunzig Grad. Er zuckt zusammen. Neben der Holztreppe, die ins Obergeschoss führt, lagert ein großer Haufen wild durcheinandergewürfelter Schuhe und Stiefel, die meisten von ihnen mit Spuren von eingetrocknetem Schlamm und Erde. Bei dieser allgegenwärtigen Unordnung, wo auch immer er sich hinwendet, verspürt Onni einen unangenehmen Drehschwindel. »Es ist aber bei Weitem nicht so chaotisch wie in Matti Saarinens *mökki*«, flüstert er, wie um sich zu beruhigen.

»Junggesellenbude«, erklärt Eetu, als hätte er Onni gehört, und schält sich aus der Motorradjacke. »Ordnung halten ist nicht gerade meine Stärke.« Mit Schwung wirft er die Jacke zu den anderen Kleidungsstücken aufs Sofa.

»Ist doch … ist doch nett bei dir«, haspelt Onni. »Es … es riecht gut. Gar nicht nach Bauernhof.«

»Ich habe vor zwei Jahren die Nutztierhaltung aufgegeben«, erklärt Eetu, während er die Innentaschen seiner Lederhose richtet. »Baue jetzt nur noch Getreide, Kohl und Erdbeeren an. Seitdem habe ich viel mehr Zeit, weil ich nicht mehrmals am Tag in den Stall muss, und es gibt keine Jauchegrube. Daher riecht es bei mir nicht, wie man es sonst von Höfen gewohnt ist. Wenn du aber bei Veetie vorbeischaust, das verspreche ich dir, dann trifft dich der Schlag.« Er deutet auf die Treppe. »Kommst du da mit deinem Knöchel hoch?«

»Nach oben?«

»Das Bad ist oben. Du solltest dein aufgeschlagenes Knie reinigen.«

»Ich … äh, ja, ich schaffe es nach oben.« Schritt für Schritt zieht Onni sich am Geländer entlang. Es ist weniger der Schmerz, der ihn kämpfen lässt, als vielmehr Verunsicherung, ausgelöst durch die ungewohnte Umgebung. Wie ein schwerer Stein liegt das Gefühl der Fremdheit auf seiner Seele und trachtet danach, ihn aus dem Haus hinauszutreiben. Doch ein anderer Impuls behält die Oberhand. Er fühlt sich in Eetus Nähe sicher.

»Links ist das Badezimmer. Geh doch schon vor.« Eetu nickt ihm aufmunternd zu und verschwindet in dem gegenüber gelegenen Raum.

Onni verfolgt, wie Eetu mit dem Rücken zu ihm einen hinter einem ungemachten Bett befindlichen Kleiderschrank öffnet und darin herumwühlt. Mit einem Schulterzucken humpelt er ins Badezimmer. Sein Herz macht einen Sprung, kaum dass er den Raum betreten hat. Erstaunt schwelgt er im Anblick des hellen, modern eingerichteten Bades, in dem im Gegensatz zum übrigen Haus penible Ordnung und Sauberkeit herrschen.

»Hier, das könnte dir passen.« Eetu hält Onni einen Stapel Kleidungsstücke entgegen. Er selbst hat die Lederhose gegen eine Jeans getauscht. »Leg die dreckigen Sachen einfach dort auf den Korb. Die aufgerissene Hose kannst du wegwerfen, fürchte ich.«

»Ich … danke«, sagt Onni und nimmt die gefaltete Kleidung entgegen. Dann sieht er erstmals prüfend an sich hinab. Seine Hose ist am Knie weit aufgerissen und sein eigentlich weißes Unterhemd an mehreren Stellen mit Erde beschmiert. Und der rechte Oberarm ist von roten Striemen überzogen. Als er in den Wald geflüchtet ist, muss er sich die Haut an Ästen und Gestrüpp aufgerissen haben.

»Schau, dass du dein Knie unter der Dusche gut reinigst.« Eetu verschränkt die Arme und lehnt sich gegen den Türrahmen. »Ich verstehe immer noch nicht, wie du deinen Pullover verlieren und im Wald dermaßen heftig hinfallen konntest. Was war denn nun genau los?«

»Ich … ich war auf dem Rückweg. Den Pullover habe ich ausgezogen, weil ich so verschwitzt war. Dann … dann habe ich ihn verloren. Ich war in Gedanken, da bin ich gestürzt und unglücklich gefallen.« Onni schluckt. Eindrücklich steht die Flucht aus Saarinens Haus vor seinem inneren Auge. Die verpasste Chance, dort die Statue zu finden, lastet wie ein Mühlstein auf ihm.

»Aber warum hast du dich in die Büsche geworfen, als ich den Weg entlanggefahren kam? Ich wollte meinen Augen nicht trauen, als ich dich durch die Bäume hindurch hab davonrennen sehen.« Eetu runzelt die Stirn. »Du wirktest ganz panisch, als wäre der Teufel höchstpersönlich hinter dir her.«

»Ich weiß auch nicht, was in dem Moment mit mir los war«, sagt Onni kleinlaut.

»Hm«, brummt Eetu und streicht mit zwei Fingern über seinen

Bart. »Sag mal, diese Sarah war nicht da, als du an ihrem Haus angekommen bist?«

»Nein, äh … niemand war da. Ich … ich gehe dann jetzt duschen«, erklärt Onni heiser und legt den Kleiderstapel auf dem Toilettendeckel ab.

»Mach das.« Eetu nickt. »Ruh dich danach hier aus, wenn du möchtest. Du wirkst immer noch ziemlich mitgenommen, Junge. Ich bringe dich aber auch gerne zur Pension. Wenn ich zum Jahrmarkt fahre, komme ich da sowieso vorbei. Ich nehme das Auto, das wäre auch bequemer für dich. Entscheide du.«

Onni schüttelt den Kopf. »Nicht zur Pension.« Der Gedanke an das von Menschen überfüllte Landstädtchen jagt ihm einen Schauer über den Rücken. Er würde in Sysmä, in der hellhörigen Pension, keine Ruhe finden. Doch konzentriert nachdenken muss er – schließlich gilt es zu entscheiden, was er wegen des Verbleibs der Statue unternehmen kann. Ob er noch mal zum Haus von Matti Saarinen zurücksoll? »Wenn ich hierbleiben könnte, wäre das wunderbar«, sagt er verhalten.

»Klar, kein Problem. Gegen Gesellschaft habe ich nichts einzuwenden. Ist sonst immer sehr einsam hier.« Langsam rutscht Eetu am Türrahmen hinab, bis er auf dem Boden sitzt. »Etwas Abwechslung kann nicht schaden.«

»Das ist nett, vielen Dank.« Ein wenig verloren steht Onni in der Mitte des Badezimmers.

Eetu reibt sich die Stirn. »Weißt du, ich habe den Hof vor drei Jahren übernommen, als mein Vater starb. Seitdem habe ich nur geschuftet – kein Urlaub, nichts. Wenigstens ab und zu muss ich mit meinen Kumpels, vor allem Veetie und Joko, im *Pubi* ein Bier trinken. Ansonsten würde ich irre werden.« Er lacht auf, doch es klingt wenig fröhlich. Dann räuspert er sich. »Die Gesellschaft braucht man vor allem, wenn es ab dem Herbst immer dunkler wird. Dann ist die Abgeschiedenheit hier draußen manchmal kaum auszuhalten.«

»Ah, okay«, sagt Onni. Für ihn ist Abgeschiedenheit eine Verlockung. Er wirft einen unsicheren Blick zur Duschkabine.

»Eigentlich ein beschissenes Leben, weißt du. Das kann heftig aufs Gemüt schlagen, das Alleinsein.« Eetu macht eine nachdenkliche Pause. »Beim Aufbau des Jahrmarktes hat es geheißen, der Matti sei getötet worden. Ein Typ hat sogar behauptet, die Deutsche habe ihre Finger im Spiel. Aber ich glaube das nicht.« Ausgiebig kratzt er sich am Hinterkopf. »Ich glaube, dass der Matti es nicht mehr ausgehalten hat. Er hat die Einsamkeit nicht mehr ertragen und ist ins Wasser gegangen. Hat seinem öden Leben ein Ende bereitet.«

»Der Kommissar glaubt aber, dass es Mord war«, entfährt es Onni. Er beißt sich auf die Zunge, doch es ist zu spät. Die Worte sind ausgesprochen.

Ruckartig hebt Eetu den Kopf. »Woher weißt du das?«

»Ich – das habe ich im *Pubi* gehört.«

Für einen langen Moment sieht Eetu Onni nachdenklich an, dann erhebt er sich vom Boden. »Wie dem auch sei. Ich glaube nicht, dass jemand dabei nachgeholfen hat, Matti unter die Erde zu bringen. Das hat der Gute schon selbst bewerkstelligt.« Er streckt sich, dehnt seine Oberarmmuskeln. »Ich fahre jetzt mal nach Sysmä hinüber, nehme den Wagen, wie gesagt. Fühl dich wie zu Hause, Onni. Du kannst drüben das Bett benutzen, wenn du dich ausruhen willst. Sollte etwas sein, dann ruf mich auf dem Handy an. Wir sehen uns später, wenn ich zurückkomme. Ach, dort im Spiegelschrank findest du eine Pferdesalbe, die du auf die Verstauchung auftragen solltest. Hilft gegen die Schmerzen. Und da ist auch Desinfektionsspray für die Schürfwunden am Knie und dem Arm.«

»Okay, danke.« Onni tritt von einem Bein auf das andere. »Ich, äh … wirklich, danke.«

»Kein Problem, Junge.« Zum Abschied hebt Eetu eine Hand, dann dreht er sich um und sprintet die Treppe hinunter. Die

Haustür fällt ins Schloss, und kurz darauf röhrt ein Motor auf. Nach mehrmaligem lautem Aufheulen wird das Motorgeräusch leiser, bis es ganz erstirbt.

Mit einem Aufseufzen beginnt Onni, sich auszuziehen. Seine lädierten Kleidungsstücke faltet er ordentlich zusammen und legt sie auf den Wäschekorb, so wie Eetu es ihm gesagt hat. Dann nimmt er eine ausgiebige Dusche, verwendet die Salbe und das Desinfektionsspray, um schließlich in Eetus Kleidungsstücke zu schlüpfen. Viel zu weite Boxershorts, weiße Tennissocken, ein grünes T-Shirt, eine an den Beinen zu kurze Jeans. Dass die Sachen nicht passen, stört ihn nicht. Im Gegenteil – es gefällt ihm, den sauberen Stoff auf der frisch gereinigten Haut zu spüren. Auch das Haus ist auf den zweiten Blick gar nicht mehr so erdrückend, findet Onni. Er könnte sich sogar vorstellen, hier in der ruhigen Abgeschiedenheit zu leben, denkt er, während er langsam die Treppe hinab ins Erdgeschoss geht. Mit Eetu könnte er dann im Winter am Kaminfeuer sitzen. Ja, Eetu gefällt ihm, auch wenn er einige Jahre älter ist. Onni fühlt sich sicher in seiner Nähe.

Im Wohnraum streift er mit einem leichten Humpeln an den Regalen entlang. Er begutachtet die wenigen Bücher, die zwischen Jagdausrüstung, Ferngläsern und geschnitzten Tierfiguren stehen. Eine ausgesprochen magere Literatursammlung. Ein paar Agentenromane, ein veralteter Weltatlas. Der einzige Klassiker, Melvilles *Moby Dick*, sieht gänzlich unberührt aus. Mit einem leisen Lächeln auf den Lippen schaut Onni zum Kamin hinüber. Das mit den Büchern ist nicht weiter schlimm. Für gute Literatur könnte schließlich *er* sorgen. Ein Bild zieht vor seinem inneren Auge auf. Es zeigt Eetu, der am brennenden Kamin sitzt und Onnis Erläuterungen zur skandinavischen Religionsgeschichte mit leicht geöffnetem Mund folgt. Das Kopfschütteln, in das Onni verfällt, ist eine Mischung aus Belustigung und Seligkeit.

Gedankenverloren gerät Onni ins Straucheln. Sein Fuß hat sich in einer bunten Decke, die am Boden neben einem Karton liegt, verfangen. Als er sie abschüttelt, verrutscht sie und gibt den Blick auf dunkles Metall frei. »Was ist das?«, murmelt Onni und geht ächzend in die Hocke. »Ganz schön alt, die Gute.« Mit einem Zeigefinger streicht er über die kühle Oberfläche einer Schreibmaschine, an deren Walze ein weißer Bogen Papier eingespannt ist. Der Wunsch, etwas darauf zu tippen, ist so stark, dass Onni sich selbst wundern muss. Doch er ist sich sicher, dass Eetu nichts dagegen einzuwenden hat, wenn er das antiquierte Gerät ausprobiert.

Klack.

Onni ist erstaunt, wie viel Kraft in den Fingeranschlag zu legen ist.

Klack. Klack. Klack.

Stirnrunzelnd dreht er das Papier heraus und begutachtet, was er getippt hat.

Onni Jä vinen.

»Defekt«, raunt Onni enttäuscht und fährt mit einer Fingerspitze über die leere Stelle, an der das R in seinem Nachnamen hätte stehen müssen. Sorgfältig legt er die Decke zurück über die Maschine. Dann setzt er sich in einen Sessel und starrt gedankenverloren auf den kalten Kamin.

NEUNUNDDREISSIGSTES KAPITEL

Das graue Holzgebäude, vor dem die finnische Flagge an einem Mast flattert, hat etwas von einer Kirche, denkt Sarah. Doch dann schüttelt sie den Kopf, während sie aus dem Wagen steigt. »Keine Kirche«, murmelt sie. Die breite Eingangstür, zu der drei Stufen hinaufführen, und ein spitz zulaufender Erker verleihen dem Haus eher den drögen Charme eines Gemeindezentrums. Verstärkt wird dieser Eindruck noch durch die fantasielose Bepflanzung des weitläufigen Grundstücks. Triste Grasflächen, durchzogen von unansehnlichem Gebüsch, sind alles, was sich an Vegetation bis zum Seeufer hinunterzieht. Am Wasser steht eine kleine Hütte an einem Steg. Sie wirkt wie ein Geräteschuppen. »Es fehlt nur noch so ein fleckiger Glaskasten für das aushängende Gemeindeprogramm«, kann Sarah sich ein Spötteln nicht verkneifen.

Noch bevor sie die erste Stufe hinaufsteigt, öffnet sich eine Seite der zweiflügeligen Tür, und eine alte Frau erscheint im Rahmen. Sie trägt einen grauen Kittel, der ausgezeichnet mit dem Farbton des Hauses harmoniert. Mit knotigen Händen stützt sie sich auf einen Gehstock. Ihr Gesicht ist so runzelig, dass die Haut an trockene Borke erinnert. Das dünne weiße Haar lässt die Kopfhaut durchscheinen. »Ich heiße dich willkommen«, sagt die Frau mit ernstem Gesicht. »Du bist Sarah.« Sie nickt fest, als gebe es an dieser Aussage keinerlei Zweifel. Ihr Deutsch wirkt rau und eingerostet, doch es ist gut zu verstehen.

»Ich – ja, ich bin Sarah.« Verdutzt bleibt Sarah vor den Treppenstufen stehen und nestelt an der glitzernden Herzbrosche herum, die sie sich nach dem Umziehen angesteckt hat.

»Mein Name ist Erikka. Bitte komm herein.« Erikka tritt einen Schritt zur Seite. »Ich habe dich bereits erwartet.«

Erikka Kauppinen hat sie erwartet? Irritiert schlüpft Sarah an der alten Frau vorbei in den Hausflur. Für einen Moment muss sie an das Märchen von Hänsel und Gretel denken, und es überläuft sie ein Frösteln.

Im Inneren des Hauses herrscht die gleiche kühle Schlichtheit, die bereits draußen zu verspüren war. Die Holzpaneele an den Wänden sind in einer hellgrauen Farbe gestrichen, eine Garderobe und ein Stuhl die einzigen nüchternen Einrichtungsgegenstände. Sarah wartet, bis Erikka die Haustür geschlossen hat, dann bricht es aus ihr heraus. »Woher wussten Sie, dass ich Ihnen einen Besuch abstatten würde, Frau Kauppinen?« *Knusper, knusper, knäuschen.*

Langsam kommt Erikka drei Schritte auf Sarah zu. »Du kannst auf die Förmlichkeit verzichten«, sagt sie mit einem schrägen Lächeln. »Nenn mich Erikka. Woher ich wusste, dass du mich aufsuchen würdest? Nun, alle Leute kommen irgendwann zu mir, um ihre Fragen loszuwerden. Und da du oben an der Rotaugen-Bucht wohnst, wo es zurzeit nicht allzu beschaulich hergeht, habe ich mit deinem baldigen Besuch gerechnet.«

»Rotaugen?«

»Kleine Karpfenfische«, erklärt Erikka und verlagert ihr Gewicht auf dem Stock. »Früher haben wir Fischklößchen aus ihnen zubereitet, doch heutzutage macht sich kaum noch jemand die Arbeit. In der Bucht, an der du wohnst, kann man sie sehr gut angeln. Daher die Bezeichnung. In Finnland besitzen die meisten Plätze und Orte einen eigenen Namen.« Sie macht eine Pause, bevor sie hinzufügt: »Namen haben Macht.«

Sarah verschränkt die Arme vor der Brust. »Aber was hat es mit meinem Besuch bei dir zu tun, an welcher *Bucht* ich wohne?« *Der Wind, der Wind, das himmlische Kind.*

»Es hat natürlich mit deinem Nachbarn zu tun. Dem Toten. So vieles hat mit ›dem Walross‹ zu tun.« Die alte Frau wirft Sarah einen abwägenden Blick zu. »Komm mit«, sagt sie und geht den Flur hinunter. Rhythmisch klopft ihr Stock auf den Holzboden auf. Dann betritt sie einen Hauswirtschaftsraum, in dem eine Waschmaschine und Regale mit Putzzeug stehen.

Wortlos trippelt Sarah hinter der alten Frau her. Was hat Erikka vor, wohin will sie sie führen? Immerhin hat sie Matti erwähnt, was es Sarah leicht machen sollte, das Gespräch auf den Toten zu lenken. Dafür ist sie schließlich hergekommen.

Erikka öffnet eine Holztür, die nach draußen, zur Rückseite des Hauses, führt. Ein erdiger Weg schlängelt sich durch das Gras hinunter zum See. »Zieh die Tür einfach hinter dir zu«, weist Erikka Sarah an, dann folgt sie dem Weg in Richtung Ufer.

Sie nähern sich bereits der Holzhütte, als sich deren Tür öffnet und eine junge, schlicht gekleidete Frau hervortritt. »Alles erledigt, Großmutter«, sagt sie und nickt dann Sarah zu.

»Das ist meine Enkelin Liisa«, erklärt Erikka und bleibt stehen. »Sie ist eine meiner insgesamt dreizehn Enkelinnen und Enkel. Und eine wichtige Stütze für mich.« Der Stolz in ihrer Stimme ist nicht zu überhören.

Liisa, die zu den Frauen herangetreten ist, senkt den Kopf, augenscheinlich vom Lob ihrer Großmutter bewegt.

»Hu, das nenne ich eine große Familie!«, entfährt es Sarah.

»Großmutter hat fünf Kinder«, sagt Liisa und faltet andächtig die Hände vor ihrer Körpermitte zusammen. »Der Herr hat sie mit zahlreichen Nachkommen gesegnet. Ein Zeichen seines Wohlwollens für unsere Familie.«

Sarah nickt und zwingt ein Lächeln auf ihre Lippen. Für einen Moment hatte sie vergessen, dass sie es mit Freikirchlern zu tun hat. Solange sie nicht einschätzen kann, wie ausgeprägt die religiösen Vorstellungen ihrer Gastgeber sind, hält sie sich zu allen diesbezüglichen Fragen lieber bedeckt.

»Und bestimmt folgen auch bald die ersten Urenkel.« Erikka streichelt ihrer Enkelin lächelnd über den Arm. »Das wäre ein weiteres Zeichen des Himmels.«

Sarah ist sich sicher, dass Liisa, die den Kopf wieder tief gesenkt hält, leuchtend rote Wangen bekommen hat.

»Ein wundervolles Zeichen wäre es«, ergänzt Erikka. »In einer Nachbargemeinde gibt es einen jungen Mann, der ein wunderbarer Ehemann wäre. Die beiden verstehen sich gut, nicht wahr, Liisa?«

»Sicher, Großmutter.«

»Ja, Kinder sind etwas Wunderbares«, sagt Sarah freiheraus. »Ich wünsche dir ganz bald eine ganze Fußballmannschaft davon, Liisa.«

Liisa zuckt zusammen, als hätte sie einen Peitschenhieb abbekommen. »Ich bin im Haus, Großmutter«, sagt sie mit gepresster Stimme. »Ruf nach mir, wenn ich etwas tun kann.« Damit wendet sie sich zum Wohnhaus und spurtet den Weg hinauf, ohne sich noch einmal umzusehen.

Überrascht sieht Sarah der Davonstürzenden nach.

»Liisa ist wahrlich ein Geschenk des Herrn«, sagt Erikka, die den Stimmungswechsel ihrer Enkelin nicht bemerkt zu haben scheint. »Hast du Kinder?«

»O ja, eine Tochter. Sie heißt Franziska.«

»Ich habe keine größere Freude denn die, dass ich höre meine Kinder in der Wahrheit wandeln.« Für einen Moment hebt Erikka den Kopf zum Himmel. »Sicherlich steht ihr beide euch sehr nahe. Der Herr hat ein besonderes Band zwischen Müttern und ihren Töchtern geknüpft.« Sie macht mit einer Hand ein kryptisches Zeichen in die Luft.

»Aha, verstehe.« Sarah zwingt sich abermals zu einem unverbindlichen Lächeln. Was Franziska angeht, kann sie guten Gewissens sagen, dass deren Verbindung zu ihrer Mutter immer dann besonders ausgeprägt ist, wenn sie etwas benötigt. Geld meistens. Doch das behält Sarah vor Erikka lieber für sich. Sie bemerkt, dass die alte Frau bereits weitergegangen ist, und eilt ihr hinterher.

An der Hütte angekommen lehnt Erikka ihren Stock gegen eine Bank. »Ich werde mich bemühen, deine Fragen zu beantworten, Sarah. Ehrlich gesagt freue ich mich fast schon auf unser Gespräch.« Sie beginnt damit, ihren Kittel aufzuknöpfen.

Mit großen Augen verfolgt Sarah, wie Erikka sich des Kleidungsstücks entledigt, dann aus den Gesundheitsschuhen steigt und ihren Büstenhalter abstreift.

»Du kannst deine Sachen dort auf die Bank legen«, fordert Erikka Sarah auf.

»Meine ... meine *Sachen*?« Starr vor Schreck wird Sarah gewahr, dass Erikka nun auch aus ihrem Schlüpfer steigt.

»Natürlich, deine Kleidung.« Erikka deutet auf die Bank. »Leg sie dorthin. Wir unterhalten uns in der Sauna, da wären die Sachen doch recht hinderlich. Du kannst dein Gesicht in dem Bottich reinigen, bevor du eintrittst.« Sie deutet auf ein Gefäß, das an einer Ecke der Hütte steht und verdächtig nach einer Regentonne aussieht.

Sarah steht der Mund offen. Sie weicht einen Schritt zurück, während die nunmehr völlig nackte Erikka sich humpelnd zur Tür umdreht.

»Ich gehe schon mal vor«, sagt Erikka. Bevor sie im Inneren der Saunahütte verschwindet, dreht sie sich noch einmal zu Sarah um. Ihre Lippen umspielt ein kaltes Lächeln. »Die glühende Sauna ist genau der passende Ort, um sich über Matti Saarinen zu unterhalten.« Damit zieht sie die Tür mit Schwung hinter sich zu.

»Verdammt, auch das noch!« Sarah stöhnt auf. Unschlüssig dreht sie sich einmal im Kreis. Dann seufzt sie und stöckelt zur Regentonne, an der eine Halterung befestigt ist, darauf ein Stück abgegriffener Seife. Halbherzig wäscht sie mit dem kalten Wasser und der Seife das Make-up von ihrem Gesicht. Glücklicherweise hat sie sich am Morgen nicht für falsche Wimpern entschieden, versucht sie, sich aufzumuntern. Tropfnass schaut sie sich um, greift erleichtert nach einem breiten Handtuch, das auf der Bank liegt, und tupft sich das Gesicht ab. Dann entkleidet sie sich und schlingt hastig das raue Handtuch um ihren Körper. »Wenn mich jetzt die Presseheinis sehen würden«, murmelt sie. Mit zusammengepressten Lippen schiebt sie ihre Manolo-Blahnik-Pumps unter die Bank, richtet die kleine Herzbrosche an der zusammengefalteten Bluse. Wenn es dabei hilft, Mattis Mörder zu ermitteln, dann macht sie auch vor einem Saunagang nicht halt.

Die Luft fühlt sich an wie eine wabernde heiße Wand. Schnell schließt Sarah die Tür hinter sich und steuert im Halbdunkel die Saunabank an. Außer durch ein schmales Fenster kommt noch etwas Licht vom Saunafeuer, das in einem verbeulten Eisenofen prasselt. Neben dem Ofen steht ein Wassertrog, an dem eine Schöpfkelle hängt.

Erikka deutet auf die Bank, direkt neben ihr. »Hier, setz dich dorthin.« Dann nickt sie Sarah mit einem spitzbübischen Lächeln zu. »Ich freue mich, dass du meiner Einladung gefolgt bist.«

»Nun, ich hatte keine wirkliche Wahl.« Sarah macht es sich neben Erikka auf der harten Bank so bequem wie möglich. Sie wickelt sich aus dem Handtuch und streicht die Haare nach hinten. Die Hitze treibt ihr bereits erste Schweißperlen auf die Stirn. Ein schneller Blick auf das Thermometer an der Wand sagt ihr, dass in der Sauna beinahe neunzig Grad herrschen. Sarah verengt die Augen zu schmalen Schlitzen, als ihr ein Gedanke in den Kopf schießt. »Es war ein Test, oder?«

Die alte Frau legt den Kopf in den Nacken und lacht auf. »Aber natürlich!« Sie wendet sich Sarah zu. »Du gefällst mir, Kind. Ich gestehe, ich wollte herausfinden, ob du eine dieser piekfeinen Südländerinnen bist, die sich für einen handfesten finnischen Saunaaufguss zu fein sind.« Gut gelaunt kichert sie in sich hinein.

»Südländerinnen?«

Erikka macht eine wegwerfende Handbewegung. »Alle, die jenseits der Ostsee wohnen, sind für uns Finnen die Südländer.« Sie deutet auf den Wassertrog. »Gieß doch bitte eine Kelle auf die Steine.«

Sarah steht auf und tut, wie ihr geheißen. Zischend steigt eine Dampfwolke von den Saunasteinen, die auf dem Ofen glimmen, empor.

»Ja, das ist gut!« Erikka seufzt wohlig auf und lehnt sich zurück, während die feuchte Hitze durch den kleinen Raum wabert.

Sarahs Kopf fährt zum Fenster. Aus dem Augenwinkel meint sie, gesehen zu haben, wie draußen ein Schatten vorbeizog. Ist Liisa zurückgekehrt? Mit einem Schulterzucken hängt Sarah die Schöpfkelle an ihren Platz. Zurück auf der Bank schlägt sie die Beine übereinander. »Woher also wusstest du, dass ich zu dir kommen würde?«, fragt sie unvermittelt.

»Denn der Herr gibt Weisheit, und aus seinem Munde kommt Erkenntnis und Einsicht.« Da Sarah nicht auf ihre rätselhaften Worte reagiert, spricht Erikka mit betonter Beiläufigkeit weiter: »Jalo hat mir berichtet, dass du viele Fragen zu Matti stellst. Über seine Gaunereien, seine Vergangenheit. Da war mir klar, dass du irgendwann auch bei mir auftauchen würdest. Schließlich ist es im Ort kein Geheimnis, dass ich Matti nicht ausstehen konnte. Gelinde gesagt.«

»Warum konntest du ihn nicht leiden?«, fragt Sarah gespannt.

Bedachtsam bringt Erikka sich wieder in eine aufrechte Sitzposition. »Oh, das ist eine alte und lange Geschichte.« Sie wischt Schweißtropfen von ihren Oberschenkeln. Nach einer Pause fährt sie fort: »Es geht das Gerücht um, du hättest etwas mit Matti gehabt. Du seist seine Geliebte gewesen.«

»Das ist absoluter Unsinn«, erklärt Sarah, um Ruhe bemüht. »Ich habe ihn zum ersten Mal in meinem Leben gesehen, als er bereits tot war. Die schlichte Wahrheit ist, dass ich mich lediglich im *mökki* geirrt habe.« Sie zuckt mit den Schultern. »Nur deshalb wurde ich in diese schreckliche Sache hineingezogen. Das ist die Wahrheit, wie gesagt.« Sie denkt kurz nach. »So wahr mir Gott helfe«, fügt sie hinzu.

Für einen langen Moment ruht Erikkas Blick auf Sarah. Dann nickt die alte Frau langsam. »Komm, lass uns zur Abkühlung in den See gehen«, sagt sie und steht ächzend auf.

Sarah tut es ihrer Gastgeberin nach und lässt sich am Ende des Stegs über eine schmale Leiter in den Päijänne hinab. Prustend schwimmt sie ein paar Züge, dann folgt sie Erikka zurück auf den Steg und weiter auf die Bank vor der Hütte. Zitternd wickelt sie sich in das Handtuch, das sie aus der Sauna mitgenommen hat.

»Dort neben der Bank stehen einige Bierdosen«, sagt Erikka. »Sei so gut und hole zwei davon her. *Saunaolut*, Saunabier, gehört zu jedem richtigen Saunagang unbedingt dazu.« Als Sarah ihr ein Bier reichen will, schüttelt sie den Kopf. »Bitte öffne die Dose für mich, meine Liebe. Meine Finger wollen nicht mehr so wie früher.«

»Okay.« Sarah hebt die Laschen an zwei Dosenöffnungen, dann gibt sie eines der Biere an Erikka weiter.

»Kippis«, sagt Erikka und hebt die Dose eine Handbreit in die Höhe. *Prost.*

»Kippis«, antwortet Sarah. Das Bier schmeckt wunderbar. Würzig und erfrischend. Seufzend lehnt sie sich zurück.

»Du stellst also Fragen zu Matti Saarinen.« Erikka verschränkt die Arme vor ihren Brüsten.

»Mich lässt die ganze Sache nicht los«, erklärt Sarah langsam. »Ich möchte verstehen, was das für ein Mensch war, den ich tot im Schilf gefunden habe. Warum aber weicht jeder, mit dem ich spreche, mir aus, sobald das Gespräch auf Saarinen kommt?«

»Weil er ein Hund war«, antwortet Erikka nüchtern. »Ich habe den Kerl verabscheut.« Sie nimmt einen tiefen Schluck aus der Bierdose.

»So sehr verabscheut, dass du ihn gerne tot gesehen hättest?«, schießt es aus Sarah heraus.

Für einige Sekunden ist nur das Gluckern des Wassers am Seeufer zu hören. Erikkas Stimme ist leise, als sie schließlich die Stille durchbricht. *»Lasst euch durch den Zorn nicht zur Sünde hinreißen! Die Sonne soll über eurem Zorn nicht untergehen.«*

»Was bedeutet das?«, fragt Sarah überrascht.

Erikka drückt ihr Kreuz durch. »Das bedeutet, dass ich Matti Saarinen sicherlich den Tod gewünscht habe. Doch der Herr ist mein Zeuge: Niemals hätte ich selbst meine Hand gegen ihn erhoben.«

Vielleicht ist das auch nicht nötig gewesen, denkt Sarah. Wer fünf Kinder und dreizehn Enkelkinder hat, der benötigt nicht unbedingt die eigenen Hände, um seine Ziele zu erreichen. Doch sie sagt nichts, sondern konzentriert sich auf den funkelnden See vor ihr.

»Kennst du dich mit der Geschichte Finnlands aus?«, fragt Erikka nach einem Moment der Stille.

Sarah schreckt auf. »Geschichte? Ich – also, nicht wirklich. Was hat das mit Matti zu tun?«

»Alles. Alles hat mit Matti zu tun.« In Erikkas Stimme liegt eine tiefe Traurigkeit.

Sarah möchte nachhaken, was genau Erikka damit sagen will, doch sie beißt sich auf die Zunge. Ein Gefühl sagt ihr, dass es sinnvoller ist, den Mund zu halten und einfach abzuwarten.

Mit einem Räuspern stellt Erikka die Bierdose neben sich auf der Bank ab. »Finnland war in der Vergangenheit für lange Zeit ein Spielball der umliegenden Reiche. Erst kamen während des Mittelalters die Schweden, später haben sich dann die Russen weite Gebiete Finnlands einverleibt. Im neunzehnten Jahrhundert war das Land als Großfürstentum sogar Teil des russischen Kaiserreichs. Doch 1917 gelang es endlich, unsere Eigenständigkeit durchzusetzen. Und zwei Jahre später wurde die Parlamentarische Republik gegründet.« Es ist eine stolze Geste, mit der Erikka ihr Kinn nach vorne schiebt. »Natürlich war das nicht das Ende der Begehrlichkeiten von außen. In zwei Kriegen mit Russland verloren wir einen großen Teil Südkareliens. Doch es gelang unseren Truppen, eine vollständige Besetzung unseres geliebten Landes durch die Sowjetunion abzuwehren. Darauf sind wir noch heute stolz.« Sie nickt langsam. »Es sind so viele Menschen getötet worden. So unfassbar viele.«

Sarah schluckt. Selbst wenn sie etwas sagen wollte, sie könnte es nicht.

»Ich bin während des Krieges geboren«, fährt Erikka nach einer kleinen Weile fort. »An meinen Vater habe ich keine Erinnerung. Er starb, da war ich keine zwei Jahre alt. Seine Stellung an der Front war an die Russen verraten worden. Während eines Überfalls aus dem Hinterhalt wurde er zusammen mit dem Rest seiner Kameraden dahingemetzelt.«

Erschrocken schnappt Sarah nach Luft.

Ein eiskalter Zug liegt um Erikkas Mundwinkel. »Es heißt, dass Hanko Saarinen dem Feind die Position der Einheit verraten hat.«

»Hanko Saarinen?«, stößt Sarah heiser aus. »Ist das der … der Vater von Matti?«

»Ebendieser«, sagt Erikka sehr leise. »Natürlich hat man ihm nichts beweisen können, dem *feinen* Hanko, der auf wundersame Weise als Einziger den Überfall überlebte. Doch ich bin mir sicher, dass er seine Seele an den Feind verkauft hat. Seine schwarze Seele – und noch anderes mehr. Informationen. Gut gelebt hat er davon. Über siebzig Jahre alt ist er schließlich geworden.« Sie presst die Lippen aufeinander. Dann flüstert sie etwas Unverständliches.

Nervös rutscht Sarah auf der Bank hin und her. »Matti muss doch viele Jahre nach dem Krieg geboren worden sein. Mit dem furchtbaren Verrat kann er selbst nichts zu tun gehabt haben.«

»Mit jenem Verrat nicht, nein.« Mühsam erhebt sich Erikka. »Doch ich bin mir sicher, dass Matti Saarinen seinem Vater nacheiferte und fleißig weiter für die Russen spionierte. Er soll Kontakt zu einigen fragwürdigen Subjekten gehabt haben. ›Das Walross‹ war immer sehr auf seinen eigenen Vorteil bedacht.« Abrupt dreht sie sich zur Saunatür und zuckt mit den Schultern. »Es ist müßig, sich weiter darüber Gedanken zu machen. Der Kerl ist tot. Dafür danke ich dem Herrn.«

»War denn die Polizei schon bei dir, Erikka?«, fragt Sarah eindringlich. »Wegen des Mordes? Was du da sagst, das sind womöglich wichtige Informationen. Vielleicht hat ihn jemand aus diesem fragwürdigen Umfeld umgebracht.«

Mit einer Hand am Türgriff verharrt Erikka, dann schaut sie über ihre Schulter. »Die Polizei? Papperlapapp. Was interessiert mich die Polizei? Der Herr hat es in seiner Weisheit und Güte für sinnvoll erachtet, den gemeinen Hund von der Oberfläche der Erde zu tilgen. Während die Sprösslinge meines Vaters zahlreich sind, sind die Nachkommen von Hanko nun allesamt ausgelöscht. Der Gerechtigkeit ist Genüge getan. Der Polizei habe ich nichts zu sagen.«

Es will aus Sarah heraussprudeln, dass Erikka soeben ein starkes Motiv für den Mord an Saarinen benannt hat. Schließlich hatte die Familie Kauppinen seit Jahren ein Interesse an Mattis Ableben – Weisheit und Güte des Herrgotts hin oder her. Rache ist ein Motiv, dem Sarah in den spannenden Fernsehserien, die sie mit Leidenschaft verfolgt, ständig begegnet. Vielleicht ging es jemandem im Familienclan der Kauppinens auf Gottes unergründlichen Wegen nicht zügig genug voran? Doch Sarah beißt sich abermals auf die Zunge, während sie mit den Augen verfolgt, wie die alte Frau in der Sauna verschwindet.

Als hätte sie Sarahs Gedanken gelesen, meldet Erikka sich nochmals aus dem Halbdunkel zu Wort: *»Der Herr wird Richter sein zwischen mir und dir und mich an dir rächen, aber meine Hand soll nicht gegen dich sein.«*

Dann fällt die Holztür mit einem dumpfen Schlag ins Schloss.

VIERZIGSTES KAPITEL

Nachdem er sich vergewissert hat, dass sich außer ihm niemand im Gang aufhält, streift er die Handschuhe über und holt den Schlüssel aus der Hosentasche. Die Tür öffnet sich mit einem leisen Quietschen. Schnell betritt er den Raum und zieht die Tür hinter sich zu. »Kinderspiel«, raunt er betont gut gelaunt. Nach den Misserfolgen der letzten Tage ist ihm jedes noch so kleine Vorankommen ein aufbauendes Wort wert. Zufrieden schiebt er den Schlüssel zurück in die Hosentasche. Es war ein genialer Schachzug von ihm gewesen, seinerzeit eine Kopie des Universalschlüssels anfertigen zu lassen. Ohne dass Heimo oder Aune etwas davon mitbekommen hätten, hatte er sich den Schlüssel ausgeborgt und war damit nach Lahti zu einem Schlüsseldienst gefahren.

Nervös schaut er sich um. Sein Blick bleibt am ungemachten Bett hängen, auf dem eine leere Tüte Lakritz liegt, gleitet weiter zu dem Koffer, der in einer Zimmerecke auf dem Boden liegt. Der Koffer ist aufgeklappt und offenbart seinen bunt zusammengewürfelten Inhalt. Hosen, Socken, Unterhemden. Dazwischen ein Paar abgewetzte Hausschuhe und ein englischsprachiges Taschenbuch.

Im Zimmer riecht es ausgesprochen muffig, als wäre es schon lange nicht mehr gelüftet worden. Doch er vermutet, dass selbst ein offenes Fenster den Mief nicht vertreiben würde. Seitdem Heimo die Pension von seinem Schwiegervater übernommen hat, ist hier nichts mehr verändert oder renoviert worden. Und Heimos Schwiegervater ist auch schon seit über zehn Jahren tot.

Ein Schnauben entweicht seiner Nase, während sein Blick die spartanische Einrichtung abtastet. In diesem Zimmer scheint ein einfacher Tourist zu wohnen, doch er weiß es besser. Das Loch ist die Einsatzzentrale der Polizei, denn hier ist Toivo Aalto während seiner Ermittlungsarbeit, die er in Sysmä durchführt, einquartiert. Anders als bei Sarah beunruhigt ihn die Anwesenheit des Kommissars jedoch wenig. Der Polizist hat bereits mit ein paar Leuten im Ort über Matti gesprochen, und es wird sicherlich nur noch eine Frage der Zeit sein, bis er routinemäßig auch bei ihm auftaucht. Dann wird er sich in Acht nehmen müssen, was er dem Bullen erzählt, damit der sein Alibi nicht zu gewissenhaft durchleuchtet. Doch hätte Aalto irgendetwas gegen ihn in der Hand, wäre er sicherlich längst aufgetaucht. Nein, der Kommissar ist ihm nicht auf der Spur. Die Polizei fürchtet er nicht. Vielmehr ärgert er sich darüber, dass Aalto immer noch nichts gegen Sarah Fuchs unternommen hat. Dabei sieht ein Blinder mit Krückstock, dass mit der Frau etwas nicht stimmt. Seine Suche nach der Statue wäre um so vieles leichter, würde der Bulle Sarah ausschalten. Denn er hat sich vorgenommen, noch einmal akribisch Mattis Grundstück abzusuchen. Die Sauna, das Waldstück, das Haus. Die Statue muss sich irgendwo dort befinden, es kann nicht anders sein. Damit er ungestört vorgehen kann, muss Sarah endlich verschwinden. Doch da der anonyme Brief an den Kommissar und das Streuen von Gerüchten anscheinend nicht ausgereicht haben, damit der Bulle etwas unternimmt, wird er ein weiteres Geschütz auffahren. Nur gut, dass er nicht auf den Kopf gefallen ist und weiß, was zu tun ist. Daher hat er gewartet, bis der Kommissar in seinen Toyota gestiegen und weggefahren ist, dann hat er sich unauffällig in den ersten Stock hinaufgeschlichen. Und nun steht er hier und wird Aalto keine andere Möglichkeit lassen, als Sarah ausführlich zu vernehmen. Am besten in der Zentrale in Helsinki. Oder wenigstens im vorläufigen Gewahrsam, auf der Wache in Heinola.

Gespannt sucht er irgendetwas, das ihm Rückschlüsse auf Aaltos Polizeiarbeit erlaubt. Dokumente, Notizen. Sein Herz macht einen Satz, als er den wackeligen Tisch, der unter einem billigen Druck an der Wand kauert, inspiziert. Neben einem leeren Bierglas liegt dort eine Aktenmappe. Ihn interessiert brennend, was die Polizei bereits alles über Matti und diese Sarah weiß. Zwar ist er nicht deswegen hierhergekommen, doch wenn er schon einmal die Gelegenheit hat, hierzu Antworten zu erhalten, wird er diese Chance natürlich nutzen.

Bevor er sich der Mappe widmet, will er sich das Badezimmer vornehmen. Langsam betritt er den schmalen Raum, der wie ein Überbleibsel aus den Achtzigerjahren des letzten Jahrhunderts wirkt. Heimo, denkt er, kann seine Pension überhaupt nur deshalb in diesem steinzeitlichen Zustand belassen, da es keine Konkurrenz in Sysmä gibt. Wen es als Besucher in den Ort verschlägt, der hat als Unterkunft eben zu nehmen, was er kriegen kann. Es sei denn, er verfügt über den finanziellen Hintergrund einer Sarah Fuchs. Sicherlich zahlt ihr Auftraggeber die feine Villa an der Rotaugen-Bucht aus der Portokasse. Dem Typen ist viel daran gelegen, die Statue zu erhalten, wenn er sich eine solch kostspielige Handlangerin leistet.

Ein Feixen zieht über sein Gesicht. So sind sie, diese schwerreichen Sammler. Wenn sie es auf ein Unikat abgesehen haben, setzen sie Himmel und Hölle in Bewegung, um es zu besitzen. Dieses Wissen wird er für die Verhandlungen mit dem Typen im Hinterkopf behalten. Er zuckt zusammen, als sich ein anderer Gedanke ungebeten zu Wort meldet: Was, wenn er die Statue nicht finden kann? Heftig schüttelt er den Kopf, um den bohrenden Zweifel zu verdrängen. Ein Schritt nach dem anderen!, ermahnt er sich und lenkt seine Aufmerksamkeit wieder auf seine unmittelbare Umgebung. Die gesamte weitere Planung seines Lebens fußt darauf, dieses einmalige Sammlerstück für sehr viel Geld an den Mann zu bringen. Sich verrückt zu machen, hilft überhaupt nicht.

Der Kommissar, registriert er, hat sich im Badezimmer häuslich eingerichtet. Überall stehen Dinge herum. Hier Rasierschaum, dort eine ganze Batterie von Haarpflegeprodukten. Auf dem Waschtisch reihen sich gleich drei hochpreisige Duftwässerchen aneinander. Und daneben glänzt im Licht, das durch ein quadratisches Fenster in den Raum fällt, ein umfangreiches Nagelpflegeset mit Gerätschaften, die er noch nie zuvor gesehen hat. Er schüttelt den Kopf. Dieser Aalto ist ein komischer Vogel, schon sein Aussehen irritiert ihn maßlos. Diese Ähnlichkeit mit dem Rennfahrer Häkkinen ist einfach gespenstisch. Warum trägt der Mann nicht wenigstens eine andere Frisur, damit er nicht wie ein bloßes Double wirkt?

Er greift sich eine der Parfumflaschen und drückt den Pumpzerstäuber. Sofort breitet sich ein holziger Geruch in dem engen Badezimmer aus. »Ekelhaftes Zeug«, murmelt er und stellt den Flakon an seinen ursprünglichen Platz zurück. Ein penetranter Geruch bleibt in der Luft hängen.

Immer lauter wird der lockende Ruf der Aktenmappe. Mit einem Kribbeln im Magen verlässt er das Badezimmer und geht zum Tisch hinüber. Der schmutzig grüne Pappdeckel ist nicht beschriftet, doch ein Blatt Papier lugt darunter hervor. Demnach ist die Mappe nicht leer. Voller Erwartung schlägt er sie auf.

»Wer soll …?«, stößt er hervor, verstummt aber sogleich, als er die Person auf dem ausgedruckten Farbbild erkennt. Sarah Fuchs. In der Porträtaufnahme trägt sie die Haare in einer aberwitzigen Frisur, die von bunten Schmetterlingsspangen zusammengehalten wird. Das Bild muss vor vielen Jahren aufgenommen worden sein, er schätzt Sarahs Alter darauf auf vielleicht zwanzig Jahre. Er hat diese Aufnahme sogar schon einmal gesehen, fällt es ihm ein. Im Internet, als er nach ihrem Namen gesucht hat und diese skurrile Wikipedia-Seite aufgetaucht ist. Sie enthielt irgendeine Fantasiegeschichte, nach der Sarah vor Jahren so etwas wie eine Berühmtheit gewesen sei. Sie sei gelernte Schneiderin gewesen, hieß es dort, dann aber durch die Hochzeit mit einem Fußballer zu einer ordentlichen Portion Asche gekommen. Eine gefälschte Biografie, ganz eindeutig. Viel zu aufschneiderisch und plump, um wahr sein zu können. Da stand auch etwas von Schmuckdesign, erinnert er sich nun. Etwas von Probeaufnahmen für eine TV-Show. Garniert war das Ganze mit einer Unmenge von mit *Photoshop* bearbeiteten Fotos. Viele Bilder zeigten Sarah mit anderen Menschen, die ihr garantiert niemals begegnet sind. Alles erstunken und erlogen, fraglos von ihren Geheimdienstfreunden zusammengeschustert. Viel zu dick aufgetragen und daher leicht zu durchschauen. In Wahrheit ist diese Sarah eine Handlangerin der Schwerreichen, da ist er sich sicher. Eine hochprofessionelle Agentin. Wahrscheinlich sogar eine Auftragskillerin, nach allem, was er bisher von ihr zu sehen bekommen hat.

Seine Hand zittert leicht, als er das Blatt zur Seite legt. Darunter kommt ein weiteres Foto zum Vorschein, ebenfalls in Farbe ausgedruckt. Diesmal ist Sarah etwa zehn Jahre älter, steht neben einem grinsenden Mann auf einem roten Teppich. Er kneift die Augen zusammen. Wenn er genau hinschaut, kann er die Fehler in der Farbgebung erkennen. Fällt Sarahs Schatten im Vergleich zu dem des Mannes nicht sehr unnatürlich? Ja, selbst ein aufmerksamer Laie kann erkennen, dass an der Aufnahme herumgepfuscht worden ist. Die Frau ist nachträglich in das Bild hineinkopiert worden, vermutet er und blättert mit einem abfälligen Schnauben weiter durch die Mappe.

Ein Foto lässt ihn stutzen. Sarah lächelt darauf abermals neben einem Mann in die Kamera. Doch dem Begleiter sind mit einem Kugelschreiber ein Ziegenbart und Teufelshörner aufgemalt worden. »Was ist das für ein Geschmier?«, entfährt es ihm. Hat der Kommissar auf dem Ausdruck herumgekritzelt? Und da ist noch etwas. Mit zusammengekniffenen Augen versucht er zu lesen, was am Rand des Bildes handschriftlich notiert worden ist. Es gelingt ihm kaum, die Sauklaue zu entziffern. *Lebt in Trennung*, steht da anscheinend. *Teufel hat sie nicht verdient*, darunter. Und in einer unteren Ecke des Blattes: *Sarah. Satz. Sieg.* Ist das ein Code, den Aalto verwendet? Oder ist der Mann noch einfältiger als gedacht und kritzelt seine Ermittlungsunterlagen mit geistigem Dünnschiss voll, während er telefoniert oder auf dem Klo sitzt?

Kopfschüttelnd blättert er weiter und weiter. Bilder über Bilder von Sarah Fuchs. Dann, ganz am Ende, ein weißes Blatt Papier, mit einem einzigen Wort darauf. *Sarah.* Was will der Kommissar damit sagen?

Immerhin gibt es eine Ermittlungsakte zu der Frau. Wenngleich das Dossier mehr als dürftig ausfällt. Wo ist zum Beispiel der Brief, den er dem Kommissar geschrieben hat? Gibt es keine Protokolle der Gespräche, die Aalto bisher mit Sarah geführt hat? Warum sammelt er kein Material zu ihrer offensichtlichen Verbindung zu den russischen Geheimdiensten? Enttäuscht schließt er die Mappe wieder. Er hatte auf mehr gehofft. Fast wirkt die Fotosammlung wie ein Fan-Album.

Dieser begriffsstutzige Bulle benötigt einen weiteren Anstoß, um auf die richtige Fährte gelenkt zu werden, befindet er. Der Mann muss endlich gegen diese schlechte Schauspielerin vorgehen und sie für ihn aus dem Weg räumen. Denn noch immer befindet sich die Statue irgendwo da draußen und brennt darauf, von ihm gefunden zu werden. Und noch immer ist diese Frau der größte Stolperstein auf dem Weg zu seinem Ziel.

Langsam zieht er einen kleinen Plastikbeutel aus seiner Hosentasche und öffnet ihn. Mit behandschuhtem Daumen und Zeigefinger fischt er am Boden des Tütchens herum und zieht etwas Funkelndes hervor. Er legt es neben die grüne Aktenmappe auf die Tischplatte. Mehrmals schiebt er das Ding von links nach rechts, bis er mit der Platzierung vollends zufrieden ist.

An der Tür bleibt er nochmals stehen und wirft einen prüfenden Blick zurück auf den Tisch. Zufrieden nickt er. Dem Kommissar wird die kleine herzförmige Brosche unweigerlich ins

Auge fallen. Ein derart auffälliges Schmuckstück wird der Polizist schnell mit Sarah in Verbindung bringen. Dass die Frau in sein Zimmer eingedrungen ist, das wird selbst Aalto nicht ignorieren können.

Er tritt auf den Flur und schließt leise die Zimmertür hinter sich. Mit einem Grinsen im Gesicht dreht er den Schlüssel im Schloss. Aalto soll die Überraschung genießen, dass jemand in seinem Zimmer war. Jemand mit hohen Hacken und der Unverfrorenheit, die privaten Gemächer des ermittelnden Kommissars zu betreten.

Ungesehen verlässt er die Pension durch die Hintertür. Während er den Jahrmarkt ansteuert, beschäftigt ihn bereits das nächste Problem. *OJ*. Er kaut auf seiner Unterlippe, bis er Blut schmeckt. Natürlich gehört Onni das Kleidungsstück. Onni aus Helsinki. Er schüttelt den Kopf. Was hat der Typ in Mattis Haus zu suchen gehabt? Was, wenn nicht die Statue? Gut nur, dass Onni nicht fündig geworden ist. Ansonsten wäre diese Sarah wohl nicht mehr hier. Denn natürlich ist Onni ihr kleiner Handlanger. Die Frau ist gewieft! Schafft einen Lakaien heran und lässt den die Drecksarbeit machen, während sie selbst ganz unschuldig durch den Ort flaniert. Onni. Der Schlange ist ein weiterer Kopf gewachsen.

EINUNDVIERZIGSTES KAPITEL

Sie hat das gesamte Haus und auch den Volvo abgesucht, doch die herzförmige Brosche bleibt unauffindbar. Sarah ist sich sicher, das Schmuckstück nach dem Jahrmarktbesuch beim hastigen Kleidungswechsel in ihrem *mökki* angesteckt zu haben. Bevor sie sich zum Haus der Kauppinens aufgemacht hat. Was wohl bedeutet, dass sie das gute Stück dort verloren hat.

Seufzend lässt sie sich auf die Couch vor dem großen Fenster fallen. Wahrscheinlich liegt die Brosche irgendwo vor der Saunahütte. Es ist zum Glück kein kostbares Stück, denn ihre wertvollen Ringe, Broschen und Ketten befinden sich allesamt in München im Banksafe. Doch Sarah hat diesen netten Modeschmuck seinerzeit gleich zweimal gekauft – sowohl für sich als auch für Franzi. Also wäre es schade, wenn sie das Herz nicht wiederfände. Ein schlechtes Omen irgendwie.

Sarah richtet sich in eine sitzende Position auf und tippt im Viervierteltakt auf den Sofabezug. Sie wird Erikka einen neuerlichen Besuch abstatten müssen, schon bald. Immerhin kann sie davon ausgehen, dass die Brosche bis dahin bei den Kauppinens gut aufgehoben ist, selbst wenn jemand über sie stolpern sollte. Von wegen *Du sollst nicht stehlen* und so.

Ja, ein weiteres Gespräch mit Erikka ist sowieso vonnöten, befindet Sarah, während sie auf den Bäumen nach Eichhörnchen Ausschau hält. Auch wenn die Intuition ihr sagt, dass die Kauppinens nichts mit Mattis Tod zu tun haben, sollte sie doch sicherheitshalber ein paar grundlegende Fragen klären. Vor allem die, ob sich jemand aus der Familie zum Zeitpunkt des Mordes in der Nähe der Rotaugen-Bucht aufgehalten hat. Dass Erikka höchstselbst Hand an Matti gelegt hat, schließt Sarah natürlich aus. Doch beim Rest des Clans sollte sie genauer hinschauen und sich nicht einzig auf ihr Gefühl und Erikkas Beteuerungen verlassen. Überhaupt weiß sie nicht genau, wie sie die religiösen Eide werten soll. Sicherlich finden sich in der Bibel auch Passagen, in denen Rachehandlungen etwas absolut Legitimes sind. Auge um Auge, so etwa. Vielleicht gibt es eine Person in der Familie Kauppinen, der nach Jahrzehnten der Wut auf die Saarinens ausgerechnet jetzt die heilige Sicherung durchgebrannt ist. Ob sie einmal bei Erikkas Enkelin Liisa nachhorchen soll?

Ein Geräusch lässt Sarah aufschrecken und das rhythmische Fingertippen abrupt beenden. Durch den Wald nähert sich ein Auto. Es wird lauter, je näher es kommt, und hält schließlich vor dem Haus. Sarah erwartet, dass es verstummt, doch dem ist nicht so: Mit laufendem Motor steht der Wagen vor der Eingangstür, als warte sein Fahrer auf etwas. Oder jemanden.

Verdutzt erhebt sie sich vom Sofa. Sie sendet ein Stoßgebet gen Himmel, dass es sich bei dem überraschenden Besucher nicht um den Kommissar handelt. Toivo Aalto hätte wieder einzig im Sinn, sie mit dämlichen Fragen zu quälen.

Bereits der bloße Gedanke an den aufdringlichen Polizisten versetzt Sarahs Puls in Aufruhr. »Ich habe das Mika-Häkkinen-Double in den letzten Tagen häufiger gesehen als Udo während des gesamten vergangenen Monats«, murmelt sie genervt. Im Moment benötigt sie eine Pause von den abstrusen Verhörtaktiken des Kommissars. Sollte er an der Haustür klingeln, wird sie ihm nicht öffnen, beschließt sie und fühlt sich umgehend besser. Doch ein neuer Gedanke lässt sie sich hastig umschauen. Auf keinen Fall sollte sie ausgerechnet hier stehen bleiben, erkennt sie. Falls der Kommissar auf der Suche nach ihr um das Haus herumschleicht und in die Fenster schaut, wäre sie schwerlich zu übersehen.

Mit schnellen Schritten eilt Sarah in ihr Schlafzimmer. Zwar gibt es auch hier ein Fenster, doch wenn sie sich neben das Bett auf den Boden legt, kann Aalto sie unmöglich von außen sehen. Ächzend lässt sie sich auf dem fröhlich bunten Flickenteppich nieder, der hier den Holzboden schmückt. Vielleicht sollte sie doch über ihren Schatten springen und Schuhe ohne Absätze kaufen, denkt sie mit schmerzenden Waden. So oft, wie sie neuerdings auf dem Boden herumkriecht, bekommt flaches Schuhwerk plötzlich eine ganz neue Wertigkeit. Doch kaum dass ihr dieser Gedanke gekommen ist, schüttelt Sarah grimmig den Kopf. »Idiotisch!«, zischt sie. Was für eine absurde Vorstellung, auf ihre geliebten High Heels zu verzichten. Und dann auch noch einzig wegen des nervigen und anmaßenden Verhaltens eines Mannes. Da würde sie sich eher einen Zeh abhacken!

Sarah starrt an die Zimmerdecke und spitzt die Ohren. Jede Sekunde erwartet sie, dass die Türklingel ertönt, doch erstaunlicherweise bleibt das Schellen aus. Läuft der Kommissar bereits um das Haus herum und drückt seine neugierige Nase gegen die Fensterscheiben? Da fällt ihr der Mann ein, der kurz nach Sarahs Ankunft im *mökki* zwischen den Bäumen davonhastete. Das kann nur Aalto gewesen sein, ist sie jetzt überzeugt.

Heiße Wut sammelt sich in Sarahs Magen. Am liebsten würde sie diesem Polizisten gehörig den Marsch blasen, doch den Atem kann sie sich wohl sparen. Das Einzige, was sie aus ihrer misslichen Lage befreien wird, ist es, dem unfähigen Schnüffler den wahren Mörder Mattis zu präsentieren. Und ihm so seine Inkompetenz unter die Nase zu reiben. Was wiederum ein vielversprechender Gedanke ist.

Stechende Rückenschmerzen lassen Sarah auf dem Boden langsam hin und her rollen. Unangenehm drückt sich der knotige Flickenteppich in ihre Haut. »Was ist da draußen los, verdammt?«, fragt sie sich laut. Immer noch läuft der Motor. Sitzt der Kommissar die ganze Zeit über im Wagen und telefoniert?

Stöhnend dreht Sarah sich auf den Bauch, dann erhebt sie sich auf alle viere und fasst sich an den Rücken. »Ich bin zu alt für diese Spielchen«, ächzt sie. Warum kann Aalto sie nicht einfach in Ruhe lassen? Was macht der Kerl da vor dem Haus?

Die Zähne fest aufeinandergepresst krabbelt Sarah vom Schlafzimmer in den großen Wohnraum hinüber. Dabei versucht sie zu ignorieren, dass sie ihre Leder-Pumps auf dem Schieferboden gerade endgültig ruiniert. Mit einem schnellen Blick sondiert sie die Lage. Vor dem Panoramafenster kann sie niemanden ausmachen. Falls Aalto dennoch zwischen den Bäumen lauert, hofft Sarah, dass die Sitzgarnitur ihr ausreichend Schutz vor seinen neugierigen Blicken bietet. Da aber das Motorengeräusch weiter zu hören ist, geht sie davon aus, dass sich Aalto nach wie vor im Wagen befindet.

Auf allen vieren hetzt Sarah durch den Raum, krabbelt am Ofen vorbei, bis sie schließlich schwer atmend vor der Haustür verharrt. Während sie sich aufrichtet und abermals ihre schmerzenden Waden verflucht, schüttelt sie den Kopf. Was für eine Umweltverpestung, den Wagen einfach laufen zu lassen! Mit dem Rücken an das Holz der Tür gepresst, bedenkt Sarah den Kommissar mit einer stummen Salve ausschweifender Flüche.

Langsam beugt sie sich zur Seite und lugt durch das schmale Fenster neben der Haustür. Und blinzelt. Nachdem sie in kurzer Abfolge drei Dinge realisiert hat, stößt sie einen heiseren Laut aus, eine Mischung aus Schrecken und Überraschung.

Bei dem Wagen vor der Tür handelt es sich um einen tiefschwarzen Mercedes, also mitnichten um das Auto des Kommissars. Auf dem Beifahrersitz erkennt Sarah Ilvi, deren unbekleideter Oberkörper in voller Farbenfreude prangt. Selbst Ilvis Brüste sind Leinwände für ihre Tattoo-Kunst – hat Sarah jemals einen Zweifel daran gehegt? Doch was schließlich einen erstickten Laut aus Sarahs Mund kitzelt, ist etwas anderes. Das Geschlecht des Fahrers kann Sarah unschwer dank seiner heruntergezogenen Jeanshose erkennen. Und wie sie im Lendenbereich des Typen sehen kann, ist Ilvi mitnichten die einzige tätowierte Person im Wagen.

Sarahs Kopf schnappt vom Fenster zurück. »Heiliger Bimbam«, murmelt sie. Augenscheinlich hat Ilvi keine Schwierigkeit damit gehabt, jemanden zu finden, der sie hinaus zum *mökki* fährt. Ist es dieser Typ vom Campingplatz, den sie am Bierstand kennengelernt hat?

Eilig trippelt Sarah zum Sofa zurück und lässt sich auf die Sitzfläche plumpsen. Dann fächelt sie sich mit einer Hand Luft zu. »Ilvi, Ilvi«, raunt sie und kann sich ein Grinsen nicht verkneifen. So viel also zu dem Vorsatz, ab sofort weniger zu flirten und stattdessen mehr Detektivarbeit zu leisten.

Sarah zuckt zusammen, als der Motor aufheult, um danach jäh zu ersterben. Mit glühenden Ohren lauscht sie in die plötzliche Stille, die so laut ist, dass es in den Gehörgängen schmerzt. Sie hat dem Kommissar also unrecht getan, denkt sie mit einem Hauch von Erstaunen. Diesmal zumindest hat sie ihm unrecht getan.

Es vergehen ein paar Minuten, dann vernimmt sie das Geräusch eines Schlüssels im Türschloss. »Hallo, ich bin zurück«, ist kurz darauf Ilvis Stimme zu hören.

»Ich … äh … sitze auf dem Sofa!«, ruft Sarah zurück. Dann lehnt sie sich betont lässig gegen die Polster, als verharrte sie bereits seit Stunden in dieser bequemen Position.

Ilvi tritt um den Ofen herum. Sie trägt das karierte Hemd über dem Wickelrock, nichts weist darauf hin, dass sie noch vor wenigen Minuten mehr oder weniger nackt im Auto saß. Mit einem breiten Grinsen nickt sie Sarah zu. »Ich möchte dir jemanden vorstellen«, sagt sie.

»Oh!«, entfährt es Sarah. Sie hat von dem Neuankömmling schon mehr gesehen, als sie wohl hätte sollen.

»Jetzt komm schon!«, ruft Ilvi über ihre Schulter in Richtung Hauseingang. »Zier dich nicht so. Sarah beißt nicht.« In gespielter Verärgerung schüttelt sie den Kopf.

Schritte sind zu hören, dann tritt ein breitschultriger Mann um die Ecke. Grüßend hebt er eine Hand. »Hallo.«

»Das ist Joko«, erklärt Ilvi. »Er hat mich freundlicherweise vom Jahrmarkt hierhergefahren.«

Joko stellt sich neben Ilvi und lacht auf. »Du hast mir auch keine andere Wahl gelassen.«

Blinzelnd mustert Sarah den groß gewachsenen Blonden, den sie auf Anfang dreißig schätzt. Er sieht aus wie ein nordischer Gott, schießt es ihr durch den Kopf. Wie dieser gut aussehende Schauspieler, der in den Kinofilmen Thor spielt: gewellte Haare, die bis zur Schulter reichen, ein Körperbau, der nur durch hartes Training oder unfassbar gute Gene erlangt werden kann. Gebannt verfolgt sie, wie sich Jokos Bizeps anspannt, als er die Hände in die Hüften stemmt. Für einen Augenblick hat Sarah den Eindruck, Joko posiere vor ihr, doch dann legt er einen Arm um die deutlich kleinere Ilvi und zieht sie zu sich heran.

Lachend boxt Ilvi Joko gegen den Oberschenkel.

»Ich stand mit ein paar Kumpeln auf dem Jahrmarkt zusammen, da kam Ilvi zu uns, baute sich vor mir auf und sagte, ich solle sie hierherfahren.« Feixend klopft Joko auf Ilvis Schulter. »Da konnte ich natürlich nicht Nein sagen. Ich hatte viel zu viel Angst, was passieren würde, sollte ich ablehnen.«

»Natürlich«, erwidern Sarah und Ilvi wie aus einem Mund, dann verfallen sie gemeinsam in ein lautes Lachen, in das Joko einstimmt.

Ilvi löst sich aus Jokos Umarmung und setzt sich schwungvoll auf die Seitenlehne des Sofas. »Joko ist der Sohn von Rauno«, erklärt sie und wirft Sarah einen bedeutungsschwangeren Blick zu. »Von Rauno Halla.«

»Mein Vater besitzt das Gestüt draußen in Richtung Lepooskangas«, sagt Joko. »Kennt ihr Rauno etwa schon?«

Sarah räuspert sich. »Nicht persönlich. Sein Name ist kürzlich gefallen, im Zusammenhang mit Matti Saarinen. Die beiden hatten geschäftlich miteinander zu tun.«

»Das ist aber schon etwas her«, fügt Joko hinzu. »In der letzten Zeit hatten die beiden nur sporadisch Kontakt. Dicke Luft, wenn du verstehst, was ich meine.«

»Wie ich gehört habe, ging das einigen Leuten so mit Matti.«

Es scheint, als wollte Joko etwas erwidern, doch dann stutzt er. »Du bist *diese* Sarah, nicht wahr? Die Freundin von Matti.« Er grinst breit. »Auf dem Jahrmarkt ist vorhin mehrmals dein Name gefallen.«

»Das kann ich mir vorstellen«, bemerkt Sarah und verdreht die Augen. »Jeder im Ort scheint eine ganz eigene Meinung zu mir zu haben. Geprägt von sehr fantasievollen Vorstellungen über meine Person.«

»Sarah ist weder Mattis Freundin gewesen, noch ist sie eine Russin, die den Typen umgebracht hat«, wirft Ilvi eilig ein. »Das ist alles nur dummes Gerede der Leute.«

Gut gelaunt nickt Joko, als unterhielten sie sich über das Wetter. Dann sieht er sich aufmerksam im Wohnraum um. »Schön hast du es hier.« Das Thema Matti scheint für ihn bereits abgehakt.

»Möchtest du etwas trinken, Joko? Einen Kaffee vielleicht?« Sarah steht vom Sofa auf.

Entschuldigend verzieht Joko das Gesicht. »Nein, vielen Dank. Ich muss zurück in den Ort. Übrigens habe ich das Gerücht über dich von vorneherein nicht geglaubt«, sagt er zu Sarah, während er sich bereits in Richtung Tür wendet. »Wenn jemand den Matti umgebracht hat, dann war es sowieso mein Vater.«

ZWEIUNDVIERZIGSTES KAPITEL

Onni überkommt eine starke Unruhe. Es ist ihm unmöglich, noch länger im Haus herumzusitzen und auf Eetus Rückkehr zu warten. Er muss etwas unternehmen, um Öbergs Beweisstück zu finden. Ein Gedanke geht ihm nicht mehr aus dem Kopf: Wer auch immer auf Matti Saarinens Grundstück herumgeschlichen ist, befindet sich ebenfalls auf der Suche nach dem Kunstwerk. Und Onni hat auch bereits eine Vermutung, um wen es sich handelt. Sarah Fuchs. Wenn ihm diese Frau zuvorkommt, dann war alles umsonst. Seine Reise nach Sysmä, seine Zukunftspläne für eine Karriere an der Uni. Alles.

Auch wenn ihm eine Stimme einflüstern will, er solle besser im Haus bleiben und auf Eetu warten, springt er über seinen Schatten. Kurzerhand sucht er im Internet die Nummer des örtlichen Taxidienstes heraus und bestellt einen Wagen zum Hof. Die Zeit des Abwartens nutzt er für eine Meditationsübung, die ihm vor Jahren ein Therapeut gezeigt hat.

Es vergeht beinahe eine Stunde, bis das Taxi kommt. Am Steuer sitzt ein uralter wortkarger Mann. Onni lässt sich zum Jahrmarkt in Sysmä fahren, froh, während der Fahrt keine Unterhaltung führen zu müssen. An seinem Ziel angekommen, kann Onni nicht sagen, wann er das letzte Mal so viele Leute auf einem Fleck gesehen hat – selbst nicht in Helsinki. Kaum öffnet er die Wagentür, möchte er sich die Ohren zuhalten. Rufe. Lachen. Musik. Tief holt Onni Luft und steigt mit wackeligen Knien aus dem Taxi.

Es ist wie ein Albtraum. Onni hat das Gefühl, er befände sich inmitten eines wuselnden Ameisenhaufens, aus dem es kein Entrinnen gibt. Am liebsten würde er weglaufen, hinüber in die Pension. Dort könnte er die Tür absperren und sich unter der Bettdecke verkriechen. Doch er nimmt seine ganze Willenskraft zusammen und begibt sich weiter und weiter hinein in die lebhafte Menge, die ihm wie ein eigenständiges Wesen vorkommt. Immer wenn er meint, er könne nicht weiter, denkt er an die Statue. Und macht einen weiteren Schritt.

Als sich der Name in seine Ohrmuschel stiehlt, zuckt er zusammen. Sofort bleibt er stehen und blickt sich aufgeregt um.

Nur ein paar Schritte entfernt unterhalten sich zwei ältere Frauen miteinander. Eine von ihnen trägt trotz des sommerlichen Wetters einen Wollschal, den sie bis zum Kinn hochgewickelt hat. Sie beugt sich mit blitzenden Augen zu ihrer Gesprächspartnerin. »Diese Sarah Fuchs soll den Matti mit einer Holzaxt umgebracht haben«, sagt sie. »Die Bucht, in der man die Leiche fand, ist rot vor Blut gewesen.«

Die andere Frau – sie trägt zu einem blauen Kleid gelbe Gummistiefel – nickt nachdrücklich. »Ja, das habe ich auch gehört. Und die Frau war völlig nackt, als die Polizisten aus Heinola eintrafen. Sie hatte Mattis Blut noch an den Händen. Es ist mir völlig unverständlich, warum diese Person überhaupt noch frei herumläuft.« Aufgebracht rafft sie ihr Kleid. »Sie war sogar vorhin hier auf dem Fest. Hilla hat mit ihr gesprochen.«

»Sie ist wohl eine Ausländerin«, raunt die andere Frau und richtet ihren Schal. »Da haben die Behörden wieder einmal geschlafen. Man kennt das ja. Und nun ist ein unschuldiger Finne tot. Das hat man von der Untätigkeit der Polizei.« Die heftig gestikulierende Frau setzt an, noch etwas zu sagen, unterbricht sich aber und sieht abrupt zu Onni hinüber. Dabei nesteln ihre Hände weiter an dem voluminösen Schal, als wolle das Ding sie erwürgen.

Als Onni freundlich lächelt, wie seine Mutter es ihm beigebracht hat, gehen beide Frauen eilig davon.

Onni ringt die aufkommende Enttäuschung nieder und lässt sich mit der Menschenmenge weitertreiben. Bereits nach wenigen Schritten hört er die Leute wieder über Sarah tuscheln.

Zwei vierschrötig wirkende Männer klammern sich an ihre Bierflaschen, während sie sich darüber unterhalten, Sarah sei eine Russin, die Matti habe heiraten wollen. »Das sagen jedenfalls die Leute. Ich glaub das aber nicht«, erklärt der stämmigere der Männer. »Für ›das Walross‹ ist die Frau viel zu attraktiv gewesen. Gerne darf die Kleine aber einmal bei mir vorbeischauen.« Mit einem brüllenden Lachen, in das der andere Kerl einfällt, klopft er sich auf den Schenkel. Dann nickt er Onni zu. »Nicht wahr, Junge?!«, ruft er und prustet gleich wieder los.

Eilig geht Onni weiter, während er im Kopf abspeichert, dass dieser Matti einen sonderbaren Spitznamen getragen hat. Warum wurde er »das Walross« genannt? Sein Herz schlägt schneller, als er Eetu inmitten eines Pulks von Leuten erspäht. Der Bauer steht unweit eines Bierstandes, ein halb volles Glas in der Hand. Noch bevor Onni ihn erreicht hat, kreuzen sich ihre Blicke, und Eetu winkt Onni zu. Aufgeregt schiebt Onni sich durch die dicht gedrängten Menschen hindurch, peinlich darauf bedacht, möglichst niemanden zu berühren.

Außer Atem steht er vor Eetu. Auf einmal weiß er nicht mehr, was er sagen soll. Wie kann Eetu ihm überhaupt bei seiner Suche behilflich sein? Warum wollte er unbedingt zu ihm? Am liebsten würde Onni im Erdboden versinken. Wie brennendes Feuer spürt er die Aufmerksamkeit der umstehenden Leute auf sich. Im selben Moment versteht er, dass Eetu nicht allein ist.

»Hast du es nicht mehr im Haus ausgehalten?«, fragt Eetu und deutet auf Onnis Bein. »Geht's wieder?«

Onni stutzt, dann nickt er. Den Knöchel hat er ganz vergessen. Sein Kopf senkt sich, wie von allein. Er weiß, was jetzt kommen wird, und kämpft dagegen an, den Jahrmarkt und alles andere mit ihm aus seinem Kopf auszublenden. Wenn er etwas über Matti, Sarah und die Statue herausfinden will, darf er dem Drang zum Rückzug nicht nachgeben.

»Das ist doch dein T-Shirt, Eetu«, bemerkt ein Mann, der direkt neben dem Bauern steht.

Als Onni mühsam aufschaut, erkennt er Heimo, den Gastwirt aus der Pension. Er zwingt seinen Blick weiter zu Eetu.

»Onni ist im Wald gestürzt, und ich habe ihn mit frischen Sachen ausgestattet«, erklärt Eetu knapp. Dann macht er eine ausladende Handbewegung. »Leute, hört mal kurz!« Er hat seine Stimme erhoben. »Das hier ist mein Kumpel Onni. Er stammt aus Helsinki und bleibt für ein paar Tage in Sysmä.«

Das Stimmengemurmel, das zur Antwort erklingt, rauscht schmerzhaft in Onnis Ohren. Für den Bruchteil einer Sekunde befindet er sich wieder bei seiner Tante Anneli in Yläne, umringt von unzähligen fremden Kindern. Er muss den Kopf schütteln, um das Bild abzustreifen.

»Heimo kennst du ja aus dem *Pubi*«, stellt Eetu seinen Nachbarn vor. »Und den guten Veetie ebenfalls.« Er deutet auf die nächste Person in dem lockeren Kreis, in dessen Mitte Onni steht.

»Ja, ich kenne Veetie«, antwortet Onni mit rauer Stimme, während Veetie ihm beiläufig zunickt. Der Mann sieht noch genauso grimmig aus, wie Onni ihn aus der Gaststätte in Erinnerung hat. Onni bemerkt jetzt eine Frau, die neben Veetie von einem Bein auf das andere tritt und Onni unverhohlen anstarrt. Ihre Stirn ist in tiefe Falten gelegt. Immer wieder schiebt sie einen Ärmel ihres pinkfarbenen Trainingsanzugs hinauf und hinab. Hinauf und hinab. Sofort weiß Onni, dass er die Frau nicht leiden kann.

»Hilla ist Veeties Frau«, sagt Eetu. »Ich glaube, ich habe sie schon einmal erwähnt.« Er zwinkert Onni zu.

»Hallo«, sagt Hilla. Ihr Gesicht bleibt dabei starr wie eine Maske.

»Neben Hilla, das ist Joko.«

Joko. Onni zuckt erst zusammen, dann stockt ihm der Atem. Der Mann sieht aus wie der junge Sohn des Donnergottes Ukko, direkt dem Kalevala entstiegen. Oder einem Modekatalog. Onni zieht einen Schwall Luft in seine Lunge. Er ist von Jokos Anblick wie hypnotisiert.

Mit einem Lächeln nickt Joko Onni zu und hebt grüßend eine Hand.

Selbst wenn er es wollte, Onni könnte nicht reagieren. In einer anderen Welt registriert er, wie sich sein Mund schließt. Stand der etwa die ganze Zeit über offen? Macht er, Onni, sich hier gerade zum Affen? Heiß spürt er das Blut in sein Gesicht schießen.

»Sein Vater Rauno besitzt ein großes Gestüt«, schiebt Heimo hinterher. »Jokos Zukünftige wird einmal ein sorgenfreies Leben führen.«

»Was ist eigentlich mit der Kleinen, die dich vorhin angesprochen hat?«, will Veetie von Joko wissen. »Die Dunkelhaarige mit den vielen Tattoos.« Er hebt wissend die Augenbrauen.

»Nichts ist mit ihr«, entgegnet Joko lapidar. »Habe sie heimgefahren, fertig. Du siehst ja, dass ich wieder hier bin.«

Unter Aufbietung seiner ganzen Willenskraft löst Onni den Blick von Joko und sieht stattdessen zu dem Mann, der dem Hünen gegenübersteht. Der Kontrast zwischen den beiden Männern könnte nicht größer sein. Während der blondhaarige Joko groß gewachsen und wie ein Spitzensportler gebaut ist, sticht sein Gegenüber durch eine spiegelnde Glatze und einen untersetzten Körperbau hervor.

»Hallo, ich bin Aleksi!«, ruft der Mann und streicht mit der flachen Hand über seine Glatze. »Willkommen in Sysmä, Onni.«

»Ja, willkommen bei uns. Ich bin Altti«, fällt ein weiterer Mann ein, der neben Aleksi steht.

Als Onni zu ihm blickt, entfährt ihm ein erstaunter Laut.

Altti lacht auf. »So geht es allen«, sagt er. »Aleksi und ich sind Zwillinge.« Er hakt sich bei Aleksi unter. Beide verbeugen sich schwungvoll, wie nach einer Zirkusdarbietung. »Eineiige Zwillinge!«, rufen sie wie aus einem Mund.

Onni schaut zwischen den Brüdern hin und her. Sie sehen einander zum Verwechseln ähnlich. Doch sein Gehirn sucht bereits nach Unterschieden, denn es weiß, dass es welche geben muss. Zwei Menschen können niemals identisch sein. Und wirklich: Aleksis Gesicht wirkt ein wenig schmaler als das seines Zwillings, außerdem kennzeichnet ihn ein kleines Muttermal auf der rechten Wange. Onni nickt zufrieden. Es mag ihm manchmal schwerfallen, das große Ganze zu überblicken, doch für Feinheiten hat er ein besonderes Auge. In sie kann er sich stundenlang vergraben.

»Ja, Aleksi und Altti Kauppinen sind so etwas wie unsere lokale Attraktion.« Eetu beugt sich vor und boxt Aleksi gegen die Schulter. »Die beiden sind als Letztgeborene der ganze Stolz ihrer Mutter Erikka.«

»Wenn die wüsste!«, ruft Hilla in die Runde und beginnt zu gackern wie ein Huhn. Als niemand in ihr Lachen einstimmt, verstummt Hilla abrupt und beginnt abermals, einen Ärmel ihres Oberteils zu traktieren.

Veetie bedenkt seine Frau mit einem wütenden Blick, der Onni einen Schauder den Rücken hinunterlaufen lässt. Die Zwillinge runzeln die Stirn, doch niemand sagt etwas. Nach einem schier endlos erscheinenden Moment frostiger Stille heben alle Anwesenden außer Hilla und Onni gleichzeitig mit verkniffenen Gesichtern ihre Biergläser zum Mund.

Die Szene hat fast schon etwas Einstudiertes. Onni weiß auch nicht, was mit ihm los ist, doch er kann nicht an sich halten und muss losprusten. Hastig senkt er den Kopf und versucht, das atemlose Glucksen zu unterdrücken.

»Ihr seht aus wie eine betrunkene Trauergesellschaft am Grab eurer Schwiegermutter«, bemerkt in diesem Moment eine raue

Stimme. Dann betritt ein alter Mann den Kreis, ein volles Bierglas in der Hand.

Es ist, als würde ein Schalter umgelegt. Mit großem Hallo und Gelächter wendet sich die Gruppe dem Neuankömmling zu.

Geradezu körperlich kann Onni spüren, wie sich die Aufmerksamkeit von ihm löst. Er atmet auf, doch dann stockt er, denn ein Augenpaar ist weiterhin auf ihn gerichtet. Hilla mustert ihn mit einem Stirnrunzeln. »Hallo, Jalo«, ruft nun auch sie. »Wir haben dich schon vermisst!«

Jalo fährt über sein langes schlohweißes Haar und schnaubt. »Das möchte ich bezweifeln«, sagt er, doch in seiner Stimme schwingt leise Erheiterung. Er schaut in die Runde. »Also – wie ist die Stimmung, ihr Totengräber?«

»Ich habe Onni gerade der Truppe vorgestellt.« Eetu deutet auf Onni. »Er bleibt für ein paar Tage in Sysmä, hat ein Zimmer bei Heimo, ist aber auch bei mir auf dem Hof herzlich willkommen.« Er wendet sich an Onni. »Jalo wohnt unweit von Mattis Haus, direkt am See. Er ist Fischer.«

»So. Das ist also Onni«, sagt Jalo nur und mustert ihn unbewegt.

»Er kennt den Matti!«, bricht es aus Veetie heraus. Neben ihm schnappt seine Frau nach Luft und presst eine Hand auf ihren Mund.

»Kannte ihn, sollte es wohl besser heißen«, bemerkt Jalo ruhig. In seinem Gesicht zeigt sich keinerlei Regung.

»Woher kennst du – *kanntest* du denn den Matti, Onni?« Aleksi wirft Jalo einen verschmitzten Seitenblick zu.

Stotternd gibt Onni jene Geschichte zum Besten, die er bereits Eetu und Veetie in der Gaststätte aufgetischt hat. Er bemüht sich, die Verbindung zu Matti als eine bloß oberflächliche, zufällige darzustellen. Er hört eine Stimme in seinem Kopf, die ihm zuruft, er solle die Gelegenheit nutzen, der Statue auf die Spur zu kommen. »Als ich … als ich eben über den Jahrmarkt ging, hörte ich, diese Sarah Fuchs soll Matti auf dem Gewissen haben«, ergänzt er kurz entschlossen. »Und ... und sie soll hier nach etwas suchen, das Matti gehört hat.« Onni reibt seine feuchten Hände an der Jeanshose. Weiß jemand von der Statue? Wird jemand eine Bemerkung fallen lassen, die ihm weiterhilft?

Aleksi zuckt mit den Schultern, während Altti den Kopf schüttelt und sich dann räuspert. »Mutter sagt aber, diese Sarah hat ihn nicht auf dem Gewissen. Es war wohl nur ein dummer Zufall, dass sie über Mattis Leiche gestolpert ist. Sie hat ihn nicht umgebracht. Nur gefunden.«

»Und woher genau will Erikka das wissen?«, fragt Veetie. Seine Gesichtsfarbe hat ein blasses Rosa angenommen.

»Mutter hat mit dieser Sarah Fuchs gesprochen. Daher weiß sie es, Kumpel. Die Frau war heute bei uns zu Hause. Wollte mehr über Matti herausfinden, wenn ich es richtig verstanden habe. Weil sie über seinen Tod ziemlich geschockt ist. Ich meine, das muss man sich mal vorstellen: Sie stolpert da einfach über den toten Körper ›des Walrosses‹. Kein netter Anblick.«

»Ich glaube ihr kein Wort«, stößt Veetie aus.

»Mutter?« Aleksis Stimme hat einen scharfen Unterton angenommen. »Sie hat mit der Frau gesprochen, wenn sie das sagt! Und sie besitzt ein gutes Gespür für Menschen, das weißt du, Veetie. Besser als manch anderer hier, möchte ich denken. Warum sollte sie also lügen?«

Hastig schüttelt Veetie den Kopf. »Nein, ich spreche nicht von Erikka. Natürlich nicht! Ich meine diese Sarah. Irgendetwas stimmt nicht mit ihr.« Er spuckt auf den Boden.

Neben Veetie zuckt Hilla zusammen, dann nickt sie wild. »Irgendetwas stimmt nicht mit ihr«, wiederholt sie atemlos.

»Wenn es um Matti geht, bist du immer gleich auf hundertachtzig«, sagt Joko beschwichtigend. »Der Typ ist tot, Veetie. Entspann dich mal. Übrigens habe ich die kleine Dunkelhaarige, sie heißt Ilvi, vorhin zum Haus dieser Sarah gebracht. Ilvi scheint bei ihr zu wohnen. Ich habe ein paar Worte mit Sarah gewechselt, bevor ich zurückgefahren bin. Nette Frau, ohne Frage.« Er schnaubt wegwerfend. »Ganz sicher keine Killerin.«

»Leute, ihr macht viel zu viel Aufhebens um diese ganze Sache mit Matti«, meldet sich Heimo zu Wort. »Tot ist tot, kann ich nur sagen.«

»Nach was soll Sarah denn bei Matti suchen?«, schaltet Jalo sich betont gelassen ein. »Onni, was meintest du eben?«

»Ich … äh … habe das nur irgendwo gehört.« Eine Schweißperle löst sich von Onnis Haaransatz und läuft seine Stirn hinab. »Ich habe selbst keine Ahnung. Da haben ein paar Leute irgendetwas geredet.« Mit einer vagen Geste deutet er rückwärts über seine Schulter. »Vorhin.«

»Was denn?«, fragt Hilla schrill. »Was haben sie gesagt?«

Onni vergräbt die Hände in den Hosentaschen und schweigt. Er hat das Gefühl, keine Luft mehr zu bekommen, derart zugeschnürt ist sein Hals.

»Die Polizei jedenfalls scheint das anders zu sehen. Das mit dem Umbringen.« Aleksi verschränkt die Arme vor der Brust. Sein Bruder tut es ihm nach und nickt. »Die Frau läuft frei herum. Die Bullen haben sie nicht hopsgenommen. Ich würde auf dieses Gerede also nicht allzu viel geben. Wenn sie es war, hätte der Kommissar sie wohl eingebuchtet. Ihr wisst alle, wie es im Ort rundgeht, wenn die Gerüchteküche erst einmal kocht. Dann hat jeder etwas dazu zu sagen.«

»Oh, das stimmt«, bestätigt Eetu. »Wisst ihr noch, wie es hieß, Joko habe etwas mit der kleinen Freja gehabt? Der Tochter vom schmalen Lauri.« Etwas blitzt in seinen Augen auf.

Joko reibt an seiner Nase. »Mit der alten Sache kommst du jetzt?« Gut gelaunt winkt er ab.

»Der Unterschied ist aber doch, dass Freja selbst das damals behauptet hat! Sogar ein Kind hat sie dir anzuhängen versucht, Joko.« Altti deutet mit einem ausgestreckten Zeigefinger auf den

Hünen. »Nur weil der schmale Lauri Knatsch mit deinem Vater hatte und euch deshalb einen reinwürgen wollte, hat sie die Geschichte erfunden.«

Joko zuckt lediglich mit den Schultern und gähnt demonstrativ.

»Mann, gab das ein Gerede im Ort!«, wirft Heimo voller Begeisterung in die Runde. »Tagelang kannten die Leute bei mir im *Pubi* kein anderes Gesprächsthema.« Er klopft Joko auf die Schulter und lacht auf. »Aber so ist das wohl. Neider überall, wo man hinschaut.«

Die Zwillinge fallen in das Lachen ein.

Auch Hilla beugt sich glucksend vor. Wie zufällig streicht ihre Hand über Aleksis Unterarm.

Erstmals verzieht selbst Veetie sein Gesicht zu einem Grinsen. »Da gibt es wohl schlimmere Gerüchte als dieses, Junge.« Er nickt Joko mit einem Augenzwinkern zu.

»Zum Beispiel die Anschuldigung, den Matti umgebracht zu haben.« Obwohl Jalo den Satz leise gesprochen hat, halten alle in der Runde inne und wenden sich dem Fischer zu.

»Irgendjemand muss es ja gewesen sein«, entschlüpft es Onni. Er möchte sich schon die Hand auf den Mund drücken, doch als er sieht, dass Jalo bedächtig nickt, entspannt er sich.

»Weißt du, Onni«, sagt der Fischer mit einer Ruhe, die an sanftes Wellenrauschen erinnert, »jeder Einzelne in diesem Kreis kann es gewesen sein.«

DREIUNDVIERZIGSTES KAPITEL

Sarah hat erstaunlich gut geschlafen. Den vergangenen Abend haben Ilvi und sie über zwei Flaschen Rotwein verbracht und den Mordfall wieder und wieder durchgesprochen. Wer war am Tag von Mattis Tod bei ihm? Wen hat Sarah mitten in der Nacht an der Haustür gehört? Auf einem Blatt Papier notierte Sarah schließlich eine Liste der Verdächtigen.

Die Aufzählung, so findet sie, ist erschreckend lang geworden. Ganz oben befindet sich der Name des Fischers, ganz unten Erikka Kauppinen. Während sie darauf wartet, dass der Kaffee in der Maschine durchläuft, dreht Sarah das Papier nachdenklich in den Händen. »Da kommt einiges an Arbeit auf uns zu«, murmelt sie und spürt erstaunt der Abenteuerlust nach, die in ihrem Magen zirkuliert.

Die Wanduhr zeigt neun Uhr. Behutsam öffnet Sarah die Schranktür und holt leise eine Kaffeetasse hervor. Sie möchte Ilvi, die in ihrem Zimmer schläft, nicht aufwecken. Wobei Ilvi ihr noch gestern sagte, sie schlafe grundsätzlich wie ein Stein. Selbst ein Kanonenschuss könne sie nicht wecken, sobald sie einmal die Augen zugemacht habe. Grinsend zwirbelt Sarah eine Haarsträhne. Der Großteil der gestrigen Weinflaschen ging auf Ilvis Konto – ausreichend Schlaf ist somit sicherlich das beste Mittel gegen einen potenziellen Kater. Schließlich hatte Ilvi schon auf dem Jahrmarkt das eine oder andere Bier getrunken.

Genüsslich nippt Sarah an ihrem Kaffee und blickt zwischen den Bäumen hindurch auf den See hinaus. Wäre dieser Mordfall nicht, denkt sie, dann befände sie sich im Paradies. In der Ruhe skandinavischer Gemütlichkeit. Von weiter Natur umgeben. Hunderte Kilometer von Udo, dem Arschloch, entfernt.

Sie lacht bitter auf. Würde die traumhafte Kulisse nur nicht von der absurden Verdächtigung durch den Kommissar überschattet! Von wegen Gemütlichkeit. Zum Entspannen und Abschalten ist Sarah an den Päijänne gekommen, doch nun verbringt sie ihre Zeit damit, einen Mörder aufzuspüren. Vom Regen in die Traufe.

In einer Mischung aus Wehmut und Verwunderung schüttelt Sarah den Kopf, doch jäh hält sie inne. Wer schreibt ihr eigentlich vor, dass sie trotz der aberwitzigen Situation, in der sie sich befindet, sich nicht auch *entspannen* darf? Wer oder was hält sie davon ab, sich selbst etwas Gutes zu tun? Etwa der unsägliche Herr Kommissar, der sie unter ständiger Beobachtung hält? Sarah stößt ein abfälliges Schnauben hervor. Leider kennt sie sich mit verpeilten Männern bestens aus.

So leise wie irgend möglich trippelt sie auf ihren Stilettos zum Badezimmer hinüber. Zufrieden registriert sie ein leises Schnarchen, als sie an Ilvis Zimmertür vorbeikommt. Im Badezimmer sucht sie ein paar Sachen, die sie neulich im Supermarkt gekauft hat, zusammen und packt sie in eine Umhängetasche. Dann legt sie noch ein großes Handtuch dazu und macht sich über die Veranda auf den Weg hinunter zum Seeufer.

An der Sauna angekommen reiht sie die in der Tasche mitgebrachten Tiegel, Tuben und Flaschen andächtig auf einem Bord in der Außendusche auf. Fachmännisch beäugt sie jeden einzelnen Gegenstand. Im Supermarkt hatte es einen ganzen aufregenden Gang mit Produkten fürs Saunieren gegeben. Nach einer halben Stunde Stöbern war der Boden ihres Einkaufswagens gänzlich mit Pflegeartikeln bedeckt gewesen. »Auf dieses Birkenpeeling freue ich mich besonders«, murmelt Sarah und gibt der grünen Tube einen Klaps.

Im Inneren der Sauna stellt sie erleichtert fest, dass die Hütte über einen elektrischen Ofen verfügt. Mit offenem Feuer herumzuhantieren, wäre augenblicklich nicht nach ihrem Geschmack. Die aufziehenden Bilder der in ihrem Garten abbrennenden Scheune verdrängt Sarah, indem sie sich den Heizkörper genauer anschaut. Es scheint sich um ein brandneues Modell zu handeln, auf dessen glatt poliertem hüfthohen Metallgehäuse in einer Vertiefung große Saunasteine aufgeschichtet sind. Nicht weit vom Ofen entfernt steht ein bis zum Rand mit Wasser gefüllter Trog. Darüber hält ein Regalbrett einige sorgfältig gefaltete Handtücher und kleine Fläschchen, die wohl für den Aufguss gedacht sind, bereit.

Sarah dreht sich langsam um die eigene Achse. Die Sauna wirkt äußerst sauber und einladend. Ob das Hillas Werk war? Siedend heiß fällt Sarah ein, dass sie Veeties Ehefrau noch der Liste der Verdächtigen hinzufügen muss. Allein schon, um der Frage nachzugehen, wen oder was die Frau am Tag von Mattis Tod an dessen *mökki* gesehen hat. Denn es ist offensichtlich, dass Hilla etwas verschweigt. »Aber jetzt ist erst einmal Entspannung angesagt«, spricht Sarah mit Nachdruck in die Stille.

Geschäftig beugt sie sich zum Ofen hinab. An einem digitalen Display muss sie lediglich die gewünschte Temperatur einstellen, dann beginnt der Ofen auch schon mit dem Heizprozess. »Siebzig Grad reichen für den Anfang«, murmelt sie. Doch an der Tür kehrt sie noch einmal um und erhöht die Temperatur um weitere zehn Grad. »Ich bin schließlich kein Weichei. Auch wenn ich eine Südländerin bin.« Sie kichert.

Vor der Hütte saugt Sarah die frische Luft tief in ihre Lunge. Sie fühlt sich eins mit der wunderschönen Natur und schwört sich, ab sofort nicht mehr an den grässlichen Mordfall zu denken. »Mordpause während des Saunierens«, murmelt sie im Tonfall einer Beschwörung.

Auf dem Rasen vor dem Steg absolviert sie ein paar leichte Yogaübungen. Bedächtig gleitet sie von einer Position in die nächste. Die Berghaltung. Der Bogenschütze. Die Standwaage. Mit jeder neuen Haltung gelingt es ihr, besser abzuschalten. Erst als ein leichter Schweißfilm auf ihrer Haut liegt, beendet sie die Übungen.

Beschwingt schlüpft Sarah aus ihrer Kleidung und hängt sie an einen Haken. Dann stellt sie sich unter die Außendusche und schrubbt ausgiebig mit dem Birkenpeeling über ihren Körper. Vor Wohlbehagen seufzt sie auf, dann schäumt sie die Haare mit einem Birkenshampoo, dessen Etikett eine harmonisierende Wirkung verspricht, ein. *Harmonisierend* kann sie gut gebrauchen. Tief atmet Sarah den holzig-süßen Duft ein, der sie umgibt. Während sie unter dem Wasserstrahl steht und auf den in der Sonne liegenden See blickt, kann sie körperlich spüren, wie die Anspannung der letzten Tage von ihr abgewaschen wird.

Bevor sie in die Sauna geht, reibt Sarah sich vom Hals abwärts mit einer klebrigen Masse ein, die nach Honig riecht und laut Gebrauchsanweisung während des Saunagangs aufgetragen bleiben soll, um in Verbindung mit der Hitze eine samtweiche Haut zu schaffen. Als sie wie ein Honigtopf duftet, schmiert sie abschließend eine cremige Blaubeermaske auf ihr Gesicht. Beim Blick in den kleinen Spiegel, der neben der Außendusche an der Hüttenwand hängt, muss sie laut auflachen. »Ich sehe aus, als hätte ich eine schlimme Krankheit!«, ruft sie aus und zieht eine grinsende Grimasse.

Es ist angenehm heiß im Innenraum. Andächtig breitet Sarah ein Handtuch auf der Saunabank aus und lässt sich darauf nieder. »Wunderbar!«, befindet sie, als die trockene Hitze über sie hinwegrollt. Nach einer Weile beugt sie sich vor und stellt am Ofen die Temperatur noch einmal ein paar Grad höher. Als Schweißperlen über ihre Haut rinnen und sich mit dem Honigbrei vermischen, massiert sie genüsslich ihre Oberschenkel. »Das ist Wellness pur.« Ihr Blick fällt auf eine kleine rustikale Holzschale, die am Rand der Saunabank liegt. Sicherlich handgeschnitzt, denkt Sarah und dreht die Schale bewundernd in den Händen.

Ihr fällt ein, wie Erikka sie während des gemeinsamen Saunagangs gebeten hat, einen Aufguss zu machen. Zu einer richtigen finnischen Sauna gehört dies unbedingt dazu, weiß Sarah. Beschwingt tunkt sie die Schale in den Wasserbottich und stellt sie vorsichtig auf der Bank ab. Dann greift sie wahllos eines der Fläschchen vom Regalbrett.

Angestrengt fummelt sie mit ihren honigverschmierten Händen am Flaschenverschluss herum. Erst nach mehreren Versuchen gelingt es ihr, das Fläschchen zu öffnen. Erleichtert legt sie den Schraubdeckel zur Seite. »Ein paar Tropfen von dem Zeug sollten ausreichen.« Sie wirft einen prüfenden Blick auf die mit Wasser befüllte Holzschale.

Während sie sich vorbeugt, flutscht ihr das Glas durch die glitschigen Finger. Mit einem fröhlichen Aufspritzen fällt es in die Schale, wo es sogleich im Wasser verschwindet. »Wie ungeschickt!«, entfährt es Sarah. Hastig fischt sie das Fläschchen aus dem Wasser.

Ein Geruch kitzelt sie in der Nase, doch sie wedelt ihn beiseite. Unschlüssig dreht sie das entleerte Glasfläschchen in der anderen Hand, dann stellt sie es auf das Regal zurück. »Das waren jedenfalls mehr als nur ein paar Tropfen.« Sie zuckt mit den Schultern, dann kippt sie kurz entschlossen den Inhalt der Holzschale auf die glühenden Saunasteine. Zischend steigt eine gewaltige Dampfwolke auf.

Wie eine eiserne Faust schlägt die Gluthitze zu. Sarah stolpert einen Schritt nach hinten, stöhnt auf und lässt sich auf die Saunabank plumpsen. Ein Hustenanfall überkommt sie. Er geht nahtlos in ein Würgen über. »Der Gestank ist kaum auszuhalten!« Während sie noch überlegt, woran sie der penetrante Geruch erinnert, steht plötzlich das Bild des Kommissars, wie er ihr kauend eine Bonbontüte entgegenhält, vor ihrem inneren Auge.

Naserümpfend kämpft Sarah sich von der Bank hoch und holt das leere Fläschchen wieder vom Regalbrett herunter. Mit tränenden Augen inspiziert sie das Etikett. *Saunatuoksu* steht darauf geschrieben. Saunaduft. Darunter leuchtet ein weiteres Wort: *Salmiakki*. Sarah seufzt gepeinigt auf und wird von einem weiteren Hustenanfall gepackt. Angewidert presst sie eine Hand auf den Mund. Kein Wunder, dass sie das Gefühl hat, Toivo Aalto stehe direkt neben ihr: Die verdammte Sauna stinkt nach einer explodierten Lakritzfabrik!

Das Gefühl, keine Luft mehr zu bekommen, wird übermächtig. Torkelnd reißt Sarah die Tür auf und stolpert ins Freie. Sie schnappt nach Luft, will einen Fluch ausstoßen, doch stattdessen fährt sie zusammen und schreit auf. »Was wollen Sie hier?«, ruft sie dem Mann, der drei Schritte entfernt von ihr vor der Hütte steht, auf Deutsch entgegen. Wie von der Tarantel gestochen hastet sie zu ihrer Umhängetasche und reißt das Handtuch, das sie vorhin aus dem Haus mitgebracht hat, hervor. Mit zitternden Händen schlingt sie den Stoff eng um ihren Körper. Dann schlüpft sie hastig in ihre Pumps. Dabei lässt sie den Fremden, der wie angewurzelt auf dem Rasen steht, keine Sekunde aus den Augen.

Der junge groß gewachsene Mann hat das Gesicht gen Boden gesenkt und ringt nervös seine Hände. Seine Kleidung wirkt unförmig, als trage er Hose und T-Shirt nicht in seiner Größe.

»Mitä sinä haluat?«, fragt Sarah bestimmt. *Was wollen Sie?*

Der Mann antwortet nicht, vielmehr senkt er sein Kinn noch tiefer auf die Brust hinab.

Sarah atmet tief ein und aus. Sie schwankt zwischen Verwunderung und Besorgnis und erwägt für einen Moment, laut nach Ilvi zu rufen. Ob ihre schlafende Freundin sie aber überhaupt im Haus hören kann? Unschlüssig mustert Sarah den Kerl. Etwas an seiner Haltung verrät ihr, dass er keine Gefahr darstellt. Fragend macht sie einen Schritt auf den Mann zu.

Was sie von seinem Gesicht sehen kann, wirkt blass und ausgezehrt. Irgendwie krank. Überhaupt ist er unter den zu weiten Kleidungsstücken sehr dünn, als würde er nicht ausreichend essen. Ob er geistig verwirrt ist? Hat er sich im Wald verirrt und benötigt nun Hilfe? »Oletko kunnossa?«, fragt Sarah betont ruhig. *Geht es Ihnen gut?*

Der merkwürdige Besucher zuckt zusammen, dann hebt er langsam den Kopf. Die Bewegung hat etwas Mühsames, als koste sie ihn viel Kraft. »Guten Tag«, murmelt der Mann auf Englisch.

»Ach, *Sie* sind das!«, stößt Sarah voller Überraschung aus. »Wir haben uns doch vorgestern auf dem Parkplatz des Supermarkts unterhalten.« Und auch dort hat sich der Typ sehr merkwürdig verhalten, erinnert sie sich. Als sie ihn höflich nach Matti Saarinen gefragt hat, ist er wie ein Irrer davongerannt. *Ist* er vielleicht irre?

Den Mann durchfährt ein Zittern, dann nickt er. Die Bewegung hat etwas von einem Kranich, dessen Kopf nach vorne stößt. »Mein … mein Name ist Onni.«

Sarah kneift die Augen zusammen. Gefährlich wirkt dieser Onni wirklich nicht. Er erinnert sie eher an ein … an ein zu groß geratenes Kind. Sie merkt, wie sich ihr Herzschlag beruhigt. »Ich heiße Sarah«, sagt sie nach kurzem Zögern.

»Ich weiß.« Für einen Moment macht es den Eindruck, als wollte Onni den Kopf wieder senken, doch er behält ihn oben, ohne Sarah direkt anzusehen.

»Nun, Onni, was führt Sie also hierher?«

»Sie kannten Matti Saarinen?«

Sarah zuckt zusammen. »Nicht persönlich«, antwortet sie ausweichend. »Sie stellen mir genau dieselbe Frage, die ich auf dem Parkplatz bereits an Sie gerichtet habe.«

»Ja, das stimmt. Ich möchte etwas überprüfen.«

»Sie möchten etwas überprüfen? In Bezug auf Matti Saarinen?« Was meint dieser Sonderling damit? Sarah ist irritiert. Handelt es sich bei Onni um einen dieser Spinner aus dem Ort, die sich lediglich wichtigtun wollen? Weil sie dem Gerücht glauben, Sarah habe etwas mit Mattis Tod zu tun? Nachdenklich kreuzt ihr Blick über den See, bleibt für einen Moment an einem Angler hängen, der unweit der kleinen Insel fischt, kehrt dann zu Onni zurück. Aus dem Augenwinkel nimmt sie wahr, wie etwas im Sonnenlicht aufblitzt.

»Ich bin extra aus Helsinki hergekommen.«

Ein Verdacht keimt in Sarah auf. Sie presst ihre Lippen aufeinander, zieht lautstark Luft durch die Nase ein. Aus Helsinki ist er hergekommen! Soso. »Ein weiter Weg. Ziemlich viel Aufwand für ein paar Fragen, die Sie im Gepäck haben.« Sie bemüht sich nicht einmal, die Wut in ihrer Stimme zu unterdrücken.

Onni runzelt die Stirn, scheint unsicherer als schon zuvor. Abermals streift sein Blick Sarah, um an der geöffneten Saunatür zu verharren.

Sarah macht einen weiteren Schritt auf ihn zu. »Sie sind nicht aus eigenen Stücken hier, oder?«

»Ich – wie meinen Sie das?« Onnis Stimme klingt heiser. Er weicht einen Schritt zurück.

Eine Lakritzwolke trifft Sarah, und sie rümpft die Nase. »Sie wurden zu mir geschickt. Das meine ich damit.« Deshalb suchte dieser Onni nach seiner Ankunft in Sysmä auch die Pension, das Hauptquartier des Polizeieinsatzes. Weil er zu Aaltos Truppe gehört. Dass Onni nun schweigt, ist Sarah Bestätigung genug. »Ich muss sagen, das schlägt dem Fass den Boden aus!«

»Ich … ich möchte etwas überprüfen«, wiederholt Onni. Seine Stimme klingt fast flehentlich.

Sarah schüttelt den Kopf und beißt die Zähne aufeinander. Aus irgendeinem Grund hat sie sogar Mitleid mit dem jungen Mann. Er wirkt, als wäre er selbst nicht glücklich über die Aufgabe, die der Kommissar ihm gegeben hat. Doch was reicht, das reicht. Abermals weht eine Lakritzwolke über sie hinweg. Der Geruch hat eine ähnliche Wirkung wie ein rotes Tuch auf einen Stier. Sarah ist kurz davor, mit ihren Stilettos wütend im Gras zu scharren.

»Haben Sie nach Matti Saarinens Tod etwas mitgenommen, Sarah? Aus seinem Haus?«

»Wie bitte?« Sarah ist baff. Sie fragt sich, ob sie sich verhört hat.

Onni tritt von einem Bein auf das andere. »Nachdem Sie Matti ...« Er bricht ab, räuspert sich. »Haben Sie da etwas an sich genommen.«

»Etwas an mich genommen?« Sarahs Stimme wird kühl. »Junger Mann, ich habe keine Ahnung, wovon Sie sprechen.« Wird sie nun zusätzlich zu den Mordvorwürfen auch des Diebstahls bezichtigt?

»Es war in Toilettenpapier gewickelt. Bitte, ich muss es wissen!«

»Es war ...« Es verschlägt Sarah beinahe die Sprache. »Toilettenpapier?«, hakt sie fassungslos nach.

»Ja.« Onni nickt hektisch. »Ich weiß, dass Sie es haben müssen. Alle Hinweise deuten darauf hin.«

Sarah stemmt die Hände in die Hüfte. »*Hinweise*, aha. Sie überfallen mich also hier vor meiner Sauna, um mich zu irgendeiner Toilettenpapiersache zu verhören? Weil Sie *Hinweise* besitzen, die auf mich hindeuten?« Ihre Stimme sprüht vor Zorn.

»Es ... es sind nur ein paar Fragen ...«

»Es reicht! Verlassen Sie mein Grundstück und richten Sie Ihrem Vorgesetzten aus, dass dies der absolute Tiefpunkt seiner abstrusen Methoden ist.« Sarah richtet einen zitternden Finger auf Onni. »Es reicht wirklich! Verschwinden Sie!«

Onnis Kinn ist erneut auf die Brust hinabgesunken. Akribisch scheint der junge Mann die Grashalme zu seinen Füßen zu studieren. Für einen Moment sieht es so aus, als wollte er etwas sagen, doch seiner Kehle entweicht lediglich ein gequälter Laut.

»Wie gesagt: Gehen Sie!« Sarah wedelt den wieder penetranter werdenden Lakritznebel vor ihrem Gesicht weg. »Wenn Ihr Chef etwas von mir möchte, soll er sich mit klaren Worten direkt an mich wenden. Diese hinterhältigen Methoden sind unfassbar. Erbärmliche Spielchen!« Sie wendet sich zum Wohnhaus um und lässt den jungen Mann einfach stehen. Doch nach zwei Schritten kehrt sie noch einmal um, hastet mit angehaltenem Atem in die Sauna und schaltet den Ofen aus. Hocherhobenen Hauptes stakst sie an Onni, der wie versteinert auf dem Rasen kauert, vorbei. »Erbärmliche Spielchen!«, wiederholt sie heiser. Während sie den Weg zum *mökki* hinaufeilt, hält sie eine Hand auf die Brust gepresst, damit das Handtuch an Ort und Stelle verbleibt.

»Warum bist du so aufgebracht?«, fragt Ilvi gut gelaunt vom Küchentresen und gießt Kaffee in einen Becher.

»Dieser Aalto!«, schimpft Sarah und wirft sich auf das Sofa. »Das ist selbst für ihn ein Tiefpunkt.«

Neugierig beugt Ilvi sich vor und stützt das Kinn auf ihrer Hand ab. »Erzähl!«

»Um mich zu befragen, hat er diesmal einen Praktikanten geschickt. An der Sauna hat der Typ mir aufgelauert, hier auf meinem Grundstück. Seine Verhörmethode war sogar noch plumper als die des Kommissars. Er hat etwas von *Toilettenpapier* gefaselt. Und davon, dass ich etwas aus Mattis Haus habe mitgehen lassen.«

»Diebstahl von Toilettenpapier? Und der Junge ist nicht gleich schreiend weggelaufen, als er dich gesehen hat?« Spitzbübisch schürzt Ilvi die Lippen.

»Was … er … *schreiend*?« Aus dem Konzept gebracht, blinzelt Sarah Ilvi fragend an.

Ilvi deutet auf Sarahs Gesicht. »Du siehst furchtbar aus, Schätzchen! Als hättest du eine ansteckende Krankheit.«

Erstaunt fährt Sarah sich über die Wange und besieht ihre Handfläche, an der die blaue Gesichtsmaske klebt. »Ich gehe duschen«, erklärt sie mit einem Augenverdrehen. Dann kräuselt sie die Nase. Sie hat das Gefühl, in Lakritz paniert worden zu sein.

VIERUNDVIERZIGSTES KAPITEL

Halbherzig wirft er die Angel aus. Natürlich befindet sich kein Köder am Haken, Rotaugen sind wahrlich nicht das, worauf er es abgesehen hat. Er hat deutlich dickere Fische im Visier. Missmutig blinzelt er gegen die Sonne.

Ein Motorboot rauscht zwischen ihm und dem Ufer vorbei. Er nickt den Insassen, einem jungen Pärchen, freundlich zu. Doch kaum dass das Boot vorbeigezogen ist und die Wellen sein eigenes Boot zum Schaukeln bringen, erstarrt sein Gesicht wieder, und er presst die Lippen aufeinander. Der See ist heute bevölkert von Leuten, die es für das Mittsommerfest an den Päijänne verschlagen hat. Familien rudern um die Wette, Motorboote schießen über das Wasser, und Freizeitsportler schieben sich auf Stehpaddeln am Ufer entlang. Es ist, als wäre der See mit dem Sonnenaufgang in einer neuen Welt aufgewacht. Einerseits nerven ihn die Neuankömmlinge, andererseits bieten sie ihm willkommene Deckung. In dem Gewusel fällt er auf dem Wasser kaum auf.

Langsam führt er das Fernglas an die Augen, dann lässt er den Blick über das gegenüberliegende Ufer schweifen. Über die große Glasfront, die zwischen den Bäumen die Sonnenstrahlen reflektiert. Über die Holzplanken, die vom halb verdeckten Haus zum Ufer hinunterführen. Vor der Sauna erregt eine Bewegung seine Aufmerksamkeit. »Das gibt's doch nicht!«, stößt er hervor.

Zwei Personen stehen vor der Saunahütte und unterhalten sich. Den schlaksigen Onni erkennt er sogleich an der Körperhaltung, obwohl der Junge ihm den Rücken zudreht. Gegenüber steht

Sarah Fuchs und gestikuliert wild mit den Händen. Sie wirkt aufgebracht. Er kneift ein Auge zusammen und stellt das Fernglas über den Mitteltrieb scharf.

Sarah hat ein Handtuch um ihren Körper gewickelt. Ihre blonden Haare hängen nass und strähnig herunter, als wäre sie gerade noch in der Sauna gewesen. Das blaue Leuchten in ihrem Gesicht wirkt im ersten Moment so, als leide sie unter einer schweren Krankheit, doch er erkennt, dass sie eine Gesichtsmaske aufgetragen haben muss. Interessant, dass sie sich so vor Onni zeigt. Die beiden müssen eine enge Beziehung haben. Aber mehr noch verwundern ihn die Pumps, in denen ihre Füße stecken. Er schüttelt den Kopf und senkt das Fernglas. Trägt diese Verrückte selbst beim Saunieren ihre hohen Schuhe? Die ist irre!

Das konspirative Treffen, das er beobachtet, beunruhigt ihn. Es beweist, dass Onni mit Sarah unter einer Decke steckt. Da kann der komische Kerl noch so durchtrieben auf dem Jahrmarkt vorgeben, er gehe lediglich aufgeschnappten Gerüchten über Sarah nach. Wie er vermutet hat, war Onni also auf Sarahs Geheiß hin in Mattis Haus, um es zu durchsuchen. Während sie gleichzeitig Unschuld vorgaukelnd über den Jahrmarkt flanierte. Dieser schräge Typ namens Onni ist nichts weiter als ein Handlanger des ausgekochten Luders. Und damit nicht genug: Jetzt mischt auch noch diese Ilvi mit. Eine weitere Marionette Sarahs. Er stößt ein lautes Schnauben aus. Zu dritt suchen sie also nach der Statue. Das einzig Gute daran ist, dass die Statue immer noch irgendwo da draußen sein muss. Sarah besitzt sie nicht, sonst würde sie die Unterstützung ihrer absonderlichen Hilfskräfte nicht benötigen. Zumindest hat sie immer noch keinen blassen Schimmer, wer er ist. Das ist sein großer Trumpf. Mit zusammengebissenen Zähnen hebt er das Fernglas wieder vor die Augen.

»Was tust du da?«

Er zuckt zusammen, dreht sich so abrupt um, dass sein Boot gefährlich ins Schwanken gerät. Ruckartig stößt er die Luft aus, zwingt dann ein Lächeln auf sein Gesicht. »Was macht denn ihr hier?«

»Wir beobachten dich«, sagt das Mädchen.

Der Junge, der in dem kleinen Segelboot hinter dem Mädchen am Steuer sitzt, nickt nachdrücklich.

Warum hat er die beiden nicht näher kommen gehört? Sie müssen sich an ihn herangeschlichen haben. Abschätzend mustert er die Kinder. Das Mädchen dürfte etwa zehn Jahre alt sein, der Junge zwei oder drei Jahre jünger. Die beiden sind Geschwister, das verraten die identischen Stupsnasen und hellblonden Haare, die bei dem Mädchen zu zwei Zöpfen geflochten sind. Er beißt sich auf die Unterlippe. Die Kinder machen nicht den Anschein, als hätten sie es eilig, weiterzufahren.

»Bist du ein Mörder?« Das Mädchen verschränkt die Arme vor der schmalen Brust.

»Was?«, krächzt er. Ein Gefühl eisiger Kälte füllt seinen Magen. Wie von allein tastet seine Hand nach dem Messer in der Jackentasche.

»Wir haben dich beobachtet«, sagt der Junge mit piepsiger Stimme. »Papa hat erzählt, dass in der Bucht dort drüben ein Mann gestorben ist.« Mit ausgestrecktem Zeigefinger deutet er in die Rotaugen-Bucht hinein.

»Der Mann wurde *umgebracht.*« Das Mädchen nickt.

»Ich … ich fische«, sagt er und sieht sich dabei unauffällig um. Ist sonst noch jemand in der Nähe? Von Norden her nähert sich ein Ausflugsschiff, doch es ist noch weit entfernt.

»Aber du achtest gar nicht auf den Köder!« Mit einem Lächeln, das sehr selbstzufrieden wirkt, unterstreicht das Mädchen seine Beobachtung. »Du guckst immer nur durch dein Fernglas zur Bucht.«

Er kneift die Augen etwas zusammen und sagt nichts. Stattdessen ermahnt er sich, seine Atmung ruhig zu halten.

»Wir sind Detektive«, erklärt der Junge stolz.

»Detektive?« Seine Stimme ist ein Bellen. Er räuspert sich, dann schüttelt er sich, als befreie er sich aus einer Starre. »Das … das ist ein tolles Spiel.«

Das Mädchen setzt einen Fuß auf den Bootsrand. »Jeder weiß, dass Mörder immer zurück zum Tatort kommen. Das stand auch in dem Buch, das Mama uns neulich vorgelesen hat. Da haben drei Freunde einen Fall aufgeklärt.« Sie deutet mit einem Zeigefinger auf ihn. »Und du beobachtest die ganze Zeit über den Tatort. Deshalb bist du verdächtig. Mörder machen so was.«

Er zwingt sich zu einem Lachen. »Da habt ihr bestimmt recht, dass es Verbrecher zurück zum Tatort zieht. Aber hier kommen den ganzen Tag lang Leute zur Bucht gefahren. Wer von denen soll denn der Mörder sein? Ich bin es jedenfalls nicht.«

»Das würde der Mörder auch sagen.« Das Mädchen reckt sein Kinn.

»Ja, das würde der Mörder auch sagen«, wiederholt der Junge und blickt neugierig hinter dem Rücken seiner Schwester hervor.

»Ihr seid zwei hervorragende Detektive, das muss ich zugeben.« Er nickt langsam. »Deshalb werde ich euch ein Geheimnis verraten.«

»Ein Geheimnis?«, stößt der Junge aufgeregt aus.

Das Mädchen runzelt die Stirn.

Er senkt seine Stimme. »Ein großes Geheimnis. Aber ihr müsst mir schwören, es niemandem weiterzusagen.«

Sogleich nickt der Junge heftig mit dem Kopf, das Mädchen jedoch zuckt mit den Schultern und sieht ihn weiterhin skeptisch an.

»Ihr habt recht mit eurer Beobachtung: Ich bin kein harmloser Fischer.«

Das Mädchen gibt ein Schnauben von sich, als wäre dies sonnenklar und keine Offenbarung.

»Ich beobachte die Frau, die in dem Haus dort drüben wohnt«, fährt er unbeirrt fort. »Das ist mein Job. Ich bin ein verdeckter Ermittler der Polizei.«

»Polizei«, haucht der Junge, während das Mädchen ihn nun aus großen Augen anstarrt.

»Genau«, raunt er. »Und die Frau ist eine Verdächtige, die wir im Auge behalten müssen. Aber ihr zwei Meisterdetektive habt euch natürlich nicht von meiner Verkleidung täuschen lassen.«

»*Sie* ist die Mörderin?« Das Mädchen schaut zum Ufer hinüber. »Die Frau, die in dem Haus wohnt, hat den Mann getötet und in die Bucht geworfen?«

»Ja, die Polizei verdächtigt – also, *wir* verdächtigen diese Frau. Sarah Fuchs heißt sie. Sie ist eine große blonde Ausländerin. Ziemlich gefährlich. Habt ihr den Namen schon einmal gehört?«

Die Kinder schütteln die Köpfe, während sie gebannt zum Ufer hinüberstarren.

»Sie darf natürlich auf keinen Fall mitbekommen, dass wir sie im Auge behalten«, fährt er mit eindringlicher Stimme fort.

»Sonst flüchtet sie noch«, erklärt der Junge japsend. Auf seinen Wangen leuchten rote Flecken.

»Warum hat die Frau den Mann umgebracht?«, fragt das Mädchen leise, ohne das gegenüberliegende Ufer aus den Augen zu lassen.

»Aus Habgier«, antwortet er. »So nennt man es in der Polizeisprache, wenn jemand wegen Geld getötet wird.« Er hebt das Fernglas vor die Augen, lässt es aber nach einem Moment enttäuscht wieder sinken. Von Sarah und Onni fehlt jetzt jede Spur.

»Wir können dir helfen«, sagt der Junge eifrig. »Wir sind ja Detektive.«

Er schiebt das Fernglas in seinen Rucksack. »Helfen?«

»Wir können die Frau oktavieren«, fügt der Junge hinzu.

»*Observieren*, du Trottel!« Das Mädchen gibt ihrem Bruder einen Stoß in die Rippen.

Sein Gehirn arbeitet auf Hochtouren. Alles, was Sarah aus dem Konzept bringt, ist ihm zuträglich. »Aber habt ihr dafür überhaupt Zeit?«

Das Mädchen lacht auf. »Wir sind für eine ganze Woche in unserem *mökki*, bevor es zurück nach Hause geht. Nach Helsinki. Wir dürfen den ganzen Tag allein draußen unterwegs sein. Unsere Eltern sind froh, wenn sie ihre Ruhe haben.«

»Wir sind schon groß«, ergänzt der Junge.

»Ich kann gut schreiben«, erklärt das Mädchen mit stolzgeschwellter Brust. »Also kann ich eine Liste darüber anfertigen, was die Frau in ihrem Haus macht.«

»Ja, wir können sie heimlich beobachten«, pflichtet der Junge bei. »Wie richtige Detektive.«

Er reibt seine Handinnenflächen aneinander. »Damit würdet ihr der Polizei natürlich ungemein helfen«, sagt er mit einem nachdenklichen Unterton. »Die Liste könntet ihr täglich auf der Insel ablegen. Bei dem Felsen dort. Dann sammle ich sie ein und werte sie aus.«

»Au ja«, jauchzt der Junge. »Unser erster richtiger Auftrag!«

»Wir müssen aber etwas bekommen. Eine Belohnung oder so.« Das Mädchen verschränkt die Arme vor der Brust und schaut ihn herausfordernd an.

»Natürlich müsst ihr für eure Arbeit auch bezahlt werden, das ist klar. Für eine Woche seid ihr hier? Ich werde euch am letzten Tag eine Belohnung dalassen. Dort, wo ihr die Berichte deponiert. Okay?«

Die Kinder nicken.

»Dann mache ich mich jetzt auf den Weg und überlasse euch das Feld«, erklärt er feierlich. Sein Blick streift die Glasfront von Sarahs Haus. Es ist an der Zeit, diese Frau auszuschalten, das weiß er. Mit ernstem Gesicht wendet er sich wieder an die Kinder. »Sollten wir uns zufällig begegnen, im Ort zum Beispiel, dann müsst ihr unbedingt so tun, als ob ihr mich nicht kennen würdet.

Niemand darf von eurem Auftrag erfahren.« Er legt eine bedeutungsschwangere Pause ein. »Auch nicht eure Eltern. Meine Tarnung darf nicht aufgedeckt werden. Ansonsten ist die ganze polizeiliche Ermittlung in Gefahr.«

»Du bist ingrognitu!« Der Junge nickt begeistert.

»*Inkognito*, du Trottel!« Wieder boxt das Mädchen ihrem Bruder in die Seite. Dann hebt sie eine Hand feierlich zum Schwur. »Wir werden nichts verraten.«

Er holt die Schnur ein und verstaut die Angel am Boden des Bootes. »Gut. Dann erteile ich euch hiermit offiziell den polizeilichen Auftrag, die Verdächtige zu beschatten.«

Vor Begeisterung klatscht der Junge in die Hände. Auch das Mädchen lässt sich zu einem breiten Grinsen hinreißen.

Er setzt sich auf die Ruderbank und greift nach den Rudern. »Wie heißt ihr beiden eigentlich?«

»Vilma«, sagt das Mädchen. »Ich bin Vilma. Und mein Bruder heißt Aarne.«

Langsam senkt er die Ruderblätter in den See. Seine Ruhe ist nur äußerlich, und er weiß, er wird gleich einen ordentlichen Schluck brauchen, um herunterzukommen. »Viel Erfolg bei eurem ersten Auftrag, Vilma und Aarne. Ihr seid der Polizei eine große Hilfe!« Er lenkt das Boot aufs offene Wasser hinaus.

»Und du?«, ruft ihm Vilma hinterher. »Wie heißt du?«

Er zwinkert ihr zu, während er die Ruderblätter kraftvoll durch das Wasser zieht. »Veetie!«, ruft er heiser zurück. »Mein Name ist Veetie.«

FÜNFUNDVIERZIGSTES KAPITEL

Frisch geduscht und in ihre Lieblingsjeans nebst weißer Chanel-Bluse gekleidet tritt Sarah in den Wohnraum. Ilvi, sieht sie, liegt auf dem Sofa, das Handy ans Ohr gepresst. Sarah will sich schon umdrehen, um ihre Freundin nicht beim Telefonieren zu stören, da gibt Ilvi ihr mit einem wedelnden Handzeichen zu verstehen, dass sie bleiben soll. Leise trippelt Sarah auf roten Riemensandalen zum Tresen, der die offene Küche vom Wohnbereich abtrennt. Schwungvoll setzt sie sich auf einen der Hocker.

»Ja, das verstehe ich«, raunt Ilvi ins Telefon.

Neugierig beugt Sarah sich vor. Ilvi führt ihr Gespräch auf Englisch.

»Hm … Hm … Ach, Schätzchen, das glaube ich aufs Wort.« Mit einem Nicken unterstreicht Ilvi ihre Aussage. »Aber du bist eine starke Frau, das weiß ich. Und du weißt das auch!«

Es hört sich an, als tröste Ilvi eine Freundin. Bestimmt geht es um Beziehungsprobleme. »Überall das Gleiche«, murmelt Sarah und muss an ihre eigenen verkorksten Partnerschaften denken – mit Udos Betrügereien als dem jüngsten traurigen Höhepunkt. Sie streicht sich eine Haarsträhne aus dem Gesicht. Ob sie jemals wieder eine vertrauensvolle Beziehung wird führen können? Warum nur lernt sie ausschließlich Männer kennen, die sich früher oder später als Schweine entpuppen?

»Setz ihn vor die Tür, Süße. Tim hat dich nicht verdient, wenn er sich so verhält.« Langsam rollt Ilvi sich auf den Bauch und wackelt mit den Beinen.

Sarah ertappt sich dabei, wie sie Ilvis Bemerkung mit einem Kopfnicken quittiert.

Grinsend zwinkert Ilvi Sarah zu. »Sarah ist derselben Meinung«, spricht sie ins Telefon und hebt einen Daumen in Sarahs Richtung. »Ja, genau. … Ach, du lässt dich eben nicht unterkriegen, Herzchen. So einfach ist das.« Eine Pause, während der Ilvi aufmerksam zuhört. Dann lacht sie auf. »Doch, so einfach ist das! Du wirst drüber hinwegkommen. Hak diesen Tim ab. Glaube mir, du wirst ihn schneller vergessen haben, als du es jetzt für möglich hältst.« Eine weitere Pause. »Was du tun sollst? Geh raus, amüsiere dich! Umso schneller lernst du jemanden kennen. Es gibt da ein passendes finnisches Sprichwort, weißt du: *Der neue Schnee ist der Tod des alten.*« Sie gluckst in sich hinein.

»So ist es«, flüstert Sarah und verlagert langsam auf der Sitzfläche ihr Gewicht. Wirklich, je besser sie Ilvi kennenlernt, umso mehr ist Sarah von ihr beeindruckt. Diese Frau ist eine Klasse für sich.

»Gut, ja. … Melde dich wieder, wenn du reden möchtest. Jederzeit, Liebes.« Während sie sich aufsetzt, reckt und streckt Ilvi sich im Zeitlupentempo. »Ich grüße deine Mutter von dir, natürlich. Bis dann, Franzi.« Sie nimmt das Handy vom Ohr und beendet das Gespräch.

Franzi? Sarah kann sich ein überraschtes Auflachen nicht verkneifen. Ilvis Freundin heißt genauso wie ihre Tochter. Was für ein witziger Zufall!

»Viele Grüße von deiner Tochter«, sagt Ilvi und wirft ihr Handy achtlos auf ein Kissen. »Meine Güte, jetzt habe ich aber Hunger.«

Es dauert einen Moment, bis zu Sarah durchdringt, was Ilvi da gesagt hat. »Hä? Was?«, stößt sie aus.

»Hunger«, erwidert Ilvi und erhebt sich vom Sofa. »Ich denke, ich brate ein paar Pilze an. Wie sieht es mit dir aus? Möchtest du auch etwas essen?«

»Franzi? Du hast mit meiner *Tochter* telefoniert?« Sarah hat sich kerzengerade aufgerichtet und verfolgt mit ungläubiger Miene, wie Ilvi gemächlich zum Kühlschrank schlendert und eine Schachtel mit Pilzen hervorholt.

»Sie ist sehr nett«, sagt Ilvi und dreht sich zu Sarah um. »Doch sie sollte diesem Tim wirklich keine Träne nachweinen.«

»Welchem Tim? Ich ... wie kommt es, dass du mehr weißt als ich?«

Ilvi zuckt mit den Schultern. »Franzi hat angerufen, als du unter der Dusche standest. Wir hatten ihr doch meine Nummer gegeben, weil dein Handy im Päijänne liegt. Also haben Franzi und ich uns unterhalten. Sie hat übrigens ziemlich gelacht, als ich ihr die Sache mit dem Handy erklärt habe. Das sei typisch für dich, meinte sie. Die Sache mit dem Mord habe ich aber mit keiner Silbe erwähnt. Das war hoffentlich in deinem Sinne.« Geschäftig dreht Ilvi sich zum Schrank und kramt nach einer Pfanne.

»Ja ... äh ... natürlich. Das war absolut richtig. Hat Franzi denn sonst etwas gesagt? Ruft sie wieder an?« Perplex schüttelt Sarah den Kopf. Sie kann es immer noch nicht fassen, dass es ihre Tochter war, die soeben Ilvi ihr Herz ausgeschüttet hat.

Ilvi werkelt am Herd herum. »Sie sagt, dass sie es gut findet, dass ihr, also Udo und du, euch getrennt habt.«

»Hat sie das?«, krächzt Sarah und räuspert sich. »Franzi kam nie wirklich gut mit ihm aus. Sie steht ihrem leiblichen Vater nahe. Was gut ist, obwohl es kaum einen blöderen Idioten auf diesem Planeten gibt.«

»Der Fußballer?«

»Genau, Rüdiger. Immerhin hat er nach der schmutzigen Scheidung den Kontakt zu Franzi aufrechterhalten.« Sarah fährt sich durchs Haar. »Hattest du den Eindruck, dass es Franzi ansonsten gut geht?«

Es brutzelt, als Ilvi Pilze in die Pfanne gibt. »Alles bestens. Bis auf die Trennung von diesem Tim eben. Doch ich vermute, dass sie da in ein paar Tagen drüber weg ist. Sie geht heute Abend mit Freundinnen aus. In einen Club. Es würde mich nicht wundern, wenn sie diesen Typen bereits morgen vergessen hat.« Mit einer schnellen Bewegung dreht Ilvi sich zu Sarah um und zwinkert ihr zu. Dann widmet sie ihre Aufmerksamkeit wieder der Pilzpfanne.

»Okay … äh … okay. Ich bin froh, dass Franzi sich gemeldet hat.« Sarah erhebt sich vom Hocker. »Und es war wirklich gut, dass du ihr nichts von dem Mordfall erzählt hast. Ich möchte nicht, dass sie sich sorgt. Denn dass der Kommissar nun auch noch einen Mitarbeiter auf mich hetzt, setzt dem ganzen Unsinn die Krone auf. Es juckt mir noch mehr in den Fingern, den wahren Täter aufzuspüren. Wir müssen unsere Recherchen zügig fortsetzen. Was meinst du, Ilvi?«

»Unbedingt. Das ist eine lange Liste an Verdächtigen, die wir aufgestellt haben.« Sie zählt an den Fingern ab. »Jalo. Rauno. Veetie. Erikka und ihre Familie.«

»Hilla nicht zu vergessen, Veeties Frau«, ergänzt Sarah. »Zumindest bin ich mir sicher, dass sie mehr zu Matti sagen könnte, als sie zugibt. Sie verhält sich merkwürdig.«

»Ob Hilla und Veetie den Matti gemeinsam auf dem Gewissen haben?« Der Gedanke scheint Ilvi zu faszinieren. Sinnierend wendet sie die Pilze in der Pfanne. »Während Hilla Matti unter irgendeinem Vorwand aus der Sauna gelockt hat, hat Veetie ihm vielleicht von hinten eins übergezogen und ihn anschließend ins Wasser gestoßen. Wo der Gute dann ertrunken ist.« Zischend spritzt Fett über den Pfannenrand.

»Aber warum? Was soll das Motiv für die Tat gewesen sein?« Sarah schüttelt den Kopf. »Ich glaube immer noch, dass Jalo am ehesten verdächtig ist. Er konnte Matti nicht ausstehen, das ist offensichtlich. Und er war an dem Morgen, als ich die Leiche fand, in der Bucht. Heißt es nicht, es ziehe den Täter immer zurück zum Tatort? Außerdem hat mich der Kommissar erst durch Jalos Bemerkung, ich sei die Freundin des Toten, zur Verdächtigen gemacht. Wenn das nicht eine gekonnte Ablenkung von der eigenen Schuld war!«

»Also wirst du den alten Fischer genauer unter die Lupe nehmen?«

»Richtig. Ich werde ihm gleich noch einmal auf den Zahn fühlen.« Sarah stemmt die Hände in die Hüften.

»Dann fahre ich zu den Hallas raus und spreche endlich mit Rauno.« Ilvi schiebt die Pilze auf einen Teller. »Gestern bin ich leider nicht dazu gekommen.« Sie hüstelt.

Sarah kann sich ein Grinsen nicht verkneifen. »Aber halte dich von Joko fern, Liebes. Ich habe nämlich den leisen Verdacht, dass es in Wahrheit Joko ist, der dich zum Gestüt hinauszieht.«

Ilvi streckt Sarah die Zunge heraus. »Aber um ehrlich zu sein, ich glaube nicht, dass Rauno der Mörder ist. Wenn sein Sohn uns geradeheraus sagt, nur Rauno könne Matti getötet haben, ist das doch eher ein Indiz für Raunos Unschuld. Niemals würde Joko nämlich so etwas sagen, wenn er ernsthaft daran glauben würde. Umgedrehte Psychologie.« Sie nickt getragen. »Sag mal, kann ich den Wagen nehmen? Du gehst doch zu Fuß zu Jalo, oder?«

»Selbstverständlich, nimm den Wagen. Die Schlüssel liegen neben der Eingangstür auf dem Tisch.«

»Danke. Weißt du was? Ich fahre sofort los.« Hastig schlingt Ilvi die Pilze hinunter. »Lass uns gemeinsam aufbrechen. Wir treffen uns dann später wieder hier im Haus und besprechen alles.«

»Gut, ich hole nur meinen Rucksack.« Voller Tatendrang stöckelt Sarah in ihr Schlafzimmer, um den Rucksack mit den notwendigen Accessoires zu befüllen.

Draußen vor dem *mökki* sitzt Ilvi bereits im Volvo und stellt bei heruntergelassenem Fenster den Fahrersitz auf ihre Größe ein.

»Bis nachher. Viel Erfolg bei den Hallas.« Sarah winkt Ilvi zu.

Ilvi blickt auf. »Warte mal. Das ist ein Automatikwagen. Worauf muss ich den Schalter stellen, damit das Ding losfährt?«

»Tritt beim Anlassen auf die Bremse, danach musst du den Hebel auf D stellen. Beim Parken auf P.«

Der Volvo startet, nach einem Moment macht er einen röhrenden Satz nach vorne, bevor er abrupt wieder zum Stehen kommt. Ilvi streckt einen erhobenen Daumen aus dem Fenster. »Alles gut. Wollte nur etwas ausprobieren.«

»Ausprobieren?« Sarah schnallt sich den Rucksack um, dann schließt sie zum Wagen auf. »Habt ihr in der Fahrschule nicht auch Stunden auf einem Wagen mit Automatikgetriebe gehabt?«

»Fahrschule?« Ilvi wirft den Kopf in den Nacken und prustet los. »Ich habe doch keinen Führerschein gemacht, Süße. Wie kommst du auf so eine Idee?« Damit schießt der Volvo auf den Waldweg. Bis der Wagen zwischen den Bäumen verschwunden ist, kann man Ilvis Gelächter über das Motorgeräusch hinweg hören.

Ruckartig schließt Sarah ihren weit offen stehenden Mund. »Keinen Führerschein?«, japst sie. »Warum bin ich nicht wirklich überrascht?«

Bald kann sie Jalos Haus zwischen den Bäumen erkennen. Unterwegs bleibt sie einmal stehen und greift nach dem Reizgas, als ein plötzliches Rascheln zwischen den Bäumen sie aufschreckt, doch da ist nichts.

Wieder öffnet der Fischer die Tür unmittelbar auf Sarahs Klopfen, doch etwas ist diesmal anders als beim letzten Besuch. Jalo wirkt ausgezehrt und müde, erstmals ist ihm sein Alter anzusehen. Am auffälligsten sind seine Augen. Von ihrer vormaligen Klarheit ist wenig geblieben – rot geädert und matt blicken sie Sarah entgegen.

»Hallo«, grüßt Sarah und mustert Jalo mit gerunzelter Stirn. »Ich möchte dich etwas fragen, doch wenn es kein guter Zeitpunkt ist, komme ich später wieder.«

Wortlos tritt der Fischer zur Seite und bedeutet Sarah, einzutreten. Dann geht er mit schlurfenden Schritten in den Wohnraum voran und lässt sich dort in einen Sessel fallen.

Sarah spitzt die Lippen. Die Wodkaflasche, die vor Jalo auf dem Tisch steht, ist halb leer, dafür ist das Glas, das er nun an seine Lippen führt, bis zum Rand gefüllt. Zögernd setzt sie sich auf das Sofa.

In einem Zug trinkt Jalo das Glas aus, greift nach der Flasche, stockt. »Möchtest du auch etwas trinken?« In seiner rauen Stimme liegt ein Lallen.

Hastig schüttelt Sarah den Kopf und verfolgt, wie der Fischer sein Glas abermals bis zum Rand füllt. »Ähem … ich …«, stottert sie, unschlüssig, wie sie das Gespräch eröffnen soll. »Ist alles in Ordnung, Jalo?«

Der Alte lässt sich in den Sessel zurücksinken und starrt eine Weile vor sich hin. Dann zuckt er mit den Schultern. »Heute ist ihr Todestag.«

»Oh.« Sarahs Blick sucht den Bilderrahmen, der ihr bereits beim letzten Besuch aufgefallen war. »Rosas Todestag?«

Jalo nickt langsam, dann seufzt er und beugt sich vor. Diesmal trinkt er nur das halbe Glas aus.

»Ich … äh … es tut mir leid. Ich komme ein anderes Mal wieder.« Sarah macht Anstalten sich zu erheben.

»Nein, nein.« Jalo wedelt mit einer Hand. »Was wolltest du wissen? Du bist doch mit Fragen hergekommen.«

Zwei Stimmen kämpfen in Sarah um die Oberhand. Die eine fordert, den mitgenommen wirkenden alten Mann nicht weiter zu belästigen. Die andere warnt, dass Mattis Mörder vor Sarah sitzen könnte und lediglich ein perfides Spiel mit ihr treibt. »Es ist wegen Matti«, stößt sie aus.

Das Lachen, welches sich wie eine rostige Türangel aus Jalos Kehle hervorpresst, ist hämisch. »Matti? Natürlich geht es um Matti!«

»Du hast ihn nicht leiden können.«

»Nicht leiden? Ich habe ihn gehasst! Ich bin heilfroh, dass er tot ist!« Mit einem Ruck zieht Jalo das Glas zu sich heran und kippt den restlichen Wodka in seinen Rachen. »Heilfroh«, murmelt er.

Der alte Mann wirkt alles andere als froh, doch Sarah unterlässt es, ihn darauf hinzuweisen. »Was ist geschehen?«, fragt sie stattdessen. »Woher rührt deine Wut auf Matti?«

»Matti war ein Verbrecher«, presst Jalo hervor. Spucke glänzt in seinen Mundwinkeln, und er fährt sich mit einem Ärmel übers Gesicht. »Der den Hals nicht vollkriegen konnte.«

Sarah überlegt, wie sie ihn am Reden halten kann, doch Jalo hat lediglich Atem geholt und spricht bereits weiter.

»Vielleicht hätten wir Rosa retten können. Wenigstens für ein paar Wochen. Doch das Geld hat nicht gereicht.«

»Das Geld?«, echot Sarah verblüfft.

Jalo lässt sich wieder in den Sessel zurückfallen. »Sie hat so sehr daran geglaubt, dass das Mittel helfen würde. Gegen den Krebs. Die Ärzte hatten längst zu verstehen gegeben, sie könnten nichts weiter für sie tun, doch Rosa war sich sicher, dass sie den Kampf gewinnen würde. Das verdammte Pulver war ihre Hoffnung. Es kommt aus Asien, ist unfassbar teuer. Sie … sie glaubte an seine Wirkung.« Er stockt. »Es war unfassbar teuer«, wiederholt er leise.

»Was hatte Matti damit zu tun?«, fragt Sarah. Sie ist sich nicht sicher, ob Jalo sie überhaupt gehört hat.

»Ich habe ihm das Bild verkauft, weil wir das Geld schnell brauchten.« Es wirkt, als spräche der Fischer zu sich selbst, den Blick auf die Zimmerdecke gerichtet. »Ich habe ihn um eine größere Summe angefleht, doch er meinte, das Bild sei nicht mehr wert. Einen alten, wertlosen Schinken hat er es abfällig genannt. Wertloses Gekritzel. Meine Mutter hatte das Bild aus Deutschland mitgebracht. Sie hat es vor den Nazis verstecken müssen, hat sie mir einmal gesagt. Ein befreundeter Maler hatte es ihr geschenkt.« Für einen Moment schließt Jalo die Augen, dann öffnete er sie abrupt wieder. »Das Geld hat nur für eine kleine Dosis des Mittels ausgereicht. Rosa war verzweifelt. Ich war verzweifelt.« Jalos Stimme ist zu einem Flüstern geworden. »Das war der schlimmste Moment. Als mit dem letzten Krümel des Präparats ihre Hoffnung starb.«

Erschrocken beugt Sarah sich vor.

Jalos Stimme ist kaum mehr zu vernehmen. »Drei Tage später war sie tot.«

Sarah presst eine Hand auf den Mund und schluckt. Ihr Hals ist wie zugeschnürt.

Ruckartig richtet Jalo sich auf und gießt aus der Flasche nach. Als er das Glas an den Mund führen will, zittert seine Hand, und er hält inne. Ein paar Tropfen Wodka landen auf seiner Hose, doch er scheint es nicht zu bemerken. »Es war Jahre später, als Matti mir die Wahrheit sagte. Er hatte viel getrunken, war bester Laune. ›Das Walross‹ war immer bester Laune, wenn es gesoffen hatte. Gelacht hat Matti über mich. Weil ich ihm das Bild für einen Spottpreis verkauft habe. Das teure Kunstwerk, das ihm in Helsinki einen großen Batzen Geld eingebracht hat.« Abermals kippt er den Wodka hinunter, schiebt dann das Glas achtlos auf die Tischplatte. »Übers Ohr gehauen hat er mich, der Matti. Und wie stolz er darauf war! Geradezu kindisch hat er sich gefreut.«

»Meine Güte«, flüstert Sarah, doch Jalo zeigt keinerlei Reaktion, dass er ihre Anwesenheit überhaupt wahrnimmt.

»Sie hätte noch weiterleben können. Für ein paar Tage. Wochen. Vielleicht sogar Monate. Doch wir hatten kein Geld mehr für das Mittel. Wir hätten es haben können, doch Matti hat uns betrogen. Mit der Hoffnung starb auch Rosa.« Ein Hustenanfall lässt den Fischer die zitternden Hände auf den Mund drücken.

Verstohlen wischt Sarah sich über die Augen, dann steht sie vom Sofa auf und wendet sich zum Gehen. »Ich … ich komme ein anderes Mal wieder«, sagt sie noch einmal. Doch im Türrahmen lässt ein ersticktes Geräusch Jalos sie innehalten. Sie dreht sich noch einmal zu dem Fischer um.

»Ich habe lange davon geträumt, ihn zu töten«, sagt Jalo und blickt Sarah geradewegs ins Gesicht. Etwas von ihrer alten Kraft ist in seine Augen zurückgekehrt, auf seinen Lippen liegt ein hartes Lächeln. »Ich bereue nichts. Matti hat es verdient zu sterben.«

SECHSUNDVIERZIGSTES KAPITEL

Das Telefon drückt schmerzhaft auf seine Ohrmuschel, doch Onni presst es weiter fest gegen seinen Schädel. Bei jeder Wiederholung dröhnt der Rufton in seinem Gehörgang. Und mit jedem Mal wächst Onnis Verzweiflung an. Warum wird am anderen Ende der Leitung nicht abgenommen?

»Hallo?« Swens Stimme klingt verschlafen. Und äußerst ungehalten.

Für einen Moment setzt Onnis Herz aus. Er ist erleichtert, dass Swen endlich abgenommen hat, doch gleichzeitig zieht sich sein Magen zusammen.

»Hallo? Hallo?«, ruft Swen, nun eindeutig wütend.

»Ich … hallo, Swen.« Onni kämpft gegen ein Schwindelgefühl an.

»Wer ist da?«

»On-Onni. Ich bin es.«

Schweigen, dann ein verdutzter Laut. »Woher hast du meine Nummer?«

»Du hast mir eine Nachricht auf das Handy geschickt«, beeilt sich Onni zu erklären. »Neulich, als ihr … als ihr in meiner Wohnung wart. Daher habe ich deine Nummer.«

»Oh.« Etwas raschelt im Hintergrund. Swen stößt die Luft aus. »Stimmt. Was geht, Onni?«

»Ich brauche deine Hilfe.«

»Meine Hilfe? Wie meinst du das?« Nun liegt Argwohn in Swens Stimme.

»Ich bin in Sysmä.«

»*Wo* bist du? In Sys–?« Tief holt Swen Atem. »Verdammt, was machst du in Sysmä?«

»Ich suche die Statue.«

Das Schweigen am anderen Ende der Leitung pulsiert vor Anspannung. »Scheiße!«, stößt Swen schließlich aus. »Scheiße, Mann!«

Onni schaut von seinem Bett, auf dem er sitzt, aus dem kleinen Fenster hinaus. Er sieht über den Parkplatz des *Pubi* hinweg auf die Straße, die den Ort durchzieht. Lebhafter Verkehr schiebt sich über den Asphalt. »Ich muss die Statue unbedingt finden.«

»Du verarschst mich!«, presst Swen hervor.

»Matti Saarinen ist tot.« Onni lenkt seinen Blick auf den alten Posterdruck an der Zimmerwand. Das Motiv zeigt eine kitschige Seenlandschaft und ist längst vergilbt. »Der Mann, dem du die Statue gebracht hast. Matti. Er wurde ermordet. Und ich kann die Statue nicht finden.«

»Scheiße! Du hättest mich nicht anrufen dürfen!« Nun liegt Panik in Swens Stimme.

»Du musst mir sagen, wo dieser Matti die Statue hingetan hat. Hast du gesehen, was er damit gemacht hat? Ich habe überall im Haus gesucht.« Der Kloß in Onnis Hals ist so groß, dass er ihm die Luft zum Atmen nimmt.

»Du … du warst im Haus? Du bist bekloppt! Absolut bekloppt!« Swens Stimme überschlägt sich. »Sie werden dich auch plattmachen, wenn sie dich in die Finger kriegen, du Idiot. Du dämlicher Idiot!«

»Aber ich …«

»Du hast ja keine Ahnung, mit wem du es zu tun hast! Die Typen, für die ich arbeite, schneiden dir die Eier ab. Du dämlicher Idiot!«

»Aber ich muss herausfinden, wo er die Statue versteckt hat«, erwidert Onni kleinlaut. »Sie beweist, dass Öbergs Theorie richtig ist. Die Zeichnung in seinem Buch war all die Jahre über korrekt.«

Swen kreischt beinahe. »Es gibt keine Zeichnungen mehr, du Volltrottel! Sprich nicht davon! Ich habe die Zeichnung aus allen Büchern, die ich in Helsinki finden konnte, entfernt. Meine Auftraggeber wollen nicht, dass Bilder von dem Ding existieren.«

Onni reißt die Augen auf. »*Du? Du* hast die Seiten aus den Büchern gerissen? Dann hast … dann hast *du* meinen Namen beim Antiquariat angegeben! Als ich deine Zeichnung auf dem Bierdeckel erkannt habe, bin ich auf der Suche nach Öbergs Buch im Antiquariat gelandet. Jemand hatte das Buch auf meinen Namen reserviert.«

Wieder ist es für einen Moment still in der Leitung. Dann antwortet Swen schroff: »Dein Name fiel mir einfach spontan ein, als der Typ fragte, für wen er das Buch zurücklegen solle. Du interessierst dich schließlich für so einen alten Mist. Wie hätte ich ahnen können, dass du Spinner dort auftauchst und das verdammte Buch in die Finger bekommst, bevor ich es abholen würde? Und meinen eigenen Namen konnte ich nicht angeben. Ich bin schließlich nicht blöd!«

»Du hast das Foto, das ich von der Zeichnung gemacht habe, aus meinem Handy gelöscht«, schlussfolgert Onni. »An dem … an dem Abend, als ihr bei mir wart.«

»Natürlich! Ich habe dir eben schon gesagt, dass meine Auftraggeber nicht wollen, dass diese Zeichnung irgendwo in Helsinki auftaucht.« Die Wut schneidet nun durch die Telefonleitung.

»Ich muss mit ihnen sprechen. Mit diesen Leuten. Ich brauche die Statue!« Onnis Stimme bricht.

»Diese Russ– … diese Leute verstehen keinen Spaß. Die knallen dich ab, du Spatzenhirn!« Swen schnappt nach Luft. »O mein Gott, wenn sie rauskriegen, dass wir uns kennen, dann bin ich ebenfalls dran! O mein Gott!« Die letzten Worte haucht er nur noch.

»Swen, dann musst *du* mir helfen. Bitte! Die Statue ist unendlich wichtig für mich. Irgendetwas muss dir doch aufgefallen sein, als du bei Matti Saarinen warst. An welchem Ort habt ihr euch getroffen, wo fand die Übergabe statt?« So fest krallt Onni seine freie Hand in die Bettdecke, dass seine Knöchel weiß glänzen. »War da eine blonde Frau, als du Matti getroffen hast?«

»Was für eine Frau?« Swens Stimme überschlägt sich. »Raffst du es eigentlich nicht? Bist du dermaßen blöd? Vergiss die ganze Sache!«

»Bitte, Swen. Bitte! Wir ... wir beide haben doch eine besondere Verbindung. Ich habe es gleich gespürt, damals im Museum. Ich mache doch, was du sagst. Das weißt du. Weil wir beide ... da ist eine Beziehung ...«

Das Lachen klingt wie das Bellen eines Höllenhundes. »Junge, du bist so armselig! Verbindung? Beziehung? Wir sind über dich rübergerutscht, mehr nicht. Wir haben uns bepisst vor Lachen, als du zugedröhnt dalagst. Ein bisschen Spaß hatten wir mit dir, das war alles. Du bist nur ein verpeilter Loser, sonst nichts.«

»Du ... du lügst«, haucht Onni.

»Guck dich doch mal an, du Spinner!«, brüllt Swen. »Alle lachen über dich. Du erbärmlicher Nerd! Schon im Museum haben alle über dich hergezogen. Du bist eine Niete, ein verdammter Psycho! Du bekommst nicht einmal ein normales Gespräch hin!«

»Ich –«, krächzt Onni. Er beginnt, auf der Bettkante nach vorne und nach hinten zu wippen, die Bewegung wird immer schneller.

»Scheiße, und dann fährst du einfach so nach Sysmä und läufst wie ein Idiot da rum, nachdem sie ›das Walross‹ gekillt haben. Scheiße, Mann!«

»Die Statue«, flüstert Onni. Er starrt auf das Bild an der Wand, während sein Oberkörper ein ruckartiges Eigenleben führt. In seinem Magen brennt ein Feuer, das eiskalt ist. Es will ihn von innen verschlingen.

»Wahrscheinlich sind die Typen noch vor Ort.« Plötzlich wechselt Swens Stimme in einen jammernden Tonfall. »Wenn sie zurück nach Helsinki kommen, werden sie mich ebenfalls kaltmachen. Weil ich gequatscht habe.« Seine Stimme fällt in sich zusammen. Für lange Zeit ist nurmehr ein feuchtes Schluchzen zu hören.

Onni, du bist super. Onni, du bist super. Onni, du bist … Onni … Das innere Mantra verweigert sich einem weiteren Aufsagen. Onni stöhnt auf. Er spürt, dass etwas in ihm zerbrochen ist. Geborsten, unwiederbringlich. Die Tür zu seinem inneren Zimmer, sie existiert nicht mehr.

Eiskalt und voller Hass dringt Swens Stimme durch das Telefon, direkt in Onnis Gehirnwindungen hinein. »Hoffentlich machen sie dich vorher fertig. Bevor sie mich in die Finger kriegen. Hoffentlich schlagen sie dir vorher den Schädel ein, du gestörter Freak! Du kranker Arsch! Niemand nimmt dich ernst. Niemand! Wir haben alle über dich gelacht. In deiner Wohnung, als du weggetreten warst. Willst du ein Video sehen? Soll ich es dir schicken? Während wir uns abgewechselt haben, haben wir nur über dich gelacht!«

Das Bild an der Wand zeigt einen See. Bäume. Eine kleine Hütte. Es ist vergilbt, das Bild. Ein alter Posterdruck, kitschig. »Ich … ich …«, flüstert Onni hilflos. Es gelingt ihm nicht länger, die Erinnerungen und Fragmente zurückzudrängen, die in seinem Kopf herumwirbeln. Die Ängste und schrillen Fratzen. Aus Yläne. Aus dem *Black Swan*. Aus seinem Apartment. Er schließt die Augen, doch auch das hilft nicht. Wie ein wild gewordener Hornissenschwarm brummt es in seinem Kopf. Im Schmerz kreist ein erdrückender Gedanke. So gerne wäre er, Onni, wie alle anderen gewesen. Doch er wusste einfach nie, wie das gehen sollte. Und nun ist es zu spät.

Wie lange hat er auf der Bettkante gesessen? Waren es Minuten? Stunden? Am Telefon ist längst niemand mehr, als Onni das

Gerät endlich von seinem glühenden Ohr nimmt. Er atmet flach. Ihm ist so übel, dass er kurz davor ist, sich zu übergeben. Mit zitternden Fingern fischt er das Tagebuch aus dem Rucksack, schlägt es auf. Eine Seite reißt ein, während er fahrig in den Notizen blättert und das Ende der Einträge sucht. Dann klaubt er einen Stift hervor und setzt dessen Spitze auf das Papier.

Schweiß perlt auf Onnis Stirn. Es gelingt ihm, zwei kurze Sätze festzuhalten, dann rutscht ihm der Stift aus der Hand. Wie von allein öffnen sich die kraftlosen Finger.

Blinzelnd liest Onni, was er in krakeliger Schrift oben auf der Doppelseite festgehalten hat.

Mir bleibt nur noch die Statue. Sonst nichts.

SIEBENUNDVIERZIGSTES KAPITEL

Das Rascheln lässt Sarah abrupt innehalten und aus ihren Gedanken aufschrecken. Hastig greift sie das Reizgas aus dem Rucksack, dann beäugt sie die Büsche und umstehenden Bäume. Doch als es ruhig bleibt, atmet sie tief durch und folgt weiter dem Waldweg. Die Hälfte ihres Heimweges hat sie bereits hinter sich. Seit sie Jalos Fischerhütte verlassen hat, hat sie ihrer Umgebung kaum Beachtung geschenkt – in ihrem Kopf überschlagen sich die Gedanken. Hat Jalo ihr soeben den Mord an Matti gestanden?

Wieder knackt es nahe dem Wegrand zwischen den Bäumen. Diesmal ist Sarah sicher, aus den Augenwinkeln eine Bewegung wahrgenommen zu haben. Mit der Sprühdose in der Hand positioniert sie sich breitbeinig auf dem Weg und visiert die Richtung an, aus der das Geräusch kam. »Komm nur«, presst sie zwischen zusammengebissenen Zähnen hervor und bemüht sich, das Zittern ihres Arms zu unterdrücken. Sie weiß, sie wird sich nicht auf den Boden legen. Eher gibt sie dem Vieh, falls es mit dem Gas nicht funktionieren sollte, mit ihrem Stiletto eins auf die Nase.

Hinter einem Baumstamm bewegt sich etwas. Erstaunt saugt Sarah die Luft ein. Sind Braunbären nicht, wie der Name schon sagt, von brauner Farbe?, fragt sie sich irritiert. Was hier hinter der Baumrinde hervorschimmert, sieht jedoch nach einem hellen Weißblond aus. Überrascht lässt Sarah den Arm mit der Sprühdose sinken. »Komm heraus!«, ruft sie auf Finnisch.

Das blonde Etwas bewegt sich, verharrt aber weiter hinter dem Baum.

»Ich habe dich gesehen«, sagt Sarah ruhig.

Nun raschelt es in einem Busch, drei Schritte von dem Baumstamm entfernt. Mit großen Augen verfolgt Sarah, wie ein kleiner Junge hinter dem Gewächs hervortritt und sie mit verkniffenem Gesicht anstarrt.

»Trottel!«, ertönt eine Mädchenstimme hinter dem Baumstamm. »Bleib in deinem Versteck, Aarne!«

Sarah kann ein erleichtertes Auflachen nicht unterdrücken. Der vermeintliche Bär hat sich als zwei Kinder entpuppt, die im Wald Verstecken spielen. »Ihr habt mich erschreckt«, sagt sie und zwinkert Aarne zu.

»Warum sprichst du so komisch?«, will Aarne wissen.

»Du darfst nicht mit ihr sprechen«, mahnt die Mädchenstimme hinter dem Baumstamm. »Geh wieder zum Busch zurück! Los, mach schon!«

Aarne schiebt seine Unterlippe nach vorne, bleibt aber wie angewurzelt an Ort und Stelle stehen.

»Trottel!«, erklingt es wieder, dann tritt ein Mädchen hervor und legt ihren Arm um Aarnes Schulter, als wollte es den Jungen schützen. Es ist unübersehbar, dass die beiden Kinder Geschwister sind. Mit finsterer Miene mustert das Mädchen Sarah.

»Spielt ihr im Wald Verstecken?«, fragt Sarah freundlich, während sie das Reizgas möglichst unauffällig zurück in den Rucksack schiebt.

Das Mädchen schüttelt stumm den Kopf.

»Wir beobachten dich«, erklärt der Junge, nicht ohne einen gewissen Stolz. Kurz darauf stößt er einen Schmerzensschrei aus, da ihm seine Schwester in die Seite geboxt hat. »Aua! Du tust mir weh, Vilma!«

Sarah überlegt, ob sie den Jungen falsch verstanden hat. »Ihr folgt *mir* durch den Wald?«, fragt sie langsam.

Aarne nickt heftig. »Wir sind Detektive.«

»Ihr seid …?« Sarah holt tief Luft, kann sich ein Grinsen nicht verkneifen. Als Kind hat sie mit ihren Freundinnen auch Detektiv gespielt. Sie hatten sich sogar eigene Ausweise gemalt. Und eine Rentnerin, die in ihrer Siedlung wohnte, über Tage beschattet.

»Wir beobachten dich, weil du eine Mörderin bist!« Aarne deutet mit ausgestrecktem Zeigefinger auf Sarah. »Du hast den Mann in die Bucht geworfen.«

Das Grinsen gefriert auf Sarahs Gesicht. »Das ist Unsinn!«, stößt sie aus. Sind jetzt schon die Kinder der Umgebung vom sensationsgierigen Gerede ihrer Eltern infiziert?

Vilma schnippt ihre Zöpfe zurück. »Wir wissen, dass du lügst«, erklärt sie ernst. »Er hat es uns gesagt.«

»Wer hat …?« Sarah schaut von einem Kind zum anderen.

»Der Polizist«, sagt Aarne und reckt das Kinn herausfordernd.

Sarah öffnet den Mund, doch es gelingt ihr nicht, auch nur eine Silbe über die Lippen zu bringen.

Vilma scheint Sarahs Schweigen als Schuldeingeständnis zu werten. Getragen nickt sie. »Der Polizist hat gesagt, du hast den Mann aus Habgier umgebracht. Das bedeutet, dass du sein Geld haben wolltest.«

»Darum oktavieren wir dich«, fügt Aarne beflissen hinzu.

Vilma stöhnt auf und gibt dem Jungen abermals einen Knuff in die Seite. *»Observieren!«*, rügt sie ihn.

»Der Polizist?« Sarahs Frage klingt wie der Schrei eines verwundeten Tiers. »Er hat euch gebeten, mir zu folgen?«

»Er hat natürlich keine Zeit, dich ständig zu beobachten. Aber irgendjemand muss das ja tun. Deshalb helfen wir ihm.« Aarne macht einen eiligen Schritt zur Seite, als befürchte er einen neuerlichen Schlag von Vilma. »Es ist unser erster Detektivauftrag«, fügt er hinzu.

»Wie sieht der Polizist aus?« Aufgeregt macht Sarah einen Schritt auf die Kinder zu.

»Das dürfen wir nicht sagen!«, ruft Vilma aus und beäugt Sarah misstrauisch. Dann zieht sie ihren Bruder am Arm. »Komm, Aarne. Wir hauen ab.«

Während Vilma ihn zwischen die Bäume zerrt, dreht Aarne sich noch einmal um. »Wir dürfen nichts verraten. Sonst bekommen wir kein Geld«, erklärt er aufgeregt und stolpert weiter.

Fassungslos verfolgt Sarah, wie die beiden Kinder in den Tiefen des Waldes verschwinden. Während das Rascheln ihrer Schritte immer leiser wird und schließlich ganz erstirbt, versucht sie verzweifelt, ihre Gedanken zu ordnen. Es wird immer bizarrer. Nun benutzt Aalto sogar schon kleine Kinder, um Sarah unter Beobachtung zu halten. Wie verzweifelt muss der Kommissar sein, ihr auf Teufel komm raus den Mord an Matti anhängen zu wollen? Was für ein schmutziges Spiel dieser Typ spielt!

Den restlichen Weg zu ihrem *mökki* legt sie im Stechschritt zurück. An einen sie angreifenden Bären verschwendet sie keinen Gedanken – soll das Tier es doch wagen, sich ihr in den Weg zu stellen! Die in ihr kochende Wut hätte gegen einen kleinen Kampf nichts einzuwenden.

Ilvi ist zurück, erkennt Sarah am schwarzen Volvo, der vor dem Haus parkt. Sie schließt die Tür auf, atmet dreimal tief ein und wieder aus, dann stöckelt sie mit durchgedrücktem Rücken in den Wohnraum.

Ilvi sitzt mit einer Tasse Kaffee in der Hand auf dem Sofa. Sie mustert Sarah von oben bis unten. »Du siehst furchtbar aufgebracht aus.«

Die Worte überschlagen sich, als Sarah von ihrer Begegnung im Wald berichtet. »Kinder!«, schließt sie fassungslos. »Sogar Kinder setzt der Kerl auf mich an.«

»So etwas habe ich noch nicht gehört«, sagt Ilvi langsam und schüttelt den Kopf. »Könnte es sein, dass du die Kinder falsch verstanden hast? Dass sie einfach ein harmloses Spiel spielten? Meine Brüder haben früher ständig Polizei oder Detektive gespielt. Vielleicht war es ein Zufall, dass die Kinder dich beobachteten.«

»Das glaube ich nicht«, erwidert Sarah. »Ganz eindeutig sagten sie, dass ein Polizist sie beauftragt habe, mich zu beschatten. So etwas ist doch sicherlich verboten. Der Kommissar spinnt!«

Nachdenklich reibt Ilvi an ihrem Kinn. »Dieser Toivo scheint ganz schön verzweifelt, wenn er zu solchen Mitteln greift. Ob ich nicht doch mal mit ihm reden sollte? Diesem Gebaren gehört ein Riegel vorgeschoben. Der Typ kann sich auf was gefasst machen!«

Sarah winkt ab. »Ich denke, wir sollten unsere Energie einzig in die Mördersuche stecken. Nur wenn dieser starrsinnige Schnüffler den Täter vorgesetzt bekommt, wird er endlich von mir ablassen. Er ist wie ein Bluthund. Nur auf der falschen Fährte. Das aber konsequent.«

Nachdenklich nickt Ilvi, wirkt jedoch nicht völlig überzeugt. »Apropos Mördersuche. Ich habe mit den Hallas zu Mittag gegessen und Rauno auf den Zahn gefühlt. Von Joko habe ich mich dabei nicht ablenken lassen.« Sie lacht auf. »Nun, vielleicht doch ein wenig.«

Sarah schiebt sich eine Haarsträhne aus der Stirn. »Da hätte ich gerne Mäuschen gespielt. Das muss ein spannendes Mittagessen gewesen sein, Ilvi. Gibt es eigentlich eine Frau Halla? Du erwähnst nie Jokos Mutter.«

»Sie ist bei Jokos Geburt verstorben, so viel habe ich mitbekommen. Rauno hat nicht wieder geheiratet. Die nächste Frau Halla wird wohl Jokos Gattin sein.« Ilvi spreizt ihre rechte Hand und wackelt mit dem Ringfinger, dann zwinkert sie Sarah zu.

»Du bist doch nicht schon wieder Hals über Kopf verliebt?«, schießt es aus Sarah heraus, während sie ein Schmunzeln unterdrückt. »Du kennst den Jungen doch kaum.«

»Hast du ihn dir mal angeschaut?« Ilvi fährst sich mit der Zunge über die Lippen. »Was ich bisher von ihm kennengelernt habe, hat mich voll überzeugt. Außerdem ist Joko ein absolut toller Mensch, das habe ich sofort gespürt.«

»Und sein Vater vielleicht ein Mörder«, ergänzt Sarah trocken.

»Das glaube ich nicht«, erwidert Ilvi ungerührt und nimmt einen Schluck Kaffee. Dann beugt sie sich vor. »Beim Essen habe ich das Gespräch auf Matti gebracht. Rauno konnte ihn wirklich nicht ausstehen, das ist wahr. Er hat da völlig offenherzig drüber gesprochen. Matti hatte ihm einen Zuchthengst aufgeschwatzt, den er über irgendwelche ominösen Kanäle besorgt hat, das Tier war aber sein Geld nicht wert. Doch Matti weigerte sich vehement, das Geschäft rückabzuwickeln. Darüber sind die beiden aufs Heftigste aneinandergeraten.«

»Das hört sich doch zumindest nach einem handfesten Motiv an«, stellt Sarah fest.

Ilvi hebt einen Zeigefinger. »Dachte ich mir auch. Deshalb habe ich Joko nach dem Essen unter vier Augen gefragt, ob sein Vater am Tag des Mordes bei Matti gewesen sein könnte.«

»Und?«

»Rauno war den ganzen fraglichen Tag über auf dem Gestüt. Bei Joko.« Ilvi spreizt die Hände. »Er kann Matti nicht getötet haben.«

»Aber Joko selbst hat seinen Vater des Mordes bezichtigt. Hier in diesem Haus hat er zu uns gesagt, wenn jemand Matti getötet habe, dann wohl sein Vater.«

»Ein Scherz«, entgegnet Ilvi mit einer wegwerfenden Handbewegung. »Außerdem: Wenn es wahr wäre, würde Joko doch niemals so dämlich sein, seinen Vater öffentlich zu bezichtigen.«

»Hm«, macht Sarah. »Damit hast du wahrscheinlich recht.« Dann heitert sich ihre Miene auf. »Es ist eigentlich auch egal, ich wollte nur sichergehen, dass wir Rauno guten Gewissens von unserer Liste der Verdächtigen streichen können. Ich will dem Kommissar nämlich ein Treffen vorschlagen. Leihst du mir dein Handy?«

»Du willst dich freiwillig mit diesem Aalto treffen?«, fragt Ilvi verdutzt und zieht ihr Mobiltelefon hervor.

»Genau das habe ich vor.« Stolz baut Sarah sich vor Ilvi auf. »Ich denke, wir haben ihn.« Sie nimmt das Gerät entgegen und fischt Aaltos Visitenkarte aus dem Rucksack.

»Wen haben wir?«

Sarah blickt vom Display auf, in das sie die Nummer des Kommissars eintippt. »Na, Mattis Mörder.«

ACHTUNDVIERZIGSTES KAPITEL

Der Tag geht zur Neige. Überall am Ufer steigen Rauchsäulen auf. Die Leute grillen oder haben ihre Saunaöfen angeschmissen. Nicht selten beides gleichzeitig. Langsam steuert er das Boot am Ufer entlang, winkt hier einer Familie zu, die wie Gott sie schuf um einen Gartentisch beim Abendbrot sitzt, grüßt dort einen Bekannten, der selbst auf dem Wasser unterwegs ist. Sehnsüchtig liegt sein Blick auf Mattis Anwesen, als er sich der Rotaugen-Bucht nähert. Doch solange die ausgefuchste Furie nebst ihren Helfern, die sich jüngst wie die Kaninchen vermehren, in der Nähe ist, traut er sich nicht erneut auf das Grundstück.

Wie zufällig steuert er die Insel an und stoppt das Boot am Anlegefelsen. Ohne auszusteigen beugt er sich über den Bootsrand und tastet in der Felsspalte herum. Ja, da ist wirklich etwas! Halb amüsiert, halb aufgeregt zieht er das gefaltete Papier hervor und schiebt es eilig in die Hosentasche. Dann legt er sogleich wieder ab und folgt dem Ufer weiter nach Norden. Er zwingt sich, nicht zu der breiten Glasfront hinüberzuschauen, als er an Sarahs *mökki* vorbeizieht. Noch läuft sie frei herum, die Schlange!, denkt er und knirscht mit den Zähnen. Doch es kann nicht mehr lange dauern, bis der dämliche Bulle auf die Hinterlassenschaft in seinem Zimmer reagiert. Mit Sarahs beiden willigen Gehilfen wird er dann schon selbst fertig.

In der übernächsten Bucht steuert er das Boot neben einen Felsen. Sanft wiegt es sich auf dem Wasser, während leichte Wellen gegen seinen Rumpf schwappen. Er schaut sich prüfend um, ob ihn jemand vom Ufer aus beobachtet, doch erwartungsgemäß ist dieser unbewohnte Landstrich menschenleer. Dann zieht er das Papier aus der Tasche. Und lacht auf.

Geheim!, steht in großen Lettern auf der Oberseite geschrieben. *Darf nur von Veetie geöffnet werden!*

Mit einem Grinsen auf den Lippen entfaltet er den Papierbogen. »Es fehlt nur noch die Postanschrift.« Er muss schmunzeln. »Da müssen die beiden Detektive wohl noch einiges lernen.«

Die Seite ist eng beschrieben. Erstaunt hebt er die Augenbrauen. Dieses Mädchen, Vilma, hat sich anscheinend richtig ins Zeug gelegt. Gespannt fliegen seine Augen über die Zeilen.

Achtung! Wenn du nicht Veetie bist, darfst du jetzt nicht weiterlesen! Weil dieser Bericht ist geheim. Wir haben die Frau beobachtet. Das Boot haben wir am Ufer versteckt, dann sind wir zu dem Haus geschlichen. Ins Haus kann man gut hineinsehen. Im Haus waren aber zwei Frauen. Eine große Frau mit blonden Haaren und eine kleine Frau mit schwarzen Haaren. Die Schwarzhaarige ist überall sehr bunt. Die blonde Frau ist die Mörderin. Sie rannte im Zimmer herum, während die andere auf dem Sofa lag. Dann ist sie aufgestanden (die bunte Frau) und hat in der Küche etwas in einer Pfanne gebraten. Es ist eine komische Küche. Sie ist im Wohnraum. Im Wohnraum muss es stinken, wenn man Fisch brät. Unsere Küche ist ein eigener Raum. Die Mörderin und die bunte Frau sind rausgegangen. Die bunte Frau ist mit einem schwarzen Auto weggefahren. Sie kann nicht gut Auto fahren, so wie Opa. Die Mörderin ist durch den Wald zu einem Haus gegangen. In dem Haus wohnt ein trauriger alter Mann. Wir haben uns auf eine Bank gestellt und durch ein Fenster geschaut. Der Mann hat viel getrun-

ken. Die Frau hat auf dem Sofa gesessen. Dann ist sie wieder gegangen. Im Wald hat sie uns gehört. Wir haben uns aber versteckt. Die Mörderin hat uns nicht gesehen. Das schwöre ich! Deshalb müssen wir das Geld für die Detektivarbeit bekommen! Die Mörderin hat sich wieder mit der bunten Frau unterhalten. Im Haus war das. Dann hat sie telefoniert. Dann ist sie mit dem Auto weggefahren (die Mörderin). Die bunte Frau hat sich ausgezogen, bis sie ganz nackt war. Dann ist sie durch das Wohnzimmer getanzt. Dabei hat sie die Augen zugemacht. Aarne hat gesagt, dass die bunte Frau bestimmt betrunken ist. Wenn Papa manchmal zu viel trinkt, läuft er auch ganz komisch herum. Er ist dann aber nicht nackt. Ich glaube irgendwie, die bunte Frau war nur glücklich. Sie hat ganz oft beim Tanzen gelacht. Die Bilder auf der Haut haben sich beim Tanzen bewegt. Später möchte ich auch so bunte Bilder haben. Mama erlaubt mir nicht mal Ohrstecker. Die bunte Frau hat sich irgendwann auf das Sofa gelegt. Wir sind dann zum Boot geschlichen, weil wir nach Hause mussten. Mama hat mir nämlich eine Nachricht auf meine Uhr geschickt. Wenn wir Zeit haben, beobachten wir die Mörderin wieder. Übrigens – bei ihrem Haus wohnt ein niedliches Eichhörnchen in den Bäumen. Wir haben es Puschel genannt. Weil es ganz flauschig aussieht. Vergiss nicht unsere Bezahlung. Die Mörderin hat uns nicht gesehen!
V.

Langsam zerreißt er den Papierbogen und lässt die Schnipsel in den See rieseln. Nach ihrem Treffen mit Onni ist Sarah also zu Ilvi gegangen, um sich auch mit ihr zu besprechen. Dann ist sie in den Wagen gestiegen. Wohin ist sie gefahren? In den Ort? Er hat das unbestimmte Gefühl, dass sich etwas zusammenbraut. Die Geschehnisse nehmen an Fahrt auf. Mit einem Gefühl der Aufregung lenkt er das Boot heimwärts. Es drängt ihn, in Sysmä nachzuhorchen, was Sarah dort treibt. Die Suche nach der Statue wird sehr bald in eine entscheidende Phase eintreten, ist er plötzlich überzeugt.

NEUNUNDVIERZIGSTES KAPITEL

Auf dem Parkplatz stellt Sarah den Volvo widerwillig neben dem Wagen des Kommissars ab. Vorsichtig richtet sie die prall gefüllte Einkaufstüte, die im Fußraum des Beifahrersitzes steht. Auf dem Weg in den Ort hat sie beim Supermarkt haltgemacht, um ein paar Besorgungen zu tätigen. Rappelvoll war der Laden, und es dauerte gefühlt Stunden, bis sie sich zur Kasse durchgekämpft hatte. Zu *Juhannus* ist Sysmä wirklich nicht wiederzuerkennen, denkt sie, während sie im Rückspiegel ihre Lippen nachzieht. Die neugierigen Blicke der Leute hat sie einfach ignoriert, zum Glück hat niemand sie angesprochen. Nur Niilo, der nette Verkäufer, hat ihr zugewinkt. Nach einer Unterhaltung stand ihr in dem Trubel wahrlich nicht der Sinn. Selbst an einem Samstag ist der Viktualienmarkt nichts gegen das Gewusel, dem sie sich eben gestellt hat.

Beim Aussteigen hält Sarah inne, dann gibt sie ihrer Tür einen kleinen Stoß, sodass sie gegen die Seite des Toyotas stößt. »Ups«, ruft sie mit einem sarkastischen Unterton aus und besieht sich unauffällig die kleine Macke im Lack von Aaltos Wagen. Der Kratzer ist mit bloßem Auge kaum zu erkennen. Dennoch muss Sarah sich eingestehen, dass es ihr sogleich etwas besser geht. Ein wenig von ihrer Wut auf den unfähigen Kommissar ist mit dem Schlag in den Lack verraucht. Ilvi hätte fraglos deutlich fester zugestoßen. Nach dem Motto: Wenn schon, denn schon! Nun, vielleicht holt Sarah das später nach. Je nachdem, wie ihr Gespräch mit Aalto verläuft.

Sie hängt ihre Kelly Bag, die sie passend zum braunen Burberry-Mantel gewählt hat, über das Handgelenk, dann trippelt sie über den asphaltgrauen Parkplatz geradewegs auf den Eingang des *Pubi* zu. Auf ihren Vorschlag, sich im Ort zu treffen, hat der Kommissar am Telefon nahezu begeistert reagiert und natürlich gleich den *Pubi* vorgeschlagen. Sarah kam kaum zu Wort, derart redselig war er mit einem Mal. Sie kam gar nicht dazu, den Grund für das Gespräch anzuschneiden. Wahrscheinlich rechnet Aalto mit ihrem Geständnis. »Der wird Augen machen«, raunt Sarah.

»Sarah! Hallo! Du bist Sarah, oder?«

Überrascht dreht sie sich um. Ein Mann in Motorradkluft, den Helm unter den Arm geklemmt, tritt ihr schwungvoll entgegen. Hinter ihm sieht sie eine abgestellte Maschine. Sie runzelt die Stirn. Irgendwoher kommt ihr der Typ bekannt vor.

Mit einem breiten Grinsen im Gesicht bleibt der Mann direkt vor Sarah stehen. »Ich heiße Eetu«, stellt er sich vor. »Endlich bekomme ich dich mal zu fassen.«

Der Kerl erinnert sie auf eine vage Art an Hillas Ehemann Veetie. Die gleiche Statur, der gleiche Haarschnitt, die gleiche Gesichtsform. Veetie und dieser Eetu könnten Brüder sein. Immerhin wirkt Eetu um einiges freundlicher als Hillas grimmiger Gatte. Sarah nickt ihm knapp zu. »Hallo.«

»Großartig, dass ich dich hier zufällig treffe«, sagt Eetu und stemmt seine freie Hand in die Hüfte. »Ich war schon an deinem *mökki*, doch da habe ich dich verpasst.«

»Du warst draußen an der Bucht? Bei meinem Haus?« Überrascht zieht Sarah die Augenbrauen zusammen.

»Mein Hof liegt zwischen Sysmä und der Rotaugen-Bucht. Ich wollte mich mal vorstellen. Dir Hallo sagen.« Er zwinkert Sarah zu.

»Das ist ja … freundlich«, sagt Sarah gemessen. Sie spitzt die Lippen und verengt die Augen zu schmalen Schlitzen. »Und wie kommst du darauf, dass ich mich über einen Besuch gefreut hätte?« Auf eine plumpe Anmache, so weiß sie aus langjähriger Erfahrung, reagiert man am besten mit einem direkten Konter.

Eetu zeigt sich jedoch völlig unbeeindruckt. Sein Grinsen weicht ihm nicht für den Bruchteil einer Sekunde aus dem Gesicht. »Weiß man natürlich nie. Wer nicht wagt, der nicht gewinnt.« Er lacht auf und fährt sich mit der Hand durchs Haar. Dann deutet er auf den Eingang zum *Pubi*. »Wollen wir etwas trinken?«

»Ich bin verabredet.« Sarah schüttelt den Kopf.

»Wollen wir dann vielleicht später auf den Jahrmarkt gehen? Er ist nur noch heute geöffnet.« Mittlerweile ist Eetus Grinsen doch ein wenig in sich zusammengefallen. Es hat etwas Krampfhaftes bekommen, genau wie sein Griff, der den Motorradhelm umfasst. »Es wird klasse, das verspreche ich dir. Die Leute sind alle gut drauf.«

»Es tut mir leid, Eetu. Du bist ein netter Kerl, das steht außer Frage. Aber ich habe im Moment kein Interesse daran, auszugehen.« Sarah macht einen Schritt zur Seite. »Und nun muss ich weiter. Ich fürchte, ich komme sonst zu spät zu meiner Verabredung.« Das letzte Wort betont sie.

»Ich … okay.« Plötzlich wirkt Eetu wie ein begossener Pudel. »Einen schönen Abend wünsche ich.«

»Mach's gut«, sagt Sarah und geht an Eetu vorbei in den Schankraum. Sie ist dabei, die Begegnung zu verdrängen. Für das anstehende Gespräch braucht sie einen klaren Kopf.

Der Kommissar sitzt bereits an einem der Tische. Ausgerechnet auf demselben Platz wie bei ihrer letzten Begegnung hier. Nur mühsam unterdrückt Sarah ein Aufstöhnen. Tief atmet sie ein.

In diesem Moment hebt Aalto den Kopf, und ihre Blicke kreuzen sich. Er springt von seinem Stuhl auf und winkt ihr zu.

»Na, wir sind ja bester Laune«, murmelt Sarah. Dann hebt sie halbherzig die Hand, an deren Gelenk die Tasche baumelt, und winkt beiläufig zurück. Fraglos fiebert der Kommissar Sarahs vermeintlichem Geständnis entgegen. Er wird sich noch umgucken, denkt sie mit einer Spur Genugtuung und stöckelt ihm erhobenen Hauptes entgegen.

»Frau Fuchs! Nehmen Sie doch Platz«, ruft Aalto aus und deutet auf den freien Stuhl. Er klingt heiser. Aufgeregt.

Sarah streift den Mantel ab, legt ihn über die Stuhllehne und setzt sich dem Polizisten gegenüber. Erstaunt bemerkt sie die beiden Sektgläser, die auf dem Tisch stehen. Noch bevor sie etwas sagen kann, stürzt Aune, die Wirtin, heran. In der einen Hand hält sie eine entkorkte Sektflasche, in der anderen einen angelaufenen Sektkühler. Schwungvoll befüllt sie die Gläser, stellt den Kühler samt Flasche an die Tischkante. Dann hält sie inne, zwinkert Sarah verschwörerisch zu und verschwindet wieder hinter dem Tresen.

»Ich …«, setzt Sarah verdutzt an. Die Worte bleiben ihr im Hals stecken, derart ist sie aus dem Konzept gebracht.

»Diesmal können Sie einen Schluck nicht ablehnen«, sagt Aalto bestimmt und erhebt sein Glas. »Zu dieser abendlichen Stunde ist ein kleiner Sekt genau das Richtige. *Kippis.*«

Perplex führt Sarah ihr Glas an die Lippen und nippt daran. Entweder hat der Kommissar seinen Plan, sie für ein Geständnis abzufüllen, immer noch nicht aufgegeben, oder er hat ein ernsthaftes Alkoholproblem. Jedenfalls will sie ihm diesmal entgegenkommen und einen Schluck trinken, schlicht, um ihn zu besänftigen. Für ihr Gespräch kann es bestimmt nicht schaden, ihn in seiner Komfortzone zu belassen. Aus dem Augenwinkel beobachtet sie ihn beim Trinken. Während sie lediglich ihre Oberlippe in dem Getränk badet, kippt Aalto das halbe Glas in sich hinein.

Gleichzeitig stellen sie die Gläser vor sich ab.

Aalto deutet auf ihr kaum angerührtes Getränk. »Schmeckt es Ihnen nicht?«

»Ich muss heute noch ans Steuer«, erwidert sie ausweichend.

Großmütig winkt er ab. »Die Polizei sitzt vor Ihnen. Ein Gläschen schadet nichts, dafür wird Sie niemand belangen. Das verspreche ich.«

Sarah presst die Lippen zusammen. Da geht es schon wieder los, das Spiel, empört sie sich. Dass die *Polizei* vor ihr sitzt, ist ihr natürlich mehr als bewusst. Ist sie, Sarah, doch schließlich die Hauptverdächtige bei polizeilichen Mordermittlungen! Sehr subtil von ihm, sie daran zu erinnern. Und dann noch die dämliche Bemerkung, für das Trinken werde sie nicht belangt. Aber für den *Mord*, oder was?!

»Möchten Sie etwas zu essen bestellen?«, fragt Aalto zuvorkommend. »Die Burger sind köstlich, die kann ich guten Gewissens empfehlen.«

Während seiner nicht stattfindenden Ermittlungsarbeit – er lässt sich ja von Praktikanten und Kindern vertreten – wird der Kommissar bereits einige dieser Burger verspeist haben, vermutet Sarah. Sein Arbeitstag scheint aus Fast-Food-Orgien, begleitet von Unmengen finnischen Wodkas, zu bestehen. Den Wodka trinkt er natürlich nur deshalb, weil seine Großmutter ihm den Alkohol zu fettigen Mahlzeiten empfohlen hat. Sie schüttelt den Kopf und unterdrückt ein Schaudern. »Ich habe keinen Appetit, vielen Dank.« Sie kann sich zudem etwas Besseres vorstellen, als diesem unverschämten Kerl endlich den Mörder von Matti Saarinen zu präsentieren, während sie gleichzeitig mühsam an einem Pappbrötchen nagt.

Aalto wirkt kurz enttäuscht, dann hellt sich seine Miene wieder auf. »Wollen wir uns also einfach unterhalten?«, schlägt er vor. »Ich habe den Eindruck, Sie wollen mir etwas gestehen.« Er zwinkert Sarah zu.

»Ich … gestehen?« Abermals hat Aalto es geschafft, Sarah aus dem Konzept zu bringen. Er erwartet wirklich ein Geständnis von ihr! Deshalb also ist er bester Laune. Dieser Teufel!

»Wir können uns völlig offen unterhalten«, fährt er fort. »Wie … wie zwei erwachsene Menschen, die in ihren Leben bereits vieles erlebt und verarbeitet haben.« Er faltet die Hände vor sich auf der Tischplatte.

Sarah meint, nicht recht zu hören. Was für eine Masche steckt hinter diesem sülzigen Geschwafel? Versucht er es nun auf die pastorale Art? Vor lauter Empörung greift sie nach dem Sektglas und nimmt einen kräftigen Schluck. »Ich … gut, lassen Sie uns *offen* sprechen.« Sie blickt dem Kommissar tief in die Augen. »Gibt es ein Obduktionsergebnis zu Saarinen?«

Aalto fährt zusammen. »Sie … Sie wollen über das Ergebnis …?«

»Nun, es betrifft mich schließlich unmittelbar, das können Sie nicht abstreiten.«

»Wenn Sie es so sehen, kann ich nicht widersprechen.« Er denkt für einen Moment nach. »Es gibt ein vorläufiges Ergebnis, ja. Welches mich nicht überrascht. Matti Saarinen wurde getötet.«

»Ich möchte Sie bitten, mir genau zuzuhören.« Entschlossen richtet Sarah ihren Oberkörper auf und stützt beide Hände auf der Tischplatte ab. »Zufällig bin ich auf etwas Wichtiges gestoßen.«

»Ach ja?« Aalto trinkt sein Glas aus und schenkt erst Sarah, dann sich selbst großzügig nach.

Er wirkt fahrig, findet Sarah mit einer Spur Erstaunen. Hat seine Hand nicht gezittert, gerade eben beim Einschenken? Wahrscheinlich kann er sich vor gespannter Aufregung, gleich ihr Geständnis zu hören, kaum noch halten.

»Ich höre Ihnen zu«, sagt er.

Ein Lachen in ihrem Rücken veranlasst Sarah, sich auf dem Stuhl umzudrehen. Ihr Blick trifft den von Eetu, der neben dem Eingang zum Schankraum an einem großen Tisch sitzt und augenscheinlich mit einer Gruppe von Männern scherzt. Sie zuckt zusammen. Direkt neben Eetu hat sie den Fischer erkannt. Hastig wendet sie sich wieder ihrem Gegenüber zu. »Nun, ich …« Sie räuspert sich, plötzlich verunsichert.

»Nehmen Sie noch einen Schluck. Das ölt die Stimmbänder«, sagt Aalto und prostet Sarah zu.

Diesmal folgt sie seinem Rat. Dann fasst sie sich ein Herz. »Ich habe herausgefunden, wer Matti Saarinen getötet hat.« Sie senkt die Stimme. »Es war der Fischer Jalo.«

Aalto erwidert nichts, hebt lediglich eine Augenbraue und sieht Sarah unverwandt an, das Sektglas in der Hand.

Sie wertet das Schweigen des Kommissars als Aufforderung, mit ihrer Offenbarung fortzufahren. »Matti hat Jalo vor einigen Jahren übers Ohr gehauen. Es ging um ein wertvolles Gemälde, das der Fischer unter Wert an Matti verkauft hat, obwohl Matti wusste, dass es sich um eine Rarität handelt. Jalo konnte mit der überschaubaren Summe, die er erhielt, nicht länger ein alternatives Krebsmittel für seine Frau Rosa bezahlen. Rosa verstarb kurz darauf. Als Jalo herausfand, dass Matti ihn übervorteilt hatte, schwor er Rache.« Sie schluckt. Ein Zittern läuft ihr den Rücken hinab. Sie hat das Gefühl, Jalos brennende Augen in ihrem Nacken zu spüren. Noch leiser spricht sie weiter. »Jalo war an dem Morgen, an dem ich die Leiche fand, vor Ort. Es hat ihn zum Tatort zurückgezogen, da bin ich sicher. Das machen Mörder doch so, oder? Sie kehren an den Ort ihres Verbrechens zurück. Und als ich Jalo später besuchte, da gestand er mir, dass Matti den Tod verdient habe. Er … er habe lange darauf gewartet, Matti zu töten. Das hat er gesagt. Oder so ähnlich.« Sarah schnappt nach Luft. Ihr ist schwindelig.

»Der Fischer war es nicht«, bemerkt Aalto knapp.

Sarah zuckt zusammen. »Wie bitte?«

»Wir haben sein Alibi natürlich sofort überprüft. Routinemäßig. Jalo kann es nicht gewesen sein. Mehr darf ich selbstverständlich nicht sagen. Die Ermittlungen, Sie verstehen.«

»Aber …« Zu dem Schwindel gesellt sich eine unangenehme Übelkeit.

»Aber … lassen Sie uns von etwas anderem sprechen«, führt der Kommissar Sarahs Satz mit einem verhaltenen Lächeln fort. »Von Ihnen!«

»Von … mir?« Sarah hat das verstörende Gefühl eines Déjà-vus. Die Geschichte dreht sich im Kreis. Erneut ist sie die einzige Mordverdächtige, für die der Ermittler sich interessiert. Abermals befindet sie sich mitten in einem Verhör.

»Ich würde gerne wissen, wie lange Sie in Finnland zu bleiben beabsichtigen.«

Die Übelkeit klopft an Sarahs Speiseröhre an. Der Kommissar versucht abzuschätzen, ob Fluchtgefahr besteht, dessen ist sie gewiss. Er kündigt durch die Blume an, dass sie das Land bald schon nicht mehr verlassen darf. Eine neue Stufe der Unverschämtheit. Sie stöhnt auf.

»Ist Ihnen nicht gut?«, fragt Aalto besorgt. »Vielleicht möchten Sie noch einen Schluck trinken? Meine Großmutter sagte immer …«

Als er nach der Sektflasche greift, um ihr nachzuschenken, schüttelt Sarah heftig den Kopf. Aaltos Miene wirkt sofort verletzt. Wenigstens verstummt er, denkt sie erleichtert. Doch sie hat sich zu früh gefreut.

»Ich verstehe, dass Sie sich in einer schwierigen Situation befinden«, sagt Aalto getragen. »Wirklich, das tue ich. Die Situation in Deutschland mit Ihrem Mann …«

»Es gibt keine Situation mit meinem Mann!«, schnappt Sarah. Was erdreistet sich der Kerl?

Anstatt von ihrem Ausbruch eingeschüchtert zu sein, lächelt der Kommissar breit. Als hätte sie gerade etwas sehr Erfreuliches von sich gegeben.

In ihrem Rücken hört Sarah lautes Stühlerücken, dann sich entfernendes Lachen und Schulterklopfen. Die Männergruppe um Eetu und Jalo bricht wohl auf. Sofort geht es ihr etwas besser. Als löse sich ein beobachtender Blick von ihrem Rücken. »Ich denke, ich sollte mich auf den Heimweg machen«, stößt sie hervor.

»Aber Sie sind gerade erst angekommen!«, ruft Aalto aus. »Wir wollten offen sprechen, das haben wir uns doch vorgenommen!« Er kramt in seiner Hosentasche, holt etwas hervor und hält es in seiner geschlossenen Hand verborgen.

Der Bulle will auf Teufel komm raus das Geständnis aus ihr herauspressen, das weiß sie genau. Hastig erhebt sie sich vom Stuhl und greift nach ihrem Mantel.

»Ihr Zeichen ist bei mir angekommen«, raunt der Kommissar.

»Wie bitte?« Verdutzt hält Sarah mitten im Überstreifen des Mantels inne.

»Aune steckt mit Ihnen unter einer Decke, nicht wahr?« Aalto lacht auf und deutet in Richtung Tresen. »Sie hat Sie reingelassen. Frauen halten doch immer zusammen.«

Wie vom Blitz getroffen starrt Sarah den Kommissar an. Sie versteht kein Wort von dem, was er sagt! Sie schüttelt sich, greift nach der Handtasche. Sie will nur noch weg von hier.

»Ich verstehe Sie, wirklich. Ich warte«, erklärt Toivo Aalto eindringlich und schiebt Sarah etwas über die Tischplatte entgegen.

Mit einem Laut der Überraschung schnappt Sarah sich ihre Brosche und dreht sie zwischen den Fingern. Das Herz funkelt im tristen Licht der Gaststättenbeleuchtung.

Aaltos Augen strahlen, als er Sarah zunickt. »Ich warte«, wiederholt er heiser.

Sarah dreht sich auf dem Absatz um und stürmt aus dem *Pubi*. In ihrem Kopf überschlagen sich die Gedanken. Der Bulle hat sie gerade wissen lassen, dass sie nicht versuchen soll, zu verschwinden. Außerdem warnt er sie, dass sie unter ständiger Beobachtung steht und er nur noch auf ihr Geständnis wartet. Selbst die Brosche, die ihr bei Erikka abhandengekommen ist, hat er vor ihr dort aufgespürt. So engmaschig ist sein Netz mittlerweile. Aalto verfolgt sie auf Schritt und Tritt. Wie ein … wie ein verdammter *Stalker*!

Beim schwungvollen Einsteigen in den Volvo knallt die Fahrertür mit Wucht gegen den nebenan parkenden Toyota. Sarah hält nicht einmal inne, um sich den Schaden an Aaltos Wagen anzuschauen. Sie drückt aufs Gas und schießt über den Parkplatz davon.

Der Kommissar wartet also auf ihr Geständnis, brummt es in ihrem Kopf. »Da kannst du lange warten, Aalto.«

FÜNFZIGSTES KAPITEL

Kreideweiß leuchten Sarahs Knöchel auf dem Lenkrad. Das Gespräch mit dem Kommissar ist völlig anders verlaufen, als sie es sich ausgemalt hat. Wie kann der Kerl ihre Offenbarung, Jalo sei der Mörder Saarinens, mit der lapidaren Aussage, Jalo habe ein Alibi, einfach beiseitewischen? Eine Unverschämtheit! Jalo hat den Mord schließlich gestanden! Quasi. Nun befindet Sarah sich in der gleichen verzweifelten Lage wie zuvor. Für einen Moment erwägt sie, die Zelte in Sysmä abzubrechen und in einer Nacht-und-Nebel-Aktion nach Deutschland zurückzukehren. Solange ihr dies überhaupt noch möglich ist. Schließlich hatte der Kommissar ihr bereits zuvor mit einem Haftbefehl gedroht. Doch der Gedanke an den Tsunami, den eine Flucht aus Finnland bei der Boulevardpresse daheim auslösen könnte, lässt sie schaudern und diese Idee sogleich wieder verwerfen. Man denke sich nur, die finnische Justiz stellte ein Auslieferungsgesuch an die deutschen Behörden!

»Du musst einen kühlen Kopf bewahren«, ermahnt sich Sarah und hebt den Fuß ein wenig vom Gaspedal. Sie darf ihr Ziel trotz des Rückschlages nicht aus den Augen verlieren. Wenn es nicht Jalo war, der Matti getötet hat – wer war es dann?

Ein Schild am Straßenrand erregt Sarahs Aufmerksamkeit, und sie tritt auf die Bremse. Schwungvoll steuert sie den Volvo auf den schmalen Parkplatz vor einem heruntergekommen wirkenden Geschäft. *Kirppis* steht in eingestaubten Buchstaben über der Ladentür. Trödelmarkt. Sarah zuckt mit den Schultern. Für einen therapeutischen Einkaufsbummel muss dieses Geschäft reichen.

Eine Türglocke schlägt an, als Sarah den Verkaufsraum betritt und in eine Welt heillosen Durcheinanders eintaucht. »Meine Güte«, flüstert sie. Wenn sie bisher dachte, in Matti Saarinens *mökki* habe sie Unordnung vorgefunden, dann belehrt dieser Trödler sie eines Besseren. In dem Laden wirkt es, als hätte jemand schmale Trampelpfade angelegt, nachdem ein Bagger zuvor einen Wust von Gegenständen in den Verkaufsraum geschoben hat. Voll. Dieses Wort springt Sarah gleich in den Sinn. Der Raum ist pickepackevoll. An einigen Stellen türmen sich die Berge undefinierbarer Gegenstände bis an die Decke hinauf. Ein erdrückendes Bild. Vom muffigen, staubgeschwängerten Geruch, der in der Nase kitzelt, ganz zu schweigen.

Ein Schlurfen lässt Sarah herumfahren. Über einen der Trampelpfade kommt ihr ein alter Mann entgegengewackelt. Mit gebeugtem Rücken schleppt er sich langsam vorwärts. Dabei schwingt sein Kopf von links nach rechts. Hastig eilt Sarah auf ihn zu, damit er nicht auf dem Weg zu ihr zusammenbricht. »Guten Abend«, sagt sie.

»Guten Abend«, antwortet der Mann und blickt Sarah von unten aus trüben Augen an. »Herzlich willkommen, sehen Sie sich in aller Ruhe um. Mein Name ist Keke. Rufen Sie mich einfach, wenn Sie eine Frage haben, junges Fräulein.«

»Das mache ich, danke«, antwortet Sarah lächelnd und wartet ab, bis der Greis wieder hinter einem der Gerümpelhaufen verschwunden ist. Dann stöckelt sie neugierig zwischen den feilgebotenen Gegenständen hin und her. Überrascht erschließt sich ihr nach einigen Minuten so etwas wie eine krude Ordnung. Haushaltswaren wie Töpfe, Schüsseln oder auch Gießkannen lagern auf einem Berg, Kleidungsstücke hingegen auf einem anderen. Von der Kleidung ausgenommen sind Schuhe und Stiefel, die eine eigene Erhebung formieren. Sie liegen neben einem Hügel elektronischer Geräte – uralte Rasierapparate oder rostige Toaster. Die Ansammlungen sind weit davon entfernt, sortenrein zu sein, sie ermöglichen jedoch eine gewisse Art von Orientierung, sollte man diesen Trödelladen mit einem festen Kaufwunsch betreten haben.

Neugierig dreht Sarah eine lederne Handtasche in den Händen. Sie hat sie in einem Kinderwagen gefunden, neben einer zerbrochenen Spieluhr. Das gute Stück sieht derart zerschlissen und abgegriffen aus, dass es schon wieder hipp wirkt. Was Keke wohl dafür haben möchte?

Das Läuten der Türklingel lässt Sarah von ihrem Fund aufblicken. Sie verfolgt, wie eine junge Frau das Geschäft betritt. Über ihrer Schulter hängt ein befüllter Einkaufskorb aus Weidengeflecht. Die Frau kommt Sarah bekannt vor. Sogar ein Name liegt ihr auf der Zunge.

»Keke, du brauchst nicht nach vorne zu kommen!«, ruft die Frau laut in den hinteren Teil des Ladens hinein. »Ich bin es nur, Liisa.«

Der Alte ruft etwas Unverständliches zurück, woraufhin die Frau zufrieden nickt.

Liisa, natürlich. Die Enkelin von Erikka Kauppinen. »Hallo!«, ruft Sarah und winkt. »Das ist ein schöner Zufall, dass wir uns wiedersehen, Liisa.«

Liisa wirkt für einen Moment zögerlich, als sie langsam auf Sarah zukommt. »Ich habe deinen Wagen draußen stehen gesehen«, erklärt sie.

Kein Zufall also. Abwartend lächelt Sarah die junge Frau an. Nach der Erfahrung, die sie bei den Kauppinens mit Liisa gemacht hat, sagt sie lieber erst einmal möglichst wenig, um sie nicht gleich wieder in die Flucht zu schlagen.

»Du – also du stellst Fragen nach Matti?«, stößt Liisa aus. Sie tritt von einem Bein auf das andere.

»Ich habe mit deiner Großmutter über ihn gesprochen«, antwortet Sarah vorsichtig.

»Du möchtest herausfinden, wer ihn ermordet hat, sagt meine Großmutter.«

»Sagt sie das?« Sarah bemüht sich um ein Pokergesicht. Erikka ist natürlich alles andere als dumm und hat eins und eins zusammengezählt. Da kommt Sarah ein Gedanke. »Wo du schon selbst davon sprichst, Liisa, möchte ich dich etwas zu Matti fragen.«

Die junge Frau stellt den Einkaufskorb zu ihren Füßen ab und verschränkt die Arme vor dem Oberkörper. »Was denn?«

»An dem Tag, an dem Matti gestorben ist, war da jemand aus deiner Familie bei ihm am See? Hast du vielleicht mitbekommen, wie einer deiner Onkel zur Rotaugen-Bucht hinausgefahren ist?«

Liisa schüttelt den Kopf.

»Du hast nichts mitbekommen. Verstehe.« Sarah bemüht sich gar nicht erst, die Enttäuschung aus ihrer Stimme herauszuhalten.

»Nein, das meine ich nicht. Es war niemand bei Matti. Das möchte ich sagen.«

Sarah verengt die Augen zu schmalen Schlitzen. »Wie kannst du dir da so sicher sein, Liisa? Ihr seid eine ausgesprochen große Familie.«

»Wegen des Hauskreises.«

»Hauskreises?«, fragt Sarah eindringlich.

»An jenem Tag haben alle Familienmitglieder an unserem Hauskreis teilgenommen, Jung wie Alt. Wir haben den ganzen Tag über, bis spät in den Abend hinein, gemeinsam in der Bibel gelesen, musiziert und diskutiert. Diesmal war es eine besonders große Gruppe, da neben der Familie noch ein paar Gemeindemitglieder mitgemacht haben. Niemand von uns hätte zu Matti hinausfahren können, ohne dass es aufgefallen wäre. Nein, niemand von den Kauppinens war an jenem Tag an der Rotaugen-Bucht. Unmöglich.« Liisa schüttelt mit geradezu sakraler Gewissheit den Kopf. Ihr breiter Zopf schlägt dabei gegen die Schulterblätter.

»Alle haben teilgenommen?«, vergewissert sich Sarah. »Den ganzen Tag über? Niemand hat … sagen wir, krank gefehlt? Oder ist nach der Hälfte der Veranstaltung bereits wieder gegangen?«

»Niemand.« Liisa schüttelt abermals den Kopf und faltet die Hände vor dem Schoß zusammen. »So wahr mir Gott helfe.«

Amen, denkt Sarah. Einen mächtigeren Schwur kann man unter den gegebenen Umständen wohl kaum leisten. »Ja, dann …«, sagt sie und zuckt mit den Schultern.

»Du kannst Jalo fragen.«

»Wen? Was … warum sollte ich ausgerechnet Jalo fragen?« Sarah versteht nicht.

»Er war bei uns, den gesamten Tag über. Jalo kann dir bestätigen, dass niemand von der Familie zur Bucht hinausgefahren ist.«

Verdammt! Sarah beißt sich auf die Lippe. »Jalo ist ein Mitglied eurer Gemeinde?« Ihre Stimme ist heiser.

»Ja, das ist er. Seit Rosa verstorben ist, kommt er regelmäßig zu uns.«

»Seit Rosa …?« Nachdenklich fährt Sarah sich mit einer Hand über die Stirn. Wenn Jalo den Kauppinens für den Tatzeitpunkt ein Alibi geben kann, dann besitzt er damit im Umkehrschluss selbst eins. Verdammt! Der Kommissar hatte recht.

»Ist alles in Ordnung?«, will Liisa wissen. »Du wirkst plötzlich blass, Sarah.«

»Ich … nein … alles ist gut. Jaja.« Fahrig richtet sie die Ärmel ihres Oberteils.

»Aber da ist noch etwas anderes, das ich dir erzählen möchte. Weil du anscheinend nach dem Schuldigen für Mattis Tod suchst.«

»Na ja, ich suche nicht direkt …« Sarah bricht den Satz ab und seufzt. »Was möchtest du mir erzählen?«

»Einen Tag, bevor er gestorben ist, da habe ich zufällig einen Streit mitbekommen, den Matti hatte. Einen schlimmen Streit.« Liisa hat ihren Kopf ein wenig gesenkt. »Ich habe aber nicht bewusst gelauscht, das musst du mir glauben!«

»Ich … äh, natürlich glaube ich dir«, beeilt sich Sarah zu erklären. »Einen Streit mit wem?«

»Mit Joko.« Liisas Stimme ist nurmehr ein Flüstern.

»Dem Sohn des Pferdehändlers?« Eine Auseinandersetzung mit Ilvis heißer Liebschaft? Sarah ist verdutzt. »Was war das für ein Streit?«

Weiterhin fixiert Liisa ihre Schuhspitzen. »Großmutter hatte mich zum Gestüt geschickt, damit ich Rauno eine Nachricht von ihr überbringe. Ich hörte aus einer Pferdebox laute Stimmen. Deshalb bin ich dorthin gegangen. Es waren Matti und Joko, die sich heftig gestritten haben.«

»Heftig?« Sarah schüttelt den Kopf. »Was meinst du damit?«

Ruckartig hebt Liisa ihren Blick und schaut Sarah geradewegs in die Augen. »Joko hat geschrien, dass er Matti den Schädel einschlagen wird.«

»Wow!«, entfährt es Sarah.

»Ich war so erschrocken, dass ich sofort zum Haupthaus gegangen bin. Als ich später wieder an der Stallung vorbeikam, war nichts mehr von den beiden zu hören.«

»Und am nächsten Tag war Matti tot?«

Liisa schluckt, dann nickt sie. »Ganz genau.«

»Und du vermutest, Joko hat Matti umgebracht?«

»Ich vermute gar nichts.« Plötzlich wirkt Liisa abwehrend. Abrupt dreht sie sich zur Tür und wirft Sarah über die Schulter einen unergründlichen Blick zu. »Aber du kannst dieser Ilvi ausrichten, dass ihr neuer Freund ein Lügner ist. Wenn sie schlau ist, hält sie sich von ihm fern.« Damit eilt sie zur Ladentür.

Perplex schüttelt Sarah den Kopf. Dann fährt sie zusammen und ruft hinter Liisa, die bereits eine Hand auf der Türklinke hat, her: »Warte! Dein Korb!«

Mit zusammengebissenen Zähnen stürmt Liisa zurück zu ihrem Einkaufskorb. Sarah greift nach den Henkeln, um Liisa den Korb anzureichen. Dabei entgleitet ihr einer der Griffe, und das schwere Ding kippt zur Seite. Polternd ergießen sich die Einkäufe auf den Fußboden.

»O Gott, das tut mir leid!«, ruft Sarah aus.

Fast klingt es wie ein blasphemischer Fluch, was Liisa über die Lippen entweicht. Hastig beugt sie sich hinab und beginnt damit, die verstreuten Gegenstände zusammenzuklauben.

»Bitte entschuldige«, wiederholt Sarah und beeilt sich, beim Aufsammeln zu helfen. Sie legt eine Orange in den Korb, eine Milchtüte, einen Laib Brot. Beim nächsten Gegenstand stockt sie. Erstaunt hält sie ihn vor ihr Gesicht.

Unterdessen erhebt sich Liisa und schultert nach einem prüfenden Blick auf den Boden den Einkaufskorb.

»Äh, dies hier noch«, quetscht Sarah hervor und streckt die Hand mit dem Fundstück aus.

Liisa weicht jegliche Farbe aus dem Gesicht, dann schnappt sie sich den Gegenstand aus Sarahs Hand, stopft ihn in den Korb und flüchtet ohne ein weiteres Wort aus dem Laden.

Das Läuten der Türklingel ist längst wieder verklungen, da steht Sarah noch immer wie festgewurzelt im Gang. In ihren Gehirnwindungen tanzen die Gedanken wie Schmetterlinge auf einer Sommerwiese. Sie hat genau erkannt, was Erikkas Enkelin als Letztes in den Korb gelegt hat. Einen Schwangerschaftstest.

EINUNDFÜNFZIGSTES KAPITEL

Der Schmerz wird kleiner. Und noch ein wenig kleiner. Ähnlich einem Ballon, aus dem langsam die Luft entweicht, schrumpft er in sich zusammen. Endlich! Onni seufzt erleichtert auf und greift abermals nach dem Glas. Mit zitternder Hand führt er das Getränk an seinen Mund. Warm rinnt ihm die Flüssigkeit durch den Rachen. Es ist ein gutes Gefühl, wie die Hitze des Alkohols seine innere Kälte verdrängt. Wie sie die erdrückende Verzweiflung betäubt. Dass er die Kontrolle über sein Leben verloren hat, ängstigt ihn nicht länger. Alles schwebt. Alles dreht sich, wiegt ihn, lullt ihn ein. Begierig umarmt er diesen Zustand. Das leere Glas stellt er vor sich ab. Zu den beiden anderen.

»Ähm, hier ist der Wodka, den du haben wolltest«, sagt eine Stimme neben ihm.

Onni schaut auf, blinzelt. Bis das wohlige Drehen so weit nachgelassen hat, dass er etwas erkennen kann, dauert es einen Moment. »Da-danke, Heimo. Stell's da hin.«

»Bist du sicher, dass du noch ein Glas trinken solltest?«, fragt Heimo besorgt. »Vielleicht willst du es für heute gut sein lassen, Onni.«

»Mir geht's gut. Ich – komm, komm. Setz dich.«

Heimo blickt sich im Schankraum um. Bis auf zwei alte Männer, die über ihre Gläser gebeugt sitzen und in die Unendlichkeit starren, ist der *Pubi* zu dieser späten Stunde bereits leer.

»Se-setz dich. Ich verrate dir auch ein Geheimnis«, flüstert Onni und greift nach dem gefüllten Glas, das Heimo ihm gerade gebracht hat. Während er es langsam an die Lippen hebt, tropft Wodka auf das Tischtuch hinab.

Laut seufzt Heimo auf. »Du weißt gar nicht, wie viele angebliche Geheimnisse ich hier jeden Tag zu hören bekomme.« Er zieht den Stuhl zu sich heran und setzt sich Onni gegenüber. »Wenn du mir also erzählen willst, dass der alte Keke hinten in seinem Laden heimlich Hanf anbaut, dann kann ich nur gähnen. Das Gras hilft gegen sein Rheuma. Lasst den Alten also allesamt in Ruhe.«

»Mein Geheimnis ist ein echtes. Ein großes.« In einem Zug trinkt Onni das Glas aus. »Und ich erzähle es dir. Weil mir jetzt alles egal ist. Ich ... ich habe es alles satt. Verstehst du das, Heimo? Ich bin nicht verrückt. Verstehst du das, Heimo? Natürlich sollte ich nicht trinken, das weiß ich. Mein Arzt hat es oft genug gesagt. Meine Mutter hat es oft genug gesagt. Und ich weiß es, weil ich weiß, dass der Schmerz danach nur noch schlimmer sein wird. Aber ich ertrage es nicht mehr. Ich ertrage die Unruhe in meinem Kopf nicht mehr. Jetzt bin ich frei. Wirke ich frei auf dich, Heimo?«

»Genauso frei wie jeder andere Betrunkene«, erwidert der Wirt trocken. Er macht Anstalten, sich von seinem Stuhl zu erheben.

»Bleib sitzen, Heimo. Bitte! Merkst du nicht, dass ich jetzt ganz frei reden kann? Ich ... ich bin locker. Das muss dir doch auffallen, Heimo. Die Unruhe ist verschwunden. Die Unsicherheit ist verschwunden. Das muss dir doch auffallen! Und weißt du, was ich tun werde? Ich habe nämlich einen Plan. Damit der Schmerz nicht zurückkommen kann, werde ich einfach immer weiter trinken.« Onni gluckst in sich hinein.

»Na, das ist mal ein Plan.«

»Ich bin nämlich nicht anders, Heimo. Weißt ... weißt du, was Asperger ist? Weißt du es? I-ich will jetzt nicht darüber sprechen. Aber vielleicht weißt du es ja. Es hat einen Namen, verstehst du.

Ich werde nicht darüber sprechen, denn es geht mir gerade sehr gut. Mein Kopf ist frei. Meine Gedanken sind langsam. Nicht rasend schnell, Heimo. Sie hüpfen nicht mehr wild umher, angestachelt von dem Chaos, das bei euch herrscht. In eurer Welt. Weißt du, dass dort draußen einzig Chaos herrscht, Heimo? Verstehst du das überhaupt? Das Chaos will alles verschlingen.« Für einige Sekunden nickt Onni nur. »Das ist die Wahrheit.«

»Geht es dir gut, Onni?« In Heimos Stimme liegt echte Sorge.

»Verstehst du denn nicht? Mir geht es sehr gut! Fällt dir denn nicht auf, wie gut wir uns unterhalten? Bald werde ich die Statue haben. Und dann ertrage ich vielleicht das Chaos auch wieder, Heimo.« Onni hebt einen Daumen. Er blinzelt, da er den Wirt gleich in zweifacher Ausführung vor sich sitzen sieht. »Doch bis dahin trinke ich das Chaos weg.«

»Welche Statue?«, fragt Heimo.

»Die Statue ist das Geheimnis. Ohne sie werde ich nicht zurückkönnen. In eure Welt. Ich bin kein Versager, Heimo. Das weißt du doch, oder? Ich bin kein gestörter Freak! So hat er mich genannt. Aber wenn ich die Statue habe, dann werdet ihr alle klatschen. Das werdet ihr doch, oder, Heimo?«

»Ich verstehe nicht, was du damit meinst, Onni. Tut mir echt leid. Noch mal: welche Statue?«

Onni beugt sich über den Tisch. Dabei stößt er zwei der leeren Wodkagläser um. »Die Frau hat sie. Sie ist eine Mörderin. Doch ich muss mit ihr reden. Sie muss mir die Statue geben!«

»Die Deutsche hat etwas mit dieser Statue zu tun?« Nun klingt Heimo erstmals überrascht.

»Ja, das hast du nicht gewusst, Heimo«, sagt Onni verschwörerisch. »Ich habe es schnell verstanden. Jetzt muss ich sie ihr noch abnehmen. Die Statue war nicht mehr in Mattis Haus. Also kann nur diese Sarah sie haben. Sie ist eine Mörderin und Diebin.«

»Was soll das denn für ein Ding sein, diese Statue?«

»Es ist … es ist besser, wenn ich dir das nicht sage.« Getragen nickt Onni, dann rückt er seine Brille zurecht. »Sie müsste dich sonst auch töten, Heimo. Sie arbeitet mit so einer Bande zusammen. Das … das hat er mir gesagt. Bevor er … bevor er …« Seine Stimme bricht.

»Mann, Onni!« Heimo schüttelt besorgt den Kopf. »Du hast wirklich einen sitzen.«

Abwehrend hebt Onni eine Hand. »Die Statue ist eine Sensation. Sie wird mir zu einer Professur verhelfen. Dann werdet ihr alle sehen, dass ich kein Freak bin. Dann werdet ihr …« Er hält inne und betrachtet aufmerksam seine Hand, die er immer noch erhoben hält.

»Ich mache jetzt gleich zu, Onni. Zeit für dich, hier die Zelte abzubrechen, mein Freund.«

Onni legt die Hand im Zeitlupentempo auf dem Tisch ab. »Ich will nicht der Freak sein. Der Gestörte. Ich möchte so sein wie die anderen. Ich möchte verstehen, wie ich mit euch reden kann. Ich möchte nicht allein sein.« Seine Stimme sinkt zu einem kaum mehr hörbaren Flüstern zusammen.

Heimo erhebt sich vom Stuhl. »Auf, auf! Ich mache hier jetzt für heute dicht. Es ist bereits nach Mitternacht.«

Schwankend erhebt sich auch Onni. »Heimo, ich nehme eine Flasche mit hoch.«

»Was?«

»Eine Flasche. Wodka am besten.« Onni stößt sich von der Tischkante ab und stolpert auf den Tresen zu. »Eine Fla-Flasche fürs Zimmer.«

Heimo folgt Onni zum Tresen. »Meinst du, dass das eine gute Idee ist?«

»Eine Flasche, Heimo«, sagt Onni bestimmt und klopft auf das Holz der Theke. »Wodka am besten. Setz die Flasche auf die Rechnung. Ich habe ein Zimmer hier. Das weißt du doch. Setz … setz die Flasche auf die Rechnung.«

»Ich weiß wirklich nicht …«

Onnis Ton ist weinerlich. »Ich ertrage die schnellen Gedanken nicht mehr. Verstehst du das nicht?« Er erhebt seine Stimme. »Mit dem Schmerz im Kopf kann ich die Statue nicht suchen. Verstehst du das nicht? Gib mir die Flasche!«

Beschwichtigend hebt Heimo die Hände. »Immer mit der Ruhe, Junge. Mach nicht so ein Geschrei. Du weckst noch den Kommissar auf.« Er stellt eine Flasche auf den Tresen. »Hier. Geht aufs Haus.«

»Ich … äh, danke. Danke, Heimo.«

»Armer Hund«, murmelt der Wirt und schüttelt den Kopf.

Die Flasche fest umklammernd kämpft Onni sich die Treppe hinauf. Zweimal stößt er schmerzhaft mit der Schulter an die Wand, bevor er den oberen Flur erreicht. »Sie muss mir die Statue geben«, stammelt er. »Sonst bin ich verloren.«

Während er sich schlingernd seinem Zimmer nähert, fischt Onni in der Hosentasche nach dem Schlüssel. Er stockt, als er vor der Tür haltmacht. Und blinzelt. Die Tür steht einen Spalt weit auf. Hat er sie nicht abgeschlossen, als er vorhin in den Schankraum hinuntergegangen ist? Unmöglich. Er vergewissert sich beim Weggehen stets dreimal, ob eine Tür abgeschlossen ist. Wieso ist diese Tür also geöffnet? Nicht nur Onnis Kopf schaukelt, er selbst hat das Gefühl, sich unkontrolliert zu drehen. Träumt er gerade? Ist die Tür gar nicht geöffnet? Beim Bestreben, sich irgendwo abzustützen, drückt er die Tür auf und stolpert in das Zimmer hinein. Schwankend versucht er, das Gleichgewicht zu halten und sich im dämmerigen Licht, das durch das kleine Fenster hereinfällt, zu orientieren.

Dumpf fällt die Wodkaflasche auf den Teppich, als sich seine Hand wie von allein öffnet. »Was …?«, haucht Onni und starrt ungläubig auf die dunkle Silhouette eines Menschen, der auf der Kante seines Bettes sitzt. Sieht er Gespenster?

Der schwarze Schatten erhebt sich vom Bett und macht einen

Schritt auf ihn zu. »Da bist du ja«, ertönt eine gepresste Stimme. »Es ist Zeit, dass wir uns unterhalten, Onni.«

Der Schwindel in seinem Kopf wird schlagartig stärker. Onni hat das Gefühl, dass sein Hals zugeschnürt wird und er keine Luft mehr bekommt. Sein Herz pocht schmerzhaft in der Brust. »Du?«, krächzt er.

ZWEIUNDFÜNFZIGSTES KAPITEL

Eine Staubwolke wirbelt auf, als Sarah den Volvo auf die Zufahrt zum Gestüt lenkt. Sie hat lange überlegt, ob sie Ilvi von Liisas überraschender Anschuldigung erzählen soll, sich aber am Morgen dagegen entschieden. Dass ihre Freundin nicht im *mökki* war, als Sarah nach dem Besuch beim Trödler heimkam, hat ihr Zeit zum Nachdenken gegeben. Erst einmal will sie selbst Joko auf den Zahn fühlen, bevor sie Ilvi, die am Morgen noch in ihrem Zimmer schlief, den Tag verdirbt. Joko hatte behauptet, Matti schon lange nicht mehr gesprochen zu haben. Wie passt diese Aussage also zu Liisas Beobachtung, Raunos Sohn habe sich mit dem Ganoven nur einen Tag vor dessen Tod heftig gestritten?

Am Ende der Zufahrt parkt Sarah den Wagen unter einem Lindenbaum auf dem Hof. Linker Hand wird das Gestüt von einem eindrucksvollen Wohnhaus dominiert, rechter Hand breiten sich ausladende Stallungen aus. Der Blick geradeaus, von den beiden Gebäuden eingefasst, zeigt Sarah eine weite Weidelandschaft, die in unzählige Koppeln eingeteilt ist. Pferde grasen dort auf saftigem Grün, manchmal ein einziges Tier in einer Koppel, manchmal eine Herde.

Sarah überprüft ein letztes Mal ihren Lippenstift im Rückspiegel, dann steigt sie aus. Mit Schwung schließt sie die Wagentür hinter sich und reibt die Hände aneinander, als wollte sie Staub und Schmutz entfernen. Obwohl sie gerade erst das Auto verlassen hat, keimt in ihr bereits das Gefühl, mit einer dicken Staubschicht überzogen zu sein. Bauernhöfe, welcher Art auch immer, waren noch nie nach ihrem Geschmack, gesteht sie sich ein. Vielleicht liegt es daran, dass sie als Kind einmal mit ihren Eltern Urlaub bei einem Bauern gemacht hat. Und beim Spielen prompt in den Misthaufen fiel. Es hatte Tage gedauert, bis sich der Gestank von ihr löste. Noch heute meint sie die Jauche an sich riechen zu können, wenn sie nur konzentriert genug an den unschönen Vorfall zurückdenkt.

Vorsichtig stakst Sarah über helle Pflastersteine auf das Wohnhaus zu. Mehr als einmal muss sie akrobatisch das Gleichgewicht halten, da ihre dünnen Absätze auf dem Natursteinbelag in tückische Zwischenräume abzurutschen drohen. Während sie sich vorankämpft, beäugt sie immer wieder skeptisch die Pferde auf der Weide. Während ihre Schulfreundinnen allesamt pferdebegeistert waren, hatte Sarah schon immer eine Aversion gegen die großen Tiere. Sie wirken unberechenbar, findet sie. Niemals käme sie auf die Idee, sich auf den Rücken eines solchen Reittieres zu setzen! Ja, sie vermeidet es bereits, ihnen überhaupt zu nahe zu kommen. Mit ihren riesigen Gebissen sehen Pferde so aus, als könnten sie einem ohne Schwierigkeiten die Hand abbeißen.

Sarah weiß, ihre Scheu macht den Besuch bei Joko von vorneherein zu einem zweifelhaften Erlebnis, dem sie so enthusiastisch entgegensieht wie einem Zahnarzttermin. »Doch manchmal hat man eben keine Wahl«, murmelt sie und steigt möglichst grazil über einen Haufen Pferdeäpfel. Um Mattis Mörder zu finden und endlich Ruhe vor dem Kommissar zu haben, würde sie schließlich auch mit Haien schwimmen.

An der Haustür dient ein Pferdekopf aus Messing als Türklopfer. »Was auch sonst«, raunt Sarah und lässt den schweren Ring, den der Gaul im Maul trägt, auf das Holz fallen. Sie wartet einen Moment, dann wiederholt sie die Prozedur. Der Schlag hallt tief ins Haus hinein, doch niemand kommt zur Tür. »Auch das noch«, schimpft sie vor sich hin. Anscheinend hat sie sich vergeblich über die Pflastersteine hierhergekämpft. Mit Verwünschungen auf den Lippen trippelt sie vorsichtig zurück über den Hof, diesmal auf die Stallungen zu. Sie kommt nur im Schneckentempo von der Stelle, doch ein Sturz würde ihr gerade noch fehlen. Nichts wäre schlimmer, als sich in ihrem sommerlichen Armani-Kleid wie ein Mistkäfer auf dem Boden zu wälzen.

Ein wenig außer Atem, gelangt Sarah zu einem offen stehenden Tor. Zögernd macht sie einen Schritt in das Stallungsgebäude hinein. Roch es bereits auf dem Hof penetrant nach Pferd, erschlägt sie der Geruch hier drinnen. Während sie halb neugierig, halb beunruhigt den langen Gang, von dem unzählige Boxen abgehen, hinunterschaut, hält sie sich mit spitzen Fingern die Nase zu. Schrilles Wiehern aus einer nahe gelegenen Box lässt sie zusammenzucken. Ein zweites Wiehern antwortet. Hufe scharren.

Etwa zehn Schritte von Sarahs Standort entfernt kommt ein untersetzter, kahlköpfiger Mann aus einer Box hervor, eine Mistgabel in der Hand. Schweiß perlt auf seiner Stirn. Erstaunt mustert er Sarah, dann nickt er ihr zu. »Hallo«, sagt er.

Hastig nimmt Sarah die Hand von der Nase. Sie ermahnt sich, ausschließlich durch den Mund zu atmen. »Hallo«, grüßt sie zurück. »Ich suche …«

»Joko«, fällt der Mann ihr ins Wort.

Etwas blitzt in seinen Augen auf, doch der Mann dreht sich zu schnell um, als dass Sarah genau sagen könnte, was sie in seiner Miene gesehen hat.

»Joko!«, ruft er den Gang hinunter. »Damenbesuch!« Damit wendet er sich wieder Sarah zu, hebt die freie Hand zum Abschied und verschwindet ohne ein weiteres Wort in der Box.

»Äh, danke«, murmelt Sarah und streicht den Schoß ihres Kleides glatt, dann verschränkt sie die Arme vor der Brust.

Vom Ende der Stallungen her erklingt ein Klirren, wie von eisernen Ketten, dann steckt Joko seinen Kopf um eine Ecke. Sein Haar hat er zu einem Knoten zusammengebunden. »Ach, hallo!«, ruft er Sarah zu. »Einen Moment, ich komme gleich.« Sein Kopf verschwindet, dann hört man ein Scharren und Klappern, bevor es wieder still wird. Selbst die Pferde geben keinen Mucks von sich. Einen Moment später tritt Joko schwungvoll in den Gang und kommt mit einem breiten Grinsen im Gesicht auf Sarah zu. Dabei wischt er seine Hände an dem Unterhemd ab, das er zu einer Jeans und klobigen Arbeitsschuhen trägt. »Sarah! Das ist eine Überraschung.«

»Eine angenehme, hoffe ich«, entfährt es Sarah mit einem Augenaufschlag. Sie beißt sich auf die Lippen und betet inständig darum, nicht rot zu werden. Wie kommt sie dazu, mit Ilvis Freund zu flirten? Sie bewundert Jokos ausgeprägte Schultermuskulatur und seine mit einem Schweißfilm überzogenen athletischen Oberarme. Hier könnte die Antwort auf ihre Frage liegen. Verlegen räuspert sie sich.

»Selbstverständlich, selbstverständlich«, erwidert Joko und fährt sich über die Stirn, ohne Sarah aus dem Blick zu lassen. »Eine äußerst angenehme Überraschung.«

Um Haltung bemüht zwingt Sarah das aufziehen wollende Lächeln von ihrem Gesicht. »Ich … äh … war in der Nähe. Da wollte ich einmal vorbeischauen«, erklärt sie möglichst beiläufig. »Ich dachte, Ilvi sei vielleicht auch hier.« Natürlich weiß sie genau, dass Ilvi zu Hause im Bett liegt und aller Wahrscheinlichkeit nach selig schläft.

Überrascht schüttelt Joko den Kopf. »Ilvi ist nicht bei mir. Gestern Abend habe ich sie das letzte Mal gesehen. Wir waren unterwegs. Danach habe ich sie an eurem *mökki* abgesetzt. Ist sie etwa nicht dort?« Aus seiner Stimme ist Sorge herauszuhören.

Sarah stammelt sich etwas zusammen, das in etwa so klingt, als habe sie Ilvi am Morgen wohl im Haus übersehen. Innerlich schlägt sie die Hände über dem Kopf zusammen. Was redet sie bloß für einen Unsinn!

Glücklicherweise scheint Joko sich mit der Erklärung zufriedenzugeben. Er nickt, dann deutet er den Gang hinab. »Möchtest du dich umschauen, Sarah? Soll ich dir die Pferde zeigen? Wir haben einige prachtvolle Tiere hier.«

Sarah macht einen abrupten Schritt nach hinten. »Danke, gerne ein anderes Mal«, stößt sie hastig aus. »Ich dachte, wir … äh … trinken vielleicht einen Kaffee zusammen.« Der Satz kommt aus ihrem Mund, ohne dass sie über ihn nachgedacht hätte. Als er in ihren Gehörgängen ankommt, schnappt sie nach Luft.

Beinahe unmerklich hebt Joko eine Augenbraue. »Klar doch. Gerne.«

Diesmal kann sie spüren, wie ihr die Röte ins Gesicht schießt. Eilig dreht sie sich um und tritt auf den Hof. In der Hoffnung, dass Joko nichts von ihrer Verlegenheit bemerkt. Meine Güte!, schilt sie sich. Warum nur verhält sie sich wie ein kichernder Backfisch?

»Wollen wir ins Haus hinübergehen?«, fragt Joko, der neben sie getreten ist. »Ich mache uns in der Küche einen Kaffee. Eine Pause kann ich gut gebrauchen. Ich bin bereits seit Stunden auf den Beinen.« Er deutet zu den Koppeln hinüber. »Auf einem Pferdehof gibt es ständig etwas zu tun.«

»Das glaube ich«, sagt Sarah. Mit Entsetzen schaut sie auf den langen Weg zum Wohnhaus. Nun muss sie abermals über die Steine hinübereiern. Vorsichtig trippelt sie los.

»Warte, ich helfe dir!«, ruft Joko aus und bietet Sarah seinen Arm. »Der Hof ist für deine Schuhe nicht geeignet. Halt dich bei mir fest, damit du dir nicht wehtust.«

»Ich … äh … danke«, erwidert Sarah und hakt ihren Arm bei Joko unter. Während sie sich dem Wohnhaus nähern, spürt sie seinen Körper wie ein glühendes Stück Kohle neben sich. Ein Prickeln zieht über ihre Haut. Zum Glück braucht sie nichts zu sagen, da Joko die ganze Zeit über von der Arbeit auf dem Hof berichtet. Sarahs Hals ist staubtrocken, und sie bezweifelt, dass sie einen vernünftigen Satz herausbringen wird.

Vor der Eingangstür lässt Joko ihren Arm los. Die schwere Holztür schwingt nach innen auf.

Sarah fragt sich, ob denn niemand in ganz Finnland seine Haustüren abschließt. Für einen Moment ist sie gedanklich wieder in Mattis *mökki*, hört in der regnerischen Nacht die Bewegung der Türklinke. Ein kalter Schauer läuft ihren Rücken hinunter. Wie gut, dass sie die Tür abgesperrt hatte! Wer weiß, ob der Mörder sich nicht auch an ihr vergriffen hätte! Mit einem zitternden Schulterheben verdrängt sie die unschöne Erinnerung.

»Komm rein«, sagt Joko und streift seine Schuhe ab. Auf Socken betritt er den Flur und bedeutet Sarah, ihm zu folgen.

Es ist wie eine Zeitreise, denkt Sarah und schaut sich in dem breiten Flur um. Erwartungsgemäß bestehen die Wände und der Boden aus Holz, dieses hier wirkt jedoch besonders alt. Eine prächtige Standuhr tickt neben einer Zimmertür, auf der anderen Seite des Ganges thront eine reich verzierte Kommode. Über ihr hängt ein goldgefasster Spiegel an der Wand. Die Einrichtung wirkt antik, jedoch auf eine unbenutzte, geradezu unbewohnte Art und Weise. Als hätte Sarah gerade ein Museum betreten, kein Wohnhaus. Nachdenklich folgt sie Joko in die Küche.

»Bitte nimm Platz.« Joko deutet auf eine Sitzbank, die an einem rustikalen Esstisch steht. »Ich setze den Kaffee auf, einen Moment.« Er beginnt, an einer Kaffeemaschine, die auf einer schweren Anrichte steht, herumzuwerkeln.

Nur widerwillig löst sich Sarahs Blick von Jokos Rückansicht, dann schaut sie sich in dem großen Raum um. Wie schon der Eingangsbereich wirkt er aus der Zeit gefallen. Ein riesiger Kaminofen dominiert den Raum, alte, mit Blumenmalereien verzierte Holzmöbel stehen an einer Wand. Von Haken hängen Pfannen und andere Kochutensilien herab. Auch wenn eine Spülmaschine, ein elektrischer Herd und eine Mikrowelle die Einrichtung ergänzen, bleibt ihr historischer Charakter erhalten. »Ein schönes Haus«, bemerkt Sarah und setzt sich auf die Bank.

»Ja? Findest du?« Joko dreht sich nicht um, sondern arbeitet an der Kaffeemaschine. »Mir ist hier alles zu gestrig, wenn ich ehrlich bin. Die Einrichtung stammt im Wesentlichen noch von meinen Großeltern. Übrigens haben schon sie Pferde gezüchtet. Nach dem Tod meiner Mutter hat Rauno im Haus nicht mehr wirklich etwas verändert. Eigentlich nutzen wir es kaum. Zum Essen und Schlafen, ansonsten steht es meist leer. Wir sind ständig draußen unterwegs, in den Stallungen und auf den Koppeln. Mein Vater ist heute nach Lahti gefahren, um etwas Geschäftliches zu regeln. Es gibt kaum Gelegenheit, hier drinnen Zeit zu verbringen.«

»Es ist ein großes Anwesen.« Sarah nickt. »Die Arbeit mit den Pferden verschlingt sicherlich viel Energie.«

Joko lacht auf. Es klingt ein wenig sarkastisch. »Das kannst du laut sagen. Wenn ich das Gestüt später übernehme, werde ich es wohl verkaufen.« Konzentriert füllt er Wasser in die Kaffeemaschine.

»Wirklich?« Sarah ist baff. »Was sagt denn dein Vater dazu, dass du die Familientradition nicht fortsetzen möchtest?«

»Rauno? Er ist pragmatisch. Wenn er tot ist, ist ihm egal, was mit dem Hof passiert.« Joko dreht sich um und lehnt sich mit verschränkten Armen gegen die Anrichte. In seinem Rücken beginnt die Kaffeemaschine, blubbernde Geräusche von sich zu geben. »Doch genug mit meiner Jammerei. Hast du dich gut in Sysmä eingelebt?«

Sarah fährt mit der flachen Hand über die Tischplatte. »So weit. Ich bin froh, dass Ilvi bei mir wohnt. Sie ist eine große Stütze. Diese ganze Sache mit Matti ist schon eine Belastung.«

»Das denke ich mir. Im Ort geht immer noch die Geschichte rum, dass du etwas mit Mattis Tod zu tun hast. Und wie ich im *Pubi* gehört habe, ist noch ein neues Gerücht dazugekommen.«

Sarah zuckt zusammen. »Ein neues Gerücht? Was meinst du?«

»Es heißt, du suchst nach etwas. Etwas, das Matti gehört hat.«

»Was für ein Unsinn!« Sarah schüttelt den Kopf.

»Dieser Onni hat das behauptet. Auf dem Jahrmarkt, als wir da in einer größeren Runde ein Bier getrunken haben.« Joko zuckt mit den Schultern, dann dreht er sich wieder zur Anrichte um.

Diesmal kann Sarah sich ein Auflachen nicht verkneifen. Sie winkt ab. »Ach, dieser Onni. Den kann man doch nicht ernst nehmen.« Wirklich ein seltsamer Lakai, den der Kommissar sich da angelacht hat, ergänzt sie in Gedanken.

Joko gießt Kaffee in zwei Becher. »Milch, Zucker?«, fragt er über die Schulter gewandt.

»Einen Schuss Milch, bitte. Etwas Zucker.«

Joko kommt mit den Bechern zum Tisch und stellt einen Kaffee vor Sarah ab. Dann schiebt er sich neben sie auf die Bank. »Vorsicht, ist sehr heiß«, bemerkt er und deutet auf ihren Becher. Doch in seinen Augen liegt für einen Moment ein schalkhaftes Blitzen, das auf Sarah gerichtet ist.

Sarah rutscht ein wenig zur Seite. »Ich habe auch ein Gerücht gehört«, sagt sie. »Über dich.«

Joko stützt die Ellenbogen auf dem Tisch ab und legt sein Kinn in die Handflächen. »Da bin ich gespannt.«

»Es heißt, dass du mit Matti einen großen Streit hattest. Hier auf dem Hof, in den Stallungen. Einen Tag, bevor Matti starb.«

Die Überraschung steht Joko ins Gesicht geschrieben. Er richtet seinen Oberkörper auf. »Es ist Wochen her, dass ich mit Matti gesprochen habe. Er soll kurz vor seinem Tod hier gewesen sein? Das ist definitiv nicht wahr. Ich war zwar an jenem Tag in den Stallungen beschäftigt, doch Matti hat sich ganz sicher nicht dorthin verirrt. Was sollte er auch dort gewollt haben? Seit er eine Auseinandersetzung mit meinem Vater hatte, hat er keinen Fuß mehr aufs Gestüt gesetzt. Rauno hätte ihn sofort vom Hof gejagt! Wer behauptet denn, wir hätten uns hier gestritten?«

Während Sarah den Becher zum Mund führt, denkt sie nach, wie viel sie Joko erzählen soll. Langsam nimmt sie einen Schluck. »Ein Gerücht, wie gesagt. Habe ich irgendwo aufgeschnappt«, sagt sie schließlich.

»Und worum soll es bei diesem Streit zwischen ›dem Walross‹ und mir gegangen sein? Gerüchteweise?« Joko wirkt entrüstet.

»Du sollst gedroht haben, Matti den Schädel einzuschlagen.«

Stirnrunzelnd schüttelt Joko den Kopf. »Einen größeren Unsinn habe ich lange nicht gehört. Wer auch immer so etwas behauptet, er lügt wie gedruckt.«

Sarah mustert ihn eindringlich.

»Ich schwöre dir, dass es nicht stimmt.«

Sarah seufzt. »Ich kenne das. Die Leute reden viel Mist.«

Jetzt lacht Joko auf. Gleichzeitig rückt er ein Stück näher an Sarah heran. »Stimmt. Da sind wir beide wohl Leidensgenossen.«

Wieder verspürt Sarah das prickelnde Gefühl, wie schon zuvor, als sie an Jokos Arm über das Pflaster stolperte. Das ist Ilvis Freund!, ermahnt sie sich. Hastig springt sie von der Bank auf. Dabei stößt sie beinahe den Becher um. »Ich ... äh ... danke für den Kaffee!«, ruft sie aus.

Erstaunt hebt Joko eine Hand. »Gern geschehen«, sagt er.

»Ich ... also, mir ist eingefallen, dass ich noch etwas erledigen muss«, stottert Sarah. Damit hechtet sie zur Tür.

»Schade, dass du schon gehst!«, ruft Joko hinter ihr her.

Auf dem Autositz atmet Sarah für einen Moment tief durch. »Verdammter Mist!«, presst sie hervor. Dann startet sie den Volvo und tritt aufs Gaspedal. Plötzlich kann sie nicht schnell genug von hier verschwinden.

Eine Staubwolke erhebt sich, als der Wagen vom Hof auf die Zufahrtstraße schießt. Überrascht blinzelt Sarah, dann tritt sie auf die Bremse und verlangsamt ihre Fahrt. Jemand kommt ihr zu Fuß entgegen, der Gang unstet und wackelig. »Auch das noch!«, stößt sie aus, als sie in der Person Onni erkennt.

Onni hebt einen Arm und winkt ihr hektisch zu. Es ist offensichtlich, dass er sie zum Anhalten bewegen will. Für einen Moment sieht es sogar so aus, als wollte er sich dem herankommenden Fahrzeug in den Weg stellen.

»Den ertrage ich jetzt nicht«, murmelt Sarah kopfschüttelnd. »Sogar bis hier heraus verfolgt mich der Kommissar durch seine

Vasallen!« Schwungvoll steuert sie den Volvo an Onni vorbei und tritt das Gaspedal durch. Täuscht sie sich, oder ruft er ihr etwas nach? Der Rückspiegel zeigt ihr für einen Moment Onnis Gesicht. Es ist zu einem verzweifelten Ausdruck verzerrt.

Onni hebt einen Arm. Die Geste wirkt wütend. Dann löst sich seine Gestalt in der alles verschlingenden Staubwolke auf.

DREIUNDFÜNFZIGSTES KAPITEL

Mit einem Laut, der klingt, als entweiche Luft aus einem Fahrradschlauch, dreht Hilla sich auf den Rücken. Sie presst einen Arm auf ihre Brüste und macht dabei eine Miene, die wohl verschämt wirken soll. Mit gespitzten Lippen und flatternden Augenlidern blickt sie zu ihm auf. »Meine Güte, du warst richtig wild.«

»Es scheint dir ja gefallen zu haben«, knurrt er und steigt rückwärts vom Bett. Dann schnappt er sich seine Hose und zieht sie über.

»Warum bist du in letzter Zeit immer so grantig?« Hillas Tonfall imitiert den eines kleinen Mädchens. Sie zieht einen Schmollmund. »Du hast dich verändert.«

»Was meinst du?«, fragt er geistesabwesend und greift nach seinem T-Shirt. Während er hineinschlüpft, geht er im Kopf seinen neuen Plan durch. In der vergangenen Nacht ist er einen entscheidenden Schritt näher an Sarah herangekommen. Ohne dass sie etwas davon bemerken wird.

»Du bist eigentlich nur noch schlecht gelaunt, hörst mir nicht richtig zu.«

»Ach.«

»So wie jetzt gerade.« Nun klingt Hilla weinerlich.

Er schaut auf sie hinab, schüttelt die Gedanken ab, die um Sarah Fuchs und ihre Handlanger kreisen, und holt tief Luft. »Tut mir leid«, sagt er. Nichts tut ihm leid, doch er kann Hillas Gejammer nicht länger ertragen. Entweder sie hält endlich den Mund, oder er vergisst sich.

Ihre Miene hellt sich auf. »Ist schon okay«, raunt sie großmütig. Dann richtet sie sich schnaufend auf, bis sie auf der Bettkante hockt. »Du hast ja andere Vorzüge«, sagt sie und fährt mit ihrer Hand über seinen Schritt.

Er wendet sich ab, um die Socken vom Boden aufzuheben.

Enttäuscht stößt Hilla die Luft aus. »Komm schon. Ein zweites Mal erhöht die Chancen.«

Er setzt sich neben Hilla auf die Bettkante und streift einen Socken über den linken Fuß. »Was meinst du?« Nicht, dass es ihn interessieren würde. Er muss vielmehr daran denken, dass sein neuerlicher Versuch, Sarah beim Kommissar zu diskreditieren, augenscheinlich wieder fehlgeschlagen ist. Wie macht diese Frau das nur?

»Es ist gerade ein guter Zeitpunkt. Für eine Schwangerschaft.«

Die zweite Socke sträubt sich. Er zieht am Stoff, bis die Ferse an der richtigen Stelle ist. »Ach so.«

»Du weißt, dass ich lieber heute als morgen ein Kind möchte. Du hast mir gesagt, dass das kein Problem für dich ist.«

»Klar. An mir soll's nicht liegen.« Er zwinkert ihr halbherzig zu. Wann hört sie endlich auf zu reden?

»An *mir* liegt es auch nicht«, schnappt Hilla. Abwehrend verschränkt sie die Arme vor der Brust. »Ich … ich fürchte einfach, dass mir die Zeit davonläuft.«

In seinem Inneren spürt er Wut aufsteigen. Warum muss Hilla gerade jetzt plappern wie ein Wasserfall? Er kann kaum seine eigenen Gedanken verfolgen. »Wie gesagt«, bemerkt er trocken, »wenn's nichts wird, liegt es ganz sicher nicht an mir.« Er gibt ein lautes Schnauben von sich. Das Gespräch wird ihm zu albern.

Hilla hat die Lippen fest zusammengepresst. Für einen langen Moment starrt sie vor sich hin, dann entspannen sich ihre Gesichtszüge. »Ein Kind würde mich halt glücklich machen. Denke ich.«

»Ich muss gleich noch was erledigen«, sagt er ausweichend und sucht nach seinen Schuhen. Wo hat er sie vorhin nur hingeworfen?

»Du bist wirklich grantig«, mault Hilla vorwurfsvoll. »Das ist es, was ich eben meinte. Seit diese hübsche Deutsche im Ort ist, interessierst du dich nicht mehr wirklich für mich, habe ich das Gefühl.«

Er hält mitten in der Bewegung inne. »Was redest du da?«, fragt er schroff.

»Meinst du, ich bekomme nicht mit, wie du ihr nachguckst? Du bist wie gebannt von der Frau.« Mit Nachdruck nickt Hilla, sodass ihre Brüste auf und ab hüpfen. »Du hast dich sehr verändert in den letzten Tagen.«

»Schwachsinn!«

Hilla lacht auf. Es klingt gehässig. »Ach, glaubst du, ich habe nicht mitbekommen, dass du neuerdings einfach so verschwindest? Ich wette, du treibst dich dann oben an der Rotaugen-Bucht rum. Wo diese Sarah wohnt.«

Jäh wechselt das Wutgefühl in ihm seine Temperatur. War es gerade noch siedend heiß, kühlt es nun zu einer eisigen Wolke ab. Er starrt Hilla unbewegt an.

»Bist du deshalb so übellaunig? Weil sie nichts von dir wissen will? Steigst du ihr etwa hinterher, und sie lässt dich abblitzen? Ist das der Grund, warum du deine schlechte Laune ausgerechnet an mir auslässt?«

Für einen Moment stellt er sich vor, einfach sein Jagdmesser zu zücken und es ihr in den Leib zu rammen. Wieder und wieder. Bis sie ihr vorlautes Maul hält. Doch damit würde er sich zum gegenwärtigen Zeitpunkt selbst ein Bein stellen. Hilla ist ein Problem, dem er sich später widmen wird. Er benötigt erst die Statue! Nur sie zählt. Sobald er sie gefunden und zu Geld gemacht hat, ist es mit Hilla sowieso aus und vorbei. Auf die eine Art oder die andere.

Hilla wischt sich mit dem Handrücken über die Augen. »Ich habe den Eindruck, dass hier alles den Bach runtergeht, seitdem Matti tot ist. Die Leute sind nur noch angespannt und gereizt. Der dämliche Kommissar schnüffelt durch den Ort. Die Deutsche wackelt mit ihrem kleinen Arsch herum, und alle Typen dackeln hinter ihr her wie spitze Hunde. Und ganz vorne in dem Rudel stehst du und wedelst mit dem Schwanz!«

»Das bildest du dir ein.« Unschlüssig steht er vor ihr, die Schuhe in der Hand. Am liebsten würde er Hilla einfach hier sitzenlassen und abhauen, doch das Gespräch hat eine gefährliche Wendung genommen. Also bleibt er stehen.

»Diese Frau ist mir nicht geheuer!«, ruft Hilla aus. »Mit der stimmt doch etwas nicht! Was hat sie bei Matti zu suchen gehabt? Warum ist sie nackt in seinem Haus herumgelaufen? Sie soll etwas bei Matti gesucht haben, wie dieser dürre Typ aus Helsinki behauptet. Der gefällt mir auch nicht. Genauso wenig wie diese Tätowierte.«

Er presst seine Zähne aufeinander, bis der Kiefer schmerzt. Ilvi ist Sarahs dienliches Schoßhündchen, zweifelsohne. Doch vor allem aus Onni wird er nicht richtig schlau. Er hat den Typen abgeklopft, versucht, ihm etwas zu seiner Arbeit für Sarah zu entlocken. Hat sich bemüht, Informationen zu der Statue aus ihm herauszukitzeln. Aber der Typ ist schräg, redet entweder gar nicht oder nur unverständliches Zeug. Vielleicht hat er einfach einen Schaden. Jedenfalls wird er es ein weiteres Mal versuchen müssen, ihn zum Reden zu bringen. So kann er Sarah bei ihrer Suche nach der Statue auf den Fersen bleiben, ohne dass sie es merkt. Und wenn sie das Ding findet, dann schlägt er zu. Ja, sein neuer Plan ist es, den Spieß umzudrehen. Sollen Sarah, Ilvi und Onni doch die ganze Arbeit machen. Solange er ihnen am Ende die Statue unter der Nase wegschnappen kann!

»Und dann glotzt du der dämlichen Kuh auch noch nach!«

»Wie oft soll ich dir noch sagen, dass das nicht stimmt!« Er merkt, wie sich seine Finger um die Schuhe verkrampfen. »Außerdem habe ich kaum ein Wort mit der Frau gewechselt.«

»Wie dem auch sei.« Hilla seufzt und winkt ab. »Es ist mir alles egal, solange du wieder netter zu mir bist.«

Dieses Miststück! Er kann es kaum erwarten, sie abzuservieren. Er merkt, wie die Wut über ihr Geschwätz in seinem Bauch weiter anschwillt. Wieso muss sie ausgerechnet jetzt zu einem Problem werden? »Du machst Theater um nichts«, quetscht er hervor.

Hilla ergreift eine ihrer schweren Brüste und knetet daran herum. Dabei sieht sie aus großen Augen zu ihm auf. »Du könntest mir zeigen, dass du mich mehr als diese blöde Ziege magst.«

Aus zusammengekniffenen Augen verfolgt er, wie Hilla nun die andere Brust bearbeitet und sich dabei mit der Zungenspitze über die Lippen fährt.

»Aber wenn du nicht willst«, haucht sie, »sollte ich vielleicht meine frei gewordene Zeit nutzen und mal mit Sarah über dich sprechen. Sie hat mich schließlich neulich zu sich eingeladen. Ob sie schon weiß, dass du und Matti schmutzige Geschäfte miteinander gemacht habt? Für solche Sachen scheint sie sich brennend zu interessieren.« Sie beugt sich vor und macht sich am Reißverschluss seiner Jeans zu schaffen.

Seine Gedanken überschlagen sich. Nur am Rande bekommt er mit, dass sie die Jeans in seine Kniekehlen hinabzieht. Wie von allein öffnet sich seine Hand.

Polternd fallen die Schuhe zu Boden.

VIERUNDFÜNFZIGSTES KAPITEL

»Lass mich noch mal zusammenfassen, was du mir gerade erzählt hast.« Ilvi rührt konzentriert in der Kaffeetasse, die sie auf dem Schoß hält. »Nur einen Tag vor seinem unglücklichen Ableben hatte Matti einen heftigen Streit mit Joko. Während dieser Auseinandersetzung drohte Joko damit, Matti umzubringen. Doch darauf angesprochen, bleibt Joko bei der Aussage, Matti wochenlang nicht zu Gesicht bekommen zu haben.«

Sarah schlägt ihre Beine übereinander. Mit einer Hand rafft sie die Strickjacke, die sie vorhin übergeworfen hat, als sie sich mit Ilvi auf die Veranda setzte, vor der Brust zusammen. »So … äh … kann man es auf den Punkt bringen.«

»Dann ist die Sache wohl ziemlich einfach«, sagt Ilvi und stellt die Tasse ab, ohne etwas aus ihr getrunken zu haben. »Jemand lügt.«

Mit ausgestrecktem Zeigefinger deutet Sarah auf Ilvi. »Genau mein Gedanke.«

Ilvi prustet los. Für lange Minuten lacht sie, bis ihr Tränen die Wangen hinunterlaufen. Nur mit sichtbarer Mühe gelingt es ihr, sich wieder zu beruhigen. »Dieses Miststück!«, presst sie schließlich hervor.

»Joko?«, fragt Sarah mit großen Augen.

Wegwerfend fuchtelt Ilvi in der Luft herum. Für einen Augenblick sieht es so aus, als wollte sie erneut in einen Lachanfall ausbrechen. Doch sie wischt sich über das Gesicht und schüttelt den Kopf. »Liisa«, stößt sie aus. »Liisa ist eine kleine Natter.«

Sarah muss an die unscheinbare junge Frau in ihrer schlichten Kleidung denken. An ihre kirchliche Haltung, die aus jeder einzelnen Pore hervortritt. »Eine Natter?«, wiederholt sie unsicher.

»Es ist sehr interessant, dass Liisa mit der Geschichte ausgerechnet zu dir kam, Sarah. Nicht zu jemandem im Ort oder gar der Polizei. Nein, sie sucht sich genau die Person aus, die am wenigsten mit Sysmä verbunden ist. Die Person, die aber eine enge Verbindung zu *mir* hat.« Bestätigend nickt Ilvi.

»Und warum hat sie das deiner Meinung nach getan?«

Als läge die Antwort auf der Hand, runzelt Ilvi die Stirn. »Damit *du* den Leuten und mir von Jokos angeblicher Auseinandersetzung mit Matti erzählst. Und Liisa sich nicht selbst die Finger schmutzig macht. Oder den Mund verbrennt, um es deutlicher zu sagen.«

»Die Finger schmutzig …?« Sarah ist verblüfft.

»Liisa wollte, dass du die Anschuldigung gegen Joko streust. Vielleicht sogar direkt an den Kommissar weitergibst. Dass Aalto und du regelmäßig miteinander redet, kann nun wirklich niemandem im Ort entgangen sein. Um selbst nicht mit der Sache in Verbindung gebracht zu werden, ist Liisa dir also zu dem Trödler gefolgt und hat dir die schamlose Lüge aufgetischt.«

»Aber warum sollte sie das tun, um Himmels willen?«

»Denk mal an den Schwangerschaftstest.« Ilvi schlägt ihre Faust in die Handfläche. »Wirklich! Diese Natter!«

»Ich … was ist denn mit dem Schwangerschaftstest? Du spannst mich auf die Folter, Ilvi. Ich verstehe nicht, worauf du hinauswillst.«

Ilvi klatscht einmal laut in die Hände. Es klingt wie ein Kanonenschuss.

Schimpfend steigt eine Amsel aus einem nahen Busch empor.

»Der Test ist ein wichtiger Teil der Farce. Das ist doch sonnenklar.« Ilvi hat die Augen zu Schlitzen zusammengepresst.

»Raus mit der Sprache, Ilvi!« Kopfschüttelnd stemmt Sarah beide Hände in die Sitzfläche ihres Sessels.

»Was Liisa dir verschwiegen hat, ist, dass sie bis vor ein paar Wochen mit Joko zusammen war.« Triumphierend reckt Ilvi den Hals.

»Mit Joko? Die beiden waren ein Paar?« Die graue Maus und der strahlende Hengst?

»Natürlich nur heimlich. In Liisas Familie durfte niemand etwas davon wissen. Sex vor der Ehe wird dort nicht sonderlich begrüßt. Aus Glaubensgründen.« Ilvi gibt ein abfälliges Schnauben von sich. »Joko hat Schluss mit der Kleinen gemacht. Und nun sieht sie den Zeitpunkt für ihre Rache gekommen. Denn natürlich hat sie die Trennung nicht verwunden.«

»Sie will Joko schlechtmachen, damit du die Finger von ihm lässt? Ist es das, was du sagen willst? Sie will ihn zurückgewinnen? Liisa … sie hat etwas davon gesagt, ich solle dir ausrichten, Joko sei nicht zu trauen.« Sarah kratzt sich am Kopf. »Das war schon eine merkwürdige Aussage, wenn ich es mir recht überlege.«

»Da hast du es!« Ilvi wirkt sehr zufrieden. »Ein abgekartetes Spiel. Und der Schwangerschaftstest soll *mich* beunruhigen. Wenn ich denken würde, Joko habe seine Ex-Freundin geschwängert, würde ich ihn doch sicherlich sitzenlassen. Ich weiß jedoch, dass die beiden bereits zu lange nicht mehr zusammen sind, als dass Liisa plötzlich von Joko schwanger sein könnte. Simple Mathematik. Vielleicht hat sie mittlerweile aber einen Neuen. Und will dessen Kind nun dem wohlhabenden Joko unterjubeln.« Sie zuckt mit den Schultern und lehnt sich entspannt zurück, als wäre ein solcher Gedanke etwas völlig Normales.

Sarah steht der Mund offen. »Das ist unfassbar«, raunt sie schließlich. Sie hatte geglaubt, nur *ihre* Trennung von Udo hätte etwas von einem Schmierentheater. Weit gefehlt.

»Wie gut, dass Joko mir schon nach unserem ersten Treffen von seiner Ex erzählt hat. Ich glaube, er hat fast erwartet, dass so etwas von Liisa kommen würde. Sie ist nicht damit klargekommen, dass er Schluss gemacht hat. Liisa habe bei dem letzten Aufeinandertreffen der beiden wilde Verwünschungen ausgestoßen, sagt Joko. Fast tut sie mir ein bisschen leid, die Kleine. Niemand weiß besser als ich, wie schwierig es für sie sein wird, jemals eine selbstbestimmte Beziehung zu führen. Schließlich kann ihr Herrgott jede ihrer Sünden sehen.« Ilvi verdreht die Augen. »Den Mordverdacht auf Joko lenken zu wollen, ist aber ein starkes Stück.«

»Mir tut sie auch leid«, beeilt sich Sarah zu sagen. »Ein gebrochenes Herz, eindeutig. Ich bin jedenfalls froh, dass du es mir nicht übel nimmst, dass ich zu Joko rausgefahren bin, ohne dir etwas zu sagen.«

»Du hast genau das Richtige getan«, erwidert Ilvi und hebt einen Daumen. »Es war gut, dass du der Sache auf eigene Faust nachgegangen bist. Ich wäre sofort losgestürzt und hätte Liisa einen Besuch abgestattet. Der sich gewaschen hätte.«

»Um Himmels willen«, murmelt Sarah.

»Ist ja nicht passiert. Gestern Abend haben wir uns zum Glück verpasst, du und ich. Ich war mit Joko noch kurz im *Pubi*. Dann sind wir zu ihm gefahren.« Sie zwinkert Sarah verschwörerisch zu.

»Ich dachte mir schon so etwas. Ehrlich gesagt war ich gestern Abend so aufgewühlt und erschöpft, dass ich gleich schlafen gegangen bin.« Sarah seufzt.

Ilvi setzt sich auf und macht ein ernstes Gesicht. »Was ist denn beim Gespräch mit dem Kommissar herausgekommen? Wird er Jalo verhaften? Ist die Mörderjagd jetzt abgeblasen?«

Sarah stöhnt auf. »Aalto hat mich abgebügelt. Er sagt, Jalo habe ein Alibi. Und wenn man Liisa in diesem Punkt Glauben schenken darf, dann stimmt das sogar.« Sie berichtet von dem Treffen mit dem Kommissar.

»Das klingt nicht gut. Du könntest recht haben – Aalto lotet aus, ob er dich festsetzen soll. Also müssen wir weitermachen. Wer bleibt auf unserer Liste? Veetie, oder?«

»Hilla und er verhalten sich zumindest sehr verdächtig.« Sarah nickt mit Nachdruck. »Und dann ist da natürlich noch Jokos Vater, Rauno.«

»Rauno stand jedenfalls wirklich auf Kriegsfuß mit Matti. Mein Gefühl sagt mir jedoch, dass Veetie oder Hilla die wahrscheinlicheren Täter sind. Mit Rauno habe ich gesprochen. Er hat dermaßen offen über seinen Zwist mit Matti gesprochen, dass ich ihm einen Mord nicht zutraue. Natürlich kann ich mich täuschen.« Sie legt eine lange Pause ein. »Wir müssen uns Veetie und Hilla zur Brust nehmen. Leider habe ich sie bisher nicht zu fassen bekommen. Sie scheinen mir geradezu auszuweichen. Wenn wir …« Ein Motorgeräusch lässt sie verstummen.

Ein Fahrzeug nähert sich durch den Wald und hält mit quietschenden Bremsen vor dem *mökki*. Kurz darauf ertönt die Türklingel.

»Es geht hier lebhafter zu als auf dem Marienplatz«, sagt Sarah. »Wer ist das schon wieder? Der Kommissar oder einer seiner Vasallen? Mit einem Haftbefehl?«

Ilvi springt auf und krempelt die Ärmel ihres karierten Hemdes hoch. »Ich sehe nach. Warte hier. Falls es der Polizist ist, schicke ich ihn zum Teufel.« Mit diesen Worten und einem erwartungsfrohen Grinsen im Gesicht stürmt sie von der Veranda ins Haus.

Sarah lauscht hinter Ilvis Schritten her, kann nach einem Moment aber nur unverständliches Stimmengemurmel an der Tür ausmachen. Dann sind wieder Schritte zu hören, diesmal von mehr als einer Person. Alarmiert drückt Sarah das Kreuz durch. War es Ilvi nicht möglich, den Kommissar abzuwimmeln?

Ilvi erscheint im Türrahmen. Ihre Miene ist erstaunlich ausdruckslos, fast schon so, als bemühe sie sich mit aller Kraft, keine Regung zu zeigen. Doch ihre Augen verraten Anspannung. In ihnen blitzt ein Feuerwerk. »Besuch«, erklärt sie knapp und tritt auf die Veranda.

Hinter Ilvi kommt Eetu aus dem Haus. Er trägt ein blaues Hemd und eine braune Bügelfaltenhose, sein mit Gel getränktes Haar ist streng gescheitelt. In seiner Hand prangt ein Strauß roter Rosen. »Hallo«, sagt er mit heiserer Stimme. Unschlüssig bleibt er auf der Veranda stehen.

Ilvi wirft sich in einen Sessel und betrachtet Eetu fasziniert. Dann springt ihr Blick zu Sarah. Er trägt eine Mischung aus Amüsiertheit und Sensationslust in sich.

»Hallo«, erwidert Sarah. Es dauert einen Moment, bis sie versteht, dass die Blumen, die Eetu nun nach vorne streckt, für sie gedacht sind. Stirnrunzelnd steht sie auf und nimmt den Strauß in Empfang. »Äh … für mich?«, quetscht sie hervor. »Das, ähm, das wäre nicht nötig gewesen.« Ratlos schaut sie zu Ilvi, die das Schauspiel gebannt verfolgt.

»Ich möchte mich entschuldigen«, stößt Eetu hastig aus. Er spricht derart schnell, dass er kaum zu verstehen ist. »Dafür, dass ich dich gestern auf dem Parkplatz so überfallen habe. Das war daneben. Entschuldigung.«

Sarah weiß nicht, was sie sagen soll. Perplex dreht sie die langstieligen Blumen in den Händen hin und her. Um sich für den gestrigen Überfall auf dem Parkplatz zu entschuldigen, überfällt Eetu sie also heute erneut. Sie ist kurz davor, einen bissigen Kommentar anzubringen, schluckt ihn aber hinunter. Der Mann wirkt schon aufgeregt genug.

»Schöne Blumen«, bemerkt Ilvi und richtet ein vielsagendes Heben der Augenbrauen an Sarah.

»Danke. Ja, danke für die Blumen.« Sarah blickt Eetu mit formeller Freundlichkeit an. Sie stutzt. Wird er rot im Gesicht? »Wäre nicht nötig gewesen, wie gesagt.«

Eetu steht wie festbetoniert auf der Veranda und starrt Sarah an.

Der Wunsch, sich dieser peinlichen Situation zu entziehen, wird übergroß. »Ich suche mal eine Vase«, sagt Sarah und macht

Anstalten, ins Haus zu gehen. Wenn sie sich wieder neben ihrem Bett auf den Flickenteppich legt, schießt es ihr durch den Kopf, vielleicht findet sie dann niemand für den Rest des Tages.

Wie aus dem Nichts steht Ilvi neben ihr und entreißt ihr die Blumen. »Ich mache das schon!«, ruft sie. »Setzt ihr zwei Hübschen euch doch hin und unterhaltet euch. Ich bin gleich wieder da.« Damit springt sie ins Haus, nicht ohne Sarah ein strahlendes Grinsen zuzuwerfen.

Eetu lässt sich dies nicht zweimal sagen, erwacht aus seiner Starre und setzt sich ungelenk. Erwartungsvoll sieht er Sarah an.

Langsam stöckelt Sarah zum Verandageländer, einen Fluch auf den Lippen, und lehnt sich gegen das Holz. Sie wird einen Teufel tun, sich zu setzen, denkt sie. Fluchtbereiter ist sie eindeutig in einer stehenden Position.

Eetu räuspert sich. »Ich … äh … könnte dir mal meinen Hof zeigen, wenn du möchtest«, sagt er. »Es ist ein großes Anwesen. Aber die Arbeit ist überschaubar, seitdem ich kein Nutzvieh mehr habe. Ich habe also auch Zeit, andere Dinge zu tun. Hobbys und so.«

Unverbindlich lächelt Sarah. In ihrem Kopf beginnt eine Alarmsirene zu heulen.

»Allein ist es natürlich manchmal einsam dort draußen. Bisher habe ich … habe ich noch nicht die richtige Frau gefunden. Dabei würde sie es dort sehr angenehm haben. Der Hof bringt gutes Geld ein. Und die Arbeit wird heutzutage hauptsächlich von Maschinen gemacht. Wenn man einen Traktor fahren kann, erledigt sich der Rest fast von allein.« Langsam reibt Eetu seine Hände. »Du hast sicherlich einen Führerschein, oder?«

Sarah schnappt nach Luft.

»Klar hat Sarah einen Führerschein«, sagt Ilvi, die in dieser Sekunde auf die Veranda tritt und sich beeilt, wieder Platz zu nehmen. Sie ist fraglos bestrebt, nichts von dem sich darbietenden

Schauspiel zu verpassen. »Sarah fährt hervorragend Auto, das kann ich bezeugen. Überhaupt hat sie ein Händchen für technisches Gerät jeglicher Art.«

Der wütende Blick, den Sarah ihrer Freundin zuwirft, könnte Eis zum Schmelzen bringen. Ilvi entlockt er jedoch lediglich ein diabolisches Lächeln.

Eetu schaut zwischen den beiden Frauen hin und her. »Morgen ist Samstag«, nimmt er schließlich den Gesprächsfaden wieder auf und lässt Sarah dabei nicht aus den Augen.

Ist der Kerl debil?, fragt sich Sarah. Doch überrascht registriert sie, dass Ilvi die banale Aussage mit einem heftigen Nicken quittiert.

»Morgen wird *Juhannus* gefeiert«, erklärt Ilvi. »Immer am Wochenende nach dem 19. Juni hauen die Finnen auf die Pauke, um Mittsommer zu feiern. Und morgen ist Samstag.«

Die Erleichterung ist Eetu ins Gesicht geschrieben. »Exakt. Meine Kumpels feiern immer alle bei den Hallas, in deren *mökki* am See. Jedes Jahr machen wir das so. Jalo wird da sein. Veetie, natürlich. Heimo. Die Kauppinen-Zwillinge.« Er schnappt nach Luft, so schnell hat er gesprochen. Doch bevor er weiterreden kann, schüttelt Sarah den Kopf.

»Wir sind schon verabredet«, haspelt sie eilig. »Tut mir wirklich leid.«

»Aber …«, beeilt sich Ilvi zu sagen, wird jedoch wiederum von Sarah unterbrochen.

»Hast du es vergessen, Ilvi?« Sarah spricht mit Nachdruck und wendet sich ihrer Freundin ruckartig zu. »Wir sind bereits verabredet.« Sie betont jedes Wort.

»Ach«, stößt Eetu aus und scheint auf seinem Sitzplatz wie ein Soufflé in sich zusammenzusinken.

»Noch mal vielen Dank für die Blumen, Eetu. Es war nett von dir, den weiten Weg hierher hinauszufahren.« Sarah hebt eine Hand zum Abschied.

»Ich … okay.« Eetu erhebt sich. »Also, bis dann.«

»Ich bringe dich zur Tür!«, ruft Ilvi aus. Während sie Eetu ins Haus begleitet, schneidet sie Sarah über die Schulter eine beleidigte Grimasse.

Keine Minute später startet ein Motor vor dem Haus, und ein Wagen entfernt sich langsam durch den Wald.

Strammen Schrittes stürmt Ilvi auf die Veranda zurück. »Meine Güte, Sarah!«, ruft sie aus. »Sei doch mal locker.«

»Was meinst du?«

Mit Schwung wirft Ilvi sich auf die Couch. »Na, Eetu steht voll auf dich, das ist doch klar.«

»Das war mir selbst bewusst, danke für die Aufklärung.« Sarah verschränkt die Arme vor der Brust.

»Der ist doch süß! Hab doch einfach ein bisschen Spaß. Du musst ihn schließlich nicht gleich heiraten.« Ilvi schüttelt den Kopf und macht eine Miene, als tadelte sie ein kleines Kind. »Eetu macht es richtig. Schließlich ist etwas dran an dem bekannten finnischen Sprichwort: *Ein schüchterner Mann bekommt keine schöne Frau.*«

»Ich bin verheiratet, Ilvi.« Entrüstet stemmt Sarah die Hände in die Hüfte.

Schwungvoll setzt Ilvi sich auf. »Du bist mit einem Typen *verheiratet*, der dich betrogen hat und das sogleich der ganzen Welt gesteckt hat. Auf dem Titelblatt einer Illustrierten, damit auch du es mitbekommst! Du kannst tun und lassen, was du willst, Schätzchen! Udo ist Geschichte. Außerdem hast du deinen Anwalt beauftragt, die Scheidung in die Wege zu leiten. Wenn dir ein Typ gefällt, dann schnapp ihn dir also. Und wenn es nur für ein bisschen Spaß ist!«

Sarah fährt sich nervös durchs Haar und zuckt schließlich mit den Schultern.

»Außerdem wäre diese *Juhannus*-Feier bei den Hallas eine wunderbare Gelegenheit gewesen, ein paar Leuten auf die Finger zu klopfen«, ergänzt Ilvi, nun in einem ruhigeren Ton. »Ehrlich, ich wundere mich ein wenig, dass Joko mir nichts von dem Fest im *mökki* seiner Familie erzählt hat.«

»Veetie und Hilla werden da sein, hat Eetu gesagt. Und als Gastgeber ist Rauno natürlich ebenfalls vor Ort.« Sarah atmet tief ein, dann setzt sie sich neben Ilvi. »Unsere Hauptverdächtigen.«

»Genau das meine ich.« Nachdenklich reibt Ilvi an ihrer Nasenspitze. Dann zückt sie ihr Handy und tippt konzentriert darauf. »Wollen wir doch mal sehen«, raunt sie schließlich und legt das Telefon vor sich auf dem Tisch ab.

»Was hast du …?«, setzt Sarah an zu fragen. Der Signalton des Handys lässt sie innehalten.

Ilvi schnappt sich das Gerät und überfliegt die erhaltene Textnachricht. Zufrieden grinst sie. »Das ist ja eine freudige Überraschung! Wir beide sind morgen zu den Hallas eingeladen.« Sie zwinkert Sarah zu. »Wir feiern dein erstes *Juhannus*-Fest, Süße!«

FÜNFUNDFÜNFZIGSTES KAPITEL

Onni ist so in sein Tagebuch vertieft, dass er das Geräusch erst nicht wahrnimmt. Doch irgendwann legt er den Stift zur Seite und horcht in sein Zimmer hinein. Schwankend erhebt er sich vom Bett und torkelt zu dem Stuhl, auf dem sein Rucksack liegt. Mit zitternder Hand führt er die offene Wodkaflasche, die auf dem nahen Tisch steht, an den Mund und nimmt einen tiefen Schluck. Dann fischt er ungelenk sein Handy aus dem Rucksack. Für einen Moment liegt es vibrierend und läutend in seiner Hand. Er betrachtet es, als müsse er sich erst erinnern, was man mit dem Ding überhaupt anstellt. Dann schleppt er sich zum Bett zurück und nimmt das Gespräch an, während er sich auf die zerknitterte Decke fallen lässt. »Hm?«, brummt er.

»Onni?« Seine Mutter Kaisa klingt aufgeregt. »Onni, hörst du mich?«

»J-ja.«

»Gott sei Dank, dass ich dich erreiche, mein Junge! Seit Tagen versuche ich, dich ans Telefon zu bekommen. Papa und ich haben uns schon große Sorgen gemacht. Ehrlich, ich war kurz davor, ins Auto zu steigen und mich auf den Weg nach Helsinki zu machen! Hast du die verpassten Anrufe denn nicht auf dem Handy gesehen? Wirklich, tagelang habe ich es bei dir versucht!«

»Nein«, sagt Onni.

»Nein? Was meinst du mit Nein?«

»Damit meine ich, dass ich sie nicht bemerkt habe, Mama.«

»Onni, ich wollte schon nach Helsinki kommen und nach dem Rechten sehen.« Kaisa spricht das Wort Helsinki so aus, als handele es sich um eine Krankheit.

Er hört den Vorwurf aus der Stimme seiner Mutter sehr wohl heraus. Kaisa mag es nicht, wenn Onni sich nicht täglich bei ihr meldet. Am besten mehrmals. »Du brauchst nicht herzukommen, Mama.«

»Dein Vater ist ebenfalls in großer Sorge, Schatz. Du weißt, dass wir damals skeptisch waren, was dein Studium angeht. Du hättest auch hier in Turku zur Universität gehen können. Dann hättest du zu Hause wohnen können, in deiner gewohnten Umgebung. Dr. Karvonen, der dich schon jahrelang kennt, ist schließlich auch hier. Du brauchst Routine! Das hat er immer gesagt. Wenigstens dein Versprechen, dass wir regelmäßig telefonieren, musst du einhalten, Onni. Sonst machen wir uns Sorgen. Wir müssen wissen, wie es dir geht.«

Onni kämpft sich vom Bett hoch und wankt zum Tisch. Er schnappt sich die Flasche und stolpert zurück zum Bett. Während er trinkt, lässt er sich auf der Bettkante nieder.

»Hörst du mich, Onni? Hallo?«

Er hustet. »Ja, ich höre dich, Mama.«

»Ist wirklich alles in Ordnung? Du klingst sehr merkwürdig. Irgendetwas ist komisch mit deiner Stimme.«

Onni stellt die Flasche zu seinen Füßen ab, dann räuspert er sich. »Alles ist in bester Ordnung«, sagt er leise.

Für einen Moment herrscht Schweigen in der Leitung. Dann platzt es aus Kaisa heraus: »Ich habe im Museum angerufen, Onni! Deine Chefin sagt, du hättest dich krankgemeldet und wärst seit Tagen nicht mehr bei der Arbeit gewesen.«

»Eine … eine Erkältung. Nichts weiter. Spionierst du hinter mir her?« Kaum hat Onni den Satz ausgesprochen, weiß er, dass er einen Fehler begangen hat.

»Muss ich dich daran erinnern, dass du ein besonderer Mensch bist, Onni?«, erwidert Kaisa scharf. »Das Leben da draußen ist für dich viel anstrengender als für … als für nicht besondere Menschen.«

Er ist ein besonderer Mensch. Onni verzieht sein Gesicht, als hätte er in eine Zitrone gebissen. Er hasst diesen Ausdruck wie kaum einen anderen.

»Das Leben läuft für dich einfach anders ab als für andere Menschen«, sagt Kaisa mit Nachdruck. »Dazu gehört eben auch, dass wir uns weiter um dich kümmern. Weil du Schwierigkeiten hast, dich allein zurechtzufinden. Das ist nun einmal so! Du benötigst Routinen, um das Leben zu meistern.« Sie stößt einen angestrengten Laut aus, eine Mischung aus Seufzer und Stöhnen. »Du bist eben sehr empfindsam, Schatz.«

»Ich weiß, dass ich eine Last bin«, murmelt Onni und fischt mit der freien Hand nach der Flasche. »Ich will das alles nicht mehr.« Er lässt den Wodka in seinen Rachen fließen.

»Was meinst du?«

»Ich will nicht länger ein Außenseiter sein, verdammt!«, blafft Onni ins Telefon. »Ein besonderer Mensch. *Anders!*«

»Ich … es ist eben, wie es ist«, sagt Kaisa mit gepresster Stimme.

»Wie es ist, mag ich es aber nicht«, erwidert Onni barsch. »Ich habe mich dazu entschieden, es zu ändern.«

»Mein Lieber«, sagt Kaisa in einem Tonfall, als unterhielte sie sich mit einem bockigen Einjährigen. »So laufen die Dinge nun einmal nicht. Dein Leben ist …«

»Scheiße ist es!«, schreit Onni in den Hörer. »Ich bin kein Gestörter!« Er nimmt einen weiteren kräftigen Schluck, konzentriert sich auf die Flüssigkeit, die in seinem Rachen brennt.

Schockwellen schwingen in Kaisas Stimme mit. »Onni, wie redest du? Du weißt, dass wir dich lieben. Schon immer haben wir alles für dich …«

»Ihr habt mich nach Yläne geschickt, zu Tante Anneli!«, platzt es aus Onni heraus. »Es war die Hölle. Ich will nicht mehr daran denken!« Etwas Feuchtes liegt nun in seiner Stimme. Es klebt auf seinen Stimmbändern und erschwert das Sprechen.

»Was für ein Unsinn, Onni! Das ist Unsinn. Und undankbar. Außerdem ist meine Schwester seit fünf Jahren tot. Vielleicht musst du lernen, besser mit Dingen abzuschließen?«

»Ich will ja nicht mehr daran denken«, sagt Onni leise, wie zu sich selbst. »Doch es funktioniert nicht.«

»Wir kommen zu dir, basta!«, ruft Kaisa aus. »Du kannst deine Arbeit auch hier weiterschreiben, finde ich. Ich denke, du solltest schnell einen Termin bei Dr. Karvonen machen, Schatz. Ja, wir holen dich ab. Du hörst dich furchtbar an.«

Die Flasche ist leer. Onni schleudert sie gegen den Stuhl. »Ich bin nicht in Helsinki!«, ruft er ins Telefon. »Und ich werde nicht auf euch hören. Ich entscheide selbst. Ich bin kein Gestörter, kein Freak! Allen werde ich es beweisen. Ich muss sie nur noch finden. Doch, das werde ich! Die Frau hat sie, ganz sicher. Ich werde sie finden, und alle werden staunen. Ich werde es ihnen beweisen.«

Kaisa schnappt nach Luft. »Ich verstehe kein Wort von dem, was du da sagt, Onni. Du machst mir Angst. Du kannst auf keinen Fall allein in Helsinki bleiben. Sobald dein Vater nachher …«

Onnis Lachen hallt durch sein kleines Pensionszimmer. »Du irrst dich, Mama. Und du hörst mir nicht zu. Ich bin nicht in Helsinki.«

Eine Schrecksekunde. »Wo bist du, Junge? Wo …?«

Onni redet einfach weiter, ignoriert Kaisas aufgeregte Fragerei. »Und du irrst weiter. Ich bin nämlich nicht mehr allein. Auch ich kann von jemandem gemocht werden, stell dir das vor! Ich habe jemanden kennengelernt. Es ist … es ist ernst. Stell dir das vor.« Er schließt die Augen und nickt, wie um sich selbst zu überzeugen.

»Onni, was heißt das? Wen hast du …?« Die Stimme seiner Mutter erklingt wie aus weiter Ferne.

»Letzte Nacht«, flüstert Onni. Dann legt er ohne ein Wort des Abschieds auf, schwankt zum Rucksack hinüber und schiebt das Telefon hinein. Eine ganze Weile steht er einfach da. In seinem Kopf dreht sich alles. Ein angenehmes Gefühl. Seine Gedanken sind wie betäubt. Es ist die Illusion von Freiheit und Normalität. Diese Illusion genügt ihm. Sie ist das Beste, was er im Moment erlangen kann. Sein Blick streift die leere Wodkaflasche am Boden.

»Verdammt«, sagt eine Stimme in Onnis Kopf. »Schon leer.«

Er macht sich auf den Weg zur Bar hinunter.

SECHSUNDFÜNFZIGSTES KAPITEL

»Gut, dass wir zu Fuß gegangen sind«, sagt Ilvi und betrachtet die Autos, die eng an eng auf der Zufahrtstraße zum Sommerhaus der Hallas stehen. »Alles ist zugeparkt. Die meisten Gäste werden wohl über Nacht bleiben – bis auf die, die betrunken heimzufahren versuchen.«

Dass Ilvi selbst sich ohne Führerschein ans Steuer setzt, verleiht ihrer Einschätzung eine gewisse Glaubwürdigkeit, findet Sarah. Vorsichtig steigt sie über eine Baumwurzel, die aus dem Boden ragt.

Ilvi ist stehen geblieben und wartet, dass Sarah zu ihr aufschließt. »Hast du schon gewusst, dass das *Juhannus*-Wochenende eine der unfallreichsten Zeiten im Jahr ist? Statistisch gesehen.«

Sarah schüttelt den Kopf. »Das habe ich nicht gewusst, es wundert mich mittlerweile aber auch nicht mehr.«

Grinsend setzt Ilvi sich wieder in Bewegung.

Ein wenig außer Atem wischt Sarah sich verstohlen über die Stirn. »Mir war außerdem nicht klar, dass das *mökki* der Hallas nur zwei Buchten südlicher liegt. Eigentlich sind wir Nachbarn.«

»Ich glaube, das Haus wird nur selten genutzt. Joko und Rauno haben einfach zu viel auf dem Hof zu tun. Ich war erst einmal kurz hier.« Ilvi dreht die Rotweinflasche, die sie mitgebracht haben, in der Hand. »Ein gutes Tröpfchen. Fast zu schade für den Anlass.«

»Ach, findest du?« Sarah drückt sich hinter Ilvi an der parkenden Autokolonne vorbei. »Wenn wir schon eingeladen sind, dachte ich, dann können wir uns mit einem guten Bordeaux bedanken. Es ist die beste Flasche, die ich gestern noch bei dem lizensierten Alkoholverkäufer im Ort bekommen konnte, bevor die Geschäfte wegen *Juhannus* zugemacht haben.«

»Perlen vor die Säue«, sagt Ilvi nüchtern und fährt mit dem Daumen über das Flaschenetikett. Dann wirft sie Sarah ein Grinsen über die Schulter zu. »Aber definitiv eine nette Geste.«

Die von Wald umschlossene Zufahrt macht einen Bogen, dann öffnen sich die Bäume zu einer Lichtung, auf der ein zweistöckiges Sommerhaus steht. Auch hier parken Fahrzeuge bis an die Eingangstür heran. Sarah erkennt Jokos schwarzen Mercedes an vorderster Position. Dahinter glänzt eine Jaguar-Limousine in der Sommersonne.

»Raunos Auto«, erklärt Ilvi, die bemerkt, dass Sarah den Wagen interessiert mustert.

Sarah nimmt die Umgebung in sich auf. Das gepflegte Holzhaus ist um einiges kleiner als ihr eigenes, liegt aber näher am glitzernden Seeufer. Eine Saunahütte kauert dort neben einem Steg, der weit in den See hinausragt. An ihm sind ein gutes Dutzend Boote vertäut. Die Gäste sind wohl nicht nur mit ihren Autos zur Feier angereist. Sarah fällt auf, dass weit und breit keine Menschenseele zu sehen ist. Wo sind die Leute?

Ilvi stellt die Weinflasche auf einem mit unzähligen Speisen und Getränken befüllten Tisch ab, der neben einem großen Gasgrill steht. Dann breitet sie die Arme aus. »Nettes Plätzchen, oder? Hier kann man es aushalten.«

Besonders gefällt Sarah, dass es auf dem Grundstück keine Steigungen und Hänge gibt. Grüner Rasen erstreckt sich flach bis zum Ufer. Erleichtert blickt sie an sich hinunter. Zu einem weißen Leinenkleid hat sie sich für marineblaue Louboutins entschieden – die finnischen Farben, zu Ehren des hohen Festtages. Mit den High Heels wird sie zwar den Rasen vertikutieren, aber wenigstens keine Abhänge bezwingen müssen. »Wo sind denn alle?«, will sie wissen.

Ilvi deutet zu einer Stelle im Wald. »Dort zwischen den Bäumen, siehst du den Fahnenmast? Ich wette, sie sind dort. Komm!« Strammen Schrittes macht sie sich auf den Weg, bleibt aber bereits nach ein paar Metern stehen.

»Was ist los?«, fragt Sarah.

»Schau, sie wird gerade gehisst.« Ilvi nickt zu der finnischen Nationalflagge, die nun am Mast emporflattert. »Lass uns warten. Die Gäste werden jeden Moment zurückkommen.«

Fast gleichzeitig treten einige Leute zwischen den Bäumen hervor. Sie lachen, unterhalten sich, wirken bester Laune.

»Das Hissen der Flagge ist ein wichtiger Bestandteil der Feierlichkeiten. Oft findet es auch schon am Freitagabend vor der *Juhannus*-Feier statt«, erklärt Ilvi und hebt winkend den Arm, als sie Joko sieht. »Jetzt geht die Party jedenfalls richtig los.«

»Schön, dass ihr da seid!«, ruft Joko, während er ihnen entgegenkommt. Er schließt Ilvi in die Arme und drückt ihr einen Kuss auf den Mund. »Ihr habt das Hissen der Fahne verpasst.«

Es sind etwa vierzig Leute, die sich nach und nach nahe dem Grill versammeln, zu Bierflaschen oder Gläsern greifen und sich ausgelassen unterhalten. Sarah bemerkt Jalo und nickt ihm freundlich zu.

Der Fischer hebt grüßend die Hand, was seine Nachbarin veranlasst, sich zu Sarah umzudrehen.

»Hallo, Hilla!«, ruft Sarah.

Hilla wirkt erschrocken, als sie Sarah erkennt. Doch sie ringt sich ein Lächeln ab und winkt verhalten zurück. Dann streicht sie fahrig über ihr gelbes Kleid, das über den Knien endet und einiges an kalkweißer Haut offenbart. Ein weiteres gequältes Lächeln, dann kehrt Hilla Sarah wieder den Rücken zu.

Auf der Suche nach Hillas Ehemann fällt Sarah ein Zwillingspaar auf, dessen Ähnlichkeit mit Erikka unübersehbar ist. Dies müssen die Kauppinen-Zwillinge sein, von denen Eetu sprach. Die Männer befinden sich im angeregten Gespräch mit Heimo und Aune, deren *Pubi* demnach wohl geschlossen hat. Sarah lässt den Blick weiterschweifen. Veetie, so findet sie nur eine Sekunde später heraus, bedient den Grill. Gemeinsam mit Eetu ist er dabei, Würstchen und Fleischstücke auf den Rost zu legen. Die beiden scheinen bester Laune, klopfen sich gegenseitig auf den Rücken und zwicken einander mit den Würstchenzangen. »Dann sind wir ja beinahe vollzählig«, murmelt Sarah. Überrascht dreht sie sich um, als ihr auf die Schulter getippt wird.

»Sarah, ich möchte dir meinen Vater vorstellen«, sagt Joko. »Rauno, dies ist Sarah. Eine gute Freundin von Ilvi.«

Rauno Halla hat sich Sarah ganz anders vorgestellt. Joko muss das hervorragende Aussehen von seiner Mutter geerbt haben, mutmaßt sie, als sie den untersetzten, korpulenten Mann mit Halbglatze mustert. Feine rote Adern auf Wangen und Nase zeugen von einer Vorliebe für das eine oder andere Tröpfchen. »Hallo, es freut mich sehr«, sagt Sarah und schüttelt Raunos ausgestreckte Hand. »Vielen Dank für die Einladung, Rauno. Ein schönes *mökki*.«

»Hauskaa juhannusta!«, ruft Rauno aus, während er Sarahs Hand durchschüttelt. *Fröhlichen Mittsommer*. »Du hast noch nichts zu trinken, wie ich sehe. Joko, versorg die junge Dame sofort mit einem Getränk! Wodka? Bier? Schnaps? Was möchtest du haben, Sarah? Wir müssen auf Mittsommer anstoßen.«

»Ich … also, *einen* Schnaps kann ich sicherlich …«

»Bravo, du gefällst mir!«, brüllt Rauno und klopft Sarah auf die Schulter.

Sarah stolpert einen Schritt nach vorne, fängt sich aber wieder. Raunos röhrendes Lachen quittiert sie mit einem Grinsen. »Das kann ja heiter werden«, murmelt sie durch die Zähne, für die Umstehenden unhörbar. Sicherheitshalber hält sie zwei Schritte Abstand zu Rauno, der nun auf Ilvi einredet. Eindeutig ist ihr Gastgeber von zupackender Natur, überlegt sie. Gepaart mit einer aufbrausenden Note. Sie fragt sich, ob Ilvi Jokos Vater nicht zu voreilig aus dem Kreis der Verdächtigen entlassen hat. Dankend nimmt sie ein Glas von Joko entgegen.

»Hauskaa juhannusta!«, ruft Joko laut und erhebt seine Bierflasche.

Die umstehenden Gäste schließen sich dem Trinkspruch an. »Hauskaa juhannusta!«, erklingt es aus Dutzenden Kehlen. Gläser werden aneinandergestoßen.

»Schön, dass ihr Mittsommer mit uns feiert«, sagt Joko zu Sarah und nimmt einen Schluck aus seiner Flasche. »Auch wenn Ilvi mich daran erinnern musste.« Er macht ein zerknirschtes Gesicht.

»Ja, Ilvi war ein wenig überrascht, nicht eingeladen zu sein.« Sarah nippt an dem Schnaps, dann zwinkert sie Joko zu. »Sie hat sehr genaue Vorstellungen, was euch beide angeht.«

»Oh, natürlich. Ich gestehe, mir ist es schlicht durchgegangen, euch Bescheid zu geben.« Er deutet mit ausgebreiteten Armen auf die Gästeschar. »Der halbe Ort ist da. Die Leute kommen seit Jahren, wir sprechen im Vorfeld gar nicht mehr groß darüber. Aber ich bin wirklich froh, dass wir dank Ilvis Erinnerung nun alle beisammen sind und Mittsommer feiern können.«

Sarah nickt und mustert die herumstehenden Gäste. Liisa, bemerkt sie, befindet sich nicht darunter. »Eine nette Truppe, die hier versammelt ist.« Nur, dass Ilvi und sie davon überzeugt sind, dass ein Mörder Teil dieser illustren Gesellschaft ist.

Vom Grill her erklingt lautes Gejohle. Veetie hat Eetu die Kappe vom Kopf gerissen und wirft sie nun mit Schwung in den nächsten Baum, wo sie an einem Zweig hängen bleibt. Dann hüpft Veetie grölend um den Grill herum und versucht, aus Eetus Reichweite zu gelangen, da Eetu nun seinerseits nach Veeties Kappe greifen will.

»Bitte entschuldige, dass ich dich für den Moment allein lasse, doch ich muss nachsehen, was die Jungs da am Grill treiben. Die Clowns!« Joko hebt in einer entschuldigenden Geste die Bierflasche, dann macht er sich davon.

»Kein Problem«, murmelt Sarah und nimmt einen weiteren Schluck. Dabei kreuzt ihr Blick den von Hilla, die jedoch sofort den Kopf senkt und sich wegdreht.

Ilvi gesellt sich zu ihr, ein bis zum Rand gefülltes Rotweinglas in der Hand. Sie prostet ihr augenzwinkernd zu. »Fröhlichen Mittsommer, Schätzchen. Ich war so frei, unsere Flasche zu öffnen. Du hattest recht, ein exzellenter Tropfen. Viel zu schade für die Banausen hier.« Sie lacht auf und schaut sich um. »Da haben wir sie alle beisammen.«

»Genau das habe ich auch eben gedacht.« Sarah legt nachdenklich die Stirn in Falten.

»Hast du schon eine Idee, wie wir vorgehen wollen? Die Zeit drängt. Falls der Kommissar wirklich im Begriff ist, etwas gegen dich zu unternehmen, müssen wir den Täter schnell finden.«

Sarah berichtet Ilvi von Hillas auffälligem Verhalten. »Vielleicht sollten wir die Gute ins Kreuzverhör nehmen. Was meinst du? Offensichtlich versucht Hilla, etwas vor uns zu verbergen. Es ist höchste Zeit, dass wir dem auf den Grund gehen.«

Noch bevor Ilvi etwas antworten kann, erklingt ein Ruf aus der Menge. »Mölkky!« Unter den Gästen brandet Applaus auf.

Überrascht verfolgt Sarah, wie eine Frau zwölf zylindrische Spielhölzer auf dem Rasen zu einem Dreieck aufbaut. Auf ihrer schrägen Oberseite sind die Hölzer mit großen Zahlen nummeriert. Etwa vier Schritte davor wird eine Schnur ausgelegt.

»Die Wurflinie«, erklärt Ilvi und nimmt einen Schluck aus ihrem Glas. »Mölkky ist ein traditionelles Rasenkegelspiel. Man wirft die Spielhölzer um und kassiert die darauf vermerkten Punkte. Wer als erster Spieler genau fünfzig Punkte erlangt, der hat gewonnen. Das war die Kurzfassung. In Wahrheit ist es etwas komplizierter. Willst du mitspielen?«

Sarah schüttelt den Kopf. »Aber vielleicht ist dies die ideale Gelegenheit, um allein mit Hilla zu sprechen.«

Ilvis Blick folgt Sarahs verhaltener Kopfbewegung in Richtung

Hilla, die etwas abseits steht und dem Spiel zuschaut, während ihr Mann weiterhin am Grill sein Unwesen treibt. »Du hast recht«, raunt Ilvi, macht eine entschlossene Miene und fasst Sarah an der Hand. Mit ihr im Schlepptau steuert sie direkt auf Hilla zu.

Als sie noch drei Schritte entfernt sind, wendet Hilla sich ihnen zu. Überraschung zieht über ihr Gesicht, dann verhärtet es sich abwehrend.

»Lass mich reden«, zischt Ilvi Sarah zu. »Wir müssen uns unterhalten!«, blafft sie im selben Atemzug Hilla an.

Hilla macht einen Schritt nach hinten. Aufgeregt schaut sie zwischen Ilvi und Sarah hin und her. »Was …?«, stößt sie aus.

»Hallo, Hilla«, versucht es Sarah mit Freundlichkeit, doch sie erhält als Antwort lediglich einen giftigen Blick.

»Wir müssen mit dir über Matti sprechen«, sagt Ilvi und baut sich vor Hilla auf. »Darüber, was du verheimlichst.«

»Ich … ich kann euch nichts …« Hilla schwankt, als hätte sie plötzlich Schwierigkeiten mit ihrem Gleichgewicht.

»Wir wissen, dass du etwas über Mattis Tod weißt, wofür sich auch die Polizei interessieren würde! Was hast du an dem Tag, an dem er umgebracht wurde, mitbekommen?« Ilvi wirkt wie ein bissiger Kampfhund. Sie stößt sogar einen knurrenden Laut aus, um ihre Frage zu untermalen. »Leg los, Schätzchen! Ich habe nicht den ganzen Abend Zeit.«

Aus Hillas Gesicht ist alles Blut entwichen. Sie macht einen weiteren Schritt nach hinten. Es sieht fast so aus, als wollte sie sich umdrehen und weglaufen. »Das stimmt nicht«, presst sie hervor. »Ich weiß nichts.«

»Ich gebe dir zehn Sekunden. Dann spuckst du die Wahrheit aus.« Schwungvoll wirft Ilvi ihr Haar zurück.

»Was – aber ich – was wirst du sonst –?« Hillas Augen sind so groß wie Untertassen.

»Ich schreie die ganze Feier zusammen, meine Liebe. Und wenn ich die Aufmerksamkeit aller, wirklich aller Gäste habe, frage ich dich erneut nach Matti.« Ilvi lässt ein wölfisches Grinsen über ihr Gesicht ziehen. Es sieht aus, als warte sie voller Vorfreude nur darauf, dass Hilla sich weigern möge.

»Das – du … du wagst es nicht …«, stottert Hilla.

»Zehn – neun – acht …«

»Das ist doch Unsinn!«, stößt Hilla atemlos aus.

»Sieben – sechs – fünf …« Aufmerksam betrachtet Ilvi einen ihrer Fingernägel, dreht ihn hin und her.

»Sarah, halt deine Freundin im Zaum! Sie macht sich lächer–«

Sarah wäre nicht in der Lage, Ilvi zu stoppen, selbst wenn sie es wollte. Aus großen Augen verfolgt sie das eindrucksvolle Schauspiel.

»Vier – drei – zwei …«

Panisch fliegt Hillas Blick zu ihrem Mann, der am Grill die Würstchen wendet. Ihre Augen glänzen fiebrig, ihre Lippen zittern.

»Eins …« Tief holt Ilvi Luft.

»Warte! Warte!«, fiept Hilla. »Bitte! Ich … ich sage es euch.« Sie sieht aus, als wäre sie kurz davor zu kollabieren.

»Ich zähle nicht noch einmal, Liebchen. Schieß also los!«, warnt Ilvi.

»Ich … o Gott … bitte, ihr dürft es nicht Veetie sagen! Ich … Matti und ich, wir hatten etwas miteinander.«

»Wie bitte?«, entschlüpft es Sarah. Hat sie sich gerade verhört? »Das Walross« und Hilla hatten eine Affäre?

»Veetie prügelt mich grün und blau, wenn er davon erfährt. Er konnte Matti nicht ausstehen, weil der ein gemeinsames Geschäft in den Sand gesetzt hat. Und er … und er hatte einen Verdacht wegen Matti und mir. Aber er weiß nicht sicher, dass Matti und ich manchmal …« Hillas Stimme fällt in sich zusammen. »Es … es ging nur um Sex.«

»Was ist an dem Tag, als Matti starb, passiert?«, fragt Ilvi kühl. Sie wirkt völlig unbeeindruckt von Hillas Geständnis.

»Wir haben uns gesehen. Morgens. Wir … wir waren zusammen im Bett. Ich … ich habe ihn nicht umgebracht, falls ihr das denkt! Ich war es nicht!«

»Hast du etwas mitbekommen an jenem Morgen? Wollte Matti jemanden treffen? Was waren seine Pläne für den Tag?« Sarah ist aus ihrer Schockstarre erwacht. »War irgendetwas ungewöhnlich?«

Hilla benötigt einen Moment, um die Fassung wiederzugewinnen. »Matti war an dem Morgen bester Laune. Er hat mir gesagt, dass er gerade ein super Geschäft macht, an dem er sehr viel Geld verdient. Ich weiß aber nicht, mit wem er es da zu tun hatte. Das schwöre ich! Er hat nur stolz davon gesprochen, die richtig dicke Kohle einzufahren. Nachdem wir … äh … fertig waren, ist er gleich heimgefahren.«

»Moment!«, wirft Ilvi ein. *»Heimgefahren?«*

Hastig hebt Sarah eine Hand. »Lass mich raten! Ihr wart auf dem Campingplatz. Richtig? Matti und du, ihr habt euch in einer der Hütten, um die du dich dort kümmerst, getroffen. Teemu, der Besitzer des Campingplatzes, hat Matti auf dem Gelände herumschleichen sehen. Weil er sich dort mit dir getroffen hat. Und euer Hof, Hilla, ist – wie praktisch! – ganz in der Nähe gelegen.«

Hilla zögert, dann nickt sie mit gesenktem Blick.

»Du warst also nicht in Mattis *mökki*?« Ilvi spricht weiterhin in ihrem strengen Tonfall.

»Ich schwöre euch, dass ich nicht dort war. Als ich später auf dem Weg zu Sarahs Haus an dem *mökki* vorbeikam, habe ich nichts gesehen. Niemanden. Nur … nur Rauch, der aus der Sauna aufgestiegen ist. Am Nachmittag, so gegen drei Uhr, war das.« Hilla beugt sich ein wenig vor. »Bitte … bitte sagt meinem Mann nichts! Er bringt mich um, wenn er erfährt, dass ich ihn mit Matti betrogen habe.«

Sarah schaut hinüber zum Grill, wo Veetie gerade ein Würstchen auf den Teller eines offensichtlich angetrunkenen Gastes legt. »Glaubst du, *er* kann es gewesen sein?«, fragt sie leise, ohne Veetie aus den Augen zu lassen. »Glaubst du, Veetie hatte es bereits herausgefunden und hat Matti deshalb getötet?«

Erschrocken schnappt Hilla nach Luft. »Um Himmels willen … nein … ich –« Sie zuckt hilflos mit den Schultern. »Ich weiß nicht.«

»Er kommt!«, zischt Ilvi.

»Alles in Ordnung, Hilla?« Veetie tritt zu den Frauen, ein tiefes Stirnrunzeln ins Gesicht gezeichnet. »Du siehst nicht glücklich aus.« Er bedenkt Ilvi und Sarah mit einem wütenden Blick.

»Alles in Ordnung«, versucht Hilla, ihn zu beschwichtigen. Sie schwankt, als hätte sie zu tief ins Glas geschaut.

»Es war nett, mit dir zu sprechen, Schätzchen«, sagt Ilvi lächelnd. Dann fasst sie Sarah am Arm und zieht sie hinter sich her. Während sie sich an Veetie vorbeidrängt, stößt sie ein lautes Husten aus, das nahtlos in ein geblafftes »Arschloch« übergeht.

SIEBENUNDFÜNFZIGSTES KAPITEL

Es gelingt ihm kaum, die brodelnde Mischung aus Aufregung und Wut zu unterdrücken. Am liebsten würde er jetzt noch mal zu den beiden Frauen hinüberstürmen und ihnen ins Gesicht schreien, dass er alles weiß. Sarah hat die Statue bereits in ihrem Besitz! Dieses Luder! Sie spielt nur noch ein dreckiges Spiel mit ihm, bevor sie das Stück an ihren Auftraggeber weitergibt. Wahrscheinlich hat sie es sich zur Aufgabe gemacht, ihn zuvor auszuschalten. Aus Wut darüber, dass er sie durchschaut und ihr Steine in den Weg gelegt hat. Um ihn aus der Reserve zu locken, weil sie seine Identität immer noch nicht kennt, provoziert sie ihn nun. Tanzt hier auf dem Fest herum, wedelt mit ihrem Erfolg vor seiner Nase herum. Ja, Sarah besitzt die Statue längst. So viel hat er mit einiger Mühe aus Onni herauskitzeln können. Aus Onnis Lallen und Geflenne ist er nur nach und nach schlau geworden, doch eines hat dieser Freak unmissverständlich zugegeben: Sarah hat die Statue. Der dämliche Tropf sucht selbst nach dem Stück! Er arbeitet gar nicht für die Schlange! Irgendetwas von einem Max hat er gehaspelt, von einer Arbeit. Es hat keinen Sinn ergeben, was er da von sich gab. Es ist auch völlig egal – Onni hat bestätigt, dass Sarah die Statue haben muss. Nur das ist wichtig. Also hat er Onni angestachelt, Sarah das Ding abzunehmen. Hat ihn darin bestärkt, dass die Frau kurz davor ist, mit dem Ding abzuhauen.

Sie sind ihm auf der Spur, die beiden Frauen. Soeben haben sie Hilla belagert und ihr ordentlich zugesetzt. Gespenstisch bleich, weiß wie ein Bettlaken wurde Hilla plötzlich. Bestimmt haben sie ihr gedroht. Doch Hilla kann ihnen nichts sagen. Sie hat keine Ahnung davon, dass er Matti wegen der Statue umgebracht hat. Oder?

Ihm läuft die Zeit davon. Jederzeit kann Sarah ihr Spiel beenden, abreisen und das wertvolle Stück an ihren Auftraggeber weiterreichen. Dann ist sein Geld für immer verloren. Was wird dann aus seinen Plänen? Er müsste sie allesamt begraben. Dazu darf es nicht kommen. Er hält es in diesem Loch nicht länger aus.

Er balanciert einen Teller vor sich, während er zu Sarah und Ilvi hinüberschielt. Natürlich hat er keinen Appetit – der ist ihm mit dem Auftauchen der beiden Frauen wirklich gehörig vergangen. Ausgerechnet zur Mittsommerfeier sind sie gekommen, um ihm eine Falle zu stellen. Doch er wird sich ihnen nicht offenbaren. Er wird seine Maske nicht fallen lassen. Nicht heute, nicht an einem anderen Tag. Schließlich ist er nicht lebensmüde.

Wie zufällig bleibt er neben Hilla stehen, die in ihrem dottergelben Kleid aussieht wie ein übergroßes Küken. Er tut so, als ob er es genießen würde, in das Würstchen zu beißen. »Was wollten die beiden also von dir?«, fragt er kauend, so, dass nur sie ihn hören kann. »Sarah und Ilvi.«

Hilla zuckt zusammen, als hätte er ihr ins Gesicht geschlagen. »Nichts! Nichts wollten sie. Wir … wir haben uns nur ein wenig unterhalten.« Sie ist immer noch leichenblass.

Er weiß genau, dass sie lügt. Doch er kann Hilla nicht auseinandernehmen. Nicht hier, vor allen Leuten. Vor Sarah und Ilvi. Wahrscheinlich warten die beiden Hexen nur darauf, dass es zwischen ihm und Hilla zum Streit kommt. Er überlegt, ob er Hilla irgendwohin bugsieren soll. Doch er verwirft den Gedanken sogleich wieder. Die Gefahr ist zu groß, dass ihre Abwesenheit auffallen würde.

»Es war nichts«, beteuert Hilla und kratzt an ihrem Handrücken.

Aus zu Schlitzen zusammengepressten Augen sieht er, dass ihre Hand bereits ganz wund ist. »Hm«, sagt er und geht weiter. Lässt

Hilla einfach stehen. Abermals beißt er in das Würstchen, ohne etwas zu schmecken. Sein Gehirn arbeitet auf Hochtouren. Wie soll er weiter vorgehen? Das Wissen, jetzt handeln zu müssen, drückt ihm beinahe den Hals zu.

»Junge«, sagt Heimo und klopft ihm auf die Schulter. »Heute geben wir beide uns aber richtig die Kante!«

»Mal etwas ganz Neues!«, ruft Aune aus. »Als wenn ihr das nicht schon jedes Wochenende bei uns im *Pubi* machen würdet.« Sie erhebt ihren Zeigefinger in gespieltem Ernst und schnalzt ironisch missbilligend mit der Zunge.

»Ein bisschen Spaß muss sein«, sagt er geistesabwesend und blickt über Aunes Schulter zu Sarah Fuchs hinüber. Vorgeblich ziellos schlendert sie zwischen den Partygästen hin und her. Wahrscheinlich belauscht sie die Leute, auf der Suche nach Hinweisen auf ihn. Wo ist Ilvi? Eben standen die beiden Frauen doch noch zusammen. Wenn sie sich aufgeteilt haben, dann führen sie sicherlich etwas im Schilde. Er muss wachsam sein!

»Du wirkst ein wenig neben der Spur«, bemerkt Heimo neben ihm.

Er zuckt zusammen und richtet seinen Blick widerwillig auf den Wirt. »Hatte viel um die Ohren die letzten Tage«, sagt er knapp und zwingt ein Lächeln auf sein Gesicht. »Ich bin noch nicht richtig entspannt, fürchte ich. Ich brauche noch ein paar Drinks.«

»Aune, bist du so lieb und holst uns zwei neue Flaschen?«, wendet Heimo sich mit einem bedeutungsvollen Blick an seine Frau.

Aune zögert, verzieht für einen kurzen Moment abweisend das Gesicht, doch dann nickt sie. »Mach ich«, sagt sie gedehnt und verschwindet in der Menge.

»Verdammt, Junge«, raunt Heimo und beugt sich zu ihm hinüber. »Du bist aber ganz schön scharf auf diese Deutsche. Lässt sie kaum aus den Augen. Wenn dich das mal nicht in Schwierigkeiten bringt.« Er stößt einen leisen Pfiff aus.

Er zuckt nur mit den Schultern. Wie von allein suchen seine Augen über Heimos Schulter hinweg nach Sarah. Er findet das weiße Leinenkleid sofort. Es ist unterwegs zum Seeufer. Was will Sarah unten am Wasser? Langsam stakst sie auf den Steg zu, ein Glas in der Hand. Was will …?

»Ich merke schon, du bist heute ganz woanders mit deinen Gedanken«, sagt Heimo. In seiner Stimme schwingt Irritation. »Und dieses Woanders hat einen Namen und Titten. Ich sage dir, diese Sarah wird noch dein Untergang sein. Nicht, dass *du* eines Morgens tot im Päijänne treibst.« Lachend schlägt er ihm abermals auf die Schulter.

»Keine Sorge, das werde ich zu verhindern wissen«, stößt er zwischen zusammengepressten Zähnen aus und lässt Heimo einfach stehen.

Aune kommt ihm mit zwei Bierflaschen entgegen. Doch er schlängelt sich hastig an ihr vorbei, ignoriert ihren Ausruf der Verwunderung. Er spürt, wie das wütende Brodeln in ihm übermächtig zu werden droht. Bevor er sich vergisst und etwas Unkluges tut, muss er für sich sein. Runterkommen. Seinen Teller stellt er im Vorbeigehen irgendwo ab. Er kann nur an Sarah Fuchs denken, die ihn mit schmutzigen Tricks aus der Reserve locken will. Sarah, die seine Statue gestohlen hat. Die Statue, für die er bereits einen Batzen Geld auf den Tisch gelegt hat. Derart fest knirscht er mit den Zähnen, dass sein Kiefer schmerzt. Er biegt um das *mökki* und lehnt sich mit dem Rücken gegen die Hauswand. Seine Brust hebt und senkt sich im Stakkato. Vor seinen Augen wabert das Bild einer siegessicher grinsenden Sarah.

Er weiß, was zu tun ist. Er wird alles auf eine Karte setzen.

ACHTUNDFÜNFZIGSTES KAPITEL

Langsam betritt Sarah den Steg und tut dabei so, als genieße sie die Aussicht. Doch selbst der traumhafte Blick auf den See vermag es nicht, ihre kreisenden Gedanken zu bremsen. Am Ende des Stegs geht sie in die Hocke und gibt vor, eine Hand in den See tauchen zu wollen. Dabei gießt sie in einer schnellen Bewegung den Schnaps aus. Nicht noch mehr Alkohol. Sie muss einen klaren Kopf bewahren.

Eine innere Stimme raunt ihr zu, dass Mattis Mörder heute ganz in ihrer Nähe ist. Sogleich kriecht ihr ein eisiges Zittern die Wirbelsäule hinab. Wer weiß, vielleicht beobachtet der Mörder sie genau jetzt, mutmaßt die Stimme.

Als sie Schritte auf dem Steg vernimmt, richtet Sarah sich hastig auf und dreht sich um.

»Entschuldige, ich wollte dich nicht erschrecken.«

»Kein Problem, Eetu.« Sarah verschränkt die Arme vor der Brust. Sie schätzt den Platz ab, den sie benötigt, um sich im Zweifel auf dem engen Steg an Eetu vorbeischlängeln zu können.

»Amüsierst du dich gut?«, fragt Eetu und fingert nervös an seiner Kappe herum. Irgendjemand muss sie aus dem Baum heruntergeholt haben.

»O ja, selbstverständlich«, antwortet Sarah. »Dies ist meine erste Mittsommerfeier. Alles ist sehr beeindruckend.«

»Dann warte mal erst auf das Feuer.« Er schiebt die Hände in die Hosentaschen seiner Jeans und grinst verschmitzt. Dabei nickt er in Richtung Ufer. »Sie bringen schon das Holz.«

»Ja, wirklich.« Sarah verfolgt, wie ein paar Leute – unter ihnen Joko und Jalo – Holz heranschaffen und am Ufer aufschichten. »Wofür ist das Feuer gedacht?«

»Das *juhannuskoko*? Das Feuer vertreibt die bösen Geister.« Eetu tritt von einem Bein auf das andere. »Darum lärmen und trinken wir heute auch so viel. Das Böse wird vertrieben, bevor die Tage wieder kürzer werden.«

»Ah, aus *dem* Grund trinkt ihr also!« Sarah lacht auf. Dann wird sie nachdenklich. »Sicherlich wirft der Mord dieses Jahr einen Schatten auf die Feierlichkeiten, oder?«

»Ich weiß nicht«, sagt Eetu langsam. »Die Leute sprechen zwar auch hier viel über Mattis Tod, doch ich denke nicht, dass er die meisten wirklich bewegt.«

»Woran liegt das?«

Eetu winkt ab. »Frag da mal besser Veetie, oder frag Rauno. Einige Leute haben Geld in den Sand gesetzt, weil sie sich auf Mattis dubiose Geschäfte eingelassen haben. Das haben sie ›dem Walross‹ richtig übel genommen, befürchte ich.«

»Aber du hattest keine Probleme mit Matti?«

»Ich?« Überrascht kratzt Eetu sich am Kinn. »Nein, ich hatte keine Probleme mit ihm. Er gehörte nicht zu meinen Freunden, versteh mich nicht falsch. Aber wenn ich ihn mal gesehen habe, haben wir ein paar Sätze miteinander gewechselt.«

»Anders als Leute wie … Rauno?« Gespannt spitzt Sarah die Ohren.

Eetus Lachen hallt über den See. »Das kann man wohl sagen. Rauno hat ›das Walross‹ gehasst. Einmal hat er ihn auf der Straße beinahe mit seinem Jaguar überrollt. Er hat hinterher behauptet, Matti nicht gesehen zu haben. Doch ich bitte dich – leicht zu übersehen war der Kerl nicht gerade. Rauno hätte ihm am liebsten jedes Mal den Schädel eingeschlagen, wenn er ihm mal zufällig im Ort begegnet ist. Ich wette, er hat eine Flasche aufgemacht, als er die Nachricht von Mattis Tod gehört hat.« Eetus Grinsen fällt in sich zusammen, als er realisiert, was er da gesagt hat. Beschwichtigend hebt er eine Hand. »Damit möchte ich natürlich nicht sagen …«

»Na, ihr zwei Hübschen«, säuselt Ilvi und tritt auf den Steg. »Worüber plauscht ihr denn so?«

»Darüber, dass Rauno dem Matti am liebsten den Schädel eingeschlagen hätte, derart gehasst hat er ihn«, antwortet Sarah trocken und schiebt sich an Eetu vorbei zu Ilvi.

»Oha«, bemerkt Ilvi, sieht aber kein bisschen beeindruckt aus.

»Das wollte ich damit nicht sagen«, murmelt Eetu unsicher.

Ilvi wendet sich zu Sarah und wirft ihr einen vielsagenden Blick zu. Dann hebt sie ihr Glas gegen das verblassende Sonnenlicht, dreht es hin und her. »Wirklich gut, der Wein«, sagt sie im Plauderton. »Nur schade, dass die Flasche bereits leer ist.«

Sarah hakt sich bei ihrer Freundin unter und zieht sie vom Steg in Richtung Grill. »Es wird höchste Zeit, auch Rauno ernsthaft auf den Zahn zu fühlen«, flüstert sie. Sie spürt Ilvis holprige Bewegung an ihrem Arm. Hat Ilvi etwa die ganze Weinflasche allein ausgetrunken? »Ich mache das wohl besser mit Rauno.«

Trotz mehrerer Versuche gelingt es Sarah in den nächsten Stunden nicht, Rauno abseits der übrigen Gäste abzufangen. Ständig ist er von einer Traube lachender und trinkender Menschen umgeben. Erst als das *Juhannus*-Feuer bereits entzündet ist und prasselnd am dämmrigen Ufer lodert, bekommt sie Rauno endlich zu fassen. »Ein großartiges Fest«, sagt sie und stellt sich ihm, als er auf dem Weg ins *mökki* ist, in den Weg.

»Ach, hallo!« Rauno bleibt schwankend stehen. Er presst die Augen zusammen, um Sarah richtig wahrnehmen zu können. In seiner Stimme liegt ein schweres Lallen. »Es … es freut mich, dass es dir bei uns gefällt. Hau-hauskaa juhannusta!«

Sarah nickt. »Fröhlichen Mittsommer. Ein wunderbares Fest in solch einer schwierigen Zeit.«

Rauno zuckt zusammen und runzelt die Stirn. »Hä?«

»Ich meine, weil doch der Mord an Matti über allem schwebt«, beeilt Sarah sich zu sagen.

»Oh, das … das meinst du. Schwierige Zeit.« Rauno kichert, als hätte Sarah einen vortrefflichen Witz gemacht. »Ich danke dir jedenfalls sehr.«

Nun ist es an Sarah, erstaunt zusammenzufahren. »Mir danken? Wofür?«

»Na, dass du das Schwein umgebracht hast«, sagt Rauno mit schwerer Zunge, so laut, dass es sicherlich auch der letzte Gast mitbekommen hat. »So hört man es doch im Ort. Du hast ›das Walross‹ in die ewigen Jagdgründe befördert.« Er deutet eine Verbeugung an, die in ein unkontrolliertes Stolpern übergeht.

»Ich …?«

»Hoppala.« Rauno richtet sich wieder auf, tritt nahe an Sarah heran.

Es bedarf ihrer ganzen Willenskraft, nicht zurückzutreten. Sie kann den Alkohol in Raunos Atem riechen und die riesigen Poren auf seiner roten Nase sehen.

»Ich hätte es ja selbst getan, aber am Ende haben meine Skrupel gesiegt.« Rauno zuckt mit der Schulter. »Da sind wir Männer euch Frauen wohl unterlegen. Hut ab.« Wieder versucht er sich an einer wackeligen Verbeugung.

Während Sarah fieberhaft verarbeitet, was Rauno gerade zu ihr gesagt hat, schweift ihr Blick auf den See hinaus. Ein Ruderboot zieht ihre Aufmerksamkeit auf sich. Es dümpelt vielleicht zwanzig Meter vom Ufer entfernt auf dem Wasser. Sarah blinzelt. In dem Boot sitzt ein Mann. »Das kann doch nicht sein«, flüstert sie.

Etwas blitzt im Boot auf, dann nimmt der Mann die Ruder zur Hand und lässt sie ins Wasser gleiten. Langsam schiebt sich das Boot davon.

»Verdammt, das ist Aalto!«, entfährt es Sarah. Der Kommissar hat von einem Ruderboot aus das Ufer beobachtet. Mithilfe eines Fernglases. Er hat *sie* beobachtet! »Der Typ ist verrückt.«

»Wer?«, fragt Rauno. »Wer ist verrückt?«

»Der …«, beginnt Sarah, doch dann bricht sie ab und schüttelt heftig den Kopf. »Ach, egal«, winkt sie mit einer resignierten Geste ab. Hat sie etwas anderes von Aalto erwartet, als dass er sie beschatten würde? Onni, die Kinder, nun er selbst – seit ihrer ersten Begegnung in Mattis Haus lässt der Schnüffler sie nicht aus den Augen. Sie, die Hauptverdächtige in einem Mordfall. Sarah wendet sich wieder ihrem Gastgeber zu. »Lass uns noch einmal über Matti sprechen, Rauno. Ich habe da eine wichtige Frage.« Sie überlegt, wie sie am besten herausfindet, ob Rauno am Tag des Mordes bei Matti war, da erklingt eine laute Stimme in ihrem Rücken.

»Kommt zum Feuer herunter!«, ruft Joko, der neben ihnen aufgetaucht ist. Er legt einen Arm um die Schultern seines Vaters. »Die Sauna ist auf hundert Grad geheizt. Es kann losgehen.«

»Oh, ich werde nicht …«, setzt Sarah an, doch Joko spricht schon weiter.

»Und alle, die nicht in die Sauna gehen, versammeln sich jetzt am Ufer fürs Nacktbaden.« Er formt mit einer Hand einen Trichter und brüllt: »Nacktbaden, Leute!«

Ein Johlen brandet auf, während einige Menschen zum Ufer torkeln und sich auf dem Weg ihrer Kleidung entledigen.

Joko zieht seinen Vater hinter der Menge her. »Alle ins Wasser!«, brüllt er. »Hauskaa juhannusta!«

Verloren steht Sarah vor dem *mökki* und bestaunt die ausgelassene Schar, die am Ufer hin und her rennt, während Kleidungsstücke durch die Luft fliegen. Als die ersten Nackten in den Päijänne stürmen, erblickt Sarah Ilvi, die ihr auffordernd mit beiden Armen zuwinkt. Dabei hüpfen ihre kunterbunten Brüste auf und ab. Sarah schüttelt zur Antwort den Kopf, doch in diesem Moment wird Ilvi von Joko verdeckt, der sich aus seiner Jeans schält. »Es ist Zeit für mich zu gehen«, murmelt Sarah, schaut noch einmal auf die lachende Menge und dreht sich schulterzuckend um.

Mit verschränkten Armen folgt sie der Zufahrt in den Wald hinein.

Das Gefühl einer vertanen Chance liegt schwer auf ihrem Gemüt, während sie dem Weg folgt, der im Dämmerlicht am See entlang gen Norden führt. Eine innere Stimme raunt ihr zu, dass sie Mattis Mörder hätte stellen können, wäre sie nur aufmerksamer gewesen. Nachdenklich bleibt sie stehen und schaut auf den See hinaus. Fahrig scheucht sie eine Mücke weg. An einigen Stellen leuchten Mittsommerfeuer am Ufer, immer wieder trägt die milde Luft jauchzende Stimmen und ausgelassene Rufe über das Wasser.

Plötzlich fühlt Sarah sich einsam. Sie gehört nicht dazu, zu der eingeschworenen Gemeinschaft. Sie ist eine Außenstehende, der auch noch angedichtet wird, einen zwielichtigen Ganoven umgebracht zu haben. Für einen Moment überlegt sie, sich auf einen Stein am Wegesrand zu setzen und einfach mal richtig loszuheulen. Doch sie schüttelt den Kopf, während sie sich daran erinnert, was Ilvi einmal zu ihr gesagt hat. *»Ein starker Wille führt dich durch den grauen Stein«*, wiederholt Sarah flüsternd und drückt den Rücken durch. Lässt sie sich etwa unterkriegen? Niemals!

»Sarah?«

Überrascht dreht sie sich um. Mitten auf dem Waldweg steht Onni. Er sieht furchtbar aus. Seine unförmige Kleidung ist schmutzig, das Haar strähnig, die Brille so fleckig, dass er damit unmöglich klar sehen kann.

»Ich …«, sagt er und stolpert einen Schritt auf sie zu.

Irgendetwas ist mit ihm nicht in Ordnung, erkennt Sarah sofort. Er vermag es kaum, aufrecht zu stehen. Seine rechte Hand zittert. »Was ist los?«, fragt sie besorgt. »Brauchst du einen Arzt?«

Onni hebt die zitternde Hand, deutet mit dem Zeigefinger in Sarahs Richtung. »Du musst sie mir geben!«, stößt er aus.

»Wen?« Perplex stemmt Sarah ihre Hände in die Hüfte. Der junge Mann ist wohl nicht bei Verstand. Dann versteht sie. Er ist dermaßen betrunken, dass er sich kaum auf den Beinen halten kann. »Onni, du solltest …«

»Die Statue!«, blafft er. »Sie … ich muss sie …« Er macht einen wackeligen Schritt auf Sarah zu.

»Ich schwöre dir, dass ich keine Ahnung habe, wovon du sprichst.« Mit einer beschwichtigenden Geste hebt Sarah eine Hand. »Ich habe es dir schon gesagt, als du an der Sauna aufgetaucht bist. Daran hat sich nichts geändert.«

»Du lügst!« Onni schreit nun beinahe. »Ich weiß, dass du sie hast. Er hat es auch gesagt.« Fahrig wischt er sich über die Stirn.

»Wer hat das behauptet? Der Kommissar?«

Ein Lächeln zieht über Onnis Gesicht. »Ich darf es nicht sagen. Aber ich werde mich erinnern. Ich habe es alles festgehalten. Ich …« Seine Stimme versagt, er räuspert sich. »Er sagt, dass du mich belügst.«

Eine Mischung aus Wut und Resignation zieht in Sarah auf. »Ich weiß, dass du für den Kommissar arbeitest, Onni. Doch es ist nicht wahr, was Aalto sagt. Ich habe weder Matti umgebracht, noch weiß ich etwas über irgendeine Statue.«

»Ich … ich arbeite nicht für den Kommissar. Was redest du da?« Verblüfft schüttelt Onni den Kopf und gerät dabei abermals ins Schwanken. »Du willst mich verwirren! Ich bin aus Helsinki gekommen. Von der … von der Universität. Bitte gib mir die Statue, ohne sie kann ich meine Arbeit nicht schreiben.«

Sarah weicht einen Schritt zurück. »Meine Güte, Onni, ich kann dir mit deiner Statue nicht helfen.« Sie glaubt ihm kein Wort. Natürlich arbeitet er für Aalto. »Ich befürchte, du bist da schlicht auf der falschen Spur.«

Speichel spritzt aus Onnis Mund, während er aufgebracht gestikuliert. »Du musst sie haben! Ich täusche mich nicht. Meine Erinnerung trügt nicht. Matti hatte die Statue, hat er gesagt. Doch jetzt hast du sie! Er hat es mir gesagt. Verstehst du das? Und er will mein Freund sein. Ich bin kein Freak! Verstehst du das?«

Seine Stimme nimmt jetzt einen flehentlichen Tonfall an. »Gib sie mir!«

Sorgenvoll reibt Sarah die Hände aneinander. »Du solltest dich in dein Bett legen und mal richtig ausschlafen, Onni. Siehst du dort hinten zwischen den Bäumen das Mittsommerfeuer? Dort befindet sich das *mökki* der Hallas. Sicherlich ruft dir einer der Gäste ein Taxi. Oder fährt dich selbst zum *Pubi* hinüber. Wirklich, du solltest dich schlafen legen.« Damit dreht Sarah sich auf dem Absatz um und folgt dem Weg weiter nach Hause, ohne sich noch einmal nach Onni umzuschauen. »Der arme Junge«, murmelt sie. Der Job für Aalto tut ihm eindeutig nicht gut.

NEUNUNDFÜNFZIGSTES KAPITEL

Am nächsten Morgen schreckt Sarah zu dem irritierenden Gedanken aus dem Schlaf, dass sie eine wichtige Gelegenheit verpasst hat. »Was für eine verdammte Gelegenheit?«, murmelt sie schlaftrunken und trottet in die Küche, um einen Kaffee aufzusetzen. Ilvis Zimmertür, stellt sie unterwegs fest, ist geschlossen.

Sarah dreht sich zum Küchenbereich um. Überrascht hält sie inne, runzelt die Stirn über das Durcheinander. Es sieht aus, als hätte Ilvi hier in der Nacht nach etwas gesucht. Nach noch mehr Rotwein? Milde lächelnd schiebt Sarah die offen stehenden Schubladen zu, schließt die Schranktüren.

Nachdem sie sich angekleidet hat, schultert sie ihr Rucksäckchen und verlässt leise das Haus. Etwas nagt an ihrem Verstand, doch sie bekommt es nicht zu fassen. Eine Autofahrt in den Ort, so hofft sie, wird sie auf andere Gedanken bringen. Vielleicht hat sie Glück und die Bäckerei im Ort ist geöffnet. Dann kann sie Ilvi mit einem schönen Frühstück überraschen.

Das Wetter ist traumhaft. Sarah steuert den Volvo langsam durch goldene Sonnenstrahlen hindurch über den holprigen Waldweg. Rechts von ihr blitzt immer wieder der See zwischen den Bäumen hindurch. Wirklich, der Tag verspricht herrlich zu werden. Wie es sich für ein *Juhannus*-Wochenende gehört. Sarah saugt grüblerisch an ihrer Unterlippe. Wäre da nur nicht dieser bohrende Gedanke, etwas Wichtiges übersehen zu haben.

An der Lichtung oberhalb von Mattis Haus hält sie den Wagen an. Warum sie dies tut, kann sie nicht sagen. Doch sie steigt aus und geht ein paar Meter den Hang hinab, auf das *mökki* zu. Angespannt bleibt sie stehen und blickt nachdenklich auf den See hinaus, mustert die mit Birken bewachsene Insel. »Hier hat der Wahnsinn begonnen«, flüstert sie, muss sich aber sogleich selbst korrigieren. Begonnen hat der Wahnsinn schon viel früher, in München nämlich. Mit einem Gatten in der Midlife-Krise, der siebzehn Jahre Ehe mal eben so in die Mülltonne geworfen hat. »Udo, du Arsch!«, ruft sie auf den See hinaus und fühlt sich gleich etwas besser. Sie dreht sich zum Auto um.

Grunz.

Sarah fährt wieder herum, reißt die Augen auf. Plötzlich streift sie das Gefühl eines Déjà-vus.

Grunz.

Ein Haubentaucher kreuzt etwa zehn Meter vom Ufer entfernt im Wasser und stößt den schweineähnlichen Schrei aus. Er wirkt ziemlich aufgeregt. Irgendetwas scheint dem Tier nicht zu passen.

Grunz.

Wie von allein trippelt Sarah den restlichen Abhang bis zum Ufer hinab. Ihr Kopf ist seltsam leer. Dass etwas nicht stimmt, weiß sie jedoch genau. Etwas Furchtbares ist geschehen, ruft es in ihrem Inneren. In diesem Moment sieht sie den Körper, der am Schilfgürtel im Wasser treibt. Ein Ächzen zwängt sich aus ihrer Brust. Wie in Trance streift sie die Schuhe ab, rafft das Kleid über die Knie und watet in den See hinein.

Neben dem nackten Körper bleibt sie stehen, schaut auf ihn hinab.

Aus glasigen Augen starrt Onni in den Himmel. Die Würgemale an seinem Hals leuchten auf der blassen Haut wie ein hässliches Schmuckstück.

Sarah presst eine Hand auf den Mund, ohne den Blick von dem Körper lösen zu können. ›Onni ist tot!‹, ruft es nun in ihrem Kopf.

Und dann meldet sich die Stimme erneut, diesmal mit einem vorwurfsvollen Unterton. ›Du hättest genauer hinhören sollen!‹

Sarah nickt, plötzlich versteht sie.

Nach einigen endlos gedehnten Sekunden watet Sarah zurück ans Ufer, nimmt ihre Schuhe in die Hand und steigt den Abhang hinauf. Dabei läuft ihr Gehirn auf Hochtouren. Sie muss jemandem Bescheid geben, dass Onnis Leiche im Päijänne treibt, unweit der Stelle, an der schon Matti gefunden wurde. Doch da ist noch etwas, das sie erledigen muss. Etwas, das im Augenblick wichtiger ist, als die Polizei zu verständigen. Sie muss die Identität des Mörders von Matti und Onni aufdecken. Denn es steht außer Zweifel, dass derselbe Täter hinter den beiden Morden steckt. Und sie weiß nun endlich, wie es ihr gelingen kann, ihn zu identifizieren. Hätte sie Onni nur besser zugehört!

Am Wagen angekommen schlüpft sie in die Schuhe, klemmt sich hinter das Lenkrad und startet den Motor. Dann tritt sie auf das Gaspedal. Mit jedem Kilometer, den sie sich von der Rotaugen-Bucht entfernt, wächst ihre Verbissenheit. Onni. Die Statue. Der Kommissar. Hätte sie Onni doch nur besser zugehört!

Der Parkplatz vor dem *Pubi* ist bis auf wenige Autos leer. Aaltos Toyota ist nicht zu sehen, was Sarah einen Seufzer der Erleichterung entlockt.

Hinter dem Tresen spült Aune, der die Müdigkeit ins Gesicht geschrieben steht, Gläser. »Sarah!«, ruft sie verwundert aus. »Du warst gestern auf der Feier plötzlich verschwunden.«

»Ich … äh … bin dann nach Hause gegangen«, sagt Sarah ausweichend und bemüht sich, dabei so ruhig wie möglich zu sprechen. Sie wirft einen schnellen Blick in den Schankraum. Er ist menschenleer. »Ich habe eine Bitte, Aune. Onni schickt mich.«

Erleichterung malt sich auf Aunes Gesicht. »Onni? Meine Güte, ich habe mir schon Sorgen um ihn gemacht. Gestern ist er kurz auf der Feier aufgetaucht, wirkte aber völlig neben der Spur. Als wir heimfuhren, habe ich noch nach ihm gesucht. Wir hätten ihn schließlich mitnehmen können. Aber er war verschwunden. Und ich glaube, er ist nicht in sein Zimmer zurückgekehrt.« Sie deutet mit einem Finger an die Zimmerdecke.

»Das … äh … ist richtig. Er hat bei Ilvi und mir im *mökki* übernachtet. Und jetzt bittet er mich, dass ich ihm frische Kleidung aus seinem Zimmer besorge. Aber er hat seinen Schlüssel verloren.« Verlegen schaut Sarah auf ihre Hände. Sie fühlt sich schlecht dabei, Aune anzulügen. Doch es ist eine Notsituation, versucht sie, sich zu beruhigen, und hebt den Kopf mit einem Lächeln, das mehr sie selbst als Aune überzeugen soll.

»Kein Problem!«, ruft Aune aus und zückt einen Schlüsselbund. »Hier, der Generalschlüssel. Onnis Zimmer ist oben rechts das letzte im Gang. Bring mir den Schlüssel einfach wieder vorbei, wenn du fertig bist.«

»Danke.« Sarah schnappt sich den Schlüssel. »Ich bin gleich zurück.«

In Onnis Zimmer riecht es streng. Als hause hier jemand, der sich und seine Kleidung seit Tagen nicht mehr gewaschen hat. Auf einem schmalen Tisch und auf dem Boden davor stehen leere Flaschen, Wodka zumeist. Das Bett ist ungemacht und fleckig. »Trostlos«, murmelt Sarah und schaudert, während sie sich vergeblich nach persönlichen Gegenständen umsieht. Einzig ein Rucksack, der auf einem Stuhl liegt, erregt ihre Aufmerksamkeit. Mit spitzen Fingern öffnet sie ihn und späht hinein.

Auf ein paar sorgsam gefalteten Kleidungsstücken liegen zwei Gegenstände: ein Handy und ein dickes Notizbuch. Beide nimmt Sarah andächtig heraus. Das Telefon ist ausgeschaltet, und sie lässt es zurück in den Rucksack gleiten. Das Notizbuch entpuppt sich nach einem schnellen Blick auf die handbeschriebenen Seiten als Tagebuch. »Wie ich vermutet habe«, raunt Sarah. Onni sagte gestern Nacht im Wald, er habe alles über seine Suche aufgeschrieben. In seinen Aufzeichnungen wird sie endlich Antworten finden, hofft sie. Wenn es nämlich nicht Aalto war, der den Jungen hinter ihr hergeschickt hat, dann muss sie herausfinden, mit wem

Onni kürzlich über diese ominöse Statue und über sie, Sarah, gesprochen hat. Wer hat Sarah die ganze Zeit über beobachtet? Wer behauptet, dass diese Statue sich noch kürzlich bei Matti befunden habe?

Hastig wickelt sie das Tagebuch in ein T-Shirt von Onni, das sie aus dem Rucksack zieht. Dann geht sie zurück in den Schankraum und überreicht Aune den Schlüssel. »Ich habe alles gefunden, danke.«

»Möchtest du einen Kaffee?«, fragt Aune. »Ich bin todmüde und brauche dringend eine Tasse. Das Gerücht gestern hat mich so aufgewühlt, dass ich kaum einschlafen konnte, als wir zurück waren.«

»Welches Gerücht?«, fragt Sarah geistesabwesend. Sie ist in ihren Gedanken schon dabei, sich dem Tagebuch zu widmen.

»Dass die kleine Liisa schwanger ist.« Aune lehnt sich auf den Tresen. »Ihre Familie wird wohl wenig begeistert sein. Von einer Hochzeit habe ich jedenfalls nichts mitbekommen. Das arme Ding. Die Großmutter ist doch so religiös.«

Sarah winkt ab. »Wenn das mal stimmt mit der Schwangerschaft. Man sollte nicht alles glauben, was erzählt wird.« Dass sie mehr über den Fall weiß als Aune, kann sie natürlich nicht offenbaren. »Und was den Kaffee anbelangt – danke, aber ich muss los.« Damit stürmt sie aus dem *Pubi*.

Wie ein Stück glühende Kohle brennt das Tagebuch durch den Stoff des T-Shirts hindurch in ihren Händen. Aufgeregt setzt Sarah sich in den Volvo und verriegelt die Tür von innen. Dann wickelt sie das Tagebuch aus dem Shirt und blättert darin, bis sie den letzten Eintrag gefunden hat. Er trägt das gestrige Datum. »Mit wem hast du gesprochen, Onni?«, flüstert sie. »Wer hat dich und Matti umgebracht?«

SECHZIGSTES KAPITEL

Ich bin nicht länger allein. Er hat versprochen, bei mir zu bleiben. Ich habe versprochen, es vorerst niemandem zu erzählen. Deshalb nenne ich seinen Namen nicht, nicht einmal in meinem Kopf. Die Angst, dass er wieder gehen könnte, frisst an mir. Also ist er lieber namenlos für mich, solange es nötig ist. Er hat gesagt, dass ich wunderbar bin. Dass er mir alles geben wird, was ich mir wünsche. In der Nacht hat er das gesagt. Hier. Ich wollte es nicht glauben, doch er hat es mir geschworen. Ob Sarah das Ding habe, wollte er von mir wissen. Ich habe genickt. Einfach genickt. Wir haben getrunken, er und ich. In der Nacht. Meine Erinnerung ist vage. Ein grauer Nebel, der nach Wodka riecht, liegt auf ihr. Aber er hat gesagt, dass ich wunderbar bin. Daran erinnere ich mich genau.

Gerade trinke ich den Rest aus der Flasche, die er mitgebracht hat. Der Alkohol verschafft mir ein gutes Gefühl, weil er die Verzweiflung mildert. Das Chaos macht mir nicht mehr so viel Angst, wenn ich den Wodka trinke. Der Schmerz in meinem Kopf ist leiser. Nie wieder möchte ich es anders haben. Wenn nur auch die Angst verschwinden würde. Doch er hat geschworen, dass er nicht wieder geht.

Er hat mir ein Geheimnis verraten. Sie wird die Statue bald wegschaffen. Sie ist keine Deutsche, sie gibt es nur vor. Die Statue hat sie für einen Sammler gestohlen, der sie der Welt vorenthalten will. Das darf ich nicht zulassen. Meine Forschung wird schließlich alles verändern. Ich habe ihm davon erzählt. Von Max, der das neue Forschungsthema nicht wirklich gutheißt. Von meinen Schwierigkeiten mit der fast fertigen Arbeit, die ich nicht vollenden werde. Die Statue darf nicht verschwinden. Deshalb muss ich sie schnell in die Finger bekommen. Sonst ist es zu spät. Also muss ich mit ihr sprechen. Auch wenn sie gefährlich ist. Ich sei wunderbar, hat er gesagt. Die Flasche hat er mir als Geschenk mitgebracht. Er ist nicht so wie Swen.

Mama hat gerade angerufen. Diesmal bin ich rangegangen, auch wenn ich erst nicht wollte. Jetzt ärgere ich mich über meine Dummheit. Wieso hört Mama mir nicht zu? Sie sagte, dass sie sich Sorgen mache und ich mich komisch anhöre. Sie versteht nicht. Mein Leben ändert sich gerade. Ich will nicht länger anders sein. Und allein. Ich bin wunderbar. Das versteht sie nicht. Meine Entscheidung ist gefallen. Einen Arzt, so wie früher, benötige ich wirklich nicht. Mama benötige ich nicht. Sobald ich die Statue habe, werden sie alle sehen, wie großartig ich bin. Kein Freak! Ich bin wunderbar, das hat er gesagt!

Ich habe aufgelegt. Mama wollte mir nicht zuhören. Ich habe ihr zwar gesagt, dass ich nicht in Helsinki bin, aber ich habe ihr nicht verraten, dass ich gerade in einer Pension in Sysmä sitze. Einiges wird sich in meinem Leben ändern. Ich werde nicht länger anders sein.

Heimo wollte mir keine neue Flasche geben. Eben war ich unten bei ihm. Doch ich habe mir das nicht gefallen lassen und bin laut geworden. Es ist mein Wunsch, etwas zu trinken. Es hilft mir gerade sehr. Später werde ich sicherlich etwas anderes tun, um den Schmerz zu betäuben. Später, aber im Moment bin ich glücklich mit den Dingen, so wie sie sind. Der Schmerz wird nämlich kleiner, wenn ich etwas trinke. Ähnlich einem Ballon, aus dem langsam die Luft entweicht. Deshalb habe ich darauf bestanden, noch eine Flasche von Heimo zu bekommen. Er soll sie auf die Rechnung setzen, habe ich ihm gesagt. Ganz komisch hat Heimo mich angesehen, als er mir die Flasche gegeben hat. Ich kenne diesen Blick. Aber das ist mir jetzt egal. Ich bin schließlich wunderbar, hat er gesagt.

Sarah Fuchs will die Statue wegschaffen. Ich muss sie aufhalten. Sie führt etwas im Schilde. Er hat sie im Auge behalten, weil er seinen Freund Matti rächen will. Sie muss für den Diebstahl bezahlen, meint er. Und für den Mord. Sie ist eine Mörderin. Er hat versprochen, mir zu helfen. Er wird bei mir bleiben. Gemeinsam mit mir nach Helsinki gehen. Wenn ich die Statue habe, will er sie sehen. Alle werden erkennen, dass ich ein Genie bin. Er wird mich unterstützen, weil er mich großartig findet. Ich musste nur schwören, niemandem davon zu erzählen. Ich habe geschworen, alles zu tun, was er von mir verlangt. Die Angst, dass er wieder gehen könnte, frisst an mir.

EINUNDSECHZIGSTES KAPITEL

»Oh, Schätzchen.« Sarah seufzt und schüttelt entsetzt den Kopf. »Da hast du dich aber ordentlich einlullen lassen.« Skrupellos hat sich Onnis Mörder an den verwirrten Jungen herangemacht, hat mit seinen Ängsten gespielt, um ihn auszuhorchen. Was für ein perfides Vorgehen! Doch warum musste das Monster Onni auch noch umbringen? Warum, verdammt? Diese Tat ist so unfassbar, dass es ihr schwerfällt, sie irgendjemandem zuzuschreiben. »Haben wir jemanden übersehen?«, flüstert sie in die Stille des Wagens hinein. Wer hat erst Matti, dann den armen Onni umgebracht? Und alles wegen einer Statue, die sich angeblich in ihrem, Sarahs, Besitz befindet. Das Puzzle lässt sich nicht zusammensetzen.

Noch einmal liest sie die in einem engen Schriftbild verfassten Zeilen, fragt sich, ob sie etwas falsch verstanden hat. Doch ihr Finnisch ist gut genug, um ihr den Sinn des Tagebucheintrags zu erschließen, da ist sie sicher. Onni hat seinen Mörder getroffen. Jemanden, der ein unheiliges Spiel mit ihm gespielt, sich sein Vertrauen erschlichen hat. Unglücklicherweise enthält der Eintrag keinen konkreten Hinweis auf die Identität des ominösen Mannes.

Hat sie vielleicht etwas übersehen? Einen zusätzlichen Eintrag? Sarah blättert weiter. Und blinzelt überrascht. Zwar befindet sich auf der nächsten Seite kein Eintrag, doch in der Mitte des Blattes prangt eine kleine Zeichnung. Nachdenklich fährt Sarahs Finger über das Bild eines grinsenden Totenkopfs. Warum hat Onni ausgerechnet dieses Motiv festgehalten? Ahnte er etwa schon, dass die Begegnung mit dem Unbekannten in seinen Tod führen würde? Sarah jedenfalls erinnert die Zeichnung auf verstörende Weise an Frau Mosers Taschenspielertricks.

Grübelnd schlägt sie das Tagebuch zu und schiebt es in ihren kleinen Rucksack. Sie muss ihre Geldbörse und die Sprühdose, die sie vor einer Bärenattacke schützen soll, an den Rand drücken, damit das dicke Heft überhaupt Platz findet. Dann starrt sie aus der Frontscheibe des Wagens ins Nichts. Was soll sie jetzt tun? Sie muss die Polizei über den Leichenfund informieren, doch in ihrem Kopf meldet sich wieder die Stimme, die ihr zuflüstert, sie habe etwas Wichtiges übersehen. Etwas Wichtiges, das sie zu Mattis und Onnis Mörder führen kann. Sarah weiß, sobald sie dem Kommissar von einem weiteren Toten berichtet, den abermals sie, ausgerechnet sie, in der Rotaugen-Bucht gefunden hat, werden ihre Möglichkeiten, den wahren Täter aufzuspüren, erheblich eingeschränkt sein. Wahrscheinlich nimmt Aalto sie sogleich in Untersuchungshaft.

»Schau genau hin«, mahnt die Stimme in ihrem Kopf. »Du übersiehst etwas.«

»Verdammt!«, flucht Sarah laut und schlägt mit einer Faust auf das Lenkrad. »Denk nach, Sarah. Denk nach!« Was hat sie übersehen? Wen hat sie übersehen? Im Kopf geht sie die Liste der Verdächtigen durch. Ein Gedanke manifestiert sich. Hätte sie auf der *Juhannus*-Feier auch mit den Kauppinen-Zwillingen sprechen sollen? Sind die beiden nicht geradezu dafür prädestiniert, sich gegenseitig ein falsches Alibi zu geben? Steckt mehr hinter Liisas falscher Verdächtigung? Hatte die Denunziation weniger mit einer Rache an Joko als mit dem Mord an Matti zu tun? Um von den Kauppinens abzulenken? Was, zum Himmel, kann Sarah nicht sehen? Die Fragen drehen sich in ihrem Kopf wie ein Karussell.

Sarah startet den Wagen und schießt vom Parkplatz herunter. Onni ist tot, daran ist nicht zu rütteln. Ob er noch eine Stunde länger im Wasser treibt, ändert an diesem Zustand jedenfalls auch nichts mehr. Sie will noch mal zu den Kauppinens fahren. Nur weil sie keine andere Idee hat, was sie sonst tun könnte, um dem Täter auf die Schliche zu kommen.

Auf der Landstraße macht Sarah den Toyota des Kommissars im Gegenverkehr aus. Stur schaut sie geradeaus, in der Hoffnung, dass Aalto sie nicht bemerkt. Erleichtert stellt sie mit einem Blick in den Rückspiegel fest, dass er nicht wendet, um ihr zu folgen.

Mit quietschenden Reifen bremst Sarah ein paar Minuten später vor dem Haus der Kauppinens. Ungeduldig klopft sie gegen die Haustür. Als ihr Liisa öffnet, stößt sie einen Seufzer der Erleichterung aus. »Liisa! Wunderbar! Mit dir wollte ich sprechen. Es ist sehr wichtig!«

Das Mädchen zuckt zusammen, als hätte Sarah sie mit einem Schimpfwort bedacht.

»Eine Überraschung am Morgen«, sagt Erikka und tritt aus dem Schatten des Flurs an die Tür.

»Ich – hallo, Erikka. Bitte entschuldige die frühe Störung, ich habe ein paar Fragen an Liisa.« Sie hofft, dass die alte Frau sich mit der Erklärung begnügt und wieder verschwindet.

»Fragen?«, wiederholt Erikka und kommt, auf ihren Gehstock gestützt, noch näher heran.

»Ja, ich – also, lediglich ein paar kleine Fragen an *Liisa*«, haspelt Sarah eilig.

Erikka runzelt die Stirn und macht keine Anstalten, sich zurückzuziehen.

Innerlich stößt Sarah eine Salve von Flüchen aus, doch sie hat keine Zeit zu verplempern. Verkrampft lächelnd wendet sie sich an Liisa. »Ist einer der Zwillinge dein Vater?«

»Altti ist Liisas Vater«, erklärt Erikka. »Aleksi, sein Bruder, ihr Onkel.«

»Sind sie zu Hause, Liisa?« Sarah verstärkt ihr Lächeln. Es schmerzt auf ihrem Gesicht.

Die junge Frau schüttelt den Kopf und öffnet den Mund, doch ihre Großmutter ist abermals schneller.

»Sie sind noch bei den Raunas«, sagt Erikka. »Seit der *Juhannus*-Feier gestern. Was ist mit meinen Söhnen?«

»Liisa, könnte es sein, dass einer der Zwillinge sich vom Hauskreis, von dem du mir erzählt hast, davongeschlichen hat? Vielleicht mit Unterstützung des anderen? Kann der eine so getan haben, als sei er beide Personen – verstehst du, was ich meine?« Sarah tritt von einem Bein auf das andere.

Mit großen Augen blickt Liisa Sarah an, dann schüttelt sie den Kopf.

»Was sollen diese dämlichen Fragen, Sarah?« Ein glühender Ausdruck von Ärger zieht auf Erikkas Gesicht. »Und warum habt ihr über unseren Hauskreis gesprochen?«

Sarah ignoriert Erikkas Frage. »Liisa, hast du mitbekommen, wie einer der Zwillinge sich für Onni … äh … interessiert hat? Onni, das ist der schlanke Mann aus Helsinki, der drüben im *Pubi* wohnt. Er wollte wohl Matti aufsuchen. War einer der Zwillinge kürzlich bei Onni? Nachts.« Vielsagend hebt sie eine Augenbraue.

»Es reicht!«, speit Erikka aus. »Geht es dir wieder um den Tod von Matti? Du solltest einen Haken daran machen, Sarah. Dem Halunken ist widerfahren, was sein Schicksal war. *Gott wird den Kopf seiner Feinde zerschmettern, den Schädel der Gottlosen, die da fortfahren in ihrer Sünde.*«

Liisa faltet die Hände vor ihrem Bauch und neigt das Kinn auf ihre Brust.

Sarah senkt die Stimme zu einem Flüstern. »Liisa, warum hast du neulich gelogen? Du weißt, was ich meine. Wegen der …« Sie macht einen unverständlichen Laut als Platzhalter für das Wort *Schwangerschaft*.

Kurz sieht Liisa auf, sagt aber nichts.

»Worum geht es?«, will Erikka in strengem Ton wissen.

»Bitte, Liisa«, beharrt Sarah eindringlich. »Hat dich jemand gebeten, wegen der Du-weißt-schon-was zu lügen?«

»Es reicht!«, ruft Erikka aus. »Es ist Zeit für dich, unser Grundstück zu verlassen, Sarah. Ich verstehe kein Wort von dem, was du da redest. Beunruhige Liisa nicht mit diesem Unsinn!«

Liisa murmelt etwas.

»Was sagst du, Liisa?« Sarah beugt sich zu der jungen Frau vor.

»Geh jetzt, Sarah!«, ruft Erikka schrill.

»Ich habe nicht gelogen«, sagt Liisa, nun deutlich hörbar. Abrupt richtet sie ihren Kopf auf und blickt Sarah herausfordernd an. »Ich *bin* schwanger! So wahr mir Gott helfe.«

»Kind!«, schreit Erikka. »Was sagst du da?«

»Ich bin schwanger, Großmutter.« Liisa dreht sich zu Erikka um. »Und ich bereue es nicht.«

Erikka wankt, auf ihren Stock gestützt, von links nach rechts. Ihr Gesicht ist aschfahl. »Du kannst nicht …«, stottert sie. »… Sünde …!«

»Zeit für mich zu gehen«, murmelt Sarah, wirft Liisa einen mitfühlenden Blick zu und steigt die Treppe hinab. Sie weiß nicht weiter, gesteht sie sich ein, während sie den Volvo zurück in Richtung Sysmä steuert. Nun muss sie wohl oder übel den Kommissar aufsuchen und ihm von Onnis Leiche berichten. Da kann sie sich die Handschellen gleich selbst anlegen.

Langsam steuert Sarah den Volvo durch die menschenleere Ortschaft. Die meisten Einwohner scheinen noch in ihren Betten zu liegen.

Erstaunlicherweise hatte sie nicht den Eindruck, dass Liisa gelogen hat. Nachdenklich wirft sie sich selbst einen Blick im Rückspiegel zu. Also ist Liisa wirklich schwanger? Und was hat Erikka in ihrer religiösen Entrücktheit zu Mattis Tod gesagt? Etwas Abstruses über einen *Schädel der Gottlosen*. Sarah schüttelt schnaubend den Kopf.

Sie kann den *Pubi* schon sehen, da schnappt Sarah nach Luft. »Verdammt!«, ruft sie aus, als die Erkenntnis sie wie ein Blitzschlag trifft. Sie tritt auf die Bremse, wendet mit quietschenden Reifen den Wagen und gibt Vollgas.

Röhrend springt der Volvo nach vorne.

»O mein Gott«, flüstert Sarah. »Hoffentlich bin ich nicht zu spät.«

ZWEIUNDSECHZIGSTES KAPITEL

Für einen Moment wird ihr schwarz vor Augen, als der Wagen seitlich gegen einen Baum kracht. Der Aufprall ist so heftig, dass sich der Airbag geöffnet hat. Mit zitternden Fingern drückt Sarah die Fahrertür auf und schält sich aus dem erschlaffenden Luftsack. Sie ist viel zu schnell durch den Wald gebrettert und in einer Kurve schlitternd vom Weg abgekommen, doch das ist jetzt ihre geringste Sorge. Noch etwas benommen versucht sie, sich zu orientieren. Bis wohin ist sie gekommen? Ist es noch weit? Sie muss sich beeilen!

Erleichtert stößt sie den Atem aus. Ihr *mökki* befindet sich gleich hinter der nächsten Kurve. Hastig schnappt sie sich den Rucksack vom Rücksitz, schnallt ihn um und rennt über den Waldweg, so schnell ihre Pumps sie tragen. »Hoffentlich bin ich nicht zu spät!«

Schnaufend bleibt Sarah an der Eingangstür stehen und schaut zum Ufer hinunter. Vor der Sauna liegen unzählige Kleidungsstücke auf dem Boden verstreut. Nachdenklich kneift Sarah die Augen zusammen, dann zieht sie die Schuhe aus. Sie fischt den Schlüssel aus dem Rucksack und öffnet beinahe lautlos die Haustür. Auf Zehenspitzen schleicht sie hinein.

Nach ein paar Schritten bleibt sie im Schutz des großen Kachelofens lauschend stehen. Aus ihrem Schlafraum ist ein Schaben und Knirschen zu hören, als zerlege jemand die gesamte Einrichtung. Langsam wagt sie sich bis zu Ilvis leicht geöffneter Zimmertür vor und späht in den Raum. Er sieht aus, als hätte eine Bombe eingeschlagen. Schubladen liegen herum, ein Regal ist umgeworfen, sein Inhalt überall verteilt. Sarah presst die Zähne zusammen, während ihr Blick hin und her schießt. Ilvi ist nirgends zu sehen. Erleichtert stößt Sarah die Luft aus.

Ein unverständlicher Fluch ertönt aus ihrem Schlafzimmer, kurz darauf zerspringt erst ein Glasgefäß, dann ein zweites. Also wird wohl gerade das Badezimmer auseinandergenommen. Jetzt ist der richtige Zeitpunkt, um zu verschwinden. Geduckt schleicht Sarah zur offen stehenden Verandatür. Draußen auf den Holzpaneelen holt sie tief Atem, nimmt die Beine in die Hand und rennt zur Sauna hinunter. Vor der Hütte liegen in einem bunten Haufen Ilvis Kleidungsstücke im Gras, dazwischen die Anziehsachen eines Mannes.

»Himmel, hoffentlich bin ich nicht zu spät!« Mit aufgerissenen Augen bemerkt Sarah das Holzstück, das unter der Saunatür klemmt. Es kostet sie viel Kraft und einen Fingernagel, um das verkeilte Holz hervorzuziehen. Dann schultert sie den Rucksack und reißt an der Tür, auf das Schlimmste gefasst. Eine warme Lakritzwolke weht ihr aus dem Saunainneren entgegen. Sie würgt.

»Ilvi!«, ruft Sarah aus und stürzt zu ihrer Freundin, die ausgestreckt und mit geschlossenen Augen reglos auf der Saunabank liegt. Doch, Ilvi atmet, wenn auch flach, stellt Sarah mit gewaltiger Erleichterung fest. »Wach auf!«, ruft sie und tätschelt Ilvis Wange. »Bitte, komm zu dir!« Ihr Blick streift das Thermometer an der Wand. Es zeigt achtzig Grad, doch nun, da die Tür geöffnet ist, entweicht die Hitze schnell.

Ilvis Lider zittern, dann schlägt sie die Augen auf. Orientierungslos sieht sie sich um und stöhnt auf. »Mein … mein Kopf«, krächzt sie. »Er … er …«

»Komm, setz dich vorsichtig auf«, sagt Sarah und greift Ilvi unter die Arme. »Ich helfe dir. Wir müssen so schnell wie möglich von hier verschwinden!«

»Er … er …«, lallt Ilvi und kämpft sich mit Sarahs Hilfe in eine aufrechte Position.

»Ich weiß. Sag nichts, schone deine Kräfte! Er ist ein kaltblütiger Mörder. Sobald du gehen kannst, müssen wir hier raus und verschwinden.« Hastig greift Sarah nach der Holzschale, die auf der Saunabank liegt, und füllt sie mit Wasser aus dem Bottich. »Trink etwas. Hier.« Sie hält Ilvi die Schale an die Lippen.

Gierig lässt Ilvi das Wasser in ihren Rachen laufen. Sogleich scheint es ihr besser zu gehen. Sie hustet, dann fährt ein Zittern durch ihren Körper. »*Saunaolut*«, presst sie hervor.

»Das Saunabier?«, fragt Sarah.

Ilvi nickt. »Es hat … merkwürdig geschmeckt. Er hat etwas reingetan.«

Sarah zückt Onnis Tagebuch aus ihrem Rucksack. »Er hat auch Onni umgebracht. Nicht nur Matti.« Sie klopft mit dem Buch auf die Saunabank. »Der arme Onni hat hier drin festgehalten, wie er ausgehorcht wurde. Es geht um eine wertvolle Statue, Ilvi. Irgend so ein altes Ding.«

»Onni?«, fragt Ilvi angestrengt. »Auch tot?«

Der Raum verdunkelt sich, als wäre eine Wolke vor die Sonne gezogen.

»Gib mir sofort das Tagebuch!«, ertönt eine raue Stimme vom Eingang her.

Sarah zuckt zusammen und fährt herum. Sie presst das Tagebuch an ihre Brust. »Wieso hast du Onni getötet?«, ruft sie Joko entgegen.

Grinsend baut Joko sich im Türrahmen auf, die Hände in die nackten Hüften gestemmt. »Der kleine Spinner wurde zu anhänglich«, erklärt er mit eisiger Ruhe. »Er ist auf dem Fest aufgetaucht und war kurz davor, eine große Szene zu machen. Dass ich ihn nicht verlassen dürfe, so etwas. Es ist mir nur mühsam gelungen, ihn zu überreden, alles Weitere unter vier Augen bei Mattis *mökki* an der Rotaugen-Bucht zu besprechen. *Alles Weitere* war dann vor

Ort schnell erledigt.« Er lacht auf, während er so tut, als würde er seine Hände um einen Hals legen und zudrücken.

»Du … Schwein«, flüstert Ilvi mühsam. Es sieht aus, als wollte sie von der Bank aufstehen und sich auf Joko stürzen, doch sie kommt nicht auf die Beine. »Schwein!«, stößt sie stattdessen abermals aus.

»Onni hat mir nicht mehr viel genützt, nachdem ich kapiert hatte, dass er lediglich ein armer Wurm ist, der keine Ahnung hat, wo genau sich die Statue befindet. Mir bleibt nicht mehr viel Zeit, um von hier abzuhauen. Die Bullen können diesmal leicht feststellen, dass ich den Typen umgebracht habe. Doch da du mir jetzt sagen wirst, wo sich die Statue befindet, wird es wohl ausreichen.« Er macht einen drohenden Schritt in die Sauna hinein.

»Ich habe keine Ahnung«, sagt Sarah so ruhig, wie es ihr irgend möglich ist.

»Natürlich nicht.« Gehässig verzieht Joko das Gesicht. Plötzlich ist von seinem guten Aussehen nicht mehr viel übrig. »In deinem Haus ist sie nicht. Wo hast du sie versteckt?« Seine Miene entspannt sich wieder. »Ihr kommt hier niemals lebend raus, wenn du mir nicht sofort sagst, wo die Statue sich befindet!«

Sarah hält das Tagebuch wie einen Schild vor sich. »Du bist Abschaum!«, stößt sie aus.

Wut zieht über Jokos Gesicht, dann streckt er eine Hand aus. »Das Tagebuch. Her damit!«

Sarah zögert. Dann reicht sie Joko langsam das Notizbuch entgegen.

Mit einem Ruck reißt er es an sich.

»Willst du nicht wissen, was dich verraten hat?«, fragt Sarah. In ihrem Kopf überschlagen sich die Gedanken. Sie gibt sich keiner Illusion hin – Joko wird Ilvi und sie töten. Daher muss sie ihn so lange wie möglich beschäftigen. Bis ihr etwas einfällt. Oder ein Wunder geschieht.

Joko runzelt die Stirn.

»Das da war's«, sagt Sarah und deutet auf seinen Lendenbereich. »Das Tattoo.«

»Mein Tattoo?« Joko wirkt ernsthaft überrascht.

»O ja, der Totenschädel. Onni hat ein Bild davon gemalt. Ich habe es nicht gleich erkannt, doch dann fiel mir ein, dass ich den Schädel schon einmal gesehen hatte. Nämlich genau dort.« Sie deutet abermals auf Jokos Körpermitte. »Als ihr, Ilvi und du, euch vor meinem *mökki* im Auto vergnügt habt.«

»Wir haben … du hast …?«

»Oh, es hat etwas gedauert, bis ich mich erinnerte. Es bedurfte ausgerechnet eines Bibelzitats von Erikka, bis mir wieder einfiel, wo ich den Schädel schon einmal gesehen hatte.« Sie schürzt die Lippen. »Viele Grüße von Liisa übrigens. Sie war auch dort, bei den Kauppinens. Sie erwartet ein Kind von dir, aber das wird dich nicht weiter verwundern, denke ich. Es wird nicht dein erster Sprössling hier im Ort sein. Schließlich lässt du nichts, aber auch rein gar nichts anbrennen, Joko. Es wirkt auf mich ein bisschen so, als würdest du an schweren Minderwertigkeitskomplexen leiden. Du musst dir wohl immer wieder beweisen, was für ein toller Hecht du doch bist. Du nimmst einfach alles, was du kriegen kannst. Spielst dich als unwiderstehlicher Dorfgigolo auf. Dabei bist du in Wahrheit lediglich ein emotionaler Krüppel. Ein Schlappschwanz. Und, lass es uns nicht vergessen, ein feiger Mörder.«

Joko presst die Augen zu schmalen Schlitzen zusammen. Seine Hände verkrampfen sich um das Tagebuch.

»Möchtest du eigentlich Onnis Zeichnung sehen? Sie ist durchaus gelungen, finde ich. Viel schöner als das Original, wenn du mich fragst. Was übrigens nicht schwer ist, nur so unter uns. War es eine Jugendsünde, das Totenköpfchen? Du findest die Zeichnung jedenfalls im Tagebuch, hinter dem letzten Eintrag.« Sarah zwingt ein hämisches Grinsen auf ihr Gesicht, auch wenn sie am liebsten vor Aufregung kotzen würde.

Joko zögert kurz, dann klappt er das Tagebuch auf und blättert fahrig darin, auf der Suche nach dem letzten Eintrag. Auf seinem Gesicht liegt ein hitziger Ausdruck.

Mit einer schnellen Bewegung zieht Sarah das Reizgas aus ihrem Rucksäckchen.

»Was …?«, setzt Joko an und blickt alarmiert von dem Tagebuch auf.

Der Strahl trifft ihn mitten im Gesicht.

Es vergeht eine Sekunde, in der die Welt stillzustehen scheint, dann bricht Joko in ein lautes Gebrüll aus. Er lässt das Tagebuch fallen und presst beide Hände jaulend auf die Augen.

»Komm, Ilvi!«, ruft Sarah aus und hilft ihrer Freundin von der Bank hoch. »Raus hier, schnell!«

Auf Sarah gestützt drängt Ilvi sich an dem blinden Joko vorbei, der sich, vor Schmerzen gekrümmt, im Kreis dreht. Im letzten Moment, bevor sie die Hütte verlassen, streckt Ilvi ihr Bein aus und schiebt es in Jokos Lauf. »Schwein, erbärmliches!«, ächzt sie.

Joko stolpert über Ilvis Bein nach vorne, prallt erst gegen die Holzbank, dreht sich dort und torkelt dann seitlich gegen den glühenden Saunaofen. Das Zischen schmorenden Fleisches geht in Jokos ohrenbetäubendem Gebrüll unter.

Hastig zieht Sarah ihre Freundin aus der Hütte hinaus und lässt sie nach ein paar Schritten ins Gras gleiten. Dann springt sie zur Tür, wirft sie zu und schiebt den Holzkeil darunter.

Aus dem Saunainneren dringt ein gellendes Schmerzgebrüll, das schließlich in ein schluchzendes Wimmern übergeht.

»Verrecke, du Schwein!«, ruft Ilvi. Wie ein bunter Käfer liegt sie nackt auf dem Boden, alle viere von sich gestreckt.

Sarah schnappt sich Ilvis Hose aus dem Gras und klopft sie suchend ab. Erleichtert zieht sie das Smartphone ihrer Freundin aus einer Hosentasche hervor und öffnet im Menü die Liste der vergangenen Telefonate. Ihre Hände zittern, als sie eine Nummer auswählt und das Handy ans Ohr presst.

»Aalto«, meldet sich der Kommissar mit schlaftrunkener Stimme.

»Hier … äh … Sarah Fuchs. Ich muss Ihnen …!«

»Frau Fuchs, das ist eine wunderschöne Überraschung«, fällt Aalto ihr ins Wort. Er klingt plötzlich hellwach. »Ich habe schon auf Ihren Anruf gewartet!«

»Das haben Sie?«, stößt Sarah verwundert aus.

Aus der Hütte ertönt ein Klopfen, begleitet von weinerlichen Verwünschungen.

»Ja«, sagt Aalto, »seit unserem letzten Gespräch, das ja nicht so gelaufen ist, wie ich mir das gewünscht habe. Sprechen Sie von einer Baustelle aus? Ich höre im Hintergrund ein Klopfgeräusch.«

Sarah entfernt sich zwei Schritte von der Hütte. »Ich weiß beim besten Willen nicht, was Sie meinen, doch ich muss Ihnen …«

»Wir wollten doch offen miteinander sprechen, hatten wir verabredet«, unterbricht Aalto sie abermals. »Vielleicht können wir bei einem Gläschen …«

»Halten Sie mal für eine Sekunde den Mund!«, fährt Sarah den Kommissar an. »Hören Sie mir zu, verdammt!«

In der Leitung vibriert eine pochende Stille.

Sarah holt tief Luft. »Ich wäre Ihnen sehr verbunden, wenn Sie Ihre Kollegen bei mir vorbeischicken könnten. Der Mörder von Matti und Onni befindet sich in meiner Sauna. Es ist Joko Halla. Ich habe ihn eingesperrt. Er schmort da jetzt vor sich hin, bis Sie ihn abholen.«

»Der Mörder …? … Onni?«, haspelt Aalto.

»Die Leiche des jungen Mannes treibt in der Rotaugen-Bucht. Nahe der Stelle, an der auch Matti gefunden wurde. Also … ich berichte Ihnen alles Weitere, wenn Sie hier sind.« Bevor sie das Gespräch beendet, führt sie das Telefon doch noch einmal ans Ohr. »Und Aalto, noch etwas. Wenn Sie auch nur *ein* Stück Lakritz mitbringen, erwürge ich Sie!«

DREIUNDSECHZIGSTES KAPITEL

Ilvi fläzt sich im Sessel, die Knie angezogen. Sie lässt Aalto keine Sekunde aus den Augen. Wie eine Raubkatze beobachtet sie ihn, seit er sich zu Sarah und ihr auf die Veranda gesetzt hat. In ihren Augen funkelt es, als überlege sie, ob sie zum Angriff übergehen oder doch lieber noch einen Moment abwarten soll.

Verlegen windet sich der Kommissar unter Ilvis Blick. Es ist offensichtlich, dass er sich bemüht, ihr Starren zu ignorieren, doch von Zeit zu Zeit schießen seine Augen prüfend zu ihr hinüber. Dann rutscht er stirnrunzelnd auf seiner Sitzfläche hin und her.

»Sie sagten, Herr Kommissar …?«, fragt Sarah, die sich köstlich über Aaltos Unwohlsein amüsiert.

»Ich … es ist nun eindeutig forensisch erwiesen, dass Joko Halla für beide Morde verantwortlich ist.« Der Kommissar umklammert die Armlehnen seines Sessels. »Sein Geständnis erleichtert unsere Arbeit insofern, als sich die letzten Puzzlestücke einfacher zusammenfügen lassen. So wissen wir, dass Joko die Schreibmaschine, mit der er den verleumdenden Brief getippt hat, bei seinem Freund Eetu deponierte. Eine Nebelkerze, falls er von sich hätte ablenken müssen. Und mit den Kindern, die Ihnen hinterherspioniert haben, konnten wir auch sprechen. Sie haben Joko einwandfrei identifiziert. Er hatte den Geschwistern Geld für ihre Detektivarbeit versprochen. Zugegeben hat er auch, dass es nur einen Tag vor dem Mord einen heftigen Streit mit Matti gab. Es ist dabei um die ausbleibende Lieferung der Statue gegangen.

Liisa hatte also nicht gelogen, als sie sagte, sie habe die beiden in den Stallungen gehört.«

»Liisa. Das arme Ding«, murmelt Sarah.

»Jokos Strategie war es, sich so nahe wie möglich an Sie, Sarah, heranzutasten, damit er Ihnen die Statue würde abnehmen können.« Aaltos Blick schnellt zu Ilvi. »Das war dann auch der Grund, warum er die ... äh ... Beziehung zu Ilvi eingegangen ist, nachdem er Liisa kurzerhand abserviert hatte. Und aus demselben Grund hat er wenig später auch Onni vorgemacht, sich für ihn zu interessieren.«

»Dieses Schwein!«, speit Ilvi aus. »Er kann froh sein, hinter Gittern zu sitzen. Ich würde ihm ...!«

»Ich war also schlicht zur falschen Zeit am falschen Ort?«, wirft Sarah eilig ein.

Der Kommissar nickt. »Joko hat wirklich die ganze Zeit über angenommen, Sie seien seine Gegenspielerin. Eine Ex-Geheimdienstlerin, die ihre Fähigkeiten nun für Kriminelle anbietet. Und ihm das kostbare Diebesgut vor der Nase wegschnappen will.«

»Und Sie hatten Sarah wirklich niemals im Verdacht, Matti getötet zu haben?«, fragt Ilvi.

»Wie gesagt«, antwortet Aalto, und sein Gesicht nimmt die Farbe einer Tomate an, »Frau Fuchs hatte von vorneherein ein Alibi. Zu der Zeit, als Matti Saarinen tot in der Rotaugen-Bucht lag, weilte sie noch in München. Das hat mir ihr Flugschein gezeigt. Schon der erste Blick auf den Zustand der Leiche verdeutlichte mir, dass Saarinen bereits länger tot war, als Frau Fuchs sich überhaupt in Finnland befand. Dafür habe ich ... äh ... ein Auge. Sarah, ich meine Frau Fuchs, geriet niemals ins Blickfeld unserer Ermittlungen. Wir ... äh ... ich habe sie stets als ... als Zeugin befragt.«

»Nun, es machte einen anderen Eindruck«, stellt Ilvi kühl fest.

»Wie dem auch sei«, schaltet sich Sarah ein. »Ich bin erleichtert, dass der Spuk vorüber ist. Dass Joko mich für eine Ex-Spionin hielt, die ihm diese unheilvolle Statue streitig machen will, darüber komme ich jedoch immer noch nicht hinweg. Doch es erklärt zumindest einiges. Weiß man mittlerweile etwas zum Verbleib dieses Kunstwerks?«

Der Kommissar schüttelt den Kopf. »Es ist und bleibt verschwunden. Wir wissen dank Jokos Aussage immerhin, wo es hergekommen ist. Bei einem Kunstsammler in der Nähe von Helsinki ist kürzlich eingebrochen worden. Die Statue stellt anscheinend das wertvolle Beutestück aus diesem Einbruch dar, wurde uns vom Besitzer jedoch nicht als gestohlen gemeldet.«

»Warum nicht?«, will Sarah erstaunt wissen.

»Illegaler Kunstbesitz«, wirft Ilvi ein. »Ist doch glasklar. In den Häusern und Villen der Superreichen befinden sich Kunstschätze, die niemals hätten dorthin gelangen dürfen. Da werden auf dem Schwarzmarkt Unsummen für gezahlt.« Sie nickt getragen, als beschäftigte sie sich täglich mit diesem Thema.

Aalto nickt ebenfalls. »Eine Mitarbeiterin dieses Kunstsammlers ist eine Verflossene von Joko. Von ihr hatte er den Tipp erhalten, dass sich ein sehr kostbares Stück in der Villa befand. Saarinen hat dann in Jokos Auftrag die Drecksarbeit verrichtet. Mit seinen Kontakten zur Russenmafia hat er für die Beschaffung des Kleinods gesorgt. Wir versuchen gerade, die ausführenden Männer zu ermitteln. Als Matti jedoch realisierte, wie wertvoll die Statue ist, hat er versucht, mehr Geld aus Joko herauszupressen. Das hat er mit dem Leben bezahlt.«

»Und Onni hat über den Kurier des Diebesguts von der Statue erfahren?« Kopfschüttelnd greift Sarah nach ihrem Wasserglas.

»So ist es. Ein Kleinkrimineller, der schon polizeilich in Erscheinung getreten ist. Er brachte Onni auf die Spur der Statue. Der Junge erhoffte sich wohl wissenschaftlichen Ruhm, sollte er sie finden. Wir sind noch dabei, sein Tagebuch auszuwerten.« Aalto zieht das dicke Heft aus einer Aktentasche hervor. »Eine Sache möchte ich Sie dazu fragen, Frau Fuchs.«

Sarah verfolgt angespannt, wie der Kommissar in den Aufzeichnungen blättert, um ihr schließlich eine geöffnete Doppelseite vor die Nase zu halten.

»Dieser Beitrag hält ein paar Gedanken zu Ihnen fest. Hier, Ihr Name ist mehrmals umkreist. Dort unten befindet sich außerdem eine Zeichnung. Sehen Sie? Haben Sie eine Idee, warum Onni ein Skelett auf einem Pferd neben Ihren Namen gemalt hat?«

Völlig perplex starrt Sarah auf die Zeichnung. Frau Mosers Tarotkarte taucht vor ihrem Auge auf. *Der Tod.* Wie kann das sein? Was soll sie dem Kommissar sagen? Etwas von Vorbestimmung? »Ich …«, krächzt sie.

»Ganz einfach!« Laut lacht Ilvi auf. »Ich wusste doch, dass ich Onni irgendwo schon einmal gesehen hatte. Nach deinen Berichten über ihn, Sarah, hätte mir das vorher klar sein müssen.«

Erwartungsvoll hängen sowohl Sarah als auch Aalto an Ilvis Lippen.

»Der Bus!«, ruft Ilvi aus. »Als ich nach Sysmä kam, saß Onni im selben Bus. Er muss in Helsinki losgefahren sein, während ich in Lahti zustieg. Er starrte jedenfalls ständig auf meinen Arm, das ist mir damals aufgefallen. Ein schlaksiger Typ mit Brille. Ich bin dann ja eingenickt und erst im nächsten Ort ausgestiegen. Da war er bereits weg. Hier!« Sie dreht den Arm und deutet mit der anderen Hand auf das große Tattoo auf ihrem Oberarm. »Onni war wie gefesselt von meinem ersten Tattoo.«

»Das Skelett auf dem Pferd.« Aalto nickt, schlägt das Tagebuch zu und verstaut es wieder in der Tasche. »Verstehe. Er hat es sich eingeprägt und dann irgendwann gezeichnet.«

Sarah blinzelt, dann sieht sie von Ilvi zum Kommissar und wieder zurück. Sie räuspert sich. »Ich habe auch eine Frage«, sagt sie. »Was ist eigentlich so besonders an der Statue, die Onni und Joko gesucht haben?«

Der Kommissar spreizt die Hände. »Wir können es zum derzeitigen Standpunkt der Ermittlungen nur vermuten, da wir sie eben nicht haben. Doch es gibt ein Buch, auf das Onni sich gegenüber Joko berufen hat. Unsere Kollegen in Turku haben an der dortigen Universität ein Exemplar gefunden, das eine Zeichnung der Statue enthält – aus den in Helsinki befindlichen Exemplaren wurde diese Zeichnung entfernt. Wohl, um eine Identifizierung des Diebesguts zu erschweren. Jedenfalls behauptete ein Wissenschaftler vor Jahrzehnten, die Statue belege, dass das gesamte Kalevala, das finnische Nationalepos, ein Betrug sei.«

»Inwiefern?« Ilvi beugt sich in ihrem Sessel vor.

»Die sogenannte Öberg-Theorie besagt wohl, dass die ursprünglichen skandinavischen Urgottheiten allesamt weiblich gewesen seien, erst später seien sie in ihrem Geschlecht zu männlichen Göttern umgeformt worden. Als Konsequenz einer patriarchalischen Gesellschaft, die das Weibliche unterdrücken wollte.« Der Kommissar zuckt mit den Schultern. »Die Statue – ein an sich bereits seltenes Artefakt dieser frühen Zeit – soll dies belegen, da sie die Attribute, die heute dem Donnergott Ukko zugeschrieben werden, an einem sehr … äh … eindeutig weiblichen Körper zeigt.«

»Man stelle sich das vor!«, ruft Ilvi aus. »All die Hollywood-Blockbuster sind falsch besetzt worden. Die Darsteller von Thor und Konsorten müssten allesamt durch *Schauspielerinnen* ausgetauscht werden!« Begeisterung glimmt in ihren Augen.

»Eine solche Statue wäre natürlich eine Sensation«, sagt Sarah nachdenklich. »Die gesamte nordische Kulturgeschichte müsste umgeschrieben werden.«

Das nun einsetzende Schweigen wird schließlich vom Kommissar unterbrochen. »Wir sind jetzt jedenfalls dabei, mit allen an diesem Fall Beteiligten erneut Gespräche zu führen.«

»Also auch mit Hilla?«, fragt Sarah und wirft einen schnellen Seitenblick zu Ilvi.

Der Kommissar nickt. »Wir erhoffen uns gerade von ihr Informationen zum Verhalten Jokos während der letzten Tage. Sie stand ihm ja … äh … besonders nah.«

»Stimmt es, dass Hilla Sysmä verlassen hat?«, hakt Sarah nach. »Weil nach und nach herauskommt, dass sie mit mehreren Männern im Ort etwas gehabt hat? Von Matti wissen wir es ja bereits. Dann ist da neben Joko noch einer der Kauppinen-Zwillinge, wenn die Gerüchte stimmen.« Sie seufzt. »Veetie ist wohl das, was man einen gehörnten Ehemann nennen kann. Von der Affäre seiner Frau mit Matti soll er sogar etwas geahnt haben. Deshalb hat er Saarinen so gehasst.«

»Es stimmt, dass Hilla den Ort verlassen hat. Mehr kann ich im Moment nicht dazu sagen. Fest steht aber, dass Hilla sich in letzter Zeit regelmäßig mit Joko getroffen hat. Das hat er zugegeben. Sie war versessen auf ihn, behauptet er.«

Ilvi stößt ein lautes Schnauben aus. »Mit wem hatte der Typ eigentlich nichts?«, ruft sie aus. »Ich könnte mich ohrfeigen, dass ich auf sein Gesülze hereingefallen bin.«

»Es waren wohl nicht so sehr seine Worte, die dich angesprochen haben«, bemerkt Sarah ruhig und hebt eine Augenbraue.

»Nun, das ist richtig«, erwidert Ilvi langsam. »Aber wie hätte ich auch wissen können, dass Joko ein berechnendes, narzisstisches Schwein ist? Das im wahrsten Sinne des Wortes über Leichen geht.«

»Mach dir keine Vorwürfe.« Sarah steht auf, setzt sich neben Ilvi und legt ihr einen Arm um die Schultern. »Joko hat dich benutzt, um herauszufinden, was wir über den Verbleib dieser Statue wussten. Aber das ist nicht deine Schuld. Wie hättest du das ahnen können? Er hat krankhaft allem nachgestellt, was Brüste und zwei Beine hat. Vielleicht der Ausdruck eines tief sitzenden Minderwertigkeitskomplexes. Vielleicht hat er sich seit Kindesbeinen die Schuld am Tod seiner Mutter gegeben. So etwas in der Art. Jedenfalls ist er ein Psychopath, unter dessen ansprechender äußerer Hülle ein Monster haust.«

»Er hatte vor, uns ebenfalls zu töten«, flüstert Ilvi und schluckt.

Wieder legt sich eine bedrückte Stille über die Veranda. Sie will so gar nicht zum Sonnenschein und dem funkelnden See passen. Sarah steht auf und macht ein paar Schritte. »Jetzt ist es vorbei«, stellt sie schließlich fest.

Doch Ilvi schlägt mit einer Faust auf den Tisch. »Wie haben Sie eigentlich Ihre Ermittlungen geführt?«, fährt sie den Kommissar an. »Wir hätten alle draufgehen können, nicht nur der arme Onni!«

Beschwichtigend hebt Aalto eine Hand. »Meine Vermutung ging schon früh dahin, dass der Mörder aus dem Ort stammt und eine sehr persönliche Beziehung zu Saarinen hatte. Der Brief, der Frau Fuchs belasten sollte, wies zum Beispiel in diese Richtung. Daher habe ich Sie, Sarah, immer wieder ... äh ... im Auge behalten. Meine Überzeugung war, dass der Täter irgendwann bei Ihnen auftauchen würde. Ich verstand nur nicht, warum.«

»Aufgetaucht ist er«, bemerkt Sarah trocken und setzt sich neben Ilvi. »Doch wer im entscheidenden Moment *nicht* da war, das waren Sie, Aalto.«

Der Kommissar fährt sich mit der flachen Hand über das säuberlich gescheitelte Haar.

»Wir waren also die *Köder*?« Ilvis Stimme ist heiser. »Was für ein gewagter Schachzug!« Plötzlich scheint sie Aalto mit anderen Augen zu sehen.

Der Kommissar kramt in seiner Jackentasche. Aus irgendeinem Grund wirkt er verlegen. »Wenn Sie ... so wollen.« Knisternd hält er eine Tüte in die Höhe, während er einen verstohlenen Blick zu Sarah wirft. »Lakritz, irgendjemand?«

Sarah und Ilvi winken ab.

»Es tut mir jedenfalls leid, dass Sie in diese unschöne Sache hineingezogen wurden, Frau Fuchs«, nuschelt Aalto, nachdem er sich ein Lakritz in den Mund geschoben hat.

Sarah seufzt. »Mir tut vor allem Ilvi leid. Ehrlich gesagt glaube ich, Ilvi, dass du unter Schock stehst. Was dieser Verbrecher dir angetan hat, lässt sich sicherlich nicht einfach verkraften.«

Ilvi macht eine wegwerfende Handbewegung, doch dann schließt sie die Augen und atmet tief ein.

Wieder legt Sarah ihren Arm um die Freundin. »Ich bin nur froh, dass dir nichts geschehen ist. In der Sauna.«

Ilvi öffnet den Mund, als wollte sie etwas sagen, schließt ihn aber wieder. Ihre geschlossenen Lider beginnen zu zittern.

»Liebes!«, ruft Sarah aus und zieht Ilvi an sich.

»Ich … ich …«, schluchzt Ilvi, während Tränen ihre Wangen hinablaufen. »Warum muss ausgerechnet *mir* so etwas passieren? Ich war mit einem *Mörder* zusammen! Wie konnte ich auf den furchtbaren Kerl nur hereinfallen?« Sie reißt blinzelnd die Augen auf. »Was stimmt nicht mit mir?«

»Süße, du darfst dir keine Vorwürfe machen!«, ruft Sarah aus, während sie die schluchzende Ilvi in ihrem Arm hin und her wiegt. »Mit dir hat das nichts zu tun!«

»Aber … aber … warum falle ich immer auf die falschen Typen rein?« Aus rot unterlaufenen Augen starrt Ilvi in die Ferne. Schwarze Mascara rinnt ihr Gesicht hinab. »Warum glaube ich immer sofort, wenn ich einen Typen kennenlerne, es wäre der Mann fürs Leben? Ein *Mörder*, Sarah!«

»Es ist nicht deine Schuld.« Sarah streichelt sanft über Ilvis Haar. »Es liegt an den dämlichen Kerlen! Allesamt sollte man sie auf den Mond schießen.«

Ein Hustenanfall schüttelt Toivo Aalto durch. Mit hochrotem Kopf würgt er an dem Lakritz herum, das sich anscheinend in seine Luftröhre verirrt hat. Er fasst sich an den Hals, stößt abermals ein würgendes Geräusch aus, dann schluckt er, und seine Gesichtsfarbe normalisiert sich schlagartig wieder. »Ja, man kann … äh … einem Menschen nicht hinter die Stirn schauen«, krächzt er. »Wenn man einen Mörder an seiner Nasenspitze erkennen könnte, wäre unsere Polizeiarbeit um einiges einfacher. Vielleicht hilft es Ihnen, die Sache mit Joko nüchtern zu betrachten, Ilvi. Medizinisch gesehen ist der Mann sicher ein Psychopath. Ein Psychologe würde Ihnen bestimmt aufzeigen können, dass Sie wenig gegen Jokos einlullende Art hätten ausrichten können. Äh … wissenschaftlich betrachtet, quasi. Vielleicht … äh, vielleicht möchten Sie einmal ein Gespräch …?«

Ilvi richtet sich auf, löst sich aus Sarahs Umarmung. Mit dem Handrücken wischt sie über ihr Gesicht und räuspert sich lautstark. »Lieber Herr Kommissar, sicherlich sind Sie mit einem sehr weisen Sprichwort vertraut.« Ihre Augen, unter denen die verschmierte Mascara einer Kriegsbemalung gleich prangt, schießen wie Dolche zu Aalto. *»Scheiße wird nicht besser, wenn man sie wiegt!«*

VIERUNDSECHZIGSTES KAPITEL

Die Nachricht von Armin, ihrem Anwalt, kam gestern. Sarah muss für ein paar Unterschriften nach München reisen. Die Scheidung geht in die heiße Phase. Also hat sie den nächsten Flug gebucht, Ilvi angeboten, sie könne gerne noch so lange im Haus bleiben, wie der Mietvertrag läuft, und ihre Koffer gepackt.

Gleich wird sie sich also auf den Weg machen. Nach Helsinki, zum Flughafen. Mit dem Mietwagen, den sie als Ersatz für den ramponierten Volvo bekommen hat. Doch vorher muss sie noch etwas erledigen.

Während sie langsam den Waldweg entlanggeht, saugt Sarah nicht nur die klare Luft ein, sondern auch die Bilder ihrer Umgebung. Den Wald. Den See. Den Himmel. Wenn es so etwas wie ein Paradies auf Erden gibt, denkt sie, dann hat sie es hier gefunden. Inmitten einer Hölle aus Mord und Betrug.

Ilvi hat das Angebot ausgeschlagen, ohne Sarah im *mökki* zu bleiben. Sie möchte zurück nach Helsinki. Die ersten feuchten Tage kündigen sich an, für Ilvi das untrügliche Zeichen, dass der Sommer jetzt schnell zur Neige geht. Also wird Sarah sie im Wagen mitnehmen. Und sie wird – dessen ist sie gewiss – Ilvi auf deren eigenen Wunsch hin unterwegs bei irgendeiner Raststätte absetzen.

Franzi wird sie in München wohl nicht wiedersehen. Ihre Tochter bleibt über die Semesterferien in London. Das hat Ilvi ihr berichtet, nachdem Franzi sie erneut angerufen hatte. Die beiden scheinen sich blendend zu verstehen. Sarah kann den feinen

Nadelstich in ihrer Brust nicht leugnen. Ob sie einen Ausflug nach London machen sollte, um Franzi zu überraschen? Die Unterschriften sind beim Anwalt jedenfalls schnell geleistet. Und in München wird sie fürs Erste sowieso ins Hotel ziehen, damit sie flexibel bleibt. Ins Haus wird sie nicht zurückkehren.

Franzi hat Ilvi auch erzählt, dass Udo sie angerufen hat. Er wollte rausfinden, wo Sarah sich aufhält, doch Franzi hat sich dumm gestellt. Dabei hat sie erfahren, dass in der Scheune in München ein Feuer ausgebrochen ist. Es sei aber nichts Schlimmes passiert, die Sprinkleranlage habe die alten Autos gerettet. Sarah tritt gegen einen Kieselstein. Schade eigentlich!, denkt sie.

Der Kommissar hat sie am Morgen wieder angerufen. Sarah stutzt. Warum muss sie gerade jetzt an Aalto denken? Der Mann geht ihr gehörig auf den Zwirn, mit seinen ständigen Nachfragen zu Dingen, die beim besten Willen nicht relevant für den Abschluss des Falls sein können. Manchmal unterhalten sie sich einfach über Gott und die Welt, belanglose Themen. Über den Winter etwa, der dem Sommer in Finnland laut Aalto in rasanter Geschwindigkeit auf dem Fuß folgt. Ein seltsamer Mann, dieser Toivo, befindet Sarah. Sie ertappt sich bei einem Grinsen und zwingt es von ihrem Gesicht.

Das Haus taucht zwischen den Bäumen auf. Es sieht aus wie immer. Ordentlich. Gepflegt. Wie ein Reihenhäuschen, irgendwo in einer kleinen Stadt. Selbst die Zufahrt ist sauber gefegt. Sarah klopft.

Schon nach wenigen Sekunden öffnet Jalo die Tür, als hätte er Sarah bereits erwartet. Mit seinem üblichen stoischen Gesichtsausdruck nickt er ihr knapp zu.

»Ich komme, um mich zu verabschieden«, sagt Sarah.

Jalo tritt zur Seite und bedeutet ihr, einzutreten. Er geht in den Wohnraum voran und deutet auf das Sofa. Dann verschwindet er, ohne ein einziges Wort gesprochen zu haben.

Sarah nimmt Platz und schlägt die Beine übereinander. Sie kann das Klappern von Geschirr aus der Küche hören. Während sie auf Jalos Rückkehr wartet, betrachtet sie ein letztes Mal das Zimmer. Ihr Blick bleibt wieder an dem Foto hängen, das Jalo neben Rosa zeigt. Sie holt tief Luft.

»Du reist also ab«, sagt Jalo und stellt eine Tasse Kaffee vor Sarah ab. Auf dem Teller, den er daneben absetzt, thront eine Zimtschnecke. Für sich selbst hält er ein Glas Schnaps bereit.

»Ich muss zurück nach München«, erklärt Sarah. »Einige Dinge sind zu erledigen. Ich kann sie nicht länger aufschieben.« Sie rührt in der Tasse, dann führt sie sie an den Mund.

»Manche Sachen lassen sich nicht länger als nötig aufschieben«, sagt Jalo leise. Er trinkt den Schnaps in einem Zug aus.

Nachdenklich nickt Sarah, dann faltet sie die Hände im Schoß. »Ich werde dir sagen, was ich denke, Jalo. Vielleicht täusche ich mich – doch ich vermute stark, dass dem nicht so ist.« Ihr Lächeln ist nicht mehr als ein Hauch auf den Lippen.

Jalo starrt vor sich auf die Tischplatte und schweigt.

»Ich denke, dass du von Mattis und Jokos Geschäft gewusst hast. Sicherlich nicht im Detail, aber dir war bekannt, dass die beiden etwas Unsauberes am Laufen hatten. Vielleicht hast du sie zufällig belauscht, vielleicht hast du sie vom See aus bei irgendetwas beobachtet. Jedenfalls hast du mitbekommen, wie Matti die Statue auf die Insel geschafft hat, nachdem dieser Kurier sie geliefert hatte. War das in der Nacht vor Mattis Tod? Hat Matti herumkrakeelt, sich auf der Insel mit dem Schnaps vollaufen lassen und lautstark frohlockt, solch ein wertvolles Stück ergaunert zu haben?«

Nichts regt sich in Jalos Gesicht, kein Muskel. Er starrt unverwandt auf die Tischplatte.

»Du hast dir die Statue geholt. Bist zur Insel gerudert, als Matti sie wieder verlassen hatte, und hast das wertvolle Etwas an dich genommen. Wo war es? Stand es auf dem Felsthron? Oder neben den Schnapsflaschen? Jedenfalls hast du es in dein Boot gepackt, vielleicht unter einer Plane versteckt. Dann bist du heim. Und am Morgen zum Zusammentreffen der Kauppinens gegangen. Damit niemand dich mit dem in Verbindung bringen konnte, was in der Rotaugen-Bucht geschehen würde.« Sarah nimmt einen weiteren Schluck Kaffee. »Hast du während des Hauskreises dafür gebetet, dass dein Kalkül aufgeht?«

Langsam verschränkt Jalo die Arme vor der Brust. Sein Blick wandert zu dem Foto im Bilderrahmen.

»Du bist am folgenden Morgen wie ein Geist plötzlich auf dem Wasser aufgetaucht. Deshalb konnte ich nicht sagen, aus welcher Richtung du genau kamst. Weil du längst da warst. Es hat dich am frühen Morgen zum Tatort gezogen, nicht wahr? Wolltest du die Leiche in Augenschein nehmen? Hattest du dich im Schilf verborgen? Jedenfalls bist du erst ans Ufer gerudert, als ich ziemlich aufgelöst hin und her gerannt bin, wie ein kopfloses Huhn. Und dir gesagt habe, dass Matti tot im Wasser treibt. Doch das hast du bereits geahnt.« Sarah seufzt. Auch sie schaut wieder auf das Foto. »Du wolltest Matti durch das Entwenden der Statue in Schwierigkeiten bringen. Hätte er diese Statue nicht vorzeigen können, wäre Joko völlig ausgerastet – du weißt natürlich, dass ein Psychopath in Joko steckt. Die meisten Menschen hier kennst du ausgesprochen gut.« Sarah macht eine Pause. Im Raum herrscht Grabesstille.

Jalo starrt auf das Foto.

»Das war dein Plan, oder? Die beiden sollten sich in die Haare kriegen, Joko sollte Matti beseitigen. Die Ironie an der Sache ist, dass du sogar richtiglagst. Nur dass es nicht vonnöten war, die Statue zu entfernen, um Joko zu der Tat anzustacheln. Das hat Matti in seiner Gier ganz allein geschafft.« Nachdenklich nickt Sarah.

Jalos Blick ist zur Tischplatte zurückgekehrt.

»Du hast also am Schluss die ersehnte Rache erhalten. Doch zu welchem Preis, Jalo? Ist dir bewusst, dass Onni noch leben könnte, hättest du dich nach Mattis Tod an die Polizei gewandt und einen Fingerzeig auf Joko gegeben?« Sarah trinkt den Kaffee aus, dann erhebt sie sich langsam. »Mit Onnis Tod wirst nun *du* leben müssen.«

Auch Jalo steht auf. Plötzlich ist von seiner Kraft nicht mehr viel übrig. Er schwankt und muss sich mit einer Hand am Tisch abstützen. Schwer atmend begleitet er Sarah zur Tür.

Vor dem Haus dreht Sarah sich noch einmal zu dem Fischer, der wie ein alter Geist im Türrahmen steht, um. Sie hängt ihr Rucksäckchen über eine Schulter, dann schließt sie für einen kurzen Moment die Augen, spürt den Sonnenstrahlen auf ihrem Gesicht nach. »Rosa war sicherlich eine wunderbare Frau. Ich habe das Gefühl, ihre Anwesenheit im Haus immer noch spüren zu können.«

Jalo räuspert sich. Erst wirkt es nicht so, als wolle auch er etwas sagen, doch dann holt er zitternd Luft. »Das Ding liegt am Grund. Weit draußen.«

Sarah nickt. Zum Abschied hebt sie eine Hand und macht sich auf den Weg zurück zu ihrem *mökki*. Sie muss ihren Flieger bekommen.

Am Haus angekommen zögert sie einen Augenblick, dann stöckelt sie zur Sauna hinunter und betritt den Steg. Sie stellt sich genau an die vordere Holzkante, unter sich das schwappende Wasser, und schaut auf den glitzernden Päijänne hinaus. Dieser See ist magisch, das weiß sie. Sie kann es körperlich spüren. Wie ein warmes Saunaglühen, das die Haut streichelt.

Ein Haubentaucher kommt aus der Bucht herausgeschwommen und steuert die Insel an. Sarah lächelt, als sie das Junge bemerkt, das dem größeren Vogel wie ein Beiboot folgt. Sie beobachtet den Weg der beiden Haubentaucher über die sanften Wellen, bis die Tiere zwischen den Felsen der Insel verschwinden. Dann dreht Sarah sich zum *mökki* um und winkt Ilvi zu, die mit ihrem Rucksack unter dem Arm auf die Veranda tritt.